KB010402

논어 · 맹자
論語 · 孟子

책임편집 김경탁 / 해설·역 이원섭

明文堂

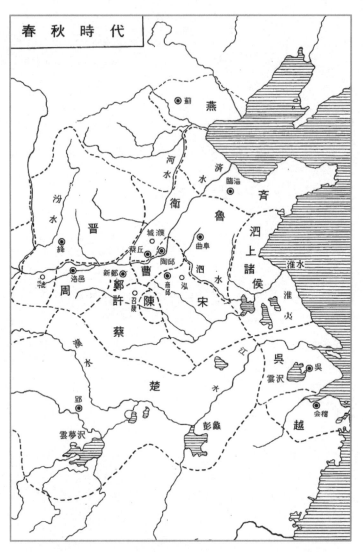

▲ 공자 시대 중국

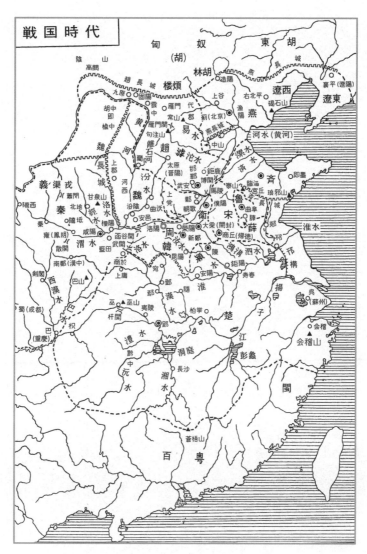

▲ 맹자 시대 중국

論語

논   어

�֎ 논어 차례

논어 해설

1. 현대 한국인과 공자(孔子)

현대의 한국인에게 있어서 공자는 그다지 매력 있는 이름은 아닌지도 모른다. 그가 동양의 성인(聖人)이었고, 과거 우리 조상으로부터 존경을 받아 왔다는 것은 알지만, 혹은 그런 까닭으로 무언가 낡고 완고한 느낌이 들지도 모른다. 혹은 우리 주변에 남아 있는 유교적인 인간상을 연상함으로써, 공자는 그들의 형식주의적인 면이나 비현대적인 도덕론을 극단에까지 확대한 인물처럼 생각하여, 어떤 단절감이나 소외감을 느끼는지도 알 수 없다. 과연 공자는 현대와 단절된 과거의 인물일까.

현대의 한국인이 공자에게 친근감을 느끼지 못하는 데는, 몇 가지 이유가 있다고 생각한다. 첫째는 조선, 특히 조선 말기에 남겨 놓은 유교에 대한 나쁜 인상이다. 조선은 누구나 아는 것처럼 유교를 정치 이념으로 채택했으며, 이런 점에서 조선의 건국은 불교국가였던 신라와 고려를 부정하고 나선 유교의 사상적 혁명이었다고도 볼 수 있다. 물론 새로 등장한 유교 정치는 많은 업적을 남겼다. 고려에서 전해져 오던 폐단들이 일소되었고, 새로운 문화 정책이 화려하게 전개되었으니, 우리는 그 대표적인 인물로 세종대왕을 들 수 있다.

그러나 조선 유교가 처음부터 지니고 있던 독소(毒素)가 한편에서는 자라나고 있었다. 우리나라가 받아들인 유교는 주자학(朱子學)인데, 그 성리학(性理學)이 현실과 거리가 있는 관념의 세계로 조선 유교를 몰고 갔으며, 한편에서는 그 대의명분론(大義名分論)과 배타성이 사화(士禍)와 당쟁(黨爭)으로 끌고 갔다. 그 폐단의 최고조 시기가 조선 말기였으며, 그 시기와 가까운 거리에 있는 우리가 볼 때 유교의 좋은 점보다도 나쁜 면이 눈에 띄기 쉬웠다. 이것이 유교에 대한 나쁜 인상, 나아가서는 공자에 대한 이미지까지도 흐려 놓았다고 여겨진다.

또 하나는, 개화기 이후 서양 문물을 받아들이게 된 점을 들 수 있다. 개화기 이후의 선구자들은, 대개가 기독교를 배경으로 한 서양문화를 수입하는 데 급급하여, 필요 이상으로 유교 도덕을 나쁘게 평가한 경향이 있었다. 이것은 새 문학의 봉화를 든 이광수(李光洙)의 〈무정〉만 보아도 알 수 있다. 그 후의 문화계 추세는 이런 경향이 지속되었으며, 교육에서도 '낡은 동양'은 완전히 소외당했다. 특히 8·15해방은 서양에 대한 의존도를 한층 격화시켜, 재즈가 아니면 신명 나지 않는 세대가 나타나기에 이르렀다. 그러기에 그들에게는, 프랑스의 샹송 가수 이름이 공자나 맹자보다 더 가깝게 느껴질지도 모른다.

또 하나 지적할 것은, 한문 독해 실력이 많이 낮아졌다는 사실이다. 우리 조상들이 한문에 치우쳐 있던 것은 잘한 일은 아니다. 만약 우리 것에 관해서도 관심을 가졌다면, 우리 문화유산이 그리 빈곤하지 않았을 것이다. 그러나 개화기 이래 우리가 보여 온 한문 문화에 대한 냉담은, 또한 어떻게 평가되어야 할 것인가.

원래 글자란 시간적 제한을 받는 언어를, 바꾸어 말하면 단기간에 없어지고 마는 언어를, 공간에 고정한 것이라 할 수 있다. 그것은 '말로서의 언어'가 아니라, '기록된 언어'요, '듣는 언어'가 아니라 '보는 언어'라 해야 한다. 이렇게 '보는 언어'를 만드는 데는 어떤 방법이 있을까? 하나는 그 음성을 어떤 시각적 형태로 나타내는 일이며, 또 하나는 그 의미를 어떤 형태로 표현하는 일이다. 이 경우 표음(表音)문자는 기호(記號)로서의 문자가 되고, 표의(表意)문자는 표상(表象)으로서의 문자가 된다.

지금 세계 각국에서 널리 사용되는 것은, 물론 표음문자다. 표음문자는 어떤 음을 표시할 뿐 의미를 지니지 못하므로, 동일한 언어를 분화하는 경향이 있다. 이를테면 경상도 말을 발음대로 쓰면 서울말이나 함경도 말을 표시한 것과는 사뭇 다른 말이 나타날 것이다. 이런 지역 차이는 표준어의 제정으로 어느 정도는 보완할 수가 있거니와, 시대에 따른 언어의 변천에는 매우 어려운 문제가 따르기 쉽다. 프랑스어는 라틴어에서 파생했는데, 그 유래를 보유하기 위해 라틴어의 철자를 그대로 쓰면서 발음만을 자기들의 것으로 해 왔다.

프랑스인들은 근세에 들어와 그 음성에 충실한 철자를 채택하려 했다. 그러나 라틴 문화로부터 완전히 이탈하는 일 없이는 그것이 불가능함을 느꼈다. 그리하여 그 일은 얼마 가지 않아 역전해서, 될 수 있는 대로 충실하게 라틴어식 철자를 유지하자는 방향으로 바뀌어 갔다. 그러므로 표음문자라 해서 반드시 음성의 표시에 충실할 수만은 없는 경우가 생긴다. 문화의 전통이 그 철저한 진행을 가로막는 까닭이다. 그리고 바로 이런 점에, 표의문자가 그 독특한 생명을 유지해 갈 터전이 존재하는 것이다.

표의문자의 한 양식으로 이집트에 일찍부터 상형문자(象形文字)가 존재하였다. 그러나 오래 가지 못하고 표음문자에 밀려 없어지고 말았으니, 그 원인은 상형에 따르는 번잡성이다. 한자도 처음에는 상형에서 출발했을 것이나, 이윽고 상형문자에 따르는 직관적 번잡성을 극복하고, 반은 표음문자의 구실도 겸하면서, 직접 의미를 나타내는 형상으로서, 비상한 발전을 이루어 왔다. 한자가 이런 방향으로 성장할 수 있는 데는, 물론 그들의 언어가 단음절어(單音

節語)였기 때문이라고 믿어진다. 그러나 그것보다 더 큰 언어 자체의 본질과도 연관이 있음을 지적하지 않을 수 없다. 언어란 어떤 의미를, 음성을 통해 나타내는 것일지언정 단순한 음성에 그치는 것은 아니다. 따라서 표음문자라 할지라도 그 궁극적 목적은 의미 전달에 있다. 물론 표음을 통해서도 의미를 표현할 수 있다. 역자는 그것을 부정하려는 것은 아니다.

그러나 표음문자만이 문자의 전부일 수는 없지 않은가. 음성을 빌리지 않고, 직접 의미를 표현할 수도 있는 문제다. 하물며 거기에 표음적 요소까지 어느 정도 가미되고, 사용에 큰 불편만 없다면, 그것은 이상적 문자라 할 수 있다. 이 점은 쇼펜하우어 같은 서양 철학자도 인정하였다. 그렇다고 한자가 바로 이상적 문자라고 단정하고 싶지는 않다. 역자가 말하고자 하는 것은 그것이 표음문자가 지니지 못한 많은 장점도 지닌 특이한 문자라는 점이다.

한자가 일단 이런 성질의 문자로 성립하자, 표음문자에서는 찾아볼 수 없는 특이한 효능을 발휘했다. 고대 중국은 하나의 국가가 아니라 하나의 세계였다. 거기에는 많은 종족과 씨족, 국가가 있어서 서로 교류하고 견제하였으니, 고대 중국은 오늘의 유럽에 비길 하나의 지역(地域)이었다. 더욱이 인구가 적고 교통수단이 발달하지 못한 당시에 각 지방 사이의 격차는 모든 면에서 오늘보다 훨씬 심했다고 보아야 한다. 그런데도 그 광막한 지역이 하나의 문화권으로서의 통일을 유지할 수 있었던 것은, 오로지 이 표의문자인 한자 덕택이었다고 할 수 있다.

즉 한자는 음성적으로 다른 언어를 동시에 표기할 수 있는 문자였다. 지방에 따라 다른 발음의 차이를 해소하였을 뿐 아니라, 시대적인 언어 변천까지도 훌륭히 지양할 수 있었다. 공자 시대의 기록을 한(漢)이나 당(唐)대의 사람들이 당시의 발음으로 읽는 데 아무 불편이 없었다. 만약 그것이 표음문자로 기록되었다면, 그 해독(解讀)의 어려움은 우리가 신라의 향가(鄕歌)를 대하는 것보다도 심했을 것이다.

또 한자는 처음부터 국제성을 띠고 있기도 하였다. 우리나라나 일본, 베트남 같은 나라 사람들이 한자를 배우는 경우, 그 발음을 반드시 중국인처럼 할 필요는 없었다. 사성(四聲)의 악센트 같은 것은 거의 무시되었고, 자기 나라 음운 법칙에 불편이 없도록 변질하였다. 다만 어느 글자가 무슨 의미를 지니고 있느냐 하는 점에만 유의하면 되었다. 그렇지 않았던들 극동 지역이 한자 문화권으로 쉽사리 통일되지는 못했을 것이다.

우리는 지금 이 한자와 결별하려 하고 있다. 과거에 우리는 한자권(漢字圈)에 속했으므로, 우리 언어도 그 영향을 크게 받아 단어의 대부분이 한자어로 이루어져 있다. 지금 성급히 한자를 버리는 것은 전통적인 문화의 포기 없이는 가능하지 않을 것이다. 이런 추세는 한문 교육을 중요시하지 않게 만들었고, 그것이 우리가 공자를 멀리하게 한 원인의 하나가 되었다고 믿어진다.

2. 공자는 우리에게 무엇을 의미하나?

멀리서 볼 때는 조그마한 산이, 가까이 갈수록 크게 보이는 경험은 누구나 있을 것이다. 멀리 보이는 이어진 봉우리 중에서 높게 보이는 것이 사실은 낮은 봉우리요, 낮아 보이던 봉우리가 가까이가 보니 도리어 높았던 일도 알고 있는 사실이다. 현대에 사는 우리 눈에 들어오는 것은, 현대의 인물, 또는 현대와 비교적 가까운 인물이기가 쉽다. 그렇다고 해서 먼 지평선 저쪽에 희미하게 바라보이는 몇 개의 봉우리를 눈여겨보지 않아서는 안 될 것이다. 그 접근이 아무리 힘들다 해도, 도착해보면 그만한 가치가 있음을 절감하게 될 것이다.

공자는 2천 수백 년 전에 살던 사람이다. 그가 접근할수록 높은 에베레스트인지, 아니면 멀리 보이는 낮은 봉우리인지 우리는 진지하게 생각해야 한다. 여기에서 먼저 머리에 떠오르는 것은 공자가 석가, 예수, 소크라테스와 함께 성인(聖人)이라는 이름으로 오늘까지 불려 왔다는 사실이다.

우리는 먼저 성인이라는 말이, 세계적인 하나의 문화를 상징하는 인물에게 사용되었음을 주목해야 한다. 그리스 문화의 소크라테스, 인도문화의 석가, 유대문화의 예수처럼, 중국 문화를 상징하는 점에서 공자도 그 예외는 아니다. 또 하나 지적할 수 있는 것은, 성인이라는 개념이 인류의 교사라는 성격을 지니고 있다는 점이다. 역자는 유대 문화권에 속해 있지도 않고 기독교도도 아니지만, 《성경(聖經)》을 통해 예수에게서 많은 것을 배웠으며, 소크라테스나 석가도 사정은 비슷하다. 즉 성인은, 어느 민족, 어느 시대의 사람에게나 공통되는 인류적인 지혜를 지니고 있었던 분이라고 할 수 있다.

그리고 이 두 가지 사실, 즉 하나의 세계적 문화를 대표한다는 점과 인류의 스승이라는 점 사이에는 모순이 있는 듯 느낄지도 모른다. 그러나 이것은 결코 모순이 아니다. 이것을 모순이라고 느끼는 것은, 어떤 특수한 문화에는 영향을 받지 않은 보편적인 인류의 교사라든가, 전혀 보편성을 지니지 않은 특수한 문화라든가 하는 등의 추상적인 상념에 얽매여 있기 때문이다. 현실의 역사에 있어서는, 어느 문화의 전통에 의해 영향을 받지 않은 인류의 스승 같은 것은 나타난 적도 없었고, 또 앞으로도 나타나지 않을 것이다. 가장 특수한 것이 가장 보편적인 의의를 지닌다는 것은 결코 예술 작품에만 국한되는 것은 아닐 것이다. 인류의 교사에 있어서도 마찬가지이다.

말할 것도 없이 인류의 교사라는 말을 사용한다고 해서, 그것이 '인류'라는 한 통일적인 사회 존재를 용인한 것이 되지는 않는다. 현대처럼 교통이 발달한 시대에도, 지구상의 모든 사람이 하나의 통일된 사회에 속해 있는 것과는 거리가 멀다. 하물며 고대의 성인들이 세계의 모든 사람을 상대할 수 있었을 리가 없다. 소크라테스가 접촉한 것은 아테네 시민뿐이었고, 예수의 활동 범위는 세로 4백 리, 가로 2백 리밖에 되지 않는 작은 지방이었다. 석가가 설법한 지역도 갠지즈강 유역의 작은 지방이었으며, 공자가 교화하려 한 것도 황하(黃河) 하류의, 우리 한국보다 넓지 않은 지방에 불과했다. 그런데도 우리는 그들을 인류의 교사라는 뜻에서 성인이라 부른다. 이 경우의 인류는, 지상에 사는 사람들 전체를 의미하는 것도 아니요, 또 사람이라는 생물의 한 종류를 가리키는 것도 아니다. 다시 또 '폐쇄된 사회'로서의 인류사회에 대립하는 '개방된 사회'를 가리키는 것일 수도 없다. 개별적인 인륜적 조직을 내용으로 하지 않는 인류의 생활은 존재할 수 없는 까닭이다.

실제로 성인들이 말한 것은 주로 인륜의 도리나 법이었으며, 인륜사회 이외의 경지에 관한 것은 아니었다. 그들이 인류의 교사로 추앙되는 것은, 어느 시대 어느 사회에 사는 사람이라도 그들로부터 가르침을 받을 수가 있기 때문이었다. 사실상 그들이 상대한 것은 매우 제한된 일부 사람이면서도, 가능성에서는 모든 사람을 가르칠 수 있었음에 인류의 스승으로서 자격이 발견된다. 따라서 이 경우의 인류란, 그 사실을 말한 것이 아니라 가능성을 말한 것이 된다. 그러기에 인류란 하나의 이념이다.

인류의 교사가 가지는 이런 보편성은, 그 인물의 인격이나 지혜에 기인한다고 생각될 것이다. 물론 그것이 곧 인류의 교사로서 모든 사람에 의해 승인되었음을 뜻하는 것이 아님은 사실이다. 그들을 접촉한 사람 중에는 반감을 품고 박해까지 한 사람도 있기 때문이다. 유랑하면서 공자는 '상갓집 개'라는 소리까지 들었으며, 생명의 위협을 받은 일까지 있었다. 이런 사정은 다른 성인들도 마찬가지였다.

그러면 인류의 교사로서 인정받기까지 어떤 경로를 거쳐야 했을까? 바꾸어 말하면, 인류의 교사로서의 성인은 어떻게 그 보편성을 획득했을까? 그 전기(傳記)에 의하면 성인에게는 모두 훌륭한 제자가 있었다. 십철(十哲)이니 십대제자(十大弟子), 십이사도(十二使徒) 등이다. 그리고 이런 제자들은 그 스승이 도(道)를 체득한 사람임을 굳게 믿고 있어서, 대중이 아무리 그 스승을 냉대하여도 그 신뢰를 조금도 굽히지 않았다. 그러나 중요한 것은 그다음부터다. 그들은 그것을 믿었을 뿐 아니라, 스승이 죽은 다음에는 스승의 진리를 전파하기 위해 온갖 노력을 기울였다. 그리고 이런 노력은 그들 당대에 그치지 않고, 그 제자와 제자의 제자에게로 계승되어 갔다.

《논어》는 공자의 직제자 손에 의해 이루어진 것이 아니라, 그 제자의 제자쯤에 가서 이루어졌다. 가장 일찍 편찬된 것으로 보이는 〈학이편(學而篇)〉에는, 증자(曾子)나 유자(有子)의 말이 스승의 말과 대등하게 기록되어 있다. 만약 유자나 증자 같은 직제자가 엮었다면 자기가 한 말을 넣지 않았을 것이며, 더구나 공자와 같이 '자(子)'라는 경칭은 사용하지 않았을 것이다. 그러므로 《논어》의 제일 오래된 것이라 해도, 2, 3대 후의 제자들이 전승한 공자의 말씀이라고 보아야 한다.

이 사실은 성인의 사상과 인격이 시간의 시련을 극복하고, 몇 세대를 통해 활동을 쉬지 않았음을 말한다. 쉬지 않았을 뿐 아니라, 그 감화력은 시대가 흐름에 따라 더욱 커졌으니, 동시대의 대중을 움직일 수 없었던 성인들은 후일에 대중뿐 아니라 역사 자체를 움직이는 원동력으로 성장해 갔다. 그리하여 성인으로서의 위치가 다져진 것이다.

그러나 성인이 인류의 교사로서 그 보편성을 획득하기 위해서는, 또 하나의 계기가 필요했다. 그것은 이 성인을 낳은 문화가, 나중에 오는 문화의 모범이 되고 교육자가 되는 일이다. 다시 말하면, 그 문화가 성인을 낳음과 동시에 그 절정에 달하여 일단 완결을 보였다는 것을 의미한다. 소크라테스를 낳은 그리스 문화는, 그 제자와 제자들의 제자가 스승의 위대한 사상을 부연했을 때 이미 끝났다. 그다음으로는 이 그리스 문화를 세계에 전파하는 시대, 즉 그리스 문화 시대가 계속되었고, 그 뒤를 이어 이 문화의 영향 아래 새로운 로마 문화가 형성되어 갔다. 그것이 동방의 종교에 의해 정복당한 뒤에도, 기독교의 신학적 사색의 뒷받침이 된 것은 소크라테스의 제자들이었다.

공자는 어떠했던가? 공자를 낳은 중국 문화가 공자로서 그 막을 내렸다는 견해에는 이의가 많을 줄 안다. 인도에서 중세기 이후 이슬람교도의 유린으로 불교가 일소된 것과는 달리, 공자의 가르침은 한(漢)·당(唐)·송(宋)·명(明)·청(淸)으로 계승되지 않았느냐고 할지도 모른다. 여기서 우리는 중국이 지역 이름이지 나라 이름도 아니고 민족 이름도 아님을 알아야 한다. 이 지역에서 여러 민족이 뒤섞이고 바뀌어 가면서 여러 나라와 민족들이 흥망을 반복했음은, 마치 유럽에서 그리스와 로마가 바뀌고 여러 민족이 뒤섞여 근대의 여러 국가가 생겨난 것과 다를 바가 없다. 선진(先秦)의 문화가 주(周) 문화로 완성되고, 전국시대의 혼란과 파괴로 다음의 새로운 문화가 생겨난 것은, 그리스가 로마로 바뀌어 간 것과 같은 의미로 이해해야 할 것이다.

중국의 전국시대에 이민족과의 혼합이 심했던 것은 누구나 아는 사실이다. 그리고 마지막에 중국의 통일에 처음으로 성공한 진(秦)은 터키족과 몽고족의 혼합이 가장 심한 나라였다. 이 통일된 중국을 계승한 한(漢)도 이민족과의 혼합이 심했던 산서(山西)에서 일어났다. 즉 여기에서 황하 유역의 민족은 새롭게 바뀌었다. 물론 한대(漢代)에도 선진(先秦)의 문화는 계승되었다. 그러나 로마도 그리스를 정복함으로써 문화적으로는 거꾸로 그리스에게 정복된 점이 없지 않다.

선진국의 문화가 후래(後來)의 민족을 교화하는 일은 어디나 마찬가지다. 그렇다고 로마의 문화가 그리스 문화의 한 발전 단계가 아니듯이, 진한(秦漢)의 문화도 선진(先秦) 문화의 한 발전 단계는 아니다. 그리스 문화를 교육받으면서 로마 문화가 형성되어 갔듯이 선진 문화를 교육받으면서 진한의 문화는 진한의 문화로 형성되어 갔다. 이 관계를 본다면, 공자 또한 한 문화의 결론으로서 출현했다는 사실에는 의문이 없을 것 같다.

이렇게 완성된 선진 문화는 중국의 각 지역과 후대에만 영향을 끼친 것이 아니라, 주위의 여러 민족에게도 영향을 미쳤다. 우리나라가 일찍부터 그 문화를 수입했고, 그것을 바탕으로 문화를 키워 왔다. 이런 의미에서 공자는 우리 생활과 직결되어 있음을 알 수 있다. 그는 우리의 과거 문화에 결정적 영향을 끼쳤던 성인이다. 따라서 전통을 일절 돌아보지 않는다면 모르거니와, 새로운 창조가 전통의 발판 없이는 불가능함을 인식하면 할수록 유교 문화와 그 대표로서의 공자에 관한 관심은 가지지 않을 수 없다. 공자의 식견과 인격은 어느 시대 어느 지역에서나 해처럼 빛을 발하고 있음은 말해 무엇하겠는가.

우리는 공자의 사상이 시대와 지역의 시련을 극복하고, 오늘까지 살아남아 왔음을 알아야 한다. 무엇인가 위대함 없이는 이런 일이 가능하겠는가. 물론 우리는 서구로부터 많은 것을 배워야 한다. 그러나 그것이 동양에 대한 무관심을 변호하는 이유는 되지 않는다. 그의 인간 중심의 사유(思惟)에는 서양 철학이 애써 모색하는 경지가 이미 포함된 듯이 느껴지기조차 한다. 서구의 공자에 관한 관심은 크며, 근대 계몽주의 철학자 중에는 기독교를 버리는 대신 그의 환상에 예배한 사람도 있었다. 어찌 되었든 사람인 이상 특히 한국인인 이상, 한번은 경의를 가지고 접근해야 할 인물이 공자라고 역자는 굳게 믿는다.

3. 공자의 전기

인류의 교사로서의 성인이 되는 데는, 하나의 큰 문화적 활동이 필요함을 우리는 보아왔다. 그것을 다른 말로 바꾸면 한 고도의 문화가 한 성인의 모습 속에 결정(結晶)된다는 말이 된다. 이 결정 과정에는 제자들의 감격이나 숭배, 다시 후대인의 공명과 이해와 존경 같은 것이 수없이 끼어들게 마련이다. 이것은 그 성인의 가르침이 위대했기에 시간의 제한을 뚫고 감화력을 넓혀 가는 동시에, 또 감화를 받은 제자나 후세 사람들은 항상 그의 훌륭했던 인격과 사상에 주의를 집중했기에 자꾸 새로운 의미를 거기에서 발견해 갔음을 말한다.

이것은 보통 '이상화(理想化)'라고 불리는 과정이거니와, 그 과정에서 당사자들은 스승의 진정한 모습을 사실 이상으로 미화하고자 의도하는 것은 물론 아니다. 그들은 자기네가 아무리 노력한다고 해도 그 깊이에는 이를 수 없음을 통감하면서 스승의 진면목에 가까이 가려는 노력을 계속해 간 것뿐이다. 그러나 이 노력으로 후세의 신봉자들에 대한 감화력은 더욱 커지게 된다. 직접 스승을 볼 수 없는 신봉자에게는 선배들이 전해 주는 스승의 모습, 즉 훌륭한 점만으로 이루어진 스승의 모습에 접하게 되는 까닭이다.

그리하여 각 세대가 인간의 지혜와 인격에 있어서 가장 깊이 있다고 생각하는 점을, 이 스승에게서 발견해 가게 되는 것이다. 이것이 위대한 교사의 모습으로 결정(結晶) 경로이다. 그렇게 보면 인류의 교사로서의 성인은, 장기간에 걸쳐 무수한 사람들이 품어 온 이상에 의해 만들어진 '이상인(理想人)'이라고 말할 수 있을 것이다.

인류의 교사로서의 성인이 이런 것이라면, 그 참다운 전기는 이런 결정 과정의 파악이어야 한다. 그것은 문화사적 발전의 이해이지 개인 생애의 이해는 아니다. 그러나 지금까지 성인들의 전기는 항상 개인의 생애 기록으로서 다루어져 왔다. 따라서 그 전기는 어느 정도의 진실성을 가지느냐는 점을 문제 삼을 때, 거기에는 항상 커다란 의문이 생긴다. 이를테면 예수의 처녀잉태설이나 부활, 대승 경전에 나타난 석가의 우주를 무대로 한 활동 같은 것은 신앙으로써 믿는 사람에게는 의심할 여지가 없을지 모르나 냉정한 학문적 입장에서, 문제가 많음을 부정할 수 없을 것이다.

그러면 공자의 전기는 어떤가? 세상에 알려진 공자전을 보면 공자의 조상으로부터 시작해서 유년기·수학 시기·관리 시절·방랑·제자 교육 등에 관해 기록했음을 알 수 있다. 그러나 이것을 《사기(史記)》〈공자세가(孔子世家)〉와 비교하면, 사실은 모든 자료가 이 〈공자세가〉에서 나왔음을 알게 된다. 그러면 그 〈공자세가〉는 어느 정도 신빙성이 있는 것일까. 공자가 죽은 해를 기원전 479년이라 한다면 《사기》가 나오기까지 350년이란 기간이 필요하다. 이 정도의 세월이 흐른 후에 이루어진 전기를 과연 그대로 믿을 수가 있을까.

《사기》는 소위 정사(正史)이므로 한(漢)의 방대한 이력을 이용해서 각 곳에 흩어진 고문서(古文書)를 수집하고, 그것을 자료로 썼을까. 그러나 《사기》의 대부분 자료를 제공한 것은 다름 아닌 《논어》였다. 《논어》에서 채택한 부분은 전체를 통해 68곳을 지적할 수 있다. 다음은 《맹자(孟子)》에서 15개, 그다음은 《좌전(左傳)》에서 9개, 《예기(禮記)》에서 6개가 채택되었다. 어느 것에도 관계없는 대목을 보면 다음과 같다.

1) 공자는 어렸을 때, 제기(祭器)들을 늘어놓고, 예에 관한 놀이를 했다.

2) 17세 때, 계씨(季氏)가 사(士)들을 불러 잔치했는데, 공자가 출석하려 했더니 양호(陽虎)가 물리쳤다. "사(士)를 대접하

는 것이지 그대를 대접하는 것은 아니다." 그래서 공자는 물러 났다.

3) 공자는 노(魯)나라 군주의 후원으로 남궁경숙(南宮敬叔)과 함께 주(周)나라로 가서 노자(老子)를 만났다. 헤어질 때 노자는 다음과 같이 말했다. "총명심찰(聰明深察)하면서도 죽음에 접근함은, 남에 대해 논하기를 좋아하는 자이다. 박변광대(博辨廣大)하면서도 그 몸을 위태롭게 함은 남의 악을 들추어내는 자이다. 남의 아들인 자는 자기를 고집하지 말고, 남의 신하인 자는 자기를 고집하지 말라." 공자는 노나라로 돌아왔다. 제자들이 점점 늘었다. 노나라의 위기가 점점 높아갈 무렵으로, 공자 나이 30세 때였다.

4) 공자 나이 42세 때, 계환자(季桓子)가 흙에서 양처럼 생긴 것을 파내고, 공자가 그것을 설명해 주었다. 또 회계(會稽)를 공략해서 뼈를 얻은 오(吳)나라가, 사람을 보내어 공자에게 설명을 구했다. 공자는 우(禹)의 이야기를 들어 설명하여 사신을 감탄하게 했다. 이윽고 계환자가 그 신하 양호에게 눌려, 노나라는 대부(大夫) 이하 모두 정도(正道)를 떠나게 되었다. 그래서 공자는 물러나 시(詩)·서(書)·예(禮)·악(樂)을 연구했다. 제자는 점점 늘어, 먼 곳에서도 모여들었다.

이런 내용이 12개가 있으나 지면 관계로 네 가지만 들어, 그 신빙성 여부를 검토하고자 한다.

1)의 공자가 어렸을 때 '예(禮)에 관한 놀이를 했다'는 것은, 예를 역설하였으므로 있을 법한 일이라고 상상될는지 모른다. 그러나 이것은, '나는 젊었을 때 신분이 낮았으므로, 천한 일에 재능이 많았다.'(〈자한편(子罕篇)〉 제6장)라는 《논어》의 내용과 맞지 않는다. 가난한 집 아이로 그럴 여유가 없었을 뿐 아니라, 제기들을 늘어놓고 놀던 아이가 천했던 이야기를 거침없이 말하는 위대한 인물

로는 성장하지 못했을 것이다. 이 이야기를 만들어 낸 사람은 위에 인용한 말을 충분히 음미하지 못한 사람이었을 것이다. 구태여 이런 상상의 근거를 말한다면,

'위(衛)나라 영공(靈公)이 진법(陣法)에 관해 공자께 물으셨다. 공자께서 대답하셨다. "제사에 관한 일은 일찍이 들은 적이 있습니다. 그러나 군대에 관한 일은 아직 배우지 못했습니다." 다음날 마침내 떠나셨다.'(《위영공편(衛靈公篇)》제1장)

라는 《논어》의 내용일 것이다. 물론 이것은 예에 대해 배운 바가 있다는 것이지 어렸을 때 그 놀이를 했다는 것은 아니다. 더욱이 위 내용이 지닌 통렬한 풍자와는 아무 관계도 없다.

2)의 공자 17세 때의 이야기도 공자가 가난한 소년 시절을 보냈다는 것, 고아였다는 것과 관련이 있겠으나, 여기서 요점은 오히려 양호(陽虎)가 공자를 모욕했다는 점에 있다고 할 것이다. 양호는 4)에서 하극상(下剋上)의 배신(陪臣)으로 등장한다. 바른 질서를 어지럽히는 역신(逆臣)이, 그 이전에 소년 공자도 모욕한 것이 된다. 양호 때문에 공자는 연회에서 물러났다. 그로부터 25년 후, 양호 때문에 공자는 계씨의 정치에서 손을 뗐다. 그런 악인역(惡人役)을 여기에 한 사람 끌어냈다는 것 외에는 이 전설에 아무 뜻도 없다. 그것은 공자 같은 성인이 왜 스스로 정치를 담당하지 않았을까 하는 의문에 대한 설명의 필요에서 나온 것으로 보인다. 이런 설명은 많이 시도되었거니와 그 결과 공자의 소년 시절까지 언급된 것으로 보인다.

3)의 노자와의 면담에 관해서는 옛날부터 의문시하는 사람들이 많았다. 그러나 유교에 대립하는 커다란 사상의 조류인 도가(道家) 사상이 한(漢) 이전에 이미 세력을 떨쳤고, 《노자》책도 이미 전국시대에는 성립해 있었다고 할 때, 한대(漢代)의 유생들이 노자와 공자를 만나게 하고 싶은 충동에 사로잡히는 것도 무리는 아니다. 노자가 공자에게 했다는 말은 자기를 주장하지 말고 이지(理

智)에도 구애받지 말고, 나를 비우고 세상에 순응하라는 교훈으로, 이것은 노자의 사상을 한마디로 요약한 것이라고도 볼 수 있다.

이 내용의 요점은 여기에 있다. 예(禮)를 배우러 간 공자가 예와는 전혀 관계없는 말을 들은 것은 이상하다는 설도 있으나, 원래 예를 배우러 주(周)나라에 갔다는 사실 자체가 믿을 것이 못 된다. 주나라를 그렇게도 찬양하던 공자가 실제로 주나라에 갔다면, 그와 관련된 내용이 《논어》에 없을 리가 없다. 이 내용의 주안점은 어디까지나 공자가 노자와 만난 일이다. 그리고 《노자》 책은 반드시 《논어》보다는 오래되지 않았다.

4)에서는 박식가로서의 공자가 등장했다. 공자는 신비한 일에 관해서는 말씀하지 않는 분이었다.(〈술이편(述而篇)〉 제20장) 또 문헌이 없어 하(夏)·은(殷)의 제도에 대해 말할 수 없음을 안타까워한 일도 있었다.(〈팔일편(八佾篇)〉 제9장) 그러한 공자가 우왕(禹王)의 전설을 들어 땅에서 파낸 괴물의 뼈를 설명했다는 것은 말이 되지 않는다. 하물며 《서경(書經)》의 요순이나 삼대(三代)의 설화가 춘추 말기 혹은 전국시대에 와서 만들어졌다고 본다면, 시대가 흐를수록 공자의 언행에 신비적 요소가 첨가되어 갔음을 짐작할 수 있다. 나머지도 모두 비슷해서 엄밀한 비판을 견딜 만한 것이 없다.

그러면 《맹자》에 나오는 공자의 언행은 어떠한가. 맹자는 공자보다 150년쯤 뒤의 사람이므로, 《사기》의 저자 사마천(司馬遷)보다는 훨씬 옛사람이다. 《맹자》에 인용된 공자와 그 제자의 말은 모두 마흔 두서넛이 되나, 이 중 《논어》와 일치 또는 유사한 것은 불과 열 네댓에 지나지 않는다. 《논어》에도 빠진 공자의 말이 《맹자》에 보존되어 있었을까. 무엇에 의해 그 확실성이 보장되는가. 여기서 그 하나하나에 대해 논증할 시간이 없거니와 맹자는 자기의 이상에 의해 공자의 말을 해석했고, 때로는 확실하지 않은 것을 공자의 말이라고 내세우기도 하였다. 공자의 행적에 관한 그의 언급도 마찬가지다.

《맹자》의 기술조차 이러하니 그보다 뒤에, 아마도 한(漢)에 들어와서 성립되었을 《예기》나 《좌전》의 공자에 관한 기록은 말할 필요도 없다. 그 저자들이 비양심적인 태도로 임한 것이 아니라, 그들은 이상화된 공자를 대할 수밖에 없었기에 그런 기록이 남은 것으로 보인다. 여기에서 우리는 공자의 전기로서 믿을 수 있는 것은, 《논어》밖에 없다는 결론에 도달하게 된다. 《논어》의 기사는 전적으로 믿을 만한가. 우리는 이 문제에 관해 생각해야겠다.

4. 《논어》는 어떤 책인가?

《논어》를 읽으면서 의아한 점은, 편(篇)에 따라 중복되는 말이 많다는 점이다. '말이 물 흐르듯 하고 표정이 그럴듯한 사람 중에는 어진 사람이 적다.'라는 말은 〈학이편(學而篇)〉 제3장과 〈양화편(陽貨篇)〉 제17장에 나오고, '3년을 아버지가 하던 일을 고치지 않으면 효도라고 말할 수 있다.'라는 말은 〈학이편〉 제11장과 〈이인편(里仁篇)〉 제20장에 똑같이 나온다. 이런 것은 또 있고, 비슷한 내용의 말이나 몇 글자만 다른 말을 찾는다면 그 수는 더욱 늘어날 것이다.

또 같은 문제에 관한 공자의 말이 편에 따라 차이가 심한 것이 있다는 점을 들 수 있다. 이를테면 제자나 인물에 대한 평이, 한쪽에서는 나쁘게 평하고 다른 쪽에서는 매우 칭찬한 것 같은 예를 들 수 있다. 그리고 무엇보다 중요한 것은, 말에서 풍기는 향기가 다르다는 점이다. 어떤 편에서의 공자의 말은 그 배후에 큰 인격을 느낄 정도로, 매우 품격 있고 함축이 있다. 이에 대해 어떤 편의 공자의 말은 법 조항이라도 읽는 듯 딱딱하며 인격이 풍기지 않는다. 이런 점들은 어떻게 이해해야 할 것인가? 대답은 간단하다. 《논어》각 편이 동시에 편찬된 것이 아니라는 점이다. 적어도 서로 중복하는 문구가 있는 각 편은 같은 시기, 같은 편찬자에 의해 기록되었을 리가 없다. 여기서 우리는 공자가 죽은 후 제자들이 각기 사방으로 흩어졌던 일을 상기할 필요가 있다. 적어도 이름 있는 제자들은 각처에서 자기가 공자에게 배운 바를 가지고 제자를 교육했을 것이며, 여기에서 지방에 따르는 학파가 성립되었다고 보여진다. 그 성립 과정의 상세한 점은 추적이 불가능하거니와, 우리는 《논형(論衡)》 기록에서 어느 정도 그 추세를 짐작할 수 있다. 즉 거기에는 《논어》의 기원에 관해 논한 문장이 있는데, 문자에 오기가 있어서 그것을 고쳐 가며 읽으면, 대체로 이런 결론에 도달한다. 《논어》는 진시황(秦始皇)의 분서(焚書)에서 모두 불태워졌는데, 한(漢) 무제(武帝) 때 공자 고택(故宅)의 벽을 헐다가 21편으로 된 《논어》를 찾아냈다. 이것을 《고문논어(古文論語)》라고 한다. 그 전에 세상에 나와 있던 제(齊)나라와 노(魯)나라 양국에 전해 오던 것 2편과 하간(河間)에 전하던 7편을 합쳐, 《논어》는 30편이 되었다. 그중 9편이 없어졌는데, 그것이 제로본과 하간본의 9편인 듯이 《논형》에는 기술했으나, 사실은 그 9편은 남고 다른 9편이 소실된 것 같다. 이것이 우리가 알 수 있는 그 경위의 대략이다.

그 결과를 현존의 《논어》에 적용하면, 21편이어야 할 것이 20편으로 되어있다. 한 편은 언젠가 다시 없어진 듯하다. 현존 《논어》 20편 중, 10편씩으로 나누어 상론(上論)과 하론(下論)으로 부르는 일은 오래전부터 있었다. 상론과 하론이 따로 성립했다는 주장조차 있었다. 그 정도로 상론에는 어떤 짜임새가 있었다. 바로 이 점에 제로본 2편과 하간본 7편이 문제 된다.

상론 10편 중 중복되는 문구가 없는 것을 살펴보면, 한쪽에는 〈학이편(學而篇)〉·〈향당편(鄕黨篇)〉이 있고, 또 한쪽에는 위정(爲政)·팔일(八佾)·이인(里仁)·공야장(公冶長)·옹야(雍也)·술이(述而)

· 자한(子罕)의 7편이 있다. 이 7편 가운데는 중복되는 문구가 없으나, 이들과 학이 · 향당 2편에는 중복이 발견된다. 이것은 앞 2편과 뒤의 7편이, 각기 다른 사람에 의해 성립했음을 말하는 것이 아닐까.

증거는 이에 그치지 않는다. 〈학이편〉에는 '其諸 … 與'라는 특수한 용법이 있는데, 이것은 제(齊)나라의 방언인 듯 생각되며, 〈향당편〉에도 방언인 듯한 것이 보인다. 내용에서도 〈학이편〉은 공자의 말이며, 〈향당편〉은 공자의 행동을 다룬 것이어서 이것들에 일련의 통일성이 있음을 알 수 있다. 마찬가지로 위정은 효우(孝友)를 문제 삼고, 팔일은 예(禮)를 다루고, 이인은 인(仁)에 관한 것을 모았다. 다음의 공야장 · 옹야 두 편은 제자와 다른 인물에 관한 비평이다. 이런 편집 방침은 각 편 사이에 연관 없이는 이루어질 수 없다. 또 이 여러 편에는 《맹자》의 인용구와 일치하는 것이 많다. 이 7편이 하간의 7편에 해당한다고 생각하는 것은 무리가 아닐 것 같다. 학이 · 향당의 2편이 제로(齊魯)의 2편임은 말할 것도 없다.

첫째 〈학이편〉은 공자의 말을 8장, 공자와 자공(子貢)의 문답을 1장, 유자(有子)의 말을 3장, 증자의 말을 2장, 자하(子夏)의 말을 1장, 자공과 자금(子禽)의 문답 1장을 모은 것으로 되어있다. 그 중 공자가 관여하지 않은 제자의 말 7장은, 공자의 말과 같은 취급을 받고 있다. 즉 공자의 언행을 나타내기 위해 제자를 끌어낸 것이 아니라 제자가 말한 지혜가 그 제자의 지혜로서 평가받았다. 이것은 〈학이편〉이 공자의 지혜를 전하기 위해서만이 아니라 공자와 그 제자의 지혜를, 즉 공자학파의 지혜를 전할 목적에서 편집되었음을 보여준다. 이 편이 성립했을 무렵에는 공자와 그 제자들은 꽤 권위를 가지고 있었으며, 공자만이 유일한 권위자는 아니었다. 공자만이 추종을 불허하는 성인으로 대접받은 것은 나중 일이다.

〈학이편〉이 공자학파의 지혜를 수집했다는 것은 이 편이 공자 제자의 교육 자료로써 편집되었음을 의미한다. 이미 공자 제자의 말을 공자의 그것과 병립하였으므로 그것이 일러도 공자의 손자 제자의 손에 의해 이루어졌을 것은 말할 것도 없다. 그들은 자기 제자를 교육하기 위해서 가장 간단한 말들을 뽑아서 이 한 편을 엮었으니, 이 사실은 그 내용이 명백히 증명한다.

　공자께서 말씀하셨다. "배우고 때로 익히면, 또한 기쁘지 아니한가. 벗이 있어 먼 곳으로부터 오니 또한 즐겁지 않은가. 남이 몰라주어도 성내지 않으면 또한 군자(君子)가 아닌가."〔〈학이편〉 제1장〕

이것은 공자 학원의 학구생활 목표를 명백히 보여준다. 공자가 어느 특정 인물에게 이 말을 한 것이 아니다. 공자가 한 말 가운데 학원의 목표가 될 만한 것을 골라서 여기에 나열한 것이다. 요즘의 교훈(校訓) 같은 것이라고 보면 된다. 즉 첫째는 학문하는 기쁨, 둘째는 학문에서 결합 되는 우애적 공동체의 즐거움, 셋째는 이 공동체에서 얻어지는 성과가 자기의 인격이나 생(生)을 향상하는 것이지 명리(名利)에는 있지 않다는, 학원의 목표를 기치(旗幟)로 든 것이다. 이 정신은 플라톤의 학원에도, 석가의 승가(僧伽)에도, 예수의 교회에도 모두 공통될 뿐 아니라 현대도 그 통용성을 잃지 않은 것으로 보여진다. 이 세 구(句)에 표현된 학문 정신이 상실된 곳은 산 학문은 존재할 수 없다고 말할 수 있다.
그러면 먼저 무엇을 배워야 할 것인가. 2~4장에서 그것에 대해 대답했다. 우리는 가정생활부터 옳게 해야 한다. 즉 효제(孝悌)가 그것이다. 그러나 이런 덕은 남의 비위를 맞추는 외형적인 행위로 이루어지는 것이 아니라, 내심의 성실성을 요구한다. 이것으로 도를 실현하는 의의가 밝혀졌으므로 다음에는 인류의 도의 대강(大

綱)이 제시되었다. 인륜의 도는, 가정생활에서의 효도만으로 족하지 않고 치국(治國)에까지 뻗어가야 한다. 인륜 중 가장 큰 것은 국가다. 국가가 바로 되고 안 되는 것은 가정생활과 직결된다. 그러므로 군자의 목표는 국가를 바르게 통치하는 일이어야 한다. 물론 이런 치국에는 효제가 포함되며, 그것은 우리 마음의 성실을 가지고 수행해야 한다. 이것이 5~7장의 내용이다.

인륜의 대강목이 제시됨으로써 우리가 배워야 할 도가 밝혀졌다. 그래서 다음에는 이 도를 배우는 학도의 태도가 문제되었다. 그것이 8장이다. 이상으로 학원의 근본 정신과, 배워야 할 도와, 도를 배우는 마음이 설명되었으므로 다음에는 그렇게 해서 수양이 된 인간의 모범적인 양상이 제시되었다. 그것이 9~11장까지의 내용이다. 물론 이런 해석은 그것들이 처음부터 그런 의도에서 말했다는 것은 아니다. 이런 말을 여기에 놓은 편집자의 뜻이 그럴 것이라는 것이다.

이상은 제1장의 세 가지 강령 중, 첫 번째의 학문하는 즐거움을, 학문의 내용과 방법과 목적 등으로 전개한 것이고, 다음에는 두 번째 학문을 함께 배우는 공동체에 관해서 3장이 서술되었다. 공동체에서는 질서가 유지되어야 하는데, 그러기 위해서는 예(禮)에 맞는 화목이 필요하다. 다만 순정적인 결합이 아니라, 예와 의(義)가 있는 화목이어야 한다는 것이 주안점이다.

마지막 15, 16장은 제1장의 세 번째 강령, 즉 학문의 자기목적성(自己目的性)에 관한 해설이다.

자공이 물었다. "가난하면서 아첨하지 않고, 부자면서 교만하지 않다면 어떻습니까?" 공자께서 말씀하셨다. "좋은 일이다. 그러나 가난하면서도 도를 즐기고, 부자면서도 예(禮)를 좋아함만은 못하다." 자공이 말했다. "《시경》에 '뼈와 상아 다듬은 듯, 구슬과 돌 갈고 간 듯'이라 한 것은 이를 가리킨 것입니까?" 공자께서 말씀하셨다. "자공아, 너야말로 함께 시에 대해 말할 만하도다. 하나를 말해 주었더니, 말하지 않은 부분까지 알아차리는구나."

공자께서 말씀하셨다. "남이 자기를 몰라줌을 걱정하지 말고, 남을 몰라줌을 걱정하라."

제1장의 셋째 구절, '남이 몰라주어도 원망하지 않는다.'와 같은 의미의 말이 말미(末尾)인 이곳에도 나오는 것을 생각해 보자. 그것은 이 세 번째의 주제가 여기에 전개되었음을 나타낸다. 그리고 이 알려지는 것에 마음 쓰지 않고, 다만 아는 것에 관해 노력하는 정신이야말로 학문의 자기 목적성을 나타낸 것이라 할 수 있다. 하물며 빈부 같은 것이 학문하는 사람의 마음에 있어서 안 된다. 가난한 자가 아첨하지 않고, 부자가 교만하지 않은 것은 좋다. 그러나 그것에 그쳐서는 안 된다. 가난하든 부자든, 자기 환경에서 도를 즐기고 예를 배워 가야 할 것이다. 이 도는 무한한 향상이어야 한다. '뼈와 상아 다듬은 듯, 구슬과 돌 갈고 간 듯', 즉 절차탁마(切磋琢磨)는 이 멈출 줄 모르는 무한한 자기 향상을 상징하는 말이다. 공자학도에 있어서도 진리의 무한성은 파악하고 있었으며, 학문의 실용성 같은 것은 안중에 없었다.

이상과 같이 〈학이편〉은 일정한 목적에 의해 편집되었다. 물론 그것은 원래 독립해 있던 말을 모은 것이므로, 각 장을 각기 독립된 말로서 이해하는 것은 조금도 상관할 것이 없다. 역자도 본문의 역문과 평석에 있어서 대부분 그런 태도를 취했다. 그러나 독립한 말로서 깊은 의미가 있음은 이 1편의 전체적 구성을 부인하는 이유는 되지 않는다.

〈학이편〉이 공자의 학도에게 학문의 방침을 말한 것이라면, 제로본(齊魯本)의 다른 하나인 〈향당편〉은 공자의 인간상을 부각하는 면에 치중되었다. 그 점에서 이것은 최초의 공자전(孔子傳)이라고

도 할 수 있으나, 어느 때 누구를 향해 어떤 일을 했는지를 전하
는 것이 아니라, 다만 일상적인 공자의 행동을 유형적(類型的)으
로 묘사한 것뿐이다. 예외는 계강자(季康子)가 약을 보내온 제16
장밖에는 없다.

〈향당편〉이 처음으로 말한 것은 공자가 공적(公的) 생활에서 어떻
게 행동했느냐 하는 점이다. 향당에서, 종묘나 조정에서 어떻게
했는가, 하대부(下大夫)와 이야기할 때, 임금 앞에 나아갔을 때의
태도 같은 것 등이 설명되었다. 다음에는 공자의 사적(私的) 생활
이다. 의복과 식사 취미가 상세히 소개되고, 공자의 마음을 알 수
있는 이야기들이 나온다. 이런 공자의 인간상에서 신비한 사건이
나 비범한 능력이 조금도 나타나지 않음은 주목된다. 이것은 공자
를 생각하는 데 있어서 특히 유의해야 할 점이다.

〈학이편〉과 〈향당편〉을 제로(齊魯) 2편에 해당한다고 보고, 이것을
《논어》의 제일 오래된 것이라 한다면, 하간(河間) 7편에 해당하는
부분도 역시 같은 제일 오래된 것에 속한다고 보아야 할까. 〈학이
편〉이 학원의 강령(綱領)이며, 공자 사상의 서술이 목적이 아님은
알 수 있는데, 이 학원 자체가 공자의 인격과 사상을 중점으로 하
여 성립한 이상, 공자에 관해 더 상세히 알고자 하는 요구는 처음
부터 학도들 사이에 있었다고 생각해야 한다.

그러나 〈학이편〉은 그 편찬 취지에 따라 학문 정신이나 인륜(人
倫)의 대강(大綱)에 관한 공자의 말을 매우 간략하게 수록한 데
불과하고, 공자의 인간상을 전하고자 하는 〈향당편〉은 제자와의
문답이나 공자의 사상 등에는 전혀 언급함 없이 다만 인자(仁者)
로서의 공자의 모습을 서술했을 뿐이다. 이미 공자의 언행이 기록
되기 시작했다면, 이런 간단한 것으로 학도들의 요구가 충족되었
을 리가 없다. 제자나 그 제자들에 의해서 이야기되어 온 갖가지
공자의 언행은 기록되지 않을 수 없었으니, 이것이 아마 하간본 7
편이 생기게 된 유래일 것이다. 그렇게 보면 여기에 수록된 것은

자료로서는 반드시 제로 2편보다 시대가 나중은 아니나, 편찬 연대는 나중일 것으로 추측된다.

이같이 하간 7편은 〈학이편〉과는 달리 공자의 언행을 주로 다루었다. 그 점에서는 〈향당편〉과 거의 같은 동기에서 나왔다고 하겠으나, 〈향당편〉이 공자의 사상에 관해 언급하지 않은 데 대해 여기서는 그 점에도 유의하였다. 그래서 하간 7편은 〈학이편〉에서 제자들의 말을 빼고 공자의 말만 남기고, 이것을 〈향당편〉에 넣은 것같이 되었다. 물론 제자의 말도 공자에 관한 이야기고 공자를 부각하는 데 도움이 되는 정도에서는 채택되었다. 그러나 〈학이편〉처럼 제자 자신의 사상을 표현한 제자의 말은, 위정·팔일·이인·공야장·옹야·술이·자한의 7편을 통해 하나의 예외를 제하고는 전혀 나타나지 않는다. 그 예외는 〈이인편〉 말미의,

> 자유(子游)가 말했다. "임금을 섬기되 자주 간(諫)하면 욕을 당하고, 친구에게 자주 말하면 소외(疏外)된다."〔제26장〕

라는 대목으로, 이 말은 바로 앞에 있는 '덕 있는 사람은 외롭지 않다. 반드시 이해하는 사람이 있다.'라는 공자의 말을 보충한 듯한 인상이 짙다. 유일한 예외가 이러하므로, 하간 7편이 얼마나 공자 한 사람에게만 집중되었는지를 알 수 있다. 〈학이편〉과 〈향당편〉 사이에 끼어 있는 8편 중에서, 〈태백편(泰伯篇)〉을 제외하고 7편만을 남길 수 있는 근거도 물론 여기에 있다. 〈태백편〉에는 증자(曾子)의 말이 5장, 누구의 말인지 모르는 말이 1장 들어 있다. 또 나중에 언급할 하간 7편의 구조상에서 말한다 해도 이 1편은 독립해 있다. 다시 여기에는 요(堯)·순(舜)·우(禹)의 신화와 관계있는 공자의 말이 있어서 특이한 인상을 준다. 이것이 다른 7편과 성질을 달리함은 논할 여지가 없을 것 같다.

그런데 위정·팔일·이인·공야장·옹야·술이·자한의 7편을 살펴보면, 〈팔일편〉은 예(禮)를 주제로 해서 그것에 관한 문답을 모았

고, 〈이인편〉은 인(仁)과 군자에 관한 공자의 말을 기록했고, 공야장·옹야의 2편은 제자와 그 밖의 인물에 관한 비평이 주가 되었고, 〈술이편〉과 〈자한편〉은 공자 자신의 술회와 공자에 관한 제자의 말 또는 공자의 생활 같은 것이 그려져, 공자에 관한 전기적(傳記的)인 역할을 하고 있다. 즉 공자의 사상, 제자와의 관계, 공자의 체험과 행로(行路) 세 테마가 각기 2편씩 차지하고 있다.

이에 대해서 〈위정편〉만은 특히 어느 주제를 가지고 있다고 말하기가 어렵다. 효도에 관한 문답이 4개쯤 나열되어 눈에 띄므로 그것을 특히 문제 삼을 수도 있겠으나, 그러나 효도와 관계없는 문제도 많이 다루어지고 있다. 그러나 이것을 주의 깊게 읽어 보면 앞에 든 3개의 주제를 모두 포함하고 있음을 알게 된다. 즉 〈위정편〉은 뒤의 6편의 총론 역할을 하여 공자의 사상·전기·제자와의 관계 전면에 걸쳐 공자의 말을 광범위하게 다루고 있다. 이렇게 보면 하간 7편이 지닌 전체적 구도를 알 수 있다.

〈팔일편〉 이하의 6편은 앞에서 말한 바와 같이 주제가 명백하므로 구성상의 문제는 언급할 필요가 없으나, 하론(下論) 여러 편과의 비교연구를 위해 주목해야 할 점을 몇 개 들고자 한다. 제자들의 인물평을 모은 공야장·옹야 2편과, 제자와의 교섭에 관해 많이 말하고 있는 술이·자한 2편은 공자의 생활이 제자와 밀접히 연관되어 있다는 점에서 공자전의 중대한 요소가 될 수 있는 것을 많이 포함하고 있는데, 같은 자료를 많이 수집하고 있는 것은 하론 10편에도 적지 않다. 그러므로 양자의 이동(異同)이 하나의 중요한 시사(示唆)가 될 수 있다.

《논어》 전편을 통해 변함없는 명성을 유지한 제자는 안회(顔回)였다.

　공자께서 말씀하셨다. "안회는 나와 하루 종일 이야기해도 순종할 뿐이어서, 어리석은 자와 같은 인상을 받는다. 그러나 물러나 생활하는 것을 보면 역시 내 도를 발휘하는 데 있어서 충분하다. 안회는 어리석지 않다."〔〈위정편〉 제9장〕

이것은 총명 과묵하면서 겸손하고 실행파였던 안회의 사람됨을 가장 잘 나타낸 말이다. 이것은 안회 생전의 평이므로, 아직 최고의 찬사까지는 하지 않았다. 그러나 안회가 죽은 다음의 말은 모두 그를 매우 칭찬하였다. 〈공야장편〉 제9장, 〈옹야편〉 제3장과 제11장, 〈자한편〉 제21장에는 모두 안회를 칭찬한 말이 실려 있거니와 그중 〈옹야편〉 제3장을 인용한다.

애공(哀公)이 물었다. "제자 중 학문을 좋아하는 사람은 누구입니까?" 공자께서 대답하셨다. "안회가 있었습니다. 학문을 좋아하고, 노여움을 옮기지 않으며, 잘못을 되풀이하지 않았는데 불행히도 일찍 죽었습니다. 지금은 없으니, 학문 좋아하는 자가 있다는 말을 듣지 못했습니다."

그 많은 제자를 하나도 호학(好學)이라 인정하지 않고 안회만 인정한 것이므로 이것은 최고의 찬사이다. 이와 비슷한 말이 하론 처음의 〈선진편(先進篇)〉 제7장에도 나온다.

계강자(季康子)가 물었다. "제자 중 학문을 좋아하는 사람은 누구입니까?" 공자께서 대답하셨다. "안회라는 제자가 있어 학문을 좋아했습니다. 불행히도 일찍 죽어, 지금은 없습니다."

이것은 길고 짧은 차이는 있으나 내용은 같으며 말까지도 비슷하다. 그리고 계속하여 모두 안회에 대한 더할 수 없는 애정을 나타냈다.

안연〔안회〕이 죽자 공자께서 말씀하셨다. "아아, 하늘이 나를

망하게 하셨다! 하늘이 나를 망하게 하셨다!"〔〈선진편〉 제9장〕

안연이 죽자, 공자께서는 곡하셨는데 지나치게 애통해하셨다. 모시고 갔던 사람이 말했다. "선생님께서는 지나치게 애통해하신 듯합니다." 공자께서 말씀하셨다. "지나치게 애통해하였다고? 이 사람을 위해 애통해하지 않는다면 누구를 위해 애통해하랴?"〔〈선진편〉 제10장〕

하론의 이런 기록을 상론과 비교할 때, 비애가 훨씬 심해졌음을 알 수 있다. 애이불상(哀而不傷), 슬퍼하면서도 도에 지나치지 않는 것이 공자의 주장임을 생각할 때 아무리 사랑하는 제자가 죽었다기로서 지나치다는 인상을 준다. 어쨌든 안연에 대한 공자의 애정과 비애가 하론에 오자 한층 강조되었음을 이것으로 알 수 있다.

또 하나 눈에 띄는 것은 자로(子路)다. 자로가 공자와 문답한 기록은 〈공야장편〉과 〈술이편〉 같은 데에 나온다. 공자는 자로를 안회처럼은 칭찬하지 않았다. 그러나 그에 대한 애정은 안연을 사랑하는 것에 못지않았다. 자로는 매우 솔직하고 양심적이었으며 용기가 있었다. 이성적인 면이 조금 부족하여 공자로부터 꾸중도 들었으나, 그를 대하는 공자의 말에는 애정이 넘친다. 〈공야장편〉 제7·14장, 〈안연편〉 제12장, 〈술이편〉 제10장, 〈자한편〉 제27장에서는 모두 그러한 자로를 묘사하였다.

공자께서 병이 위독하자, 자로는 제자들을 가신(家臣)처럼 꾸며 만일에 대비하려 했다. 병이 약간 차도가 있자 공자께서 말씀하셨다. "오래되었구나, 자로가 속임수를 쓴 것이! 가신이 없는데 있는 척하다니. 나에게 누구를 속이라는 것이냐? 하늘을 속이라는 것이냐? 나는 가신의 손에 죽는 것보다는 오히려 너희들 손에 죽고 싶은 것을. 또 비록 성대한 장사는 지내지 못

한다고 하여, 설마 내가 길가에서야 죽겠는가."〔〈자한편〉 제12장〕

여기서도 자로는 이성적으로 부족한 면을 드러내어 꾸중을 들었다. 그러나 그것이 스승을 생각하는 순수한 정에서 나온 것만은 누구도 부정하지 못할 것이다. 자로는 그런 인물이었다. 이런 이미지를 가지고 하론에 나타난 자로의 기록을 읽으면 사정이 안회의 경우와는 정반대임을 느끼게 된다. 다음이 그런 예다.

계자연(季子然)이 물었다. "중유(仲由)와 염구(冉求)는 훌륭한 신하라 말할 수 있습니까?" 공자께서 말씀하셨다. "나는 좀 더 다른 일을 물으실 줄 알았더니 기껏 유(由)와 구(求) 말입니까? 대개 훌륭한 신하는 도(道)로써 주군(主君)을 섬기다가 뜻대로 안 되면 물러납니다만, 지금 유와 구는 숫자만 채우는 신하라 할 수 있습니다."〔〈선진편〉 제24장〕

자로가 자고(子羔)를 계씨(季氏)의 영지(領地)인 비읍(費邑)의 관리자가 되게 했다. 공자께서 말씀하셨다. "배우고 있는 청년을 도리어 망치지 않는가?" 자로가 대답했다. "거기에도 백성이 있고 사직이 있습니다. 어찌 책을 읽는 것만이 학문이라 하겠습니까?" 공자께서 말씀하셨다. "그러므로 언변 있는 자가 미운 것이다."〔〈선진편〉 제25장〕

여기에 나오는 자로는 단순 솔직하며 정이 많은 자로가 아님은 말할 것도 없다. 〈선진편〉은 안회의 찬미를 〈옹야편〉 이상으로 과장하는 동시에, 자로의 결점을 〈공야장편〉의 몇 배로 확대하였다. 자로에 대한 이런 태도는 하론(下論)에서는 〈계씨편(季氏篇)〉에 나온다. 그러나 같은 하론에도 〈자로편〉·〈위영공편〉·〈양화편〉 같은 데는 호의를 가지고 자로를 다루었다. 이런 점을 근거로 우리는 하간 7편 이후의 여러 편에서 새로운 점을 발견할 수 있다. 《논어》의 원전 비판에 관해서는 아직도 많은 문제가 있지만, 이것으로 《논어》를 어떻게 읽어야 하느냐는 방향은 명백해졌다고 믿는다.

5. 공자의 사상적 특색

앞에서 《논어》중 학이·향당의 2편과, 위정·팔일·이인·공야장·옹야·술이·자한의 7편이 가장 일찍 성립되었음을 알 수 있었다. 그러면 이 공자의 어록(語錄)은 다른 성인의 그것에 비해 어떤 특징을 가지고 있을까.

먼저 눈에 띄는 것은 공자가 영원의 문제에 대해 외면했다는 사실이다. 그러나 공자에게는 천(天)의 사상이 있지 않으냐고 할지도 모른다. 학자에 따라서는 이 하늘을 우주의 주재신(主宰神)으로 해석하여, 공자가 그 하늘로부터 도를 부흥시키는 사명으로 활약한 것이라고 주장하기도 하였다. 그러나 공자가 언급한 하늘에 이런 인격신(人格神) 또는 유일신(唯一神)의 성격이 있었을까. 만약 공자가 이런 신에 대해 자각하고 있었다면, 공자의 학원에서도 이런 신에 대한 신앙이 어떤 형태로든 강조되었어야 했을 것이나, 학원의 강령을 기록한 〈학이편〉에는 한마디도 이것에 관한 언급이 없다.

상론(上論) 9편에서 하늘에 대한 말이 나오는 것은, 공자의 경험을 주제로 한 〈술이편〉과 〈자한편〉뿐이다. 그것은 주로 절박한 순간에 직면했을 경우다. 공자는 송(宋)나라에서 환퇴(桓魋)에게 죽임을 당할 뻔했다. 그때 공자는 말했다.

> 하늘이 덕을 나에게 주셨거니, 환퇴가 나를 어찌하겠는가.〔〈술이편〉제22장〕

비슷한 말이 〈자한편〉제5장에도 나온다. 이것은 명백히 자신의 운명을 하늘의 뜻으로 돌린 것이며, 그런 의미에서는 초월적인 존재를 인정한 것이 된다. 그러나 이것이 주재신이나 유일신이었을까. 이것만으로는 입증할 수 없다. 막연히 인간 이상의 힘을 가리킨다고도 할 수 있고, 어쩔 수 없는 운명을 말한 것이라 해도, 해석에는 아무 지장이 없다. 만일 주재자로서의 신을 공자가 인정했다면 그는 응당 신의 형이상학적 연구로, 그리고 그 신앙으로 달려갔어야 했을 것이다.

그러나 공자는 그 방향으로는 가지 않고 인간사만을 문제 삼았다. 그가 어떤 이법(理法)을 하늘로 돌린 것은 사실이나, 그 경우에도 주가 되는 것은 자기의 이성이었다. 자기 이성에 비추어 진리이므로 그것을 하늘의 뜻이라고 하였지 하늘의 명령이므로 진리는 아니었다. 이것을 기독교의 예언자들과 비교할 때 양자의 차이는 분명하다. 공자는 당시의 민속신앙인 여러 제사에 대하여도 상당한 관심을 보인 것이 〈팔일편〉에 나타나 있으나, 이 경우에도 전해 오는 예(禮)를 존중한 것이지 신앙을 고취한 것은 아니었다. 이것이 새로운 층에 속하는 〈선진편〉·〈헌문편〉·〈양화편〉에서는, 약간 종교적 색채가 짙어지는 것도 같으나, 앞의 것과 비교해서 그렇다는 것뿐이지, 그것이 인격신이 아님은 의심할 여지가 없다.

이런 공자의 무종교성은 죽음을 문제 삼지 않게 만들었다. 공자는 중병을 앓았을 때 기도하자는 자로의 청을 일축했다.(〈술이편〉 제34장) 신을 문제 삼지 않고 영혼의 존속을 문제 삼지 않은 공자는 기도할 상대도 없었다. 공자에게는 이 현실 사회에 도를 실현하면 되었다. 죽음이나 죽은 다음의 존속 여부 같은 것은 처음부터 문제 밖이었다. 앞에서 공자가 병에 걸려 위태했을 때 자로가 문인들을 가신으로 꾸몄다가 꾸중 들은 기사(〈자한편〉 제12장)를 인용했거니와, 거기서도 공자가 보인 관심은 예에 맞게 죽고 묻히는 일이지 영혼의 문제 같은 것은 아니었다.

자로가 조상의 신령(神靈) 섬기는 법에 관하여 물으니 공자께서 말씀하셨다. "산 사람도 충분히 못 섬기는 터에, 어찌 신령을 섬길 수 있으랴?" "감히 죽음에 대해 여쭙고자 합니다." "생(生)도 모르는데, 어찌 죽음을 알랴." 〔〈선진편〉 제12장〕

라고 말한 것이 눈에 띈다. 이것도 죽음을 문제 삼지 않은 점에서 같은 태도라고 할 수 있다. 다만 그것에 그치는 것은 아니다. 앞에서 말한 바와 같이 〈선진편〉은 자로를 무슨 까닭인지 나쁘게 다루고 있는데, 이것은 자로가 얼마나 어리석은 질문을 했는지에 중점을 두고 있다. 그것은 '감히…'라는 말에서 느껴진다. 죽음에 관해 묻는 것은 공자의 학도답지 않은 행위다. 그러므로 편찬자는 '감히'라는 말을 붙였을 것이다.

《논어》에는 공자가 앓았다는 기사는 나오지만 어떻게 죽었는지에 관해서는 어디에도 기록이 없다. 이것을 다른 성인의 경우와 비교해 볼 때 절대자와 죽음을 문제 삼지 않은 것이 그의 큰 특징임을 알 수 있다. 다른 성인의 경우, 그 전설을 거슬러 올라가면 마지막은 그들의 죽음이다. 그들은 모두 자기 가르침의 핵심이 되는 독특한 죽음을 한 것으로 되어있다.

예수의 십자가에서의 죽음은 인류의 구제를 의미한다. 십자가가 기독교의 상징이 된 것은 이 때문이다. 석가에 있어서도 영원으로서의 각자(覺者)가 스스로 죽음을 택했다는 것은 바로 열반(涅槃)과 해탈을 인류 앞에 나타내 보이는 일이었다. 적어도 대승경전의 경우, 이런 뜻을 그의 죽음은 가지고 있었다. 소크라테스도 도망해서 살 길이 있었으나 스스로 부정한 판결에 복종함으로써 그 윤리적 각성의 증거로써 독배를 마셨다.

이런 성인들의 죽음은 모두 자유로운 자기선택의 결과로 나타난 것으로, 그 제자들에게 큰 감동을 주었다. 그리하여 그 생전의 가르침이 이 죽음을 매개로 하여 도리어 강하게 살아나기에 이르렀다. 그러므로 이런 성자들의 전기가 그 죽음의 의의를 대서특필한 것은 있을 수 있는 일이다. 물론 성인들의 최후는 그들이 속해 있던 문화가 다르듯이 각각 그 양식을 달리하고 있다.

석가의 죽음은 제자들에 둘러싸여 마지막 설법을 마치고 고요히 진행되었다. 예수의 죽음은 종교적인 증오에 불타는 군중 속에서 매우 잔인하게 집행되었다. 전자가 목가적이요 평화로웠던 데 비해, 후자는 비극적이요 음산한 인상을 풍긴다. 소크라테스의 죽음은 석가처럼 목가적이지도 않고, 후자처럼 음산하지도 않았다. 제자들에 둘러싸여 고요히 죽은 점에서는 전자와 비슷했다고 해야 할 것이고, 정치가의 미움이나 민중의 반감에 의해 죽게 된 점은 예수를 닮았다. 그리고 그 특징은 이처럼 증오에 둘러싸여 있으면서도 그 죽음이 폴리스의 재판에서 공개적으로, 국법에 의해 결정되었다는 점이다. 석가와 예수의 죽음이 초국가적인 결의에 의한 것이었다면, 소크라테스의 죽음은 국법에 대한 존경에 의한 것이라고 할 수 있다.

이렇게 다른 성인에게 있어서는, 죽음은 중대한 의의를 지니고 있다. 그러나 공자의 죽음은 제자들에게 있어서 아무 뜻도 없는 일이었다. 공자의 첫 전기라고 할 수 있는 〈향당편〉에서는 공자의 온갖 취미까지 기록했음에도 불구하고, 공자의 죽음에 관해서는 한마디도 언급하지 않았다. 공자도 물론 죽었고 제자들은 슬퍼했겠지만, 그 죽음이 유교에 있어서 어떤 결정적인 역할도 하지 못하고 있음은, 다른 성인들과 비교할 때 매우 특이한 일로 생각된다. 그리고 이것도 그의 가르침이 절대자를 문제 삼지 않은 점에서 나왔음은 논할 필요조차 없는 일이다.

그러면 공자는 어떤 점에 관심을 가졌던가. 그것은 물론 인간에 관한 문제였으며, 구체적인 현실에 대한 그것이었다. 춘추 말기인 기원전 552년에 태어난 공자는, 사회 질서가 문란한 속에서 일생을 보내야 했으므로 그의 머리에서 잠시도 떠나지 않은 문제는 언제나 사회 질서의 회복이었다. 주공(周公)에 의해 완성된 봉건제도를 다시 찾는 일, 그리하여 신분 질서를 회복하는 일, 그것이 그의 관심사였다.

공자가 벼슬하여 노나라의 내정 개혁도 추진하고, 여러 나라를 편력하면서 도를 실현코자 애쓴 것은 모두 그 때문이었다. 이 점에서 그는 정치적인 성인이었다. 이것도 다른 성인과는 다른 점이다. 그러나 그는 다른 정치가들처럼 정치적 노력만으로 그것이 가능하다고 믿지 않았다. 그러기 위해서는 먼저 앞서는 것이 통치자, 즉 군자(君子)가 도덕적인 자격을 갖추는 일이었다. 여기서 군자의 이상으로서 제시된 것이 인(仁)이라는 덕이었다.

이 인은 공자의 최고 덕목(德目)이므로 《논어》에는 60군데나 언급되었고, 또 많은 사람에 의해 논의되었다. 그런데도 그 뜻이 결론 나지 않는 것은 무슨 까닭일까. 그 첫 책임은 공자에게 있다고 할 수 있다. 당시는 추상적 사고가 별로 발전하지 않은 점도 있겠지만, 공자 자신이 인에 관해 확실한 규정을 내리지 않았고, 인에 관한 여러 말 사이에는 항상 어떤 간격이 있었다. 안연의 질문에 대해,

　자기를 이기고 예로 돌아가는 것이 인이다.〔〈안연편〉 제1장〕

라고 했으나, 다른 제자의 질문에는 '남을 사랑하는 것'이라고 대답했다.(〈안연편〉 제22장) 또 서(恕)가 그것이라 하기도 했고,(〈위영공편〉 제24장) '평소에는 공손하고, 일을 하는 데는 신중하고, 남과 사귀는 데는 성실한 것'이 인이라 하기도 했다.(〈자로편〉 제19장) 또 공자는 증삼(曾參)에게 '내 도는 하나를 가지고 꿰뚫어 왔다.'라고 말한 적이 있다. 다른 제자가 증자에게 무슨 뜻이냐고 묻자, 그는 충서(忠恕)가 그것이라 했다.(〈이인편〉 제15장) 이런 말은 자공(子貢)에게도 하고 있어서 충서야말로 인일 것이라는 사

람도 있다. 요컨대 주관에 따라 해석이 가능하나, 그 어느 것으로도 만족할 수 없는 것이 인에 대한 학설이다. 이것은 공자가 추상적 규정을 피했고, 사람에 따라 말을 달리했기 때문에 일어난 일이라 할 수 있다.

역자는 차라리 개념에 의한 규정을 우리도 피하는 것이 좋다고 본다. 그 어느 덕도 인에 포함되지 않는 것이 없는 반면, 그 어느 것만으로는 그 내용이 대변되지 않는 것, 그것이 바로 인이 아닌가 생각되기 때문이다. 최고선(最高善)은 어디에라도 적용되는 반면, 어느 것으로도 포착이 불가능하지 않겠는가? 〈자로편〉 제18장에는 섭공(葉公)과 공자가 정직에 관해 문답한 것이 나온다. 아버지가 양을 훔쳤는데 자식이 고발했다는 말을 듣고 공자는, '아비는 자식을 위해 숨기고, 아들은 아비를 위해 숨기는 것'이 정직이라고 하였다.

어떤 덕이든 그 형식적인 면에 얽매이면 도리어 본래의 뜻을 잃는 것이니, 공자가 인의 규정을 피한 것도 이 때문이었을 것으로 생각된다. '인은 사랑'이라는 정의는 애정이 부족한 사람에게는 교훈이 되려니와, 이것으로 단정하면 적군도 사랑하고, 미워해야 할 악인도 사랑해야 하는 것으로 오해의 소지가 있을 것이다. 그러므로 공자가 정의를 내리지 않은 인(仁)에 대해서는 그것이 인간의 최고선이라는 데 만족하는 편이 현명할 것이다. 또 그것이 추상적 이념이 아니라 실천적 윤리임을 잊어서는 안 될 것이다.

6. 《논어》의 문헌

공자의 사상에 관해 자세히 논하는 것은 끝이 없으므로 독자들이 이 책을 통해 연구하기를 바라며 《논어》를 읽는 데 필요한 문헌을 소개하겠다. 《논어》처럼 많은 주석이 있는 책도 드물 것이다. 동서양을 통해 약 3천 권은 되리라는 추측이 있다. 이것을 모두 읽는다는 것은 불가능한 일이며, 또 필요한 일도 아니므로 대표적인 주석서를 선택해야 한다.

가장 필요한 것은 위(魏) 하안(何晏)의 《집해(集解)》와 남송(南宋) 주자(朱子)가 쓴 《집주(集注)》이다. 전자는 한(漢)·위(魏)의 여러 주해를 수집하여 자기의 견해를 첨가한 것이고, 후자는 북송(北宋) 학자들의 해석을 종합하여 일가(一家)의 설을 이룬 것이다. 그리고 후자를 신주(新注), 전자를 고주(古注)라 한다. 그리고 고주 계통의 해석에는 송(宋) 형병(邢昺)의 《소(疏)》, 양(梁) 황간(皇侃)의 《의소(義疏)》, 청(淸) 유보남(劉寶楠)의 《정의(正義)》, 반유성(潘維城)의 《고주집전(古注集箋)》 등이 있고, 신주를 부연한 것으로는 송(宋) 김이상(金履祥)의 《고증(考證)》, 청(淸) 간조량(簡朝亮)의 《술소(述疏)》 등이 있다.

과거 우리나라에서는 주자의 학설만 중하게 여겨 《논어》도 그것에 의해 읽어 왔다. 물론 주자가 역대 중국에서 찾기 어려운 대학자임을 부정하는 것은 아니지만 다른 주석들도 참고하지 않는다면 편벽함을 면할 길이 없을 것이다. 그의 주석은 자신의 이학(理學)적 견지에서 본 것이 많으므로, 여기에는 공과(功過)가 아울러 큼을 알아야겠다. 《논어》에는 문제가 많다. 어느 한 사람의 설에 의존하기보다는 여러 학설을 참고하면서 읽는 것이 좋을 것이다. 현대에 사는 우리의 안목으로 이것을 재검토할 필요가 있다. 그리고 《논어》라는 고전은 우리에게 지혜의 빛을 줄 것이다.

범 례

1. 이 책은《논어》전편을 수록하고 각 장(章)마다 역문(譯文)
   · 원문 · 주석 · 평석을 실었다.
2. 원문의 텍스트는 대체로 통행본(通行本)을 따르고, 특수한
   경우에만 다른 텍스트와의 이동(異同)을 밝혔다.
3. 역문은 원문의 느낌을 살리면서도 평이하게 전달하도록 힘썼
   다. 과거 우리나라의《논어》역문은, 전적으로 주자(朱子)의
   학설만을 따랐으므로 편협한 점이 없지 않았다. 역자는 특히
   이 점에 유의하여, 주자의《집주(集注)》외에 하안(何晏)의
   《집해(集解)》와 유보남(劉寶楠)의《정의(正義)》를 참고했으며
   현대의 것도 참작하였다.
4. 평석에서는《논어》를 전체적 · 체계적으로 파악하는 방향을 취
   했다. 그러므로 여기서 언급된《논어》평석이, 역문을 다룰
   때의 그것과 약간의 차질을 가져오는 경우도 생겼다. 평석에
   서는 각 장을 독립된 것으로 보았기 때문이다. 서로 연관시
   키는 태도와 독립시켜서 보는 태도는 모두 필요한 것 같다.

제1권

제1 학이편(學而篇)

이 편은 '배우고 때로 익히면, 또한 즐겁지 아니한가.'로 시작되는 공자의 첫 글자를 따서 〈학이편〉이라는 이름을 붙였다. 《논어》의 각 편은, 공자와 그 제자의 말을 모은 것으로 자세히 검토하면 각 편마다 일정한 성격이 있음을 알 수 있다. 먼저 배움의 즐거움을 역설한 〈학이편〉에서는, 계속해서 배우는 사람[學者]의 몸가짐과 행해야 할 일에 관해서 이야기해 갔다. 당시는 지금처럼 책이 별로 없고, 학문은 예의범절과 자기수양(自己修養)임을 생각할 때, 이 한 편은 학문에 관한 내용으로 일관했다고 할 수 있다.

그리고 공자의 말과 함께 유약(有若)과 증삼(曾參)이 말한 내용이 '유자(有子)'나 '증자(曾子)'라는 존칭으로 자주 인용된 것은, 〈학이편〉이 원래 유약과 증삼의 계통인 노나라 학파에 의해 전승되어 온 내용으로 추측된다. 공자가 죽고 나서, 주요 제자들은 여러 나라로 흩어졌고, 같은 공자학파이면서도 그 중심인물의 성격에 따라, 각 학파는 성격의 차이가 차츰 생겨났다.

1. 공자께서 말씀하셨다.

"배우고 때로 익히면1) 또한 즐겁지 아니한가. 벗이 있어 먼 곳으로부터 오니2) 또한 즐겁지 않은가. 남이 몰라주어도 성내지 않으면 또한 군자(君子)가 아닌가."

> 子曰 學而時習之 不亦說乎 有朋自遠方來 不亦樂乎 人不知
> 而不慍 不亦君子乎.

● **주해** 子(자) 공자가 제자들을 '젊은이'·'자네들' 정도의 뜻으로 '소자(小子)'라고 부른 데 대해, 제자들은 공자를 '선생님'이라는 의미에서 '자(子)'라고 불렀다. 學(학) 당시는 종이가 없었고, 책은 모두 나무나 댓조각에 쓴 것을 줄로 꿰어 사용하였으므로 일반 사회에는 보급되지 않았다. 따라서 학문이라 해도, 선생으로부터 《시경(詩經)》·《서경(書經)》 같은 고전을 배워 암송할 뿐이며, 독서나 강의에 의한 것은 아니었다. 오히려 예(禮)·악(樂)·사(射)·어(御)·서(書)·수(數) 등, 귀족 사회의 행사 때 지켜야 할 예의범절에 대해 배우는 것이, 학문의 기초로서 중요시되었다. 공자의 교육도 물론 이것이었다. 君子(군자) '군(君)'은 '군(群)'과 통하고 '자(子)'는 존칭으로, 조정(朝廷)에서 열리는 회의에 참석할 수 있는 귀족들을 가리키는 것이 원뜻이다. 주(周)에서 춘추시대(春

---

1) 지금까지 주석가들은 모두 '때로 익힌다'고 하여, 정해진 일정한 시기에, 스승으로부터 배운 책을 복습한다는 뜻으로 해석해 왔다. 그러나 공자 시대의 고전이요 교과서였던 《시경》이나 《서경》 같은 데서는 '시매(時邁)'의 경우와 같이, '시(時)'는 '시(是)'의 뜻이어서, 구체적인 뜻을 지니지 않는 조자(助字)로 쓰였다. 이 경우도 마찬가지로, 별 뜻이 없는 것이라 보는 것이 좋겠으나, 관례대로 '때로'라고 풀이했다. '익힌다'는 것은, 앞에서 말했듯이 책보다도 여러 행사에서의 예의범절의 실습을 가리키는 말이다.

2) '벗이 있어 먼 곳으로부터 오니'라는 것은, 반드시 '먼 고장'으로부터 왔다는 것이 아니라, 청(淸)의 유월(兪樾)이 주장했듯이, 공자의 동료나 아는 사람들이 모여들어, 공자가 주관하는 학원 행사에 참석한 것이라고 보는 편이 좋다.

秋時代)에 와서는, 이런 귀족이 갖추어야 할 교양과 품위(品位)를 가리키는 말이 되었다. 이것은 '신사(紳士)'라든가 '인품(人品)'·'인물(人物)'이라고 번역할 수 있다. 춘추 말기의 하급 사족(士族) 출신인 공자는, 이 귀족적인 이상을 일반화하여, 귀족을 차츰 대신하게 된 신흥 지식계급을 위한 새로운 이상적 인간을 형성했다. 이런 의미의 '군자'는 '학자'·'인격자'·'구도자(求道者)'라고 생각할 수 있다. 때에 따라 이 말이 가지는 뉘앙스가 달라지므로 '군자'를 번역하지 않고 그대로 사용하는 일이 많을 것이다.

● **평석** 공자는 학문을 배우는 일이 힘들고, 대단한 노력이 필요하다는 것을 여러 번 말하고 있다. 그렇게 힘든 학문의 길이지만, 거기에는 즐거운 때도 있다는 것을 지적한 것이, 이 제1장이다. '학문이란 즐거운 것이다.'라고 단정하는 대신, 체험한 것을 완곡하게 그 즐거움을 말했다. 이것이 공자가 이야기하는 방식이었다. 그 온화한 어조가 《논어》 전체의 바탕이 되고 있다.

2. 유자(有子)가 말씀하셨다.
"사람됨이, 부모에게 효도하고 어른들에게 공손하면서 윗사람에게 반항하려는 자는 드물다. 윗사람에게 반항하려 하지 않는 사람이 내란을 일으킨 예는 지금까지 들은 적이 없다. 훌륭한 사람[군자]은 근본을 소중히 여기니, 근본만 확고히 서면 도는 저절로 생기게 마련이다. 부모에게 효도하고 어른들에게 공손하다는 말을 듣는 것, 그것이 인의 덕을 완성해 가는 근본이라고 해도 좋으리라."

有子曰 其爲人也 孝弟 而好犯上者 鮮矣 不好犯上 而好作亂3)者 未之有也 君子務本 本立而道生 孝弟也者4) 其爲仁

---

3) 《좌전(左傳)》에 '싸움이 외부로부터 일어나는 것을 구(寇)라 하고, 안에서 일어나는 것을 난(亂)이라 한다.'라고 나와 있듯이, '난'은 '내란(內亂)'을

之本與.

● **주해** 有子(유자) 공자의 제자. 성은 유(有), 이름은 약(若). 공자보다 43세 아래. 공자가 죽자 추모하는 마음을 지닌 제자들은, 그의 얼굴이 공자를 닮았다고 해서, 스승의 자리에 앉히고, 공자를 섬기듯 섬기려 한 적도 있다. 《논어》에서 '자(子)'라는 존칭으로 불린 것은, 유약 외에 증삼(曾參)·염구(冉求)가 있다. 노(魯)나라에서는 유약과 증삼을 추종하는 학파가 세력을 잡았고, 이 〈학이편〉은 그들이 편찬한 것으로 생각된다. 孝弟(효제) '제(弟)'는 '제(悌)'. 고대에는 음이 같아 통용되었다. '효'는 자손이 부모를 비롯한 조상을 섬기는 의무를 가리키니, 같은 혈연 단체의 도덕이다. '제'는 동향(同鄕)의 연장자에 대한 의무로, 지역 사회의 도덕이다. 上(상) 가족이나 지역 단체의 범주를 넘어선 윗자리의 사람. 윗사람과 특히 군주(君主)를 가리키는 경우가 많다. 道(도) 사람이 다니는 '길'에서 비롯하여, 인간이 살아가는 길, 나아가 사물의 원리를 가리키는 말이 되었다. 仁(인) 공자가 가장 중요시한 최고의 덕. 《논어》에는 인(仁)에 관한 공자의 설명이 자주 나오는데, 해설에서 설명했으므로 참조하기 바란다.

3. 공자께서 말씀하셨다.

"말이 물 흐르듯 하고 표정이 그럴듯한 사람 중에는 어진 사람이

말한다. 공자와 유자가 살던 춘추 말기는 격렬한 혼란기여서, 내란과 외부의 침략이 끊일 사이가 없었다. 특히 군주의 권력은 몇몇 귀족의 손으로 옮겨가고, 그 권력이 다시 가신(家臣)으로 넘어가는 등, 공자 주변에는 내란을 꿈꾸는 무리가 얼마든지 있었다고 보아야 한다. 따라서 유자의 이 말은, 일반적인 도덕론이 아니요, 현실에서 우러나온 말임을 잊어서는 안 된다.
4) 이 특수한 어법은, '효제야(孝弟也)'라는 말을 '者'라는 글자로 받아서, 다른 사람의 말을 인용하듯 간접화법을 사용했다. 공자도 이 '孝'와 '弟'에 관해 자주 강조한 바 있다. 특히 그 평판을 중요시한 것이 〈자로편〉 제20장에 보인다.

적다."

子曰 巧言令色 鮮矣仁.

● **주해** 巧言令色(교언영색) '교언'은 교묘한 언변, '영색'은 그럴듯한 표정. 흔히 비위를 맞추는 것, 아첨 따위로 생각하는데, 아첨이라고 드러나는 것에는 큰 해독이 없다. 그렇게 보이지 않는 곳에 문제가 있다.

● **평석** 이와 같은 말이 〈양화편〉 제17장에 나오는 점으로 미루어, 제자들에게는 상당히 인상이 깊었던 모양이나, 그 어조 또한 공자로서는 매우 격렬하다 할 수 있다. 교언영색으로 군주에게 접근한다든가, 달콤한 말로 세상 사람을 속이는 무리가 많아, 공자도 화가 났던 것 같다. 그러나 교언영색의 무리라고 해서 참다운 사람이 아주 없다고 단정하지 않은 것에, 공자의 넓은 도량이 엿보이기도 한다.
효제(孝悌), 즉 윗사람의 뜻을 받드는 것이 인(仁)의 근본이라는 앞장에 나온 유자(有子)의 말에 대해, 인은 단순히 유순하기만 한 것이 아니라는 뜻에서 이것을 이 장에 넣었다면, 편찬자는 유자에 대해 다소 비판적이었던 것도 같다.

4. 증자(曾子)가 말씀하셨다.
"나는 매일 세 번 자신을 반성한다. 남을 위해 꾀함에 있어서 진정이 부족함은 없었던가. 친구들과 사귐에 있어서 신의를 어기지는 않았던가. 선생님에게 배운 것을 충분히 복습하지 않은 채 그대들에게 가르치지는 않았던가."5)

---

5) 이 문구는 고주(古注)와 신주(新注) 사이에 차이가 있다. 신주는 '전(傳)'을 '스승에게서 받은 것'으로 보아, '선생님에게 배운 것을 충분히 복습하지 않은 점은 없는가?'로 해석한다. 고주에서는 '傳'을 '전하는' 것으로 보므로, 증자가 제자들을 가르치는 데 있어서 반성한 것이 된다. 이 증자의 말은, 증자의 제자들에 의해 쓰여졌을 것이므로 고주를 따른다.

曾子曰 吾日三省吾身 爲人謀而不忠乎 與朋友交而不信乎 傳
不習乎.

● **주해** 曾子(증자) 성은 증(曾), 이름은 삼(參), 자(字)는 자여(子輿).
공자보다 46세 아래로, 공자의 문인 중 가장 나이 어린 부류에 속한다.
공자가 죽고 얼마 안 되어, 노나라 공자학파의 수장(首長)이 되었다. 노
나라 유교의 정통을 계승한 셈이다. 그 문하에서 자사(子思, 공자의 손자)
가 나오고, 자사의 제자의 제자가 맹자(孟子)다.

5. 공자께서 말씀하셨다.
"전차(戰車) 천 대를 전쟁에 내보낼 수 있는 나라를 다스리는 데
는, 이런 정신으로 임하면 된다. 먼저 정령(政令)을 공포(公布)하는
데 있어 신중하되, 공포한 다음에는 반드시 실행해야 한다. 다음으
로 정부의 경비는 가능한 한 절약하고 백성들의 처지를 충분히 고
려한다. 그리고 마지막으로는 농민을 부역에 동원하는 데는, 농번
기를 피하여 적절한 시기를 선택한다."

子曰 道千乘之國 敬事而信 節用而愛人 使民以時.

● **주해** 千乘之國(천승지국) 은(殷)·주(周) 시대는 말할 것도 없고 춘추
전국시대 중기까지도 중국은 네 마리 말이 끄는 전차(戰車)를 타고 전쟁
을 했다. 국가의 세력도, 몇 대의 전차를 동원할 수 있느냐에 따라 결정
되었다. 한 대의 전차를 내는 데, 어느 정도의 농민을 필요로 하느냐는
문제는, 여러 가지 설이 있어서 주석자 간에 학설이 일치하지 않는다. 전
국시대로 접어들어, 전차에 탑승한 귀족들 간의 싸움에서 전차를 따르는
평민들의 보병전(步兵戰)으로 양상이 변화해, 한 대에 따르는 보병의 수
효가 점점 증가했기 때문이다. 춘추시대 초기까지만 해도 '천승의 나라'
는 대국 중의 대국이었으나, 춘추 말기인 공자 시대에는 패자(覇者)인

진(晉)나라 같은 경우 한 번의 전투에 4천 대나 전차를 동원하기도 했다. 따라서 '천승의 나라'는 중간 정도의 나라로 보는 것이 좋다.

● **평석** 제자로부터 천승의 나라를 통치하는 방법을 질문받고 대답하는 공자의 말 같다. 그러나 굳이 천승의 나라에만 통용되는 내용은 아닐 것이니, 나라의 크고 작음을 막론하고 모든 나라의 위정자가 명심해야 할 내용 같다.

6. 공자께서 말씀하셨다.
"젊은이들은 집에서는 부모에게 효도하고, 집 밖에서는 어른들을 공손히 섬겨야 한다. 말은 신중하고, 일단 말한 것은 반드시 어기지 않으며, 여러 사람과 격의(隔意) 없이 친근하게 지내되, 인격이 높은 사람과는 각별히 사귀어야 한다. 그런 다음 여유가 있거든, 비로소 글을 배워도 되느니라."

　　子曰 弟子入則孝 出則弟 謹而信 汎愛衆 而親仁 行有餘力
　　則以學文.

● **주해** 弟子(제자) 공자의 제자를 가리키는 경우와, 여기처럼 '젊은이'를 말하는 경우가 있다는 것이 종래의 학설이었다. 역자는 공자의 학원도 향당(鄕黨), 즉 마을 젊은이의 모임에서 연로한 이를 스승으로 모셔, 성인(成人)으로서의 교양을 배우는 제도를 채택한 것이라고 해석한다. 향당의 젊은이로서의 '제자'와, 공자의 문하생인 '제자'는, 여기서도 구분이 가능하지 않으며, 같은 것이라고 보는 것이 역자의 견해다.

7. 자하(子夏)가 말했다.
"현인(賢人) 존경하기를 미인 좋아하듯 해야 한다는 말이 있다. 대체 현인이란 어떤 사람인가? 부모를 섬기되 온 힘을 다 기울이고,

군주를 섬기는 데는 한몸을 바치며, 친구와 사귀는 데는 한번 말한 것을 결코 어기는 일 없는, 그런 사람이 있다고 치자. 다른 이들은 '이 사람은 글을 배우지 못했으므로 학자는 아니다'라고 할지 모르나, 나는 이 사람이야말로 '학자다'라고 말하겠다."

子夏曰 賢賢易色6) 事父母 能竭其力 事君 能致其身 與朋友 交 言而有信 雖曰未學 吾必謂之學矣.

● **주해** 子夏(자하) 성은 복(卜), 이름은 상(商). 공자보다 44세 아래로 공자의 제자 중 증자와 함께 나이 적은 수재다. 증자 등이 공자의 조국인 노나라에 남아 그 도를 계승한 데 대해, 자하는 중원(中原)의 패자인 위(魏)나라로 가서, 전국 초기의 개명(開明)한 군주였던 문후(文侯)의 고문이 되었다. 《시경》 대서(大序)를 그가 썼다는 설이 있으나 믿을 것이 못 된다.

● **평석** '현현이색(賢賢易色)'은, 한(漢)에서 육조(六朝)에 이르기까지, 대체로 '현인 존경하기를 미인 좋아하듯 하라'는 의미로 이해되었다. 미인이라고는 해도 단순히 어여쁜 여인이 아니라, 한 집안의 어머니나 주부로서의 여인임을 주의해야 한다. 이런 부인과 남편의 화합에서 가정의 행복이 이루어진다는 것이, 주(周) 왕조로부터 전승되어 온 사고방식이었다. 주자(朱子) 같은 도학자들은, 현인을 미인과 동일시하는 것이 말이 되느냐고 반발하여, 미인을 사랑하는 마음을 현인을 존경하는 마음으로까지 승화시켜야 한다고 해석하기에 이르렀다. 공

---

6) 이 구절은 《논어》에서도 가장 이설(異說)이 분분한데, 따라서 난해한 대목으로 알려져 왔다. 역자는 '易'를 청(淸)의 왕염손(王念孫)의 주장을 따라 '如'의 차자(借字)로 본다. 그리하여 이 구(句)를 당시의 격언이나 속담이라고 생각하여, '현인 존경하기를 색(色), 즉 미인 좋아하듯 하라'는 격언이 있지만, 대체 현인은 어떤 사람을 가리키느냐고 자문자답하는 것이라고 하면, 문장 전체가 무리가 없을 것 같다.

자는 다만 미인뿐 아니라, 모든 미(美)를 사랑하는 욕망이 문화의 근원이 된다고 생각하였다. 송나라 도학자의 이런 엄숙주의(嚴肅主義)와 금욕주의적인 해석은, 공자의 진의를 완전히 오해한 것이라 할 수 있다.

8. 공자께서 말씀하셨다.

"군자는 무엇보다도 무게가 있어야 한다. 그렇지 않으면 위엄을 잃게 되고, 학문을 하여도 확고한 경지에 나아가지 못하기 때문이다. 다음으로 중요한 것은, 충직(忠直)하고 신의를 지키는 사람과 가까이하며, 자기만 못한 사람과는 사귀지 말 일이다. 그리고 잘못하였으면 고치는 데 거리낌이 없어야 한다."

> 子曰 君子不重則不威 學則不固 主忠信7) 無友不如己者 過則勿憚改.

● **평석** '충신(忠信) …' 이하와 같은 문구가 〈자한편〉 제25장에도 나온다. 공자의 말이 이렇게 중복된 것은, 각 편이 각기 성립했다가 후일에 와서 집대성되었음을 말한다. 또 '잘못하고도 고치지 않는 것, 이것을 잘못이라 한다.'(〈위영공편〉 제30장)라는 말도 보인다. 잘못이 없는 것이 이상이기는 하나 인간인 이상 어려운 일이며, 그것을 고쳐가도록 노력하면 된다는 것이 공자의 생각이었던 것 같다. 공자는 제

---

7) 주자를 비롯한 신주(新注)에서는 '충신의 덕을 주(主)로 한다'라고 풀이한다. 그러나 추상적으로 어느 덕목(德目)을 주체로 삼는다는 발상은, 이 시대에는 없었다. 그러기에 한(漢)의 정현(鄭玄)의 주(注)를 따라 '主'를 '親'의 뜻으로 해석했다. 공자가 위(衛)나라에 갔을 때, 안수유(顔讎由)라는 사람을 '주(主)로 하여', 그 주선으로 위나라 군주와 만날 수 있었다는 기록이 있다. '주로 하여'라는 말은, 어떤 사람을 임시로 주인 삼아, 그 힘에 의지한다는 것이 원뜻이니, 여기에서 그 사람과 '친근히 지낸다'는 뜻도 나올 것이다.

자의 잘못을 이해하는 눈으로 대했으며, 교조주의(敎條主義)는 그와 전혀 인연이 없었다. 이런 데에 공자의 인간적인 면이 있다.

9. 증자(曾子)가 말씀하셨다.

"죽은 사람의 장사를 예에 어긋남 없이 집행하고, 먼 조상의 제사를 충실히 지내는 것, 군주(君主)가 이런 태도를 지닌다면, 국민의 기풍은 저절로 온순해질 것이다."

曾子曰 愼終追遠 民德歸厚矣.

● **주해** 愼終(신종) 사람, 특히 귀족의 죽음을 '종(終)'이라 한다. '끝을 삼간다'는 것은, 사람이 죽었을 때 장례를 지내는 데 애도의 뜻을 다하고, 예에 어긋남이 없게 하는 일이다. 追遠(추원) 원(遠)은 먼 조상. '먼 것을 좇는다'는 것은, 먼 조상의 제사를 충실히 지내는 것을 말한다.

● **평석** 공자 시대보다 전까지만 해도, 여러 나라의 군주는 씨족신(氏族神)의 제주(祭主)로서의 지위를 지니고 있었다. 제정일치(祭政一致), 즉 신권정치(神權政治)였다. 그 경우 제사를 엄숙히 지냄으로써, 국가의 정치도 유감없이 행해지고 민심도 안정될 것은 뻔한 일이다. 그러나 공자 시대 이후로는, 이 제정일치의 제도는 무너졌으니, 여기서 증자가 '신종추원(愼終追遠)'을 강조한 것은, 다만 예식으로서의 제사에 그치는 것이 아니라, 고인의 공적을 사후에도 잊지 않는다는 의미가 있을 것 같다. 죽은 사람의 공로를 잊지 않는 임금이라면, 살아 있는 사람의 공도 반드시 인정하리라 여겨, 민심도 안정될 것이라고 증자는 생각한 것이다.

10. 자금(子禽)이 자공(子貢)에게 물었다.

"공자께서는 어느 나라에 가셔도, 반드시 그 나라 군주로부터 정치에 관해 자문(諮問)을 받으십니다. 공자께서 자진하여 청하시는 것입니까? 아니면 군주가 부탁하는 것입니까?"

자공이 말했다.

"선생님께서는 온화·솔직·공손·절제·겸양의 미덕을 갖추고 계셔서 자문하시는 것이니, 설사 선생님께서 청하는 경우가 있다 하더라도, 구하시는 방법은 다른 사람들의 경우와는 다르지 않다."

子禽問於子貢曰 夫子至於是邦也 必聞其政 求之與 抑與之
與 子貢曰 夫子溫良恭儉讓以得之 夫子之求之也 其諸異乎
人之求之與.

● **주해** 子禽(자금) 정현(鄭玄)의 주(注)에 의하면 공자의 제자로, 성은 진(陳), 이름은 항(亢), 자가 자금이라 한다. 자공과 자주 대화하는 대목이 나오므로 그의 제자라는 설도 있다. 子貢(자공) 공자의 고제자. 성은 단목(端木), 이름은 사(賜), 자가 자공. 공자보다 31세 아래로, 자로(子路)·안회(顔回)·중궁(仲弓)·염구(冉求) 등과, 연장자 부류에 속한다. 문학과 언변에 뛰어났으며, 정치에도 활약했다. 是邦(시방) 보통 '是'는 '이'라는 뜻을 지닌 지시대명사로 쓰이나, 이 경우는 '부(夫)'와 같이, 구체적 의미가 없는 조자(助字)로 해석된다. 其諸(기저) 두 자 모두 뜻 없는 조자(助字).

11. 공자께서 말씀하셨다.

"아버지가 살아계시면 그[아들]의 뜻을 관찰하고, 아버지가 돌아가시면 그[아들]의 행동을 관찰한다. 아버지가 돌아가신 후 3년을 아버지가 하던 일을 고치지 않으면 효라고 말할 수 있다."

子曰 父在觀其志 父沒觀其行 三年無改於父之道 可謂孝矣.

● **평석** 아마도 제자로부터 '효도는 무엇이냐?'라는 질문을 받고, 대답

한 것이리라. 아버지가 살아 있는 동안은, 당시의 사회 관습으로 볼 때, 누구라도 그 명령을 어길 수는 없으므로, 행동만으로는 그 효도 여부를 알 수 없다. 그러기에 속마음을 파악해서 가려야 한다.

그러나 아버지가 죽고 난 다음은 간단하다. 아버지가 없으므로 아들은 마음대로 할 수 있다. 그러기에 그의 행동을 보면 효와 불효는 판명된다. 이 경우에도, 상제로 있는 3년쯤은 아버지가 하던 방법을 고치지 않는 것이 도리이니, 아무리 아버지의 처사가 마음에 들지 않더라도, 아버지에 대한 추모의 정이 있다면, 절로 그렇게 되리라는 것이 공자의 생각인 듯하다.

12. 유자(有子)가 말씀하셨다.

"예(禮)를 실현하는 데는 조화가 요청된다. 옛 성스러운 임금의 태도는 이 점, 즉 예에 있어서 매우 훌륭하였다. 그러나 크고 작은 일 모두를 예만 따르려 해도, 일이 잘 되지 않는 경우가 생긴다. 그것은 예를 실현하는 수단이 조화라는 것을 알지 못하기 때문이다. 그러나 조화가 소중함을 알고 조화를 도모하는 것은 좋지만, 예의 본질로 돌아가 신분의 질서를 따라 절제하지 않는다면, 악평등 (惡平等)이 되고 말아, 또한 실현되지 않는 법이다."

有子曰 禮之用和爲貴 先王之道斯爲美 小大由之 有所不行 知和而和 不以禮節之 亦不可行也.

● **주해** 禮之用和爲貴(예지용화위귀) 유자의 이 말은, 전체적으로 매우 이해하기 어렵다. 《논어》에 나오는 공자나 그 제자들의 말은 대체로 소박하여 말의 표현을 더듬어 가면, 그 의미는 저절로 이해하기 마련이다. 물론 오래된 책인 까닭에 본문에 오자(誤字)나 탈락(脫落)이 있는 경우도 있다. 또 소박 간결한 나머지 표현이 충분하지 않은 경우도 있다. 그러나 이런 경우라 할지라도 글자를 한두 자 보충해 읽으면, 어느 정도 그 소박

한 논리의 추적(追跡)이 가능해진다. 유자의 이 말은, 무엇인가 형이상학적(形而上學的)인 체계 위에 선 발상인 듯싶어, 의미가 잘 통하지 않는다. 역자도 처음에는 유자가 머리가 좋은 편이 아니어서 이런 알쏭달쏭한 말을 한 것이라고 생각하였다. 하기는 이렇게 알기 어려운 소리를 하는 데는, 어쩌면 그의 논리적 사고의 불완전성이 작용하고 있는 것인지는 알 수 없다. 그러나 그에게는 그 나름의 형이상학적인 생각이 있었으며, 그 시대에는 이러한 추상적 사고의 표현이 있지 않았기에 이렇게 이해하기 어려운 말이 된 것이 아니었을까 하는 생각이 들어 역자는 예로부터 내려오는 주석들을 다시 주의 깊게 읽어 보았다.

황간(皇侃)과 주자(朱子)의 주(注)는, 모두 《예기(禮記)》 악기편(樂記篇)의 '예악론(禮樂論)'을 근거로 삼고 있다. 그러나 악기편은, 위(魏)나라에 살던 자하(子夏)학파의 주장을 서술한 것이므로, 노나라에 남아 있던 유자와는 인연이 멀다 하지 않을 수 없다. 유보남(劉寶楠)의 《논어정의(論語正義)》가, 《중용(中庸)》의 철학적 내용의 기본이, 이 유자의 말에 포함되어 있다고 주장하는 것은 정당하다. 《중용》의 저자로 알려진 자사(子思)가 노나라 학파에 속하는 증자(曾子)의 제자이기 때문이다. 《중용》에 '희로애락(喜怒哀樂)이 일어나기 이전의 상태를 중(中)이라 하고, 일어나 모두 절도에 맞는 것을 화(和)라고 한다. 중은 천하의 대본(大本)이요, 화는 천하의 달도(達道)다.'라고 하였으므로, 중(中)을 예(禮)로 바꾸면, 예가 대본이 되고 화(和)가 달도가 된다. 유자는 예의 대본 즉 본질과, 그 용(用) 즉 현상으로서 실현하는 화를 구별한 것이리라. 유자는 '효제(孝弟)는 인의 근본'이라고도 말하고 있으므로, 본(本)과 용(用), 바꾸어 말하면 본질과 현상이라는 생각을 가지고 있었다고 여겨진다. 先王之道斯爲美(선왕지도사위미) 여기 나오는 '斯'를, 유월(兪樾)의 설을 따라 예(禮)를 가리키는 것이라고 보았다.

13. 유자가 말씀하셨다.

"신의(信義)는 그 내용이 도리에 맞으면, 말한 대로 실행할 수 있게 된다. 공손은 공경함이 예의에 맞으면 남에게서 받는 치욕을 면

할 수 있다. 인척(姻戚)과는 친척을 대하는 정의(情誼)를 넘지 않으면, 집안의 신뢰를 유지할 수 있다."

有子曰 信近於義 言可復也 恭近於禮 遠恥辱也 <u>因</u>不失其親 亦可<u>宗</u>也.

● **주해** 因(인) 고주(古注)에서는 '친(親)하는' 뜻으로 보았으나 그다음의 '친(親)을 잃지 않는다'와 모순된다. 황간(皇侃)의 《의소(義疏)》는, 인모(因母), 즉 계모로 보아 재미있기는 하나, 너무 특수한 경우로 치우쳐, 여기서는 의미가 잘 통하지 않는다. 청(淸)의 계복(桂馥)이 '인(姻)'과 통한다고 본 것은 뛰어난 견해로, 인(因)은 처가 일족(一族)과 친하게 지내는 일이다. 처가 일족과 가까이 지내는 것은 좋으나, 자기네 친척 이상으로 대하면 안 된다는 것이 그 취지일 것이다. 宗(종) 친척으로부터 종가(宗家)의 위치를 유지하는 것.

● **평석** 유자의 말은 신(信)·공(恭)·인(因) 세 덕이 성립하는 근원을 생각하여, 그 덕이 실현할 수 있는 한계를 설정했다는 점에서, 공자의 제자 중 매우 이론적인 사람이었음을 말해 준다. 이 이론벽(理論癖)이 유자를 유자가 되게 한 동시에, 동료로부터 반감도 사게 하였을 것이다. 그러나 노나라 학파에는 이런 그의 정신이 계승됨으로써, 자사(子思)나 맹자(孟子)의 뛰어난 이론철학으로까지 발전해 갔음을 잊어서는 안 된다.

14. 공자께서 말씀하셨다.
"군자는 배불리 먹기를 바라지 않고, 안락한 집에 살기를 바라지 않는다. 자기가 맡은 일을 처리하는 데에는 민첩하고 신중을 다하며, 다시 또 도덕 높은 사람을 찾아 비판을 받는다. 이런 사람이 있다면, 학문을 좋아하는 것이라고 말할 수 있다."

子曰 君子食無求飽 居無求安 敏於事而愼於言 就有道而正
焉 可謂好學也已.

● **평석** '군자'를 귀족·학자·교양인이라 하더라도, 일반인이 아닌 지도
층이요, 소수의 엘리트임에는 틀림이 없다. 이런 군자에게는 군자의
의무가 따르게 마련이니, 정치에 종사하고 학문을 닦으며, 인격 연마
에 힘쓰는 것 등이 그것이리라. 그러므로 자기의 사치스러운 생활에
몰두해서는 안 된다고 일침을 놓은 것이다. 그리고 공자가 말하는 학
문이 도덕적으로 자기를 발전시켜 가는 것임을 알 수 있다.

15. 자공(子貢)이 여쭈었다.
"가난하면서도 비굴하지 않고, 부자면서도 교만하지 않으면 어떻습
니까?"
공자께서 말씀하셨다.
"훌륭한 일이다. 그러나 가난하면서 도를 즐기고, 부자면서도 예(禮)
를 좋아하는 것만은 못하니라."
자공이 말했다.
"《시경》에 '뼈와 상아 다듬은 듯, 구슬과 돌 갈고 간 듯'이라 한
것은, 바로 이것을 말함입니까?"
공자께서 말씀하셨다.
"자공아, 너야말로 함께 시를 말할 만하구나. 앞의 것을 조금 말했
더니, 아직 말하지도 않은 뒤의 일까지 아는구나!"

子貢曰 貧而無諂 富而無驕 何如 子曰 可也 未若貧而樂道
富而好禮者也 子貢曰 詩云 如切如磋 如琢如磨 其斯之謂與
子曰 賜也 始可與言詩已矣 告諸往而知來者.

● **주해** 詩云(시운)… 《시경》 위풍(衛風)의 기오(淇奧)에 나오는 구절.

기수(淇水) 기슭의 대숲이 무성한 모습을 노래하는 데서 시작한 이 시는, 주(周)의 동천(東遷)의 공이 있었을 뿐 아니라, 나라를 오래도록 덕으로 다스린 무공(武公)을 찬미했는데, 거기에 나오는 두 구절이다. 뼈를 깎아 물건을 만드는 것이 절(切), 상아를 손질하는 것이 차(磋), 구슬을 쪼는 것이 탁(琢), 돌을 가는 것이 마(磨)다. 부자면서도 예를 좋아하는 것은, 자기를 부단히 향상하는 경지이기에 자공은 이 구절을 인용했다. 그러나 원시(原詩)는, 그렇게 다듬은 상아나 구슬같이 무공이 아름답다는 것이지, 자기를 끊임없이 향상한다는 뜻은 아니다. 이렇게 시의 구절을 인용하여 다른 뜻으로 사용하는 것을 격의(格意)라고 하는데, 공자학파는 이런 일을 즐겼다.

16. 공자께서 말씀하셨다.
"남이 자기를 인정하지 않음을 걱정하지 말고, 자기가 남을 몰라주는 일이 있을까 걱정하라."

子曰 不患人之不己知 患不知人也.

● **평석** 이 말은 공자의 겸손하고 자중(自重)하는 마음이 잘 나타나 있다. 공자의 제자 중에는 학문으로 인정받아 출세하고자 하는 사람이 많았다. 그런 제자들에게 일침(一針)을 주는 동시에 달랜 말인지도 모른다. 이 장 첫머리의 '남이 몰라주어도 성내지 않으면 또한 군자가 아닌가.'라는 구절과 앞뒤로 연결되어 이 편의 끝맺는 말이 되었다.

제2 위정편(爲政篇)

이 편 역시 제1장의 첫 글자를 따서 편명으로 삼았다. 모두 24장 중에서, 제1·3·19~21·23장은, 정치를 주제로 하였다. 그리고 제5~8장의 각 장은 효도를 말하고 있으므로, 정치와는 아무 관련 없는 듯이 보일지도 모른다. 그러나 제21장에서 개인적이요 가족적 도덕인 효도의 간접적 영향은 정치에도 미친다고 말하고 있듯이, 효도와 정치는 하나라는 유교의 윤리적 정치관으로 볼 때, 효도도 정치와 무관한 것이 아니라고 보아, 효도에 관한 것들도 이 편에 함께 묶었을 것이다.

제9~18장까지는 인물론·학문론·수양론의 성격을 띠고 있어서 정치와는 관계가 없지만, 마지막 제24장에는 문제가 있다. 거기서는 조상이 아닌 신에게 제사하는 것의 잘못을 말하고 있다. 물론 현대적인 정치에 대한 안목으로 본다면, 이것은 정치와는 무관한 문제이다. 종교와 정치를 구분하는 것이, 우리가 가진 오늘의 정치관이기 때문이다. 그러나 고대에는 정치와 종교가 밀접한 관계로, 제정일치(祭政一致) 시대였음을 생각할 때, 이 장을 가리켜 정치와 관련이 없다고만은 할 수 없다. 이 〈위정편〉이 처음과 끝이 정치에 관한 내용인 것은, 정치에 관한 공자의 말을 주제로 삼고자 하는 편집자의 의도를 엿보게 한다.

1. 공자께서 말씀하셨다.

"도덕으로 나라를 다스린다면, 마치 그 자리에 가만히 있는 북극성을, 모든 별이 돌면서 움직이고 있는 것과 같아서 온 백성이 따를 것이다."

　　子曰 爲政以德 譬如北辰 居其所 而衆星 共之.

● **주해**　共(공) 정현(鄭玄)은 '공(拱)'이라고 보았다. '拱'은 '공수(拱手)한다', 즉 인사한다는 말이므로, 뭇 별이 북극성에 인사하는 것이라고 해석했다. 그러나 춘추시대에는, 나무가 한아름인 경우에도 이 자를 썼으므로 '돈다'로 보아, 별이 북극성 주위를 움직이고 있는 뜻으로 풀었다. 주자의 해석은 '향하는 것'.

● **평석**　공자가 살던 화북(華北) 지방은, 초여름의 장마철을 제외하면 대체로 맑은 날씨로, 언제나 별이 찬란한 밤하늘을 볼 수 있었을 것이다. 시인 기질이 있는 공자이므로, 아마도 북극성을 중심으로 펼쳐지는 별자리의 향연을, 감동 어린 눈으로 우러러보았는지도 모른다. 그리고 인간에 의한 정치의 추악한 모습에 생각이 미쳐, 도덕적인 정치만 하면 천상 세계의 장엄 찬란한 조화를 지상에도 실현할 수 있다고 생각한 것이리라.

2. 공자께서 말씀하셨다.

"《시경》 3백 편의 시를 한마디로 말한다면, 생각에 사악함이 없다고 할 수 있다."

　　子曰 詩三百 一言以蔽之 曰思無邪.

● **주해**　詩三百(시삼백) 《시경》은 중국 고대의 민요·궁중 음악·종묘 아악의 집대성으로, 공자는 《서경》과 함께 이것을 교과서로 제자를 교육하

였다. 지금 남아 있는 것은 305편으로, 이름만 남아 있는 것까지 합하면 311편이 된다. '3백'은 그 대략적인 숫자를 든 것이다.

● **평석** 공자가 문학에 관해 뛰어난 이해를 지니고 있었음을 알 수 있는 말이다. '사(邪)'는 한쪽으로 치우치든가 기울든가 하여 조화가 깨진 상태이다. 선(善)에 대할 때는 악(惡)이 되고, 정(正)에 대하여는 부정(不正)이 된다. 그러므로 '사무사(思無邪)'는 시의 본질이 순수한 감정의 흐름에 있으며, 그것이 또 왜곡되든가 지나치는 일이 없어야 한다는 것을 지적한 것이라 볼 수 있다. 시의 정의에 이처럼 간결하고 정확한 말을 어디서 발견할 수 있겠는가.

그러나 이 말은 공자의 창작은 아니다. 《시경》 노송(魯頌) 경(駉)에 나오는 구절이다. 유월(兪樾)의 설을 참고하지 않더라도 '思'는 뜻 없는 조자(助字)이므로 '잘못 없이'·'오로지' 정도의 뜻이다. 그러나 공자가 이런 의미로 이 말을 쓴 것은 물론 아니다. 이 시대에 오면, 이런 고전적 문법은 점차 붕괴하는 과정에 있었고, 또 그것을 안다고 하더라도, 원뜻과는 관계없이 시구 한둘을 다른 의미로 바꾸어 사용하는 소위 격의(格意)라는 것이 유행하였다. 따라서, 이 '思'도 조자로 볼 것이 아니라, '생각'·'감정'·'시상' 정도의 뜻으로 이해하는 것이 좋다. 이렇게 볼 때, 그것이 원래의 뜻과 관계없이 시의 본질을 밝힌 뛰어난 비평이라 할 수 있다.

3. 공자께서 말씀하셨다.
"법령으로 지도하고 형벌로 규제(規制)하면, 백성은 형벌만 면할 수 있는 것이라면 무슨 짓을 하든 부끄러워하지 않는다. 이에 비해 도덕으로 지도하고 예(禮)로 규제하면, 도덕적인 수치심을 지니고 더 나아가 바른 사람이 된다."

子曰 道之以政 齊之以刑 民免而無恥 道之以德 齊之以禮

有恥且格.

● **주해** 禮(예) 법보다는 엄하지 않은 관습적인 규범. 格(격) 고주(古注)에서는 포함(包咸)의 경우와 같이 '바로잡는' 뜻으로 보아, 악(惡)으로 달리려는 마음을 억제한다고 해석하기도 하고, 정현(鄭玄)처럼 '오는' 뜻으로 보아, 어진 임금 편으로 돌아오게 된다고도 해석했다. 그러나 신주(新注)에서 '이르다'의 뜻으로 해석한 것이 좋을 것 같다.

4. 공자께서 말씀하셨다.

"나는 열다섯 살 때 학문에8) 뜻을 두었고, 서른 살 때 독립했고,9) 마흔 살 때 갈팡질팡하는 마음이 없어졌고10), 쉰 살 때 하늘로부

---

8) 귀족 자제를 교육하는 대학에 입학해서, 그곳에서 교육을 받은 듯이 말하는 사람도 있으나, 가난한 무사(武士)의 아들로 고아였던 공자는 이런 학교에서 계통적인 교육을 받았을 리가 없고(<자장편> 제22장), 스스로 이 사람 저 사람을 찾아다니면서 배웠을 것이다. '학문에 뜻을 두었다'는 말은 불우한 환경에서도 좌절함 없이, 강한 결의 아래 학문을 닦기 시작한 공자의 괴로웠던 경험을 고백한 것이다.

9) 고주(古注)에서는 '이룬 바 있음'이라 했다. 열다섯에 학문에 뜻을 두었던 공자가 다시 15년이 지났을 때는 덕이 일단 이루어진 것이라고 본 것이겠으나, 구체적 사실의 뒷받침이 없다. 당시 중국의 귀족 사회에서는 나이 차별이 엄했다. 남자는 20세가 되면 성년식을 올려, 처음으로 관(冠)을 쓰고 자(字)를 받았다. 공자가 이 20세 때의 성년이 아닌, 30세를 인생의 한 구분으로 삼은 것은, 당시는 30세가 되어야 아내를 얻어 독립할 수 있었기 때문이다. 공자는 '나는 젊었을 때 신분이 낮았는데 그 때문에 천한 일을 익히게 되었다. 군자는 다능(多能)해야 할 것인가. 다능할 필요는 없다.'(<자한편> 제6장)라고 고백하고 있을 정도다. 그는 학문에 정진하는 한편, 여러 직업을 철새처럼 옮겨 다녔다. 그러다가 30세 전후가 되어서야 박학한 학자로서 이름을 떨치게 된 것이리라. '서른 살 때 독립했다.'라는 말은, 이때가 되어 학문만으로 세상을 살아갈 수 있게 되었다는 고백 같다. 여기의 학문은 노나라에 남아 있던, 주공(周公)이 제정한 예(禮), 즉 주초(周初)의 도시국가 제도, 그 황금시대의 예를 학습하는 일이었으며, 구체적으로는 시(詩)·서(書)·예(禮)를 배우는 일을 말하는 것 같다.

10) 고주에서는 '의혹(疑惑)하지 않음'이라 되어있는데, 무엇에 관해 '의혹하

터 받은 사명을 깨달았고[11], 예순 살 때 남의 말을 순순히 듣게
되었고[12], 일흔 살 때 뜻대로 행동해도 법도를 넘지 않았다.[13]"

지 않는다'는 말일까? 주자는 '사물의 마땅히 그러한 이치에 대해 의혹이
없어진 것'이라 했지만, 이는 추상적 해석에 지나지 않는다. 이는 당시의
노나라 정세와 관련이 있을 것이다. 공자가 36세 때 소공(昭公)이 정권을
휘두르던 삼환씨(三桓氏, 맹손孟孫·숙손叔孫·계손季孫)로부터 정권을 빼앗
기 위해 쿠데타를 일으켰다가 실패하여, 제(齊)나라로 망명하는 사건이 있
었다. 소공 지지파이던 공자는, 소공을 따라 제나라로 망명하였다. 그 후
7년 동안 노나라는 군주 자리가 비어 있었으며, 기원전 510년, 소공이 망
명객의 신세로 제나라에서 죽었으므로, 정공(定公)이 즉위했다. 당시는 40
세를 '강(強)'이라 하여, 비로소 벼슬길에 나아갔다. 40세 중반이 된 공자
는 애국자로서 매우 고민했으나, 이 시기를 전후해서 귀국하여 벼슬길에
올랐다고 추측된다. 이 '의혹하지 않았다'는 말은, 공자가 소공에 대한 충
성과 고국에 대한 그것과의 사이에서 고민하다가, 드디어 귀국하기로 결
의했음을 나타낸다. 그가 지금까지 배우고 익힌 주(周)의 예(禮)는 삼환씨
에 의해 짓밟히고 있으므로, 그것을 어떻게든지 복구해야 했다. 그러기 위
해서는 고국으로 돌아가 집권자를 섬김으로써, 일할 만한 지위를 얻을 필
요가 있다고 깨달은 것이다.

11) 이 시대의 귀족은 50세가 되면 '애(艾)'라고 불려, 각 관청에서는 장관이
되고 대부(大夫) 대열에 설 수 있었다. 공자도 그런 나이가 되어 중부(中
部)의 재(宰)가 되고, 드디어는 사구(司寇)라는 경(卿)이 되었다. 요즘의 법
무장관이다. 그는 삼환씨를 설득하여, 그 근거지인 성을 철거하게 하여,
무력을 제거한 다음에 정치 개혁에 착수할 계획이었으나 실패로 돌아가
국외로 망명하지 않으면 안 되었다. '하늘로부터 받은 사명을 깨달았다'는
것은, 삼환씨의 타도가 하늘로부터 받은 사명임을 자각하고 노력했으나,
그것이 좌절한 것 또한 하늘의 뜻임을 깨달았다는 고백일 것이다.

12) 50세 이후, 공자는 고국을 떠나 방랑길에 올랐다. 60세경에는 송(宋)나라
에서 진(陳)나라로 떠났고, 69세에 귀국할 때까지 이런 방랑은 계속되었다.
그동안, 공자는 여러 나라의 군주와 명사를 찾아가, 개혁의 이상을 피력했
으나, 모두 채택되지 못했다. 이런 체험은 공자가 자기와 의견을 달리하는
사람이 있음을 인정하고, 그 사람들의 의견을 허심탄회하게 듣는 심경에
이르게 했다.

13) '뜻대로 행동해도 법도를 넘지 않았다'는 것은, 고국에서 만년을 보내면
서 후진 교육에 힘쓰던 공자의 노년의 경지를 잘 나타낸다.

子曰 吾十有五而志于學 三十而立 四十而不惑 五十而知天
命 六十而耳順 七十而從心所欲不踰矩.

● **주해** 矩(구) 곡척(曲尺). 곱자.

● **평석** 만년의 공자가 자기 일생을 돌아본 감개 어린 말이다. 지금까
지의 주석은, 오로지 수양하여 성인의 경지에 이른 과정을 서술한 것
으로 보아, 보통 사람이 정신 수양하는 모범적 이정표로서 받아들인
경향이 짙었다. 이런 해석은 일리 있는 이해, 아니 매우 훌륭한 해석
일지도 모른다. 그러나 언제나 겸손하고 반성이 매우 강해서 자기 자
랑이라고는 내세우지 않던 공자가, 언제나 고난과 시련 속에서 자기를
성장시켜 왔던 긴 생애를, 무한한 감개를 가지고 회고한 점을 충분히
는 파악하고 있지 못한 것 같다.

5. 맹의자(孟懿子)가 공자를 불러 효도에 관해 물었다. 공자께서
말씀하셨다.
"어긋남이 없도록 하시면 됩니다."
공자께서는 말을 몰던 제자 번지(樊遲)에게 말씀하셨다.
"맹손(孟孫)이 나에게 효도란 무엇이냐고 묻기에, '어긋남이 없도록
하는 일'이라고 대답했다."
번지가 물었다.
"무슨 뜻입니까?"
공자께서 말씀하셨다.
"생전에는 예를 따라 부모를 모시고, 사후에는 예를 따라 장사 지
내며, 그 후에도 예를 따라 제사 드리는 일이다."

孟懿子問孝 子曰 無違 樊遲御 子告之曰 孟孫問孝於我 我
對曰無違 樊遲曰 何謂也 子曰 生事之以禮 死葬之以禮 祭

之以禮.

● **주해** 孟懿子(맹의자) 노나라의 삼환씨(三桓氏), 즉 세도가의 한 사람.
성은 맹손(孟孫), 또는 중손(仲孫)이라고도 하며, 이름은 하기(何忌),
시호가 맹의자. **樊遲**(번지) 공자의 제자. 이름은 수(須), 자는 자지(子
遲). 공자보다 36세 아래라고 하나 전목(錢穆)의 잘못된 주장이고, 46
세 아래라는 학설이 정확한 듯하다.

● **평석** 맹의자의 질문에 답한 효(孝)에 대한 공자의 정의는 너무나 간
단하다. 정치가인 맹의자에게, 세세한 것을 설명해보았자 소용이 없을
것 같으므로, 대강(大綱)만을 말한 것이리라.

6. 맹무백(孟武伯)이 효도에 관해 물었다. 공자께서 말씀하셨다.
"부모에게는 다만 자기의 병만을 걱정하시게 하십시오."

  孟武伯問孝 子曰 父母唯其疾14)之憂.

● **주해** 孟武伯(맹무백) 맹의자의 아들. 이름은 체(彘). 무(武)는 시호,
백(伯)은 큰아들임을 나타내는 말.

● **평석** 맹무백의 부친인 맹의자가 병이 많았으므로 그것을 걱정하라
는 뜻이라고 보는 견해도 있으나, 문맥으로 보아 역시 자식의 병을 가
리킨다고 보는 편이 자연스럽다. 물론 부모를 위하는 사람은 병에 걸
리지 않도록 조심해야겠지만, 그러나 병은 부득이하게 걸리는 수도 있

---

14) '오직 그 병만을 …'의 '그'가 부모를 가리키는지, 자식을 가리키는지, 해
석은 둘로 나뉜다. 후한(後漢) 왕충(王充)의 《논형(論衡)》에는, '무백은 부
모를 위해 매우 걱정하는 사람이었다. 그러므로 그 병환을 걱정하라고 한
것'이라 해서, 부모의 병을 가리키는 것으로 해석했다. 이에 대해 후한 말
기의 마융(馬融)은 자식의 병이라고 해석하였다.

다. 그러므로 그런 병으로 부모를 걱정시키는 것은 할 수 없으나, 그 밖의 일을 가지고 걱정시켜서는 안 된다는 뜻이리라.

7. 자유(子游)가 효도에 관해 물었다. 공자께서 말씀하셨다. "요즘 효도라고 하는 것은 부모를 물질적으로 봉양하는 일을 가리키는 것 같다. 그러나 개나 말도 먹이고는 있으니, 존경하는 마음이 따르지 않는다면, 무슨 구별이 있겠느냐?"

子游問孝 子曰 今之孝者 是謂能養15) 至於犬馬 皆能有養 不敬 何以別乎.

● **주해** 子游(자유) 성은 언(言), 이름은 언(偃), 자유는 자(字). 공자보다 45세 아래로, 망명에서 돌아온 공자에게 입문한 소장파의 수재.

● **평석** 자유는 공자의 연소한 제자 중에서 두각을 나타낸 예(禮)에 관한 전문가로, 예의범절의 지엽적인 데 얽매이는 경향이 많았다. 그러기에 부모에 대한 존경심이 부족해서는, 아무리 예의범절로 대해도 효도가 아니라고 가볍게 타이른 것이리라. 효도에 관한 질문에 답한 공자의 말은 그때그때 달랐다. 사람들은 공자에게 일관성이 없다고 비난할지도 모른다. 그러나 공자는 사람을 보고 도리를 말했다. 그 사람의 단점을 고치고 장점을 발전시켜 주려는 배려에서 가르치는 것이다. 여기에 위대한 교육자로서의 공자의 면목이 있다.

8. 자하(子夏)가 효도에 관해 물었다. 공자께서 말씀하셨다. "존경하는 진정이 표정에 나타나야 하니, 이 점이 어렵다. 마을 행

---

15) 고주(古注)에서는, 개나 말이 집을 지키든가 수레를 끄는 것도, 사람을 부양하는 것에 해당한다고 보았다. 물론 그것도 사람에 대한 봉사이기는 하려니와, 이것을 '양(養)'이라고 부르는 것은 부자연하다고 할 수 있다. 역자는 고주(古注) 중의 일설과 주자의 신주(新注)에 의해 해석하였다.

사에서 젊은이들이 일하고, 연회가 시작되면 음식을 웃어른에게 바치는 것으로 형식만 차리는 데 그친다면, 그것을 효도라 할 수 있으랴."

子夏問孝 子曰 色難16) 有事 弟子服其勞 有酒食 先生饌 曾是以爲孝乎.

● **주해** 弟子(제자) 여기서는 향당(鄕黨)의 청년을 가리킨다. 先生(선생) 문자 그대로 먼저 태어난 사람. 나이 차이에 따라 질서가 있었다. 청년, 즉 제자는 이 선생(웃어른)에게 봉사할 의무가 있었다.

9. 공자께서 말씀하셨다.
"안회(顔回)는 나와 하루 종일 이야기해도 순종할 뿐이어서, 어리석은 자와 같은 인상을 받는다. 그러나 물러나 생활하는 것을 보면 역시 내 도를 발휘하는 데 있어서 충분하다. 안회는 어리석지 않다."

子曰 吾與回言終日 不違如愚 退而省其私 亦足以發 回也不愚.

● **주해** 回(회) 공자가 가장 사랑했던 제자. 성은 안(顔), 이름은 회, 자

---

16) 마융(馬融)의 고주(古注)는, '부모의 표정을 보고 그 뜻을 살펴서 행동하는 것이, 효도 중에서 가장 힘들다.'고 해석했다. 그러나 《예기(禮記)》 제의편 (祭義篇)에 '깊이 사랑하는 효자는 반드시 화기(和氣)가 있고, 화기 있는 자는 반드시 즐거운 표정이 있다.'고 한 것에 의하면, 부모에 대한 친애의 정이 저절로 얼굴에 나타난다는 것이, 가장 오래된 해석이었던 것 같다. 후한의 고문파(古文派) 마융의 주석은, 이에 대해 자기의 입장을 세우기 위해, 자칫 견강부회로 흐르는 경향이 있었다. 주자의 신주(新注)가 이 제의편의 글을 인용하면서, 애정이 표정에 나타나는 것이라고 본 것은 뛰어난 견해이다. 역자는 이 신주를 따랐다.

는 자연(子淵). 공자보다 30세 아래로 41세의 젊은 나이에 공자보다 먼저 죽었다. 자공(子貢) 등과 함께, 공자가 망명을 떠나기 이전부터의 제자였다. 不違(불위) 공자의 말에 이론(異論)을 제기하는 일. 省其私(성기사) '성(省)'은 잘 관찰하는 것. '사(私)'는 사생활. 고주(古注)에서는 사생활이란 공자 앞에서 물러나 안회가 다른 제자와 이론을 논(論)하고 있는 장면이라 보았다. 안회는 공자 앞에서나 제자들 사이에서나 과묵한 사람이었던 것 같으므로, 이 해석은 맞지 않는 것 같다. 그리고 그렇게 말이 많았다면 따로 관찰할 필요도 없을 것이다. 역자는 주자의 신주(新注)가 말하듯이, 혼자 있는 사생활이라 보는 것이 맞다고 본다. 發(발) 발명(發明)의 뜻. 무엇을 생각하게 함이 있는 것.

● **평석** 사람의 진정한 가치는, 그 사람이 주장하는 말만으로 결정되는 것은 아니다. 그 사람의 일상생활 속에서, 그 이론이 어떻게 활용되느냐 하는 점이 중요하다. 이는 공자의 지론(持論)이거니와, 이것은 다음 장의 취지와도 관련이 있다.

10. 공자께서 말씀하셨다.
"그 하는 바를 보고, 그 말미암는 바를 살피고, 그 몸 두는 바를 관찰한다면, 사람이 어찌 숨길 수 있으랴, 사람이 어찌 숨길 수 있으랴."

子曰 視其所以17) 觀其所由 察其所安 人焉廋哉 人焉廋哉.

● **주해** 所由(소유) 행동할 때 의식하고 있는 목적. 所安(소안) 사람의 행동을 궁극적으로 뒷받침하고 있는, 칸트의 소위 목적론상(目的論上)의

---

17) '이(以)'는 한 글자로 쓰일 때는 '써[用]'의 뜻의 동사이나, '하(何)'와 연용되어 '하이(何以)'가 되는 경우는 '하다[爲]'의 의미이다. 따라서 '소이(所以)'도 '하는 바'의 의미이다. 이 말이 가리키는 것은, 사람이 어떤 행동을 하게 만드는 외면적인 이유를 보라는 뜻이다.

목적에 해당하여 구별할 수 있을 것이다. 廋(수) 숨기다, 숨다.

11. 공자께서 말씀하셨다.
"식은 국을 다시 데워 먹는 것처럼, 과거의 전통을 돌아보고 새로운 의미를 발견하는 사람이라야, 비로소 남의 스승이 될 만하다."

子曰 溫故而知新 可以爲師矣.

● **주해** 溫故(온고) '온(溫)'을 주자는 '찾다'의 뜻으로 보았으나 지나친 의역(意譯)이다. 정현(鄭玄)처럼 '식은 국을 다시 데운다'는 것이 원래의 뜻이다.

● **평석** 단순히 과거 것을 많이 기억하고 있는 것만으로는 남을 가르칠 자격이 없다고 본 것이리라. 전통이란 단순히 과거로서 존재하는 데 그쳐서는 의미가 없다. 그 과거가 어떤 의미를 지니고 지금 작용해야 한다는 것이, 공자의 생각이었던 것 같다. 이것은 공자의 전통론(傳統論)으로 받아들여도 흥미 있다.

12. 공자께서 말씀하셨다.
"군자는 그릇이 아니다."

子曰 君子不器.

● **주해** 不器(불기) '그릇'은 어떤 특정한 용도를 지닌 도구다. 사람은 그러한 한 직능밖에 없는 그릇, 즉 단순한 전문가에 그쳐서는 안 된다.

13. 자공(子貢)이 물었다.
"군자란 어떤 사람입니까?"
공자께서 말씀하셨다.

"먼저 주장하고자 하는 것을 실행하고 나서, 그다음에 말을 내는 사람이다."

子貢問君子 子曰 先行其言 而後從之.

● **평석** 공자의 제자 중에서 자공은, 지혜로 두각을 나타내기도 했거니와 언변에 있어서도 가장 뛰어난 존재였던 만큼, 자칫하면 말이 앞서기 쉬운 그의 단점을 간접적으로 지적하여 반성을 촉구하였다.

14. 공자께서 말씀하셨다.
"군자는 남과 친하게 지내기는 해도 무리를 이루지 않고, 소인은 무리를 이루기는 해도 친하게 지내지 않는다."

子曰 君子周而不比 小人比而不周.

● **주해** 周(주) · 比(비) 이 두 자에 대해서는 여러 가지 해석이 있다. 왕인지(王引之)가 지적했듯이, '周'나 '比'는 일반적으로는 친하게 지낸다는 뜻이지만, 또 이 경우와 같이 친하게 지내는 데 차등 있는 것을 대조시켜 강조하는 수도 있다. 그래서 '친하게 지내다', '무리를 이루다'로 구별해서 번역했다.

● **평석** 공자의 이 말에서, 군자의 교제는 의(義)를 가지고 맺어져, 친한 사이에도 예의가 있고, 소인의 교제는 이(利)를 가지고 맺어져, 무리를 이루게 된다는 생각이 나왔다.

15. 공자께서 말씀하셨다.
"배울 뿐 생각하지 않으면, 사리가 확실히 파악되지 않는다. 생각할 뿐 배우지 않으면 독단에 빠지기 쉬워 위험하다."

子曰 學而不思則罔 思而不學則殆.

● **주해** 學(학) 책을 읽고 선생에게서 설명을 듣는, 외부로부터의 습득. 罔(망) 흐리멍덩하여 확실하지 않은 것. 殆(태) 고주(古注)에서는 태(怠), 즉 '지친다'의 뜻으로 보았고, 왕인지(王引之)는 '의심하다'로 해석했다. 주자의 신주(新注)를 따라 '불안', '위태함'으로 보는 것이 좋을 듯하다.

● **평석** 배운다는 것은 스승이나 책을 통해 선왕(先王)의 도를 학습한다는 뜻이다. 선왕의 도는, 인간 일반의 뛰어난 경험의 결정이다. 이에 대해, 생각한다는 것은 개인의 이성(理性)에 의지한 사색이다. 이 대립은 서양에서의 경험론(經驗論)과 합리론(合理論)의 대립을 연상케 한다. 공자의 이 말을 읽고, '지식은 경험과 함께 시작되지만, 사유(思惟)가 없으면 맹목적인 것이 된다.'고 하여, 경험론과 합리론을 종합하려 했던 칸트의 비판철학을 생각하기는 그다지 어려운 일이 아니다. 물론, 공자 이전의 중국에 경험론과 합리론의 대립이 있었던 것은 아니므로, 칸트처럼 논리적으로 명확한 형태를 취하지는 않았지만, 일방적 입장을 고집하지 않고, 끊임없이 양면으로부터 사물을 바라보려 한 공자의 생각은 높이 평가되어야겠다.

16. 공자께서 말씀하셨다.
"천을 양쪽 끝에서 동시에 감듯이, 다른 경향의 두 학문을 한꺼번에 배우려 들면, 이것도 저것도 되지 않고 해만 받게 된다."

子曰 攻乎異端 斯害也已.

● **평석** 이 말에는 정설(定說)이 없다. '이단'이라는 말은 정통(正統)에서 벗어난 사설(邪說)을 뜻한다. 그러기에 얼른 보기에는, 유교가 아닌 사설을 배우는 해독을 깨우친 말처럼 이해된다. 그러나 공자 시대에 어떤 사설이 있었을까? 노자(老子)를 말할지 모르지만 그는 실

재 여부조차 의심되며, 지금의《노자》책이 나온 것은 훨씬 뒤의 일이다. 또 유교에서 이단으로 여기는 양자(楊子)와 묵자(墨子)의 학설과 불교 같은 것은, 물론 당시와 아무 관계도 없다. 청(淸)의 대진(戴震)에 의하면, 사물에는 베나 명주의 양 끝과 같이 두 끝이 있는 법이며, 이것이 '이단'이라는 것이다. 이것은 많은 것을 시사(示唆)하는 의견이다.

17. 공자께서 말씀하셨다.
"자로(子路)야, 너에게 안다는 것이 무엇인지 가르쳐 주겠다. 자기가 아는 것은 남에게 말해도 무방하다. 자기가 모르는 일은 남에게 모른다고 말해야 한다. 이것이 아는 것이라 할 수 있다."

　子曰　由誨女知之乎　知之爲知之　不知爲不知　是知也.

● **주해** 由(유) 공자의 제자. 성은 중(仲), 이름은 유, 자는 자로. 공자보다 9세 아래로 제자 중에는 연장자에 속한다. 용기가 있고 솔직하여 공자로부터 사랑을 받았다. 女(여) '여(汝)'의 차자(借字). '너'.

● **평석** 자로는 용기가 있었으므로 덮어놓고 큰소리쳤다가 공자로부터 꾸중 듣는 장면이《논어》에 여러 번 보인다. 이 경우에도 무엇인가 잘 알지도 못하는 일에 대해 아는 듯 말한 것 같다. 이런 그의 실언을 예상하지 않는다면, '자로야, 너에게 안다는 것이 무엇인지 가르쳐 주겠다.'라는 말은 이해되지 않는다.

18. 자장(子張)이 녹(祿) 구하는 법에 관해 물었다. 공자께서 말씀하셨다.
"많이 듣되 의심스러운 점은 버리고, 그 밖의 자신을 가질 수 있는 것만을 신중하게 말한다면, 잘못이 적을 것이다. 많이 보되 확실하지 않은 것은 버리고, 그 밖의 확실한 것만 실행하면 뉘우치는 일이 적을 것이다. 그렇게 하면 녹은 저절로 얻을 것이다."

子張學干祿 子曰 多聞闕疑 慎言其餘則寡尤 多見闕殆 慎行其餘則寡悔 言寡尤 行寡悔 祿在其中矣.

● **주해** 子張(자장) 성은 전손(顓孫), 이름은 사(師), 자는 자장. 공자보다 48세 아래. 干祿(간록) 녹을 구함. 벼슬하고자 하는 것. 闕疑(궐의) 현대의 사회학 용어를 빌린다면, '가능한 한 널리 정보를 수집해서, 그중의심스러운 것은 제거하고 확실한 것만을 취하는 것'이라 할 수 있다. 중국 후세의 실증주의자들은 학문론의 근거로서, 이 말을 자주 이용했다.

● **평석** 자장은 외모가 당당한 데다가 언변도 좋았고, 어려운 일도 회피하지 않는 수완가이기는 했으나, 성의가 부족한 점이 있었다. 취직운동의 비결이라도 알고 싶어 하는 현실적 질문에 대해, 언행을 신중히 하라는 공자의 답변은 추상적인 것처럼 생각되겠으나, 지식인이 얼마 안 되던 당시인지라, 언행이 신중하면 평판이 좋아지고, 그런 평판은 곧 취직과 직결될 수 있다고 공자는 생각했던 것이리라.

19. 애공(哀公)이 물으셨다.
"어떻게 하면 국민이 나를 따르겠는가?"
공자께서 대답하셨다.
"곧은 사람을 뽑아 굽은 사람들 위에 놓으신다면, 백성들은 기꺼이 군주의 명령을 따를 것입니다. 그 반대로 굽은 사람을 뽑아 올려 곧은 사람들 위에 앉게 하신다면 백성들은 군주를 따르지 않을 것입니다."

哀公問曰 何爲則民服 孔子對曰 擧直錯諸枉 則民服 擧枉錯

諸直 則民不服.

● **주해** 哀公(애공) 노나라의 군주. 기원전 494~468년 재위. 애공 11년에 69세의 공자는 망명 생활에 종지부를 찍고 고국으로 돌아왔다. 따라서 공자와 애공의 문답은, 공자가 죽을 때까지(기원전 479)의 5년 사이에 있은 일이다. 공자는 귀국 후 정치 표면에 나서는 일은 없었으나, 이렇게 군주로부터 자문을 받고 있는 것을 보면, 매우 신망이 두터웠던 것 같다. 錯(착) 놓음. '치(置)'와 같은 뜻.

● **평석** 춘추 말기와 전국 초기에는 여러 나라에서 농민의 반란이 끊이지 않아서, 그 대책은 지배자들의 절실한 문제였다. 애공도 이런 반란이 일어나지 않게 하는 방법을 물은 것으로, 공자는 애공이 신임하는 노나라 정치가 중에는 악인이 많으므로, 이런 무리를 몰아내는 일이 급선무라고 말했다. 애공은 아마 이 정책을 실천하지 못했을 것이다.

20. 계강자(季康子)가 물었다.
"백성들이 공경하는 마음으로 충실하게 봉사하도록 하려면 어떻게 해야 하오?"
공자께서 말씀하셨다.
"대감께서 엄숙한 태도로 대하신다면, 백성은 저절로 공경하게 될 것입니다. 대감께서 부모에게 효도하시고, 어린아이들을 사랑하신다면, 백성은 진심으로 대감을 섬길 것입니다. 대감께서 착한 사람을 발탁하여 무능한 사람을 가르친다면, 백성은 진심으로 대감을 받들 것입니다."

季康子問 使民敬忠以勸 如之何 子曰 臨之以莊則敬 孝慈則忠 擧善而敎不能則勸.

● **주해** 季康子(계강자) 계손씨(季孫氏), 이름은 비(肥), 강(康)은 시호. 세도가인 삼환씨(三桓氏)의 한 사람으로 애공 4년에 상속, 애공 말년에 죽었다. 이 문답은 공자가 망명에서 돌아온 다음의 일이다. 勸(권) 청(淸)의 반유성(潘維城)이 '힘쓰다'의 뜻으로 본 것을 따랐다.

21. 어떤 분이 공자에게 말했다.
"선생은 왜 정치에 관여하시지 않으십니까?"
공자께서 말씀하셨다.
"《서경》에 '이것이야말로 효도라 할 수 있지 않은가. 형제와도 우애가 두터우며, 다시 나라의 정치에도 감화를 끼친다는 것은.'이라는 말이 있습니다. 이것도 정치에 관여하는 것이라면, 구태여 정치에 관여할 필요가 있겠습니까?"

　　或謂孔子曰 子奚不爲政 子曰 書云18)孝乎 惟孝 友于兄弟 施
　　<u>於有政</u> 是亦爲政 奚其爲爲政.

● **주해** 有政(유정) '有'는 뜻 없는 조자(助字).

● **평석** 공자가 아직 벼슬하기 전인 정공(定公) 시대의 일로, 질문한 사람의 이름을 밝히지 않은 데는 사정이 있는 것 같다. '어떤 분'이란 아마 계손씨(季孫氏)의 가신(家臣) 신분으로, 계씨의 권한을 빼앗아 기원전 505년에서 502년까지 사실상 노나라를 지배했던 양호(陽虎)를 가리킬 가능성이 크다. 그는 양화(陽貨)라고도 기록되어 〈양화편〉 제1장에 보면, 양호가 벼슬할 것을 강요하므로 거절하다가, 마침내 이를 승낙했다는 내용이 있다.

---

18) 이것은 한(漢) 이후의 《서경》에는 보이지 않는 일문(佚文)이다. 서진(西晉) 때 위작(僞作)한 《고문상서(古文尙書)》 군진편(君陳篇)에는 이것을 넣고 있다.

공자가 죽은 후, 얼마 안 되어 편집된 〈위정편〉의 이 장에서는, 양호 같은 악인의 이름을 밝히는 것을 꺼려 '어떤 분'이라 하고, 한걸음 나아가 공자가 《서경》을 인용해서 그 권고를 물리친 것으로 하였다. 이에 대해 같은 《논어》의 기록이면서도 〈양화편〉에서는 그의 이름을 표현했을 뿐 아니라, 즉시는 아니나 공자가 양호의 권고를 받아들인 것으로 기록했다. 이것은 〈양화편〉이, 양호에 대한 노나라에서의 좋지 않은 감정이 차츰 없어진 후대의 편찬임을 말하는 것이다.

역자는 〈양화편〉의 기록이 역사적 사실에 가까우며, 공자의 직제자들은 스승의 명예를 생각하여, 이런 대화를 만들어 낸 것이라고 생각한다. 보통의 《서경》에도 보이지 않는 문구인 데다가, 그 대화는 추상적이어서 대답에 생기가 느껴지지 않는다.

22. 공자께서 말씀하셨다.

"사람이면서 그 말에 신의가 없다면, 무엇에 쓰겠는가? 소달구지에 끌채가 없고, 마차(馬車)에 멍에 끈이 없다면, 어떻게 수레를 움직일 수 있겠는가?"

> 子曰 人而無信 不知其可也 大車無輗 小車無軏 其何以行之哉.

● **주해**　輗(예) 소달구지의 멍에 앞 끝에 있어서, 소 목 뒤에 거는 가로지른 나무. 끌채.

23. 자장(子張)이 물었다.

"10대(代) 후 왕조의 일을 알 수는 없습니까?"

공자께서 대답하셨다.

"은(殷)은 하(夏)의 제도를 계승했다. 은나라 제도 중에서 무엇을 폐지했고 무엇을 거기에 덧붙였는지, 이 문제는 평소에 내가 예(禮)

를 가르칠 때 설명하였으므로, 너는 잘 알고 있을 것이다. 다시 주(周)는 은(殷)의 제도를 이어받았다. 무엇을 폐지하고 무엇을 첨가했는지, 이것 또한 너는 잘 알고 있을 것이다. 이것을 바탕으로 삼으면, 주(周)를 계승할 왕조의 제도 같은 것은, 백 대 후에 이르기까지 짐작하지 못할 것이 없다."

子張問 十世可知也 子曰 殷因於夏禮 所損益可知也 周因於殷禮 所損益可知也 其或繼周者 雖百世可知也.

● **주해** 殷(은) 역사적으로 알 수 있는 중국 최고(最古)의 왕조. 탕왕(湯王)의 하(夏)를 무너뜨리고 건국하여, 주왕(紂王)에 이르기까지 30대(代)가 계속되었으나 기원전 11세기 중엽에 주(周)에 의해 멸망 당했다. 夏(하) 중국의 대홍수를 다스렸다는 성인 우(禹)가 세운 전설적 왕조.

● **평석** 예(禮), 즉 제도사(制度史)의 전문가였던 젊은 자장이 10대 앞 왕조의 제도를 알 수 있느냐고 질문하였다. 현대의 역사학은, 역사란 연속성을 지니면서 발전하는 것이라고 보는데, 2,500년 전의 공자가 이 연속성과 발전성을, 하·은·주 세 왕조의 제도(예)의 비교를 통해 이해하고 있는 점은 참으로 놀라운 일이 아닐 수 없다.

24. 공자께서 말씀하셨다.
"자기 조상이 아닌 귀신을 제사하는 것은 비굴한 일이다. 의를 보고도 하지 않음은 용기가 없음이다."

子曰 非其鬼而祭之 諂也 見義不爲 無勇也.

● **주해** 諂(첨) 아첨하다, 비위를 맞추다.

● **평석** '귀(鬼)'는 죽은 조상의 영혼을 가리키는 말이다. 고대 중국의

가족적 종교에 의하면, 죽은 조상의 넋은 신(神)이 되고, 그 자손이 드리는 제사를 받음으로써 저승에서 생존을 계속하는 것이었다. 따라서 신은 자손이 아닌 자가 드리는 제사를 받지 않는다고 여겼다. 그러면 조상이 아닌 신을 제사하는 문제가 제기된 것은 무슨 까닭일까? 춘추시대 노나라에서는, 새로운 신을 받드는 무당을 중심한 신흥 종교가 유행하여, 공자의 이 말은 이것을 배척한 것이다. 그런데 다음에 나오는 '의를 보고도 하지 않음은 용기가 없음이다.'와 앞 구절이 지금까지의 주석으로는 잘 연결되지 않았다. 권력자가 믿고 있다 해서, 제사해서는 안 될 신을 받들어서는 안 되는 것, 그것이 '의(義)'며, 권력자의 뜻을 거스르는 데는 많은 용기가 필요했다고 역자는 해석한다.

제2권

제3 팔일편(八佾篇)

제1장의 공자가 계씨(季氏)의 예에 어긋나는 행동을 통렬히 비판한 말의 첫 글자를 따서 편명으로 삼았다. 모두 26장으로 대부분이 중국 고전 사회를 지탱하는 원리였던, 예악(禮樂) 제도에 관한 내용으로 되어있다. 이런 의미에서는 《논어》 20편 중 가장 짜임새 있는 편이라 할 수 있다.

1. 공자께서 계씨(季氏)를 비판하셨다.

"8열(列) 64명을 자기 집 사당 앞뜰에서 춤추게 했다고 하니, 이 것까지 참을 수 있다면, 무엇을 참지 못하겠는가?"

　孔子謂**季氏** 八佾舞於庭 是可忍也 孰不可忍也.

●**주해** 季氏(계씨) 계평자(季平子). 마융(馬融)이 계환자(季桓子)라고 한 것은 잘못이다. 八佾(팔일) 일(佾)은 춤추는 사람의 줄. 한 줄에 8명이었 으므로, 8×8=64명으로 된 무용단이라는 것이 통설이다. 이것은 천자 (天子)만이 쓸 수 있었다.

●**평석** 계씨는 노나라의 재상인 계손씨(季孫氏)의 5대손인 계평자이 다. 군주인 소공(昭公)은 계평자를 비롯한 숙손(叔孫)·맹손(孟孫)의 세 재상가의 정권 농단을 견디다 못해, 쿠데타를 일으켜 이들을 죽이 려다 실패하여, 제(齊)나라로 망명하지 않으면 안 되었다.(기원전 517 년) 당시 36세의 공자는 소공을 따라 제나라로 갔다. 이 망명 기간 중, 천자의 특권인 팔일 춤을 배신(陪臣)인 계씨가 하였다는 소문을 듣고, 공자는 크게 분격했다. 젊은 나이의 공자의 기백이 잘 나타나 있다.

2. 맹손(孟孫)·숙손(叔孫)·계손(季孫)의 세 세도가에서 옹(雍) 음악에 맞추어 제물(祭物)을 치웠다. 공자께서 말씀하셨다.

"'제후들 모여 제사 도우니, 천자의 용안에 기쁘신 기색.'이라는 대 목을, 그 세 집안에서는 어떻게 알고 들은 것일까?"

　三家者以**雍**徹 子曰 **相維辟公** 天子穆穆 奚取於三家之堂.

●**주해** 雍(옹)《시경》주송(周頌)에 나오는 노래 이름. 천자가 종묘에서 제사 지낼 때 쓰던 가사. 徹(철) 치우는 것. 相維辟公(상유벽공) 상(相)은

도움. 유(維)는 조자(助字). 벽공(辟公)은 제후. 穆穆(목목) 덕이 겉으로
나타나 아름다움.

● **평석** 노나라는 주(周)의 제후이므로 그 신하인 삼가(三家)는 천자
의 처지에서 보면 신하의 신하, 즉 배신(陪臣)이다. 제후도 사용하지
못하는 천자의 음악을, 배신의 신분으로 사용한 세도가의 외람된 행동
은 청년 공자를 매우 분개하게 하는 데 마땅하였다.

3. 공자께서 말씀하셨다.
"사람으로서 사람다움이 부족하면, 예(禮)를 배워 무엇하랴? 사람
으로서 사람다움이 부족하면 악(樂)은 배워 무엇하랴?"

　　子曰 人而不仁 如禮何 人而不仁 如樂何.

● **주해** 仁(인) 인간다운 감정을 의미한다. 예악의 본질은 실로 이 인간
다운 감정에 있으므로, 이것이 없을 때 외형만의 예악이 무슨 소용이 있
겠느냐는 말이다.

4. 임방(林放)이 예(禮)의 근본에 관해 여쭈니 공자께서 대답하셨
다.
"매우 큰 문제를 묻는구나. 예(禮)는 사치스럽기보다는 검소한 것
이 나으며, 장례는 막힘없이 하기보다는 애도(哀悼)의 정이 나타나
도록 해야 한다."

　　林放問禮之本 子曰 大哉問 禮與其奢也 寧儉 喪與其易也
　　寧戚.

● **주해** 林放(임방) 노나라 사람이라는 것밖에는 알려진 것이 없다. 공자
의 제자 명단에 보이지 않으므로, 정식으로 입문한 사람은 아닌 듯하다.

易(이) 정현(鄭玄)은 '간(簡)'이라 주석했다. 손쉽게, 재빠르게, 요령 좋게 하는 것.

5. 공자께서 말씀하셨다.
"오랑캐에게 비록 임금이 있다 해도, 임금은 없어도 문화가 진보한 한족의 나라만은 못하다."

> 子曰 <u>夷狄</u>之有君 不如<u>諸夏</u>之亡也.

● **주해** 夷狄(이적) 고대 중국에서는 주위에 있는 이민족을 동이(東夷) · 서융(西戎) · 남만(南蠻) · 북적(北狄)이라 불렀다. 이를 생략한 것이 이적이다. 당시에는 이런 이민족이 중국 내부에도 많이 섞여 살았다. 諸夏(제하) 하(夏)는 원래 우(禹)가 세운 나라이다. 중국인은 우의 자손을 자처했으므로, 중국이나 중국인을 일컫는 말이 되었다. 여기서는 중국 안에 있던 한족의 여러 나라.

● **평석** 주자는 '오랑캐도 임금이 있으면, 한족 국가의 임금 없는 것과는 같지 않다.'고 하여, 오랑캐라도 임금이 있으면 군주의 권력이 땅에 떨어져 혼란에 빠진 한족 국가보다 낫다고 해석하였으나, 역자는 고주(古注)를 따랐다. 노나라에서는 정권이 삼환씨(三桓氏)의 손으로 완전히 넘어가, 이를 분개한 소공(昭公)이 쿠데타를 일으켜 정권을 되찾으려 했으나 실패하여 제(齊)나라로 망명했고, 공자도 따라갔다. 그리하여 노나라는 군주 없는 공백기가 7년이나 계속되었으니, '임금 없는 한족 국가'는 구체적으로는 바로 당시의 노나라를 가리킨다.
고주와 신주(新注)를 막론하고, 이제까지의 주석자들은 이 사실을 눈치채지 못했으나, 반유성(潘維城)의 《고주집전(古注集箋)》만이 막연히 이를 알아서, '노나라의 참란(僭亂)함은 군신과 부자의 의(義)가 없었으니'라고 하면서, 그 뒤를 이어 '이적(夷狄)과 같고, 멸망함이 낫다고 함을 가리킨다.'고 결론을 내렸다. 소공의 뒤를 따라 제나라로 망명한 공자의 당시 생각으로는, 임금을 내쫓고 권신의 지배에 있는 노나라는, 정의를 숭상하는 선비가 살 곳이 아닌 망국(亡國)이었다. 그러나 조금 지내다 보니 제나라도 사정은 비슷했다. 최씨를 비롯한 권력자들의 압박으로, 군주는 있어도 없는 것이나 다름없는 상태였다. 공자는 차라리 제나라도 버리고, 동쪽 해상(海上)으로 도망칠까 생각한 일도 있었다.(〈공야장편〉 제7장) 이적의 나라라 할지라도 군주를 받들고 있으면, 노나라처럼 어지러운 상태보다는 낮다고 느낀 것이리라. 그러나 산동 반도나 해안지방에 사는 이민족의 실정을 알게 되자, 역시 임금이야 있든 없든 한족 나라 쪽이 낮다고 생각을 바꾼 것 같다. 공자의 말을 이렇게 생각해야 한다는 것이 역자의 생각이다.

6. 계씨(季氏)가 태산(泰山)에서 대제(大祭)를 올렸다. 공자께서 염유(冉有)에게 말씀하셨다.
"너는 계씨를 섬기는 몸으로 어째서 말리지 않았느냐?"
염유가 대답했다.
"아무리 애써도 불가능했습니다."
공자께서 말씀하셨다.
"아! 너는 대체 태산의 신(神)이, 임방(林放)보다도 예(禮)에 대해 못하다고 생각하느냐?"

　　季氏旅於泰山 子謂冉有曰 女弗能救與 對曰 不能 子曰 嗚
　　呼 曾謂泰山不如林放乎.

● **주해** 季氏(계씨) 계씨의 7대째인 계강자(季康子), 즉 계손비(季孫肥)를 가리킴. 旅(여) 《주례(周禮)》에는 '여(祣)'로 쓰였다. 매년 있는 제사가 아닌, 임시의 대제(大祭). 冉有(염유) 공자의 제자. 자는 자유(子有). 공자보다 29세 아래. 계씨의 재(宰), 즉 집사(執事)가 되었으며, 정치가로서 수완이 있었다고 한다. 林放(임방) 앞에서 예(禮)의 근본에 관해 물

었다가, 문제 제기 방식이 좋다고 공자로부터 칭찬 들었다. 유명한 제자도 아닌 임방도, 예에 관해 훌륭한 질문을 하지 않느냐, 그런데 너는 어쩐 일이냐고 탓한 것이다.

● **평석** 태산은 산동성(山東省) 중앙에 있는 명산이다. 해발 1,450미터에 불과하지만, 넓은 화북평원(華北平原)의 동쪽에 솟아 있으므로, 먼 곳에서도 보인다. 노나라의 명산일 뿐 아니라, 서주(西周) 시대에는 천하제일의 명산으로 인식되었다. 주(周)가 완전히 중국을 지배할 때는 제후를 이끈 천자가 이곳을 찾아 제사 드리곤 하였다. 물론 혼란기에 접어들면서 이런 제사는 행해지지 않았지만, 그것을 천자가 보기에는 배신(陪臣)에 지나지 않는 계강자가, 태산에 올라 제사 드린 것이다. 제후가 할 수 없는 천자의 특권을, 일개 배신이 했으니 분수에 지나친 행위였다. 마침 계씨네 가신(家臣)의 우두머리 자리에 염유가 있었기에, 공자는 그를 불러 책임을 추궁하였다. 그리고 이런 예에 벗어나는 제사를 태산의 신이 받아들일 줄 아느냐고 비꼰 것이다.

7. 공자께서 말씀하셨다.

"군자는 남과 다투는 일이 없으나, 활쏘기만은 예외라 할 수 있다. 당(堂)에 올라 주인에게 인사할 때, 뜰에 내려가 활을 쏠 때, 서로 읍(揖)하면서 양보하며, 이긴 사람에게는 술을 대접한다. 경쟁이면서도 그 방식은 참으로 군자답지 않으냐."

子曰 君子無所爭 必也射乎 揖讓而升下而飮 其爭也君子.

● **주해** 揖(읍) 두 손을 앞으로 들어 올려 인사하는 것. 升下(승하) 사례(射禮) 때, 주인의 초대에 응해 집으로 올라가는 것이 승(升)이고, 활을 쏘기 위해 뜰로 내려서는 것이 하(下)다.

8. 자하(子夏)가 물었다.

"'빙그레 웃으면 예쁜 보조개, 아름다운 눈매여, 까만 눈동자. 흰 빛으로 드러나는 눈부신 무늬.'라는 시는 무엇을 뜻합니까?"

공자께서 말씀하셨다.

"그림 그릴 때 흰빛을 나중에 칠한다는 말이다."

"예(禮)가 마지막 단계라는 말씀입니까?"

공자께서 말씀하셨다.

"내 뜻을 잘 발전시켰구나. 자하야, 너쯤 되면 시를 더불어 말할 수 있으리라."

子夏問曰 巧笑倩兮 美目盼兮 素以爲絢兮 何謂也 子曰 繪 事後素 曰 禮後乎 子曰 起予者 商也 始可與言詩已矣.

● **주해** 巧笑倩兮 美目盼兮(교소천혜 미목반혜)《시경》국풍(國風) 석인(碩人)의 구절. 천(倩)은 웃을 때 보조개가 생기는 것. 혜(兮)는 조자(助字). 반(盼)은 흰 눈자위에 까만 눈동자가 뚜렷한 것. 素以爲絢(소이위현) 지금의《시경》에는 보이지 않는다. 아마도 누락된 듯하다. 자하는 이 문구가 이해가 되지 않아 질문한 것이리라. 絢(무늬 현). 繪事後素(회사후소) 정현(鄭玄)의 주(注)에 의하면, 회(繪)는 무늬니, 오색 색실로 수놓은 다음 마지막으로 그 색 사이를 흰 실로 두르면, 오색 무늬가 한층 드러나 보이는 것이라고 해석했다. 이것은 자수에 한한 일이 아니다. 서양화에서도 마지막 단계에 흰색으로 하이라이트를 그려 넣는다. 그렇게 함으로써 그림이 눈에 띄게 된다는 것.

● **평석** 자하의 질문은 참으로 어지간하다. 《시경》해석을 둘러싸고 그 정통을 문제 삼을 때, 으레 자하까지 거슬러 올라가거니와, 아마도 이 문답이 그의 제자들에 의해 전해져 내려가, 그런 인정을 받기에 이른 것 같다.

9. 공자께서 말씀하셨다.

"하(夏)의 제도는 나도 충분히 설명할 수 있기는 하나, 유감스럽게도 하의 자손인 기(杞)나라에 의해 그것을 실증(實證)할 수가 없다. 은(殷)의 제도도 나는 충분히 설명할 수가 있지만, 유감스럽게도 은의 계통을 이은 송(宋)나라에 의해 그것을 실증할 수 없다. 왜냐하면, 기나라나 송나라에는 책과 박식한 사람이 남지 않았기 때문이다. 만약 그것만 충분히 남았다면, 나는 학설을 실증해 보일 수 있을 것이다."

　　子曰 夏禮吾能言之 杞不足徵也 殷禮吾能言之 宋不足徵也
　　文獻不足故也 足則吾能徵之矣.

● **주해**　杞(기) 하(夏)의 자손이 봉해진 나라로, 지금의 하남성(河南省) 기현(杞縣)에 해당한다. 徵(징) 증거를 가지고 확인하는 것. 宋(송) 은(殷)의 자손이 봉해진 나라로, 지금의 하남성 상구현(商邱縣)에 해당. 文獻(문헌) 이 말은 지금은 사료(史料)를 뜻한다. 그러나 《논어》에는 문(文)이 사료요, 헌(獻)은 현인(賢人), 즉 박식한 사람을 뜻한다.

● **평석**　공자는 하나라와 은나라의 예, 즉 그 문물제도 같은 것은, 주의 제도를 근거로 하여 유추(類推)할 수가 있다고 생각했으나 하나라와 은나라 자손의 나라에 사료가 보관되어 있지 않고, 그것에 밝은 학자도 없으므로, 이론을 실증할 수 없다고 안타까워하였다. 공자는 이 점에서 보면, 지금의 역사학자처럼 확실한 사료에 의한 실증이 없으면, 예(禮)도 공리공론이 됨을 알고 있는 것 같다.

10. 공자께서 말씀하셨다.

"나라의 종묘에 올리는 제사에서, 술을 땅에 붓는 의식 다음부터는, 나는 보지 않기로 하고 있다."

子曰 禘 自旣灌而往者 吾不欲觀之矣.

●**평석** 노나라 종묘에서는 먼 조상들의 넋을 제사하는 큰 의식이 올려
졌는데, 이것을 체(禘)라고 불렀다. 그 상세한 내용은 알 수 없으나,
지하에 있는 넋을 불러오기 위해, 땅에 세워 놓은 짚단에 술을 부어,
그것이 땅에 스며들도록 했다. 이 향기에 끌려 조상 신들이 지상으로
올라온다고 보고, 그다음에는 조상들의 위패(位牌)를 사당 정면에 늘
어세운 다음, 본격적인 제사가 시작되었다. 그런데 이 위패의 서열에
문제가 있었다.

노나라 조상 중, 18대 민공(閔公)과 19대 희공(僖公)은 형제였으나,
민공은 적자요 나이가 아래였고, 희공은 서자인 데다가 나이가 위였
다. 희공의 아들 문공(文公)이 즉위하자, 일부러 자기 부친인 희공의
위패를 민공 위에 놓고 제사 드렸다. 이것은 그대로 계승되어 예에 어
긋나는 이 위패 배치를, 공자는 차마 볼 수 없었던 모양이다. 신주(新
注)에서는 제사에 성의가 부족하여 차마 보지 않았던 것이라고 해석
했다.

11. 어떤 분이 체(禘)에 관해 물었다. 공자께서 말씀하셨다.
"모릅니다. 체에 관해 일가견(一家見)을 가진 사람이라면, 천하의 일
에 관해서도 마치 이것을 들여다보듯 할 것입니다."
그러면서, 손바닥을 가리키셨다.

或問禘之說 子曰 不知也 知其說者之於天下也 其如示諸斯
乎 指其掌.

●**평석** 혹(或)을 '어떤 분'이라고 번역한 것은, 상당한 고위층에 있는
사람의 이름을 고의로 밝히지 않은 것으로 보았기 때문이다. 이것은
공자가 노나라의 중요한 관직에 나아가 있던 중년기의 일일 것이다.

앞 장에서 말한 대로, 민공과 희공의 위패 문제는 노나라에서 큰 문제가 아닐 수 없었고, 공자가 이에 대해 몹시 난처해하는 것을, 그 정치가는 눈치채고 있는 것은 아니었을까. 그리하여 공자를 곤란하게 만들려고 이 어려운 문제를 물은 것인지도 모른다. 제자의 질문에 대해서는 어떤 어려운 문제라도 회피하지 않고 대답한 공자이지만, 이 곤란한 질문에 대해서는 교묘히 몸을 사리고 있다.

12. 공자께서는 제사 지낼 때, 마치 그 사람이 있는 듯이 하셨다. 또 신에게 제사 지낼 때도 신이 있는 듯이 하셨다. 공자께서 말씀하셨다.
"나는 실제로 제사에 참석하지 못하면, 제사를 지냈다는 실감이 나지 않는다."

祭如在 祭神如神在 子曰 吾不與祭 如不祭.

● **평석** '제여재(祭如在) …'에는 주격이 없다. 신주(新注)에서는, 문인들이 공자의 행동을 서술한 것이라 해석했다. 제15장의 '子入大廟 每事問'이 〈향당편〉 제22장에 오면 '入太廟 每事問'이라 해서 '子'가 생략되었다. 이 경우에도 '子祭如在 …'가 원문이던 것이 다음의, '子曰 吾不與祭 …'와 합쳐서 한 장을 만들었기에 '子'를 빼버렸는지도 알 수 없다.
'제사 지낼 때 마치 그 사람이 있는 듯이 하고, 신에게 제사 지낼 때도 신이 있는 듯이 한다.'는 말은, 같은 말의 반복처럼도 보인다. 그러나 고대에는 조상의 넋인 '鬼'와, 혈연관계가 없는 '神'과 구별하였다. 죽은 이의 넋이 있는 듯이 제사 지내는 것은 자연스러운 일이다. 그러나 신에게 제사 지내는 것은 어떤가. 당시의 신은 초인간적이어서, 사람의 얼굴에 용이나 짐승, 새의 몸을 가진 반인반수(半人半獸)였다고 믿었다. 이것을 어디까지나 인간적인 신으로 해석하여, 사람이 거기 있는 듯이 제사 지내려 한 점에, 공자의 인간적 해석이 있는 것 같다.

13. 왕손가(王孫賈)가 물었다.

"'잘보이려면 안방 신(神)보다는 부엌 신에게.'라는 말은 무슨 말입니까?"

공자께서 말씀하셨다.

"그렇지 않습니다. 만약 하늘의 신에게 죄를 범했다면, 어디에 용서를 빌 데가 있겠습니까?"

王孫賈問曰 與其媚於奧 寧媚於竈 何謂也 子曰 不然 獲罪
於天 無所禱也.

● **주해** 王孫賈(왕손가) 위(衛)나라 영공(靈公)의 대신. 기원전 502년, 당시의 패자이던 진(晉)나라의 강압에 일격을 가하는 계획을 추진하기도 한 실력파였다. 기원전 497년, 공자가 위나라에 망명했을 때도, 아마 실권을 잡고 있었을 것이다. 그 실력을 근거로, 공자를 자기편으로 끌어들이려 한 것 같다. 奧(오) 주(周)의 풍속에, 서남(西南) 구석방을 신성한 장소로 여겨, 여기에 신이 강림하기를 빌어서 제사 지냈다. 《예기(禮記)》 주석에 의하면 부엌의 신도 여기에 모셔다가 제사 지내는 듯 말하고, 안방 신이나 부엌 신이나 동일신(同一神)이라고 말하고 있으나, 춘추시대의 이 속담에는 통용되지 않는 것 같다. 竈(조) 부엌 신.

● **평석** 공자가 위나라에 망명했을 때의 일 같다. 위나라의 실권을 쥐고 있던 왕손가는, 망명객인 공자가 자기에게 인사 오지 않는 것에 분개하여, 군주인 영공에게 접근하기보다 자기에게 잘 보여야 한다는 뜻을 은근히 비쳤다. 그러나 정의파인 공자는 단번에 물리쳤다.

14. 공자께서 말씀하셨다.

"주(周)의 문화는 하(夏)·은(殷) 2대(代)를 거울로 하여, 꽃이 피어 향기를 풍기는 듯, 그 얼마나 아름다운 것이랴. 나는 주의 문화를 취한다."

子曰 周監於二代 郁郁乎文哉 吾從周.

●**주해** 郁郁(욱욱) 꽃이 피어 아름다운 향기를 풍기는 것. 文(문) 장식이 있어서 아름답다는 것이 원뜻이지만, 여기서는 단순히 아름답다는 뜻.

●**평석** 주(周)의 문화는 하(夏)·은(殷) 두 왕조의 문화를 계승했다. 하의 문화는 문(文), 즉 꾸밈이 많아 화려하고, 은의 문화는 질(質), 즉 실용주의적이어서 수수하였다. 주의 문화는 이 이질적인 두 문화를 채택했으므로 다양성을 지녀, 하·은의 두 문화에 비해 특이한 성격을 가지게 되었다고 보여진다. 공자는 문화주의적인 경향이 강했다.

15. 공자께서 태묘(太廟)에 들어가 제사에 참여하셨을 때, 일일이 의식을 담당자에게 물으셨다. 어떤 분이 말했다.
"누가 추(鄹)의 시골뜨기를 예(禮)에 밝다고 했는가? 태묘에 들어가 하나하나를 묻지 않는가?"
공자께서 이 말을 듣고 말씀하셨다.
"그렇게 하는 것이 예이다."

子入大廟 每事問 或曰 孰謂鄹人之子 知禮乎 入大廟 每事問 子聞之曰 是禮也.

●**주해** 大廟(태묘) 노나라 시조인 주공(周公)을 모신 사당. 鄹(추) 공자의 부친 숙량흘(叔梁紇)이 벼슬하던 곳으로, 공자도 이곳에서 태어났다고 한다. 그러나 그 땅이 노나라의 이웃 주(邾)인지, 아니면 노나라 서울인 곡부(曲阜) 교외인지, 여러 설이 있다.

● **평석** 여기에 나오는 '혹(或)'도 어떤 세력 있는 정치가일 것이다. 시골 무사(武士)의 아들로 태어난 공자가 출세하여 노나라 대신이 되었으므로, 기존 귀족의 반감은 상당히 컸을 것이다. 이것은 그런 소식을 말하는 에피소드로, 공자의 반박 또한 뛰어나다.

16. 공자께서 말씀하셨다.
"'활쏘기는 가죽 과녁을 얼마나 맞히는가를 경쟁하지는 않는다. 사람에 따라 타고난 힘에 등급이 있으므로.'라는 말은, 참으로 고대의 성스러운 임금이 남기신 가르침이다."

子曰 射不主皮 爲力不同科 古之道也.

● **평석** 활쏘기는 과녁을 몇 번 맞히느냐보다도, 활 쏠 때의 태도 등을 중요시했다. 고주(古注)는, 이 구절을 독립된 문장이라 보고, 다음 구절은 정부가 백성을 부역에 쓰는 데도 세 등급이 있었던 것이라고 주장한다. 이에 대해 신주(新注)는, 상하 두 구절을 일관하여 본문처럼 읽는다. 신주 쪽이 뜻이 잘 통한다. 선천적인 체중에 따라 등급을 정하는 현대 스포츠와 비슷한 데가 있다. 이 두 구절은 예부터 전해 오던 말로, 공자가 이를 인용하여 찬양했다고 보는 점에서는 신주나 고주가 같다.

17. 자공(子貢)이 매월 초하루 산 양을 종묘에 바치는 의식을 폐지하자고 주장하였다. 공자께서 말씀하셨다.
"자공아, 너는 희생으로 쓰는 양을 아끼느냐? 나는 그 예(禮)를 아낀다."

子貢欲去告朔之餼羊 子曰 賜也 爾愛其羊 我愛其禮.

● **주해** 告朔之餼羊(고삭지희양) 당시는 달을 기준으로 하는 태음력(太陰

曆)의 일종을 사용하였다. 매달 초하루가 되면, 산 양을 희생으로 종묘에 바쳐 초하루임을 보고하는 의식이 노나라에 있었다. 賜(사) 자공의 이름.

● **평석** 수재인 자공은 재정과 경제에도 밝은 정치가였다. 노나라에 벼슬하자, 양을 바치는 고삭(告朔) 의식을 폐지하고자 했다. 의식은 형식만 남아서 아무 예식도 없이 양만 바치는 형편이어서, 그럴 바에야 아주 폐지하여 재정의 부담을 덜고자 한 것이다. 그러나 공자는, 문화적 유산은 그것이 아무리 미미한 것이라도 보존해야 한다고 충고하였다. 이것은 경제 성장을 위해 문화유적 같은 것을 무시하기를 꺼리지 않는, 지금의 정치가에게도 좋은 충고가 되리라.

18. 공자께서 말씀하셨다.
"군주에게 예(禮)를 다해 섬기면, 남들은 아첨한다고 한다."

　子曰 事君盡禮 人以爲諂也.

● **평석** 다음 장과 거의 같은 때, 아마도 공자가 노나라 정공(定公)의 신임을 얻어, 삼환씨(三桓氏)를 제거하려던 시절일 것이다. 공자를 아첨한다고 중상한 사람들은, 대개 삼환씨나 그 동조자들일 것이다. 애국 일념으로 정공을 섬기다가, 어느덧 정쟁에 휩쓸리게 되어 당황하는 공자의 모습이 보이는 듯하다.

19. 정공(定公)이 물었다.
"임금이 신하를 부리고, 신하가 임금을 섬기는 데는 어떤 마음이 필요한가?"
공자께서 대답하셨다.
"군주가 신하를 부리는 데는 예(禮)를 지키셔야 하며, 신하가 군주를 섬기는 데는 진심을 다해야 하는 줄 압니다."

定公問 君使臣 臣事君 如之何 孔子對曰 君使臣以禮 臣事
君以忠.

●**주해** 定公(정공) 기원전 509년에서 495년까지, 소공(昭公)의 뒤를 이
어 재위한 노나라의 임금. 忠(충) 원래는 군신 간의 그것이 아니라, 인간
으로서의 모든 의무를, 진심을 가지고 수행하는 뜻이었다. 후세에 와서
임금에 대한 신하의 의무에 한정되기에 이르렀다.

●**평석** 공자는 정공 9년부터 13년까지 노나라에 벼슬하여, 대신으로
서 국정에 참여했다. 춘추 말기에는 어느 나라나 임금의 권위가 땅에
떨어지고, 호족(豪族)이 국정을 좌우하였다. 노나라에서는 삼환씨가
집정하여 횡포가 심했으며, 다시 한때는 계씨(季氏)의 가신(家臣)인
양호(陽虎)가 집권하기도 하였다. 양호가 추방된 뒤를 이어 공자가 관
직에 임명되었다. 이런 하극상(下剋上) 시대에 임금의 권위를 회복하
기 위해서는 무엇이 필요하냐는 이 절실한 문제의 토론은, 공자가 처
음 대신이 되었을 때 있었을 것이다.

20. 공자께서 말씀하셨다.
"관저(關雎)는 즐거워하면서 즐거움에 빠지지 않고, 슬퍼하면서 슬
픔에 꺾이지 않는 곡이다."

子曰 關雎 樂而不淫 哀而不傷.

●**평석** 관저는 《시경》 국풍(國風) 첫머리에 나오는 시 이름으로, 당시
는 관현(管絃)의 반주에 맞추어, 처음에 관저, 다음에 갈담(葛覃), 세
번째에 권이(卷耳)의 순서로 세 편을 같이 노래하는 것이 관례였다.
여기서는, 세 노래의 총칭(總稱)으로 생각된다. 공자는 이 말에서도
추측할 수 있듯이 이만저만한 음악을 이해하는 사람이 아니었다. 음악
은 감정의 표현이거니와, 그렇다 해도 항상 절도(節度)를 지키고 억제

가 따라야 한다는 것, 이것이 공자의 음악론이다. 이것은 단순히 음악론에 그치는 것이 아니라, 중국 문학의 이상으로서 평가되어왔다.

21. 애공(哀公)이 재아(宰我)에게 사(社)의 신목(神木)에 관해 물었다. 재아가 대답했다.
"하(夏)에서는 소나무를 쓰고, 은(殷)에서는 측백나무를 쓰고, 주(周)에서는 밤나무를 썼습니다. 밤나무를 쓰는 데에는, 백성을 전율(戰慄)케 하려는 뜻이 들어 있습니다."
공자께서 이 말을 듣고 말씀하셨다.
"이미 끝난 일에 대해 논해서는 안 되며, 끝난 일에 대해 간해서도 안 된다. 지난 일에 대한 책임은 물어서는 안 된다."

　　哀公問社於宰我 宰我對曰 夏后氏以松 殷人以柏 周人以栗
　　曰使民戰栗 子聞之曰 成事不說 遂事不諫 旣往不咎.

● **평석** 애공과 공자의 제자인 재아와의 이 문답은, 공자가 망명길에서 귀국한 애공 11년에서 16년 사이에 있었던 일로 생각된다. 갖은 풍상을 겪은 끝에 정계를 떠나, 인생을 달관하게 된 공자 만년의 이야기임을 유념하지 않고는, 재아에 대한 공자의 사후 비평의 뜻이 잘 납득 되지 않을 것이다.
노나라에는 정복자요 지배자인 군주와 귀족들을 위해 세운 주사(周社)와, 일반 토착민을 위해 세워진 박사(亳社), 즉 은사(殷社)가 있었다. 사(社)는 토지신(神)으로, 보통 풍년 들기를 비는 곳이었으며, 그 신의 상징으로는 나무를 사용하였다. 그러나 풍년 기원에 그치지 않고, 토지신은 음(陰)의 기운을 대표한다는 견지에서, 이 신목 앞에 모여 재판과 형벌을 집행하는 수도 있었다. 이 사(社)의 광장은 또, 조정에서는 거행할 수 없는 시민의 집회소 구실도 하였다.
정공(定公) 때, 계씨의 집사(執事) 양호(陽虎)가 계환자(季桓子)를 잡아 가두고 정권을 장악한 일이 있었는데, 그는 새 정권을 인정받기 위해 정공과 삼환씨를 협박하여 주사(周社)에 나와 맹세하게 했고, 시민을 박사(亳社)에 집합시켜 맹세하게 하였다.(기원전 505년) 이 사(社)의 광장을 무대로 해서 일어난 쿠데타의 기억은, 애공 때가 되어서도 아직 남아 있었다고 여겨진다.

재아가 주나라의 신목(神木)은 율(栗), 즉 밤나무요, 백성들을 전율시킨다는 뜻을 지녔다고 말한 데는, 이런 기억이 깔려 있었다. 물론 밤나무의 율(栗)과 전율의 율(栗, 慄)이 동음(同音)이라는 점도 이 발상(發想)을 도운 것이 사실이다. 애공에게 계씨 일파를 몰아내기 위해 다시 한 번 쿠데타를 하는 것이 어떻겠느냐고 암시한 것이다.

이 대화를 전해 들은 공자는, 쿠데타를 한다 해도 뜻대로 되기는 어려우니, 나이 젊은 애공을 충동해서 사태를 악화해서는 안 된다고, 옛말을 인용하면서 훈계한 것이 공자의 진의로 보인다. 유보남(劉寶楠)의 《논어정의》는 재아가 애공을 충동하고 있는 점은 막연히 느끼고 있지만, 주사(周社)의 광장에 얽힌 쿠데타의 기억이 배경이 된 점은 파악하지 못하였다.

22. 공자께서 말씀하셨다.

"대정치가 관중(管仲)이지만, 그 그릇은 작았다."

어떤 분이 물었다.

"관중은 검소했다는 말인가?"

"관중은 세 성(姓)으로부터 부인을 얻었고, 가신(家臣)을 많이 채용해서 겸직(兼職)시키지 않았습니다. 어찌 검소하다고 말할 수 있습니까?"

"그럼, 관중은 예(禮)를 알고 있었던가?"

"군주는 대문 안 정면에 담을 쌓아 밖에서 안이 들여다보이지 않도록 하는 것이 예(禮)입니다만, 관중도 그처럼 하였습니다. 군주는 다른 나라와 우호조약을 맺을 때, 헌수(獻酬)의 술잔을 놓는 특별한 대(臺)를 갖추는 것이 예입니다만, 관중도 또한 그런 것을 만들었습니다. 관중이 예를 안다고 하면, 세상의 누구를 예를 모른다고 하겠습니까?"

子曰 管仲之器 小哉 或曰 管仲儉乎 曰 管氏有三歸 官事不攝 焉得儉 曰 然則管仲知禮乎 曰 邦君樹塞門 管氏亦樹塞門 邦君爲兩君之好 有反坫 管氏亦有反坫 管氏而知禮 孰不知禮.

● 주해 管仲(관중) 성은 관(管), 이름은 이오(夷吾), 자가 중(仲). 三歸(삼귀) 귀(歸)는 가(嫁)의 뜻. 다른 세 성(姓)의 부인을 맞아, 세 번 결혼식을 올리는 뜻이라 한다. 제후가 자기 부인, 그 조카, 그 여동생의 세 명씩, 세 나라에서 모두 아홉 명의 여자를 얻는 예(禮)를, 신하인 관중이 범한 것이라는 것이 고주(古注)의 주장이다. 신주(新注)에서는, 부인을 있게 하는 대(臺), 즉 높은 전각이라 하였다. 이설(異說)이 분분하여 의미가 확실치 않다. 官事不攝(관사불섭) 귀족은 자기 채읍(采邑)을 다스리기 위해 가신(家臣)을 두었는데, 제후의 경우처럼 사람을 사무 별로 쓰지 않고 여러 사무를 겸하는 것이 예(禮)였다. 관중은 그것을 이행하지 않았다. 塞門(색문) 대문 안쪽 정면에 낮은 담을 쌓아, 안이 들여다보이지 않게 하는 것. 이것은 제후의 특권이다. 反坫(반점) 당(堂)의 기둥 사이에 흙으로 단을 모으고, 주연 때 헌수(獻酬)의 술잔을 놓는 장소로 썼다. 이것도 제후만이 할 수 있는 일이다.

● 평석 관중은 제나라 환공(桓公)을 보좌해서, 그를 춘추시대 최초의 패자(覇者)로 만든 대정치가다. 공자는 관중이 죽은 지 1세기 가까이 지나 태어났으며, 이미 패권은 진(晉)나라와 오(吳)나라로 옮겨가 있었으나, 관중의 이름은 이웃인 노나라에도 우레처럼 들리고 있었을 것이다. 공자는 장년에 제나라에서 오래 지낸 적도 있다. 과거의 역사, 특히 정치가의 언행에 비상한 관심을 가졌던 그는, 제나라에 전해져

오는 관중의 유업과 유적 같은 것도 면밀하게 연구한 일이 있었을 것이다. 여기서 공자가 말하고 있는 관중의 사적은, 지금 우리가 알고 있는 것에 비하여 오래되고 신뢰할 수 있는 사료(史料)다. 따라서, 이것을 보충할 만한 사료가 없는 우리는 문면을 통해 상상할 수밖에 없다.

23. 노나라 악단의 악장(樂長)과 음악을 논할 때, 공자께서 말씀하셨다.
"음악의 구성은 대개 알겠습니다. 처음에 종(鐘)이 크게 울리면, 다음으로 합주(合奏)가 은은하게 흐르고, 다시 관현(管絃)의 각 부분이 따로따로 명확하게 멜로디를 연주하고, 마지막으로 소리가 길게 울리며 완결하는군요."

子語魯大師樂曰 樂其可知也 始作翕如也 從之純如也 皦如也 繹如也 以成.

● **주해** 大師(태사) 노나라 음악을 관장하는 장관. 翕如(흡여) 처음에 12개로 한 조(組)를 이루는 종이 성대하게 울리는 모양. 從之純如也(종지순여야) 생(笙) 같은 관악, 금(琴) 같은 현악의 모든 악기가 고요히 합주를 시작하는 것. 皦如(교여) 또렷이 울리는 것. 아마 관악·현악·타악(打樂) 등의 각 부분이 교대하며 독주하는 것을 가리키는 것 같다. 繹如(역여) 소리가 길게 울리는 것.

24. 의(儀) 지방의 국경 수비관이, 공자에게 뵙기를 청하였다.
"훌륭한 분이 여기를 지나실 때면, 저는 언제나 뵙고 있습니다."
공자의 종자(從者)는 공자를 뵙도록 주선했다. 공자를 뵙고 나온 국경 수비관이 말했다.
"여러분, 이 망명길에 관해 아무것도 근심하실 것은 없습니다. 천하가 도의를 잃은 지 오래되었습니다. 하늘은 여러분의 선생님을, 도의를 회복하도록 천하에 알리는 목탁(木鐸)으로 삼으시려 하십니다."

儀封人請見曰 君子之至於斯也 吾未嘗不得見也 從者見之 出曰 二三子 何患於喪乎 天下之無道也 久矣 天將以夫子爲 木鐸.

● **주해** 儀封人(의봉인) 의(儀)는 읍(邑) 이름으로, 어느 곳인지 알 수 없으나, 《좌전(左傳)》에 나오는 이의(夷義)가 그에 해당하는지도 알 수 없다. 그렇다면 하북성(河北省) 형태현(刑台縣)이다. 노나라 서쪽에는 넓은 들과 같은 늪과 못이 있으므로 곧바로 서진(西進)할 수가 없어서 북으로 우회해 이 지방을 통과했다고도 추측할 수 있다. 국경의 표지로 높은 흙무더기를 여기저기 쌓고, 이곳에 토지신을 모셨으니 이것이 '봉(封)'이다. 봉인(封人)은 이를 관리하고, 국경을 수비하는 임무를 맡았다. 喪(상) 유보남(劉寶楠)에 의하면, 국왕이나 귀족이 망명할 때, 국경에서 고국을 향해 이별을 고하는 의식이 있었는데, 이것을 가리킨다고 함. 木鐸(목탁) 정부가 백성을 집합시켜 새 법이나 명령 같은 것을 공포할 때 흔드는 나무로 혀[舌]를 만든 작은 종. 이 말은, 정치나 사상의 선각자를 가리키는 데 사용된다.

● **평석** 기원전 497년, 노나라를 떠난 공자는 먼저 위나라로 가, 그 후 14년에 걸쳐 위나라를 중심으로 여러 나라를 돌아다녔는데, 위나라는 다섯 번이나 찾았다. 여기 나오는 이야기는 아마 첫 방문 때의 일 같다. 이 국경 수비관의 이름은 명기되어 있지 않으나, 공자를 보자 곧 그 사람됨을 알아차린 것을 보면, 예사 인물이 아닌 것 같다.

25. 공자께서 순(舜)임금이 만들었다는 악곡 소(韶)를 비평하여 말씀하셨다.

"미(美)를 다하고, 또한 선(善)을 다했다."
또 주(周) 무왕(武王)이 지은 악곡 무(武)를 평하셨다.
"미는 다했으나, 선에는 다하지 않았다."

子謂韶 盡美矣 又盡善也 謂武 盡美矣 未盡善也.

●**평석** 음악이 시대의 문화와 정치를 가장 잘 반영한다고 생각하고 있던 공자는, 고대 성인인 순임금과 주(周)의 건국 시조인 무왕의 작곡을, 연주로 들은 다음 비교해 평하였다. 미(美)와 선(善)의 완전한 조화야말로 최고의 음악이요, 최고의 문화라 본 것이리라. 순임금은 요(堯)임금에게 나라를 물려받아 임금이 되었지만, 무왕은 명분이야 어찌 되었든 무력으로 주왕(紂王)을 쳐서 천하를 차지하였으므로, '무(武)'가 미적으로는 완전하나 도덕적으로는 그렇지 못하다는 것은, 주의 정권이 이 원죄(原罪)에 의해 성립했음을 암시한다.

26. 공자께서 말씀하셨다.
"높은 자리에 있으면서 관용(寬容)의 덕을 지니지 못하고, 의식을 거행하면서 경건한 마음이 부족하고, 장례에 임하여 애도의 정이 없는, 이런 사람들을 내 어찌 차마 보랴."

子曰 居上不寬 爲禮不敬 臨喪不哀 吾何以觀之哉.

●**평석** 공자는 계씨(季氏)를 비롯한 노나라 고위층의 교양 없고 뻔뻔한 행동을 은근히 비난했다. 권두의 팔일(八佾)장에 대해 이것을 마지막 장에 놓은 그 격렬한 어조에서는, 읽는 이의 옷깃을 여미게 하는 엄숙한 기개가 넘치는 것 같다. 편집자의 솜씨는 앞뒤가 어울려 참으로 멋지게 발휘되었다.

제4 이인편(里仁篇)

여기서도 제1장의 첫 글자를 따서 편명(篇名)으로 삼았다. 제 5장과 제6장을 제외한 다른 24장은, 대개 짧은 말이 많고, 평범한 듯 보이나, 사실은 공자의 발상을 정확히 포착하기 어려운 것들이 많다. 처음의 이인(里仁)을 어떻게 보느냐에 대해, 고금의 주석가들이 일대 논전을 펴고 있는 것만 보아도, 이 편의 내용이 얼마나 어려운지 짐작된다. 공자의 도(道)에 있어서 궁극의 목표는 인(仁)의 완성이거니와, 제1장에서 제 7장까지는 인이라는 덕이, 인생에 있어서 나타나는 양식에 대해 논했다.

존재론적(存在論的)인 사고방식을 도입한다면, 이것은 인이라는 덕의 존재 양상을 논하고 있다고 할 수 있을 것이다. 물론 공자는 아리스토텔레스처럼 정밀하게 논리적으로 존재론을 전개하는 것은 아니지만, 그런 것을 생각하게 하는 단서와 같은 사고(思考)는 깃들어 있다고 역자는 생각하고 싶다. 하여간 인이라는 덕의 존재 방식, 그 양상을 논하는 데서 출발하여, 모든 도덕의 존재 양식, 존재 양상까지도 논하려는 방향을 취하고 있는 것이, 이 〈이인편〉이다. 이러한 태도로 이 편을 읽으면, 단편적이어서 무엇을 말하고 있는지 확실하지 않은 각 장의 발상법이 조금은 이해가 되는 듯하다.

1. 공자께서 말씀하셨다.

"인(仁)에 살아야 아름답고 좋다. 스스로 인에 처하지 않는다면, 어찌 지혜롭다 하겠는가?"

　　子曰 里仁爲美 擇不處仁 焉得知.

● **평석** 이인(里仁)을 어떻게 보느냐 하는 문제로 여러 설이 있다. 주자는 '마을에 인후(仁厚)한 풍속이 있으면 그것은 매우 좋은 일이니, 그런 곳에 가서 살아야 한다.'라고 보았다. 이에 대해 정현(鄭玄) 같은 고주파(古注派)는 인(仁)을 '어진 사람'으로 생각하였다. 이런 해석은, 전국시대의 대유(大儒)인 순자(荀子)로부터 시작한 전통적 해석이기도 하고, 그쪽이 자연스러운 것 같아 역자는 이 견해를 따랐다. 어떤 사람들은 '里'를 '거(居)'로 보아, 인의 덕에 안주(安住)하는 것으로 해석하였다. 지금의 안목에서는, 이것은 확실히 일리 있는 해석이다. 그러나 공자 시대에는 그런 추상적 사고는 아직 없었을 것이므로, 역시 고주를 따르는 것이 무난할 것이다.

2. 공자께서 말씀하셨다.

"인(仁)의 덕을 갖추지 못한 사람은 오랫동안 궁핍한 생활을 감당하지 못하며, 안락한 생활도 오래 계속하지 못한다. 인의 덕을 갖춘 사람은 인에 안주(安住)하며, 지자(知者)는 인을 수단으로 하여 살아간다."

　　子曰 不仁者 不可以久處約 不可以長處樂 仁者安仁 知者利仁.

● **주해** 約(약) 궁핍한 생활.

● **평석** '불인자(不仁者) …'의 전반부와 '인자(仁者) …'의 후반부는 둘

로 나뉘어 있다. 한쪽은 '불가이구처약(不可以久處約), 불가이장처락 (不可以長處樂)'이라고 여섯 자로 된 구(句)를 대구적으로 쓴 데 비해, 후반부는 '인자안인(仁者安仁), 지자이인(知者利仁)'의 넉 자로 된 짧은 구로 되어있다. 영국의 워레가 전반부를 운문, 후반부를 산문으로 번역한 것은, 그 문체의 차이를 의식한 때문일 것이다. 그러나 그 착상은 재미있으나 그 적용을 잘못한 듯하다. 왜냐하면, 당시의 운문은 대개 4자 구(句)로 이루어지고, 운을 달고 있기 때문이다. 따라서, 4자 구로 '仁'의 운을 달고 있는 후반부야말로 운문으로 번역해야 했고, 전반부는 대구이기는 하나 산문으로 옮겨야 할 성질의 것이다.

인의 덕을 체득하지 못한 사람은 가난한 생활이나 부유한 생활이나, 그것을 오래 유지하지를 못한다. 가난하면 그것을 견디지 못하는 나머지 죄를 저지르고, 편안하면 편안한 대로 교만해지기 때문이다. 요컨대 이런 사람들은 생활의 근거가 자기 내심에 있지 않아, 늘 외부 환경의 지배를 받는다. 그러나 인을 갖춘 사람은, 자기 내면의 최고 덕에 근거를 두고 살므로, 환경의 변화에 따라 생활이 좌우되는 일은 없다. 여기까지는 의미가 확실하여 문제가 없다.

그러나 여기에 '知者利仁'이라는 구절이 있다. 이것은 인을 행하는 것이 이로움을 알고 인을 행하는 것이다. 이 지자(知者)가 과연 환경의 영향으로부터 자유를 유지하며, 인을 계속 지켜갈 수 있는지 의심스럽다. 계산에 의한 인(仁)도, 인이라고 할 수 있는지가 문제다. 아마도 이 구절은 공자의 말이 아니며 편집자가 문장을 조화하기 위해 넣은 것인지도 알 수 없다. 그렇지 않으면, 최고 목표인 인에 도달한 것은 공자 문하에서도 안연(顏淵) 정도요, 나머지는 모두 인을 이용하는 사람들뿐이므로, 이들의 입장도 일단 인정해 준 것인가.

3. 공자께서 말씀하셨다.
"인(仁)의 덕을 체득한 사람만이 남을 사랑할 수도 있고, 남을 미워할 수도 있다."

子曰 惟仁者 能好人 能惡人.

● **평석** 인의 덕을 알지 못하는 사람이 남을 미워하거나 사랑할 때, 그
것은 반드시 미워할 만해서 미워하고 사랑할 만해서 사랑한다고는 할
수 없다. 인을 알지 못하는 사람은 남을 오해할 수도 있고, 개인적인
감정과 이해관계에 의해 좋아하고 미워할 수도 있다. 이에 비해 최고
도덕인 인에 도달한 사람은 이런 개인적인 감정과 이해관계를 초월하
므로, 그 사람이 좋아한다면 그것은 그만한 가치가 있기 때문이요, 미
워한다면 정말 미움을 받아야 할 사람이라고 할 수 있다.

4. 공자께서 말씀하셨다.
"만약 조금이라도 인을 행하고자 하는 뜻을 가진 사람이라면, 남
에게서 미움을 받을 까닭이 없다."

子曰 苟志於仁矣 無惡也.

● **주해** 苟(구) 적어도. 조금이라도. 주자처럼 '참으로'라고 해석해도 무방
하다. 惡(오) 고주(古注)에서도 '악'이라고 보는 의견과 '미움'이라고 보는
견해가 나뉘어 있었다. 그러나 인에 뜻을 두는 것만으로 모든 악이 일소
된다고는 보기 어렵다. 그런 사람이라면 적어도 남의 미움을 살 짓은 하
지 않으리라고 해석하는 것이 좋을 것 같다.

5. 공자께서 말씀하셨다.
"재물과 지위는 사람이면 누구나 바라지만, 정당한 수단으로 얻은
것이 아니면 그 속에서 살 수 없다. 또 가난과 천한 것은 사람이
면 누구나 싫어하지만, 그럴 만한 이유가 없이 그렇게 된 것이라
면, 구태여 그 상황에서 빠져나가려 할 필요가 없다. 군자라면 인
의 덕을 떠나 어디에서 명예를 구할 수 있으랴? 군자는 밥 먹는

사이라도 인의 덕을 떠나는 일이 없고, 어떤 황망한 때라도 인에
안주(安住)하며, 무엇에 걸려 넘어진 때라도 인에 안주한다."

> 子曰 富與貴 是人之所欲也 不以其道得之 不處也 貧與賤 是
> 人之所惡也 不以其道得之 不去也 君子去仁 惡乎成名 君子
> 無終食之間 違仁 造次必於是 顚沛必於是.

● **주해**　不以其道得之(불이기도득지)… 주자는, '그 도로써 하지 않고 이
를 얻었을지라도'라고 풀이하여, 부당하게 가난하고 천하게 되었어도 구
태여 그 운명에서 벗어나려 하지 않는다고 해석한다. 그러나 이 말은 그
앞의 '불이기도득지(不以其道得之) 불처야(不處也)'와 대구를 이루므로,
양(梁)의 황간(皇侃)처럼 '그 도로써 얻지 않았어도'라고 풀이해, 빈천해
질 이유, 이를테면 능력 부족이라든가 게으르다든가 하는 원인 없이 그
렇게 되었어도 그것을 그대로 받아들인다고 해석하는 것이 자연스럽다.
造次(조차) 창졸(蒼卒)과 동의어. 갑작스러운 것. 황망함. 顚沛(전패) 무
엇에 걸려 넘어지는 것.

● **평석**　춘추 말기의 어지러운 세상에 의롭지 못한 방법으로 부귀를 얻
은 귀족과 정치가들이 있어, 공자는 이들을 못마땅하게 여겼으나, 그
렇다고 부귀 자체를 배척한 것은 아니었다. 행복을 추구하는 것이 인
간의 본능적 욕구라면, 잘살고 출세하고자 하는 것은 당연하다고 인정
하는 것을 서슴지 않았다. 문제는 그 방법의 정당성 여부에 있었으니,
부귀를 전면적으로 배격한 예수 같은 이에 견줄 때, 어디까지나 인간
적이고 온건했던 공자의 특이한 성격이 드러남을 알 수 있다.

6. 공자께서 말씀하셨다.
"나는 아직 인을 좋아하는 사람과 불인(不仁)을 미워하는 사람을
본 적이 없다. 인을 좋아하는 사람이라면 더 바랄 것이 없거니와,

불인을 미워하는 사람이라도 역시 인을 행하고 있는 것이 된다. 불인한 사람의 영향이 그 몸에 미치기를 거부하는 까닭이다. 만약 하루라도 그 힘을 인을 위해 애쓰는 사람이 있다고 하자. 나는 힘이 모자라는 사람은 본 적이 없다. 혹은 그런 사람도 있을지는 몰라도 나는 아직 보지 못하였다."

子曰 我未見好仁者19) 惡不仁者 好仁者 無以尙之 惡不仁者 其爲仁矣 不使不仁者 加乎其身 有能一日用其力於仁矣乎 我 未見力不足者 蓋有之矣 我未之見也.

● **평석** 뜻이 잘 통하지 않는 글이다. '인을 좋아하는 사람과 불인(不仁)을 미워하는 사람을 본 적이 없다.'라는 말은, 가령 공자가 어떤 일에 분개하거나 격분할 경우를 생각한다 해도 자연스럽지 않다. 공자 문하에는 안연(顔淵) 같은 인물이 있지 않은가. 그를 인을 좋아하지 않는다고 볼 수 있는가. 또 불인(不仁)을 미워하는 사람이라면 상당히 있을 것 같은데 어떤가. 이렇게 절망적인 전제에서 시작한 글이, 인을 위해 노력하는 데 힘이 모자란 일을 본 적이 없다고 결론을 내린 것은 자기모순도 이만저만이 아니다. 요컨대 더 검토되어야 할 글이다. 아마 오자가 있거나, 탈락이 있거나, 아니면 필요 없는 문구가 끼어든 때문인지도 알 수 없다.

7. 공자께서 말씀하셨다.
"사람의 잘못은, 각각 그 사람의 종류에 따라 범하게 된다. 그러므로 그 잘못의 성질을 잘 살피면 그 사람이 인의 덕을 체득하고 있

---

19) '자(者)'가 아니라 '여(如)'일 것이라고 추측하는 사람이 있다. '吾未見好德如, 好色者也'라는 표현이 <자한편>과 <위영공편>에 두 번이나 나왔으므로, 이것도 '如'의 오자일 것이라 하였다. 이것은 생각해 볼 가치가 있으나, 후일의 검토를 기다려야 할 것 같다.

는지 어떤지를 판별할 수 있다."

子曰 人之過也 各於其黨 觀過 斯知仁矣.

●**주해** 黨(당) 고주(古注)의 공안국(孔安國)의 주(注)에 '당류(黨類)'라고 나와 있어서, 이것이 신주(新注)까지도 사용되어 온다. 향당(鄕黨)이라는 설도 있다.

●**평석** 사람은 누구나 잘못하지 않을 수 없으니, 대인도 잘못하고 소인도 잘못한다. 그러나 같은 잘못이면서도 대인과 소인 사이에는 큰 차이가 있어서, 소인의 잘못에는 소인다운 데가 있고, 대인의 잘못에는 대인다운 데가 있다는 것이 원뜻이다. 신주(新注)에서는, 대인은 인정이 너무 두터워서 잘못을 범하고, 소인은 인정에 박해서 잘못을 한다고 보았다.

8. 공자께서 말씀하셨다.
"아침에 진실한 도에 관해 들을 수 있다면, 저녁에 죽는다고 해도 한은 없다."

子曰 朝聞道 夕死可矣.

●**평석** 이 짧은 공자의 말에는 온후한 평소의 어조와는 다른 격렬한 감정이 깃들어 있는 것 같다. 고주(古注)에서는, '도를 듣는다'에서 도는 '진실한 도'라는 등의 추상적인 것이 아니라, 현실에 도덕적인 이상사회가 실현되는 것이라 보았다. 그리고 도덕적인 이상사회는, 자기 일생에는 실현되는 일이 없을 것이라는 절망에 가까운 감정이 들어 있는 것이라 해석했다. 그러기에 그런 사회가 실현된 것을 들을 수만 있다면, 곧 죽어도 한이 없겠다고 술회한 것이라 보았다. 이에 대해 주자의 신주(新注)에서는, 도를 진리라 해석하여 진리를 추구하는 적극

적 의욕을 나타낸 것이라 말했다.

공자가 이 말을 어떤 상황에서, 어느 제자를 향해 말한 것인지 알 수 없으나, 춘추(春秋) 말기의 난세였으므로, 주자 등이 주장하는 것처럼 단순히 진리를 추구하는 의욕만을 나타낸 것이 아니라, 생명이 아침 저녁을 헤아릴 수 없는 긴박한 사회에 살던 공자의, 더 현실적이요 더 절실한 발언이었다고 보는 것이 옳을 것이다. 번역은 신주(新注)를 따랐으나, 당시의 시대적·사회적 상황도 아울러 생각해야 한다.

9. 공자께서 말씀하셨다.

"선비가 도에 뜻을 두면서 좋지 않은 옷과 좋지 않은 음식을 부끄러워하는 사람은, 이야기 상대가 되지 않는다."

　子曰 士志於道 而恥惡衣惡食者 未足與議也.

● **주해** 士(사) 춘추 말기에 여러 나라에서, 귀족인 경(卿)·대부(大夫) 다음의 귀족 계급. 무용에 뛰어난 서민(庶民) 출신이 많았다. 공자의 제자는, 대개 무술과 함께 학문으로 입신하여, 사에서 대부가 되고자 하는 희망이 있었다. 이 글자에 대한 우리나라의 훈(訓)인 '선비'와는 약간 개념이 달랐다.

● **평석** 도(道)를 구하는 일반 사람에게 주는 보편적 교훈으로 보아도 안 될 것은 없으나, 사실은 어떤 구체적 개인에게 타이른 말이리라. 다만 《논어》의 기록이 너무 간결에 치우쳐, 그런 것을 엿볼 수 없을 뿐이다.

10. 공자께서 말씀하셨다.

"군자는 천하 사람을 대할 때, 원수도 없고 좋아하는 사람도 없으며, 오직 정의로운 사람과 친하게 지낸다."

子曰 君子之於天下也 無適也 無莫也 義之與比.

● **주해** 適(적) · 莫(모) 이에 대해 '선 · 악', '후(厚) · 박(薄)' 등 여러 해석이 있으나, 정현(鄭玄)의 적(適)을 '적(敵)'이라 보고, '모(莫)'를 '탐모(貪慕)'의 뜻으로 풀이한 것을 따랐다. 이 경우 '莫'의 음은 '모'.

● **평석** 군자는 친구를 선택할 때, 좋고 싫은 감정과 이해타산 같은 것에 얽매여서는 안 된다고 경계하였다.

11. 공자께서 말씀하셨다.
"군자는 도덕을 생각하고, 소인은 고향을 생각한다. 군자는 법에 의한 정의를 생각하고, 소인은 은혜의 요행을 생각한다."

子曰 君子懷德 小人懷土 君子懷刑 小人懷惠.

● **평석** 4자씩 이루어진 여기의 말은, 마치 격언 같은 느낌을 준다. 군자가 도덕의 세계에 끌린다는 것은, 도를 위해서라면 고향 떠나기를 주저하지 않는다는 뜻이다. 〈헌문편〉 제3장에서 공자는 '선비면서 고향에 연연(戀戀)하는 사람은 선비라고 할 수 없다.'라고 하여, 고향에 얽매여 그곳에서 빠져나갈 수 없음은 소인이나 할 행동으로, 선비가 할 일이 못 된다고 하였다. '군자회형(君子懷刑)'은, 법에 의한 정의를 생각한다는 뜻이다. 소인이 요행이나 이유 없는 은혜를 바라는 것과 다른 것으로, 의롭지 않은 방법으로는 부귀도 원하지 않는다는 의미이리라.

12. 공자께서 말씀하셨다.
"이익 위주로 행동하면, 원망 사는 일이 많으리라."

子曰 放於利而行 多怨.

13. 공자께서 말씀하셨다.
"예를 따라 겸양하는 마음으로 나라를 다스린다면 무슨 문제가 있으랴? 예를 따라 겸양하는 마음으로 나라를 다스릴 수 없다면 예가 무슨 소용 있으랴?"

子曰 能以禮讓 爲國乎 何有 不能以禮讓爲國 如禮何.

●**평석** 공자는 겸손하고 양보하는 예의 정신으로 정치를 한다면, 반드시 잘 되어 갈 것이라고 확신하였다. 만약 그래도 정치가 잘 되어 가지 않는다면 어떻게 되겠는가. 그것은 예(禮) 자체의 존재, 그 본래의 효능(效能)을 부정하는 것이 되므로, 그런 일은 절대로 있을 수 없다고, 자기주장을 다시 굳게 긍정하였다. 공자는 여기서 자문자답하고 있는 듯이 보이지만, 아마 제자로부터 예의 효능에 관한 질문을 받고 대답했을 것이다.

14. 공자께서 말씀하셨다.
"지위가 얻어지지 않음을 걱정하지 말고, 그만한 실력이 모자람을 걱정하라. 자기를 인정해 주는 사람이 없음을 걱정하지 말고, 남에게 인정받는 실적을 쌓도록 노력하라."

子曰 不患無位 患所以立 不患莫己知 求爲可知也.

15. 공자께서 말씀하셨다.
"삼(參)아, 내 도는 하나를 가지고 꿰뚫어 왔다."
증자(曾子)가 말했다.
"알겠습니다."

공자께서 자리를 뜨시자, 다른 제자가 증자에게 물었다.
"무슨 뜻입니까?"
증자가 말했다.
"선생님의 도는 충서(忠恕), 즉 진심과 동정일 뿐이오."

> 子曰 參乎 吾道一以貫之 曾子曰 唯 子出門人問曰 何謂也
> 曾子曰 夫子之道 忠恕而已矣.

● **평석** 《논어》에 있는 문답을 보면, 공자는 제자들의 질문에 대해 그 성격과 재능에 따라서, 그 장점을 기르고 단점을 고칠 수 있도록, 각기 다른 대답을 하고 있다. 공자의 최고 이상인 인(仁)이나 예(禮) 같은 문제만 해도, 그 대답은 사람에 따라 이렇게도 되고 저렇게도 되어 통일되어 있지 않다. 그러나 다양한 그 대답에도 불구하고, 공자의 내심은 확고한 이상이 서 있으며, 그 사상은 하나로 통일되어 있다. 공자는 이것을 '일이관지(一以貫之)'라고 하였다. 그 '일(一)'은 증자의 견해에 의하면 충서(忠恕)임에 틀림없다. '충'은 자기 양심에 충실한 것으로, 그것만으로는 남에게 통용하기 어렵다. 그래서 다른 사람의 입장에 서서 생각하는 지적(知的)인 동정이 필요하다. 그것이 서(恕)며, 충과 서가 결합해서 하나가 된 것이 인이다. 이 공자와 증자의 문답은 유교, 특히 송(宋) 이후의 학자들에게는, 《논어》 전체의 근본 원리를 말한 대목이라 하여 중요시되었다.

16. 공자께서 말씀하셨다.
"군자는 의(義)에 밝고, 소인은 이(利)에 밝다."

> 子曰 君子喩於義 小人喩於利.

● **주해** 喩(유) 주자는 '유효야(猶曉也)'라 하여, '밝다'는 것으로 보았다.

●**평석** 사람은 목표를 정하는 데 따라 군자도 되고 소인도 됨을 알 수 있다. 사람의 마음은 선악으로 갈라지는 하나의 분수령(分水嶺)이라 할 수 있다.

17. 공자께서 말씀하셨다.
"어진 사람을 만나면 같아지기를 생각하고, 어질지 않은 사람을 만나면 자기 몸에 비추어 반성해야 한다."

　子曰 見賢思齊焉 見不賢而內自省也.

●**주해**　賢(현) 재능과 덕행이 남보다 뛰어난 사람.

●**평석** 자기보다 나은 사람을 보면 열등감에 사로잡혀 시기하고, 자기보다 못한 사람을 보면 우월감을 느껴 얕보는 것이 보통 사람의 마음이다. 공자는 이와 반대로, 모두 이것을 거울로 삼아 자기반성을 해야 한다고 보았다.

18. 공자께서 말씀하셨다.
"부모를 섬기되 부모께서 잘못하는 것을 보았을 때는 완곡하게 간해라. 그래도 부모께서 간하는 말을 듣지 않으실 뜻이 보이거든, 삼가 뜻을 어기지 않도록 해라. 마음속으로는 걱정한다 해도 부모를 원망해서는 안 된다."

　子曰 事父母幾諫 見志不從 又敬不違 勞而不怨.

●**주해**　幾諫(기간) 기(幾)는 미(微)와 같은 말. 바른말을 피하고 완곡하게 간하는 것. 勞(노) 주자는 간하다가 부모의 노여움을 사서 회초리를 맞아 고통받는 것이라고 보았으나,《시경》같은 데서는 '근심'의 뜻으로 쓰이고 있다는 청(淸)의 왕인지(王引之)의 설을 따랐다.

19. 공자께서 말씀하셨다.

"부모가 살아계시는 동안은, 먼 곳을 여행해서는 안 된다. 또 부득이하여 떠날 때는 반드시 연락처가 있어야 한다."

子曰 父母在 不遠遊 遊必有方.

● **주해** 有方(유방) 고주(古注)에서 '방(方)은 상(常)'이라 한 것은, 의역(意譯)이기는 하지만 실정에 맞는다. 신주(新注)에서는 글자 그대로 '방향'으로 보았으나, 도리어 실정에서 멀어졌다. 나이든 부모를 위해, 만일의 경우 연락할 곳이 있어야 할 것은 당연하다.

20. 공자께서 말씀하셨다.

"3년을 아버지가 하던 일을 고치지 않으면 효도라고 말할 수 있다."

子曰 三年無改於父之道 可謂孝矣.

● **평석** 이 말은 〈학이편〉 제11장의 후반과 같다. 이렇게 같은 말이 글자 하나 다르지 않게 반복된 것은, 공자의 말이 학파에 따라 따로따로 전승되다가, 각기 편집되었기 때문일 것이다.

21. 공자께서 말씀하셨다.

"부모의 나이는 반드시 기억하고 있어야 한다. 그리하여 한편으로는 그 장수하신 것을 기뻐하고, 다른 한편으로는 늙으신 것을 걱정해야 한다."

子曰 父母之年 不可不知也 一則以喜 一則以懼.

● **평석** 효도에 관한 공자의 많은 말 가운데서, 역자의 마음을 가장 울

리는 말이다. 도리로써 말하는 효도는 당연한 일로서의 그것이 아니라, 이것은 인간성의 자연스러운 표현이기 때문인지도 모른다. 부모의 사랑이 지극한 데 비해, 자식은 부모의 나이도 모르고 지내는 때가 많다. 하물며 한걸음 나아가 그 나이를 생각하면서, 장수하셨음을 기뻐하고 노령임을 걱정하는 아들딸이 얼마나 되랴. 공자는 일찍 부모를 여의었다. 그만큼 부모에 대한 추모의 정이 항상 가슴속에 있었는지도 모른다. 공자의 따뜻한 인품이 잘 드러난 대목이다.

22. 공자께서 말씀하셨다.
"옛날에 어진 이가 경솔하게 말을 내지 않은 것은, 실행이 말을 따르지 못하는 것을 부끄럽게 여겼기 때문이다."

　　子曰 古者言之不出 恥躬之不逮也.

● **주해**　者(자) 뜻 없는 조자(助字).

● **평석**　당시에도 나팔을 불어대는 무리가 있었을 것이다. 제자 중에도 있었겠지만 정치가에게 많았을 것이 거의 확실하다. 당시는 혼란기였고, 혼란기의 정치가들은 언제나 말을 앞세우기 때문이다. 이런 세태에 대한 노여움을 표현한 것 같다.

23. 공자께서 말씀하셨다.
"조심하면서 실패하는 일은 별로 없다."

　　子曰 以約失之者 鮮矣.

● **주해**　約(약) 고주(古注)에서는 이것을 사치에 대한 검약(儉約), 즉 검소의 뜻으로 보았으나, 신주(新注)에서는 검소에 그치지 않고 모든 일에 조심하여 행동하는 것이라 보았다. 신주 쪽이 타당하다.

24. 공자께서 말씀하셨다.
"군자는 입은 무거우면서, 실천에는 민첩하기를 바란다."

子曰 君子欲訥於言 而敏於行.

● **주해** 訥(눌) 말을 더듬는 것. 敏(민) 민첩함.

25. 공자께서 말씀하셨다.
"덕 있는 사람은 외롭지 않다. 반드시 이해하는 사람이 있다."

子曰 德不孤 必有隣.

● **평석** 드물게 보는 현명과 높은 덕을 지닌 공자가 고고(孤高)의 길을 걷다가, 때로는 여기저기서 좋은 이해하는 사람을 만났던 체험을 말하였다. 고독은 현인에게 붙어 다니나, 어디엔가 좋은 이해하는 사람은 있게 마련이라는 이 말은, '좁은 길'을 가는 후생에게 격려가 된다.

26. 자유(子游)가 말했다.
"임금을 섬기되 자주 간(諫)하면 욕을 당하고, 친구에게 자주 말하면 소외(疏外)된다."

子游曰 事君數 斯辱矣 朋友數 斯疏矣.

● **주해** 子游(자유) 공자의 제자. 數(삭) 시끄럽도록 자주 함. 구체적으로는 임금에게 자주 간하고, 친구에게 자주 충고하는 것.

● **평석** 임금을 섬기되 간해도 받아들여지지 않으면 벼슬을 그만두어야 하고, 친구에게 충고했다가 듣지 않으면 충고를 그만두어야 한다. 자꾸 같은 말을 반복하게 되면, 듣는 사람은 짜증을 내게 된다. 따라

서 이런 방법으로 영달을 구한다든가 친해지기를 바라는 것은, 불가능한 일이다. 그러므로 여기의 말은 매우 현실적인 처세의 교훈이다. 공자의 말은 그것이 현실적인 경우에도, 거기에 그치지 않는 함축이 있고 깊이가 있거니와, 자유의 경우에는 그런 것은 없는 것 같다. 이것은 말하는 사람의 인격에서 오는 차이이므로 어쩔 수 없는 일이다.

제3권

제5 공야장편(公冶長篇)

이 편의 문답은 역사상의 인물, 당시의 정치가와 제자의 인물론이 주된 내용이다. 제24장에 나오는 미생고(微生高)에 관한 평에서도 알 수 있듯이 공자는 인간의 순간적인 언어, 행동을 통해서도 그 인물의 본질을 꿰뚫어 보는 능력을 지니고 있다. 공자의 인물론은 인간의 정곡(正鵠)을 예리하게 파헤치고 있다.

1. 공자께서 공야장(公冶長)을 평하셨다.

"공야장은 사위로 삼아도 좋은 사람이다. 비록 감옥에 들어갔었지만, 그의 죄가 아니다."

그리고는 딸을 시집보내셨다.

子謂公冶長 可妻也 雖在縲絏之中 非其罪也 以其子妻之.

● **주해** 公冶長(공야장) 성은 공야(公冶), 장(長)은 이름. 자는 자장(子長). 노나라 태생이라고 하나 제나라에서 태어났다고도 한다. 황간(皇侃)의 《의소(義疏)》는 그에 관해 《논석(論釋)》을 인용했다. 거기에 의하면, 공야장은 새의 말을 이해하는 희한한 능력이 있어서, 그것으로 행방불명인 유아의 시체가 있는 곳을 가족에게 말한 것이 살인범의 혐의를 받게 되는 결과가 되어 감옥에 끌려갔다. 나중에 새의 말을 이해하는 그의 능력이 증명되어 석방되었다고 한다. 이것은 아마 한(漢) · 위(魏) 때쯤 와서 생긴 전설일 듯하다. 縲絏(누설) '설(絏)'은 '설(紲)'이었던 것을, 당(唐) 이후에 잘못 쓰게 되었다. 검은 줄로 죄인을 결박하는 것.

● **평석** 공자가 제자인 공야장을 인정해서, 일찍이 죄수로 복역한 일이 있음에도 사위 삼았다는 이야기다. 여기 외에는 어떤 고전에도 공야장에 관한 사료는 나오지 않으므로, 그가 실제로 어떤 인물이었는지 짐작할 수 없다. 만약 유능한 제자였다면, 반드시 《논어》에 문답이 나와야 할 것이다. 그러므로 공자의 제자 가운데 명성을 지니지 못했던, 무명의 제자에 속했던 사람 같다.

만사에 신중했던 공자가 어딘가 취할 점이 있다고 생각되자, 그 과거를 묻지 않고 사위 삼았다는 것은, 실로 뜻밖의 일이다. 이 엉뚱한 공자의 행동이 다른 제자들에게 충격을 주어, 이것이 인물론을 모은 공야장편의 첫머리에 놓이게 되었을 것이다. 제자에게 온(溫) · 양(良) · 공(恭) · 검(儉) · 양(讓) 등의 말로 평해진 공자의 성격에는 이렇게 일시적인 감정에 의해 행동하는 면도 있었다. 이 이야기는 다음 장과도 관련이 있다.

2. 공자께서 남용(南容)을 평하셨다.
"나라에 바른 정치가 행해질 때면 버림받지 않고, 나라에 바른 정치가 행해지지 않는 때라도 형벌에 걸리는 일이 없으리라."
그리고는, 형의 딸을 시집보내셨다.

> 子謂南容 邦有道不廢 邦無道免於刑戮 以其兄之子妻之.

● **주해** 南容(남용) 공자의 제자. 노나라 세도가의 하나인 맹손씨(孟孫氏)의 맹희자(孟僖子), 즉 중손확(仲孫玃)의 아들. 남궁(南宮)이 성, 이름은 도(韜), 자는 자용(子容). 남용은 남궁자용을 생략해서 부른 것이리라.

● **평석** 남용의 경우는 앞의 공야장의 경우와는 정반대다. 당시는 여러 나라가 대립한 난세였으므로, 여러 나라 가운데 내정(內政)도 난맥을 이룬 나라가 많았다. 제자인 남용은 바른 정치가 행해질 때면 버림받지 않고 쓰일 것이며, 난세에서도 형벌에 걸리는 일은 없을 것이라고 공자는 말했다. 이렇게 빈틈없는 인물인 남용은, 공야장과는 정반대의 사람이다. 공자는 앞서, 전과 경력이 있는 공야장도 볼 만한 점이 있다고 보자, 주저 없이 사위로 삼았다. 그런데 조카딸의 경우에는, 공야장이 아무리 볼 데가 있다손 치더라도, 그 결혼 상대로 택할수는 없다고 생각한 것이리라. 그래서 남용과 같이 귀족의 아들이요, 빈틈없는 사람을 택한 것이다.
이렇게 정반대의 인물을 사위로 선택한 데에, 공자다운 배려가 숨겨져 있다. 이 두 개의 에피소드를 하나의 설화로 권두에 놓은 편찬자의 의도는, 공자다운 점을 강조하고자 생각했던 것 같다. 워레가 제1장과 제2장을 하나의 문장으로 다룬 것은 역시 뛰어난 견해이나, 여기서는 종래의 분류법을 따랐다.

3. 공자께서 자천(子賤)을 평하셨다.

"정말 군자로다, 이런 사람은! 노나라에 군자가 없다고 하는데, 그렇다면 자천은 대체 어느 군자를 거울로 해서 이렇게 되었단 말인가?"

子謂子賤 君子哉 若人 魯無君子者20) 斯焉取斯.

● **주해** 子賤(자천) 공자의 제자. 성은 복(宓), 이름은 부제(不齊), 자가 자천. 공자보다 49세 아래.

● **평석** 이 장은 제4장과 같은 장으로 여기는 설이 있는데, 역자도 찬성하나 과거의 장법(章法)을 따랐다. 다음 장을 보면 그것을 이해할 수 있다.

4. 자공(子貢)이 여쭈었다.

"저는 어떻습니까?"

공자께서 말씀하셨다.

"너는 그릇이다."

"어떤 그릇입니까?"

"종묘의 제물을 담는 호련(瑚璉)이다."

子貢問曰 賜也何如 子曰 女器也 曰 何器也 曰 瑚璉也.

---

20) '노나라에 군자가 없다면'이라고 풀이하여, 지금과 반대라고들 여긴다. 그러나 영어의 가정법(假定法)에 해당하는 용법은 중국 고전어에서는 그다지 발달하지 않았다. '魯無君子者'의 '者'는 〈학이편〉 제2장의 '孝弟也者'의 '者'와 같이, '…라고 말해지고 있다', '누군가가 말하고 있다'는 정도의 간접화법이라고 보아야 한다. 누군가 노나라에 군자가 없다고 말하는 사람이 있으므로 그에 대해, '만약 그렇다면'이라고 하는 것이 중국 고전어의 가정법이다.

● **주해**　賜(사) 자공(子貢)의 이름. 선생에게 자기 이름을 불렀으므로 '저'라고 번역했다. 器(기) 〈위정편〉 제12장 참조. 瑚璉(호련) 종묘의 제물인 밥을 담는 그릇. 하(夏)에서는 '연(璉)', 은(殷)에서는 '호(瑚)'라 부르고, 주(周)에서는 '호련'이라 했다 한다.

● **평석**　황간(皇侃)의 《의소》는, 공자가 제자들을 차례차례 평하는데, 자공은 자기만이 언급되지 않으므로 이 말을 한 것이라고 주(注)했다. 공자가 제자의 인물평을 한 이 편의 말들은, 모두 한 번에 말한 것은 아닐 것이다. 주자는 공자가 자천(子賤)이야말로 군자라고 칭찬하는 것을 듣고, 자공이 '저는 어떠냐?'고 질문한 것이라고 말했다. 사실이 주자의 추측 그대로였을 것이다. 자신만만한 이 재사는 자기 또한 군자라는 말을 공자에게서 기대한 것이다.

그런데 공자는 '너는 그릇이다.'라고 말했다. 자공은 전에 공자가, '군자는 그릇이 아니다.'라고 말했던 일을 회상했을 것이다. 그렇다면 그 말은, '너는 군자가 못된다.'는 뜻이 되지 않는가. 낙담하긴 했지만, 이 정도로 물러날 자공도 아니다. 자공은 '어떤 그릇이냐?'고 다시 물었고, 공자는 보통 그릇이 아니라, 종묘의 제기(祭器)라고 말했다. 이것은 자공을 높이 평가한 것이다.

공자는 역시 그의 재주를 높이 평가하고 있는 셈이다. 그렇다고는 해도, 아무리 좋은 그릇이라도 그릇인 점은 그대로 남지 않는가. 이것은 자공의 재주를 높이 사면서도 그 덕을 사지 않은 공자의 말은 아니었을까? 사실 그는 나중에 제나라가 노나라를 치려 하자, 제나라를 찾아가 그 창끝을 오(吳)나라로 돌리게 하였고, 다시 월(越)나라와 진(晋)나라를 설득하여 오나라와 싸우도록 만든 인물이다. 노나라를 보존하려는 뜻은 가상하지만, 여러 나라를 싸우게 하여 오나라 같은 나라는 망하기까지 했으니, 재주에 비해 덕은 높다고는 하지 못할 것이다. 《사기》에는 이렇게 말했다. '자공이 한번 나서니, 노나라가 보존되고 제나라가 어지러워졌으며, 오나라가 망하고 진나라가 강화되었으며, 월나라가 패자(覇者)가 되었다.'

5. 어떤 분이 말씀하셨다.

"옹(雍)은 인의 덕은 지니고 있으나, 말솜씨가 모자라서 …."

공자께서 말씀하셨다.

"어찌 말을 잘해야 할 필요가 있습니까? 언변만 가지고 사람을 대하면, 아무래도 남의 미움을 사게 마련입니다. 옹이 인의 덕을 지녔는지 어떤지는 모르겠으나, 말을 잘해야 할 필요가 있습니까?"

　或曰 雍也 仁而不佞 子曰 焉用佞 禦人以口給 屢憎於人 不知其仁 焉用佞.

● **주해**　雍(옹) 성은 염(冉), 이름은 옹, 자는 중궁(仲弓). 출신은 좋지 않았으나, 인격이 훌륭한 점을 공자는 높이 평가하였다. 禦(어) 사람을 대하는 것. 口給(구급) 구(口)는 언변이 능한 것. 급(給)은 족한 것.

● **평석**　염옹, 즉 중궁은 스승인 공자의 추천으로 계씨를 섬겨 재(宰)가 되었던 것 같다. 여기의 '어떤 분'은 중궁의 이름을 거리낌 없이 부르므로, 주군(主君)인 계씨의 일문(一門), 아마도 세도가인 계강자(季康子)일 것이다. 공자의 천거로 중궁을 채용했는데 사람은 성실하나 말을 잘 할 줄 몰라, 아마 계씨의 비위를 제대로 맞추지 못했을 것이다. 그것이 불만이어서 공자에게 말했는데, 공자는 평소의 그답지 않게 맹렬히 반박했다. 공자의 반격이 너무 심하여, 초기의 제자들은 계강자의 이름을 밝히지 않고 '어떤 분'이라 하였을 것이다. 제자를 생각하는 공자의 성품이 잘 나타나 있다.

6. 공자께서 칠조개(漆雕開)에게 벼슬하기를 권하셨다. 칠조개가 대답했다.

"저는 벼슬하는 일에 아직 자신이 없습니다."

공자께서는 기뻐하셨다.

子使漆雕開仕 對曰 吾斯之未能信 子說.

● **주해** 漆雕開(칠조개) 성은 칠조(漆雕), 이름은 개(開), 자는 자개(子開). 노나라 사람이라 한다. 자가 자약(子若)이라는 설도 있다. 공자보다 12세 아래.

● **평석** 벼슬하기를 권하는데 자신이 없다고 거절한 제자도 제자이거니와, 거절의 말을 듣고 기뻐한 공자도 공자이다.

7. 공자께서 말씀하셨다.
"내 이상은 중국에서 실현될 것 같지 않으니, 차라리 뗏목을 타고 동쪽 바다를 헤쳐 갈거나! 그때 나를 따르는 것은 아마 자로(子路)이리라."
자로가 이 말을 듣고 기뻐하자, 공자께서 말씀하셨다.
"자로야, 네 용맹은 나 이상이지만, 뗏목 만들 목재는 어디서 구해 오겠느냐?"

子曰 道不行 乘桴浮于於海 從我者 其由與 子路聞之喜 子曰 由也 好勇過我 無所取材.

● **주해** 桴(부) 뗏목에는 크고 작은 구별이 있어서 큰 것을 벌(筏)을, 작은 것을 부(桴)라 했다. 無所取材(무소취재) 고주(古注)의 해석을 따랐다. 그러나 재(材)를 동음인 재(哉)로 보아, '취할 바가 없다'로 해석하는 설이 고주의 일부에 있었다. 주자의 신주에서는, 哉를 재(裁)로 고쳐, 자로가 '도리를 헤아리지〔裁度〕못한다'라고 해석했다.

● **평석** 유머란 어둠을 뚫고 반짝이는 별이요, 무덤에 피어난 한 송이 꽃이다. 고통이나 절망에서 높은 지성을 가진 사람은 울음 대신 미소를 잊지 않으니, 공자도 그런 사람이었다. 모든 헌신과 노력으로도 도

(道)가 중국에 실현될 것 같지 않음을 보았을 때, 공자의 마음은 바위에 눌린 듯 무거웠을 것이다. 그러나 공자는 한숨 대신 미소로써 그 절망의 구렁을 탈출하였다. 그것이 여기에 보이는 이야기며, 여기에 넘치는 유머의 배후에는 그런 고통이 도사리고 있음을 이해하여야 한다. 어떤 사람은 작은 뗏목으로 바다를 건너려고 한 점에서, 항해술에 대한 공자의 무식이 드러난다고 하였으나, 이는 풍류를 모르고 하는 말이다.

송강(松江) 정철(鄭澈)도 친구 집에 갈 때 소를 탔다고 시조에서 말했다. 송강이 그만큼 가난했다는 것일까. 한 나라의 정승까지 지낸 그가 말이 없어서 소를 탔을 리가 없고, 공자라고 하여 어찌 뗏목으로 항해할 생각을 했으랴. 공자는 진심으로 해외 도피를 꿈꾸었던 것은 아니다. 세상의 정세가 너무 답답하므로, 한번 말해 본 것뿐이다. 바다 건너 멀리 가 볼까 하고. 그리고 망명길에 자기를 따르는 것은 자로일 것이라는 말을 듣고 기뻐하는 이 우직한 제자에게 한 말씀을 보자. "자로야, 너는 용감하기는 하지만, 뗏목에 쓸 나무를 어디서 구해 오겠느냐?"

자로의 무분별함을 탓한 것이지만 그 말은 얼마나 유머러스하며 멋진가? 마치 고승의 어록(語錄)에 나오는 말 같기도 하여 함축이 무한하다. 재(材)는 원뜻대로 읽어야지, 재(哉)나 재(裁)의 가차(假借)로 보아서는 안 된다.

8. 맹무백(孟武伯)이 물었다.

"자로(子路)는 인하다고 할 수 있습니까?"

공자께서 말씀하셨다.

"모르겠습니다."

맹무백이 다시 묻자 공자께서 말씀하셨다.

"자로는 천 대의 전차(戰車)를 낼 수 있는 정도의 나라에서 국방 행정을 담당시킬 만합니다. 인한지 어떤지는 모르겠습니다."

"염유(冉有)는 어떻습니까?"

공자께서 말씀하셨다.

"염유는 천 호(戶)의 읍과 백 대의 전차를 낼 수 있는 귀족의 집에서, 그 집사(執事) 역할을 시킬 만합니다. 그러나 인한지 어떤지는 모르겠습니다."

"공서화(公西華)는 어떻습니까?"

공자께서 말씀하셨다.

"공서화는 예복을 입고 조정에 서서 빈객(賓客)을 접대하게 할 만합니다. 그러나 인한지 어떤지는 모르겠습니다."

孟武伯問 子路仁乎 子曰 不知也 又問 子曰 由也 千乘之國
可使治其賦也 不知其仁也 求也 何如 子曰 求也 千室之邑
百乘之家 可使爲之宰也 不知其仁也 赤也 何如 子曰 赤也
束帶立於朝 可使與賓客言也 不知其仁也.

● **주해** 孟武伯(맹무백) 맹유자(孟孺子). 이름은 설(洩). 보통 맹무백 또는 무백이라 불린다. 맹의자(孟懿子) 즉 중손하기(仲孫何忌)의 아들. 애공(哀公) 14년(기원전 481) 8월, 부친의 뒤를 계승했다. 공자와 이 젊은 귀족의 대화는, 기원전 481년부터 480년 자로가 죽을 때까지의 1년 동안에 있은 일 같다. 賦(부) 군주가 국민에게 부과하는 군사(軍事)상의 모든 의무의 총칭. 전차·보병·수송병 등을 제공하는 것이 포함된다. 千室之邑(천실지읍) 군주나 경·대부 등이 영유(領有)하고 있는 마을. 큰 읍은 종묘와 사직을 중심으로 성에 에워싸인 독립된 도시였다. 작은 읍은 농촌의 마을로, 크기에 일정함이 없었다. '천실'은 1천 가족의 뜻. 실(室)은 가족과 하인 등을 포함한 대가족을 가리킨다. 百乘之家(백승지가) 높은 고위층인 경·대부, 즉 귀족의 집. 赤(적) 성은 공서(公西), 이름은 적(赤), 자는 자화(子華). 공자보다 42세 아래. 외교관 타입이었다. 束帶(속대) 예복에 매는 넓은 띠. 예복의 총칭으로 사용됨.

● **평석** 맹손씨(孟孫氏)는 삼환씨(三桓氏)의 하나로, 일찍이 공자의 아
버지 숙량흘(叔梁紇)도 섬긴 적이 있는 집안이다. 망명에서 돌아온 공
자가 그 세도가의 젊은 귀족과 나눈 대화다. 맹손씨의 자제들은 원래
공자에게서 예(禮)를 배운 적도 있고 하여, 맹무백도 공자의 문인들과
는 동문과 비슷한 친애의 정을 가지고 있었다. 당시는 경의를 표할 때
는 자(字)를 불렀는데, 맹무백은 자로의 경우만 자로 불렸고, 다른 사
람에 대해서는 귀족답게 이름을 불렀다. 계씨(季氏)를 대할 때와는 달
리 공자도 마음 편한 상대였으므로, 자로와 염유, 공서화의 사람됨을
솔직하게 비평했다.

9. 공자께서 자공(子貢)에게 말씀하셨다.
"너는 안회(顏回)와 비겨 누가 낫다고 생각하느냐?"
자공이 대답했다.
"제가 어찌 감히 안회를 바랄 수 있겠습니까? 안회는 하나를 들으
면 열을 깨닫지만, 저는 하나를 듣고 겨우 둘을 깨달을 뿐입니다."
공자께서 말씀하셨다.
"못 미치느니라. 나도 너도 못 미치느니라."

> 子謂子貢曰 女與回也 孰愈 對曰 賜也 何敢望回 回也 聞一
> 以知十 賜也 聞一以知二 子曰 弗如也 吾與女 弗如也.

● **주해** 吾與女 弗如(오여여 불여) 주자는 '여(與)는 허(許)'라 하여, '나는
네가 같지 못하다는 것을 시인한다.'라고 해석했다. 이것은 공자가 안회
만 못하다는 말이 있을 수 없다고 생각한 데서 오는 무리한 해석이다.

● **평석** 뛰어난 수재였던 자공은 아마 자신의 언동에 긍지를 가진 면
이 있었던 것 같다. 그래서 공자는 안회와 비겨 누가 낫냐고 물었다.
자공은 수재답게 스승의 마음을 헤아리고, 솔직히 자기를 낮추어 대답

했다. 그러나 하나를 듣고 둘을 안다는 그 대답은 자기비하(自己卑下)
치고는 수준 높은 표현이다. 자공의 안회에 대한 평가를 공자는 기쁘
게 시인했다. '못 미치느니라. 나도 너도 못 미치느니라.' 시적(詩的)
인 이 어조는 또 어떠한가.

10. 재여(宰予)가 낮에 자고 있었다. 공자께서 말씀하셨다.
"썩은 나무에는 조각할 수 없으며, 진흙 담에는 덧칠할 수 없으니,
재여에게 더 이상 무엇을 책망하랴."
공자께서 다시 말씀하셨다.
"나는 이제까지 남을 대할 때, 그 말을 듣고 행동까지도 그러려니
믿어 왔거니와, 이제부터 사람을 대할 때면 그 말을 듣는 데 그치
지 않고 행동까지도 살펴보기로 했다. 재여로 말미암아 이를 고치
는 것이다."

> 宰予晝寢 子曰 朽木不可雕也 糞土之墻 不可杇也 於予與
> 何誅 子曰 始吾於人也 聽其言而信其行 今吾於人也 聽其言
> 而觀其行 於予與改是.

● **주해** 宰予(재여) 성은 재(宰), 이름은 여(予), 자는 자아(子我). 재아
(宰我)로 통칭된다. 공자와 친근한 제자로 생년(生年)이 확실치 않다. 晝
寢(주침) 황간(皇侃)의 《의소(義疏)》에서 공부 중에 졸다가 들킨 것이라
본 것은, 일반적 해석을 대표하는 것으로 주자의 신주(新注)도 이에 가
깝다. 또 '晝'는 '화(畫)'의 잘못이라 하여 침(寢), 즉 침실에 그림을 그리
게 한 것이라는 설도 있다. 그렇다면 예(禮)의 전문가인 재여는, 언행이
일치하지 못한 행위라고 비난을 들을 만하다. 또 《예기》 단궁편(檀弓篇)
의 '대낮에 안방에 있으면 그 병을 위문해도 좋다'라는 기사를 근거로 해
서, '낮에 잤다'는 것은 대낮에 있을 곳이 아닌 안방에 병도 아닌데 들어
박혀 있는 것이라는 설도 있다. 단궁편의 기사는 아마 이 《논어》를 염두

에 두고 쓴 것이므로, 사실은 이 글에 대한 최고(最古)의 주석이 될 뿐 아니라, 당시의 생활양식에 근거한 가장 온당한 견해가 아닌가 생각되어 이 설을 따르기로 했다. 糞土之墻(분토지장) 중국의 담은 고대에는 흙으로 쌓은 것이 많았다. 진흙은 말라도 검은색이 변하지 않는다. 여기에는 덧칠이 불가능할 것이다. 杇(오) 흙손질하는 것. 與(여) 뜻 없는 조자(助字).

● **평석** 재여가 예(禮)의 전문가요, 능변이었던 것은 널리 알려져 있다. 그가 낮잠을 조금 잤다는 이유로 공자에게서 이토록 꾸중 들은 것은 무슨 까닭일까. 제자에 대한 단속이 아무리 엄하다 해도 공자 같은 대선생의 처사로는 좀 뜻밖이라는 느낌이 든다. 거기에다가 남의 말이면 무조건 믿었던 공자도 언행이 일치하지 않는 경우도 있다는 것을 깨닫게 하여, 좀 과장하면 인간 불신(不信)의 사상을 갖게 한 계기가 되었다는 점에서 볼 때, 낮잠 자는 일이 어째서 큰 잘못이란 말인가. 고금의 주석자들도 이 점에 착안해서 여러 가지 해석을 했으나, 그 어느 것도 이해할 수 없는 것 같다.

재여는 공자에게 삼년상(三年喪)은 너무 길다고(〈양화편〉 제21장) 말했다가, 마음을 상하게 한 사람이다. 그에게는 합리주의라기보다는 한 걸음 나아가 실용주의적인 데가 있어서, 그것이 늘 공자의 전통주의와 정면에서 부딪친 것 같다. 실용주의적인 면은 자공(子貢)에게도 있었는데 그는 그러면서도 타협적이었으나, 재여는 사상을 그대로 표현하였다. 이것이 평소 공자의 마음을 상하게 한 것이 아니었을까.

재여는 그런 의미에서 공자 일문(一門)의 이단이었으며, 후세에 나온 묵자(墨子) 이후의 실용주의 사조의 선구자였다고도 할 수 있을 것이다. 이같이 공자와 재여의 사상의 대립에서 오는 미묘한 감정의 갈등이 있었다면, 재여가 낮잠을 잔 작은 실수가 계기가 되어 공자의 노여움을 샀지만, 낮잠 자체는 대단한 것이 아니었다는 전제에서 '낮잠'이 가지는 의미를 생각하면 될 것 같다.

11. 공자께서 말씀하셨다.

"나는 지금까지 굳센 사람을 만난 적이 없다."

어떤 분이 대답하셨다.

"신정(申棖)은 어떻습니까?"

공자께서 말씀하셨다.

"정은 욕심쟁이입니다. 어찌 굳셀 수 있겠습니까?"

　子曰 吾未見剛者 或對曰 申棖 子曰 棖也慾 焉得剛.

● **주해** 申棖(신정) 공자의 제자인 것 같으나, 주석자 중에는 《사기》 제
자전에 나오는 신당(申黨), 자를 주(周)라고 하는 사람이 바로 여기 나
오는 신정이라고 주장하는 사람도 있다. 용맹한 사람인 것 같으나 그 외
에는 알 수 없다.

● **평석** 공자와 이 귀족과는 강자(剛者), 즉 용맹한 사람에 대한 견해
에 근본적인 차이가 있다. 공자가 정신이 확고한 진정한 용맹한 사람
이 없음을 탄식한 데 대해, 귀족은 힘만 센 용맹한 사람을 내세워, '그
런 사람이라면 신정이 있지 않냐'고 대답하였다. 욕망이 강한 인간은
왜 강자가 되지 못하는가? 주자는 강(剛)은 견강불굴(堅强不屈)의 정
신이라 하였다. 욕심이 많아 그것에 끌리는 사람은 하나의 신조(信條)
를 위해 끝까지 태도를 일관할 수는 없을 것이다. 그러므로 욕심을 떠
나지 않는 한 진정한 강자는 될 수 없다고 공자는 본 것이리라.

12. 자공(子貢)이 말했다.

"나는 남이 나에게 하지 않았으면 하는 일은, 나도 남에게 하지 않
으려고 한다."

공자께서 말씀하셨다.

"자공아, 그것은 네가 할 수 있는 일이 아니다."

子貢曰 我不欲人之加諸我也 吾亦欲無加諸人 子曰 賜也 非
爾所及也.

● **주해** 諸(저) 뜻 없는 조자(助字).

● **평석** 자공의 말은 남의 입장에 서서 생각한다는 인(仁)의 본질을 참
으로 명석하게 표현하고 있다. 그 표현만을 보면 공자보다도 더 교묘
할는지도 모른다. 공자도 이것을 부정하는 것은 아니지만, 네가 실천
할 수 있는 내용이냐고 가볍게 반격하였다. 머리는 비상하지만 도덕의
실천이 따르지 못하는 자공에게 일침(一鍼)을 가한 것으로, 교육자로
서의 공자의 면목을 느낄 수 있다.

13. 자공이 말했다.
"선생님의 문화에 대한 견해는 들을 수 있었지만, 선생님께서 인
간의 본성과 하늘의 도리에 대해 하시는 말씀은 지금껏 듣지 못하
였다."

子貢曰 夫子之文章 可得而聞也 夫子之言性與天道 不可得
而聞也.

● **평석** 문장(文章)이란 무엇이냐에 대해, 주자는 '덕이 밖에 나타난
것으로, 위의(威儀)와 문사(文辭)가 모두 그것이다.'라고 하였고, 또
시(詩)·서(書)·예(禮)·악(樂)이라는 설도 있다. 요컨대 이것을 문
화라 해도 좋을 것이다. 공자가 한 말은 주로 이 문화에 관한 것이었
으므로, 자공은 들을 수 있었다고 한 것이다. 들을 수 없었던 것은 성
(性)과 천도(天道)에 관한 것이다.
성이란 사람이 타고난 성질로, 공자는 '타고난 소질은 비슷하다.'(〈양
화편〉 제2장)라고 말한 적이 있으므로, 인간의 본성에 관한 한 개인적

차이는 별로 없다고 생각했음을 알 수 있으나 그 이상은 아무 언급이 없었다. 천도는 자연과 인간사회의 운행 법칙을 가리킨다. 공자는 그 운행에 법칙이 있음을 자각한 것 같으나 별로 이야기를 많이 하려 하지 않았다.

이렇게 많이 말하지 않았다는 것은 반드시 공자가 이 문제에 대해 무관심했음을 보이는 것은 아니다. 특히 천도에 대해서는 천도가 반드시 정의 편을 드는 것이 아니요, 때로는 불의를 용인하는 경향이 있다는 것, 즉 천도가 시(是)냐 비(非)냐에 대해 마음속에서 늘 문제 삼고 있었다. 그런데도 그런 말이 거의 없었다는 데는 두 가지 견지에서 생각해 볼 수 있다. 하나는 공자가 인격 수양, 예악의 복구 같은 현실 문제에 중점을 두고 있었기에, 자칫하면 공리공론으로 흐르기 쉬운 함정에 제자들을 이끌어 넣으려 하지 않았다는 점이다. 사실 자공 같은 이론파 수재는 그 점에 대해 불만을 품고 있었음이 그의 말에서 드러난다. 또 하나의 이유는, 제자 중 누구도 그런 문제를 가지고 공자와 토론할 만한 인물이 없지 않았나 하는 점이다. 그러나 이것은 좀 약한 가설 같다. 공자가 칭찬한 안회(顔回)도 있었고, 일급 수재인 자공도 있었다. 특히 자공은 그것을 알고자 애쓴 흔적이 보인다. 그런데도 말하지 않은 것은, 그렇게 하는 것이 제자들을 위하는 길이라는 신념이 있었기 때문일 것이다.

주자는 반대로, 자공은 성과 천도에 대한 설명을 들었다고 하였다. 공자는 쉽게 이 문제에 대해 입을 열지 않다가 이때 비로소 언급했으므로 자공이 기뻐한 말이 이것이라는 것이다. 이것은 문면(文面)으로 보아 통하지 않는 억지 해석이다. 아마도 그가 중심이 된 성리학(性理學)의 근본 개념인 성과 천도에 대해 억지로라도 공자에게서 근거를 찾으려는 나머지 이런 말이 나왔을 것으로 여겨진다. 하여간 이는 견강부회(牽强附會)이며, 그런 희귀한 말을 공자가 했다면 왜 《논어》에 기록되지 않았느냐에 대해서도 해명이 있어야 할 것이다.

14. 자로(子路)는 선생님에게서 들은 교훈을 실천하지 못하고 있는 동안에는, 다시 새 가르침 듣기를 겁냈다.

　　子路有聞 未之能行 惟恐有聞.

● **평석** 자로는 쾌활하고 솔직하여 때로는 공자로부터 핀잔도 받았으나 매우 정직한 사람이었던 것 같다. 말보다 행동이 중요시된 공자 문하에서, 가르침을 그대로 실천하고자 하는 그의 몸부림이 생생히 느껴진다. 공자가 항상 자로에 대해 따스한 정을 가진 것은 이런 좋은 점 때문이었을 것이다.

15. 자공(子貢)이 물었다.
"공문자(孔文子)는 어째서 문(文)이라는 시호를 받았습니까?"
공자께서 말씀하셨다.
"공문자는 영리하면서도 학문을 좋아하고, 아랫사람에게 묻는 것을 부끄럽게 여기지 않았다. 이것이 문이라는 시호를 받은 까닭이다."

　　子貢問曰 孔文子 何以謂之文也 子曰 敏而好學 不恥下問
　　是以謂之文也.

● **주해** 孔文子(공문자) 성은 공, 이름은 어(圉). 공씨는 위(衛)나라의 명문이었다. 경·대부가 죽으면 군주는 그 사람의 생전의 업적을 헤아려, 그에 어울리는 이름을 추증(追贈)하여 명예를 표창했다. 이것이 시호인데, 문(文)은 가장 명예로운 것으로 여겨졌다.

● **평석** 공문자는 위나라의 중신(重臣)으로, 공자가 위나라에 망명했을 때도 세력을 떨치고 있었다. 그는 젊은 대숙질(大叔疾)을 이혼시킨 다음 자기 딸을 후처로 들여보냈다. 공문자는 사위가 전처와 관계를 계속하고 있음을 알자 사위를 죽이려다가 공자의 만류로 그만둔 일이

있다. 군주인 영공(靈公)의 사위라는 지위를 이용해서 방자한 행동이 많았다. 자공도 면식이 있었을, 그리 인격자라고는 볼 수 없는 공문자가, 사후에 '문(文)'이라는 시호를 받은 데 대해 자공은 못마땅하게 여기고 있었는지 모른다. 군주와의 인척 관계 때문에 그렇게 된 것이라고 생각했을 것이다. 공자도 그의 많은 결점을 모르고 있었을 리가 만무하다.

그러나 구태여 죽은 사람의 단점을 말할 필요는 없으며, 자공을 훈계하는 뜻도 있고 해서 그 장점을 들어 칭찬한 것이다. 대개 머리가 영리한 사람은 학문을 외면하기 쉽고, 지위가 높은 사람은 아랫사람에게 묻는 것을 부끄럽게 여기는 것이 사람의 상정(常情)이다. 그렇다면 공문자의 좋은 점도 확실히 예사 사람의 미칠 바가 아님은 말할 것도 없다.

16. 공자께서 자산(子産)을 평하셨다.

"그는 군자다운 네 가지 도(道)를 지니고 있었다. 몸가짐이 겸손했으며, 윗사람 섬기는 데는 경건했으며, 민생(民生) 문제에는 동정이 많았으며, 백성을 부리는 데는 공정하였다."

> 子謂子産 有君子之道四焉 其行己也恭 其事上也敬 其養民也惠 其使民也義.

● **주해** 子産(자산) 공손교(公孫僑), 자는 자산. 정(鄭)나라의 재상으로, 진(晋)·초(楚)의 강국 사이에 있으면서도 독립을 유지하였다. 공자보다 한 시대 이전 사람으로 그의 합리주의적·실용주의적인 사상은 공자에게 깊은 감화를 끼쳤다. 恭(공) 겸손.

17. 공자께서 말씀하셨다.

"안평중(晏平仲)은 사람들과 잘 사귀었는데, 시일이 지나면 모든 사

람으로부터 존경을 받았다.＂

子曰 晏平仲善與人交 久而人21)敬之.

● **주해** 晏平仲(안평중) 제나라의 재상. 이름은 영(嬰), 자는 중(仲), 평(平)은 시호. 그는 세도가이면서도 간소한 생활을 했다. 《안자춘추(晏子春秋)》는 그의 언행을 후대인이 기록했다고 한다.

● **평석** 제나라는 노나라와 이웃한 강한 나라로, 공자는 그곳에서 오래 망명 생활을 보냈으므로 안평중과 교제가 있었는지도 모른다. 안평중은 그리 명문 출신은 아니었으나 최씨(崔氏)나 경씨(慶氏) 같은 세도가 신흥 세력인 진씨(陳氏) 등과 협조하면서 그 지도적 역할을 했다. 최씨 일파의 내란이 일어났을 때도, 국민의 신망이 두터워 아무도 안평중을 해치려 하지 않았다. 사람과 잘 사귀어 존경을 받았다는 공자의 말은 매우 적절한 듯하다.

18. 공자께서 말씀하셨다.
＂장문중(臧文仲)은 군주가 점칠 때 쓰는 큰 귀갑(龜甲)을 집에 두고, 천자의 궁전같이 기둥 위의 주두에 산 모양을 조각했으며, 동자기둥에 마름을 그렸다. 이것이 지혜로운 사람의 행동이라 할 수 있겠는가?＂

子曰 臧文仲居蔡 山節藻梲 何如其知也.

---

21) 통행본(通行本)에는 ‘인(人)’이 없다. 그러므로 뜻도 달라져서 교제가 오래되면 존경의 뜻이 없어지기 쉽지만, 안평중은 마지막까지 경의를 잃지 않은 것이라 해석한다. 그러나 청본(淸本)에 따라 ‘人’을 붙이면 다른 사람이 안평중을 존경하게 된다는 뜻이 된다. 이쪽이 역사적 사실에 가까운 듯하므로 그것을 따른다.

● **주해** 臧文仲(장문중) 성은 장손(臧孫), 이름은 진(辰), 자는 중(仲), 시호는 문(文). 노나라 군주의 친척. 居(거) 간직함. 蔡(채) 채(蔡)에서 나는, 군주 전용의 점술용 거북의 등딱지. 節(절) 대들보를 지탱하는 기둥 위쪽의 주두(柱頭). 藻梲(조절) 절(梲)은 주유주(侏儒柱)라고도 하며, 동자기둥. 대들보 위에 세워 서까래를 지탱하는 데 쓰는 짧은 기둥. 조(藻)는 마름으로, 그 무늬를 그리는 것.

● **평석** 장문중은 공자가 태어나기 66년 전, 기원전 617년에 죽었다. 그는 노나라 귀족 중 현인(賢人) 소리를 들은 유명한 인물이었다. 이 명사에 대한 공자의 비평은 너무 엄한 것 같다. 특히 여기서는 사생활에서 예(禮)의 규정을 지키지 않은 점이 논란되었다. 계손씨(季孫氏) 등 세도가의 예에 어긋남을 공격한 그인지라, 사회 질서가 파괴되는 것, 특히 그것이 지도자가 할 때는 보고만 있을 수 없었던 모양이다.

19. 자장(子張)이 물었다.
"영윤(令尹)인 자문(子文)은 세 번 영윤에 임명되었으나 기쁜 기색이 없었습니다. 또 세 번 영윤을 그만두어야 했으나, 원망하는 기색이 없었습니다. 언제나 그전 영윤 때의 정책을 새 영윤에게 알렸는데, 어떻게 보십니까?"
공자께서 말씀하셨다.
"충실한 사람이라 할 것이다."
"인이라 할 수 있습니까?"
"글쎄, 어찌 인이라고야 할 수 있겠느냐."
"제나라 대신 최저(崔杼)가 장공(莊公)을 죽이자, 동료인 진문자(陳文子)는 열 대의 전차(戰車)를 낼 수 있는 영지(領地)를 버리고 국외로 망명했습니다. 다른 나라에 도착하자 말했습니다. '여기도 우리나라의 최저 비슷한 사람이 있군!' 그래서 또 다른 나라로 떠났습니다. 그 나라에 닿자 또 말했습니다. '여기에도 또 우리나라의 최저 같은 인물이 있군!' 그래서 또 국외로 떠나갔습니다.
이런 사람은 어떻습니까?"

공자께서 말씀하셨다.

"깨끗한 사람이다."

"인이라 할 수 있습니까?"

"글쎄, 어찌 인이라고 할 수 있겠느냐."

子張問曰 令尹子文 三仕爲令尹 無喜色 三已之 無慍色 舊
令尹之政 必以告新令尹 何如 子曰 忠矣 曰 仁矣乎 曰 未知
焉得仁 崔子弒齊君 陳文子有馬十乘 棄而違之 至於他邦 則
曰猶吾大夫崔子也 違之 之一邦 則又曰猶吾大夫崔子也 違
之 何如 子曰 淸矣 曰 仁矣乎 曰 未知 焉得仁.

● **주해** 子文(자문) 성은 투(鬪), 이름은 누오도(穀於菟). 자문은 자(字).
초(楚)나라에서는 수상을 영윤이라 불렀다. 그가 처음으로 영윤에 취임
하여 자기 재산을 내어 국난을 구한 것은, 기원전 664년 공자 탄생 112
년 전의 일이다. 陳文子(진문자) 성은 진(陳), 이름은 수무(須無), 문(文)
은 시호. 최저가 자기 나라 임금을 죽인 것은 기원전 548년으로, 공자가
어렸을 때 일이다.

● **평석** 영윤 자문은 강대국인 초(楚)나라의 명재상으로, 고결한 인격
자라는 칭송이 내외에 자자하였다. 또 진문자는 일찍이 패자(霸者)가
되게 한 일이 있는 제(齊)나라의 유명한 대신이었다. 자장은 이 두 사
람이야말로 인(仁)에 해당하리라고 믿어 공자의 확인을 바랐다. 공자
도 그 사람들을 어느 정도 인정하기는 하였다. 그러나 공자가 생각하
고 있는 인의 덕은 그 정도의 것이 아니었다.

20. 계문자(季文子)가 세 번 고쳐 생각한 다음에 진(晋)나라로 떠

났다. 공자께서 들으시고 말씀하셨다.
"두 번만 생각해도 좋았을 것을."

季文子三思而後行 子聞之曰 再斯可矣.

● **주해** 季文子(계문자) 성은 계손(季孫), 이름은 행보(行父), 문(文)은
시호. 노나라 문공(文公) 때부터 벼슬하여, 선공(宣公)·성공(成公)·양
공(襄公) 3대에 걸친 명재상이었다. 기원전 568년에 죽었으므로 공자
탄생 이전 일이다.

● **평석** 노나라의 정경(正卿), 즉 재상이던 계문자는 매우 신중한 성격
이었다. 기원전 621년 노나라의 특사로서 패자이던 진(晋)나라에 파
견된 적이 있었는데, 진나라 양공(襄公)이 중병임을 알자, 계문자는
진나라에 갔다가 그 죽음에 봉착했을 때의 일을 예상해서, 그런 때에
외교사절로서 취해야 할 예(禮)에 대해 상세히 배우고 나서 떠났다.
수행자로부터 그렇게까지 하지 않아도 좋지 않느냐는 말을 듣고, 만일의
돌발 사태에 대한 준비가 있어야 한다고 대답했다 한다. 과연 진나라
에 도착하자 양공이 죽었으므로 그의 빈틈없는 뜻은 빛을 보았다. 공
자는 당시 출발할 때의 이야기를 전해 듣고, 세 번까지 생각하지 않고
두 번이면 되지 않느냐고 말한 것이다.
단 이 사건은 공자가 태어나기 전의 일인데도, 공자가 그 당시에 비평
한 것처럼 기록된 것은 무슨 까닭일까? 공자가 죽은 후, 그 제자나 제
자의 제자가《논어》를 편찬할 때, 일일이 연대기(年代記)에 비추어 인
물을 고증한 것도 아니므로, 계문자와 공자를 동시대의 인물인 듯 착
각한 것 같다.
이것을 주자처럼 매사에 세 번 생각해서 했으며, 진나라에 갈 때의 이
야기도 그 하나의 예(例)라는 해석도 있을 수 있다.

21. 공자께서 말씀하셨다.

"영무자(甯武子)는 나라에 도가 있을 때는 지혜로워지고, 나라에 도가 없을 때는 어리석어진다. 그 지혜로운 모습은 미칠 수 있으나, 그 어리석은 체하는 행동은 미칠 수 없다."

子曰 <u>甯武子</u>邦有道則知 邦無道則愚 其知可及也 其愚不可及也.

● **주해** 甯武子(영무자) 성은 영, 이름은 유(兪), 무(武)는 시호. 위(衛)나라의 대신.

● **평석** 영무자는 공자 시대보다 훨씬 전인 기원전 723년경에서 632년경까지 활약했던 위(衛)나라의 정치가다. 진(晋)나라와 초(楚)나라의 강국 틈에 낀 위나라는 국민의 반발로 한때 외국에 망명해 있던 성공(成公)이, 진나라의 후원을 받아 귀국하는 데 성공했으나, 국내 정세는 여전히 안정되지 않았다. 성공은 반대파의 제소(提訴)로 진나라에서 재판을 받은 결과 패소하여 주(周)의 감옥에 갇히게 되었다. 반대파는 성공의 아우인 가(瑕)를 세워 군주로 삼았다. 이런 상황에서 성공을 위해 활약한 것이 영무자였다. 영무자가 애를 쓴 결과 마침내 감옥에서 옛 군주를 구해, 공자(公子) 가를 넘어뜨리고 성공을 복위하게 하였다.
가혹한 국제 정세와 격렬한 국내의 대립에서 위나라의 내분(內紛)을 수습한 영무자의 활약은 어떤 때는 지혜 있는 사람으로서 활약하고, 어떤 때는 어리석은 사람처럼 행동하여 그의 처세는 대단하였다. 영무자는 위나라 사신으로 노나라에 왔을 때 환영연에서 노나라가 천자가 제후를 접대할 때 사용하는 음악을 연주하자 고개를 돌리고 인사가 없었다. 노나라에서 주의하자, 지금 것은 연습인 줄 알았다고 딴전을 피워 은근히 그 잘못을 경고했다고 한다. '그 어리석은 체하는 행동은 미칠 수 없다.'라는 공자의 평은 이 사건을 떠올리고 한 말일 것이다. 연기력의 힘이 풍부한 중국 정치가 중에는 지혜 있는 듯 행동할 뿐 아니라, 때로는 어리석은 듯 딴전을 피우는 데 능란한 사람도 많은 것 같다.

22. 공자께서 진(陳)나라에 계셨을 때 말씀하셨다.
"돌아가리, 돌아가리. 우리 고향 젊은이들은 뜻이 커서 눈부신 무늬를 짜내고 있다. 그러나 어떻게 재단해야 할지를 모르고 있다."

　子在陳曰 歸與歸與 吾黨之小子 狂簡斐然成章 不知所以裁之.

● **주해** 吾黨之小子(오당지소자) 노나라 서울 곡부(曲阜) 근교는 본래 군주 직속 무사들의 거주지였다. 다섯 집을 비(比), 다섯 비를 여(閭), 네 여를 족(族), 다섯 족을 당(黨), 다섯 당을 주(州)라 하고, 다섯 주가 모여 향(鄕)을 이루었다. 당(黨)은 5백 호의 집단이며, 당에는 청년을 위한 집회소가 있어서, 여기서 며칠 동안 공동으로 숙박하면서 노인으로부터 마을의 고사(故事) 등의 교육을 받았다. 그리고 노인을 윗자리에 앉히고 술을 마셨다. 술자리에서의 예의범절을 '향음주례(鄕飮酒禮)'라 하여 예(禮)에 채택되었다. 공자의 교단은 이 향당의 청년 단체를 모범으로 발전시킨 것이다. 소자(小子)는 이 집단의 청년을 부르는 말로, 공자가 제자를 부르는 호칭이 되었다. '우리 고향 젊은이들'은 공자가 곡부 근교에 있던 교단에 남기고 온 연소한 제자들을 가리킨 것이다. 狂簡(광간) 광견(狂狷)과 같음. 광(狂)은 뜻이 큰 것, 견(狷)은 고집이 센 것. 斐然成章(비연성장) 눈부시게 무늬를 이루는 것.

● **평석** 55세 때, 내정 개혁에 실패하여 망명한 공자는 여러 나라를 방랑한 끝에 진(陳)나라 국경에서 박해를 만난 것은 기원전 489년경의 일이다. 이 역경에서, 고국의 학원에 남기고 온 젊은 제자들을 생각하며, 공자는 이상하리만큼 감상적인 가락을 띤 말을 했다. 공자의 귀국이 실현된 것은 이로부터 5년 뒤의 일이니, 언제 귀국할지 계획도 없

었던 시기이므로, 그렇게 굳세었던 공자의 마음도 이런 슬픔에 젖었던 것이리라.

23. 공자께서 말씀하셨다.
"백이(伯夷)와 숙제(叔齊)는 남의 지난 잘못을 생각하지 않았다. 그래서 원망을 사는 일이 거의 없었다."

　　子曰 伯夷叔齊 不念舊惡 怨是用希.

● **평석** 백이와 숙제는 고죽국(孤竹國) 군주의 아들로, 부친이 죽자 서로 군주 자리를 양보한 끝에, 마침내는 형제가 함께 고국을 떠났다. 그들은 처음에는 은(殷)의 주왕(紂王)을 섬겼으나 그 포악함을 보자, 주(周)의 문왕(文王)에게로 갔다. 문왕이 죽은 후, 그 아들 무왕(武王)이 은을 치려는 것을 보고, 아무리 폭군이라도 이를 치는 것은 또 하나의 악을 저지르는 일이라 하여 무왕에게 간했으나 소용이 없었다. 그리고 주가 천하를 차지하자, 그 녹(祿)을 먹지 않겠다고 하여 수양산(首陽山)에 들어가 고사리를 캐어 먹다가 굶어 죽었다. '지난 잘못을 생각하지 않았다.'는 말은 주왕이 자기들에게 나쁘게 대했으나 그를 치는 것을 반대했고, 그가 망한 다음에도 지조를 지켰던 사실을 가리킬 것이다.(〈술이편〉 제14장 참조)

24. 공자께서 말씀하셨다.
"누가 미생고(微生高)를 곧다고 했는가? 어떤 사람이 초를 얻으러 가자, 이웃에서 얻어다가 주었다고 한다."

　　子曰 孰謂微生高直 或乞醯焉 乞諸其隣而與之.

● **주해** 微生高(미생고) 성은 미생, 이름은 고. 노나라 사람이라고 하나 자세한 것은 알 수 없다.

● **평석** 없으면 없다고 할 것이지, 있는 척 남에게서 얻어다 자기 것처럼 주는 일은, 그 호의는 인정하더라도 정직이라고는 하지 못할 것이다. 그렇다고 언제나 고지식하기만 한 것을 공자가 바랐느냐 하면 그렇지는 않다. 사람이 죽어가는 마당에, 당신은 죽을 것이라고 솔직한 자기 생각을 말하는 것이 정직이냐 하면, 공자는 그런 것은 정직이 아니라고 했을 것이다. 공자는 형식적 논리보다는 더 높은 차원에서 모든 덕을 생각하였다. 이렇게 어느 형식에도 고정되지 않으면서 언제나 그것을 살려가는 최고의 덕이 인(仁)일 것이다.

25. 공자께서 말씀하셨다.
"언변이 물 흐르듯 하고 표정이 풍부하며 공손이 지나친 것은, 좌구명(左丘明)이 수치스러운 일이라 여겼거니와 나도 그렇게 생각한다. 원망하는 마음을 가지고 있으면서 그 사람과 사귀는 것을 좌구명은 수치스러운 일이라 여겼거니와, 나도 그렇게 생각한다."

　　子曰 巧言令色足恭 左丘明恥之 丘亦恥之 匿怨而友其人 左
　　丘明恥之 丘亦恥之.

● **주해**　足恭(주공) 지나치게 공손한 것. 足(지나칠 주). 左丘明(좌구명) 성은 좌구(左丘), 이름은 명(明). 《좌씨춘추전》은 그의 저작이라 하고, 노나라의 좌사(左史)라는 사관(史官) 직에 있었다는 설이 있는데 확실하지 않다. 여기서 보면 좌구명이라는 이름을 그대로 부르고 있으므로, 공자보다 선배이면서 이미 죽은 사람 같기도 하다. 어쨌든 공자가 매우 존경했던 노나라의 현인(賢人)이었던 것은 사실이다. 丘(구) 공자의 이름.

● **평석**　교언영색이 수치스럽다는 것은 당연한데, 원망하는 마음을 가지고 있으면서 교제를 지속하는 것이 수치스러운 일이라는 것은 무슨 까닭일까. 그것이 어떤 이해타산에서 나온 것이든, 또는 관용(寬容)을 가장하는 자기기만에서 나온 것이든, 결국은 자기 마음과 다르게 행동

하는 점에서 정직하지 못한 행위로 본 것이다.

26. 안연(顔淵)과 자로(子路)가 공자 옆에서 모시고 있었다. 공자께서 말씀하셨다.

"각자 너희들의 희망을 말하지 않겠느냐?"

자로가 말했다.

"원하건대, 수레나 말이나 옷이나 갖옷을 친구들과 같이 쓰면서, 그것이 망가지고 해져도 마음에 두지 않고자 합니다."

안연이 말했다.

"원하건대, 잘한 일을 자랑하지 않고, 어려운 일을 남에게 뒤집어 씌우지 않았으면 합니다."

자로가 말했다.

"부디 선생님의 희망도 들려주시기 바랍니다."

공자께서 말씀하셨다.

"나는 노인들이 편안히 살고, 친구들이 신뢰하고, 젊은이가 따르는 사람이 되고 싶다."

顔淵季路侍 子曰 盍各言爾志 子路曰 願車馬衣輕裘 與朋友
共 敝之而無憾 顔淵曰 願無伐善 無施勞 子路曰 願聞子之
志 子曰 老者安之 朋友信之 少者懷之.

● **주해** 顔淵(안연) 안회(顔回). 자가 자연(子淵). 季路(계로) 계(季)는 태어난 순서의 맨 끝이라는 뜻. 거기에 자로(子路)의 '로'를 붙인 것.

● **평석** 자로의 말이 그답게 활달한 것이라면, 안회의 말은 안회답게 도덕적이라 할 수 있다. 그러나 공자의 말은 모든 인위적인 것이 사라져 자연스럽다. 자로를 장강(長江)에 비기면, 안회는 드높은 산악이려니와, 공자는 봄과 같아서 모든 것을 포용하고 안정시키고 기르는 덕

을 가졌음이 느껴진다.

27. 공자께서 말씀하셨다.
"다 되었구나. 나는 지금까지 잘못을 인정하여, 마음속에서 스스로 책망하는 사람을 보지 못하였다."

子曰 已矣乎 吾未見能見 其過而內自訟者也.

28. 공자께서 말씀하셨다.
"열 집쯤이 사는 작은 마을이라 할지라도 반드시 충실과 신의에서는 나 같은 사람이 있을 것이다. 그러나 나처럼 학문을 좋아하지는 못할 것이다."

子曰 十室之邑 必有忠信 如丘者焉 不如丘之好學也.

● **평석** 공자를 '생이지지(生而知之)'로 아는 사람도 있지만, 사실은 쉬지 않고 배우려 힘쓴 사람이었다. 그는 학문만을 배운 것이 아니라, 제자를 대하면 제자에게서 배우고, 마을의 노인과 청년에게서 배우고, 길 가는 사람에게서 배웠다. '어진 사람을 만나면 같아지기를 생각하고, 어질지 않은 사람을 만나면 자기 몸에 비추어 반성한'(〈이인편〉 제17장) 그에게는 모든 사물과 모든 사람이 스승이었다. 그런 노력으로 일관된 그의 일생이었기에 나처럼 학문 좋아하는 사람은 아무도 없으리라는 자부도 나온 것이다.

제6 옹야편(雍也篇)

첫머리에 나오는 '옹야'라는 이름을 따서 편명으로 삼았다. 모두 30장 중에서 16장까지는 제자나 동시대의 인물에 대한 말로, 앞 〈공야장편〉의 연장 같은 성격을 지닌다. 아마 죽간(竹簡)으로 된 예전 책은 길이에 제한이 있으므로, 한 권으로 넘치는 부분이 다음 권의 앞부분에 수록된 것인지도 모르겠다. 후반에는 인(仁)의 덕을 중심으로 한 학문론과 인생론에 관해 논한 것이 많다. 행복론에 입각한 공자 만년의 가장 원숙한 사상이 나타나 있다.

1. 공자께서 말씀하셨다.

"옹(雍)은 높은 자리에 앉혀도 좋다."

> 子曰 雍也 可使南面.

● **주해** 雍(옹) 염옹(冉雍). 자는 중궁(仲弓). 《논어》에는 '중궁'이라는 이름이 많이 나온다. 南面(남면) 천자와 제후는 공식적인 자리에서는 반드시 남쪽을 향해 앉아, 북을 향하고 있는 신하의 절을 받았다. 그러므로 '남면'은 곧 군주 노릇을 한다는 뜻이 되었다. 그러나 임금뿐 아니라 경·대부도 아랫사람을 대할 때에는 남면했으므로, 여기에서는 높은 자리에 앉을 만하다는 뜻이다.

2. 중궁(仲弓)이 자상백자(子桑伯子)의 사람됨에 대해 여쭈었다. 공자께서 말씀하셨다.

"좋지, 대범하다."

중궁이 말했다.

"마음씨가 신중하면서 행동이 대범한, 그런 태도로 백성을 대한다면야 그 아니 좋겠습니까? 그러나 마음씨도 대범하고 행동도 대범하다면, 대범이 지나친 것 아닙니까?"

공자께서 말씀하셨다.

"네 말이 옳다."

> 仲弓問子桑伯子 子曰 可也 簡 仲弓曰 居敬而行簡 以臨其
> 民 不亦可乎 居簡而行簡 無乃大簡乎 子曰 雍之言然.

● **주해** 子桑伯子(자상백자) 자세한 것은 알 수 없다. 可(가) 완전히는 인정하지 않는 말. 大簡(태간) 大의 음은 '태'. 간(簡)은 꼼꼼하지 않은 것. 대범한 것.

● **평석** 윗사람은 대범해야 하며 너무 잘아서는 안 된다. 그렇다고 치밀하지 않아 국민이나 아랫사람의 사정을 몰라서는 또한 곤란하다. 그러므로 속으로는 신중하고 치밀하면서 겉으로는 대범한 것이, 이상적 정치라고 중궁은 생각하고 있는 것 같다. '높은 자리에 앉혀도 좋다.'는 앞 장의 공자 말은 중궁의 이런 식견을 알고 있었기에 나온 것이라고 해석해도 될 것 같다.

3. 애공(哀公)이 물었다.
"제자 중 학문을 좋아하는 사람은 누구입니까?"
공자께서 대답하셨다.
"안회(顔回)가 학문을 좋아했습니다. 노여움을 옮기지 않으며, 잘못을 되풀이하지 않았는데 불행히도 일찍 죽었습니다. 지금은 없습니다. 학문 좋아하는 자가 있다는 말을 듣지 못했습니다."

> 哀公問 弟子孰爲好學 孔子對曰 有顔回者 好學 不遷怒 不
> 貳過 不幸短命死矣 今也則亡 未聞好學者也.

● **평석** 공자가 가장 큰 기대를 걸었던 제자 안회의 죽음은, 만년의 공자에게 큰 타격이었다. '금야즉무(今也則亡)'의 '亡'가 빠진 이본(異本)이 있는데, '지금은 학문 좋아하는 자가 있다는 말을 듣지 못했다.'로 의미는 일단 통한다. 그러나 역자는 이 이본 대신 통행본을 취했다. 공자도 이야기가 안회에 미치면, 자신도 모르게 가슴이 막혀 넋두리가 나오지 않을 수 없는 것은 아니었을까. 그런 정이, '불행단명사의(不幸短命死矣)'로 끝나도 되는 것을 다시 '今也則亡'라고 반복한 것이라고 역자는 해석하였다. 이런 장면에서는 중언부언하는 편이 도리어 자연스럽다 할 것이다. 공자가 안회의 죽음에 충격을 받아 마음의 갈피를 잡지 못했던 이야기는 〈선진편〉에 자세히 나온다.

4. 자화(子華)가 제나라로 심부름 갔다. 염자(冉子)가 그 노모(老母)를 위해 좁쌀을 좀 보내자고 청했다. 공자께서 말씀하셨다.
"1부(釜)만 주어라."
염자가 좀 더 주는 것이 어떠냐고 청하자, 공자께서 말씀하셨다.
"그러면 1유(庾)만 주어라."
염자가 5병(秉)의 좁쌀을 보내자, 공자께서 말씀하셨다.
"자화가 제나라로 떠날 때, 좋은 말을 타고 가벼운 갖옷을 입고 있었다. 내가 들은 바에 의하면, 군자는 궁한 사람을 돕기는 해도 부자에게 더 보태지는 않는 법이다."

　　子華使於齊 冉子爲其母請粟 子曰 與之釜 請益 曰 與之庾
冉子與之粟五秉 子曰 赤之適齊也 乘肥馬 衣輕裘 吾聞之也
君子周急 不繼富.

● **주해** 子華(자화) 성은 공서(公西), 이름은 적(赤), 자(字)가 자화. 공자의 제자. 粟(속) 당시 중국의 주식은 좁쌀이었다. 그 밖에 찧은 곡식 일반을 속(粟)이라 하는 수도 있다. 釜(부) 도량형의 하나. 전국시대 제나라의 유물을 실측한 결과, 부(釜)는 약 20리터로 우리나라의 한 말 한 되 두 홉〔合〕에 해당함이 밝혀졌다. 이것은 좀 적은 양이라고 염자는 생각하였다. 庾(유) 당시의 16두(斗). 두 말 여덟 되에 해당. 五秉(오병) 10유(庾)가 1병(秉).

● **평석** 자화가 제나라에 간 것은 공자가 보낸 것이므로, 떠나기에 앞서 충분한 여비와 가족들의 생활비도 지급되었을 것이다. 거기에다가 그는 가난한 사람이 아니었는지 모른다. 그러기에 그의 노모에게 식량을 주자는 말에 공자는 인색하게 한 것 같다. 한 말 남짓을 주라고 하여 더 주자고 제자가 말하니, 이번에는 두 말 여덟 되를 주라고 하였다. 이것은 공자가 부당한 지출이라 생각했음을 보이는 부분이다. 헤

프게 주는 것만이 잘하는 일은 아니다. 이것은 다음 장과 아울러 살펴보아야 한다.

5. 원사(原思)가 공자 영지(領地)의 관리 책임자가 되었을 때, 곡식 9백 두(斗)를 받았으나 사양했다. 공자께서 말씀하셨다.
"아니, 받아 두어라. 필요 없으면 네 이웃에게 나누어 주어라."

　原思爲之宰 與之粟九百辭 子曰 毋 以與爾隣里鄕黨乎.

● **주해** 原思(원사) 공자의 제자. 성은 원(原), 이름은 헌(憲), 자는 자사(子思). 청빈한 사람이었다.

● **평석** 원사는 가난했지만 어떤 직책을 맡아 근무하고 있으므로, 충분한 보수는 당연하다고 생각한 것이리라. 신주(新注)에서는 이 장을 앞 장과 하나로 보고 있다. 두 이야기가 서로 모순된 행동같이 보일지도 모르지만, 모든 것을 예(禮)에 기준을 두고 처리하는 공자가 볼 때 이상할 것도 없는 일이다.

6. 공자께서 중궁(仲弓)을 평하셨다.
"밭 가는 얼룩소 새끼라도 붉은 털에 멋진 뿔이 있으면, 사람이 제사의 희생으로 쓰지 않으려 한들, 산천의 신령이 그냥 두겠느냐."

　子謂仲弓曰 犂牛之子 騂且角 雖欲勿用 山川其舍諸.

● **주해** 仲弓(중궁) 공자의 제자 염옹(冉雍)의 자. 犂牛(여우) 얼룩소. 또는 밭 가는 소라는 설도 있다. 밭 가는 소는 털이 나쁜 것이 많으므로, 이 두 가지 설을 하나로 해서 쓰기로 한다. 騂(성) 붉은 털. 角(각) 뿔이 가지런하여 보기 좋게 난 것. 諸(저) 조자(助字). 별 뜻이 없으면서 어조(語調)를 돕는 글자.

● **평석** 밭 가는 얼룩소 새끼란 중궁이 천한 계급 출신임을 상징한다. 당시는 나라에서 지내는 제사에는 소를 쓰되, 털이 붉고 뿔이 보기 좋은 것을 골라서 썼다. 그러므로 나라에서는 제물용으로 따로 소를 기르고 있었다. 그리고 이것으로도 부족하면, 경작용 민간인의 소 중에서 골라 사용했다. 그처럼, 중궁의 아버지나 조상이 얼룩소 정도밖에 되지 않는다 해도, 중궁은 붉은 털에 어울리는 멋진 뿔을 가진 소이므로, 언젠가는 나라에서 등용하지 않을 수 없으리라는 비유다. 공자는 명문 출신의 귀족이 거기에 어울리는 재덕을 겸비하고 있는 한, 그들이 국가의 지도적 지위에 앉는 것을 반대하지 않았다. 그러나 귀족이 아닌 일반인 중에도 훌륭한 사람이 있음을 의심하지 않았다.

7. 공자께서 말씀하셨다.
"안회(顔回)는 석 달이나 마음을 인의 덕에서 떠나지 않게 할 수 있다. 그러나 그 밖의 사람들은 하루나 한 달을 이를 수 있을 뿐이다."

　子曰 回也 其心 三月不違仁 其餘則日月至焉而已矣.

● **평석** 인(仁)은 공자가 가장 귀중히 여긴 최고의 덕목(德目)으로, 공자는 좀처럼 이름 있는 제자들에 대해서도 이 덕에 이르렀음을 인정하지 않았다. 그리고 안회만이 한 석 달이나 이 덕을 떠나지 않게 할 수 있다고 하였으니, 그것이 얼마나 이르기 어려운 경지인가를 생각하게 한다.

8. 계강자(季康子)가 물었다.
"자로(子路)는 정치를 담당할 만합니까?"
공자께서 말씀하셨다.
"자로는 결단력이 있습니다. 정치를 담당하기에 무엇이 부족하겠습니까?"

"자공(子貢)은 정치를 담당할 만합니까?"

"자공은 사리(事理)에 밝습니다. 정치를 담당하기에 무엇이 부족하 겠습니까?"

"염유(冉有)는 정치를 담당할 만합니까?"

"염유는 재주가 많습니다. 정치를 담당하기에 무엇이 부족하겠습니 까?"

季康子問 仲由可使從政也與 子曰 由也果 於從政乎 何有
曰 賜也 可使從政也與 曰 賜也達 於從政乎 何有 曰 求也
可使從政也與 曰 求也藝 於從政乎 何有.

● **주해** 果(과) 결단력이 있는 것. 達(달) 사리에 통하는 것. 藝(예) 재주 가 많은 것.

● **평석** 공자가 오랜 방랑 생활에서 노나라로 돌아온 것은 기원전 484 년으로, 이 대화는 그 후의 일임은 의심할 여지가 없다. 재상으로 있 던 젊은 귀족은, 노년의 공자에게 제자들의 정치가적 자질을 물었다. 공자는 제자들의 장점을 들어 그 장점을 살려 잘 쓰기만 하면 반드시 훌륭한 일을 해낼 것이라고 하였다.

이때 염유는 이미 계씨(季氏)의 재(宰) 즉 영지(領地)의 관리 책임자 로 있었다. 계강자는 일단 제자 중 제일 나이 많은 자로와, 수재로 평 이 높은 자공을 앞서 들었지만 사실은 마지막으로 입 밖에 낸 염유에 대한 공자의 소감이 듣고 싶었을 것이다. 어쨌든 공자가 제자들만을 상대할 때와는 달리, 실은 제자들에 대해 상당한 자신을 가지고 있었 음이 드러난다.

9. 계씨(季氏)가 민자건(閔子騫)을 그 영지(領地)인 비읍(費邑)의

장(長)으로 삼고자 했다. 민자건은 그 말을 듣고 말했다.
"저를 위해 적절히 거절해 주십시오. 만약 다시 또 이런 말이 있다면, 저는 필시 문수(汶水) 가에 있을 것입니다."

季氏使閔子騫爲費宰 閔子騫曰 善爲我辭焉 如有復我者 則吾必在汶上矣.

● **주해** 閔子騫(민자건) 공자의 제자. 성은 민, 이름은 손(損), 자는 자건. 공자보다 15세 아래. 費(비) 노나라 수도인 곡부(曲阜)의 동남, 기수(沂水) 유역, 지금의 산동성(山東省) 비현(費縣)의 서북에 있던 계씨의 성. 세력이 커지자 계씨에 대해 반기를 드는 자가 생겨, 정공(定公) 12년, 계씨의 재(宰)가 된 자로(子路)가 성벽을 철거하려다가 비의 성주 공산불요(公山弗擾)의 반란(〈양화편〉 제5장 참조)을 만난 적도 있다. 계씨에게는 요지였으나 지배도 그만큼 어려운 곳이었다.

● **평석** 이 문답이 언제 행해졌는지, 계씨는 누구를 말하는지는 확실하지 않다. 민자건은 안회(顔回)와 병칭되었고, 안회가 죽은 다음에는 공자 문하에서 덕행(德行)으로는 따를 자가 없었던 인물이다. 공자 만년에는 그의 명성과 함께 제자들도 차츰 이름을 떨치게 되어, 노나라는 말할 것도 없고 여러 나라에서 초빙하기에 이르렀다. 아마도 계씨는 계강자(季康子)이며 그가 덕행으로 유명한 민자건을 자기 휘하에 끌어들이려 한 것은 아니었을까. 그리고 계씨의 집권 태도를 싫어하던 민자건의 거절로 염유(冉有)가 그 직책을 맡게 된 것은 아니었을까. 그렇다면 이 일은 염유가 계씨의 재(宰)가 된 기원전 484년일 것이다.

10. 염백우(冉伯牛)가 나쁜 병에 걸렸다. 공자께서는 위문가셔서, 창 너머로 그 손을 잡으시면서 말씀하셨다.

"이럴 수가 없다. 이것도 천명인가. 이런 사람이 이 병에 걸리다니… 이런 사람이 이 병에 걸리다니…."

伯牛有疾 子問之 自牖執其手曰 <u>亡之</u> 命矣夫 斯人也而有斯 疾也 斯人也而有斯疾也.

● **주해** 亡之(망지) 고주(古注)에서도 '이를 망하게 한다.'로 해석하여, 그 병이 위독해져 이것이 마지막이라는 공자의 영결(永訣)의 말이라고 보는 것이 통설이다. 그러나 이것은 병자에 대해 너무 가혹한 말이 아닌 가. 그래서 '亡'을 '무(無)'의 뜻으로 보아 '이것이 없다', '이럴 수가 없다' 는 의미로 보는 설이 있다. 공자는 사랑하는 제자를 죽음 직전에 있는 병 상으로 찾아가 슬픔에 복받쳐서 운명의 비합리성을 한탄하였으니, 그 마 음이 동요하고 있어 말도 맥락이 잘 통하지 않았을 것이다.

● **평석** 염백우는 이름은 경(耕), 백우는 자(字)다. 안회·민자건·중 궁과 함께 덕행으로 칭송받던 제자였다. 병이 위급함을 듣고 달려간 공자가 창 너머로 그 손을 잡고 영결한 것은 무슨 까닭일까? 염백우는 문둥병에 걸렸으므로 공자는 그 엉망이 된 얼굴을 보기가 괴로워 방에 들어가지 않고 창 너머로 손을 잡았다는 것이 고주(古注)의 해석이다. 병자는 방 북쪽 창 아래에 누워 있기 마련이다. 군주가 위문 올 때는 병상을 남쪽 창가로 옮겨, 군주가 남면(南面)하여 병자를 대할 수 있 도록 하는 것이 예(禮)였다. 공자를 위해 염백우도 남쪽 창 아래로 병 상을 옮기고 공자를 방으로 청하려 하였다.
그러나 임금처럼 남면하여 제자 만나는 것을 꺼린 공자는 방에는 들어 가지 않고 창 너머로 손을 잡은 것이라고 주자는 설명했다. 주자는 고 주가 공자의 태도를 자연스러운 인정의 발로라고 보는 해석을 배격하 고, 예에 입각해서 어디까지나 바르게 행동한 것이라 본 것이다.
'이런 사람이 이 병에 걸리다니!'라고 공자가 탄식한 것을 보면 그 병 세가 심했던 것 같다. 문둥병에 걸린 사랑하는 제자의 얼굴을 차마 볼 수 없어서, 외면한 채 창 너머로 손만 잡았다는 것은 자연스러운 해석이므로, 역자는 그것을 따르고 싶다. 역자는 철두철미 예밖에 모르는 듯이 해석하는 주자의 설에는 반대한다. 그것이 설령 예를 고려한 행동이었다 해도 창 너머로 손을 잡고 돌아선 그 행동에는 역시 제자에 대한 애정이 강하게 작용한 것이라고 믿는다.

이렇게 인정의 자연스러운 움직임을 그대로 따른 점에, 공자의 공자다운 점이 있는 것은 아닐까. '이런 사람이 이 병에 …'라는 말에는, 운명의 불합리성에 대한 세찬 저항 의식조차 느껴진다. 공자는 자공이 말한 대로 성(性)과 천도(天道)에 대해 말은 별로 하지 않았는지 모른다. 그러나 그런 문제들을 부단히 가슴에 안고 반추한 것만은 사실인 것 같다.

11. 공자께서 말씀하셨다.

"어질구나, 회(回)는. 매일 한 소쿠리의 밥과 한 표주박의 마실 것을 가지고 좁은 골목에서 살면, 남들은 그 고통을 견디지 못할 것이거늘. 회는 도(道)를 즐기는 생활을 고치지 않는구나. 어질구나, 회는."

> 子曰 賢哉 回也 一簞食一瓢飮 在陋巷 人不堪其憂 回也不改其樂 賢哉 回也!

● **평석** 공자에게 이런 찬사를 들은 사람은 아무도 없었으니 안회는 행복한 사람이었다. 세상은 크게 바뀌었다. 그래도 전에는 안회의 자손 비슷한 사람들이 있어서, 안빈낙도하는 것에 어떤 긍지를 느끼며 살아갔었다. 그러나 지금은 이런 선비를 잘 볼 수 없고, 배운 사람일수록 명리(名利)에 급급해하는 시대가 되었다. 이 문장을 읽노라면, 서정시를 읽는 것 같은 착각이 든다.

12. 염구(冉求)가 말했다.

"선생님의 도를 좋아하지 않는 것이 아닙니다. 힘이 부족합니다."
공자께서 말씀하셨다.

"힘이 부족한 사람은 중도에 그만두는데, 지금 너는 능력에 한계를 긋고서 힘이 부족하다고 한다."

　　冉求曰 非不說子之道 力不足也 子曰 力不足者 中道而廢
　　今女畫.

● **주해**　冉求(염구) 염유(冉有)라고도 한다. 자는 자유(子有).

13. 공자께서 자하(子夏)에게 말씀하셨다.

"너는 군자다운 당당한 학자가 되어라. 소인같이 꼼꼼한 학자가되지 말라."

　　子謂子夏曰 女爲君子儒 無爲小人儒.

● **주해**　儒(유)《논어》에 유(儒)라는 말은 여기 처음 나왔고, 또 이것이유일하다. '유(儒)는 유(柔)'라는 것이 원래의 뜻이다. 품이 넉넉한 옷을입고, 유유히 예의범절을 배우던 공자 일문(一門)에 대해서, 다른 학파가 유자(儒者)라고 부르게 되었다. 공자학파를 유교라고 하는 기원은 여기에 있다.

● **평석**　자하는 문학에 뛰어났으나, 예의범절에 몹시 까다로운 데가있었다. 그 제자들은 예의 격식에는 통했지만, 예(禮)의 정신을 모르고 지엽적인 데에만 얽매여 있다(〈자장편〉 제12장)는 비난도 들어야했다. 자하에게 충고한 공자의 말은 이 약점을 잘 간파하고 있다. 군자의 유(儒)와 소인의 유, 여기에 대해 여러 설이 있으나《논어술하(論語述何)》가, 군자의 유(儒)는 현인(賢人)의 그것이어서 그 대(大)

를 아는 사람, 소인의 유는 현명하지 못하여 그 소(小)를 아는 자라고 말한 것은 정당하다. 이렇게 보면 자하 일파가 지엽적이고 말단적인 데 구애된 것에 대한 충고로서 매우 적절한 말이라 여겨진다.

14. 자유(子游)가 무성(武城)의 장관이 되었다. 공자께서 말씀하셨다.

"너는 어떤 인물을 발견하였느냐?"

자유가 말했다.

"담대멸명(澹臺滅明)이라는 사람이 있습니다. 그는 사잇길로 가지 않고, 공무가 아니면 저의 집에 온 일이 없습니다."

> 子游爲武城宰 子曰 女得人焉爾乎 曰 有澹臺滅明者 行不由 徑 非公事 未嘗至於偃之室也.

● **주해** 澹臺滅明(담대멸명) 성은 담대, 이름은 멸명, 자는 자우(子羽). 공자보다 39세 아래. 자유의 추천으로 공자에게서 가르침도 받았던 것 같다. 용모가 추했으므로, 공자로부터는 그리 중요시되지 않았다. 후일 무성에서 오(吳)나라로 이주하여 학문을 가르쳤는데, 모여든 제자가 3백 명이나 되었고, 이름이 천하에 알려졌다. 그래서 공자가 자기는 용모만 보고 그를 얕보았는데 그것은 잘못이었다고 말했다고 했는데, 이것은 후세에 만들어진 전설에 지나지 않는다. 그러나 유교의 남방 진출의 개척자임은 사실일 것이다. 偃(언) 자유의 자(字).

● **평석** 무성은 비(費)의 남서(南西), 기수(沂水) 유역에 있는 작은 도시로, 양자강 하류의 신흥국 오(吳)나라와 월(越)나라 등이 북상해 오는 길목이어서, 노나라로 볼 때는 남쪽 관문(關門)에 해당하는 땅이었으니, 이곳의 성주(城主)는 대단한 요직이었다. 이 직책을 맡은 자유에게 방비 상태 같은 것을 묻는 대신, 어떤 인물을 발견했느냐고 물

은 것은 참으로 공자답다. 정치는 먼저 인물을 얻는 데서 시작되는 것이라 믿은 것이다.

15. 공자께서 말씀하셨다.

"맹지반(孟之反)은 공을 자랑하지 않았다. 군대가 패주했을 때 맨 뒤를 따르다가, 정작 성문을 들어서려 할 적에는 말을 채찍질하면서, '일부러 뒤에서 온 것이 아니다. 말이 잘 달리지를 않았다.'라고 말하였다."

> 子曰 孟之反不伐 奔而殿 將入門 策其馬曰 非敢後也 馬不進也.

● **주해** 孟之反(맹지반) 《좌전》에는 맹자측(孟子側)이라 되어있는데, 《논어》와 《좌전》 중, 어느 쪽이 잘못되었을 것이다. 伐(벌) 공을 자랑함. 奔(분) 싸움에 패해 도망치는 것. 殿(전) 군대의 뒤를 행군하는 것. 후군(後軍)을 가리키는 말.

● **평석** 맹지반은 노나라의 대부로 용사로서 이름이 있었다. 기원전 484년, 이웃 나라인 제나라의 침략이 있었을 때, 수도 곡부(曲阜)의 교외에서 이를 맞아 격전을 벌인 노나라 군은 패해서 성안으로 도망쳤다. 그때 맨 뒤를 따르면서 추격하는 적과 싸운 것이 맹지반이었다. 이 사실은 《좌전》 애공(哀公) 11년 조(條)에 기록되어 있다. 제나라 군대는 이기기는 했으나, 노나라의 필사적인 저항에 밤에 철수하여 싸움은 끝났다.

대개 승전에서는 맨 앞에서 싸운 사람이 공이 크고, 패전에서는 후미(後尾)에 선 사람이 공이 크다. 패했을 때 앞을 다투는 것은 사람의 상정(常情)이니, 뒤에 남아 추격하는 적과 싸움으로써 우군에게 도망할 시간을 벌게 한 것은 진정 용기 있는 사람이 아니면 할 수 없다. 그러나 맹지반은 이러한 공을 세우고도 막상 성문에 도착하자, 그것은 자기가 원해서 한 일이 아니고, 사실은 말이 잘 달리지 않아 그렇게 된 것이라 하여, 자신의 공을 숨기려 하였다. '공을 자랑하지 않았다.'라고 공자가 말한 것은 이를 가리킨다.

16. 공자께서 말씀하셨다.
"축타(祝鮀) 같은 언변도 없으면서, 송조(宋朝) 같은 미모만 있다면 지금 세상을 무사히 살아가기는 어려울 것이다."

　　子曰 不有祝鮀之佞 而有宋朝之美 難乎免於今之世矣.

● **주해**　祝鮀(축타) 축(祝)은 종묘에서 제사를 주관하는 사람. 타(鮀)는 이름. 《좌전》에는 '타(佗)'로 되어있으나 동음(同音)이므로 통용. 위(衛)나라 사람. 축타는 기원전 506년 소릉(召陵)에서 여러 나라가 모여 회의할 때 영공(靈公)을 따라 참석하여, 채나라와 자리 문제로 대립이 생기자, 장홍(萇弘)과 논쟁하여 이김으로써 유명해졌다. 宋朝(송조) 기원전 498년, 위나라 영공(靈公)의 부인인 남자(南子)를 기쁘게 하기 위해 송(宋)나라에서 데려온 미남자였으나, 기원전 483년경 도망갔다. 공자가 위나라에 머물 때는 남자의 애인으로 거들먹거리고 있었을 것으로 생각된다. 공자가 위나라에 있으면서 송조의 말로를 예언했다기보다는 위나라를 떠나 노나라로 돌아온 다음, 송조가 도망갔다는 소문을 듣고 감상을 말한 것이라 보는 편이 좋을 것이다.

● **평석**　고주(古注)를 따라 풀이했으나 이와는 달리 '축타의 언변이 있고, 거기에 다시 송조 같은 미모가 있지 않는다면'이라고 보는 주자의 견해도 있다. 이것은 '불(不)'이 '송조지미(宋朝之美)'까지도 부정하는 것이라 풀이하는 것이다. 그러나 '불유축타지녕(不有祝鮀之佞)'과 '이유송조지미(而有宋朝之美)'는 대구를 이루는 점에 착안하면 역시 고주를 따르는 것이 자연스럽다.

이 이야기는 노나라에 있을 때의 일로 보기보다는 역시 귀국한 다음 송조의 실각(失脚) 소식을 듣고 공자가 감상을 말한 것 같다. 축타는 소릉(召陵)의 회의에서 패자(覇者)인 진(晋)나라를 상대로 웅변을 토했던 위나라의 명신(名臣)이다. 그 후《좌전》에 나오지 않는 것으로 볼 때, 아마 공자가 처음 위나라에 머물던 기원전 497년에서 493년 전에 죽었을 것으로 여겨진다. 만약 살아 있었다 해도 너무나 늙어, 이미 과거의 인물이 되었을 것이다.

송조는 위나라 군주의 부인 남자(南子)의 정부로서 현존하던 소인이다. 따라서 '축타 같은 언변도 없으면서'가 가정(假定)의 조건이요, '송조 같은 미모가 있다면'은 현실의 개연성(蓋然性)이 크므로, 이 점에서도 고주를 따르는 것이 정당하다. 고주에 의하면 송조는 한창 거들먹거리더니 길게는 유지하지 못했다는 술회로 보인다. 그리고 신주(新注)에 의하면 말에 능하고 미모인 소인이 활개 치는 세태에 대해 개탄한 말로 여겨진다. 역자는 역사적 현실에 입각한 구체적 발언이라고 본다.

17. 공자께서 말씀하셨다.
"누가 나갈 때 문으로 지나지 않는 사람이 있으랴? 그런데 왜 이 길을 가는 사람이 없을까?"

　子曰 誰能出不由戶 何莫由斯道也.

● **주해** 戶(호) 두 쪽으로 된 것이 문(門), 한 쪽으로 된 것이 호(戶).

18. 공자께서 말씀하셨다.
"질박(質朴)함이 수식(修飾)보다 강하면 야인(野人)이요, 수식이 질박함을 누르면 직업적 문사(文士)다. 수식과 질박함이 어울려야 비로소 군자라 할 수 있다."

子曰 質勝文則野 文勝質則史 文質彬彬然後 君子.

● 주해 野(야) 고대 도시의 성벽 밖, 먼 곳을 야(野)라고 한다. 또 그곳
에 사는 사람, 즉 농민이 야인(野人)의 원래 뜻이다. 史(사) 고대 중국에
서는 문헌을 다루는 직책은 모두 사(史)라고 불렀다. 원래는 신에게 제
사할 때의 제문, 종묘의 연대기, 복사(卜辭) 등을 기초하고 필사하고 기
록하는 직책이었으나, 일반의 서기 일을 두루 부르는 말이 되었다. 이런
서기의 문장은 자칫 형식화·유형화(類型化)하는 경향을 필연적으로 수
반하기 마련이어서 이 경향을 공자는 사(史)라고 하였다. 彬彬(빈빈) 색
채 같은 것이 뒤섞여 조화가 이루어진 형용.

● 평석 질(質)은 소박의 뜻이니, 타고난 그대로의 상태, 처녀지 그대
로인 마음이요, 문(文)은 꾸민다, 수식한다는 뜻이니, 표현을 말한다.
이 둘은 예(禮), 즉 문화의 두 가지 형식이라고도 생각된다. 은(殷)의
문화가 질(質)이요, 주(周)의 문화가 문(文)이라 할 때, 이런 사실을
가리키는 것이라 볼 수 있다. 소박함이 좋기는 해도 그것에 그친다면
거칠게 마련이고, 꾸밈이 중요하나 인간의 본성에서 유리되면 공허한
것이 된다. 그러므로 소박과 꾸밈이 혼연 조화된 곳에 공자는 이상적
인간상을 그린 것이리라.

19. 공자께서 말씀하셨다.
"사람이 타고난 본성은 곧으니, 곧은 본성을 굽혀서 사는 것은 요
행히 형벌을 면하고 있는 것뿐이다."

子曰 人之生也直 罔之生也 幸而免.

● 주해 罔(망) 굽히는 것. 즉 정직하지 않은 것.

● 평석 우리는 살아가기 위해 여러 가지 꾀를 부린다. 어떤 경우에는

거짓말도 하고, 옳지 않은 수단도 사용한다. 그러나 이런 인위적인 수단은 당장에는 어떤 효과를 거두는 것 같지만, 긴 안목으로 보면 자기의 신망을 추락시키는 것이라 할 수 있다. 그런 방법으로 살아가는 데 성공한다 해도 그것은 요행이지 당연한 결과는 아니라는 것이다.

20. 공자께서 말씀하셨다.
"도(道)를 이해하는 사람은 좋아하는 사람만 못하고, 도를 좋아하는 사람은 즐기는 사람만 못하다."

　　子曰 知之者 不如好之者 好之者 不如樂之者.

●**평석** 도를 이해한다는 것은 물론 훌륭한 일이다. 그러나 그는 아직 대문을 들어서서 사방을 둘러보고 있는 것에 지나지 않아서, 도와 사람과의 거리는 비록 멀지는 않다고 해도 엄연히 존재한다. 이에 비해, 도를 좋아하는 사람은 마루에 올라선 셈이어서, 도와의 거리는 매우 가까운 상태에 있다. 여기에서 한걸음 나아가 도를 즐기는 사람은 이미 방에 들어가 있는 것이니, 도에 사는 것이 된다. 아니 도가 사람이요, 사람이 도여서, 사람과 도가 일체화한 것이다.
도는 하나지만, 그것을 배워 가는 과정에는 생숙(生熟)과 심천(深淺)이 있으니, 공자의 말은 생(生)에서 숙(熟)으로, 천(淺)에서 심(深)으로 들어갈 것을 바란 것이다. 학문은 지식에 대한 사랑이며, 대상과 일체가 됨으로써 최고의 경지에 도달할 수 있다는 공자의 학문론의 근본정신이 여기에 피력된 것이라 여겨진다. 제23장과 아울러 읽는다면 그 뜻이 더 명확해질 것이다.

21. 공자께서 말씀하셨다.
"평균 이상의 지능을 가진 사람에게는 수준 높은 내용을 이야기해도 좋지만, 평균 이하의 지능을 가진 사람에게는 수준 높은 내용을 이야기해서는 안 된다."

子曰 中人以上 可以語上也 中人以下 不可以語上也.

● **평석** 석가의 대기설법(對機說法)의 취지와 일치하는 견해로, 사람의 지능이 수준 이하라면 무슨 소리를 해도 이해하게 할 수는 없을 것이다. 공자는 너무 지능이 낮은 사람은 교육해도 소용이 없다(〈양화편〉 제3장)고 생각했던 모양이다. 그러나 대다수의 보통 사람에게는 높은 수준의 내용도 전달 가능하다고 본 것이므로, 현대의 기회 균등 사상과 정면에서 대립하는 것은 아닐 것이다.

22. 번지(樊遲)가 지(知)에 관해 물었다. 공자께서 말씀하셨다.
"백성에게 사람으로서 해야 할 일을 힘쓰게 하고, 귀신에게는 경의를 표하지만 어느 거리를 지키는 것, 이것이 지(知)라 할 수 있다."
인(仁)에 관해 물으니, 말씀하셨다.
"인의 덕을 가진 사람은 어려운 일을 앞서 처리하고 이익은 뒤에 취한다. 이것이 인이라 할 수 있다."

樊遲問知 子曰 務民之義 敬鬼神而遠之 可謂知矣 問仁 曰
仁者 先難而後獲 可謂仁矣.

● **평석** 번지는 공자보다 36세 아래로, 제나라와의 전쟁에서 크게 공을 세웠던 용사였으나, 공자에게 농사에 관한 일을 묻기도 하여(〈자로편〉 제4장), 그다지 이해력이 빠른 제자는 아니었다. 이것은 아마 노나라에 돌아온 만년의 공자와 노나라에 벼슬하고 있던 번지와의 대화이리라. 공자는 이 별로 머리가 좋을 것도 없는 제자가 '지(知)'에 관해 묻자, 이론을 피하고 구체적으로 설명했다. 당시의 정치는 소위 제정일치(祭政一致)였으므로, 정치는 국민을 통치하는 일과 귀신을 섬

기는 일이었으므로, 백성들에게는 의무를 다하도록 가르치기에 힘쓰고, 귀신은 소정의 형식에 따라 제사를 지내되 그것에 그치는 것이 지(知)라고 말했다.

'인(仁)'에 관해 묻자, 더 근본적인 어려운 질문에 관해서도 어려운 일을 자진해서 처리해 가되, 보수는 뒷날에 요구하도록, 관리나 사회인이 취할 행동을 구체적으로 설명했다. 별로 정채(精彩) 없는 문답이 된 것은, 제자의 이해력에 따라 대답한 때문이다.

주자처럼 '민(民)'을 '사람'의 뜻으로 보아, 관리나 백성이나 모든 사람을 여기에 포함하는 해석도 가능하다. 문장으로 보면 이쪽이 더 자연스럽다. 또 '경이원지(敬而遠之)'를 요즘의 학자들처럼 공자의 종교 사상의 표현으로 논할 수도 있을 것이다. 그러나 어디까지나 '번지'라는 특정 인물과의 대화라는 점에서 보았으므로 역자는 달리 해석하였다.

23. 공자께서 말씀하셨다.

"지혜 있는 사람은 물을 좋아하고, 인의 덕을 지닌 사람은 산을 좋아한다. 지혜 있는 사람은 움직이고, 인의 덕을 지닌 사람은 고요하다. 지혜 있는 사람은 즐기고, 인의 덕을 지닌 사람은 장수(長壽)한다."

子曰 知者樂水 仁者樂山 知者動 仁者靜 知者樂 仁者壽.

●**평석** 주자에 의하면, 요수(樂水)·요산(樂山)의 '樂'는 '요'라고 읽어야 하고, 뜻도 좋아하는 것을 가리킨다. 그러나 다음에 오는 '지자락(知者樂)'의 '樂'과 중복되므로 다르게 해석하고 싶은 욕구에서 나온 것이리라. 이것은 아마도 공자가 평소에 지자(知者)와 인자(仁者)를 비교해 가며 이야기한 것이 많았기에, 그중 인상적인 말을 한데 묶은 것은 아닐까. 역자는 '樂'을 '낙'으로 읽을 수도 있다고 생각했으나 구설(舊說)을 따랐다.

왜 지자는 물을 좋아하고, 인자는 산을 좋아한다는 것일까? 실제로 지자 중에도 산을 좋아하는 사람도 있을 것이고, 인자라고 해서 물을 반드시 외면한다고는 볼 수 없다. 그러면서 이런 말을 한 것은 지(知)를 그 유동성 때문에 물에 비기고, 인(仁)을 그 불변성 때문에 산에 비긴 것이리라. 그러므로 인자와 지자가 무엇을 좋아하느냐에 문제가 있는 것이 아니라, 실은 인과 지가 무엇과 같으냐에 중점이 놓여 있다고 할 수 있다. 지자는 동(動)하고, 인자는 정(靜)한다는 것은 앞의 말과 반복에 지나지 않는다. 모처럼 시적(詩的)으로 표현한 말을, 굳이 개념을 가지고 설명했을 리가 없지 않은가. 이것이 지와 인에 관한 다른 때의 발언이라고 주장하는 이유가 여기에 있다.

또 하나 의문은 '知者樂…' 대목이다. 앞에서는 대립적인 것을 인과 지에 각기 배당하였었다. 산·물·움직임·고요함이 그것이다. 그러나 즐기는 것과 오래 사는 것은 대립 개념은 아니다. 인자라고 낙도(樂道)하지 않는 것이 아니고, 또 반드시 오래 산다는 근거는 어디 있는가. 공자가 인자로서 인정한 것은 안회 정도였다. 그러나 그는 과연 장수했던가.

24. 공자께서 말씀하셨다.
"제나라를 조금 고치면 노나라가 되고, 노나라를 조금 바꾸면 이상적인 나라가 되리라."

子曰 齊一變 至於魯 魯一變 至於道.

●**평석** 노나라와 제나라는 모두 산동성에 있던 이웃한 나라다. 주(周)가 건국하자 문물제도를 정한 것은 주공(周公)이었는데, 노나라는 바로 그 주공을 국조(國祖)로 받드는 나라요, 주가 건국할 때 가장 큰 공을 세운 것은 강태공(姜太公)이었는데, 제나라는 바로 그가 봉해진 나라였다. 그러나 두 나라에는 다른 점이 많았다. 제나라는 크고 노나라는 작은 것이 첫째이다. 제나라는 차츰 강국이 되어 환공(桓公) 때

제후 중에서 패권을 잡은 데 비해, 노나라는 약소국가이긴 했어도 처음부터 끝까지 문화적인 색채가 농후했음이, 그 둘째이다. 이것은 아마 명장과 성인을 각기 국조로 삼은 데서 오는, 처음부터 두 나라가 지니고 있었던 성격 차이인지도 알 수 없다.

그렇다고 해도 제나라에는 제대로 문화가 없는 것은 아니었다. 공자는 제나라에 망명하여 처음으로 순(舜)이 작곡했다는 '소(韶)'를 듣고 고기 맛을 잊을 지경까지 이르렀는데, 제나라의 문화도 만만치 않았음을 짐작할 수 있다. 어쩌면 일반적인 의미에서의 문화 수준은 제나라가 높았는지도 모른다.

그러나 두 나라의 문화는 질적으로 처음부터 달랐던 것은 아닐까. 노나라는 도덕적인 데 대해, 제나라는 현실적인 식으로 …. 그러기에 도덕적 철인 정치를 꿈꾸는 공자가 볼 때, 제나라의 뛰어난 문화를 개혁해서 도덕적으로 만들면 노나라와 같아질 것으로 생각했고, 노나라의 문화를 좀 더 발전시키면 이상적 사회가 될 것으로 여겼던 것이리라.

25. 공자께서 말씀하셨다.
"고(觚)도 본래의 고와 달라졌다. 이것이 고일까, 이것이 고일까?"

子曰 觚不觚 觚哉觚哉.

● **주해** 觚(고) 주대(周代)의 청동 술잔. 당시의 두 되, 요즘으로 치면 약 400cc를 담을 수 있었다. 전국시대가 되자, 청동 대신 칠기(漆器)를 쓰게 되었다. 물론 당시에도 고(觚)라는 이름이었지만, 어쩌면 춘추 말기인 공자 시대에 이미 그러한 변화는 일어나고 있는 것 같다.

● **평석** 고대의 술잔 고(觚)가 본래의 모습을 잃고 말았다는 사실을 들어, 고대의 예(禮)가 이미 쇠퇴했음을 한탄하였다. 그러나 공자 당시의 고(觚)가 고대의 그것과 어떻게 달라졌는지, 그 점에 관해서는 여러 설이 있어 확실하지 않다.

26. 재아(宰我)가 물었다.

"인자(仁者)는 우물에 사람이 떨어졌다고 속이면 곧 뛰어듭니까?"

공자께서 말씀하셨다.

"어찌 그렇게 하겠느냐? 군자는 가게 할 수는 있으나 빠지게는 못하며, 잠깐 속일 수는 있으나 끝까지 멍청하게는 못한다."

宰我問曰 仁者 雖告之曰井有仁焉 其從之也 子曰 何爲其然也 君子可逝也 不可陷也 可欺也 不可罔也.

● **주해** 井有仁焉(정유인언) 여기서 인(仁)은 '인(人)'의 뜻.

● **평석** 재아는 앞에서도 말했듯이 재사요 능변이었으므로, 공자에게 어려운 질문을 해서 쩔쩔매게 하려 하였다. 그래서 인자(仁者)는 남을 사랑한다고 하는데, 만약 우물에 사람이 빠졌다는 거짓말을 들으면, 어떻게 행동하느냐고 물었다. 이것은 자기의 절실한 의문을 물은 것이 아니라, 지적(知的)인 농락이라 보여지며, 그야말로 공자를 우물에 빠뜨리려 한 것이라 할 수 있다.

그러나 공자는 고수였다. 그 경우 물론 우물까지 달려간다. 그렇지 않는다면 인자가 아닌 것이 되거니와, 우물 안을 잘 살펴보지도 않은 채 뛰어들 리는 없다고 대답했다. 참으로 명답이다. 더없는 지성(知性)도 지니고 있다는 것을 알라는 말이다. 이 내용을 보면 공자가 재아를 왜 싫어했는지 이해가 간다.

27. 공자께서 말씀하셨다.

"학문에 뜻을 둔 사람이 널리 문헌을 읽고, 그 지식을 예(禮)로 단속해 간다면, 도에서 벗어나지는 않으리라."

子曰 君子博學於文 約之以禮 亦可以弗畔矣夫.

●**주해** 約(약) 단속함. 배운 것, 책에 있는 것이 그대로 모두 지식이 되는 것이 아니라, 예(禮)의 이념에 맞는 것만이 진정한 지식이라는 것. 畔(반) 배반함. 위배됨.

●**평석** 공자의 학문론으로서 매우 중요한 말이다. 학문은 실증적으로 널리 자료를 수집하고 이를 연구해야 하지만, 중심이념이 부족해서는 안 된다는 뜻이리라.

28. 공자께서 남자(南子)를 만났는데, 자로가 좋아하지 않았다. 공자께서는 맹세하셨다.
"나에게 잘못이 있었다면 하늘이 버리시리라, 하늘이 버리시리라."

　　子見南子 子路不說 夫子<u>矢</u>之曰 予所<u>否</u>者 天<u>厭</u>之 天厭之.

●**주해** 矢(시) 맹세함. 否(비) 예(禮)에 어긋나는 잘못. 厭(염) 버리고 끊음.

●**평석** 공자는 56세 때, 노나라를 떠나 위(衛)나라에 망명했다. 당시 영공(靈公)의 부인 남자(南子)가 만날 것을 알려 왔는데, 그녀는 절세의 미인으로 행실이 좋지 않아 온 중국에 소문이 자자했다. 영공을 손아귀에 넣고 있어서 정치적 세력도 무시할 수 없었다. 공자도 처음에는 꺼렸으나, 마침내 거절할 수만도 없어 그녀와 만났다. 남자는 자기의 매력이 이 유명한 학자에게 어느 정도의 영향력을 미치는지 시험해 보고 싶었는지도 모른다. 그 결과가 사실상 어떠했는지는 알 수 없으나, 남자의 미모에 공자도 완전히 매혹당했다는 소문이 널리 퍼졌던 모양으로, 순박 솔직한 자로는 매우 불쾌하게 여긴 것 같다.
주석자 중에는 공자가 영공을 만나기 위해, 그 수단으로서 남자를 만났다고 주장하는 사람도 있다. 또 남자와 공자를 상당한 정치적 지위에 앉히려 한 것이라는 설도 있다. 어쨌든 대성인 공자의 일생 가운데서 유일한 스캔들이었다. 《좌전》을 보면, 당시의 각국 귀족 사회에서는 남녀 간의 교제는 상당히 자유로워서, 많은 연애 사건이 일어났음을 알 수 있다. 공자가 남자를 만난 것은 사실이요, 남자를 둘러싼 사회 분위기로 보아 이상한 소문이 날 법도 한 일이었다. 그러나 아무 증거도 없으므로, 공자가 맹세한 말을 그대로 믿을 수밖에는 없지만, 《논어》가 이런 의심스러운 일을 그대로 기록한 것은, 아마도 이것으로 그런 의혹을 일소시키려 한 것인지도 모른다.

29. 공자께서 말씀하셨다.

"중용(中庸)의 덕은 얼마나 완전무결한 것인가. 백성들에게 그 덕이 권해진 지도 오래되었다."

子曰 中庸之爲德也 其至矣乎 民鮮久矣.

● **주해** 中庸(중용) 주자는 '중(中)은 지나치고 모자람이 없는 것. 용(庸)은 평상(平常)의 뜻'이라 했다. 극단에 달리지 않고 적당한 선을 지켜가는 처세의 덕.

30. 자공(子貢)이 물었다.

"만약 국민에게 널리 은혜를 베풀어, 대중을 구제할 수 있다면 어떻습니까? 인이라고 해도 좋습니까?"

공자께서 말씀하셨다.

"어찌 인에 그치랴. 굳이 말하자면 성(聖)일 것이다. 요순(堯舜)도 그렇게 하지 못하심을 마음 아파하셨다. 대저 인의 덕을 갖춘 사람은, 자기가 서고 싶으면 먼저 남을 세우고, 자기가 이르고 싶으면 먼저 남을 이르도록 하여서, 남의 일도 자기 몸 가까이 끌어다 비교할 수 있는 것, 이것이 인의 방법이라 할 수 있다."

子貢曰 如有博施於民而能濟衆 何如 可謂仁乎 子曰 何事於
仁 必也聖乎 堯舜其猶病諸 夫仁者 己欲立而立人 己欲達而
達人 能近取譬 可謂仁之方也已.

● **주해** 譬(비) '비유'가 원뜻. 비유는 자기 가까이에 있는 구체적 사물에
비교하는 일이니, 남의 일도 자기 신변에 있는 구체적 사실과 비교하여,
자기가 하고 싶은 것을 남에게 해주는 것이, 인을 실천하는 방법이라는
것이다.

● **평석** 자공이 정치가로서의 입장에서 백성의 복지를 증진하고, 어려
운 대중을 구제하는 것은 인의 덕을 실현하는 방법이 아니냐고 질문했
다. 이에 대해 공자는 성인인 요순이라도 쉽게 실현할 수 없었던 이상
이라고 지적, 정면으로 논하기를 피했다.
춘추 말기의 여러 나라는 전쟁과 내란이 이어졌고 거기에다 귀족들이
농토를 빼앗아 대토지의 소유가 진행되어 사태를 한층 악화시켰다. 국
민의 복지 향상이나 난민 구제 같은 것에는 좀처럼 손이 미치지 않았
다. 그러므로 자공의 이상을 공상적인 것이라 하여 물리친 것은 이유
가 있다. 공자는 더 현실에 입각하여 개인의 자립(自立)은 타인의 자
립을 전제한다는 인의 입장으로부터, 자기 주위에 인의 덕을 미치게
하고, 다시 이것을 확대해 가는 것이 실제적이라 생각하였다. 공자는
원래 주공(周公)을 이상으로 삼았고, 고대의 전설적 제왕이요 성인인
요순에 대하여는 별로 말하지 않았다.
이 전설이 생긴 것은 공자 시대나 그 이전이 아니라, 전국 초기였으
며, 묵자(墨子) 학파 사이에서 주장된 것이라고 믿어진다. 이런 점에
서 보면, 이 한 편은 요순 전설이 성행하던 전국시대 이후에 추가된
것으로 생각된다.

제4권

제7 술이편(述而篇)

제1장의 '술이부작(述而不作)'의 처음 두 자를 따서 편명으로 삼았다. 모두 37장 중, 공자가 자기의 학행(學行)에 관해 말한 것이 대부분이고, '공자께서는 괴력난신(怪力亂神)을 말씀하지 않았다.'라는 등의, 공자의 평소 행적을 제자들이 말한 것이 약간 들어 있다. 공자의 언행록 형식을 가장 전형적으로 나타내고 있다고 볼 수 있다.

1. 공자께서 말씀하셨다.

"조술(祖述)할 뿐 창작하지 않으며, 고대(古代)를 믿고 또 사랑한다. 그런 자신을 가만히 노팽(老彭)에 비겨 본다."

子曰 述而不作 信而好古 竊比於我老彭.

● **주해** 述(술) 순(循)으로, 무엇을 따르는 것. 즉 조술(祖述)한다는 말. 作(작) 창작. 즉 새 문화를 창조하는 것, 특히 예악 제도를 새로 제정함을 뜻한다. 比於我老彭(비어아로팽) 청가본(淸家本)《건무초(建武抄)》에는 '比我於老彭'이라 했다. 문장으로는 이쪽이 자연스러우며, 고대의 현인에 '我'를 붙인다는 것은 있을 수 없는 일 같다. 구태여 합리화하자면 주자처럼 '친함을 나타내는 말'이라고나 보아야 할 것이다. 노팽(老彭)은 은(殷)을 섬긴 현인(賢人). 원래 이름은 팽조(彭祖)인데 장수로 유명했으므로 '노팽'이라 했다는 설과, 노자(老子)와 팽조를 아울러 부른 것이라는 설이 있다. 공자가 이상으로 삼은 이 현인에 관해, 전해오는 것이 없다.

● **평석** 공자의 학문의 경향을 잘 나타낸 말이다. 내성적이었던 공자는 자기 학문의 성격을, 타인의 그것을 비판하는 듯 객관적으로 포착하였다. '조술할 뿐 창작하지 않는다.'는 말은 매우 겸손한 것처럼 보이나, 공자에게 있어서 이것은 자기의 확고한 신조였다. 공자에 의하면 주공(周公)의 문물제도를 제정함으로써 성인의 도는 확립되었으나, 시대가 지남에 따라 이것이 빛을 잃고 말았으므로 옛 성인의 도를 연구하고 계승하여 세상에 밝히는 것, 그것이 자기의 임무라고 생각한 것이다. 물론 처음에는 정치에 관여함으로써 그 도를 현실 사회에 실현하려는 강한 의욕을 지닌 것이 사실이다.

그러나 오랜 노력에도 불구하고, 어느 군주도 그의 말을 채택하려 하지 않았으므로 만년의 공자는 노나라에 돌아와 정치와 인연을 끊고 제자 교육에만 전념했는데, 그가 가르친 학문은 자기가 창조한 것이 아니라, 옛 성인의 그것이었음에 대해, 공자는 강한 신념과 긍지를 느끼고 있음이 느껴진다.

2. 공자께서 말씀하셨다.

"말없이 외워 두며, 배워 싫증 내지 않으며, 남을 가르치는 데 게으르지 않음이, 무엇이 나에게 있으랴."

子曰 默而識之 學而不厭 誨人不倦 何有於我哉.

●**주해** 識(지) 주자는 '기(記)'라고 주석을 달았다. 직관적으로 아는 일에 대해, 이것은 주의를 집중해서 머리에 남도록 잘 인식하는 것. 본편 제33장 참조. 誨(회) 가르치는 것. 何有於我哉(하유어아재) 나에게는 아무것도 아니라는 해석이 있으나, 다음 제3장과 모순된다. 주자의 지적대로 이것은 겸손의 말이다.

3. 공자께서 말씀하셨다.

"덕을 닦지 않는 것과, 학문을 공부하지 않는 것과, 의로운 말을 듣고도 따라가지 못하며, 좋지 않음을 고치지 못하는 것, 이것이 나의 걱정이다."

子曰 德之不修 學之不講 聞義不能徙 不善不能改 是吾憂也.

●**평석** 이 네 가지 결점은 공자 자신에 관한 것이 아니고, 세상 사람들에 대한 충고라고 보는 견해가 있으니, 황간(皇侃)의 《의소》 같은 것이다. 이것은 성인인 공자에게 그런 결점이 있음을 시인하고 싶지 않은 심정에서 나온 해석일 것이다. 그러나 공자도 완전한 인간이 아니므로, 스스로 자기를 반성하여 모자람이 많음을 탓하는 것은 마땅히 있을 수 있는 일이다. 도리어 이런 점에 공자의 인간다운 위대함이 있는 것은 아닐까.

4. 공자께서 한가히 계실 때는, 얼굴을 펴시고 즐거운 표정이셨다.

　子之燕居 申申如也 夭夭如也.

● **주해**　燕居(연거) 집에서 긴장을 풀고, 한가히 있는 것. 申申如也(신신여야) 신신(申申)은 신신(伸伸)으로, 주자의 주석대로 얼굴을 펴는 것. 삼가는 모양으로 보는 설이 있으나 따르지 않는다. 여(如)는 뜻 없는 조자(助字). 夭夭(요요)《시경》국풍(國風) 주남(周南) 도요(桃夭)에 '도지요요(桃之夭夭)'가 나오는데, 식물이 무성하게 자란 모습을 형용하는 말. 발음이 같은 '요(妖)'가 여자의 웃는 모양을 나타내므로, 사람의 모습에 비유하면 웃음 띤 유쾌한 상태를 표현하는 형용사.

5. 공자께서 말씀하셨다.
"심하구나, 나의 노쇠함이! 오래되었구나, 내가 다시 주공(周公)을 꿈에서 뵙지 못한 지도!"

　子曰 甚矣 吾衰也 久矣 吾不復夢見周公.

● **주해**　周公(주공) 성은 희(姬), 이름은 단(旦). 주(周)의 건국 시조인 문왕(文王)의 아들, 무왕(武王)의 아우. 무왕이 죽자 어린 조카인 성왕(成王)을 보필하여, 문물제도를 제정해 주의 기초를 굳건히 했다. 아들 백금(伯禽)이 노나라에 봉해졌으므로, 주공은 노나라의 시조가 된다. 공자는 주공을 숭배하여 그가 제정한 문물제도를 복구하려 했다.

● **평석**　공자는 대단한 로맨티스트다. 늘 시를 읊고 거문고를 뜯고 취미도 세련되어 옷 하나 입는 데도 까다로운 점이 있었다. 그렇게 감성이 풍부한 사람이므로, 젊어서는 숭배하는 주공을 매일같이 꿈에서 만났었는지도 모른다. 주공 꿈을 꾸지 않은 것에서 자기의 노쇠를 느낀

다는 것은 늙어서도 그의 낭만이 식지 않았음을 말하는 것이리라. 물론 공자 만년의 술회 같다.

6. 공자께서 말씀하셨다.
"도를 목표로 하고, 덕(德)을 근거로 하고, 인에 의존하고, 예(藝)에 자적(自適)한다."

子曰 志於道 據於德 依於仁 游於藝.

● **주해** 道(도) 고주(古注)에서는 도에는 일정한 형태가 없으므로, 오직 뜻할 수 있을 뿐이라고 말했다. 주자의 신주(新注)는 사람이 일상생활에서 마땅히 해야 할 일이 도라고 했다. 그러나 공자의 도는 한마디로 '선왕(先王)의 도'였다. 고대의 성인, 특히 주공(周公)이 제정한 문물제도와 그 정신이 그가 추구한 도였다. 德(덕) 선왕의 도, 즉 주공의 도는 덕을 근본으로 한다. 그것은 권력에 의해서가 아니라, 사람이 착한 행위를 하여 쌓아 온 덕의 정신적 힘이 근본이 된다. 仁(인) 도덕 중에서 가장 인간다운 도덕, 즉 인간의 사회적 자각에 입각한 인을 실현함이 중심이 되지 않을 수 없다. 藝(예) 당시 귀족의 교양은, 예(禮)·악(樂)·사(射)·어(御)·서(書)·수(數)의 육예(六藝)였다. 여기에서 말하는 예도 이것을 가리킨다.

● **평석** 어떤 책에는 '왈(曰)' 다음에 '사(士)'가 있는 듯하다. 그에 따르면 학문하는 사람은 이렇게 살아야 한다고 공자가 가르친 것이 된다. 그러나 통행본(通行本)에 의하면 공자가 자기 생활을 말한 것처럼 보이기도 한다. 주자 등은 '사람은 이렇게 살라고 가르친 것'이라 하였다. 너무 표현이 간결하여 두 가지 해석이 모두 가능하지만, 이 장의 앞뒤가 공자 개인과 관계있는 점으로 볼 때 그 자신에 대한 말로 보는 것이 좋을 것 같다.

7. 공자께서 말씀하셨다.

"한 묶음의 포(脯)를 예물로 입문(入門)해 온 사람에게 나는 가르쳐 주지 않은 일이 없었다."

子曰 自行束脩以上 吾未嘗無誨焉.

● **주해** 束脩(속수) 제자가 처음으로 스승을 뵐 때, 예물로 가지고 오는 한 묶음의 육포. 예물로는 가장 가벼운 것이다.

8. 공자께서 말씀하셨다.

"알 듯하면서 알지 못해 안절부절못할 지경이 아니면 지도하지 않는다. 말이 나올 듯하면서 나오지 않아 입을 들썩대지 않는다면 가르치지 않는다. 한 귀퉁이를 들어 설명할 때, 세 귀퉁이로 대답하지 않으면 다시 가르치지 않는다."

子曰 不憤 不啓 不悱 不發 擧一隅 不以三隅反 則不復也.

● **주해** 悱(비) 말하고 싶은 것이 입에서 나올 듯하면서 나오지 않는 모양.

● **평석** 제자가 자기 문제를 가지고 그것을 풀려고 최대의 노력을 다한 다음에야 비로소 지도한다는 말이다. 이것은 현대의 교육 이념에도 부합한다.

9. 공자께서는 상제 옆에서 음식을 드실 때는, 결코 배부르게 드시지 않으셨다. 공자께서는 그날 장사가 있는 집에 가 곡하셨으면 종일 노래하시지 않으셨다.

子食於有喪者之側 未嘗飽也 子於是日哭則不歌.

● **평석** 사회생활에 어떤 질서를 부여하기 위해서는 예의가 필요하다. 그러므로 어느 나라거나 예의가 중요시되지 않는 곳은 있을 수 없으나, 특히 이 방면에 신경을 쓴 것이 중국이다. 중국인은 조상 숭배 외에 별로 종교랄 것이 없었으므로, 신의 권위에 의해 인간 생활을 규제할 수는 없었으므로, 이 예의에 특별한 권위를 부여함으로써 사회 질서를 유지하려 하였다.

그리하여 그들은 사회의 기초 단위인 가정에 도덕의 기초를 두고, 효도를 자식의 의무인 예의로 규정했다. 이것이 확대된 것이 향당(鄕黨)의 연로자를 부모처럼 섬기는 제(悌)의 덕이었다. 그래서 마을 사람이 모여 술을 마시는데도 까다로운 의식이 따랐다. 특히 사람이 죽었을 경우, 그 장사(葬事)와 제사, 조상(弔喪) 등에 일정한 격식이 있었다. 그러나 이런 예의범절은 자칫하면 형식으로 흐르는 폐단이 따르기 마련이다. 요즘 우리나라에서도 많이 볼 수 있는 일로, 조문하러 간 것은 좋으나 만취해서 싸움을 벌인다든가, 상갓집에서 나와 술집으로 가 어울려 노는 등의 행위는 당시 중국에도 있었던 모양이다. 만일 이러한 예의라면, 그것이 일시적인 체면치레 외에 무엇이겠는가. 그러므로 공자는 상가에 가면 배불리 먹지 않고, 집으로 돌아오면 노래하지 않았다.

10. 공자께서 안연(顏淵)에게 말씀하셨다.

"쓰이면 도를 행하고, 쓰이지 않으면 숨는다. 이것은 나와 너만이 할 수 있는 일일 것이다."

자로(子路)가 말했다.

"선생님께서 삼군(三軍)을 지휘하여 전쟁에 나가신다면 누구와 같이하시겠습니까?"

공자께서 말씀하셨다.

"호랑이를 맨손으로 잡으려 들고, 큰 강을 걸어서 건너려다가 죽어도 후회하지 않는 사람과 나는 함께하지 않는다. 반드시 일을 당하여 신중하고 계획을 잘 세워 성공으로 이끄는 사람과 같이하겠다."

子謂顔淵曰 用之則行 舍之則藏 惟我與爾有是夫 子路曰 子行三軍則誰與 子曰 暴虎馮河 死而無悔者 吾不與也 必也臨事而懼 好謀而成者也.

● **주해** 三軍(삼군) 주(周)의 제도에 1군은 1만 2천5백 명이며, 천자는 6군, 제후 중 큰 나라는 3군, 중간 나라는 2군, 작은 나라는 1군을 내게 되어있었다. 暴虎馮河(포호빙하) 맨손으로 호랑이를 잡고, 황하를 걸어서 건넌다는 뜻. 무모한 용기를 비유함.

● **평석** 자로는 나이가 많은 데다가 단순하고 솔직한 데가 있어서 공자로부터 사랑을 받았다. 젊은 안연을 공자가 더없이 높게 평가하는 것을 보자, 약간 질투가 났는지도 모르겠다. 설사 안연이 덕은 높다 하더라도 전쟁에도 데리고 가겠느냐, 그때는 자신이 아니고 누구와 함께하겠냐고 물었다가, 공자께 핀잔을 들었다.
이 내용에서 자로가 나쁜 감정이 생기지 않은 것처럼, 공자도 자로의 지나친 경솔을 탓하면서도 자로에 대한 온정이 마음속에 흐르고 있었으니, 재아(宰我)를 대할 때와는 다른 점을 알 수 있다.

11. 공자께서 말씀하셨다.
"부(富)가 구한다고 얻어지는 것이라면, 마부 노릇이라도 나 역시 하겠지만, 만일 구한다고 얻어지는 것이 아니라면, 내가 좋아하는 바를 따라 살겠다."

子曰 富而可求也 雖執鞭之士 吾亦爲之 如不可求 從吾所好.

● **평석** 이 말은 여러 가지로 해석된다. 처음 부분을 '부(富)가 만약 구

할 만한 가치가 있는 것이라면'이라고 해석하는 사람도 있다. 그러나 공자는 부귀 자체를 부정하거나, 추구할 가치가 없는 것이라고 생각한 일은 없었다. 명백히 '부귀는 누구나 바라는 바다. 그러나 정당한 일로 얻은 것이 아니면, 이것을 얻는다 해도 거기에 머물지 않는다.'고 말했다. 그러나 여기서는 도덕적 견지에서 부를 논한 것은 아니겠다. '부귀는 운명에 의해 정해진 바가 있다.'고 〈안연편〉 제5장에서 말한 취지와 같다. 인간의 뜻이나 노력만으로는 어쩔 수 없는 것, 즉 운명의 힘이 우리 뒤에서 작용하고 있음을 공자는 느낀 것 같은데, 애쓴다고 얻어지는 부(富)가 아니면, 그런 것을 좇아 허둥댈 것이 아니라, 자기가 하고 싶은 일을 하면서 살겠다는 말로 보인다. '좋아하는 바'는 바로 도를 즐기는 생활 같다.

12. 공자께서 삼가신 일은, 재계(齋戒)와 전쟁과 병이셨다.

子之所愼 齊戰疾.

● **주해** 齊(재) 제사 지내기 전에는 목욕재계해야 했다. 재(齋)와 통용.

● **평석** 제정일치(祭政一致)인 당시에 제사와 전쟁은 중요한 행사였다. 공자가 제사 전에 목욕재계를 엄숙히 하고, 또 전투에 대해 빠짐없이 준비했다는 것은, 노나라의 국민으로서 의무를 충실히 다했음을 의미한다. 그런데 병이 열거된 것은 무엇 때문일까? 위생 상태가 좋지 않고, 의학이 발달하지 못했던 당시는 일단 병에 걸리면 안정을 취하고 쉬는 것이 최상의 치료법이었다. 공자는 몸이 건강한 편이었지만, 병에 걸리면 무리하지 않았다. 양식을 가지고, 공사의 생활을 보낸 공자의 면목이 여기에 잘 나타난다.

13. 공자께서 제나라에 계셨을 때 소(韶) 음악을 들으시고, 감동하신 나머지 석 달 동안 고기를 드셔도 그 맛을 느끼지 못하셨다.

그리고 말씀하셨다.

"미처 몰랐다. 음악이 여기까지 이를 줄이야!"

　子在齊聞韶 三月不知肉味 曰 不圖爲樂之至於斯也.

● **주해**　韶(소) 전설상의 성인이며 제왕인 순(舜)임금이 만들었다는 악곡.

● **평석**　노나라 소공(昭公)이 제나라로 망명하자 공자가 뒤따라 제나라에 간 것은 기원전 517년, 나이 36세 때 일로, 몇 해 동안 그곳에 머물렀던 것 같다. 순(舜)이 지었다는 악곡 소(韶)를 제나라 국립 악단의 연주로 들은 것은 그때이다. 공자가 '소'에 대해, '미(美)를 다하고 선(善)을 다했다.'라고 평한 것은 〈팔일편〉 제25장에 나오는데, 그것은 노나라에는 전해 오지 않는 곡이었기에 제나라에서 처음 들었다. 그런데 석 달이나 고기 맛을 모르도록 도취했다니 공자가 얼마나 음악을 좋아했는지 알 수 있다.

사마천(司馬遷)의 《사기》에 '소의 음악을 듣고 이를 배우니, 석 달이나 고기 맛을 몰랐다.'라고 기록해 공자가 다만 들은 것이 아니라 배운 것이라고 했다. 이것은 음악을 한번 들었다고 석 달이나 고기 맛을 잊었다는 것은 있을 수 없는 일이라 생각한 데서 오는 추측이리라.

14. 염유(冉有)가 말했다.

"선생님께서는 위(衛)나라 군주를 도우실까?"

자공(子貢)이 말했다.

"좋아, 내가 가서 여쭈어보지."

공자가 계신 방에 들어가 물었다.

"백이(伯夷)와 숙제(叔齊)는 어떤 인물입니까?"

공자께서 말씀하셨다.

"옛날의 현인(賢人)이다."

"군주의 자리를 버리고도 후회하지 않았습니까?"

"군주 자리를 버린 것은, 인의 덕을 실천하기 위함이었다. 그 목적을 이루었는데 무엇을 후회하랴."

방에서 나온 자공이 말했다.

"선생님은 도우시지 않을 것이다."

> 冉有曰 夫子爲衛君乎 子貢曰 諾 吾將問之 入曰 伯夷叔齊
> 何人也 曰 古之賢人也 曰 怨乎 曰 求仁而得仁 又何怨 出曰
> 夫子不爲也.

● **평석** 이 대화를 언제 하였느냐에 대해, 지금까지 여러 설이 있다. 역자는 전목(錢穆)의 견해를 따르고자 한다. 기원전 493년, 위나라 영공(靈公)이 죽자, 부인 남자(南子)는 영공의 손자인 첩(輒)을 군주로 삼았는데, 출공(出公)이라 한다. 출공의 부친인 괴외(蒯聵)는 원래 영공의 태자였으나, 남자를 죽이려다가 실패하여 진(晉)나라에 망명 중이었다. 진나라에서는 태자 괴외를 도와 위나라의 척(戚) 성에 들어가게 하여 부자간에 왕위 쟁탈전이 일어났다. 이때 위나라에 망명 중이던 공자가 누구를 지지하느냐는 문제는 노나라의 관심이 아닐 수 없었다. 제자들도 모여 앉아, 이 문제로 의견교환을 하였을 것이다. 그러나 결론이 나지 않으므로 자공이 공자의 의견을 알아보려고 나섰다. 그런데 그 질문이 과연 당대의 수재답다. 위나라 이야기는 하지 않고 백이와 숙제를 내세웠다. 백이와 숙제는 고죽국(孤竹國)의 두 공자(公子)로, 고죽국 군주는 동생인 숙제를 사랑하여 후계자로 임명하였다. 군주가 죽자, 아버지의 뜻을 받들기 위해 백이는 국외로 망명함으로써 숙제가 군주 자리에 오르도록 양보했으나, 숙제는 형을 두고 군주 되기를 바라지 않아, 형의 뒤를 따라 국외로 떠났다. 국민은 하는 수 없이 중간 아들을 세워 군주로 삼았다.

그 후 주(周)에 가 있던 두 사람은 무왕(武王)이 은(殷) 주왕(紂王)을 치려 하자, 이를 간했으나 듣지 않으므로, 수양산에 들어가 고사리를 캐어 먹다가 굶어 죽었다. 이것이 백이와 숙제 전설의 대략이거니와, 그 사정에 있어 출공과 괴외의 그것과 비슷한 데가 있다고 자공은 생각했던 것이리라. 형제와 부자라는 차이는 있으나, 출공은 아버지를 제치고 임금이 되었으며, 태자 괴외는 부친인 영공의 뜻을 거슬러 국외로 도망친 죄인이었다. 그러므로 어느 누가 군주 자리에 오른다 해도, 그것은 의(義)라고 할 수 없다.

만일 그들이 백이와 숙제 같았다면 부자간에 양보해야 옳다. 하물며 서로 싸운다는 것은 말도 안 되는 일이 아닌가. 자공은 백이와 숙제에 대한 공자의 대답에서, 이런 공자의 뜻을 확인하였다. 그 어느 쪽 편도 들 수 없었던 공자는 얼마 후 위나라를 떠났다.

15. 공자께서 말씀하셨다.

"기장밥을 먹고 물을 마시고, 팔을 굽혀 베개 삼아도, 즐거움은 그 속에도 있다. 의롭지 못한 수단으로 부자가 되고 귀하게 되는 것을 나는 뜬구름같이 생각한다."

子曰 飯疏食飲水 曲肱而枕之 樂亦在其中矣 不義而富且貴
於我如浮雲.

● **주해** 疏食(소식) 소(疏)를 소(蔬)로 보아, 채식(菜食)으로 고주(古注)에서는 해석했으나, 주자는 '거친 밥'이라 하였으니, 기장으로 지은 밥을 가리킨다. 당시는 쌀밥은 특수층만이 먹을 수 있었고, 대개 기장밥을 먹었다.

● **평석** 당시의 출세주의자들에게 정면에서 비난하는 대신, 그런 것은 자기와 관계없는 것으로 보아 '뜬구름 같다'는 의미가 있는 것 같다. 가난 속에서도 학문하는 사람에게는 부정으로 얻은 부귀와는 전연 다

른 깨끗한 즐거움이 있다고 보았다. 만년의 공자 심경이 잘 나타나 있다.

16. 공자께서 말씀하셨다.
"하늘이 나에게 몇 년의 세월을 빌려주어, 50이 되어서도 학문을 계속할 수 있다면, 아마 큰 잘못은 범하지 않으리라."

　　子曰 加我數年 五十以學易 可以無大過矣.

● **평석** 이 내용도 학자에 따라 해석이 분분하다. 고주(古注)에서는 '오십이학역(五十以學易)'이라고 끊어, '50에 《주역(周易)》을 배우면'이라 읽었다. 주자는 '五十'을 '졸(卒)'의 오자(誤字)로 보아, '써 주역 배우기를 끝나게 하면'이라 해석했다. 또 고주가 '가아수년(加我數年)'의 '加'를 더하게 하는 뜻으로 보는 데 대하여, 주자는 '가(假)'의 가차(假借)로 보아, '나에게 몇 해를 빌려주어'로 읽었다. 요컨대 이런 견해들은 공자가 만년에 《주역》 연구에 열중하여 그 주석을 썼다는 《사기》 등의 기록에 맞추려 한 것이다. 한대(漢代)의 《논어》 이본(異本)인 《노론(魯論)》이, '易'을 '亦'으로 쓴 것을 근거로, 易을 亦으로 고쳐 읽을 것을 주장한 청(淸) 혜동(惠棟)의 주장은 뛰어난 견해라 할 수 있다. 좀 더 공부해서 50까지 계속한다면, 조금은 잘못이 없을 것이라는 겸손의 말로 이해된다.

기원전 505년 공자 나이 48세 때, 계씨(季氏)의 집사(執事) 양호(陽虎)가 쿠데타를 일으켜, 계환자(季桓子)를 잡으려 한 일이 있었다. 양호는 노나라의 대학자로서 명망 높은 공자를 자기의 고문으로 삼으려 했으나 공자에게 거절당했다. 공자는 그때까지만 해도 벼슬하지 않고 있다가, 기원전 501년 52세 무렵부터 정공(定公)을 섬겨, 정치가의 길에 들어섰다. 전목(錢穆)이 공자의 이 말은 이런 사실과 잘 부합되므로, 기원전 505년 무렵에 이야기한 것이라 본 것은 정확한 견해다. 또 그는 당시에 《주역》은 아직 공자 일문의 교과서가 아니었으므로,

'易'은 '亦'으로 보아야 한다고 주장했다. 복술(卜術)의 참고서로서의 역(易)은 당시에도 있는 듯하나, 공자가 이것에 흥미를 느끼고 공부했다는 증거는 아무것도 없다. 만약 정말로 공자가 이에 열중하고 주석까지 썼다고 하면,《논어》의 어느 대목에도 그것과 관계된 말이 나오지 않을 수 없다.

17. 공자께서 표준어로 발음하신 것은,《시경》과《서경》을 읽으실 때와 예식을 집행하시는 때였으니, 모두 표준어를 쓰셨다.

子所<u>雅言</u> 詩書執禮 皆雅言也.

● **주해** 雅言(아언) 주자는 '상언(常言)'이라 해석하여, 보통 때 늘 하는 말이라 보았고, 정현(鄭玄)은 '바르게 발음하는 것'으로 풀이했다.

● **평석** 공자는 산동성(山東省) 노나라 사람이었으나《시경》과《서경》을 읽을 때는 반드시 표준어, 즉 주(周)의 옛 수도이던 지금의 서안(西安) 근처의 발음을 사용했고, 예식 때도 그러했다는 말이다.《시경》과《서경》은 원래 장안(長安) 근처의 말이므로, 그 발음이 아니면 글맛이 나지 않았을 것이며, 예식은 전통적인 것이므로 그렇게 하였을 것이다.

18. 섭(葉)의 장관이, 공자는 어떤 인물이냐고 자로(子路)에게 물었는데, 자로는 대답하지 못했다. 공자께서 말씀하셨다.
"너는 왜 이렇게 말하지 않았느냐? 그 사람됨이, 학문에 뜻을 일으켜서는 끼니도 잊고, 도(道)를 즐겨서는 근심도 잊어, 늙음이 장차 이를 것도 모르고 있다고."

葉公問孔子於子路 子路不對 子曰 女奚不曰 其爲人也 發憤

忘食 樂以忘憂 不知老之將至云爾.

● **주해** 葉公(섭공) 섭현(葉縣)의 장관으로 성은 심(沈), 이름은 제량(諸梁), 자는 자고(子高). 초(楚)나라의 현인. 기원전 491년, 채(蔡)의 고도(故都)인 부함(負函)에 부임했다. 공자가 진(陳)나라로부터 섭으로 간 해에 대해서는 이설(異說)이 많으나, 여기서는 전목(錢穆)의 설을 따라, 기원전 489년, 공자 나이 64세 때의 일로 본다.

● **평석** 기원전 489년 무렵, 공자가 채(蔡)나라의 옛 서울로 그곳 장관인 섭공(葉公)을 방문했을 때 일이다. 현인으로 이름난 섭공은 자로에게 공자의 사람됨을 물었다. 공자에게 심취되어 있기는 해도 별로 언변이 없던 자로는 한마디로 무엇이라 공자를 표현해야 할지 몰라 말문이 막혔는지, 아무 말도 하지 못하였다. 공자는 그런 자로를 비난한 것이 아니라, 이것을 계기로 자기의 생활 방식을 말했다. 공자의 사람됨이 잘 나타나 있는 말이다.

19. 공자께서 말씀하셨다.
"나는 태어나면서 지식을 가졌던 사람은 아니다. 고대(古代)의 문화를 좋아하여 힘써 탐구해 온 사람이다."

子曰 我非生而知之者 好古敏以求之者也.

● **평석** 공자는 자기를 타고난 천재로서가 아니라, 고대 문화를 동경하여 연구를 쉬지 않는 노력가로서 자각했다. 이것도 만년의 말 같다.

20. 공자께서는 괴이(怪異)·폭력·불륜(不倫)·귀신에 관해서는 말씀하지 않으셨다.

子不語 怪力亂神.

● **주해** 怪力亂神(괴력란신) 주석 중에는 괴력(怪力)과 난신(亂神)의 둘로 나누는 설도 있으나, 통설에 따라 네 항목으로 보았다.

● **평석** 공자는 학문적으로나 도덕적으로나 건전하였다. 특히 고대인의 시대적 제한을 넘어, 신비한 일에 대하여 말하지 않았다는 것은, 그의 위대한 이성(理性)을 잘 알 수 있다.

21. 공자께서 말씀하셨다.
"세 사람이 가면, 반드시 내 스승이 있다. 그것은 착한 사람을 가려 그 행동을 따르고, 나쁜 사람을 가려 그 행동을 피하는 까닭이다."

> 子曰 三22)人行 必有23)我師焉 擇其善者而從之 其不善者而改之.

● **평석** 세 사람이 같이 가는 경우, 그중 하나는 '자기 자신'이다. 나머지 두 사람 중 하나는 착하고 하나는 악하면, 그 착한 것을 따르고, 악한 사람과 같은 점이 자기에게 있다면 고친다. 이렇게 되면 두 사람 모두 나의 스승이 된다. 이상이 주자의 해설이다. 세 사람 중에 자기가 있지 않다고 해석해도 뜻에는 별 차이가 없을 것이다.

22. 공자께서 말씀하셨다.
"하늘이 덕을 나에게 주셨으니, 환퇴(桓魋)가 나를 어찌하랴."

> 子曰 天生德於予 桓魋其如予何.

---

22) 황간본(皇侃本)에는 '三' 위에 '我'가 있다.
23) 황간본 기타에 '有'를 '得'으로 한 것이 있다.

●**주해** 桓魋(환퇴) 성은 상(向), 이름은 퇴(魋). 상씨는 송(宋)나라 환공(桓公)의 후손이므로 '환퇴'라고도 한다. 송나라 경공(景公)의 총애를 받아 세도가 대단했고, 악행을 거듭하다가 위(衛)나라로 망명했다. 그는 공자를 죽이려 한 일이 있다.

●**평석** 공자는 생애를 통해 생명의 위협에 놓인 적이 몇 번 있었고, 그 때마다 이와 비슷한 말을 하였다. 공자는 하늘로부터 도를 복구해야 할 임무를 받았다는 강한 사명감이 있었기에, 어떤 어려움에서도 인간적 위엄을 조금도 흐트러뜨리는 일 없이 대처하였다.

23. 공자께서 말씀하셨다.
"너희들은 내가 무엇인가 숨기고 있는 것 같으냐? 나는 너희에게 숨긴 것이 없다. 나는 너희와 함께하지 않은 일은 아무것도 없다. 이것이 나다."

子曰 二三子 以我爲隱乎 <u>吾無隱乎爾</u> 吾無行而不與二三子 者 是丘也.

●**주해** 吾無隱乎爾(오무은호이) '나는 너희에게 숨긴 것이 없다'가 통례적인 해석. 그러나 '爾'까지도 조자(助字)로 볼 수도 있다.

●**평석** 제자들은 공자가 무엇인가 숨기고 있는 듯이 생각한 모양이다. 공자의 인격이 비길 데 없이 높고 학문은 또 헤아릴 수 없이 넓으므로, 제자들에게 한 대답이 공자 사상의 모든 것을 나타냈다고 받아들이지 않았을 것이다. 거기다가 공자는 어떤 문제거나 그 사람에 맞게 대답했으므로, 같은 것에 대한 가르침도 각양각색이어서 더욱 그런 의문을 갖게 하였을 것으로 생각된다.
이를테면 인(仁)에 대해서 공자가 어떻게 대답했는지를 보자. 이렇게 되면 인에 대한 개념은 명확히 잡히지 않는 것이 당연하다. 물론 그런 문제에 대해 공자가 한 대답은, 그 사람이 덕을 닦는 실천적 입장에서 볼 때 더없이 귀중하고 적절한 가르침이었을 것이나, 지식의 욕구에 불타는 제자들을 만족시키지 못했을 것이다. 자공(子貢) 같은 전형적 수재가 성(性)과 천도(天道)에 대해 스승이 말해 주지 않는다고 불평한 것이 그것이다. 이런 분위기를 눈치챈 공자가 숨긴 것이 없다고 말한 것이다.

스승과 제자 간의 이러한 의심과 해명은 석가와 그 제자들 사이에도 있었음은 재미있는 일이다. 그러면 비밀은 스승에게 과연 없을까? 우리는 여기서 이 스승과 제자가 진리를 체험한 사람과 그렇지 못한 사람의 관계임을 생각해야 할 것 같다. 이 거리가 아무리 말해도 스승은 무엇인가 속이고 있는 것처럼 느끼게 하였을 것이다.

24. 공자의 교육은 네 가지가 그 강령(綱領)으로, 학문·실천·성실·신의이다.

　子以四敎 文行忠信.

25. 공자께서 말씀하셨다.

"성인을 나는 뵌 적이 없거니와 군자만 만난다 해도 다행이겠다."
공자께서는 또 말씀하셨다.

"선인(善人)을 나는 만난 적이 없거니와 마음이 바뀌지 않는 사람만 만난다 해도 다행이다. 그런데 요즘 사람들은 없으면서 있는 듯 꾸미고, 비었으면서 가득 찬 듯이 꾸미고, 가난하면서 잘사는 듯이 꾸미고 있다. 어렵구나, 마음이 바뀌지 않는 것만 해도."

　子曰 聖人吾不得而見之矣 得見君子者 斯可矣 子曰24) 善人

---

24)《경전석문(經典釋文)》은 이 '子曰'에 대해, '원래 다른 장이었지만 윗글과 합쳐야 한다.'라고 했고, 신주(新注)에서는 이 '子曰' 두 자는 삭제해야 한

吾不得而見之矣 得見有恒者 斯可矣 亡而爲有 虛而爲盈 約
而爲泰 難乎有恒矣.

● **주해** 有恒(유항) 마음에 일정한 신념이 있어서, 세속의 명리나 궁핍에
움직이지 않는 것.

● **평석** 성인의 '성(聖)'은 원래 귀가 밝다는 말이다. 이런 날카로운 감
수성은 선천적인 것으로, 남보다 뛰어난 이러한 능력을 타고난 사람의
뜻에서, 완전한 사람의 뜻이 되고, 다시 모든 덕을 갖춘 초인(超人)의
뜻으로까지 발전한 것이 성인이라는 개념이다.

이런 성인에 비해 공자가 말한 선인(善人)의 의미는 무엇일까? 그것
은 성인처럼 완전하지는 못하나 도덕적인 면에서는 결함이 없는 사람
일 것이다. 이런 성인도 선인도 가능성으로만 존재할 뿐, 현실에서는
볼 수 없으니, 마음이 이해에 따라 움직이지 않는 신뢰할 수 있는 사
람이라도 만나고 싶다는 것이, 공자의 소망으로서 피력되었다. 그러나
이런 사람도 쉽지는 않다. 모든 사람은 자기를 세상에서 속이고만 있
지 않은가? 이것이 공자의 한탄이다.

26. 공자께서는 낚시질은 하셨으나 줄낚시는 쓰지 않으셨으며, 주
살로 새를 잡으셨으나 자는 새는 쏘지 않으셨다.

　　子 釣而不綱 弋不射宿.

● **주해** 綱(망) 밧줄에 적당한 간격을 두고 여러 개의 실을 달고 실 끝에
낚시를 장치한 것. 강물을 가로질러 이것을 치고, 얼마 지나 끌어내어 고
기 달린 것을 거두고 다시 친다. '줄낚시'라 풀이하였다. 弋(익) 주살. 화
살에 실을 달아 새를 잡는 것.

다고 주장했다.

● **평석** 당시에 불교가 있었다면, 공자는 어디까지 그것을 받아들였을까? 살생계(殺生戒)의 경우, 어느 정도는 따르고 어느 선 이상은 따르지 않았을 것이 명백하다. 낚시질은 즐길 만하다. 이것은 문화인인 공자의 취미로는 당연하다. 그러나 고기를 많이 낚는 데 목적이 있는 것이 아니라, 낚시의 유한(幽閑)한 경지를 즐기는 데 목적이 있으므로 줄낚시는 하지 않았으며, 새를 주살로 잡기는 해도 자는 새는 쏘지 않았다. 중용(中庸)을 지킨 이런 점에도 철두철미 양식 있는 생활인으로서의 면목이 풍긴다.

27. 공자께서 말씀하셨다.
"세상에는 알지도 못하면서 창작하는 사람이 있는 모양이나, 나는 그런 짓은 하지 않는다. 여러 사람에게서 많은 것을 들은 다음, 그 중에서 좋은 것을 가려 그것을 따르고, 또 많은 것을 보아 이를 기억함은, 진실한 지(知)는 아닐지라도 그 다음가는 귀중한 일이다."

子曰 蓋有不知而作之者 我無是也 多聞 擇其善者而從之 多見而識之 知之次也.

● **주해** 識(지) 기억하는 것.

28. 호향(互鄕) 사람은 같이 말할 것이 못 되었는데, 그곳 소년이 공자를 뵙고 가르침을 받았다. 제자들이 의아하게 여기자, 공자께서 말씀하셨다.
"나는 찾아온 사람을 상대한 것이요, 내게서 물러난 사람을 상대한 것이 아니다. 너희들은 남에게 왜 심하게 대하려고 하느냐? 남이 몸을 깨끗이 하고 찾아왔으면 그 깨끗함을 상대하면 그만이니, 그들이 떠난 다음에는 내가 보증할 바가 아니다."

互鄉難與言 童子見 門人惑 子曰 與其進也 不與其退也 唯
何甚 人潔己以進 與其潔也 不保其往也.

● **주해** 互鄉(호향) 이 마을이 어디에 있었는지 확실하지 않다. 큰 도시
같으면 유적이라도 남았겠지만 작은 마을은 흔적도 없음은 당연하다. 향
(鄉)은 몇 개의 마을이 모인 제사와 군사상의 한 집단으로, 향에 따라 인
정과 풍속이 달라, 그것이 문제 되었음을 알 수 있다.

● **평석** 요즘도 곳에 따라 지방색이 있는데, 고대에는 더했을 것이다.
그래서 어떤 마을은 인심이 고약하다는 평도 돌았을 것이다. 여기 나
오는 호향(互鄉)도 그곳 사람은 상대할 수 없다는 것이, 하나의 상식
으로 통했는지 모른다. 혹은 인도의 천민처럼, 그들을 상대하면 몸이
더러워진다는 말이 있었는지도 알 수 없다. 즉 부정한 계층으로 간주
하는 것으로, 그 가능성은 '결(潔)'이 강조된 점에서도 어느 정도 추측
할 수 있다. 누가 찾아오든 만나서 안 될 것이 없다. 그런데 호향 사람
이 왔을 때, 제자들이 당황해한 데는 반드시 무슨 이유가 있었을 것이
나, 정확한 것은 알 수가 없다.
공자의 대답에는 명료하지 못한 점이 있어서 주자는 순서가 바뀌고 글
자의 탈락이 있는 것이 아닌가 하였다. 역자는 될 수 있는 대로 자연
스레 해석하기에 힘썼다. 그리하여 종래의 그것과는 다른 점이 많다.

29. 공자께서 말씀하셨다.
"인이 먼 데 있으랴. 내가 인을 원하기만 하면, 인은 곧 이른다."

子曰 仁遠乎哉 我欲仁 斯仁至矣.

● **평석** 진리는 먼 곳에 있지 않다는 말이다. 제자 중에는 좀처럼 인
(仁)이 파악되지 않는 점에서, 그것이 사뭇 고상한 이론처럼 오해한
사람도 많았던 모양이다. 그러나 그것은 체험의 문제로, 체험한 사람

은 일상에 있는 일이겠으나, 그렇지 못한 사람에게는 매우 고원한 이상처럼 보였을 것이다.

30. 진(陳)나라의 법무장관이 물었다.
"소공(昭公)께서는 예(禮)를 아십니까?"
공자께서 대답하셨다.
"물론 아십니다."
공자께서 물러나시자, 법무장관은 무마기(巫馬期)에게 읍(揖)하여 그를 앞으로 나오게 하고 말했다.
"내가 듣기로는 군자는 편을 들지 않는다고 하는데, 군자도 편을 듭니까? 소공께서는 오(吳)에서 부인을 맞이하셨거니와, 동성(同姓)이었으므로 오맹자(吳孟子)라고 이름을 고쳐 불렀습니다. 소공이 예를 아신다면, 예를 모르는 사람이 어디 있겠습니까?"
무마기가 이 말을 전하자, 공자께서 말씀하셨다.
"나는 행복한 사람이다. 허물이 있으면 남이 반드시 깨우쳐 주니."

> 陳司敗問 昭公知禮乎 孔子曰 知禮 孔子退 揖巫馬期而進之
> 曰 吾聞君子不黨 君子亦黨乎 君取於吳 爲同姓 謂之吳孟子
> 君而知禮 孰不知禮 巫馬期以告 子曰 丘也幸 苟有過 人必
> 知之.

● **주해** 陳司敗(진사패) 진(陳)은 회수(淮水) 유역에 있던 작은 나라. 사패는 진나라와 초(楚)나라의 특수한 관직 이름으로, 지금의 법무장관. 巫馬期(무마기) 공자의 제자. 무마(巫馬)가 성, 이름은 시(施), 자는 자기(子期). 取(취) 취(娶)와 같음. 아내를 얻는 것.

● **평석** 공자는 기원전 492년부터 489년까지 진(陳)나라에 머물렀다. 이것은 당시의 일 같다. 고대 중국에서는 동성(同姓) 결혼은 금지되어

있었다. 노나라 소공(昭公)이 같은 희씨(姬氏)인 부인을 맞아들여, 그것을 은폐하기 위해 성을 고쳐 부른 것은 예가 아니라는 비난을 공자는 솔직히 시인했다. 그리고 그렇게 깨우쳐 준 데 대해 고마워했다. 물론 공자가 그것이 예에 어긋난 행위임을 모르고 있었을 리 만무하다. 다만 자신의 나라 군주에 관한 일이므로, 일부러 끌어내기를 꺼린 것뿐이다. 그렇기는 하나 잘못을 지적받고 기뻐하는 공자나, 이런 내용을 《논어》에 넣은 편집자의 태도는 훌륭하다 할 수 있다.

31. 공자께서는 남과 같이 노래하다가 상대가 잘 부르면 반드시 되풀이하도록 부탁하고 이에 합창하셨다.

子與人歌而善 必使反之 而後和之.

● **평석** 남이 노래를 잘 부르는 경우와, 남이 부르는 곡조가 좋은 경우 두 가지로 생각할 수 있는데, 어쨌든 노래가 마음에 들면 다시 부르게 하고 자신도 합창했다는 것에서, 공자가 얼마나 음악의 애호가였는지 알 수 있다.

32. 공자께서 말씀하셨다.
"학문은 나라고 남 같지 못할 바도 아니나, 군자답게 실천하는 일은, 나는 아직 충분하지 않다."

子曰 文莫吾猶人也 躬行君子 則吾未之有得.

● **주해** 文莫(문막) 이것을 하나의 숙어로 보는 설이 있다. 유보남(劉寶楠)은 '민모(忞慔)'의 가차(假借)라 하여, 근면 노력하는 형용사라 했다. 가령 그것이 정당한 견해라 해도, 당시의 학문은 책에 관한 것만이 아니라 실천도 포함되므로, 다음 구와 연결이 부자연스럽다. 종래의 통설을 따랐다.

33. 공자께서 말씀하셨다.

"성(聖)과 인(仁)의 단계야 내가 감히 바라랴. 다만 도를 배워 싫증 내지 않고, 남을 가르치는 데 게으름이 없는 정도라면 좋으리라."

공서화(公西華)가 말했다.

"그것이야말로 저희가 못 미치는 점입니다."

　　子曰 若聖與仁 則吾豈敢 抑爲之不厭 誨人不倦 則可謂云爾
　　已矣 公西華曰 正唯弟子 不能學也.

● **평석** 《맹자》〈공손추장구 상〉에 이와 비슷한 문답이 있다.

자공(子貢)이 공자께 물었다.

"선생님께서는 성인이십니까?"

공자께서 대답하셨다.

"성인은 내가 감당할 바가 아니다. 나는 배워 싫증 내지 않고, 가르치는 데 게으름이 없는 사람이다."

자공이 말했다.

"배워 싫증 내지 않음은 지(智)입니다. 가르치는 데 게으름이 없음은 인(仁)입니다. 인과 지를 갖추셨으니, 선생님은 성인이십니다."

여기에서 내린 자공의 결론은, 그대로 여기에 적용해도 좋으리라.

34. 공자께서 병이 들자 자로(子路)가 기도하기를 청했다. 공자께서 말씀하셨다.

"그런 예(例)가 있느냐?"

자로가 대답했다.

"있습니다. 옛 추도사에 '너의 일을 천지의 신에게 빈다.'라고 나와 있습니다."

공자께서 말씀하셨다.

"그런 것이라면 나는 예전부터 해 왔다."

子疾病 子路請禱 子曰 有諸 子路對曰 有之 誄曰 禱爾于上
下神祇 子曰 丘之禱 久矣.

● **주해** 誄(뇌) 죽은 사람의 생전의 업적을 쓴 문장이라고 하나 자세한 것
은 알 수 없다.

● **평석** 공자는 74세에 세상을 떠났는데, 자로는 그 전년에 위(衛)나
라에서 비명(非命)으로 죽었으므로, 이것은 임종 때의 일이 아니라 자
로가 위나라를 섬기기 이전, 노나라에 있었을 때의 일 같다.
중병에 걸리면 누구나 약해지기 마련이어서, 평소에는 돌보지도 않던
부처를 찾고 신의 이름을 부르기 마련이다. 그러나 공자는 그런 중에
서도 이성을 잃지 않았다. 자기는 하늘의 뜻을 받들어 살아왔으니 새
삼 빌 필요가 없다고 자로의 청을 물리쳤다. 참으로 위대한 인물임을
알 수 있다.

35. 공자께서 말씀하셨다.
"사치하면 불손해지기 쉽고, 검소하면 고루해지기 쉽다. 그러나 고
루함이 불손함보다 낫다."

子曰 奢則不孫25) 儉則固 與其不孫也 寧固.

36. 공자께서 말씀하셨다.
"군자는 편안하고 너그럽다. 소인은 언제나 근심으로 불안하다."

子曰 君子坦蕩蕩 小人長戚戚.

---

25) 황간본(皇侃本)에서는 '孫'을 '손(遜)'으로 했으나, 고대에는 통용되었으므
로 뜻에는 차이가 없다.

37. 공자께서는 온화하시면서 엄하시고, 위엄이 있으시면서 사납지 않으시고, 공손하시면서 편안하셨다.

　子 溫而厲 威而不猛 恭而安.

제8 태백편(泰伯篇)

이 편은 천하를 동생 계력(季歷)에게 양보하고, 남쪽 오랑캐 땅으로 망명한 오(吳)나라 태백(泰伯)의 찬양으로 시작된다. 편말의 제18장 이하에는 고대의 전설상 성인인 요(堯)·순(舜)·우(禹)를 찬탄한 4장이 모여 있어서, 제1장과 좋은 대조가 된다. 주공(周公)을 이상으로 삼았던 공자가, 언제부터 이런 전설의 인물을 이상으로 삼았는지 알 수 없다. 아마 이것은 전국시대에 들어와, 이 성인들의 전설이 세상에 퍼지는 데 따라 덧붙여진 것으로, 공자가 한 말은 아닐 것 같다. 제3장 이하에 증자(曾子)의 말이 다섯 편이나 계속되는 것으로 보아, 증자의 제자쯤에 가서 편집된 것으로 보인다.

1. 공자께서 말씀하셨다.

"태백(泰伯)의 덕이야말로 지극하셨다 말해도 되리라. 세 번이나 천하를 양보하셨으되 드러나지 않게 하셨으므로, 백성들은 칭찬도 하지 못하였다."

子曰 泰伯 其可謂至德也已矣 三以天下讓 民無得而稱焉.

● **평석** 공자가 이상으로 삼았던 인물은 노나라의 조상인 주공(周公)이다. 주공은 문왕(文王)의 아들이요, 무왕(武王)의 아우다. 문왕의 아버지는 계력(季歷)인데, 그는 막내였고 형이 태백과 중옹(仲雍)이다. 그러므로 원래는 태백이 주(周)의 후계자다. 그러나 아버지 태왕(大王)은 계력과 그의 아들 문왕이 마음에 들어 계력을 후계자로 삼으려 했다. 그 마음을 헤아린 태백은 중옹과 함께 남쪽 오랑캐 땅으로 망명하였으며, 양자강 하류를 중심한 오(吳)나라의 시조가 되었다. 이런 태백의 양보에 의해 계력과 문왕이 등극하여 드디어는 천하를 차지하기에 이르렀다. 태백의 양보가 우연인 듯 드러나지 않게 이루어졌으므로 국민들은 별로 그를 찬양도 하지 않았다는 것이 공자의 말이다. 이런 이야기는 조선 초기의 양녕대군(讓寧大君)을 생각해도 그것이 사실일 가능성이 있기는 하다. 그러나 양녕대군 이야기는 역사 시대의 일이나, 태백의 이야기는 역사 이전의 일이므로 말하기 어렵다. 그래서 어떤 학자는 이것은 백이와 숙제 이야기와 함께 동양의 개국에 따라다니는 신화의 한 형태라고 주장했다. 그렇다면 이런 신화가 발전하여 성인 사이에서 왕위를 전했다는 선양설(禪讓說)이 되었을 것이다. 대체로 이런 유의 신화가 생기든가 널리 유포된 것은 전국시대 초기의 묵자(墨子) 학파와 관계있는 것 같으므로, 이 태백에 관한 공자의 말도 후세 유교도에 의해 추가된 것으로 보인다.

2. 공자께서 말씀하셨다.

"공손할 뿐 예(禮)를 모르면 힘이 들고, 삼갈 뿐 예를 모르면 거정이 많고, 용감할 뿐 예를 모르면 난폭해지고, 곧기만 하고 예를 모르면 가혹해진다."

"군자가 친척에게 친절하면 국민은 인의 덕에 눈뜨고, 옛 벗을 잊지 않으면 국민도 박정해지지 않을 것이다."

> 子曰 恭而無禮則勞 愼而無禮則葸 勇而無禮則亂 直而無禮
> 則絞 君子篤於親 則民興於仁 故舊不遺 則民不偸.

● **주해** 葸(사) 주자는 '두려워하는 모양'이라 했다. 청(淸)의 전대흔(錢大昕)은 '시(諰)'의 잘못이라 보았다. 그렇다면 마음에 근심하는 모양. 絞(교) 두 끈이 뒤엉키는 것. 이 원뜻에서, 사람을 가혹하게 비판한다는 의미가 생겼다. 偸(투) 인정이 박함.

● **평석** 이 말은 '군자(君子)' 이전과 이후 부분이, 잘 연결되지 않고 어조도 매우 다르다. 그래서 주자는 두 부분이 각기 다른 시기에 말한 내용이라 보았다. 이는 뛰어난 견해이므로 그 설을 따라 전반과 후반으로 구분해 번역하였다.

3. 증자(曾子)가 중병에 걸렸을 때, 제자들을 불러 놓고 말했다. "이불을 들고 내 발을 보라. 내 손도 보라. 《시경》에, '겁내고 삼가기를 깊은 못에 다다른 듯, 얇은 얼음 건너는 듯.'이라는 구절이 있거니와, 부모께 받은 몸을 조심해 왔다. 지금부터는 그런 근심을 하지 않아도 되겠구나, 애들아."

> 曾子有疾 召門弟子曰 啓予足 啓予手 詩云 戰戰兢兢 如臨
> 深淵 如履薄氷 而今而後 吾知免夫 小子.

● **주해** 啓(계) 보다. 이 말에 대해서는 여러 설이 있으나 정현(鄭玄)과

주자를 따랐다. 《효경(孝經)》 첫머리에 '신체와 터럭과 피부는 부모에게 받았으니, 감히 손상하지 않음이 효도의 첫 단계다.'라는 말이 나온다. 《효경》은 《논어》보다 후대에 편찬되었을 것이나, 이 말에는 깊은 근거가 있음을 잊어서는 안 된다. 원시 민족 중에는 죽어 육체를 떠난 혼이 다시 육체로 돌아와서 부활할 수 있을 때까지 육체를 보존해야 한다고 믿은 민족이 있었다. 그리고 그렇게 부활하기 위해서는 육체가 손상되지 않아야 한다는 것이 그들의 견해였다. 육체가 완전하지 못하면 부활이 불가능하다고 믿은 것이다. 이를테면 목이 잘린 전사자의 시체가 예사 사람의 묘지에 매장되지 못한 것은 그 때문이었다. 《효경》은 설사 후대의 위작이라 해도 이런 사상은 공자와 증자 시대에도 유포되어 있었으므로 효도를 중요시한 증자는 임종 때 이런 말을 했을 것이다. 如履薄氷(여리박빙) 《시경》 소아(小雅) 소민(小旻)의 구절. 夫(부) 감탄의 뜻을 나타내는 어기조사.

4. 증자가 중병이 걸렸을 때, 맹경자(孟敬子)가 병문안했다. 증자가 말했다.

"새는 죽으려 할 때 그 소리가 슬프고, 사람은 죽으려 할 때 남기는 말이 착하다고 하였습니다. 제가 마지막으로 올리는 말도 유념해 주십시오. 군자가 도(道)에서 귀하게 여기는 것이 셋 있습니다. 첫째, 몸가짐을 조심할 일입니다. 그렇게 하면 폭력과 수모는 자연 멀어질 것입니다. 둘째, 안색을 엄숙하게 가질 것입니다. 그렇게 하면 사람들의 신뢰가 저절로 모일 것입니다. 셋째, 말씀하실 때는 어조(語調)에 조심할 것입니다. 그렇게 하면 야비하고 불합리한 말은 저절로 들리지 않게 될 것입니다. 그 밖에 의식 때의 제기(祭器)에 관한 일 같은 것은, 그것을 맡은 벼슬아치에게 맡기시면 됩니다."

曾子有疾 孟敬子問之 曾子言曰 鳥之將死 其鳴也哀 人之將

死 其言也善 君子所貴乎道者三 動容貌 斯遠暴慢矣 正顔色 斯近信矣 出辭氣 斯遠鄙倍矣 籩豆之事則有司存.

● **주해** 孟敬子(맹경자) 노나라의 대부. 성은 중손(仲孫), 이름은 첩(捷). 공자에게 효도에 관해 물었던 맹무백(孟武伯)의 아들. 시호가 경(敬). 鄙倍(비배) 비(鄙)는 야비함, 배(倍)는 배(背)로 불합리한 일. 籩豆(변두) 제사에 쓰는 그릇. 변(籩)은 대나무로 만든 것, 두(豆)는 나무로 만든 것.

5. 증자가 말했다.

"풍부한 재능을 가졌으면서 재능이 부족한 사람에게 묻고, 넓은 지식을 지니고 있으면서 부족한 사람에게 묻고, 있어도 없는 것같이, 속이 차 있으면서도 텅 빈 것처럼, 해를 입고도 반항하지 않으니, 예전에 내 벗 안연(顔淵)은 이렇게 했다."

曾子曰 以能問於不能 以多問於寡 有若無 實若虛 犯而不校 昔者吾友 嘗從事於斯矣.

● **주해** 校(교) 보복함. 吾友(오우) 증자의 동문이던 안연(顔淵)을 말한다. 이 밖에 다른 고제자도 포함된다는 설도 있으나 이런 것을 갖춘 사람은 안연 외에는 없을 듯하다.

6. 증자가 말했다.

"어린 임금을 맡길 수도 있고, 제후의 나랏일을 맡길 수도 있고, 큰일에 임해서도 그 뜻을 빼앗을 수 없다면, 그야말로 군자라 할 수 있을까? 확실히 군자라 할 수 있을 것이다."

曾子曰 可以託六尺之孤 可以寄百里之命 臨大節而不可奪也

君子人與 君子人也.

●**주해** 六尺之孤(육척지고) 전국시대부터 진(秦)·한(漢)에 걸친 유물을 실측한 결과, 1척은 대체로 23㎝임이 밝혀졌다. 이것을 기초로 하면 6척은 138㎝가 된다. 미성년의 임금. 百里(백리) 춘추시대는 도시국가가 대립하던 때였다. 당시의 표본적인 국가의 크기는 사방 백 리였다. 1리는 약 1㎞, 백 리는 100㎞에 해당한다.

●**평석** 신의를 끝까지 지킬 수 있어야 군자라는 이름으로 불리기에 적합하다는 말이다. 공자가 이상으로 삼은 주공(周公)은 무왕(武王)이 죽고 성왕(成王)이 등극하자, 섭정(攝政)으로 어린 조카를 잘 보필하여 마침내 주(周)의 기초를 확립하는 데 크게 기여했다. 증자의 마음속에는 주공의 이미지가 부각되어 있었는지도 모른다.

7. 증자가 말했다.
"선비는 견고한 의지가 있어야 하니, 그 임무는 무겁고 목적지까지의 길은 멀기 때문이다. 인의 완성을 자기 임무로 자처하니, 무겁지 않다고 하지 않을 수 있겠는가? 인의 완성을 위한 노력은 죽은 다음에야 끝나니 그 길이 멀지 않다고 하지 않을 수 있겠는가?"

曾子曰 士不可以不弘毅 任重而道遠 仁以爲己任 不亦重乎
死而後已 不亦遠乎.

●**주해** 士(사) 증자가 문제 삼은 士의 원래 뜻은 주대(周代)의 여러 나라, 즉 각 도시국가의 자유민, 바꾸어 말하면 귀족 계급의 성년 남자를 부르는 명칭이었다. 그러나 공자 당시에는 종래의 이 자유민이 분화하여, 경(卿)·대부(大夫)·사(士)·서(庶)의 네 개의 신분이 되었다. 사는, 한편에서는 상층의 귀족 계급인 경·대부에 대해서, 다른 한편에서는 일반 자유민인 서인(庶人)에 대해서, 하층 귀족을 가리키는 명칭으로 바

꿰었다. 사 계급은 고정된 것이 아니라, 그중에는 상층 귀족인 경·대부에서 전락한 사람도 있었고, 또 일반 서민으로서 문무의 재능에 의해 나라나 세도가를 섬김으로써 승격된 사람도 꽤 있었다. 공자가 창시(創始)한 유교 교단은 신흥 계급인 이 사를 위해 전통적인 귀족적 교양을 가르치는 기관이었다. 그러나 공자 시대에는 사 계급이 형성되어 가는 과정으로 아직 확립되지 않았으므로 공자는 주로 군자를 이상적 인간형(人間型)으로 삼아 논했으나, 별로 사에 대해 논하지는 않았는데 증자가 이것을 문제 삼은 것은 시대가 지남에 따라, 신흥 계급으로서의 사 위치가 명확해졌기 때문이다. 이 사를 종래 '선비'라 풀이해 왔고, 이 말로는 사가 지닌 의미를 포괄할 수 없지만 그대로 사용했다. 弘毅(홍의) 홍(弘)은 보통 '넓다'는 뜻으로 해석되었으나, '굳세다'의 뜻인 의(毅)와 연결이 잘 되지 않는다. 장병린(章炳麟)은 '弘'이 활을 쏠 때 나는 소리를 가리킨다고 하여, 그것이 '굳세다'는 뜻으로 쓰인다고 했다. 이 설을 따라 홍의를 강의(剛毅)와 같은 의미로 풀이했다.

8. 공자께서 말씀하셨다.
"시(詩)를 읽음으로써 일어나고, 예(禮)를 배움으로써 확립하고, 음악을 들음으로써 교양을 완성한다."

子曰 興於詩 立於禮 成於樂.

● **평석** 이 말은 사람이 교양을 쌓는 방법에 관해 논한 것이다. 시는 물론 《시경》을 의미하는데, 《시경》에는 각 지방의 민요와 궁중음악과 종묘 아악의 가사가 풍부히 수록되어 있다. 국풍(國風)에서는 적나라한 인간의 생활감정에 접하게 되고, 아(雅)·송(頌)의 궁중과 종묘 가사에서는 정치 현실과 사회현실에 대한 비판을 읽을 수 있다. 그리하여 인간의 의미를 알고, 사회를 이해하는 데서 학문에 대한 흥미가 생겨난다는 것이리라.
예(禮)는 질서의 뜻이다. 그러므로 이 말의 의미는 넓어서 정치와 사회 제도, 그리고 복잡한 인간관계를 망라한다. 우리가 어떻게 사느냐는 사회생활을 어떻게 하느냐는 문제와 별개일 수는 없다. 작게는 가정에서 부모 형제를 대하고, 나아가서는 이웃과 국가를 대하는 적절한 태도를 익히므로, 그것이 예의 습득이다. 이렇게 예를 배움으로써 사회의 한 개인으로서의 존재가 확립된다고 본 것이다.

음악은 가장 순수한 예술이라고 흔히 말한다. 그도 그럴 것이 음악은 언어를 거치지 않고 바로 우리의 마음에 호소해 오는 까닭이다. 시에서 배운 인간에 대한 인식과, 예에서 얻은 사회적 발판 등은 인격에 구별할 수 없는 것으로 용해되었다고는 보지 않는다. 이 마지막 완성을 이루는 것이 음악이라고 공자는 보았다.

9. 공자께서 말씀하셨다.
"백성을 따르게 할 수는 있으나, 그 까닭을 이해시키기는 어렵다."

　子曰 民可使由之 不可使知之.

●**평석** 백성을 법령으로 복종시킬 수는 있어도, 왜 그런 법령을 제정했는지 그 취지를 납득하게 하기는 곤란하다는 것이, 여기의 뜻 같다. 요즘은 교육의 보급으로 사정이 달라졌지만, 대부분이 문맹인 당시는 정부에서 정하는 정책 하나하나를 국민에게 이해시키기는 불가능했을 것이다. 이것을 잘못 이해하면, '백성은 복종하게 하면 될 뿐, 정책에 대해 알려서는 안 된다.'는 등으로, 마치 공자가 전제정치나 탄압정치를 주장하고 있는 듯이 오해하는 경우가 생긴다.

10. 공자께서 말씀하셨다.
"용맹을 좋아하는 사람이 가난을 싫어하면 반란을 일으키고, 사람이 나쁘다고 해서 너무 싫어하면 반란을 일으킨다."

　子曰 好勇疾貧亂也 人而不仁 疾之已甚亂也.

●**평석** 공자가 살던 춘추 말기는 앞에서도 말했듯이 세상이 어지러웠다. 공자는 여러 나라에서 일어나는 반란을 목격했고, 때로는 그 소용돌이에 휩쓸리기도 하였으므로 그 경험을 토대로 하여 반란이 일어나는 동기를 말한 것이다.

이상적으로 말하면 용기와 이성(理性)을 갖추는 것이 좋지만 이성은 약한 반면 용기만 있으면서, 그 사람이 몹시 가난하든가 천하든가 해서 불평이 있다면 반드시 반란을 일으킨다는 것이다. 또 사람이 나쁘다고 하여 주위에서 따돌리면 자포자기해서 반란을 일으킨다고 하였다. 정치가로서의 공자는 현실을 꿰뚫어 보는 식견을 가졌다.

11. 공자께서 말씀하셨다.
"만약 주공(周公)같이 우수한 재능을 가지고 있다 해도, 그 사람이 교만하고 인색하다면 그 나머지 일은 논할 필요조차 없다!"

　　子曰 如有周公之才之美 使驕且吝 其餘 不足觀也已.

●**평석** 교만은 열등의식의 발로다. 돈이 있다고 교만한 사람은 자기가 돈 있는 것말고는 얼마나 보잘것없는 사람인가를 잘 알고 있기에 교만을 부리는 것이다. 지위·학식·문벌…, 이런 것을 내세워 콧대가 높은 사람도 마찬가지다. 정말 위대한 사람 중에는 교만한 사람은 없다. 세계의 성인을 보라, 누가 교만했던가. 또 물질에 인색하다는 것은 인간적으로 치사하다는 말이다. 돈이 있건 없건 최소한의 인간적 체면도 지키지 않으면서 치사하게 굴 때, 공자가 아니라도 누가 상대하고 싶겠는가.

12. 공자께서 말씀하셨다.
"3년쯤 배우고 나서 벼슬하기를 바라지 않는 사람은 별로 없다."

　　子曰 三年學 不至於穀 不易得也.

● **주해** 穀(곡) 고주(古注)는 '선(善)'이라 해석하여, '3년 배우고도 선에 이르지 못하는 사람은 없다.'라고 풀이했다. 이것은 단순히 인격 수양만을 위해 제자들이 모여든 것이 되지만, 사실은 취직 준비를 위해 찾아온 사람이 많았으며, 공자는 이를 배척하지 않고 적당히 필요한 지식을 가르쳐 준 것이 《논어》에 자주 나온다. 주자를 따라, 녹(祿)으로 풀이하였다.

13. 공자께서 말씀하셨다.

"신의를 두터이 하고 학문을 좋아하며, 죽음으로부터 몸을 지키고 도를 살려야 한다. 그러기 위해서는 위태로운 나라에는 들어가지 말 것이며, 어지러운 나라에는 살지 않아야 한다. 천하에 도가 행해지면 나아가 활동해야 하나, 도가 행해지지 않으면 물러나 분수를 지키며 사는 것이 좋다. 나라에 도가 행해질 때 가난하고 천한 것은 수치지만, 도가 행해지지 않을 때 잘살고 귀하게 되는 것은 수치이다."

子曰 篤信好學 守死善道 危邦不入 亂邦不居 天下有道則見 無道則隱 邦有道 貧且賤焉恥也 邦無道 富且貴焉恥也.

● **주해** 篤信(독신) '두터이 믿는다'는 뜻으로 보아 왔으나 이는 잘못이다. 당시는 '신의'라는 뜻으로 쓰였고, '신앙'의 뜻은 없었기 때문이다. 또 신앙 아닌 믿음, 자신(自信) 같은 경우의 믿음으로 본다고 해도, 이 장이 난세에 사는 처신을 말한 것이므로 뜻이 통하지 않는다. 이것은 '신의를 두터이 한다'로 봄이 좋다. 守死(수사) 이 말은 여러 설이 있다. '목숨을 걸고'라고 본 사람이 있는데, 공자는 어디에서도 극단적인 말은 한 적이 없다. '죽음에 이르도록 지킨다'로 풀이한 사람도 있는데, 이것도 어법에 맞지 않는 억지 해석이다. 이것은 문자 그대로 죽음을 지키는 것이니, '죽음으로부터 몸을 지킨다'로 보는 것이 정당하다. 난세의 처세법으로 있을 수 있는 말이며, 그 뒤를 이어 나오는 '난방불입(亂邦不入) …'과 연결도 자연스럽다. 이것은 역자의 견해로 결정적 풀이라 믿는다.

●**평석** 공자는 난세에 살면서 갖은 풍상을 겪었기에 제자들에게 처세법을 가르쳐 준 것이 이 말이다. 난세에 산다고 학문을 버릴 수는 없으나 그렇다고 자기 신념 하나로 정면에서 사회와 대결하는 것도 어리석은 일이다. 그러므로 사회가 어지러울 때는 물러나 자기의 도(道)를 즐기며 살아야 한다는 것이 그 취지다. 만년의 공자의 소감 같다.

14. 공자께서 말씀하셨다.
"책임 있는 자리에 있지 않은 경우, 정치를 논해서는 안 된다."

　　子曰　不在其位　不謀其政.

●**평석** 이 말은 글자 그대로 받아들이면 재야(在野)의 정치가와 정치평론가의 입장이 전부 부정되고 만다. 공자는 책임 있는 자리에 있은 것은 몇 해 되지 않고 대부분의 생애를 야인(野人)으로 보냈다. 그러면서도 항상 정치에 대해 논의하였고, 위정자를 비판하기도 한두 번이 아니었다. 그렇다면 이 말과 모순되는 것은 공자 자신이 아닌가. 그러나 공자의 진의(眞意)는 제자들의 무책임한 말을 경계하는 데 있었을 것이다. 〈헌문편〉 제27장에도 같은 내용이 나온다.

15. 공자께서 말씀하셨다.
"악사장(樂師長) 지(摯)의 가창(歌唱)으로부터, 관저(關雎) 마지막 장의 합주에 이르기까지, 그 소리는 양양(洋洋)히 울려 귀에 가득 넘치는구나."

　　子曰　<u>師摯之始</u>　<u>關雎之亂</u>　洋洋乎盈耳哉.

●**주해** 師摯(사지) 태사(太師) 지(摯). 사(師)는 악사장(樂師長). 지(摯)는 악사장의 이름. 亂(난) 합주가 끝나는 것.

●**평석** 이 말에도 이설이 분분하나 청(淸)의 유단림(劉端臨)의 주장을 따르기로 한다. 당시의 악단은 현악 반주로 노래하는 데서 시작하여 관악 연주, 마지막으로 쇠북[鐘] 등 타악기 연주로 합주가 끝나게 되어있었다. 악사장 지의 노래에서 시작한《시경》국풍(國風)의 관저 곡이 마지막 대합주까지 연주되었을 때, 공자가 이를 듣고 감격하여 한 말이다.

16. 공자께서 말씀하셨다.
"마음이 크면서 곧지 않고, 무지하면서 얌전하지 못하고, 무능하면서 성실하지 못하다. 나는 알 수가 없다."

　　子曰 狂而不直 侗而不愿 悾悾而不信 吾不知之矣.

●**주해** 侗(동) 무지한 모양. 愿(원) 조심스럽고 중후한 모양. 悾悾(공공) 무능한 모양.

●**평석** 무능하면 진실한 면이 있다든가, 무지하면 얌전한 점이라도 있는 것이 보통 사람들이 지닌 성향이다. 그런데 요즘 사람들은 그렇지가 않다는 말이다. 춘추 말기 어지러운 시기의 청년들의 행동에는 공자도 손을 들었던 모양이다.

17. 공자께서 말씀하셨다.
"학문을 배우는 데는 아무리 따라가도 못 미치는 듯이 하고, 그래도 행여 놓치지나 않을까 걱정해야 한다."

　　子曰 學如不及 猶恐失之.

18. 공자께서 말씀하셨다.
"높고 크구나, 순(舜)과 우(禹)가 천하에 군림(君臨)하심은. 나랏일을 현인에게 맡기고 관여하지 않으셨으니."

子曰 巍巍乎 舜禹之有天下也 而不與焉.

●**주해** 巍巍(외외) 높고 큰 모양. 舜(순) 전설적 성인. 요(堯)의 선양(禪讓)으로 임금이 되었다. 禹(우) 순(舜)의 양위로 임금이 되어 하(夏) 왕조의 시조가 되었다.

●**평석** 다음에 계속되는 몇 장과 함께 후세에 추가된 것 같다. 요순의 신화가 알려진 것은 공자 이후의 일 같고, 현인에게 나랏일을 맡기고 관여하지 않았다는 것도 노자(老子)의 무위(無爲) 사상은 될지언정 공자의 사상이라고는 보기 어렵기 때문이다. 이것은 후대에 와서 도가(道家)의 영향을 받은 것 같다.

19. 공자께서 말씀하셨다.
"크도다, 요(堯)가 임금 노릇 하심이여. 높고 높아 홀로 하늘만이 크거늘, 요(堯)가 이를 본받으시니, 덕이 넓고 아득하여 백성은 형용할 말이 없었고, 높고 높은 공을 거두사, 눈부신 문화를 만드시니라."

子曰 大哉 堯之爲君也 巍巍乎唯天 爲大 唯堯則之 蕩蕩乎民無能名焉 巍巍乎 其有成功也 煥乎其有文章.

20. 순(舜)은 유능한 신하 다섯 명이 있어서 천하가 잘 다스려졌다. 주(周) 무왕(武王)은 말씀하셨다.
"나에게는 정치에 관계하는 신하 열 명이 있느니라."
공자께서 말씀하셨다.
"인재는 얻기 어렵다고 하지만 정말 그렇지 않은가? 당(唐)과 우(虞),

즉 요와 순이 서로 계승한 이후로는 주(周)의 초기야말로 태평성대였다고 하나, 부인이 있으므로, 어진 신하는 아홉 명에 불과했다. 문왕(文王)께서 서백(西伯)이 되시어, 천하의 3분의 2를 가지고서 나머지를 차지하고 있는 은(殷)을 섬겼으니, 주(周)의 덕이야말로 지극했다 할 것이다."

舜有臣五人而天下治 武王曰 予有亂臣十人 孔子曰 才難 不其然乎 唐虞之際 於斯爲盛 有婦人焉 九人而已 三分天下有其二 以服事殷 周之德 其可謂至德也已矣.

● **주해** 五人(오인) 우(禹)·직(稷)·설(契)·고요(皐陶)·백익(伯益)을 가리킨다. '우'는 홍수를 다스리고, 다음 왕조 하(夏)의 시조가 되었다. '직'은 농사를 맡은 장관으로 후일 주(周)의 먼 조상. '설'은 민정(民政)의 장관으로 후세의 은(殷)의 조상. '고요'는 사법장관, '백익'은 수렵에 관한 장관. 亂臣(난신) 여기서 난(亂)은 다스린다는 뜻. 十人(십인) 주공(周公)·소공(召公)·여상(呂尙)·필공(畢公)·영공(榮公)·태전(太顚)·굉요(閎夭)·산의생(散宜生)·남궁괄(南宮适)·태사(太姒)를 말함. 이 중 태사는 문왕(文王)의 아내, 즉 무왕의 어머니이다. 唐虞之際(당우지제) 당(唐)은 요(堯)의 성, 우(虞)는 순(舜)의 성. '요순 때'라 하여, 그들 간의 선양(禪讓)이 있던 때라는 설이 있으나 다음 문장과 연결이 되지 않는다. 유보남(劉寶楠)이 際를 '후(後)'의 뜻으로 본 것을 따른다.

● **평석** 이 말은 후세에 추가된 내용인 듯하다. 단적으로 공자의 말을 내세우던 지금까지의 태도와는 달리 순(舜) 이야기를 하고, 무왕의 말을 인용하고 나서야 공자의 말을 서술하였다. 문장에 핵심이 없고 세 사람을 같이 나열하였다. 공자의 말 중 '삼분천하(三分天下)' 이후는 앞의 말과 연결이 되지 않으니, 다른 장이 혼합된 것이라는 설을 주자도 인용하였다.

21. 공자께서 말씀하셨다.

"우왕(禹王)에 관한 한, 나는 비난할 점을 전혀 발견하지 못하였다. 음식을 절제하여 종묘의 제물을 성대히 차려 효성을 다하셨고, 의복을 검소하게 하여 제복(祭服)의 슬갑과 관을 훌륭하게 하셨고, 궁실을 작게 지어 치수(治水)에 전력하셨다. 우왕에 관한 한, 나는 비난할 점을 전혀 발견하지 못하였다."

子曰 禹吾無間然矣 菲飮食而<u>致孝乎鬼神</u> 惡衣服而致美乎黻冕 卑宮室而盡力乎溝洫 禹吾無間然矣.

● **주해** 致孝乎鬼神(치효호귀신) 치효(致孝)는 음식을 신에게 바치는 것. 귀신(鬼神)은 자기 조상의 혼. 黻冕(불면) 슬갑(膝甲)과 관(冠). 슬갑은 무릎까지 내려오는 겉옷. 溝洫(구혁) 논에 물을 대기 위한 배수로. 봇도랑.

제5권

제9 자한편(子罕篇)

첫머리 글자를 따서 편명으로 삼은 점은 앞 장과 마찬가지다. 내용은 제1·4·5장 등 공자의 언행을 제자들이 기술한 것과, 제2·6·11장 등 다른 사람이나 제자가 공자에 관해 논한 것 등이 포함되어 있다. 공자의 자술(自述)을 중심으로 그의 언동을 기록한 〈술이편〉과 비슷한 성격을 지니고 있다. 특히 공자가 시대상(時代相)에 절망하는 뜻을 보인 제9·11장, 후생(後生)이 두렵다고 탄식한 제23장, 공자의 병에 관해 쓴 제12장과 함께 공자 만년의 언동이 많이 기록되어 있다. 〈술이편〉의 보충이라 해도 좋을 것이다. 따라서 그 제작 연대는 〈술이편〉보다는 조금 나중에 속할 것이다.

1. 공자께서는 이익과 운명과 인(仁)에 관해서는 거의 말씀하시지 않으셨다.

　　子罕言利與命與仁.

● **평석** 이익과 운명에 관한 것에는 이의가 없지만, 인(仁)에 관해서도 거의 말하지 않았다는 것은 어떻게 해석해야 할까. 《논어》에는 인을 언급한 대목이 60회 이상이나 나온다. 이익과 운명에 관해 언급이 적었다는 것과는 달리, 이것은 다분히 심리적인지도 모른다. 공자의 사상적 비밀이 인에 있다는 것은 누구나 알고 있으므로, 제자들은 어떻게든 알아내려고 애쓴 흔적이 역력하다. 그런데도 공자는 그때마다 매우 비근하고 구체적인 이야기, 이를테면 남을 사랑하라든가 일을 앞서 하고 보수를 후일에 기대하라든가 하는 식으로 대답하였다. 그러므로 제자들 사이에는 공자가 무엇을 숨기고 가르쳐 주지 않는 것이 있다고 생각했으니, 이런 심리가 인에 관해서 거의 말하지 않았다고 한 것이라 생각한다.

이와 달리 글을 '자한언리(子罕言利)'에서 끊어 이익에 관해 별로 말씀하시지 않았지만, 어쩌다가 말할 때는 운명과 인을 결부시켜서 말했다는 뜻으로 해석하는 사람도 있다. 《논어》에는 그와 같은 예가 적지 않게 보이므로 일리가 없다고 하지 못하나, 문장으로 보아 자연스럽지 못함이 결점이다.

2. 달항(達巷) 사람이 말했다.
"위대하셔라, 공자님은. 널리 배우시면서도 이렇다 할 전문(專門) 분야가 없으시니."
공자께서 이 말을 들으시고 제자들에게 말씀하셨다.
"나는 무엇을 전문으로 삼을까? 마부가 될까? 궁수(弓手)가 될까? 나는 마부가 되는 것이 좋겠다."

達巷黨人曰 大哉 孔子 博學而無所成名 子聞之 謂門弟子曰
吾何執 執御乎 執射乎 吾執御矣.

● **주해** 達巷黨(달항당) 달항(達巷)은 지명이나 어딘지는 알 수 없다. 당(黨)은 5백 호를 부르는 말. 그 정도의 마을을 말한 것. 成名(성명) 한 분야에서의 전문가. 御(어) 당시는 마차를 탔는데, 앞에 앉아 말을 모는 것을 가리킨다.

● **평석** 어떤 전문적인 분야에 구애되지 않고 전인적(全人的) 교양을 지닌 것이 군자(君子)라 하여, 공자는 그런 사람이 되기를 스스로 기약했다. 이런 공자의 인물을 간파한 이 시골 사람도 보통 사람은 아닌 것 같다. 이런 이해 있는 말을 듣고 공자도 유쾌했던가 보다. 그래서 마부가 될까, 궁수가 될까 하고 농담하였다. 흔히 후세의 유교 학자의 이미지 때문에 공자를 매우 딱딱한 듯이 연상하는데 사실은 농담도 잘하고 유머도 이해하는 풍부한 인간성을 지녔다.

3. 공자께서 말씀하셨다.
"베로 만든 관이 예(禮)에 맞는데, 요즘 비단으로 만드는 것은 검소한 태도다. 나는 시세를 따른다. 군주를 뵐 때 전각 밑에서 인사드리는 것이 예에 맞는데 요즘 사람들이 전각 위에서 절하는 것은 교만한 태도다. 나는 전각 밑에서 절하겠다."

子曰 麻冕禮也 今也純儉 吾從衆 拜下禮也 今拜乎上泰也 雖違衆 吾從下.

● **주해** 麻冕(마면) 공식 관복에 맞는 관. 약 15cm의 베를 2,400개 삼이 들어가도록 짜는, 매우 가는 베로 만들었으므로 비단을 쓰는 쪽이 훨씬 값도 싸고 편리했다. 純(순) 비단실.

●**평석** 공자가 고집 센 전통주의자만은 아니었다는 점이 드러난다. 베로 만든 관이 예에 맞아도 그것을 비단으로 만든다고 하여, 예의 정신에 어긋나는 것은 아니다. 그러나 전각 밑에서 하던 절을 전각 위에서 하는 것은 군주에 대한 예, 바꾸어 말하면 존경심이 부족함을 나타내는 행동이다. 그러므로 공자는 앞의 것은 따르고, 뒤의 것은 따르지 않았던 것이리라.

4. 공자께서는 네 가지 일을 절대로 하지 않으셨다. 사의(私意)가 없으시고, 무리하게 뜻을 관철하심이 없으시고, 고집이 없고, 자기를 내세움이 없으셨다.

　子絶四 毋意 毋必 毋固 毋我.

5. 공자께서 광(匡)에서 위기를 당하셨을 때 말씀하셨다.
"문왕(文王)께서는 이미 계시지 않지만 그 만드신 문화는 여기에 있지 않은가. 하늘이 이 문화를 없애려 하신다면 후세 사람들은 이를 모르겠지만, 하늘이 이 문화를 없애려 하지 않으신다면 이 광 사람들이 나를 어찌하겠는가?"

　子畏於匡曰 文王旣沒 文不在茲乎 天之將喪斯文也 後死者
　不得與於斯文也 天之未喪斯文也 匡人其如予何.

●**주해** 匡(광) 읍(邑) 이름. 지금의 어디에 해당하는지 정설(定說)이 없으나, 전목(錢穆)에 의하면 당(唐)의 광성현(匡城縣)이라 하였다. 《사기》에 의하면, 계씨(季氏)의 가신(家臣) 신분으로 한때 노나라의 독재자가 되었던 양호(陽虎)가 이 읍을 공격한 적이 있다. 그래서 양호에 대해 원한을 품고 있던 그곳 사람들은 마침 지나가는 공자가 양호와 용모가 비슷했으므로 오해하고 그를 죽이려 했다고 한다. 공자는 체격이 건장해서 이런 오해도 받았던 모양이다. 文王(문왕) 주(周)가 천하를 통일한 것은

무왕(武王) 때부터지만, 사실상으로 천하에 군림한 것은 그 부친 문왕 때부터였다. 덕이 높고, 주의 정치와 문화의 기초를 만들었다. 文(문) 문왕이 만든 예악 제도를 말하는 것으로 '문화'라 보면 된다.

● **평석** 공자는 기원전 497년 노나라를 떠나 위나라로 망명했는데 그 겨울이나 혹은 다음 해 봄쯤, 진(晋)나라의 세도가 조간자(趙簡子)의 본거지 조가(朝歌)를 방문하기 위해 국경의 요지인 광읍(匡邑)이나 포읍(蒲邑)을 지났다. 학자인 공자가 강대국인 진나라로 가는 것을 방해하려는 위나라의 음모인지는 몰라도 어쨌든 이 부근에서 지방 주둔군의 습격을 받고 위기를 겨우 모면한 사건이 일어났다. 공자 나이 56세나 57세 때 일이다. 광읍과 포읍에서의 이 수난은 전설이 많아 주석자에 의해 여러 가지로 서술되었다. 그러나 최술(崔述)과 전목(錢穆)의 연구에 의하면 광읍과 포읍 사건은 다른 고장에서 다른 시기에 일어난 것이 아니라, 같은 때에 같은 장소에서 일어난 한 사건이 두 사건인 듯 잘못 전해진 것이라 한다.

공자의 망명 생활이 매우 고생한 듯이 생각할지 모르나 명성이 높았으므로 어디를 가나 그 나라의 군주나 귀족의 빈객으로서 대우받았으므로 사실은 꽤 호화로웠다. 광읍 교외를 지날 때도 공자와 제자들이 나누어 탄 마차가 제법 긴 행렬을 이루었을 것이다. 그때 갑자기 군대의 습격을 받아, 제자들은 당황하여 어찌할 바를 몰랐다.

그러나 공자는 가슴을 가리키며 이 말을 하였다. '주의 문왕이 죽은 지 오래되었지만 그 문화의 전통은 나에게 있다. 만약 하늘의 뜻이 주의 문화를 말살하는 데 있다면 나는 여기서 죽을지도 모른다. 그때는 나와 함께 이 문화의 전통은 끊어지고 말아 후세 사람들은 그 혜택을 입지 못할 것이다. 그러나 하늘에 그런 뜻이 없다면 광읍 사람들이 나를 어찌하겠는가?'

지금까지는 '후사자(後死者)'를 공자 자신을 말한 것이라 보았으므로 하늘에 문화 말살의 뜻이 있다면 내가 그 문화와 관련 없을 수 없지 않냐는 뜻으로 해석했다. 그러나 문면으로 볼 때 이것은 '살아남은 사람', 또는 '후세 사람'으로 보는 것이 맞을 것 같다. 공자는 항상 겸손하게 말했으므로, 자기를 문왕과 주공의 문화의 정통(正統)을 이은 사람으로 내세운 바가 없었으나, 이 위기를 당하자 내심 품고 있던 강한 자신을 피력한 것이다. 만일 이러한 신념이 없었던들 공자도 없었을 것이다.

6. 태재(大宰)가 자공(子貢)에게 물었다.

"선생님께서는 성인이신가요? 그렇다면 왜 그리 다능(多能)하십니까?"

자공이 대답했다.

"물론 하늘이 허락하신 대성인이시지만, 거기에다가 다능하시기도 하십니다."

공자께서는 이 이야기를 듣고 말씀하셨다.

"태재는 나를 아는 사람이구나. 나는 젊었을 때 신분이 낮았으므로, 천한 일에 재능이 많았다. 군자는 다능해야 할까? 다능할 필요는 없다."

> 大宰問於子貢曰 夫子聖者與 何其多能也 子貢曰 固天縱之
> 將聖 又多能也 子聞之曰 大宰知我乎 吾少也賤故 多能鄙事
> 君子多乎哉 不多也.

● **주해** 將聖(장성) 주자는 '거의'라는 겸손의 말로 장(將)을 해석했으나, 그 앞의 '하늘이 허락한'과 연결이 부자연스러워진다. 장(將)은 대(大)로, '큰 성인'이라는 뜻.

● **평석** 태재는 국무총리에 해당하는 송(宋)나라와 오(吳)나라의 관직이다. 태재의 나라와 이름을 밝히지 않아 송나라와 오나라 중 어느 나라의 태재인지 알 수 없다는 사람도 있다. 그러나 여기서 태재의 나라

와 이름을 밝히지 않은 것은 구태여 밝히지 않아도 누구나 알 수 있기 때문이다. 당시에 패자(覇者)로 등장한 신흥 오나라의 정치가로서 유명했던 태재 비(嚭)임은 거의 의심할 여지가 없다.

《좌전》에 의하면 자공은 기원전 488년과 기원전 483년 두 번에 걸쳐 노나라를 대표하여 오나라를 찾아가 태재 비와 면담하였다. 첫 번째 회담 때는 공자가 아직 망명 중이었으므로, 두 번째 방문 때 이 문답이 있었을 것으로 짐작된다. 태재 비가 '그대의 스승은 과연 성인이냐? 그렇다면 보잘것없는 일에 너무 다재다능하지 않으냐?'고 물었다고 고주(古注)에서는 해석했다. 이에 대해 신주(新注)에서는 전지전능한 것이 성인이라는 전제하에 '공자는 성인인가, 어찌 그리도 다능한가?' 이렇게 물은 것으로 풀이했다. 역자는 고주를 따른다.

'군자는 그릇이 아니다.'(〈위정편〉 제12장)라고 공자가 말한 데서도 드러나듯이, 다능하다는 것은 군자답지 못하다는 생각이 당시의 통념이었던 것 같고, 태재 비의 질문이나 자공의 대답이 모두 이것을 전제로 전개한 것으로 보이기 때문이다.

7. 금뢰(琴牢)가 말했다.

"공자께서는 '나는 세상에 쓰이지 않았으므로 다능해졌다'라고 말씀하셨다."

牢曰 子云 吾不試故藝.

● **주해** 牢(뇌) 공자의 제자. 성은 금(琴), 이름은 뇌.

● **평석** 공자의 앞 장 말을 들은 금뢰가, 이것은 후일에 이야기한 것 같다. 태재와 자공의 문답에는 물론 언급했겠지만, 중복되므로 편집자가 제외하였을 것으로 생각된다.

8. 공자께서 말씀하셨다.

"내가 박식한 사람이랴? 아는 것이라고는 별로 없는 사람이다. 그러나 대단찮은 사람이라도 찾아와 나에게 가르침을 청하고 그 태도가 진실하다면, 나는 그 사람의 말을 처음부터 끝까지 듣고 나서 충분히 대답해 줄 뿐이다."

子曰 吾有知乎哉 無知也 有鄙夫問於我 空空如也 我叩其兩端而竭焉.

● **주해** 空空(공공) 공공(悾悾)과 같음. 진실함, 우직함. 叩其兩端(고기량단) 고(叩)는 반문하는 것. 이야기를 다 듣고 나서 의문 나는 곳을 다시 물어서 확실히 이해하는 것.

9. 공자께서 말씀하셨다.
"봉황은 오지 않고 황하에서는 도서가 나오지 않으니, 나도 이제 그만이로구나."

子曰 鳳鳥不至 河不出圖 吾已矣夫.

● **평석** 봉황이 나타나고, 황하에서 등에 신비한 그림이 있는 거북이 나오면, 성인이 나타나 왕이 됨으로써 태평성대가 온다는 전설이 있다. 공자는 자기가 때를 만나지 못한 것을 한탄한 것일까. 그러나 어디까지나 합리주의자였던 공자가, 괴력난신(怪力亂神)을 말하지 않았고, 죽을지도 모르는 병상에서도 기도해 보자는 제자의 권유를 물리친 공자가 과연 이런 말을 하였을까. 아무래도 후대에 추가한 것 같다.

10. 공자께서는 상제(喪制)와, 벼슬이 높은 관리와, 맹인을 만나면 상대가 젊은이라도 반드시 자리에서 일어나셨으며, 지나갈 때는 경의를 표해 잔걸음으로 뛰었다.

子見齊衰者 冕衣裳者 與瞽者 見之雖少必作 過之必趨.

● **주해** 齊衰(재최) 거친 베로 만들고 아랫단을 한 상복. 석 달 이상을 상 (喪)을 입는 사람이 착용한다. 冕衣裳(면의상) 대부 이상이 입는 관과 예 복. 瞽者(고자) 맹인. 세습(世襲)이던 악사(樂師)는 스스로 맹인이 되었 다. 공자는 그들로부터 《시경》을 배웠으므로 스승으로서의 경의를 표한 것이다.

11. 안연(顏淵)이 깊이 탄식하면서 말했다.
"우러러보면 우러러볼수록 높고, 뚫으려 하면 뚫으려 할수록 굳으 시다. 앞에 계신가 하면 어느덧 뒤에 가 서 계시다. 선생님께서는 차례를 따라 사람을 잘 인도하시니, 시서(詩書)를 읽혀 내 시야를 넓히시고 예(禮)를 익히게 하여 나를 단속해 주셨다. 나는 몇 번 이나 학문을 그만둘까 했으나 그럴 수도 없었다. 나는 내 재주를 모두 바닥냈건만 매우 높은 데 서 있는 것 같아서 따라가려 애써 도 방법이 없다."

顏淵喟然歎曰 仰之彌高 鑽之彌堅 瞻之在前 忽焉在後 夫子 循循然善誘人 博我以文 約我以禮 欲罷不能 旣竭吾才 如有 所立卓爾 雖欲從之 末由也已.

● **주해** 喟然(위연) 탄식하는 모양. 鑽(찬) 구슬이나 돌에 구멍을 뚫는 것. 循循然(순순연) 쉬지 않고 질서 정연히. 卓爾(탁이) 높이 솟은 모양. 末(말) 무(無)와 같음.

● **평석** 공자의 인격이 너무 높다 보니, 제일가는 제자 안연도 따라가 기 어려움을 한탄한 것 같다. 하물며 2천여 년의 시간이 지난 우리의 눈에, 그 모습이 잘 보이지 않는다고 해서 이상할 것도 없다. 전문가

나 사상가로서 그 전문이나 사상을 이해하면 그 사람을 파악한 것이 될 것이다. 그러나 공자는 어떤 전문가, 어떤 사상가이기 이전에 한 인간이었다. 그야말로 전인(全人)이었다. 그러기에 어느 한 면만으로는 파악되지 않는다.

12. 공자께서 병이 위독하자, 자로(子路)는 제자들을 가신(家臣)처럼 꾸며 만일에 대비하려 하였다. 병이 약간 차도가 있자 공자께서 말씀하셨다.
"오래되었구나, 자로가 속임수를 쓴 것이! 가신이 없는데 있는 척 꾸미다니, 나에게 누구를 속이라는 것이냐? 하늘을 속이라는 것이냐? 그리고 나는 가신의 손에 죽는 것보다는 오히려 너희들 손에 죽고 싶은 것을. 또 비록 성대한 장사는 지내지 못한다고 하여, 설마 내가 길가에서야 죽겠느냐?"

> 子疾病 子路使門人爲臣 病間曰 久矣哉 由之行詐也 無臣而
> 爲有臣 吾誰欺 欺天乎 且予與其死於臣之手也 無寧死於二
> 三子之手乎 且予縱不得大葬 予死於道路乎.

● **주해** 臣(신) 가신(家臣). 당시의 귀족은 영지(領地)가 있고, 자기 개인의 신하가 있었다. 無寧(무녕) 오히려.

● **평석** 고대 중국의 장례식은 대부 이상의 신분이면 모든 절차를 가신이 나누어 맡아 하였다. 공자도 한때는 대신(大臣)이었으나 지금은 은퇴하였으므로 가신이 없었다. 자로는 대부의 예(禮)로 스승의 장사를 지내고 싶어서 자기의 제자들을 임시로 공자의 가신처럼 꾸민 것이다. 물론 그것이 스승을 생각하는 호의에서 나온 일이었으나, 공자는 그런 거짓이 마음에 거슬려 크게 꾸짖었다.

13. 자공(子貢)이 말했다.

"여기에 아름다운 구슬이 있습니다. 궤에 넣어 고이 간직하겠습니까, 좋은 상인을 찾아 팔겠습니까?"

공자께서 말씀하셨다.

"팔자, 팔자. 나는 사 갈 사람을 기다리고 있다."

　子貢曰 有美玉於斯 韞匵而藏諸 求善賈而沽諸 子曰 沽之哉
　沽之哉 我待賈者也.

● **주해** 韞(온) 감추다. 匵(독) 궤. 나무로 네모나게 만든 그릇. 諸(저)
지호(之乎)와 같음.

● **평석** 자공은 정말 수재였나 보다. 만년의 공자에게 다시 벼슬하고
싶은 뜻이 있는지 없는지 물어봄에 있어서, 구슬을 비유로 들어 '이것
을 간직할까요, 팔까요?' 하고 물었다. 이에 대한 공자의 대답은 또 얼
마나 멋진가. '팔자, 팔자. 나는 사 갈 사람을 기다리고 있다.'라고 하
였다. 그 스승에 그 제자로 두 사람의 대화에서 그윽한 향기가 풍긴
다.

공자가 은둔사상을 지니고 있었던 것은 아니다. 누가 일할 만한 자리
를 준다면 평생의 포부, 주공(周公) 때와 같은 태평성세를 만들어 보
려는 포부가 있었으니, 그런 심정이 대답에 잘 나타나 있다.

14. 공자께서 동쪽 미개(未開)한 땅으로 가려 하셨다. 어떤 분이
물었다.

"누추한 곳인데 어떠실지요?"

공자께서 말씀하셨다.

"군자가 산다면 어디라도 누추하겠습니까?"

　子欲居九夷 或曰 陋如之何 子曰 君子居之 何陋之有.

● **주해** 九夷(구이) 《후한서(後漢書)》 동이전(東夷傳)에 의하면, 견이(畎夷)·간이(干夷)·방이(方夷)·황이(黃夷)·백이(白夷)·적이(赤夷)·현이(玄夷)·풍이(風夷)·양이(陽夷)라 되어있는데, 색과 기타의 자연현상으로 이름 붙인 점으로 보아, 매우 추상적이라 할 수 있다. 후한(後漢)에 와서는 구체성을 어느 정도 지니게 되었다. 현토(玄菟)·낙랑(樂浪)·고려(高麗)·만식(滿飾)·부유(鳧臾)·삭가(索家)·동도(東屠)·왜인(倭人)·천비(天鄙)가 그것이라 했다. 1에서 3까지는 한국, 4에서 7까지는 만주와 관계있는 이름이고, 8의 왜인은 일본이다. 공자는 그 지리를 명확히 알고 있지는 못했을 것이다. 산동반도(山東半島)에서 배를 타고 아마 우리나라 북쪽 어디쯤이라도 오고 싶었는지도 모른다.

● **평석** 공자가 뗏목을 타고 바다 밖으로 망명하려 했던 이야기가 〈공야장편〉 제7장에 나왔는데, 이것도 그 사건을 조금 다른 각도에서 다룬 이야기일 것이다. 노나라의 정치는 세도가들의 전제(專制)로 부패해 있었으나 특히 계씨(季氏)의 집사(執事)이던 양호(陽虎)가 기원전 505년부터 501년에 걸쳐, 계씨 일파를 누르고 한때 노나라의 정치를 좌우함에 이르러 혼란은 그 극에 달했다. 공자가 해외로 가고자 하는 생각을 일시나마 했던 것은 아마 이 무렵 일일 것이다. 인기 있는 학자인 공자를 자기편으로 끌어들이려 했던 양호는 아마 이런 소식을 듣고 공자를 만류했을지도 모른다. 그렇다면 '어떤 분'이란 바로 양호이었을 가능성도 크다. 공자는 여기서도 그의 청을 단호히 물리친 것이 된다.

15. 공자께서 말씀하셨다.
"내가 위나라에서 노나라로 돌아온 다음에 음악이 바르게 되어, 아(雅)와 송(頌)이 각기 제자리를 찾게 되었다."

子曰 吾自衛反魯然後樂正 雅頌各得其所.

● **주해** 雅頌(아송) 아(雅)는 대개 주(周) 왕조에서 향연(饗宴)에 쓰던 악곡이고, 송(頌)은 종묘에서 제사 지낼 때 연주하던 악곡으로, 민요인 국풍(國風)과 함께《시경》을 이루고 있다. 요즘은《시경》을 시문학으로 만 다루지만, 당시는 문학적인 면보다도 음악적인 면이 중요시되었다.

● **평석** 공자가 위나라에서 노나라로 돌아와 긴 망명 생활에 종지부를 찍은 것은 기원전 484년, 69세 때 일이다. 공자는 중원(中原)의 정(鄭)나라와 위나라 같은 여러 나라에 머물면서 고전 음악, 다시 말하면《시경》의 여러 편(篇)의 연주를 실지로 듣고 악곡의 분류와 배열, 특히 그 연주하는 악곡의 가락에 많은 이동(異同)과 혼란이 있음을 알았다. 이 경험을 기초로 해서 공자는《시경》을 정리했으니, 그것은 분류상의 오류를 고치고 문장을 교정하는 것에 그치는 일은 아니었다. 당시에《시경》은 요즘처럼 단순히 읽는 책이 아니라, 음악의 반주에 맞춰 노래하는 가곡집이었기 때문이다. 주로 암송에 의지했던 가사와 악보의 불일치, 아(雅)로 노래 되어야 할 것이 풍(風)이나 송(頌)의 가락으로 노래 되는 등의 잘못이, 공자가 바로잡은 가장 큰 성과였던 것으로 생각된다. 청조(淸朝)의 주석자들에 의해 중요시된 이런 면을 그 이전 학자들은 보지 못하고 넘긴 경향이 있다. 역자도 그런 의미에서 번역했다.

16. 공자께서 말씀하셨다.
"밖에 나가서는 공경(公卿)을 지성으로 섬기고, 집에 들어와서는 부모를 효성으로 받들며, 장례식에 참석해서는 성의껏 힘쓰고, 연회에서는 취해서 추태를 보이지 않는 것, 이런 일이 어찌 나에게 가능하랴?"

　子曰 出則事公卿 入則事父兄 喪事不敢不勉 不爲酒困 何有
　　於我哉.

● **평석** '하유어아재(何有於我哉)'를 '나에게는 그런 일쯤 아무것도 아니다.'라는 뜻으로 해석하는 사람들이 있다. 이것은 그러한 평범한 일을 성인이 못한다고 해서는, 아무리 겸손이라 해도 말이 안 된다고 생각했기 때문이다. 그러나 공자의 도는 무엇인가. 이런 일상생활을 떠난 어느 높은 곳에 그의 도가 있었던가. 이 문제에 관해 공자는 아니라고 부정했다. '인(仁)은 먼 곳에 있는 것이랴? 구하기만 하면 바로 눈앞에 나타나는 것, 그것이 인이다.'(〈술이편〉 제29장)

그렇다면 상관을 섬기는 것, 부모를 봉양하는 것 … 이런 것을 떠나 도(道)는 없고, 인(仁)도 없다는 말이 된다. 이런 평범한 일은 누구나 할 수 있는 것 같으나, 가만히 생각해 보면 그것이 얼마나 어려운가 하는 점에 생각이 미친다. 그것을 어디서나 어느 때나 성의를 다해 실행하는 일, '이런 일이 어찌 나에게 가능하랴?'라고 공자가 반성했다 해서 그것을 반드시 겸손이라고만 할 것도 아니고, 더구나 성인의 체면을 모독하는 것이라 여길 필요는 없지 않은가.

17. 공자께서 개울가에서 말씀하셨다.
"가는 것은 이와 같으니, 낮과 밤을 가림이 없구나!"

　子在川上曰　逝者如斯夫　不舍晝夜.

● **평석** 마치 시와 같아서, 구태여 설명이 필요 없는 말이다. 그러나 주자는 이것까지도 도학적으로 해석했다. 개울물이 밤낮없이 흐르듯, 그렇게 끊임없이 자기를 향상해야 한다는 교훈으로 받아들인 것이다. 그러나 물이 쉬지 않고 흘러가는 것처럼, 자신이 나이 먹어 감을 한탄한 것이라고 본 고주(古注)의 견해가 정확할 것이며, 육조(六朝) 시대의 문인들도 그런 뜻으로 이 고사(故事)를 시에 인용하였다. 그렇다고는 해도 인생의 향상을 말한 것이라고 이것에 적극적 의의를 부여했던 송대(宋代) 이학파의 해석은 공자 자신도 뜻하지 못했던 새로운 해석이라는 점에서 경탄할 만한 점이 있다고 하겠다. 송대 신흥 유교의 에

너지의 발산이라고 보아야 할까.

18. 공자께서 말씀하셨다.
"나는 덕을 좋아하기를 미인을 좋아하듯 하는 사람을 본 적이 없
다."

> 子曰 吾未見好德 如好色者也.

● **평석** '호색(好色)'의 '색'이 미인을 가리키는 것같이, '호덕(好德)'의
'덕'도 '덕 있는 사람'으로 보는 것이 좋을 것이다. 미인과 덕 있는 사람
을 대조적으로 다루는 것은, 보통 도학자로서는 생각하지 못할 일이
다. 그러나 악(樂)이나 예(禮)나 문(文)이나 간에, 모든 미(美)에 대
해 매우 민감했던 공자의 이러한 발상은 조금도 엉뚱한 것이 아니었
다. 미도 선도 조화의 감각 위에 있고, 공자가 추구한 것이 조화의 세
계였기 때문일 것이다.

19. 공자께서 말씀하셨다.
"마치 산을 만드는 것과 같으니 마지막 한 삼태기만 더하면 될 것
을 완수하지 못하여 그만두는 것은 내가 그만두는 것이다. 마치 땅
을 평평히 하는 것과 같으니 처음으로 한 삼태기의 흙을 쏟아부었
다 해도, 일이 나아가게 한 것은 내가 한 것이다."

> 子曰 譬如爲山 未成一簣止 吾止也 譬如平地 雖覆一簣進 吾
> 往也.

● **평석** 이 해석은 신주(新注)를 따랐다. 고주(古注)에서는 군주와 연
관하여, 일하다가 그만두는 군주에게서는 떠나고, 조금이라도 앞으로
나아가는 군주에게는 가서 벼슬하겠다는 뜻으로 읽었다. 그러나 이것

으로는 신주의 정채(精彩) 있는 해석을 따르지 못하므로 인간의 의지
력의 찬미로 본다.

20. 공자께서 말씀하셨다.
"내가 교훈을 들려줄 때, 싫증 내지 않고 듣는 것은 안연(顏淵)뿐
이다."

   子曰 語之而不惰者 其回也與.

● **주해** 回(회) 안회(顏回). 안연.

● **평석** 고대의 학숙(學塾)에서 노선생이 나이 어린 제자에게 예전부
터 내려오는 교훈을 암송해 들려주는 것이 '어(語)'의 원뜻이다. 여기
서는 그 원뜻으로 이 말이 쓰이고 있다. 교훈은 이야기가 길어지므로
그 의미가 이해되지 않는 사람은 싫증을 느끼게 된다. 또 이해가 간다
해도 도덕적 관심이 박약한 사람이면 역시 싫증을 느꼈을 것이다. 안
연의 경우는 지적(知的) 이해력과 도덕적 욕구가 아울러 컸으므로 아
무리 이야기가 길어져도 싫증이 나지 않았을까. 신주(新注)에 공자의
이야기를 들을 뿐이 아니라, 그대로 행하여 어긋남이 없는 것으로 해
석하는 설도 있으나 지나친 왜곡이라 하겠다.

21. 공자께서 안연(顏淵)을 평하여 말씀하셨다.
"아까운 사람이 죽었다. 나는 그의 학문이 나아가는 것은 보았지만,
멈추는 것은 본 적이 없다."

   子謂顏淵曰 惜乎 吾見其進也 未見其止也.

22. 공자께서 말씀하셨다.
"싹이 난 채 이삭이 나지 않는 것도 있고, 이삭이 난 채 열매를 맺

지 못하는 것도 있다."

　子曰 苗而不秀者 有矣夫 秀而不實者 有矣夫.

● **주해**　秀(수) 이삭.

● **평석**　교육으로 사람의 재능을 계발한다는 것은 어려운 일이다. 공자는 인간을 곡식에 비유하여 그 어려움을 말했다. 어렸을 때의 수재 중, 학문을 대성한 사람이 몇이나 되랴. 이것은 오랜 기간 많은 제자를 교육한 경험에서 나온 말이리라.

23. 공자께서 말씀하셨다.
"젊은이들은 두렵다. 앞으로 나오는 사람들이, 어찌 지금의 우리만 못하다고 하랴? 그러나 마흔, 쉰이 되어서도 명성이 들리지 않는다면 이는 조금도 두려워할 것이 못 된다."

　子曰 後生可畏 焉知來者之不如今也 四十五十而無聞焉 斯亦不足畏也已.

● **평석**　뒤에 태어난 사람, 즉 청년은 구체적으로 안연(顏淵)을 가리키는 것이라고 고주(古注)에서는 말했으나, 그렇게 해석해야만 될 필요도 없으므로, 신주(新注)의 해석을 따랐다. 노나라로 돌아온 만년의 공자가 가까이에 있는 자유(子游)·자장(子張)·자하(子夏)·증자(曾子) 등에게 말한 것이리라. 그들은 대개 20대였으므로 후생(後生)이라는 말에 어울리는 사람들이다. 40, 50세가 될 때까지 열심히 배우라는 가르침이었을 것이다.

24. 공자께서 말씀하셨다.

"고전의 격언을 인용한 충고를 들으면, 누가 따르지 않으랴? 그러나 정말로 그 말씀에 따라 행동을 고치느냐 여부가 문제다. 부드러운 말이라면 누가 기쁘게 받아들이지 않으랴? 그러나 그 뜻을 깊이 생각해 보느냐가 문제다. 흔쾌히 받아들이고도 그 바른 뜻을 생각하지 않는 사람, 겉으로는 따르는 체하면서 실제로는 행실을 고치지 않는 사람, 그런 사람은 나도 어떻게 할 도리가 없다."

子曰 法語之言 能無從乎 改之爲貴 巽與之言 能無說乎 繹
之爲貴 說而不繹 從而不改 吾末如之何也已矣.

● **주해** 法語之言(법어지언) 고대 성왕(聖王)의 격언이라 하여 전해 오는 말. 巽與之言(손여지언) 손(巽)은 공(恭)으로, 겸손한 말이라는 통설을 따른다. 주자는 '완곡히 인도하는 말'이라 하였다.

25. 공자께서 말씀하셨다.
"충실하고 신의 있는 사람과 가까이 지내고, 자기만 못한 사람과 사귀지 말라. 잘못이 있을 때는 고치는 데 거리낌이 없어야 한다."

子曰 主忠信 毋友不如己者 過則勿憚改.

● **주해** 主忠信(주충신) 주(主)는 의지함. 충신(忠信)은 충과 신을 갖춘 사람이라고 보는 것이 좋다. 그래야 '무우불여기자(毋友不如己者)'와 대조를 이룰 수 있다.

26. 공자께서 말씀하셨다.
"삼군(三軍)을 상대하여 그 장수를 뺏어 올 수는 있어도, 한 지아비의 뜻은 빼앗지 못할 것이다."

子曰 三軍可奪帥也 匹夫不可奪志也.

● **주해** 三軍(삼군) 〈술이편〉 제10장 주해 참조.

● **평석** 이것은 하나의 '인권선언'이라 볼 수 있다. 인간은 대부분 권력으로 누르면 눌리기 마련이지만, 그렇다고 마음까지 눌리는 것은 결코 아니다. 과거에 많은 폭군과 독재자들이 이 간단한 이치를 몰랐다가 마침내는 호된 벌을 받아야 했던 일이 있다.

27. 공자께서 말씀하셨다.
"떨어진 베옷을 입고도, 여우 갖옷이나 담비 갖옷 입은 사람과 나란히 서 있으면서 부끄러워하지 않는 것은, 자로(子路) 정도일 것이다. '해치고 욕심 아니 부린다면야, 좋은 사람 아니라 누가 말하리.'라는 시와 잘 맞는다고 하겠다."
자로는 죽을 때까지 이 시를 외웠다. 공자께서 말씀하셨다.
"그런 정도의 도(道)로 어찌 만족하랴?"

> 子曰 衣敝縕袍 與衣狐貉者 立而不恥者 其由也與 不忮不求
> 何用不臧 子路終身誦之 子曰 是道也 何足以臧.

● **주해** 衣(의) '입는다'는 뜻의 동사. 縕袍(온포) 베로 만든 도포. 당시는 솜이 없었으므로 서민은 베옷을 입었다. 由(유) 자로의 이름. 忮(기) 해치는 것.

● **평석** '불기(不忮)' 이하는, 구주(舊注)의 《의소(義疏)》나 주자의 《집해(集解)》나 모두 앞부분과 같은 한 장(章)으로 여겼으나, 공광삼(孔廣森)은 독립된 것이라 주장했다. '불기불구 하용부장(不忮不求 何用不臧)'은 《시경》 패풍(邶風) 웅치편(雄雉篇)의 끝 구절이다. 그런데 이 시는 돌아오지 않는 남편을 원망한 노래여서, 그것이 좋지 않은 옷을 부끄러워하지 않은 자로의 행위와 합치된다고 볼 수 없어서, 그렇게

생각한 것인지도 모른다.

그러나 춘추시대에는 단장취의(斷章取意)라 해서, 시 전체와는 관계 없이 어느 시구를 끌어내어, 거기에 다른 의미를 부여해 이용하는 풍습이 있었다. 그렇게 이 인용구를 본다면 남을 해치지 않고 요구하지 않는 마음은 좋지 않은 옷을 수치로 여기지 않는 자로의 마음과 통하는 것이 없다고도 할 수 없다. 역자는 이런 뜻에서 통설을 따라 이 전체를 한 장(章)으로 다루었다.

자로가 죽을 때까지 이 시구를 외웠다 해서 공자의 그 행위에 대한 평이, 자로가 죽은 기원전 480년에 있었다고는 볼 수 없을 것이다. 자로가 그 구절을 외웠다는 사실이 구전되어, 그것은 그것대로 《논어》 편집자의 기억에 남을 수도 있는 까닭이다.

28. 공자께서 말씀하셨다.
"추워진 다음에야 비로소 소나무와 측백나무가 다른 나무에 비해 늦게 시드는 것을 알게 된다."

　　子曰 歲寒然後 知松柏之後彫也.

● **주해** 彫(조) 조(凋). 시드는 것.

● **평석** 이 말은 공자가 기원전 497년에서 484년까지, 14년에 걸친 망명 생활이 끝날 무렵에 한 것이리라. 처음에는 꽤 많이 따라나섰던 제자들도 이가 빠지듯이 하나둘 떠나갔을 것이다. 이 외로운 처지에서도 제자들을 비난하지 않고, 추위에 마지막까지 푸른빛으로 있다가, 드디어 조금씩 시들어가는 송백의 모습에 자기를 비유하였다. 우리는 격동하는 정세에서, 지사나 애국자 같던 사람들이 어떻게 변해 갔는지 많이 보아 왔다. 공자의 이 말은 신념에 사는 사람과 그렇지 않은 사람의 차이를 매우 단적으로 나타내고 있다.

29. 공자께서 말씀하셨다.

"지혜 있는 사람은 허둥대지 않는다. 인의 덕을 지닌 사람은 근심하지 않는다. 용기 있는 사람은 겁내지 않는다."

子曰 知者不惑 仁者不憂 勇者不懼.

● **평석** 앞 장에 이어, 어지러운 정세에 처한 지자(知者)와 인자(仁者), 용자(勇者)의 태도를 멋지게 나타내어, 공자는 그 문학적 재능을 유감없이 발휘했다.

30. 공자께서 말씀하셨다.

"함께 배울 수 있어도 함께 길을 갈 수 없는 때가 있으며, 함께 길은 갈 수 있어도 함께 같은 위치에 설 수 없는 때가 있으며, 함께 같은 위치에 설 수는 있어도 함께 정세에 따른 융통성을 발휘하기는 어려운 때가 있다."

子曰 可與共學 未可與適道 可與適道 未可與立 可與立 未可與權.

● **평석** 논리적이고 난삽한 점, 소박함과 함축미가 없는 점으로 볼 때, 공자가 과연 이런 말을 했는지 의심스럽다. 이것을 다음 장과 한 장으로 고주(古注)에서는 보았으나 신주(新注)를 따라 나누었다.

31. 시(詩)의, '활짝 핀 산앵두나무 꽃, 한들한들 흔들리네. 그대 생각하지 않으랴만, 집이 머니 어찌 가리.'라는 구절과 관련해서, 공자께서 말씀하셨다.

"생각이 모자란다. 진심으로 생각한다면 무엇이 멀랴?"

唐棣之華 偏其反而 豈不爾思 室是遠而 子曰 未之思也 夫
何遠之有.

● **주해**　唐棣(당체) 산앵두나무. 偏其反而(편기반이) 반(反)은 번(翻). 흔
들리는 것. 이(而)는 뜻 없는 조자(助字). 정현(鄭玄)은 꽃이 바람에 흔
들려 가지가 휘는 것이라고 했다.

제10 향당편(鄕黨篇)

《논어》는 공자의 언행을 기록한 것으로, 공자의 말이나 제자와의 대화가 대부분인데, 공자의 행동에 관한 기록은 별로 없다. 이 〈향당편〉은 그러한 《논어》에서는 예외에 속하는 편으로, 공자의 행동이 주로 다루어졌다. 행동이라 해도 향당, 즉 서울 근교에 있는 마을의, 공자의 사생활을 주로 하고, 이와 덧붙여 조정에서의 공자의 공적 생활이 기록되어 있다. 주석자 중에는 이 편에 수록된 문장의 주격이 명확하지 않은 탓인지, 반드시 공자의 생활 방식을 기록한 것이 아니라, 바른 예의범절을 말한 것에 지나지 않는다고 본 사람들도 있다.

그러나 공자학파에 전해진 예의범절은 공자의 공사 간의 생활을 본받았을 것이므로, 주격이 명시되어 있지 않다고 해도, 공자의 생활과 결부시켜 생각해도 무리는 없다고 생각한다. 여기에 기록된 공사 간의 예의범절은 때와 장소에 맞게 세심한 배려가 가해져 있다. 한 가지 예로 의복에서의 색의 조화 같은 것에 신경을 쓴 것만 보아도 얼마나 세련된 지성인의 생활이었는가가 느껴진다. 이런 생활을 할 수 있는 사람이라면 예술적 감각에 예민했던 공자 이외에 그 누가 있겠는가.

1. 공자께서는 향리(鄕里)에 계실 때면 공손하여, 말도 잘 못하는 사람 같으셨다. 그러나 종묘나 조정에서는 막힘없이 말씀하셨다. 다만 근엄한 태도는 잃지 않으셨다.

孔子於鄕黨 恂恂如也 似不能言者 其在宗廟朝廷 便便言 唯謹爾.

● **주해** 鄕黨(향당) 노나라를 섬겨 대부가 되고, 다시 대사구(大司寇)에 임명되어 경(卿) 즉 대신(大臣)이 된 공자의 본집은, 당시 서울인 곡부(曲阜) 성 밖의 궐당(闕黨)에 있었다. 지금의 궐리(闕里)는 그 유지(遺趾)라고 한다. 곡부 근교는 세 개의 향(鄕)으로 구분되어 사(士)·대부는 그곳에 살았다. 향은 1만 2천5백 호, 당(黨)은 5백 호로 되어있는데, 공자는 공무가 없을 때면 집으로 돌아와 마을의 집회에도 참석했다. 恂恂如(순순여) 공손하고 삼가는 것. 朝廷(조정) 정부. 당시 도시국가의 정치는 궁문 밖의 외조(外朝), 궁문 안의 내조(內朝)같이, 모두 궁문 내외의 뜰에서 매일 아침 귀족들이 참석하여 이루어졌다. 매일 아침 열리는 야외 회의장이 조정의 원뜻이다. 便便(변변) 말이 명백하고 유창한 모습. 변(便)은 변(辯)과 통한다.

● **평석** 공자의 사람됨을 알리기 위해, 그의 공사(公私) 생활을 소개했다. 향당에서 공자가 완전히 한 마을 사람으로 돌아간 모습을 볼 수 있다. 어디까지나 연로자 앞에서 한 후생(後生)으로 자처하는, 그러나 공적인 생활에서는 자기 직분을 다하기 위해 할 말은 거침없이 했다. 공사의 생활이 이렇게 정반대의 것으로 나타났지만 이것은 위선도 아니요 모순도 아니다. 때에 따라 거기에 맞는 행동을 하였다. 향당에서는 그것이 예라면, 조정에서는 이것이 또한 예가 되는 까닭이다.

2. 조정에서 아랫사람인 하대부(下大夫)와 말씀하실 때는 온화하셨으며, 동렬(同列)인 상대부(上大夫)와 말씀하실 때는 점잖게 하

셨다. 군주께서 나오시면 공경하시고 위의(威儀)가 있으셨다.

朝與下大夫言 侃侃如也 與上大夫言 誾誾如也 君在踧踖如也
與與如也.

● **주해** 朝(조) 조정. 앞 장 참조. 下大夫(하대부)·上大夫(상대부) 노나라
는 궁중 회의, 즉 조정에 매일 아침 열석할 수 있는 것은, 경(卿)인 상대
부와 그다음인 하대부였다. 대사구(大司寇)였던 공자는 물론 상대부였을
것 같다. 侃侃如(간간여) 고주(古注)에서는 '화락(和樂)한 모양'이라 했으
나 신주(新注)에서는 '강직'이라 했다. 그러나 아랫사람에 대해 강직할
필요는 없으며, 더욱 그것이 공자의 태도일 수는 없다. 역자는 고주를 따
랐다. 誾誾如(은은여) 고주에 의하면 중정(中正)의 상태. 신주는 온화한
태도로 논쟁하는 모양. 踧踖如(축적여) 공경하는 모양. 與與如(여여여) 주
자는 위의(威儀)가 적절한 모습이라고 했다.

● **평석** 아랫사람에게 다정하게 대하고, 동료에게는 점잖게, 군주에게
는 공경하는 태도로 대한 데서 공자의 인간성을 알 수 있다.

3. 군주가 부르시어 국빈의 접대를 명령받으시면 안색이 변하시고,
걸음걸이는 느릿느릿해지셨다. 같은 직책을 맡은 동료들에게 읍하
실 때는 마주 잡은 손을 좌우 사람에게 드시어 의복의 앞뒤가 아
름답게 흔들리셨다. 그러고 나서 약간 몸을 굽혀 잔걸음으로 뛰어
자리로 나아가셨다. 국빈이 물러나면,
"빈객께서 하시는 읍이 끝나셨습니다."
라고, 반드시 복명하셨다.

君召使擯 色勃如也 足躩如也 揖所與立 左右手 衣前後 襜
如也 趨進翼如也 賓退必復命曰 賓不顧矣.

● **주해** 擯(빈) 국빈을 맞아 대접함. 色勃如(색발여) 긴장으로 안색이 갑작스럽게 변하는 것. 足躩如(족확여) 걸음걸이에 주저하는 빛이 보이는 것. 揖(읍) 두 손을 맞잡고 약간 높이 들어 인사하는 것. 襜如(첨여) 의복이 흔들리는 모양. 趨(추) 윗사람 앞에서는 잔걸음으로 뛰는 것이 예의였다. 천천히 뛰는 서추(徐趨)와 빨리 뛰는 질추(疾趨)의 두 가지가 있는데, 이것은 질추를 가리킨다. 상반신을 앞으로 약간 굽히지만 머리는 꼿꼿이 세운 채로 뛴다. 翼如(익여) 공경하고 삼가는 형용. 復命曰(복명왈) … 군주는 중문(中門)까지 전송하고 그곳에 서 있다. 접대를 맡은 사람은 대문 밖까지 전송하고 뒤를 돌아보며 읍하던 빈객이, 더 이상 뒤를 돌아보지 않는다. 즉 마지막 인사까지 끝냈다고 중문에서 기다리고 있는 군주에게 전하는 것이다.

4. 공자께서 궁문을 들어가실 때는, 몸을 둥글게 굽혀 마치 문이 좁아 몸이 남는 것처럼 행동하셨다. 문 안에서는 한가운데 서지 않으셨으며(군주의 통행로이므로), 문지방을 밟지 않고 넘으셨다. 궁뜰에 들어가서 군주가 의식 때 서는 자리를 지나실 때는 군주가 마치 거기에 계신 듯 안색이 바뀌시며 주저하는 듯 걸음이 느려지셨고, 말은 혀가 짧은 사람 같으셨다. 옷자락을 들어 올리시고 당(堂) 위에 오르실 때는 몸을 둥글게 굽히고, 숨을 죽여 마치 숨을 쉬지 않는 것 같으셨다. 당에서 한 계단 내려서면, 얼굴에서 긴장이 풀리시고 즐거운 듯하셨다. 계단을 다 내려오면 약간 몸을 굽혀 잔걸음으로 달리심에 위의(威儀)가 빈틈없으셨다. 자리로 돌아오시면 공손히 서 계셨다.

入公門鞠躬如也 如不容 立不中門 行不履閾 過位色勃如也
足躩如也 其言似不足者 攝齊升堂 鞠躬如也 屛氣似不息者
出降一等 逞顔色 怡怡如也 沒階趨進 翼如也 復其位 踧踖
如也.

● **주해** 鞠躬(국궁) 군주 앞에서 몸을 공처럼 둥글게 굽히는 것. 立不中門(입부중문) 궁문 한가운데는 군주가 지나는 길이므로 그곳은 밟지 않는다는 뜻. 중(中)은 동사. 攝齊(섭제) 관복 자락이 땅에 닿지 않도록 옷자락을 약간 들어 올리는 것. 逞顔色(영안색) 영(逞)은 '쾌(快)'·'통(通)'의 뜻. 안색을 펴는 것. 沒階(몰계) 계단을 다 내려오는 것.

● **평석** 조정에 나갔을 때의 공자의 언동(言動)을 예의범절의 전형으로 제시한 것 같다.

5. 규(圭)를 드실 때는 황공해하고 삼가, 그 무게를 못 이기는 듯하셨다. 규를 올리실 때는 읍(揖)하는 듯하시고, 내리실 때는 물건을 남에게 주는 듯하시며, 긴장으로 몸을 떨고 발끝을 들고 잔걸음으로 미끄러지듯 걸으셨다. 선물을 전하는 향례(享禮) 때는 온화한 안색이 되셨다. 사적(私的)인 회견이 되면 즐거운 표정을 지으셨다.

> 執圭鞠躬如也 如不勝 上如揖 下如授 勃如戰色 足蹜蹜如有循 享禮有容色 私覿愉愉如也.

● **주해** 圭(규) 구슬로 만든 홀(笏)로, 본래 천자가 제후에게 내린 것. 이것을 사신이 지니고 가서 군주의 경의를 상대방 군주에게 전했다. 鞠躬如(국궁여) 몸을 굽히는 뜻도 있으나, 여기서는 두려워하고 삼가는 모양. 戰(전) 긴장한 탓으로 몸을 떠는 것. 蹜蹜如(축축여) 걸음을 짧게 떼어놓는 것. 有循(유순) 발끝을 들고 미끄러지듯 걷는 것. 享禮(향례) 사신이 외국에 가면 첫 번째 정식의 배알(拜謁) 다음에, 두 번째의 알현에서 자기 군주가 보내는 선물을 뜰에 진열하여 전하는 의식이 행해진다. 이것을 향(享)이라 한다. 有容色(유용색) 첫 번째 알현에서는 누르고 있던 감정이, 긴장이 약간 풀린 까닭으로 안색에 나타나는 것. 私覿(사적) 공식 행사가 끝난 다음, 그 나라 관리와의 개인적인 회담. 覿(볼 적).

●**평석** 여기 내용은 외국에 사신으로 파견되었을 때의 행동이다. 공자가 외교사절이 되어 정식으로 외국에 파견된 기록은 없으므로 공자의 언동(言動)일 수 없다는 주장도 있다. 그러나 공자가 죽은 후 이 학원에서는 공자의 행동을 모범으로 예의범절을 익혔을 것이므로 이것도 어느덧 그의 행동으로 전해졌을 것이다.

6. 군자는 감색이나 아청빛으로 동정이나 끝동을 하지 않으며, 분홍이나 자주로는 평복을 짓지 않으셨다. 더울 때면 가는 베옷이나 굵은 베옷을 입으셨지만, 몸이 비치지 않도록 속옷을 입은 다음에 입으셨다. 겨울에는 검은 옷에는 염소 갖옷, 흰옷에는 새끼사슴의 갖옷, 노란 옷에는 여우 갖옷을 입으셨다. 평복으로 입는 갖옷은 길게 하시되 일하기 쉽게 오른쪽 소매는 짧게 하셨다. 주무실 때는 반드시 잠옷을 입으셨는데 길이가 몸의 한 배 반이나 되었다. 앉으실 때는 여우나 담비의 폭신한 가죽을 깔고 앉아 계셨다. 상(喪)이 끝나면 구슬 등의 노리개를 어느 것이나 차셨다. 조복(朝服)이 아니면 반드시 바지 위쪽을 좁게 하셨다. 염소 갖옷과 검은 관으로는 조상하지 않으셨다. 매월 초하루면 반드시 조복을 입으시고 입조(入朝)하셨다.

君子<u>不以紺緅飾</u> <u>紅紫不以爲褻服</u> 當暑袗絺綌 必表而出之 <u>緇衣羔裘</u> <u>素衣麑裘</u> <u>黃衣狐裘</u> <u>褻裘長</u> <u>短右袂</u> <u>必有寢衣</u> <u>長一身有半</u> <u>狐貉之厚以居</u> <u>去喪無所不佩</u> <u>非帷裳</u> <u>必殺之</u> <u>羔裘玄冠</u> <u>不以弔</u> <u>吉月必朝服而朝</u>.

●**주해** 不以紺緅飾(불이감추식) 감색은 재계(齋戒)할 때 입는 옷 색이고, 아청빛은 상복 색이므로 동정이나 끝동에 쓰지 않는다는 뜻이다. 紅紫不以爲褻服(홍자불이위설복) 윗옷은 원색을 쓰고, 아래옷은 간색을 쓰는 것이 당시 풍속이었다. 그러므로 간색인 분홍색과 자주색으로는 평복의 윗

옷을 만들지 않았다. 袗絺綌(진치격) 진(袗)은 홑옷〔單衣〕. '진(袗)'이라 쓴 책도 있다. 칡의 섬유로 짠 것 중, 눈이 고운 것이 치(絺), 거친 것이 격(綌). 원래는 갈포(葛布)를 말하는 것이나 알기 쉽게 '베옷'이라 하였다. 緇衣羔裘(치의고구) 겨울의 조복(朝服)과 제복(祭服)은 검은 옷에 염소 가죽으로 만든 갖옷을 입게 되어 있었다. 素衣麑裘(소의예복) 제후의 나라에서 매달 초하루임을 종묘에 알리는 의식 때 입는 옷. 흰 윗옷에 새끼사슴의 흰빛 갖옷을 입었다. 黃衣狐裘(황의호구) 군주가 대사(大蜡), 즉 풍년제를 지낼 때, 신하들이 입는 옷. 황색 윗옷에 여우 갖옷을 겹쳐 입었다. 褻裘(설구) 일상생활에서 입는 갖옷. 長一身有半(장일신유반) 잠옷이 길면 겨울에 발이 덜 시렵다. 狐貉之厚以居(호학지후이거) 신주(新注)에서 보통 집에 있을 때 여우나 담비 가죽 두툼한 것을 깔고 있었다고 해석한 것을 따랐다. 정현(鄭玄)의 고주는 손님을 접대할 때 앉게 하는 것이라 보았다. 帷裳(유상) 남자의 바지 조복. 천을 서로 꿰맸을 뿐으로, 이것을 위에서 띠로 묶게 되어있었다. 이것을 약식 평복에서는 처음부터 허리통을 좁게 만들었다. 羔裘玄冠 不以弔(고구현관 불이조) 염소 갖옷과 검은 비단을 씌운 관은 기쁜 일에 쓰는 의관이므로, 이것을 착용하고는 조상 가지 않았음을 말한다. 吉月(길월) 매월 초하루.

● **평석** 조복(朝服)·제복(祭服)·평복 등에 관한 예의범절은, 군자의 모범으로서 제시되었다. 여기의 '군자'가, 과연 일부에서 주장하는 것처럼 공자를 가리키는지는 의문이다. 그것이 일반적인 군자를 가리키는 것이라 해도, 공자의 행동을 본받은 것이므로 번역에서는 공자가 한 일로 했다. 특히 일하는 데 편리하도록 오른쪽 소매를 짧게 하는 것, 잠옷의 길이를 길게 해서 발이 차가운 것을 막는 것 등은 일반적인 규범일 수는 없으며, 아무래도 공자 개인의 취향같이 느껴진다.

7. 재계(齋戒)하느라 목욕하실 때는 반드시 갈아입을 옷을 준비하셨는데 베로 만드셨다. 재계 때는 평소와 식사를 바꾸고, 집에서도 평소와는 다른 장소에 앉으셨다.

齊必有<u>明衣</u>布 齊必變食 居必遷坐.

●**주해**　明衣(명의) 목욕할 때 입는 옷이라는 설과, 목욕 후 갈아입는 옷이라는 주장이 있다.

●**평석**　주자의《집해》는 이 뒤를 이어 '필유침의 장일신유반(必有寢衣長一身有半)'이 있었다가, 앞 장으로 잘못 끼어들게 된 것이라고 주장했다. 좋은 의견이나 여기서는 통례를 따랐다.

8. 밥은 흴수록 좋아하시고, 회는 가늘수록 즐기셨다. 밥이 쉬어 맛이 변한 것과, 물고기가 뭉그러지고 고기가 썩은 것은 드시지 않으셨다. 빛깔이 나쁘면 드시지 않으시며, 냄새가 고약하면 드시지 않으시며, 삶기를 잘못한 것은 드시지 않으시며, 계절에 맞지 않는 것은 드시지 않으시며, 자른 것이 바르지 않은 것은 드시지 않으시며, 적당한 장이 없으면 드시지 않으셨다. 고기는 아무리 많아도 밥의 분량을 넘지 않으시며, 주량(酒量)은 일정하지 않으나 머리가 어지러운 지경까지는 마시지 않으셨다. 사 온 술이나 저자에서 파는 포(脯)는 드시지 않으시며, 생강은 곁들여 드셨으나 많이 드시지 않으셨다.

<u>食不厭精</u> <u>膾不厭細</u> <u>食饐而餲</u> <u>魚餒而肉敗不食</u> 色惡不食 臭惡不食 <u>失飪不食</u> 不時不食 <u>割不正不食</u> 不得其醬不食 肉雖多 不使勝食氣 唯酒無量 不及亂 <u>沽酒市脯不食</u> <u>不撤薑食不多食</u>.

●**주해**　食不厭精(사불염정) 정(精)은 찧는 것. 밥은 아무리 희어도 싫어하지 않는다는 뜻. 膾不厭細(회불염세) 회는 아무렇게나 썬 것보다 잘게 썬 것을 좋아하셨다. 饐而餲(의이애) 밥이 쉬어서 맛이 변한 것. 饐(쉴

의), 餲(쉴 애). 魚餒而肉敗(어뇌이육패) 뇌(餒)나 패(敗)는 모두 썩었다는 뜻. 餒(썩을 뇌). 失飪(실임) 지지거나 삶기를 적당히 하지 않은 것. 飪(익힐 임). 割不正(할부정) 고기를 자르는 데는 일정한 방식이 있었다. 그것이 법식대로 되지 않은 것. 沽酒市脯(고주시포) 저자에서 파는 술과 포. 포는 말린 고기. 不撤薑食不多食(불철강식부다식) 생강은 자극성이 있어서 입맛을 돋우므로 버리지 않고 먹었으나 많이는 먹지 않았다. 부다식(不多食)을 독립시켜, 전체적으로 과식하지 않은 것이라고 주자는 말했으나 잘못이다.

● **평석** 이것을 고주(古注)에서는 모두 재계(齋戒)할 때의 일이라고 보았다. 그러나 신주(新注)와 같이 공자 평생의 기호를 기록한 것이라 보는 편이 훨씬 글이 산다. 만년의 공자의 음식에 관한 취미는 위생적인 배려와 멋이 곁들어 매우 까다로웠음을 알 수 있다. 성인(聖人) 가운데, 이렇게 의복과 음식에 대해 까다로웠던 것은 공자밖에 없었음을 생각할 때, 그것이 공자의 결점이라기보다는 어디까지나 인간으로 자처하고 인간임에 만족하여, 가장 인간답게 살아가려 한 그의 태도에 우리는 친근감을 가지게 되지 않을까.

9. 종묘의 제사에서 내리신 고기는 다음 날까지 남기지 않으시며, 집의 제사에 놓았던 고기는 사흘 이상을 두지 않으셨으니, 사흘을 넘긴 것은 잡숫지 않으셨다.

　　祭於公不宿肉 祭肉不出三日 出三日不食之矣.

● **주해** 祭於公(제어공) 종묘에서 군주가 제사를 지내는 것. 이때 신하들이 참석하여 제사의 절차를 도우며, 끝나면 주요한 신하들에게 고기를 내렸다. 不宿肉(불숙육) 신의 혜택을 머물러 두지 않는 뜻에서, 고기를 당일에 먹는 것이라고 주자는 말했다. 祭肉(제육) 자기 집 제사에서 쓴 고기. 不出三日(불출삼일) 사흘을 넘기면 썩으므로 이렇게 한 것이다.

10. 음식을 드실 때는 말씀을 하지 않으시고, 주무실 때도 말씀하지 않으셨다.

食不語 寢不言.

11. 대단찮은 밥이나 채소를 넣은 국이나 오이로 식사를 할 때라도, 첫술을 떠서 신에게 감사드릴 때는, 엄숙한 태도로 하셨다.

雖疏食菜羹瓜 祭必齊如也.

● **평석** 당시는 식사 때, 음식을 조금 떠서 상에 놓고, 곡식과 음식의 법을 발견하고 발명한 사람에게 감사드리는 풍습이 있었다. 과(瓜)를 제(祭)와 붙여서 읽는 사람도 있으나, 제19장에서도 祭라고 했지 瓜祭라고는 하지 않았다. 또 《노론(魯論)》에서는 瓜를 필(必)로 썼다고 한다.

12. 자리가 바르지 않으면 앉지 않으셨다.

席不正 不坐.

● **평석** 의자가 바르게 놓여 있지 않으면 앉지 않았다는 것은 단순한 취향에 그치는 문제가 아니다. 설사 그것이 취향이나 기호의 문제라 해도 그런 취향이나 기호를 가진 속마음에는, 그 이상의 정신이 깃들어 있다고 할 것이다.

13. 마을의 주연(酒宴)에서는 환갑 이상의 노인이 물러간 다음에야 자리를 뜨셨다.

鄕人飮酒 杖者出 斯出矣.

● **주해** 鄉人飲酒(향인음주) 향당, 즉 도시 근교의 5백 호로 이루어진 마을에서는 겨울에 노인을 주빈(主賓)으로 한 주연이 베풀어지고, 젊은이들은 이 자리에서 노인으로부터 교훈을 들었다. 이 행사를 향음주례(鄉飲酒禮)라 한다. 杖者(장자) 60세 이상의 노인이라야 향음주례에 지팡이를 짚고 나올 수 있었다.

14. 마을 사람들의 악귀를 쫓는 행렬이 문안에 들어오면, 조복 차림으로 사당 동쪽 계단에 서서 맞이하셨다.

　　鄉人儺 朝服而立於阼階.

● **주해** 儺(나) 역귀(疫鬼)와 사신(邪神)을 쫓기 위해 행했던 의식.

● **평석** 마을 사람들이 모여 악귀 쫓는 행사는 동양의 어느 나라에나 있던 풍습이었나 보다. 그 행렬이 악기를 두드리며 집집을 누비고 다녔으리라. 그럴 때 공자는 왜 조복을 입고 사당 앞에 서 있었을까? 더욱이 괴력난신(怪力亂神)에 관해 말하지 않았다고 하였다. 이 의문에 관해서는 여러 설이 있으나, 그것이 당시까지 내려오는 예(禮)였는지 모른다. 공자는 어디까지나 인간 본위로 살아간 사람이었지만 신에 관한 일에는 적극적으로 관심을 가지지 않은 대신 구태여 부정도 하지 않았으므로, 이런 전통적인 행사는 관례에 따라 행동하였을 것이다.

15. 다른 나라에 있는 지인(知人)에게 사람을 보내실 때는 두 번 절하고 나서 전송하셨다.

　　問人於他邦 再拜而送之.

● **평석** 고대에는 우편제도가 없었으므로, 일이 있을 때는 아무리 만리 타국이라도 사람을 보낼 수밖에 없었으리라. 공자는 그럴 때 재배하고

보냈다는 것이니, 그 지인을 대하는 듯 경의를 표한 것이라고 신주(新注)에서는 말했다.

16. 계강자(季康子)가 약을 보내오자, 공자께서는 절하고 받으시고 나서 말씀하셨다.
"저는 이 약에 대해 자세한 것을 모르므로 맛보지는 못합니다."

　　康子饋藥 拜而受之曰 丘未達 不敢嘗.

● **주해**　饋(궤) (음식을) 보내다.

● **평석**　군주나 귀인이 음식을 내릴 때는 먼저 맛을 보고 절하는 것이 당시의 예의였다. 만일 잘 모르는 약이라 해도 그것이 군주가 보내온 것이었다면 공자는 어떻게 하였을까. 공자가 맛보지는 않고 인사만 한 데에는 아무래도 계강자에 대한 멸시나 반항심 같은 것이 있는 것 같다.

17. 마구간이 탔다. 공자께서 조정에서 돌아와 말씀하셨다.
"사람이 다치지는 않았느냐?"
말에 관해서는 묻지 않으셨다.

　　廐焚 子退朝曰 傷人乎 不問馬.

● **평석**　당시의 마차는 말 네 마리가 끌었는데, 요즘의 자가용과 같은 역할을 하였다. 공자도 대신으로서 출근할 때는 반드시 마차를 사용해야 했으므로, 말은 긴요한 재산이라 할 수 있다. 그러나 마구간이 탄 것을 보고, 사람에게 피해가 있는지만 묻고 말에 관해서는 묻지 않았다. 이것은 말이 소용없어서가 아닐 것이다. 공자의 관심은 사람에게 쏠렸다. 사람이 무사함을 알고는 말에 관해서는 그대로 지나가고 말았

을 것 같다. 짐승을 사랑하는 것도 좋으나, 인간 이상으로 아낄 수는 없지 않은가. 역시 사람은 사람, 짐승은 짐승이라고 선을 긋는 편이 건전할 것이니, 공자의 풍부한 인간성이 나타난 문장이다.

18. 군주께서 음식을 하사하시면 반드시 자리를 바르게 하고, 먼저 조금 맛보셨다. 군주께서 날고기를 하사하시면 반드시 삶아서 사당에 바치셨다. 군주께서 산 것을 하사하시면 반드시 기르셨다.

君賜食 必正席先嘗之 君賜腥 必熟而薦之 君賜生 必畜之.

● **주해** 腥(성) 날고기. 畜(훅) 기르다.

19. 군주 곁에서 함께 식사하실 때는, 군주께서 먼저 한술 떠 비우고 나면, 공자께서는 앞서 잡숫기 시작하셨다.

侍食於君 君祭先飯.

● **평석** 임금이 음식을 들기 전에 신하가 앞서 먹는 것은, 매우 예에 어긋날 듯도 보인다. 그러나 만일에 대비해서 독의 여부를 맛보는 것이라고 고주(古注)에서는 말했다. 신주(新注)에서는 공자는 신하이므로 제사하지 않은 채 먹는 것이라고 했다. 아마 고주의 해석이 맞을 것 같다.

20. 병으로 군주의 문병을 받으실 때는, 동쪽으로 베개를 놓고 누워 조복(朝服)을 이불에 펼치시고 띠를 그 위에 펴놓으셨다.

疾君視之東首 加朝服拖紳.

● **평석** 병으로 일어나지는 못하나, 예복을 이불 위에 올려놓음으로써

군주에 대한 경의를 표한 것이다.

21. 군주께서 부르시면 마차 준비가 되는 것도 기다리지 않고 떠나셨다.

　君命召 不俟駕行矣.

● **평석** 마차 준비가 되는 것을 기다리지도 않고 떠났다는 데에 공자의 성의가 보인다. 한참 공자가 걸어가고 있으면 뒤쫓아 온 마차가 그를 태웠다.

22. 공자께서 처음으로 태묘(太廟)에 드셨을 때 모든 일을 담당자에게 물으셨다.

　入太廟 每事問.

● **평석** 태묘는 노나라 군주의 조상인 주공(周公)을 모신 곳이다. 이때 처음으로 벼슬하여 여기에서 거행되는 제사에 참석했던 공자는 하나하나를 담당자에게 물으셨다. 이때의 이야기가 〈팔일편〉 제15장에 나온다.
어떤 사람이 누가 공자를 예(禮)에 밝은 학자라고 했느냐, 하나하나 물었다는데 그것이 예의 대가(大家)냐, 이렇게 말한 것을 전해 들은 공자는 '그렇게 하는 것이 예이다.'라는 명답을 남겼다.

23. 친구가 죽고 의지할 데가 없는 경우에는, '내 집에서 염(殮)하라.'라고 말씀하셨다. 친구의 선물은 비록 수레나 말같이 어마어마한 것이라도, 제사에 놓았던 고기가 아니면 절하지 않으셨다.

　朋友死 無所歸 曰於我殯 朋友之饋 雖車馬 非祭肉不拜.

● **주해**　殯(빈) 시체를 관에 넣고 제사하는 것.

24. 주무실 때는 시체처럼 반듯하게 눕지 않으시며, 집에 계실 때에는 위엄을 차리지 않으셨다.

寢不尸 居不容.

● **주해**　尸(시) 시체처럼 반듯하게 눕는 것. 容(용) 용의(容儀). 위엄을 차리는 것.

25. 재최(齊衰)복 입은 사람을 만나시면, 평소에 친숙한 사이라도 반드시 얼굴빛을 고치셨다. 면(冕)을 쓴 사람과 맹인을 만나시면 친한 사이라도 반드시 태도를 바꾸셨다. 모르는 사이라도 상복 입은 사람에게는 마차 앞 가로 댄 나무에 손을 대 인사하셨다. 호적 대장의 목판(木版)을 지고 가는 사람에게도 똑같이 경의를 표하셨다. 잘 차린 음식을 대접받으시면 반드시 안색을 고쳐 일어서시고, 사나운 번개와 바람에도 안색이 변하셨다.

見齊衰者 雖狎必變 見冕者與瞽者 雖褻必以貌 凶服者式之 式負版者 有盛饌 必變色而作 迅雷風烈必變.

● **주해**　齊衰(재최) 석 달 이상 상을 입는 사람이 입는 상복. 참최(斬衰) 다음으로 무거운 상복. 冕(면) 대부 이상의 고관이 쓰는 관. 褻(설) 신주(新注)에서는 '공식이 아닌 사적(私的)인 회견'이라 했으나 '친함'이라고 한 고주(古注)를 따랐다. 凶服(흉복) 상복. 式(식) 수레 앞에 가로 댄 나무. 식(軾)과 통용. 여기서는 동사로 썼다. '가로 댄 나무에 손을 댐'. 負版者(부판자) 나뭇조각에 쓴 호적 대장을 지고 가는 사람.

● **평석**　전반은 〈자한편〉 제10장과 대체로 같은 내용이다. 공자가 재

최복 입은 사람이나 조복 입은 사람을 만났을 때, 그리고 맹인을 만났을 때 안색을 고친 이유에 대해서는 앞에서 말한 바 있다. 호적 목판을 메고 가는 사람에게 경의를 표한 것은 무슨 까닭일까?

백성은 나라의 근본으로, 《주례(周禮)》에 의하면 인구 조사한 결과를 왕에게 써서 바치면 왕은 반드시 절하고서 이것을 받았으니, 하물며 그 아랫사람은 이에 대해 경의를 표하는 것이 당연하다고 주자는 설명했다. 사나운 번개와 폭풍에 안색이 변한 것에 대해 주자는 하늘의 노여움을 공경하는 것이라고 말하였다. 공자도 옛사람이므로, 번개나 폭풍을 만나면 그것을 하늘의 뜻과 결부시켜 생각했을 가능성이 충분히 있다.

26. 마차에 타실 때는 반드시 곧게 서서 수레 줄을 잡으셨다. 마차 안에서는 뒤돌아보지 않으셨으며, 큰 소리로 말씀하지 않으셨으며, 손가락으로 가리키지 않으셨다.

升車必正立執綏 車中不內顧 不疾言 不親指.

● **주해** 綏(수) 마차는 높으므로 디딤돌을 놓고, 마차에 달린 줄을 잡고 타야 했다. 內顧(내고) 뒤돌아보는 것. 疾言(질언) 큰 소리로 말하는 것.

27. 꿩이 인기척에 놀라 퍼덕대고 날아올라, 빙빙 한참을 돈 다음에 나무에 내려와 앉았다. 공자께서 말씀하셨다.

"산골 다리 가의 까투리도 때를 만났구나, 때를 만났구나."

자로가 향해 가자, 세 번쯤 날개를 퍼덕이더니 날아가 버렸다.

色斯擧矣 翔而後集 曰 山梁雌雉 時哉時哉 子路共之 三嗅而作.

● **주해** 色斯擧矣(색사거의) 주자는 새가 사람의 안색을 보고, 악한 사람이면 날아간다고 했다. 이것은 새를 도학자로 보는 견해여서 말이 되지 않는다. 왕인지(王引之)는 '색사(色斯)'는 '색연(色然)'과 같으니, 놀라 날아오르는 모양이라고 했다. 集(집) 멈추는 것. 時哉時哉(시재시재) 때를 알고 있다는 뜻으로 보는 사람도 있다. 그러나 역시 시절을 만났다는 뜻이리라. 그것이 문장으로 보아 자연스러운 해석이다. 子路共之(자로공지) 고주(古注)와 주자는, 자로가 꿩고기를 식탁에 놓았던 것으로 해석했다. 그 경우 공(共)은 공(供)과 통용될 수 있다. 그러나 자로가 미끼를 주어〔共, 供〕 잡으려 했다고 보는 해석이 더 좋다. 三嗅(삼후) 세 번 냄새 맡은 것으로 볼 수도 있으나 역자는 후(嗅)는 취(臭)의 오자(誤字)라고 보는 의견을 따랐다. 놀라 날개 치는 것.

● **평석** 이 문장에 대해서는 이설이 분분해서, 그 어느 것도 만족할 만한 것이 못되기에, 여러 설을 절충해서 이 정도로 번역했다. 공자는 발소리에 놀라 날아올랐다가 다시 내려앉은 꿩에서, 자기의 몸 둘 곳 없는 신세가 생각나, 꿩이 때를 만났다고 감탄했을 것이고, 이것을 먹고 싶다는 뜻으로 잘못 들은 자로가 잡으려 하자, 새가 다시 날아가 버렸다는 것은 일단 말은 된다. 많은 학자의 더 좋은 연구가 나오기를 바란다.

제6권

제11 선진편(先進篇)

모두 26장으로, 처음 나오는 글자를 따서 편명으로 삼은 점은 다른 편과 같다. 여러 제자의 학문과 인물을 비평한 말이 주된 내용이다. 이 편의 편찬은 앞에 나온 편들보다는 꽤 후대의 일이므로, 공자의 제자에게 배운 사람들이 자기 스승인 공자의 직제자(直弟子)를 내세워 문지(門地)를 다툰 결과, 이런 내용이 형성되었을 것이다.

1. 공자께서 말씀하셨다.

"선배는 예악(禮樂)에 있어 촌사람이요, 후배는 예악에 있어 문화인다울는지 모른다. 그러나 만약에 이것을 실행하는 단계가 되면 나는 선배를 따르겠다."

> 子曰 先進於禮樂 野人也 後進於禮樂 君子也 如用之則吾從先進.

● **주해** 先進(선진) 공자 제자 중, 공자가 노나라에서 망명하기 전에 입문(入門)한 사람들. 즉 자로(子路)·염유(冉有)·재아(宰我)·자공(子貢)·안연(顏淵)·민자건(閔子騫)·염백우(冉伯牛)·중궁(仲弓)·원헌(原憲)·자고(子羔)·공서화(公西華) 등을 가리킨다. 이들은 주로 치국경세(治國經世)의 방법을 연구했다. 野人(야인) 도시에서 멀리 떨어진 곳에 사는 촌사람. 도시에서 가까운 것을 교(郊), 교보다 더 먼 곳을 야(野)라 했다. '들'이란 뜻은 나중에 생겼다. 後進(후진) 공자가 망명을 떠난 후에 입문한 제자들. 자유(子游)·자하(子夏)·자장(子張)·증자(曾子)·유약(有若)·번지(樊遲)·칠조개(漆雕開)·담대멸명(澹臺滅明) 등을 가리킨다. 이들은 주로 예악 제도를 연구했다. 君子(군자) 여기서는 서울과 그 근교(近郊)에 사는 문화적인 시민을 가리킨다.

● **평석** 공자의 제자 중에도 세대의 구분이 생겨 나이에 따라 현저한 성격의 차이가 있었던 것 같다. 선배들의 학문 태도는 학구적이라기보다 실천적인 면에 치중해 있었다. 그들에게는 덕행을 닦고 나라를 다스리기 위한 지식이 필요했을 뿐, 그 이상의 지식과는 인연이 없었다. 이에 비해 만년의 공자가 맞아들인 제자들, 즉 신진들은 학문 자체에 흥미를 느껴 연구에 몰두하는 경향이 있었으므로 선배보다 체계적이고 정밀한 지식을 가지고 있었다.

공자는 일찍이 질(質) 즉 소박한 문화와, 문(文) 즉 세련된 문명을 구별하고, 이 두 가지의 조화로운 이상적인 문화를 인정하였지만, 제자가운데 나타난 두 성격도 사실 이런 차이였다고 말할 수 있다. 이 두 가지는 어느 것으로도 만족하지는 않은데, 겉으로 화려하고 세련되기는 해도 실행력이 부족한 후배의 교양보다는, 좀 거칠기는 하지만 실질적인 선배의 그것이 훨씬 높은 것이라고 공자는 평하였다.

2. 공자께서 말씀하셨다.

"진(陳)나라와 채(蔡)나라까지 나를 따라가 고생했던 사람들은 이젠 모두 내 문하(門下)에 없구나."

子曰 從我於陳蔡者 皆不及門也.

● **평석** 기원전 497년에 노나라를 떠나 망명길에 오른 지도 8년이 지나, 공자는 진나라와 채나라 접경에서 거의 굶어 죽기 직전에 놓인 적이 있었다. 후일 당시를 회고한 공자가 자기를 따라 고생했던 제자들이 모두 문하에 없는 것을 탄식한 것이라고 주자는 말했다. 문하에 없음은, 반드시 죽었다는 말은 아닐 것이다. 안연(顔淵)처럼 죽은 사람도 있겠지만 직장을 얻어 지방이나 외국으로 떠난 사람도 있을 것이다. 공자를 따라 망명 생활을 하다가 취직할 기회를 놓친 것을 한탄한 것이라는 견해도 있다. 정현(鄭玄)과 주자는 다음 장은 진나라와 채나라까지 따라갔던 열 명의 제자 이름이라고 했다.

3. 덕행에는 안연·민자건·염백우·중궁이 있고, 언어에는 재아·자공이 있고, 정사에는 염유·계로가 있고, 문학에는 자유·자하가 있었다.

德行 顔淵·閔子騫·冉伯牛·仲弓 言語 宰我·子貢 政事 冉有·季路 文學 子游·子夏.

●**평석** 정현과 주자의 설명에 의하면, 이 제3장은 제2장에 나온 공자의 말을 기초로 해서, 제자들이 그 당시 수행했던 사람들의 이름을 기록한 것이라고 한다. 하기는 안연 이하, 모두 이름을 부르는 대신 하나하나 자(字)를 들고 있으므로, 공자의 기억을 기초로 한 제자들의 기록이라 보지 않을 수 없을 것 같다. 알맹이만이요 리듬을 가진 이 문장은 암송에 편리한 문체여서 제자들은 읊음으로써 기억해 왔을 것으로 짐작된다. 열 명의 그 제자를 덕행 · 언어 · 정사 · 문학으로 분류한 식견은 공자 이외의 누구도 하지 못할 일 같다. 공자의 말의 전승(傳承)이라 할 수 있다.

4. 공자께서 말씀하셨다.
"안회(顔回)는 아무래도 나를 계발(啓發)시켜 주는 사람은 못 되는 것 같다. 내가 하는 말이면 기뻐하지 않는 것이 없으니."

子曰 回也非助我者也 於吾言無所不說.

●**주해** 回(회) 안연(顔淵)의 이름. 說(열) 기뻐하다.

●**평석** 안연은 공자의 사랑을 가장 많이 받았던 제자요, 그 덕행에 있어서 아무도 따르지 못했다. 그는 가난하면서도 학문을 즐기는 생활을 그치지 않았고,(〈옹야편〉제11장) 잘못을 되풀이하는 일이 없었다.(〈옹야편〉제3장) 또한 평소에는 이야기해도 순종하여 어리석은 자와 같은 인상을 받게 하였으나,(〈위정편〉제9장) 한번 배운 일은 곧 행동으로 옮기려 애썼다. 이런 점에서 그는 누구의 추종도 불허하였고, 공자의 절대적인 신임을 한몸에 받았다.
그러나 이러한 무언 실행파는 때로 답답하기도 하였을 것이니, 약간의 불만을 공자가 말했다 해서 이상할 것도 없다. 이를테면 자하나 자공 같이 말이 많은 사람은 경솔한 면도 있기는 하나, 때로 공자가 다시 생각하게 함으로써 도움을 주는 때도 있었을 것이다. 〈팔일편〉제8장에 보이는 자하의 대답이라든가, 〈학이편〉 제15장에 나오는 자공의 말 같은 것은 확실히 공자를 계발하는 점이 있었다고 할 수 있다. 우수한 제자가 있으면 가르치는 것이 배우는 것이 될 수도 있다. 그러나 안연에게서 그것을 기대할 수 없었던 것이리라. 정현이나 주자는 이것까지 안연을 칭찬한 것이라 했으나, 호의에서 나온 사소한 불만으로 보는 것이 좋겠다.

5. 공자께서 말씀하셨다.
"효자로다, 민자건은. 사람들이 그 부모 형제를 비난하지 않으니."

子曰 孝哉閔子騫 人不間於其父母昆弟之言.

● **주해** 閔子騫(민자건) 공자의 제자. 성은 민, 이름은 손(損), 자가 자건. 間(간) 비난의 뜻.

● **평석** 안연과 함께 덕행으로 민자건이 손꼽히고 있음은 제3장에 나왔다. 그는 효도로 유명하여 한(漢) 이후에는 전형적 효자라고 하여 여러 이야기의 주인공이 되었다.
어느 추운 겨울날, 아버지를 마차에 태우고 가던 민자건이 고삐를 놓친 적이 있었다. 그때 민자건의 손을 잡아 본 아버지는 그가 홑겹 장갑을 끼고 있어서 손이 꽁꽁 언 것을 알았다. 집에 돌아와 후처가 낳은 아들을 살펴보니, 그는 솜이 든 따뜻한 장갑을 끼고 있었다. 아버지는 후처를 내쫓으려 하였으나 민자건은 간절히 만류했다. 그러자 갖가지로 민자건을 박대했던 계모도 마음을 돌리게 되어 집안이 평화를 되찾았다고 한다.
이런 이야기가 공자 시대에도 있었는지는 모르나 설사 그것이 후세의 창작이라 해도 그런 정도의 이야기가 그를 주인공으로 하여 생겨났다는 것은, 그가 그럴 만한 효자였기 때문일 것이다. 당시는 물론 민자건의 부모와 형제에 대해 비난하였으나, 민자건의 성의로 세상에서 사라졌으니 그가 효자가 아니냐는 것이 공자의 말이다.

6. 남용(南容)은 백규(白圭) 시를 하루에도 몇 번씩 외우곤 했는데, 이를 아신 공자께서는 그 형의 딸을 시집보내셨다.

　南容三復白圭 孔子以其兄之子妻之.

● **주해** 南容(남용) 공자의 제자. 이름은 도(縚), 다른 이름이 괄(适), 자는 자용(子容). 맹의자(孟懿子)의 형.

● **평석** 백규는 《시경》 대아(大雅) 억(抑)에 나온다. '흰 구슬의 그 모가 떨어졌다면, 다시 갈면 다시 갈 수 없으랴마는, 입으로 낸 말의 잘못된 것은, 다시 또 어찌할 도리 없도다.'
구슬은 한쪽 모가 떨어졌어도 다시 갈아 완전한 것을 만들 수 있지만 한번 실수한 말은 돌이킬 수 없다는 이 시구를 매일 읊고 있음은, 그 사람됨을 생각하게 하는 것이라고 공자는 판단했을 것이다. 남용에게 조카를 시집보낸 데 대해 다른 이야기가 〈공야장편〉 제2장에 나온다.

7. 계강자(季康子)가 물었다.
"제자 중 학문을 좋아하는 사람은 누구입니까?"
공자께서 대답하셨다.
"안회(顔回)라는 제자가 있어 학문을 좋아했습니다. 불행히도 일찍 죽어, 지금은 없습니다."

　季康子問 弟子孰爲好學 孔子對曰 有顔回者好學 不幸短命
　死矣 今也則亡.

● **주해** 季康子(계강자) 노나라의 세도가이던 계손비(季孫肥).

●**평석** 안회가 죽은 것은 기원전 482년의 일이고, 공자는 기원전 479년에 죽었으므로, 안연이 죽은 후 약 4년을 공자는 더 살았다. 물론 이 문답도 그동안에 있은 일일 것이다. 거의 같은 문답이 노나라 애공(哀公)과도 있었다.(〈옹야편〉 제3장)

8. 안연(顏淵)이 죽자 안연의 아버지 안로(顏路)는, 공자의 마차로 아들의 외관(外棺)을 만들게 해 달라고 청했다. 공자께서 말씀하셨다.

"재주가 있거나 없거나 역시 자기 자식을 생각하는 점에는 다름이 없다. 이(鯉)가 죽었을 때, 나는 널은 만들었지만 외관은 만들지 않았다. 마차를 부숴 걸어 다니면서까지 외관을 만들어 줄 수 없는 것은, 나도 대부를 지낸 몸이라 걸어 다닐 수는 없기 때문이다."

　顏淵死 顏路請子之車以爲之椁 子曰 才不才亦各言其子也 鯉
　也死 有棺而無椁 吾不徒行以爲之椁 以吾從大夫之後 不可
　徒行也.

●**주해** 顏路(안로) 공자의 제자로 안연의 아버지. 공자보다 6세 아래. 椁(곽) 당시의 귀인은 장사지낼 때 이중 관을 썼다. 외관(外棺). 덧널. 鯉(이) 공자의 아들 이름. 자는 백어(伯魚).

●**평석** 가난한 안로가 아들 안연의 장례식을 위해 공자의 마차를 얻어 그 재목으로 외관을 만들고 싶다고 청했다. 공자는 2년 전에 죽은 자기 아들을 위해서도 외관은 만들어 주지 못했다고 말함으로써 이를 거절하였다. 그 까닭은 여기에서 말한 이유, 즉 자기 아들에게도 해주지 못했다는 점, 마차 없이 걸어 다닐 수는 없다는 점도 있기는 했을 것이다.

그러나 공자가 마음만 먹었다면 자기 마차를 사용하지 않고도 그쯤은

해 줄 수 있었을 것이다. 거절한 진짜 이유는, 아무래도 외관을 쓰는 것이 안연의 신분으로는 지나친 일이라 생각한 것 같다. 공자는 감정에 끌려 예(禮)를 망각하는 사람은 아니었다. 이것은 제11장을 보아도 거의 의심의 여지가 없는 일이다.

9. 안연이 죽자, 공자께서 말씀하셨다.
"아아, 하늘이 나를 망하게 하셨다! 하늘이 나를 망하게 하셨다!"

　　顔淵死 子曰 噫 天喪予 天喪予.

● **평석** 안연이 41세에 죽은 것은 기원전 482년의 일로 알려진다. 가장 신뢰하고 기대가 커서 후계자로 지목하고 있던 공자였기에 안연의 죽음은 얼마나 큰 충격이었을까. 공자의 생애는 좌절의 일생이었다고 말할 수 있다. 그가 애써 배운 선왕의 도(道)를 실행하려 애쓴 나머지, 유랑(流浪) 길에서는 '상갓집 개'라는 말까지 들었다. 그러나 세상은 냉혹하기만 해서 어느 권력자도 동조하지 않았다. 그는 마침내 물러나 제자를 양성하며 조용히 살리라 생각했다. 그러나 외아들 이(鯉)를 앞서 보내야 했고, 그 고통이 사라지기도 전에 분신 같은 안회까지 죽었다.
"아아, 하늘이 나를 망하게 하셨다! 하늘이 나를 망하게 하셨다."
공자는 분노를 하늘에 쏟았다. 정의를 편들어야 할 하늘이 이 무슨 일인가, 너무 가혹하지 않은가. 평소의 공자답지 않은 비통에 찬 말이다.

10. 안연이 죽자, 공자께서는 곡하셨는데 지나치게 애통해하셨다.
모시고 갔던 사람이 말했다.
"선생님께서는 지나치게 애통해하신 듯합니다."
공자께서 말씀하셨다.
"지나치게 애통해하였다고? 이 사람을 위해 애통해하지 않는다면 누구를 위해 애통해하랴?"

> 顔淵死 子哭之慟 從者曰 子慟矣 曰 有慟乎 非夫人之爲慟
> 而誰爲.

● **주해** 哭之慟(곡지통) 조상할 때는 곡하게 되어있었으나, 공자는 지나치게 슬퍼했다. 통(慟)은 지나친 슬픔을 나타내는 말.

● **평석** 슬퍼하되 지나치지 않음은 공자의 평소 지론(持論)이었다. 그런데도 지나치게 슬퍼했으므로 따라갔던 사람이 놀라 물었으나, 공자는 예(禮)에 어긋남을 시인하기는커녕 당연하지 않으냐고 반박했다. 당시의 슬픔을 가히 추측할 만하다.

11. 안연이 죽자 제자들은 성대하게 장사지내려 했다. 공자께서 말씀하셨다.
"그것은 안 된다."
제자들이 장사를 성대히 거행하자, 공자께서 말씀하셨다.
"안회가 나를 아버지같이 대하였거늘, 나는 자식같이 돌보아 주지 못했다. 이는 내 탓이 아니라 저 사람들 때문이다."

> 顔淵死 門人欲厚葬之 子曰 不可 門人厚葬之 子曰 回也視
> 予猶父也 予不得視猶子也 非我也 夫二三子也.

● **평석** 안연의 장례식을 제자들이 지나치게 성대하게 하려 하자 공자는 반대했다. 안연처럼 덕행이 뛰어난 사람이라면 구태여 대부(大夫)나 사(士)의 사회적 신분은 무시해도 될 듯하고, 또 그의 죽음을 지나치게 애통해한 공자이므로 찬성할 것도 같았다. 그러나 결국, 공자의 반대에도 불구하고 안연의 장례식은 성대하게 하였다. 공자는 예(禮)

에 맞는 장례를 하지 못한 점을 안타까워했다. 분수에 맞는 의식이 가장 안연을 사랑하는 것인 줄 제자들은 몰랐다. 이것은 제8장에서 공자가 취한 태도에서도 알 수 있다.

12. 자로(子路)가 조상의 신령(神靈) 섬기는 법에 관하여 물으니 공자께서 말씀하셨다.
"산 사람도 충분히 못 섬기는 터에, 어찌 신령을 섬길 수 있으랴?"
"감히 죽음에 대해 여쭙고자 합니다."
"생(生)도 모르는데, 어찌 죽음을 알랴."

> 季路問事鬼神 子曰 未能事人 焉能事鬼 敢問死 曰 未知生
> 焉知死.

● **주해** 季路(계로) 중유(仲由), 자는 자로(子路). 계로는 항렬에서 막내를 부르는 이름이라고도 하고, 또 다른 자(字)라고도 한다. 鬼神(귀신) 귀(鬼)는 조상의 혼이요, 신(神)은 인간의 조상이 아닌 하늘의 신. 신은 대개 인면사신(人面蛇身)같이, 괴상한 형태를 하고 있다고 믿어졌다. 춘추시대부터 이 괴상한 형상의 신이, 점차 인간화되는 경향이 있었다. 여기서는 귀와 신의 구별 없이 제사를 받는 존재로서 총칭되어 조상의 혼쪽에 중점을 두고 있는 듯이 보인다.

● **평석** 자로가 귀신 섬기는 법을 물었다 하여, 그것을 요즘처럼 '신이란 무엇인가?' 또는 '어떻게 믿을 것인가?'를 물은 것으로 생각해서는 안 된다. 그것은 조상의 신령을 어떻게 제사 지내느냐는 물음이다. 따라서 공자의 대답도 사후 세계를 부정하지 않고, 인간의 의무 수행이 조상에 대한 그것보다 앞선다는 말을 하였다. 당시는 우주의 창조신을 생각한다든가, 사후 문제를 철학적 · 종교적으로 사색하는 등의 일은 없었다고 보아야 한다. 자로가 다시 죽음에 관하여 물은 것도, 죽음의

의의(意義)를 물은 것이 아니라, 죽음을 앞두고 해야 할 일, 죽을 때의 태도 같은 것을 물은 것으로 알면 될 것 같다.

13. 민자건(閔子騫)은 모시고 앉아 있는 모양이 의젓하고, 자로(子路)는 굳세고, 염유(冉有)와 자공(子貢)은 화평하였다. 공자께서는 즐거워하시며 말씀하셨다.
"자로 같아서는 자기 명을 다하지 못할 듯하다."

閔子侍側誾誾如也 子路行行如也 冉有子貢侃侃如也 子樂曰[26]
若由也 不得其死然.

● **주해** 誾誾(은은) 온화함, 화기애애하다. 行行(행행) 굳세다. 侃侃(간간) 조용하고 화락하다.

● **평석** 제자에 둘러싸인 만년의 공자가, 한가한 시간을 즐기고 있는 모습 같다. 모두 일가(一家)를 이룬 사람들로 개성을 나타내고 있는데, 즐거운 가운데 공자는 자로의 모난 인품이 마음에 걸렸던 것이리라. 아닌 게 아니라, 자로는 공자가 걱정한 대로 위(衛)나라에서 횡사하였다. 여기에 공자의 수제자 안연(顏淵)에 관해 언급하지 않은 것을 보면, 그가 죽은 기원전 482년에서 자로가 죽은 기원전 480까지의 2년 동안에 있은 일 같다.

14. 노나라가 장부(長府)를 만들었다. 민자건이 말했다.
"예로부터 내려오는 대로 하는 것이 어떨까? 하필 옛것을 고치고 새 제도를 만들어야겠는가?"
공자께서 말씀하셨다.
"그 사람은 평소에는 말이 없지만 말하면 반드시 도리에 맞는다."

---

26) 청가본(淸家本)과 황간본(皇侃本)에 의해 '曰'을 보충했다.

魯人爲長府 閔子騫曰 仍舊貫如之何 何必改作 子曰 夫人不
言 言必有中.

● **주해** 魯人(노인) 노나라 사람들. 여기서는 노나라를 가리킴. 長府(장
부) 기원전 517년, 노나라의 소공(昭公)이 계씨(季氏)를 비롯한 삼환씨
(三桓氏)의 전제를 타도할 목적으로, 재화(財貨)나 병기 등을 저장, 계
씨 일파와 싸울 때 경제적 거점(據點)을 만들고자 이 창고를 신설했다.
舊貫(구관) 예부터 내려오는 제도나 관습. 관(貫)은 사(事).

● **평석** 장부의 신축공사가 끝난 그해 9월에, 이것을 근거로 한 소공
(昭公)의 쿠데타는 실패하여, 소공은 제(齊)나라로 망명하지 않을 수
없었다. 민자건은 이 운명을 예언하고 있는 듯이 보인다. 장부의 건립
에 대하여는 여러 이설(異說)이 있으나, 어느 것이나 상상의 영역을
벗어나지 않으므로, 가장 타당하다고 생각되는 염약거(閻若璩)의 설
을 따랐다.

15. 공자께서 말씀하셨다.
"자로는 그 정도의 슬(瑟)을 어찌하여 내 문하(門下)에서 뜯는가?"
이 말을 들은 다음부터 제자들은 자로를 존경하지 않았다. 공자께
서 말씀하셨다.
"자로는 이미 당(堂)에 올랐다. 아직 방에 들어가지는 못했지만."

子曰 由之瑟奚爲於丘之門 門人不敬子路 子曰 由也升堂矣
未入於室也.

● **주해** 瑟(슬) 시(詩)를 배울 때는, 15현(絃)인 슬을 뜯으면서 노래했
다. 堂(당) 문을 들어가면 뜰이 있고, 뜰을 걸어가면 계단이 있어, 여기
를 오르면 전각이 있다. 계단을 올라간 곳이 당이다. 방에 들어가기 직전

에 있는 셈이다.

● **평석** 공자는 제자들을 평가하는 경우에, 입문(入門)·승당(升堂)·입실(入室)의 세 비유를 한 일이 자주 있었던 모양이다. 어느 스승의 제자가 되는 것을 입문이라 하고, 스승은 제자를 문하라 부르는 관습은 당시에도 있었으므로, 공자는 여기에서 승당, 입실이라는 말을 만든 것 같다.

공자는 쾌활한 자로를 좋아해서 가끔 농담하곤 하였는데, 자로의 음악 솜씨가 대단치 않은 것을 비꼰 것은 단순한 호의적인 유머였다. 그런데 그 말로 자로가 주위에서 존경받지 못함을 알자, 승당(升堂)은 했다고 하여, 자로에 대한 인식을 바꾸게 하였다. 공자도 여러 제자가 있다 보니 때로는 신경을 써야 했을 것이다.

16. 자공(子貢)이 물었다.

"자장(子張)과 자하(子夏)는 누가 낫습니까?"

공자께서 말씀하셨다.

"자장은 지나치고, 자하는 모자란다."

"그러면 자장이 낫다는 말씀입니까?"

공자께서 말씀하셨다.

"지나치는 것은 모자라는 것과 같다."

> 子貢問 師與商也孰賢 子曰 師也過 商也不及 曰 然則師愈
> 與 子曰 過猶不及.

● **주해** 師(사) 자장의 이름. 商(상) 자하의 이름. 賢(현) 낫다. 愈(유) 낫다. 주자는 '승(勝)과 같음'이라고 하였다.

● **평석** 사람을 평가하는 데 재주가 지나친 것을, 재주가 모자라는 사

람과 같다고 판단하는 것은 여간해서는 어려운 일이다. 공자는 언제나 정확한 눈으로 사람의 장단점을 꿰뚫었던 것 같다.

17. 계씨(季氏)는 주공(周公)보다도 부자였다. 그런데도 염구(冉求)는 계씨를 위해 무거운 세금을 징수해서 재산을 늘렸다. 공자께서 말씀하셨다.

"그는 이미 우리 동지는 아니다. 얘들아, 북을 울려 성토해도 좋으니라."

季氏富於周公 而求也爲之聚斂而附益之 子曰 非吾徒也 小子鳴鼓而攻之 可也.

● **주해** 求(구) 제자인 염구. 계씨의 재(宰)였다.

● **평석** 관리로 있으면 백성들의 부담을 덜도록 애써야 하는데, 염구는 도리어 계씨네 주구(走狗)가 되었다. 공자가 볼 때 이런 일을 하는 사람은 제자일 수 없다고 생각하였으리라.

18. 자고(子羔)는 어리석고, 증삼(曾參)은 둔하고, 자장(子張)은 허풍이 있고, 자로(子路)는 거칠다.

柴也愚 參也魯 師也辟 由也喭.

● **주해** 柴(시) 고시(高柴), 자는 자고. 參(삼) 증삼, 자는 자여(子與). 《논어》에는 증자(曾子)라는 존칭으로 불리는 경우가 있다. 師(사) 자장의 이름. 由(유) 중유(仲由). 자는 자로.

● **평석** 이 내용은 누구의 말인지 명확하지 않다. 주자는 다음 장과 본래 한 장이던 것이, 첫머리에 있던 '子曰' 두 자가 '回也' 앞에 잘못 들

어가 장이 나뉜 것이 아닌가 의심했다. 공자는 제자의 장점과 단점을 아울러 지적하는 방법으로 교육했으며 말도 박절한 일이 없었다. 그렇게 볼 때 이것이 공자의 말이라고는 여겨지지 않는다.

가령 자로에 대해, 공자는 그가 당(堂)에 올랐다고〔승당昇堂〕 인정하지 않았던가.(제15장) 증삼에 대해서도 같은 말을 할 수 있다.《논어》는 후대의 편집이요, 편(篇)에 따라 편찬한 학파가 달랐으므로 자기네 스승(공자로 보면 제자) 편을 들고, 대립 학파의 그것을 깎는 일이 있었으니 이것도 그런 입장에서 검토해야 할 것 같다.

19. 공자께서 말씀하셨다.

"안연(顏淵)은 도에 가깝다. 그러나 가난해서 자주 무일푼이 되곤 하였다. 자공(子貢)은 허가 없이 장사하여 재물을 늘였으니, 예상한 것이 자주 들어맞았다."

子曰 回也其庶乎 屢空 賜不受命 而貨殖焉 億則屢中.

●**주해** 其庶乎(기서호) 안연의 학문과 덕행이 공자의 이상, 즉 도에 가깝다는 것. 屢空(누공) 항상 가난해서 무일푼의 처지에 있는 것. 賜(사) 자공. 성은 단목(端木), 이름이 사. 不受命 而貨殖焉(불수명 이화식언) 명(命)은 천명(天命), 또는 공자의 명이라고도 해석할 수 있으나 여기에서는 적절하지 못하다. 유월(俞樾)의 설에 의하면, 공자 시대에는 원칙적으로 상업은 관영(官營)이었는데, 자공은 허가 없이 장사하여 돈을 번 것이라고 한다. 물론 국내의 모든 상업까지 모두 관영은 아니었으나 외국 무역은 엄격하게 단속되었다. 자공은 자주 사신이 되어 외국을 왕래했으므로 그 기회를 이용해 무역함으로써 큰돈을 벌었던 것이리라. '허가 없이'란 이런 자공의 행동을 가리킨다고 보아도 좋을 것이다. 億(억) 헤아리는 것. 예상한 것. 억(臆)과 통용.

●**평석** 공자의 문하에서 가장 뛰어난 수재였던 안연과 자공을 비교 논

평했다. 어느 쪽이나 모두 비상한 수재지만 안연은 그 재주를 덕을 닦는 면에 경주하고 있는 느낌이 든다. 따라서 그의 재능은 덕행과 분리할 수 없는 관계에 있다. 이것은 도덕적 이상에 가깝다고 할 수 있는데, 그렇기에 늘 가난에 허덕여야 했다.

이에 비해 자공은, 보다 재사다워서 큰 문제에 있어서 도덕적인 잘못을 범하지는 않으나, 작은 문제에서는 때로 편법(便法)도 쓸 줄 알아서 외국과 암거래 같은 것도 해서 재물을 모았고, 그의 투기는 곧잘 적중되었다. 이것이 두 제자에 대한 공자의 평이다. 물론 안연을 더 높인 것이 되겠으나, 한편으로는 그의 가난한 살림으로 미루어 좀 더 융통성이 있었으면 하는 생각도 없지는 않았을 것이다.

20. 자장(子張)이 선인(善人)의 도리에 관하여 물었다. 공자께서 말씀하셨다.

"선인도 옛 성인의 발자취를 따라 도를 닦지 않는다면, 어느 정도에서 멈추고 궁극에는 이르지 못한다."

　　子張問善人之道 子曰 不踐迹 亦不入於室.

● **주해** 不入於室(불입어실) 제15장 참조.

● **평석** 고주(古注)에서는 '불천적(不踐迹)이나 역불입어실(亦不入於室)'이라고 읽는다. 즉 옛사람의 관례를 고수하지 않고 약간 창의성을 발휘하나 궁극적인 도에는 도달하지 못한다는 뜻으로 풀이한다. 역자는 주자의 설을 따랐다.

21. 공자께서 말씀하셨다.

"논의(論議) 내용의 성실만을 믿으면, 실제로 그 사람이 군자인지, 표면만 그렇게 가장하는 사람인지 알지 못한다."

子曰 論篤是與 君子者 色莊者乎.

●**주해** 色莊者(색장자) 안색에서 엄격함이 보이는 사람. 여기서는 그러면서도 실제로는 볼 것 없는 사람을 가리킨다.

●**평석** 주자가 지적한 대로, 말만으로 사람을 평가해서는 안 된다는 교훈이다. 공자는 말 잘하는 제자 재여(宰予)를 신뢰했다가 후회한 경험이 있다.(《공야장편》 제10장) 이것도 그런 경험의 바탕에서 나온 말이리라.

22. 자로(子路)가 물었다.
"배운 것은 바로 실행해도 좋습니까?"
공자께서 대답하셨다.
"부형이 계시는데, 어찌 배운 것이라고 바로 실행하랴? 부형의 허락을 먼저 받아야 한다."
염유(冉有)가 물었다.
"배운 것은 바로 실행해도 좋습니까?"
공자께서 대답하셨다.
"배운 것은 바로 실행해야 한다."
공서화(公西華)가 물었다.
"자로가 '배운 것은 바로 실행해도 좋습니까?'라고 여쭙자, 선생님께서는, '부형이 계시는데, 어찌 배운 것이라고 바로 실행하랴? 부형의 허락을 먼저 받아야 한다.'라고 대답하셨습니다. 그다음에 염유가, '배운 것은 바로 실행해도 좋습니까?'라고 여쭙자 선생님께서는, '배운 것은 바로 실행해야 한다.'라고 대답하셨습니다. 저는 알수가 없습니다. 어느 쪽이 옳은지 부디 가르쳐 주십시오."
공자께서 말씀하셨다.
"염유는 소극적이므로 격려한 것이고, 자로는 나서기를 좋아하므로 누른 것이다."

子路問 聞斯行諸 子曰 有父兄在 如之何其聞斯行之 冉有問
聞斯行諸 子曰 聞斯行之 公西華曰 由也問聞斯行諸 子曰 有
父兄在 求也問聞斯行諸 子曰 聞斯行之 赤也惑敢問 子曰 求
也退故進之 由也兼人故退之.

●**주해** 赤(적) 공서화의 이름. 兼人(겸인) 혼자서 다른 사람의 일까지 맡
아 하는 것. 적극적이어서 무슨 일에 나서기를 좋아하는 성격이리라.

●**평석** 공자는 같은 질문에 소극적인 제자와 적극적인 제자에게 각기
반대되는 대답을 하였다. 이것은 공자가 제자의 성격과 재능에 따라,
그 개성에 맞도록 지도한 좋은 예이다.

23. 공자 일행이 광읍(匡邑)에서 습격을 만나 피신했을 때, 안연(顏
淵)이 뒤늦게 왔다. 공자께서 말씀하셨다.
"나는 네가 죽은 줄만 알았다."
안연이 말했다.
"선생님이 계시는데 제가 어찌 죽겠습니까?"

子畏於匡顏淵後 子曰 吾以女爲死矣 曰 子在回何敢死.

●**평석** 사제 간의 애정이 그대로 표현되어 눈물겹도록 아름다운 대화
다. 자기 분신(分身)처럼 제자를 아끼는 스승과, 스승을 하늘처럼 우러
러 받드는 제자! 이런 사이이니, 안연이 죽자 공자가 통곡도 할 만하
다. 광(匡)에서 위기를 당한 일은 〈자한편〉 제5장에 나온다.

24. 계자연(季子然)이 물었다.

"중유(仲由)와 염구(冉求)는 훌륭한 신하라고 할 수 있습니까?"

공자께서 말씀하셨다.

"나는 좀 더 다른 일을 물으실 줄 알았더니 유(由)와 구(求) 말입니까? 대개 훌륭한 신하는 도(道)로써 주군(主君)을 섬기다가 뜻대로 안 되면 물러납니다만, 지금 유와 구는 숫자만 채우는 신하라 할 수 있습니다."

"그러면 무슨 말에나 따르는 사람입니까?"

공자께서 말씀하셨다.

"아버지나 임금을 죽이라고 한다면 역시 따르지 않을 것입니다."

> 季子然問 仲由冉求可謂大臣與 子曰 吾以子爲異之問 曾由
> 與求之問 所謂大臣者 以道事君 不可則止 今由與求也 可謂
> 具臣矣 曰 然則從之者與 子曰 弑父與君 亦不從也.

● **주해** 大臣(대신) 여기서는 훌륭한 신하의 뜻. 曾(증) 이에. '내(乃)'와 같음. 具臣(구신) 형식적으로 숫자만 갖춘 신하.

● **평석** 계자연은 노나라의 실질적 지배자였던 계씨(季氏)의 한집안으로, 그는 자기네가 자로와 염구 같은 명사를 신하로 데리고 있는 것을 자랑으로 여겨 공자에게 두 사람의 칭찬을 하게 할 작정이었다. 두 사람이 훌륭하면 할수록 자기 어깨가 으쓱해질 테니까. 공자는 그런 심리를 미리 알고 있었으므로 두 제자를 깎았다. 간할 때 간하지 못하니 그것이 어디 신하냐고.

그러나 이 말은 사실로는 계씨를 욕한 것이 되는데, 모욕당한 줄도 모르는 귀족 청년이 '그러면 무슨 말에나 따르는 사람이냐?'는 어리석은 질문을 하자, 공자는 아픈 데를 찔렀다. 아버지나 임금 죽이는 음모에는 가담하지 않을 것이라고. 군주를 군주로 대접하지 않는 계씨에게 보내는, 말의 폭탄이었다.

25. 자로(子路)가 자고(子羔)를 계씨(季氏)의 영지(領地)인 비읍 (費邑)의 관리가 되게 했다. 공자께서 말씀하셨다.

"배우고 있는 청년을 도리어 망치지 않는가?"

자로가 대답했다.

"거기에도 백성이 있고 사직이 있습니다. 어찌 책을 읽는 것만이 학문이라 하겠습니까?"

공자께서 말씀하셨다.

"그러므로 언변 있는 자가 미운 것이다."

子路使子羔爲費宰 子曰 賊夫人之子 子路曰 有民人焉 有社稷焉 何必讀書然後爲學 子曰 是故惡夫佞者.

● **주해** 費(비) 비읍은 계씨의 본거지가 되는 장원(莊園)으로 노나라 남쪽의 관문이라고도 할 만한 요지에 있었다. 견고한 성으로 에워싸인 이곳은 많은 병사가 지키고 있었다. 그리하여 세력이 커지자 그곳 관리자는 성을 거점으로 계씨에게 반기를 든 적도 있었다. 《사기》에는 자고가 후읍(郈邑)의 관리자가 되었다고 기록되어 있는데, 어느 쪽이 정확한지는 알 수 없다.

● **평석** 자고는 공자보다 30세 아래였다. 그러므로 공자의 제자 중에서는 중년에 속한다. 《사기》에 의하면 그는 5척 미만의 작은 키로 외모가 보잘것없었던 같고, 본편 제18장의 인물평에서도 어리석다는 말을 들은 사람이다. 자로의 추천으로 그가 비읍의 책임자가 되었을 때, 직역하면 공자는 이렇게 말하였다. "남의 아들을 망치지 않는가?" 이 말의 의미는 무엇일까? 어리석은 그가 그런 요직에 나아가게 되었으므로 자칫하다가는 도리어 해를 입을 것이라는 말인가. 사실 그렇게 보는 설도 있었다. 그러나 자로가 독서만이 공부냐고 대든 것을 보면 공자가 걱정한 것은 공부를 중단하게 된다는 점이었던 것 같다. 자로

의 반박은 이론으로는 옳지만, 사실은 학문의 중단을 가져오겠기에, 공자는 언변 있는 자가 밉다고 하였다.

26. 자로(子路)와 증석(曾晳)과 염유(冉有)와 공서화(公西華)가 공자를 모시고 앉아 있었다. 공자께서 말씀하셨다.

"내가 너희들보다 얼마쯤 나이를 더 먹었다 해서, 꺼릴 것은 없다. 평소에 너희들은 '나를 조금도 몰라준다'라고 불평하는데, 만약 누군가가 너희들을 알아준다면 어떤 일을 하고 싶으냐?"

말씀이 떨어지기 무섭게 자로가 일어나 대답했다.

"천승(千乘)의 나라가 대국 사이에 끼어 그 침략을 받고, 덧붙여서 기근이 일어났다고 할 때, 제가 그 나라의 정치를 맡는다면 3년 안에 용감하고 책임 있는 국민을 만들 자신이 있습니다."

그 말에 공자께서는 웃으셨다.

"염유야, 너는 어떠냐?"

염유가 대답했다.

"사방 6, 70리나 5, 60리의 나라를 제가 다스린다면, 3년 안에 국민을 넉넉히 살 수 있게 할 수 있습니다. 그러나 문화적인 시책은 그럴 만한 군자에게 부탁하겠습니다."

공자께서는 다시 물으셨다.

"공서화야, 너는 어떠냐?"

공서화가 대답했다.

"제가 말하는 것은 자신이 있음이 아니라, 배워서 그렇게 되었으면 하는 것뿐입니다. 종묘의 제사나 제후 간의 회담에서, 현단(玄端)과 장보(章甫)를 쓰고 의식의 진행을 맡고 싶습니다."

공자께서 말씀하셨다.

"증석아, 너는 어떻게 하려느냐?"

슬(瑟)을 퉁기고 있던 증석은 한 줄을 탕 퉁기며 슬을 놓고 일어나 대답했다.

"제 생각은 세 사람 것과는 좀 다릅니다…."

"무슨 관계가 있느냐? 각기 자기 뜻을 말하는 것뿐이다."

증석이 말했다.

"늦은 봄날에 봄옷이 다 지어지면, 대여섯 명의 젊은이와 예닐곱의 아이들을 데리고 기수(沂水)에 가서 목욕하고 기우대(祈雨臺)에 올라 바람을 쐰 다음, 시를 읊고 돌아올까 합니다."

공자께서는 무릎을 치며 감탄하시면서 말씀하셨다.

"나는 증석을 따르리라."

세 사람이 물러나고 증석만 뒤처졌을 때 증석이 물었다.

"저 세 사람의 뜻은 어떻게 생각하십니까?"

공자께서 말씀하셨다.

"각기 희망을 말한 것뿐이니 무슨 말을 하랴."

"선생님께서는 왜 자로의 말에 웃으셨습니까?"

"나라를 다스리는 데는 예(禮)가 필요한데, 자로의 말에는 겸손함이 없었다. 그래서 웃었다. 염유의 경우도 나라와 관련되지 않지만 6, 70리나 5, 60리 사방이 어찌 나라가 아니랴? 공서화의 경우도 나라와 관련되어 있지는 않으나 종묘나 회담이 제후의 일이 아니고 무엇이냐? 같은 나라의 큰일이지만, 두 사람의 겸양하는 태도는 자로와 달랐다. 공서화가 진행을 맡는다면 누가 의식 전체를 감독하겠느냐?"

子路·曾晳·冉有·公西華侍坐 子曰 以吾一日長乎爾 毋吾以也 居則曰不吾知也 如或知爾 則何以哉 子路率爾而對曰千乘之國 攝乎大國之間 加之以師旅 因之以饑饉 由也爲之比及三年 可使有勇 且知方也 夫子哂之 求 爾何如 對曰 方六七十 如五六十 求也爲之 比及三年 可使足民 如其禮樂以俟君子 赤 爾何如 對曰 非曰能之 願學焉 宗廟之事 如會

同 端章甫 願爲小相焉 點 爾何如 鼓瑟希 鏗爾舍瑟而作 對
曰 異乎三子者之撰 子曰 何傷乎 亦各言其志也.
曰 莫春者 春服旣成 冠者五六人 童子六七人 浴乎沂 風乎
舞雩 詠而歸 夫子喟然嘆曰 吾與點也 三子者出 曾晳後 曾
晳曰 夫三子者之言 何如 子曰 亦各言其志也己矣 曰夫子 何
哂由也 曰 爲國以禮 其言不讓 是故哂之 唯求則非邦也與 安
見方六七十 如五六十而非邦也者 唯赤則非邦也與 宗廟會同
非諸侯而何 赤也爲之小 孰能爲之大.

● **주해** 曾晳(증석) 성은 증(曾), 이름은 점(點), 자는 석(晳). 증삼(曾
參)의 아버지며 공자의 제자. 率爾(솔이) 경솔한 모양. 哂(신) 미소를 짓
다, 웃다. 會同(회동) 두 나라의 군주가 만나는 것이 회(會), 여러 나라 군
주가 모이는 것이 동(同). 端章甫(단장보) 단(端)은 현단(玄端)이라는 검
붉은 빛깔의 예복. 장보(章甫)는 예식 때 쓰는 검은 관. 小相(소상) 의식
의 담당자를 상(相)이라 한다. 소상은 의식의 보조자, 대상(大相)은 의
식의 책임자. 鼓瑟(고슬) 슬을 손톱으로 가볍게 튕기는 것. 鏗爾(갱이) 악
기 소리의 형용. 莫春(모춘) 늦은 봄날. 莫는 暮(모)와 같음. 沂(기) 곡부
(曲阜) 교외를 흐르는 강. 크지는 않았으나 중국의 강으로는 비교적 물
이 맑다. 風乎舞雩(풍호무우) 기수의 성문 옆에 기우제를 지내는 흙으로
쌓은 단이 있었다. 이곳에서 바람을 쐬어 목욕한 몸을 말리는 것. 목욕재
계한 다음, 여기에서 비 오기를 바라는 춤을 추는 것이라는 설도 있다.

● **평석** 《논어》에서 가장 장문(長文)으로 알려져 있다. 제자들의 말에
각기 개성이 나타나 재미있고, 특히 증석의 대답은 내용도 내용이려니
와 더할 수 없는 명문임에 틀림없다. 정치에 관심을 가지고 살았던 공
자도 만년에는 자연을 즐기면서 살겠다는 증석의 말에 무릎을 칠 정도
로 마음이 바뀌었을까?
세 제자가 자리에서 물러나 증석과 문답한 것 중에서, '유구즉비방야

여(唯求則非邦也與)'와 '유적즉비방야여(唯赤則非邦也與)'를, 주자는
증석의 질문이라 해석했으나 고주(古注)를 따랐다.

제12 안연편(顔淵篇)

안연과 공자가 인(仁)을 논하는 데서 시작된 이 편은 안연의 이름을 따서 편명으로 삼았다. 두 사람의 인에 관한 문답은 《논어》에서도 가장 유명한 말이기에 〈안연편〉이 특별히 독자의 머리에 남겠지만, 반드시 인의 문제가 〈안연편〉의 주된 내용은 아니다. 도리어 정치나 정책에 관한 그 시대 정치가와의 문답이 자주 나온다. 또한 여러 제자의 질문도 있어서, 학원의 모습이 떠오르기도 한다.

1. 안연(顏淵)이 인(仁)에 관하여 물었다. 공자께서 말씀하셨다. "자기를 이기고 예(禮)로 돌아가는 것이 인이다. 하루라도 몸을 삼가 예로 돌아가면, 천하 사람이 인을 지닌 사람에게로 돌아올 것이다. 인을 행하는 것은 자기에게 달렸으니, 어찌 남을 의지하겠느냐?"

안연이 물었다.

"부디 그 요점을 일러 주시기 바랍니다."

공자께서 말씀하셨다.

"예에 어긋난 것은 보지 말며, 예에 어긋난 것은 듣지 말며, 예에 어긋난 것은 말하지 말며, 예에 어긋난 것은 행하지 않는 일이다."

안연이 말했다.

"제가 비록 불민하나 이 말씀을 받들겠습니다."

顏淵問仁 子曰 克己復禮爲仁 一日克己復禮 天下歸仁焉 爲仁由己 而由人乎哉 顏淵曰 請問其目 子曰 非禮勿視 非禮勿聽 非禮勿言 非禮勿動 顏淵曰 回雖不敏 請事斯語矣.

● **주해** 克己復禮(극기복례) 주자는 극기(克己)를 자기 욕망을 이기는 뜻으로 해석했다. 그러나 공자에게는 자기 욕망을 극복한다든가, 없앤다든가 하는 사상은 없었다. 다만 과도해지지 않도록 누르고 조정하는 일을 생각했을 뿐이다. 따라서 고주의 마융(馬融)이 '극(克)은 약(約)'이라 하여 '자기 몸을 단속한다', '자기 몸을 닦는다'는 뜻으로 해석한 것이, 훨씬 원뜻에 가까울 것이다. 극기복례는 이렇듯 자기 몸을 단속해서 예(禮)의 규범에 맞게 하는 일이라 생각된다. 天下歸仁(천하귀인) 천하 사람이 그 인(仁)을 칭송하는 것이라고 고주에서는 보았다. 그러나 천하 사람이 인자(仁者)에게 귀복(歸服)하는 의미로 생각한 신주가 좋은 것 같다.

● **평석** 인(仁)은 공자의 중심 사상이며, 이에 대한 문답은 《논어》에

여러 번 나왔지만, 이 장과 같이 논리적으로 된 것은 없었던 것 같다. 그만큼 주석자에 따라 여러 가지 해석이 있었다. 작은 자아를 극복함으로써 예로 돌아간다든가, 자기 욕망을 극복함으로써 예로 돌아간다든가 등이 그것이다. 그러나 소아(小我)니 대아(大我)니 하는 생각이라든가, 욕망의 극복 같은 생각은 아마도 불교 전래 이후의 사고방식일 것이다. 공자는 반드시 부귀를 싫어하지 않은 점에서도 알 수 있듯이 욕망을 나쁘게만 생각하지는 않았다. 인간의 욕망은 그것대로 긍정하나 이것을 예로 규제하는 것이 필요하다고 생각했을 뿐이라고 믿어진다.

그러나 이렇게 사회적 규범을 따르는 일은, 그것이 타율적(他律的)으로 이루어져서는 안 되므로 '남에게 의지하는 일이 아니고, 자기에게 달린 문제'라는 단서를 붙인 것이다. 안연이 다시 실천방법을 물었을 때, 공자가 예에 맞지 않는 것은 일체 말라고 한 것은, 일상생활에서의 실천을 떠난 인이란 있을 수 없음을 보인 것이리라. 청(淸)의 반유성(潘維城)은 이것은 위정자의 인에 대해 말한 것이라고 했다.

2. 중궁(仲弓)이 인에 관해 물었다. 공자께서 말씀하셨다.
"문을 나가 밖에서 남과 만났을 때는 언제나 국빈(國賓)을 맞이한 듯이 대하며, 백성을 부릴 때는 종묘에서 큰 제사를 거행하는 듯이 경건한 마음으로 임해야 한다. 자기가 남에게서 당하고 싶지 않은 일은 남에게 하지 않아야 하니, 그렇게 하면 나라를 섬겨도 원망이 돌아오지 않고, 집안에서도 원망을 사는 일이 없을 것이다."
중궁이 말했다.
"제가 비록 불민하나 이 말씀을 받들겠습니다."

仲弓問仁 子曰 出門如見大賓 使民如承大祭 己所不欲 勿施
於人 在邦無怨 在家無怨 仲弓曰 雍雖不敏 請事斯語矣.

●**주해** 仲弓(중궁) 성은 염(冉), 이름은 옹(雍), 자는 중궁. 남이 이름을 부르는 것은 낮춤말[卑辭]이요, 자기가 자기 이름을 부르는 것은 겸손을 나타내는 것이 된다.

●**평석** 공자는 중궁을 '남면(南面)시킬 만하다.'(〈옹야편〉 제1장)라고 말하여 남의 위에 설 인물이라고 높이 평가하였는데, 여기에서도 지도자의 자세를 말했다. 인이란 고정된 덕이 아니라, 어느 때 어느 경우에라도 적용할 수 있는 막힘 없는 정신임을 알 수 있다.

3. 사마우(司馬牛)가 인에 관해 여쭈니 공자께서 말씀하셨다.
"인자(仁者)는 말이 줄줄 나오지 않는다."
"말이 줄줄 나오지 않는 사람은 모두 인을 갖추었다고 할 수 있습니까?"
공자께서 말씀하셨다.
"인을 실천하기가 어려우니, 말도 줄줄 나올 수는 없지 않겠느냐?"

　司馬牛問仁 子曰 仁者其言也訒 曰 其言也訒 斯謂之仁矣乎
　子曰 爲之難 言之得無訒乎.

●**주해** 司馬牛(사마우) 성은 사마(司馬), 이름은 경(耕) 또는 이(犁), 자는 자우(子牛). 송(宋)나라 귀족. 공자가 기원전 492년 송나라에 갔을 때, 공자를 습격하여 죽이고자 한 환퇴(桓魋)는 그의 형이었다. 공자가 노나라로 돌아온 다음, 기원전 484년에 사마퇴는 반란을 일으켰다가 위(衛)나라로 도망하고, 사마우는 도의적 책임을 지고 자기 영지(領地)를 반환한 후 제나라에 망명했다.

●**평석** 이 문답에서 생각해 보건대 사마우는 상당히 말이 많은 사람인 것 같다. 사람을 보고 법(法)을 말하는 공자는 인(仁)의 해설에서도 그 말 많음을 지적했다. 사마우는 이쯤에서 물러나면 좋았으련만 말을

잘하지 못하는 사람은 모두 인을 갖추었다고 할 수 있냐고 반문했다. 말 잘하는 사람의 본색을 발휘한 것으로 어리석은 질문이라고 생각된다. 아닌 게 아니라, 공자는 제압하려는 기색도 보이지 않은 채 실천하기가 어려우므로 말을 잘하지 못하는 것이 아니냐고 맞받아쳤다.

4. 사마우가 군자(君子)에 관해 여쭈니 공자께서 말씀하셨다.
"군자는 근심한다든가 두려워한다든가 하지 않는다."
"근심하지 않고 두려워하지 않으면 모두 군자라고 할 수 있습니까?"
공자께서 말씀하셨다.
"스스로 돌아보아 양심에 꺼리는 바가 없으면 무엇을 근심하고 무엇을 두려워하랴?"

> 司馬牛問君子 子曰 君子不憂不懼 曰 不憂不懼 斯謂之君子
> 矣乎 子曰 內省不疚 夫何憂何懼.

● **평석** 앞 장의 문답과 이어지는 대화 같다. 한번 혼이 나고도 화제를 돌려 군자에 관하여 묻고는 같은 식으로 반문하였다. 사마우에게는 논리를 따지는 버릇이 있었던 것 같다. 그렇기는 해도 공자의 대답은 온정이 가득한 말로 생각된다. 사마우는 형 환퇴(桓魋)가 공자를 죽이려 한 사건에 대해 늘 속으로 꺼림칙하게 여기고 있었을 것이므로, 공자는 그런 사마우의 심리를 알았기에 군자란 근심하지 않고 두려워하지 않는다고 하였을 것이다.

5. 사마우가 근심에 차서 말하였다.
"다른 사람은 모두 형제가 있는데 나만 없다니!"
자하(子夏)가 말했다.
"내가 듣건대 생사는 정해진 바 있고, 부귀 또한 하늘에 매었다 하오. 군자가 행동을 삼가서 잘못이 없고, 남과 사귀는 데 공손하고 예의 바르면, 천하 사람이 모두 형제가 될 것이오. 군자가 어찌 형제 없음을 걱정하겠소."

司馬牛憂曰 人皆有兄弟 我獨亡 子夏曰 商聞之矣 死生有命 富貴在天 君子敬而無失 與人恭而有禮 四海之內 皆兄弟也 君子何患乎無兄弟也.

● **평석** 기원전 492년, 공자 일행이 송(宋)나라에 갔다가 사마우의 형 환퇴의 습격으로 죽을 뻔한 지 9년 후, 환퇴는 마침내 송나라 경공(景公)에게 반기를 들었다가 실패하여 위(衛)나라로 망명했다. 도의적 책임을 느낀 아우 사마우, 즉 상소(向巢)는 영지를 반납하고 제(齊)나라로 떠났다. 그러나 얼마 후 위나라에 있던 형이 제나라로 망명하자, 제나라에서 좋은 대우를 받고 있었는데도, 같이 있기가 부끄러워 노나라로 망명, 그곳에서 일생을 보냈다.

여기 나오는 사마우를, 송나라 환퇴의 동생인 상소와 동일인으로 여기는 데는 이설(異說)이 없지 않다. 《좌전》에 의하면, 기원전 481년 노나라로 도망 온 사마우가 그해에 죽은 것처럼 기록되어 있기 때문이다. 환퇴가 죽은 해에 관해서는 명확하지 않으나 기원전 481년보다는 나중 일이니까, 기원전 481년 노나라로 망명 온 사마우가 곧 공자의 문하생이 되었다 해도, 당시에 환퇴가 살아 있었을 것이므로 여기에 나온 것처럼 형제가 없음을 한탄할 리가 없다. 게다가 그해에 사마우가 죽으므로, 사마우가 송나라에서 노나라로 도망 온 《좌전》의 사마우와 같은 사람일 수 없다는 논리가 선다.

그러나 송나라의 사마우는 제나라로 형인 환퇴가 망명을 오자, 곧 그곳을 떠나 노나라로 간 점에서 미루어 볼 때, 형 환퇴와 형제의 의를 끊은 것이라 보인다. 또 《좌전》 기록을 보면, 기원전 481년 노나라에 도착한 사마우가 얼마 안 되어 죽은 것처럼 보이나, 고대의 설화체 역사는 반드시 그해에 일어난 일을 그해 조항에 쓴다고는 볼 수 없으므로, 사실은 먼 후일에 죽은 것을 도망 온 사건을 기록할 때 거기에 덧붙인 것으로 해석된다. 따라서 앞 장의 공자와의 문답은 기원전 481년부터 공자가 죽은 기원전 479년 사이의 일이지만, 이 자하와의 대화는 공자가 죽은 다음에도 살아 있던 사마우와 자하 사이에 대화한 가능성도 있다.

송나라에서 도망 온 사마우는, 이렇게 책임감이 강한 사람이었으므로 이미 절연했던가, 아니면 사별(死別)했을 자기 형이, 공자 일행을 탄압한 일에 대해 매우 가책을 느끼고 있었던 모양이다. 그래서 앞 장과 같이 공자는 그런 일은 걱정하지 말라고 타이른 것이다. 난폭한 형과는 달리 도의심이 강한 사마우이긴 했어도 말이 많고 좀 경솔한 데가 있어서 공자로부터 군자는 말이 적은 것이라는 충고도 듣곤 하였다. 공자의 말에 대해 그 자리에서 반박하는 행동은, 귀족 출신이었기에 할 수 있는 일인지도 모르겠다.

이 사마우를 송나라 망명 귀족인 사마우와 다른 인물이라고 주장하는 학설은 요컨대《좌전》기사를 세밀히 읽지 않고, 그 기술 방식에 대한 이해 부족에서 나온 것이므로, 역자는 앞에서 말한 대로 두 사람은 같은 인물이라고 확신한다. 의절했던가, 아니면 사별한 형 때문에 그 형으로부터 도망해서 노나라까지 흘러 왔든, 도덕의식이 강한 사마우가 지니고 있었던 깊은 고독감에서 자하와의 대화가 이루어졌다고 믿어진다. '천하 사람이 모두 형제(四海之內 皆兄弟也)'라는 말은 동지 간의 우애를 표현하는 뜻에서 지금도 사용되고 있다.

6. 자장(子張)이 총명에 관해 묻자 공자께서 말씀하셨다.
"물처럼 스며드는 헐뜯음과, 살을 에는 듯한 간절한 호소가 통하지 않을 정도라면, 총명이라고 말해도 좋으리라. 물처럼 스며드는 헐뜯음과, 살을 에는 듯한 간절한 호소가 통하지 않을 정도라면, 멀리 보는 식견을 가졌다고 말해도 좋으리라."

子張問明 子曰 浸潤之譖 膚受之愬 不行焉 可謂明也已矣 浸
潤之譖 膚受之愬 不行焉 可謂遠也已矣.

● **주해** 浸潤之譖(침윤지참) 물처럼 스며드는 듯 마음에 스며오는 헐뜯는
말. 膚受之愬(부수지소) 고주(古注)에서는 피부처럼 천박한 말이라고 했
으나, 신주(新注)처럼 살을 에는 듯한 간절한 호소라고 보는 것이 좋다.

● **평석** '물처럼 스며드는 헐뜯음과, 살을 에는 듯한 간절한 호소(浸潤
之譖 膚受之愬)'라는 표현은, 과연 감각이 뛰어난 공자의 말로 매우 신
선하다. 어지러운 여러 정보를 냉정히 이해하고 비판하여, 그런 데 좌
우되지 않는 것이야말로 참다운 지성인이라 할 수 있고, 더욱 그것은
정치인이 갖추어야 할 필수조건이기도 하다.

7. 자공(子貢)이 정치에 대해 여쭈니 공자께서 말씀하셨다.
"먹을 것을 충분하게 하고, 군비를 충분하게 하고, 백성들에게 신
뢰를 받아야 한다."
자공이 물었다.
"만약 부득이한 사정으로, 그 셋 중에서 어느 하나를 없애야 한다
면, 어느 것을 먼저 해야 합니까?"
"군비를 없애야 한다."
자공이 다시 물었다.
"만일 부득이한 사정으로, 그 둘 중에서 어느 하나를 없애야 한다
면, 어느 것을 먼저 해야 합니까?"
"먹을 것을 없애야 한다. 옛날부터 죽지 않는 사람은 없다. 그러
나 백성의 신뢰를 받지 못한다면, 나라가 유지되지 않는다."

子貢問政 子曰 足食足兵 民信之矣 子貢曰 必不得已而去 於
斯三者何先 曰 去兵 子貢曰 必不得已而去 於斯二者何先 曰

去食 自古皆有死 民無信不立.

●**평석** 나라가 유지되기 위해서는 생활·국방·백성의 신뢰 모두 필요할 것이다. 그러나 국방보다는 생활이요, 생활의 보장보다는 백성의 신뢰라는 말은, 과연 공자답다 싶어 머리가 절로 숙여진다.

8. 극자성(棘子成)이 말했다.
"군자는 실질적인 것을 지니고 있으면 되니, 형식이야 무슨 필요가 있으랴."
자공(子貢)이 말했다.
"애석하다, 그분의 군자에 대한 말씀은. 말은 일단 입에서 나오면, 네 마리 말이 끄는 마차로는 쫓아갈 수 없는 것이다. 형식의 미를 갖춘 것이나 갖추지 않은 것이나 같으며, 형식의 미를 갖추지 않은 것이나 갖춘 것이나 같다고 하면, 호랑이나 표범의 다룸가죽이 개나 양의 다룸가죽과 마찬가지일 것이다."

棘子成曰 君子質而已矣 何以文爲 子貢曰 惜乎 夫子之說君子也 駟不及舌 文猶質也 質猶文也 虎豹之鞟 猶犬羊之鞟.

●**주해** 棘子成(극자성) 위(衛)나라 대부라고 하나, 자공이 '부자(夫子)'라고 부른 것을 보면 귀족 신분 같다. 鞟(곽) 가죽에서 털을 뽑은 것. 다룸가죽.

●**평석** 실질과 외형, 내용과 형식은 문화의 두 얼굴이라 할 수 있다. 공자는 예(禮)를 논함에 있어서 둘 중에서 하나를 취한다면 실질적인 것을 택하겠다고 말한 적이 있다.(〈선진편〉 제1장) 그러나 이것은 부득이한 경우에 그렇게 하겠다는 것이지, 형식이 무시되어도 좋다는 말은 아니다. 세상에는 껍데기뿐인 형식에만 얽매이는 사람이 있거니와

이것을 비판할 정도가 되면, 형식이 무슨 소용이냐, 실질적인 내용이 문제라고 주장하기 쉽다. 여기 나오는 극자성이 그런 사람이었던 것 같다. 자공의 비평은, 과연 일대의 수재답게 명석하다.

9. 애공(哀公)께서 유약(有若)에게 물으셨다.
"금년은 흉년이어서 재원이 부족하다. 어떻게 하면 좋겠는가?"
유약이 대답했다.
"어찌하여 10분의 1을 받는 세법을 쓰시지 않습니까?"
"10분의 2로도 모자라는데, 어떻게 10분의 1을 취하는 세법을 쓰겠는가?"
유약이 대답했다.
"백성들의 생활이 넉넉하다면 군주께서는 누구와 더불어 모자란다고 하시겠습니까? 또 백성들의 생활이 넉넉하지 못하다면 군주께서는 누구와 더불어 넉넉하다고 하시겠습니까?"

　　哀公問於有若曰 年饑用不足 如之何 有若對曰 盍徹乎 曰 二
　　吾猶不足 如之何其徹也 對曰 百姓足君孰與不足 百姓不足
　　君孰與足.

●**주해** 徹(철) 주(周)나라 세법으로, 수확의 10분의 1을 징수하는 것. 철(徹)은 통(通)이니, 천하에 통하는 법이라 해서 이름이 붙었다. 노나라에서는 선공(宣公) 때부터 10분의 2를 징수하였다.

●**평석** 국가의 재원은 백성에게서 나오므로, 백성의 생활이 윤택해지면 재원도 늘 것이다. 유약이 말한 세금 정책은, 장기경제(長期經濟)에서 말한 것으로, 이것은 전형적인 유교의 재정론이라고 말해도 좋겠다. 다만 눈앞의 재정 부족을 메꾸는 정책으로는 적합하지 못한 것이 문제였다. 그래서 정치가의 처지에서는 서생론(書生論)으로밖에는 보

이지 않았을 것이다.

10. 자장(子張)이 '덕을 높이고 미혹(迷惑)을 가린다'는 속담에 관하여 물었다. 공자께서 말씀하셨다.

"성실과 신의를 중히 여기며, 정의에 접근해 감이, 덕을 높이는 일이다. 사랑할 때는 상대가 오래 살기를 바라고, 미워지면 죽기를 바라는 사람이 있다. 이렇게 살기를 바랐다가 죽기를 바랐다가 하는 등의 행동이 미혹이다."

　　子張問崇德辨惑 子曰 主忠信徙義 崇德也 愛之欲其生 惡之
　　欲其死 旣欲其生 又欲其死 是惑也.

● **평석** 사랑스러우면 오래 살기를 바라고, 미워지면 죽기를 바란다는 비유는, 인정의 기미(機微)를 알지 못하면 말하지 못할 것이니, 공자는 애욕의 세계에 대하여도 알고 있는 것 같다. 사실 이 장 끝에는 '성불이부 역지이이(誠不以富, 亦祇以異)'라는 여덟 자가 더 있는데, 이것은 주자의 설을 따라, 〈계씨편〉 제12장의 첫머리에 있을 것이 잘못 끼어든 것으로 보고, 그곳으로 옮겨 읽기로 한다.

11. 제나라 경공(景公)이 정치에 관해 공자께 물으셨다. 공자께서 대답하셨다.

"임금은 임금답게, 신하는 신하답게, 아비는 아비답게, 자식은 자식답게 하는 일입니다."

경공이 말씀하셨다.

"좋은 말씀입니다! 참으로 임금이 임금답지 못하고, 신하가 신하답지 못하고, 아비가 아비답지 못하고, 자식이 자식답지 못하다면 비록 곡식이 있은들 내가 어찌 이것을 먹고 살 수 있겠소."

齊景公問政於孔子 孔子對曰 君君 臣臣 父父 子子 公曰 善
哉 信如君不君 臣不臣 父不父 子不子 雖有粟 吾得而食諸.

● **주해** 齊景公(제경공) 이름은 저구(杵臼). 기원전 547년부터 기원전
490년까지 제나라 군주로 있었다.

● **평석** 신주(新注)에서는 공자가 제나라에서 망명 생활을 하던 기원
전 517년에서 기원전 515년 사이의 문답일 것이라 했다. 그러나 당
시의 공자는 아직 무명의 청년에 지나지 않았으므로, 큰 나라의 군주
와 만나 그 자문에 응한다는 것은 불가능하다고 보아야 한다. 이에 비
해 기원전 500년 노나라 정공(定公)과 제나라 경공이 협곡(夾谷)에
서 회담했을 때 이 문답이 있었을 가능성이 크다. 이때는 이미 공자의
명성은 중국 전체에 떨쳐 있었고, 또 노나라의 사법부 장관 자격으로
정공을 수행해 이 회담에 참석했기 때문이다.
어떤 문제에 대해서나 구체적으로 그 사람에게 맞게 대답하는 것이 공
자의 일관한 태도였거니와, 경공이 물은 정치에 대해서도 공자의 답변
은 매우 구체적이어서, 경공의 아픈 데를 찌르고 있다. 당시 제나라
실권은 군주를 떠나, 진항(陳恒)이라는 귀족이 세도를 부리고 있었다.
무력한 군주였던 경공은 권신을 누를 생각은 조금도 하지 않고, 도리
어 개인 재산을 늘리는 데만 급급하였으며, 가정생활도 어지러워 비빈
이 너무 많고 아들 중에서 태자도 책봉하지 않은 상태였다. 이런 경공
에게, '임금은 임금답게, 신하는 신하답게, 아비는 아비답게, 자식은
자식답게!'란 말이 참으로 가슴 아프게 들렸을 것이다. 그러기에 겉으
로는 그 말에 동조하는 체한 것은 그의 진심이 아니라 하나의 위장이
라고 볼 수 있다.

12. 공자께서 말씀하셨다.
"한쪽 말만 듣고도 판결을 내릴 수 있는 것은 자로일 것이다."

자로는 승낙한 일은 다음 날로 연기하는 일이 없었다.

　　子曰 片言可以折獄者 其由也與 子路無宿諾.

● 주해　片言可以折獄(편언가이절옥) 편언(片言)은 원고나 피고 중의 한쪽 말. 재판에서 원고나 피고의 진술을 양사(兩辭)라 했는데, 한쪽 말만으로 재판하는 것. 절(折)은 판단, 옥(獄)은 재판.

● 평석　자로의 과단성을 공자는 위태로워하면서도 호감으로 보았던 것이리라. '자로무숙낙(子路無宿諾)'은 제자들이 《논어》를 편찬할 때 추가한 문장으로 보아야 할 것이다.

13. 공자께서 말씀하셨다.
"소송을 처리하면 나도 다른 사람과 다름이 없을 것이나, 구태여 말한다면 소송이 일어나지 않도록 노력할 것이다."

　　子曰 聽訟吾猶人也 必也使無訟乎.

● 평석　재판을 잘 처리하는 것보다는, 분쟁이 처음부터 일어나지 않도록 하는 것이 중요하다고 공자는 생각했다.

14. 자장(子張)이 정치에 관해 여쭈니 공자께서 말씀하셨다.
"자리에 있을 때는 태만함이 없어야 하며, 일을 행하는 데는 성의를 가지고 임해야 한다."

　　子張問政 子曰 居之無倦 行之以忠.

● 주해　居(거) 매일 아침, 정전(正殿) 앞뜰에 신하들이 모여 군주에게 인사하고, 중요한 정책을 의결하였는데, 관직의 서열에 따라 서는 자리

가 정해져 있었다. 이 자리에 서 '있는 것'. 行(행) 조회에서 돌아와, 회의에서 의결한 일을 처리하는 것.

15. 공자께서 말씀하셨다.
"학문에 뜻을 둔 사람이 널리 문헌을 읽고, 그 지식을 예(禮)로 단속해 간다면, 도에서 벗어나지는 않으리라."

子曰 博學於文 約之以禮 亦可以弗畔矣夫.

● **평석** 〈옹야편〉제27장과 완전히 같고, 〈자한편〉제11장에도 같은 말이 나온다.

16. 공자께서 말씀하셨다.
"군자는 남의 좋은 점을 이루도록 돕지만, 남의 나쁜 점을 이루도록 돕지는 않는다. 소인은 이와 반대다."

子曰 君子成人之美 不成人之惡 小人反是.

17. 계강자(季康子)가 공자에게 정치에 관해 물었다. 공자께서 대답하셨다.
"정(政)은 정(正)입니다. 대감 자신이 바르게 처신하신다면, 누가 감히 바르지 않겠습니까?"

季康子問政於孔子 孔子對曰 政者正也 子帥以正 孰敢不正.

● **주해** 帥以正(수이정) 정경(正卿), 즉 한 나라의 총리인 계강자 자신이 솔선하여 바르게 처신한다면. 以를 而로 해석하는 사람도 있으나 의미에는 큰 차이가 없다.

●**평석** 공자는 온후하고 예절 바르면서도, 누구 앞에서나 할 말은 했다. 노나라의 실질적 지배자인 계강자 자신이 바르게 처신하는 것이, 노나라를 바로잡는 길이라고 거리낌 없이 말했다.

18. 계강자가 도둑이 많음을 걱정해서, 그 대책을 공자에게 물었다. 공자께서 대답하셨다.
"만약 대감께서 탐욕을 버리신다면, 국민은 상을 준다고 해도 도둑질하지 않을 것입니다."

   季康子患盜問於孔子 孔子對曰 苟子之不欲 雖賞之不竊.

●**평석** 나라에 도둑이 들끓는 것이 집권자의 탐욕과 관계있다는 공자의 주장에는 두 가지 근거가 있다고 보여진다. 하나는 계강자가 자기 재산을 늘리기 위해 백성들에게서 무거운 세금을 징수하므로, 가난하게 된 양민이 도둑이 될 수가 있다는 일이다. 또 하나는, 그러한 집권자의 부정이 그대로 통용됨으로써 국민의 도덕심이 마비되는 까닭에, 어떤 나쁜 짓을 하건 당장 잘살면 된다는 사고방식을 가져와 도둑이 늘어나는 일이다. 공자의 이 말은, 도둑을 없앨 걱정을 하는 당신이야말로 가장 큰 도둑이 아니냐는 말이 된다.

19. 계강자가 정치에 관해 공자에게 물었다.
"나쁜 무리를 사형에 처하여, 백성들을 좋은 방향으로 나아가게 하면 어떻습니까?"
공자께서 대답하셨다.
"대감께서 백성을 다스리심에, 어찌 사형을 쓰실 필요가 있습니까? 대감께서 착해지려고 노력하시면 백성들은 저절로 착해집니다. 군자의 덕이 바람이라면, 소인의 덕은 풀입니다. 풀 위에 바람이 불면 반드시 쏠리는 법입니다."

季康子問政於孔子曰 如殺無道 以就有道 何如 孔子對曰 子
爲政 焉用殺 子欲善 而民善矣 君子之德風 小人之德草 草
上之風必偃.

● **주해** 無道(무도) 종래의 주석은 도덕에 어긋나는 일로 해석해왔다. 한
(漢)나라의 법률 용어에서는, 불법 행위를 '부도(不道)'라 불렀다. 이 무
도는 그 부도와 같으니, 불법 행위를 말하는 것이지, 단순한 반도덕적인
행위가 아니다. 偃(언) 나부끼다, 쏠리다.

● **평석** 계강자는 치안이 악화한 것을 바로잡기 위해 형법을 고쳐, 불
법을 저지른 자는 모두 사형에 처함으로써, 백성들을 좋은 방향으로
이끌어 가려 했다. 이런 법률 만능주의에 반대한 공자는 어디까지나
덕치주의(德治主義)를 강조했다.

20. 자장(子張)이 물었다.
"선비가 어떠해야 '통달'이라 할 수 있습니까?"
공자께서 말씀하셨다.
"무슨 뜻이냐, 네가 말하는 '통달'은?"
자장이 대답했다.
"나라를 섬겨도 명성이 있고, 호족(豪族)을 섬겨도 명성이 있는 일
입니다."
공자께서 말씀하셨다.
"그것은 '명성'이지 '통달'은 아니다. 대저 '통달'이란 마음이 곧고 정
의를 사랑하며, 상대의 말을 잘 살펴서 듣고 안색을 통해 마음을
이해하며, 잘 생각하여 남에게 겸손함이니, 나라를 섬겨도 반드시
통달하고, 호족을 섬겨도 반드시 통달한다. 대개 '명성'은 겉으로는
인(仁)한 것처럼 하고 있어도 실행에서는 이것을 어기며, 이 방식
에 만족하여 의문을 가지지 않음이니, 그러기에 나라를 섬겨도 명

성이 있고, 호족을 섬겨도 명성이 있다."

子張問 士何如 斯可謂之達矣 子曰 何哉 爾所謂達者 子張
對曰 在邦必聞 在家必聞 子曰 是聞也 非達也 夫達也者 質
直而好義 察言而觀色 慮以下人 在邦必達 在家必達 夫聞也
者 色取仁而行違 居之不疑 在邦必聞 在家必聞.

●**주해** 達(달) 사물의 이치나 지식, 기술 등을 훤히 알아 통함. 통달. 邦
(방) 국가. 家(가) 경(卿)과 대부 등의 귀족의 집. 호족(豪族). 聞(문) 말
로써 사회적 지위를 얻는 것. 명성(名聲).

●**평석** 공자의 제자 중에는 귀족 태생이 적었고, 대부분은 재능을 가
지고 지위를 얻고자 하는 신흥 사족(士族)이었다. 그러기에 그들이 공
자 문하에 모인 것은, 단순히 인격 수양이라든가 학문 연구라든가 하
는 것만은 아니었고, 어떻게 하면 취직할 수 있을까 하는 점에 부단히
관심을 지니고 있었다. 공자는 실력으로 진로를 개척해 갈 수 있다고
믿고 있었다.

21. 번지(樊遲)가 공자를 모시고 기우대(祈雨臺) 근처에 놀러갔을
때 말했다.
"'덕을 높이고 악을 제거하고 미혹을 가린다'는 말에 관해 감히 여쭈
고자 합니다."
공자께서 말씀하셨다.
"좋은 질문이다. 일을 먼저 하고 보수는 뒤에 바라는 것이 덕을 높
이는 일 아니겠는가? 자기의 나쁜 점을 꾸짖고 남의 나쁜 점을 꾸
짖지 않는 것이 악을 제거하는 일이 아니겠는가? 한때의 분에 이
성을 잃어, 가까운 사람에게까지 화를 미치게 하는 것이 미혹이 아
니겠는가?"

樊遲從遊於舞雩之下曰 敢問崇德修慝辨惑 子曰 善哉問 先
事後得 非崇德與 攻其惡 無攻人之惡 非修慝與 一朝之忿
忘其身 以及其親非惑與.

● **주해** 樊遲(번지) 성은 번(樊), 이름은 수(須), 자는 자지(子遲). 공자
보다 36세 아래. 舞雩(무우)〈선진편〉제26장 참조. 崇德(숭덕)… 옛사람
의 교훈이라 해서 전승된 말이니, 제자들은 그런 것을 암송해야 했다. 그
런데 의미를 잘 몰라 물은 것이다.('崇德辨惑'은 본편 제10장에도 나왔
다)

● **평석** 공자의 교육은,《서경》을 읽고《시경》을 슬(瑟)의 반주에 맞추
어 읊으며, 또 예부터 전해 오는 격언 같은 것을 외우는 일이었던 것
같다. 그런 격언을 외우게만 했으므로, 의미가 잘 이해되지 않아 질문
한 것이리라. 그것을 좋은 질문이라고 칭찬한 것을 보면, 모르는 것이
있어도 여간해서는 묻지 못했던 것 같다.

22. 번지(樊遲)가 인에 관해 물었다. 공자께서 말씀하셨다.
"남을 사랑하는 일이다."
지(知)에 관해서 묻자, 공자께서 말씀하셨다.
"사람을 아는 일이다."
번지는 이해가 되지 않아 어리둥절했다. 공자께서 말씀하셨다.
"곧은 자를 사용해서 곧지 않은 자 위에 놓으면, 곧지 않은 자를 곧
게 할 수 있다."
번지는 물러 나와 자하(子夏)를 만나 물었다.
"아까 선생님께 지(知)에 관해 여쭈니, 선생님께서는 '곧은 자를 사
용하여 곧지 않은 자 위에 놓으면, 곧지 않은 자를 곧게 할 수 있
다'고 말씀하셨는데 무슨 뜻일까요?"
자하가 말했다.

"풍부하구나, 그 말씀은. 순(舜)임금이 천하를 지배했을 때, 여러 사람 중에서 가려 고요(皐陶)를 기용하셨으므로 악인들이 물러갔고, 탕(湯)임금이 천하를 다스릴 때 여러 사람 중에서 가려 이윤(伊尹)을 기용하셨으므로 악인이 물러갔소."

樊遲問仁 子曰 愛人 問知 子曰 知人 樊遲未達 子曰 <u>擧直錯</u>
<u>諸枉 能使枉者直</u> 樊遲退見子夏曰 鄕也 吾見於夫子而問知
子曰擧直錯諸枉 能使枉者直 何謂也 子夏曰 富哉 言乎 舜
有天下 選於衆擧皐陶 不仁者遠矣 <u>湯</u>有天下 選於衆擧<u>伊尹</u>
不仁者遠矣.

● **주해** 擧直錯諸枉(거직착저왕) 〈위정편〉 제19장 참조. 皐陶(고요) 순(舜)이 고요를 재판관으로 삼았더니, 크게 천하의 치적(治蹟)이 올랐다고 한다. 湯(탕) 하(夏) 왕조를 멸하고 은(殷)을 세운 임금. 伊尹(이윤) 탕왕을 돕고 그 아들 태갑(大甲)을 보좌한 은나라의 이름난 신하.

23. 자공(子貢)이 친구와의 교제에 관해 물었다. 공자께서 대답하셨다.
"충고하여 선한 길로 이끌어 가되, 듣지 않으면 거기서 그쳐, 자기에게 욕이 돌아오지 않게 하여야 한다."

子貢問友 子曰 <u>忠告</u>而善道之 不可則止 無自辱焉.

● **주해** 忠告(충고) 요즘도 많이 쓰는 말이지만, 이것은 의미가 좀 더 무거울 것이다. 진실한 마음으로 깨우쳐 주는 일.

● **평석** 자공은 재주가 있고 언변에 능하였는데, 남의 일에 너무 개입하는 경향이 있기에 공자는 이를 충고한 것으로 보인다. 개인의 자유

를 중하게 여기는 의미에서, 교우(交友)의 본질을 밝혔다고 할 수 있다.

24. 증자(曾子)가 말했다.
"군자는 학문으로 친구를 모으고, 벗과 교제함으로써 인의 덕을 닦아가는 도움을 삼는다."

　曾子曰 君子以文會友 以友輔仁.

● **주해**　以文會友(이문회우) 문(文)은 주대(周代)의 고전인 시(詩)·서(書)·예(禮)·악(樂) 등을 가리킨다. 여기서는 이런 고전의 학습으로, 벗과 회합한다는 뜻.

제7권

제13 자로편(子路篇)

자로와 정치 문제를 문답하는 것으로 시작하는 본편은, 특별한 주제를 찾기는 힘들다. 그러나 〈안연편〉에도 나타나 있지만, 정치적인 관심이 고조되어, 그런 성격의 문답이 학문론을 압도하는 경향을 알 수 있다. 그와 함께, 정치 개혁에 실패해서 은퇴한 만년의 공자 마음속에, 진정한 왕자(王者)에 의한 중국의 통일과, 평화로운 시대가 도래할 것에 대한 희망이 싹트고 있음을 알 수 있다.

1. 자로(子路)가 정치에 관해 물었다. 공자께서 말씀하셨다.

"백성의 선두에 서서 일하고 백성을 어루만져주라."

자로가 좀 더 말씀해 주실 것을 청하자, 말씀하셨다.

"태만에 빠지지 말도록 해라."

> 子路問政 子曰 先之勞之 請益 曰 無倦.

● **주해** 勞之(노지) 신주(新注)에서는 자신이 수고롭게 애쓰는 것이라 보았으나, '위로하다, 어루만져주다'라는 정현(鄭玄)의 주석을 따른다.

● **평석** 자로는 매우 적극적인 성격이었으므로 백성의 선두에 서서 일한다든가, 백성을 어루만져준다든가 하는 것만으로는 마음에 차지 않았는지도 모른다. 그래서 좀 더 특별한 가르침을 기대하였으나, 공자는 그것만으로 충분하며, 다만 도중에서 열정이 식지 않도록 하라고 일침을 놓았다.

2. 중궁(仲弓)이 계씨(季氏)의 집사(執事)가 되어 정치에 관해 물었다. 공자께서 말씀하셨다.

"관리가 먼저이다. 작은 잘못은 눈감아주고, 유능한 인재를 기용하라."

"유능한 인재를 발견하여 기용하는 데는 어떻게 해야 합니까?"

"네가 아는 유능한 사람을 기용하면 된다. 네가 모르는 인재야 사람들이 버려두겠느냐?"

> 仲弓爲季氏宰問政 子曰 先有司 赦小過 擧賢才 曰 焉知賢才而擧之 曰 擧爾所知 爾所不知 人其舍諸.

● **평석** 큰돈을 주고 죽은 말의 뼈를 사들였다는 이야기가 있다. 얼마

동안 그렇게 했더니, 천리마가 여기저기서 나타났다고 한다. 정치의 요체(要諦)는 인재를 얻는 데 있고, 인재를 얻기 위해서는 아는 범위 안에서 선발하여 우대하면, 저절로 사람이 모일 것이라는 말이다.

3. 자로가 물었다.
"위(衛)나라 군주께서 선생님을 맞이하여 정치를 맡기신다면 무엇부터 먼저 하시겠습니까?"
공자께서 말씀하셨다.
"무엇보다 이름을 바로잡고 싶다."
자로가 말했다.
"그러니까 곤란합니다, 선생님의 비현실적인 것이! 왜 하필 그것을 바로잡으시겠다는 것입니까?"
공자께서 말씀하셨다.
"거칠구나, 자로야. 군자는 자기가 모르는 일에 대해서는 모르는 체하는 법이다. 대저 이름이 바르지 않으면 말이 잘 통하지 않고, 말이 통하지 않으면 일이 이루어지지 않고, 일이 이루어지지 않으면 예악(禮樂)이 흥성해지지 않고, 예악이 흥성해지지 않으면 형벌이 공정을 잃고, 형벌이 공정을 잃으면 백성은 손발 둘 곳이 없어진다. 그러므로 군자는 이름을 붙이면 반드시 바르게 함으로써 순조롭게 말할 수 있도록 하며, 말을 하면 반드시 실행하도록 하니, 군자는 자기 말에 대해서 경솔하게는 하지 않는다."

子路曰 衛君待子而爲政 子將奚先 子曰 必也正名乎 子路曰
有是哉 子之迂也 奚其正 子曰 野哉 由也 君子於其所不知
蓋闕如也 名不正 則言不順 言不順 則事不成 事不成 則禮
樂不興 禮樂不興 則刑罰不中 刑罰不中 則民無所措手足 故
君子名之 必可言也 言之必可行也 君子於其言 無所苟而已

矣.

● **주해** 衛君(위군) 위나라 출공(出公) 첩(輒)을 가리킴. 그는 기원전 492년에서 481년까지 군주로 있었다. 正名(정명) 이름, 즉 말과 실(實), 내용과 일치해야 함은 말할 나위도 없다. 그러므로 내용에 적합한 이름을 부여할 필요가 있다. 구체적으로는, 위나라에 망명해 있던 장공(莊公) 괴외(蒯聵)와, 그 아들로서 조부 영공(靈公)의 유명(遺命)으로 즉위한 출공 첩에 관하여 각기 타당한 이름, 즉 칭호를 줌으로써 내란을 해결하려 한 것이다. 迂(우) 우원(迂遠). 이론에 치우쳐서 현실과 맞지 않는 것. 蓋闕如(개궐여) 지금까지는 개(蓋)를 '대개'의 뜻으로 보아 왔으나, 청(淸)의 단옥재(段玉裁) 등이 《논어》에 나오는 '축적여(踧踖如)·국궁여(鞠躬如)'와 같이, 如를 형용사로써, 모르는 일에 대해 침묵하는 모양이라고 해석한 것을 따랐다. 名不正 則言不順(명부정 즉언불순) 명(名)은 단어, 언(言)은 문장. 단어의 뜻이 정확하지 않으면, 문장의 뜻이 잘 통하지 않는다는 말.

● **평석** 자로와 공자의 이 대화가 언제 이루어졌는지, 여기 나오는 위나라 군주는 누구를 말함인지가 문제다. 기원전 497년, 공자는 노나라를 떠나 위나라로 망명했다. 기원전 493년에 위나라 영공(靈公)이 죽자, 그 부인 남자(南子)는 영공의 유명(遺命)이라 하여 공자(公子) 영(郢)을 군주로 세우려 했으나 신하들이 승낙하지 않았다. 마침내 남자를 죽이려다가 실패하고 망명중인 장공(莊公) 괴외의 아들이요, 죽은 영공의 손자인 출공 첩을 즉위하게 하였다. 이렇게 되자 장공 괴외가 망명해 있던 진(晋)나라에서는 장공을 적극 지원하여, 위나라의 요지인 척성(戚城)에 잠입하여 그곳을 근거로 내란을 일으키게 했다. 이런 위나라의 국내 문제가 얽혀 있었으므로, 선생님 같으면 무엇부터 수습하겠느냐고 자로가 물었던 것이며, 이름부터 바로잡겠다는 공자의 말도 당시의 역사적 정세를 생각하고 말한 것임을 이해할 수 있다. 그러므로 여기 나오는 위나라 군주가 출공을 가리킨다는 것은 문제 되

지 않는다. 이에 관해서는〈술이편〉제14장에서 말한 바 있다.

이 문제에 대해 공자는 어떻게 생각하고 있었을까? 장공은 영공으로부터 추방된 몸이기는 했으나, 부자의 인연은 끊어지지 않았을 뿐 아니라 태자의 지위도 그대로 지니고 있었으므로 출공은 아버지인 장공 괴외에게 군주 자리를 양보해야 한다고 여겼던 모양이다. '이름을 바로잡는다'라는 말은, 이것을 가리키는 것으로 여겨진다. 그러나 이것을 출공이 받아들일 리 만무하므로, 공자의 이론은 정당하기는 해도 비현실적이라고, 자로는 공자를 비판하였다. 그러나 공자는, '이름을 바로잡는다'는 자기의 주장이 절대적으로 옳다는 신념이 있었으므로, 평소의 공자답지 않게 많은 말을 하여 자로를 설득하려 하였다.

이름 즉 언어와 내용, 즉 실재가 일치하지 않으면 안 된다는 '명실론 (名實論)'은 이후 중국 지식론의 기본이 되었다. 이름, 즉 낱말의 뜻이 명확하지 않으면 언(言), 즉 문장의 의미가 명료해질 수 없다는 것이 중국 문법론의 기초가 되었고, 또 논리학의 기초가 되기에 이르렀다. 그런 견지에서는, 이것은 매우 중요한 문장이다. 그러나 공자가 '명실론'을 명확히 의식하고 있었느냐 하는 데는 약간의 의문이 없지 않다. 공자의 원래의 말이 제자들에 의해 '실론'과 '대의명분론'의 입장에서 확대 해석함으로써, 그런 사상으로 발전해 갔을 것이다.

위공 계보(衛公 系圖)

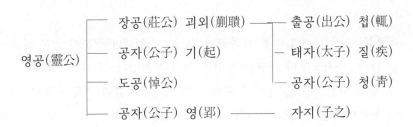

4. 번지(樊遲)가 곡식 재배법을 청했다. 공자께서 말씀하셨다.

"나는 늙은 농사꾼에게 미치지 못하니 거기 가서 배우거라."

또 채소 재배법을 청하니, 공자께서 말씀하셨다.

"나는 늙은 원예가에게 미치지 못하니 거기 가서 배우거라."

번지가 돌아가자, 공자께서 말씀하셨다.

"소인이로구나, 번지는. 정치가가 예(禮)를 좋아하면 국민은 그를 존경하지 않는 사람이 없을 것이고, 의를 사랑하면 국민은 그에게 복종하지 않는 사람이 없을 것이고, 신의를 중히 여기면 국민은 성실해지지 않는 사람이 없을 것이다. 그렇게 되면 사방의 백성들이 어린아이를 업고 찾아올 것이니, 어찌 농사를 지을 필요가 있으랴?"

樊遲請學稼 子曰 吾不如老農 請學爲圃 曰 吾不如老圃 樊遲出 子曰 小人哉 樊須也 上好禮 則民莫敢不敬 上好義 則民莫敢不服 上好信 則民莫敢不用情 夫如是 則四方之民 襁負其子而至矣 焉用稼.

● **주해** 稼(가) 농사짓는 것. 圃(포) 채소를 재배하는 것. 樊須(번수) 수(須)는 번지의 이름. 공자의 제자로 자는 자지(子遲). 襁負(강부) 아이를 등에 업는 것. 襁(포대기 강).

● **평석** 번지는 생각이 좀 부족했던 것 같다. 언제나 신통치 않은 질문을 하여, 공자로부터 마땅한 답변을 듣지 못하였다. 모처럼 위대한 스승 앞에 나섰으면서, 농사에 관해 묻는 것은, 구슬이 가득한 산에 들어가 돌멩이를 한 개 주으려는 것과 무엇이 다르랴.

5. 공자께서 말씀하셨다.

"《시경》 3백 편을 암송하고 있다 해도, 그에게 정치의 중요한 임무를 맡겨도 책임을 완수하지 못하며, 다른 나라에 사신으로 파견되어서도 혼자 담판할 수 없다면, 비록 많이 외우고 있은들 무슨 소용이 있으랴."

子曰 誦詩三百 授之以政不達 使於四方 不能專對 雖多亦奚以爲.

● **주해** 詩三百(시삼백) 지금의 《시경》은 305편으로 되어 있다. 공자 시대에도 비슷했을 것이다. 專對(전대) 사신으로서 전권을 위임받아 다른 나라와 담판하는 것.

● **평석** 공자가 제자들에게 《시경》을 배우게 한 것은, 당시의 중국 여러 나라 귀족 계급의 공통된 교양이어서, 연회 석상에서도 《시경》에 나오는 시구를 인용하여 의견을 나타내 상대를 설득하였기 때문이다. 《시경》3백 편을 단순히 암송 이해하는 것이 대단한 것이 아니라, 이것을 응용해서 자기의 감정을 자유로이 표현할 수 없으면 안 된다는 말이리라.

6. 공자께서 말씀하셨다.
"정치가의 자세가 바르면, 명령을 내리지 않아도 행해지고, 정치가의 자세가 바르지 않으면, 아무리 명령해도 백성은 따라오지 않는다."

子曰 其身正 不令而行 其身不正 雖令不從.

7. 공자께서 말씀하셨다.
"노나라와 위나라의 정치를 보건대, 과연 형제의 나라로다."

子曰 魯衛之政兄弟也.

● **평석** 노나라를 떠난 공자는 전후 10년간 위나라에 있었으므로, 고국인 노나라나 다름없이 위나라의 사정을 잘 알고 있었다. '두 나라는 문왕(文王)의 아들인 주공(周公)과 강숙(康叔)을 국조(國祖)로 받들고 있으며, 지금의 혼란과 부패도 어쩌면 이렇게 같을까, 과연 형제의 나라로구나.' 공자는 이렇게 한탄했다. 매우 통렬한 풍자이다.

8. 공자께서 위나라 공자(公子) 형(荊)에 관해서 말씀하셨다.
"재물을 잘 늘리는 분이다. 처음 재물이 생겼을 때는, '이제 그럭저럭 살 수 있게 되었다'라고 했다. 재물이 조금 모이자, '이제 어느 정도 갖추어졌다'라고 했다. 재물이 많이 모이자 '이제 매우 대단해졌다'라고 했다."

子謂衛公子荊 善居室 始有曰苟合矣 少有曰苟完矣 富有曰苟美矣.

● **주해** 居室(거실) 실(室)은 사유재산이므로 노예도 포함된다. 거(居)는 저축한다는 뜻.

● **평석** 공자는 재물 모으는 것을 나쁘게 생각하지 않았다. 그는 물질에 대한 욕망을 솔직히 시인하는 대신, 그것이 정의에 벗어나지 않도록 규제했다. 공자 형(荊)에 관해서는 알려진 것이 없으나, 한번에 큰 부자가 되려 하지 않고, 그때그때 만족할 줄 알았다. 공자가 칭찬한 것은 이런 점이었을 것이다.

9. 공자께서 위나라에 가셨을 때, 염유(冉有)가 마부였다. 공자께서 말씀하셨다.
"굉장히 사람이 많구나."
염유가 물었다.

"사람이 많은 것은 좋지만, 거기에 무엇을 더해야겠습니까?"
"그 사람들을 더 잘살게 하는 일이다."
"그 사람들이 잘살게 되었다면, 거기에 무엇이 필요하겠습니까?"
"교육이다."

子適衛冉有僕 子曰 庶矣哉 冉有曰 旣庶矣 又何加焉 曰 富
之 曰 旣富矣 又何加焉 曰 敎之.

● **평석** 기원전 497년, 공자가 위나라로 망명했을 때, 위나라 서울인
조가(朝歌)를 마차로 달리면서 염유와 한 말 같다. 노나라에 비하여
공자가 받은 첫인상은 거리에 사람이 많다는 점이었다. 그리고는 염유
의 질문에 자기 생각을 펼쳐 나갔다. 더 잘살게 하고, 그다음에는 교
육하고 싶다고. 여기서 공자가, 교육보다도 생활 문제를 우선하는 것
은 좀 의외일지도 모른다. 공자는 일찍이 안빈낙도(安貧樂道)하는 안
회(顔回)를 크게 찬양한 일이 있는데, 이것을 안회 아닌 다른 사람에
게까지 강요할 정도로 현실을 모르지는 않았다. 일반 백성들은 생활이
먼저 보장되어야 한다고 생각한 점에서, 공자는 '의식(衣食)이 족해야
예절을 안다.'라고 한 법가(法家)의 사상과 반드시 맞선 입장은 아니
었다.

10. 공자께서 말씀하셨다.
"만약 나를 채용해서 정치를 맡긴다면 1년으로 충분하리라. 그리고
3년을 맡긴다면 훌륭한 정치를 이룰 수 있으리라."

子曰 苟有用我者 朞月而已可也 三年有成.

● **주해** 朞月(기월) 만 1년.

● **평석** 사마천은 《사기》 공자세가(孔子世家)에서, 이 말은 위나라 영

공(靈公)으로부터 인정받지 못한 데 대한 실망으로 공자가 말한 것이라 했다. 확실한 증거는 없지만, 사실일 가능성은 있다. 노나라에서 망명한 공자는, 자기 의견이 받아들여지지 않자 다소 초조해하고 있는 것 같다.

11. 공자께서 말씀하셨다.
"착한 사람이 백 년을 계속해서 나라를 다스린다면, 난폭한 자를 눌러서 사형 제도를 없앨 수 있다는 말이 있거니와, 옳은 말이로구나, 이 말은."

　　子曰 善人爲邦百年 亦可以勝殘去殺矣 誠哉 是言也.

● **평석** 여기서 '착한 사람'은, 성인처럼 완전하지는 못해도 덕과 식견을 어느 정도는 갖춘 현인(賢人)을 가리킬 것이다. 이런 사람이 백 년만 나라를 통치한다면, 사형 제도를 없앨 수 있도록 평화로운 시대가 올 것을 공자는 믿고 있었다.

12. 공자께서 말씀하셨다.
"만약에 천명(天命)을 받은 왕자(王者)가 나타난다 해도, 한 세대가 지난 다음에야 인의 세계를 실현하게 되리라."

　　子曰 如有王者 必世而後仁.

● **주해** 世(세) 한 세대(世代), 즉 30년.

● **평석** 왕자(王者)는 하늘의 명을 받아, 지상 세계를 통일할 사명을 지니고 태어난 위인을 말한다. 주(周) 문왕(文王)과 은(殷) 탕왕(湯王) 같은 이들이다. 공자는 이런 왕자의 출현을 얼마나 기다렸는지 모른다. 왜냐하면, 동주(東周) 왕조는 명목뿐이요 아무 힘도 없었고, 천하

는 크고 작은 12개 나라로 나뉘어 분쟁이 끊일 사이가 없었기 때문이다. 공자는 자기 힘으로 어떻게든 수습해 보려 애쓰지 않은 것도 아니었다. 기껏 1년 만이라도 누가 정권을 맡긴다면 하는 탄식도 나왔고(제10장 참조), 착한 사람이 백 년만 나라를 다스린다면 태평성대가 이루어진다는 말에, 크게 공명도 했다(제11장).

그러나 어느 군주도 공자의 정책을 채택하지 않았다. 여기에서 깊이 탄식할 수밖에 없었던 공자는, 절망하지 않고 왕자가 백마를 타고 나타날 먼 후일을 꿈꾸었는지도 모른다. 그러나 이렇게 혼란에 빠진 세상이니, 그런 분이라도 30년 전에 이상적 사회를 완성하지는 못할 것이라고 공자는 생각했다.

13. 공자께서 말씀하셨다.

"만약 자기 자세가 바르기만 하면, 정치에 종사하는 것쯤 무엇이 어려우랴? 그러나 그 몸의 자세를 바르게 할 수 없으면, 백성들의 생활 태도를 어떻게 바로잡으랴?"

子曰 苟正其身矣 於從政乎 何有 不能正其身 如正人何.

●**평석** 본편 제6장과 취지가 같으며, 표현 방식에 약간의 차이가 있을 따름이다.

14. 염자(冉子)가 아침 회의를 끝내고 돌아왔다. 공자께서 말씀하셨다.

"어째서 이리도 늦었느냐?"

염자가 대답했다.

"정치 문제가 있었습니다."

공자께서 말씀하셨다.

"네가 말하는 것은 나라의 정치가 아니라, 계씨(季氏)네 일이리라.

만약 정치상의 문제가 있었다면, 은퇴하고는 있다 해도, 대부인 나에게도 자문(咨問)하였을 것이다."

　冉子退朝 子曰 何晏也 對曰 有政 子曰 其事也 如有政 雖不吾以 吾其與聞之.

● **주해**　冉子(염자) 염유(冉有). 그 제자들이 존칭해서 부른 것. 朝(조) 궁중의 뜰에서 매일 열리는 어전회의. 염유는 계씨의 가신(家臣)이었으므로, 계씨네 집에서 열린 회의일 것이다. 事(사) 여기서는 계씨네 일. 원래는 정부의 조회에서 결정된 방침에 따라, 백성들에게 명령하여 복종하게 하는 일을 의미했다.

● **평석**　당시는 정권이 권신의 손으로 넘어가, 나라의 공무와 세도가의 사사로운 일이 혼동되어 있었던 것 같다. 공자는 정(政)과 사(事)의 용어의 잘못을 지적함으로써, 계씨를 위하는 나머지 자칫하면 나라에 대한 의무를 잊는 경향이 있었던 염유에게 반성을 촉구했다.

15. 정공(定公)이 물으셨다.
"한마디로 나라를 융성하게 하는 말은 없는가?"
공자께서 대답하셨다.
"말이란 그렇게까지 편리한 것은 못됩니다만 그것에 가까운 것이라면 있습니다. 사람들 말에 '좋은 군주가 되기란 어렵고, 좋은 신하가 되기란 쉽지 않다'는 말이 있습니다. 만약 정말로 좋은 군주되기가 어려움을 안다면, 이 말이야말로 한마디로써 국가를 융성하게 하는 말에 가깝지 않겠습니까?"
"한마디를 가지고 나라를 멸망하게 하는 것은 없겠는가?"
공자께서 말씀하셨다.
"말이란 그렇게까지 편리한 것은 못됩니다만, 그것에 가까운 것이라면 있습니다. 사람들 말에, '나는 군주가 된 것을 조금도 즐겁다고 생각한 적이 없거니와, 다만 내가 말했을 때, 신하 중 아무도 반대하는 자가 없음을 즐겁게 생각한다'라는 것이 있습니다. 만일 군주의 말씀이 정당하기에, 그것에 반대하는 자가 없을 때는, 그것은 정말 좋은 일입니다. 만약 군주의 말씀이 잘못되었는데도 신하 중 반대하는 자가 없다면, 이것이야말로 한마디를 가지고 나라를 멸망하게 하는 말에 가깝지 않겠습니까?"

定公問 一言而可以興邦 有諸 孔子對曰 言不可以若是 其幾 也 人之言 曰爲君難 爲臣不易 如知爲君之難也 不幾乎─言 而興邦乎 曰 一言而喪邦 有諸 孔子對曰 言不可以若是其幾 也 人之言 曰予無樂乎爲君 唯其言而莫予違也 如其善而莫 之違也 不亦善乎 如不善而莫之違也 不幾乎─言而喪邦乎.

● **주해** 定公(정공) 기원전 509년에서 495년까지 재위한 노나라의 군주. 言不可以若是 其幾也(언불가이약시 기기야) 신주(新注)에서는 이것을 붙여, 기(幾)를 기(期)로 보아, '이같이 기(期)하지 못할 것이니'로 풀이한다. 그러나 고주(古注)를 따라 幾를 '가깝다'로 보는 것이 좋을 것 같다.

● **평석** 노나라 정공은 어리석은 임금은 아니었으나, 왕실 출신답게 성격이 너무 급해서 정치의 효과를 서두르는 경향이 있었다. 그리고 자기 머리를 신뢰하여, 신하의 비판이나 충고를 받아들이려 하지 않았다. 정공의 실각(失脚)은 그 결과라고 할 수 있으리라. 공자의 말은 정공의 약점을 바로 지적한 것이라고 할 수 있다.

16. 섭공(葉公)이 정치에 관하여 물었다. 공자께서 말씀하셨다. "가까이 있는 사람들이 즐거워하고, 먼 데 있는 사람들이 찾아오도

록 하시면 됩니다."

葉公問政 子曰 近者說 遠者來.

● **주해** 葉公(섭공) 초(楚)나라의 현인. 이름은 심제량(沈諸梁)으로 섭현(葉縣)의 장관.〈술이편〉제18장 참조.

● **평석** 공자가 진(陳)나라에서 위기를 모면한 후, 섭공을 찾아간 것은 기원전 489년, 64세 때 일이다. 섭공은 공자를 인정했던 모양으로, 그리 오래 머물지도 않았는데 여러 번 공자를 초대하여 이야기를 나누었다. 이것도 그 하나로 온화하고 진실에 넘치는 충고라고 할 수 있다.

17. 자하(子夏)가 거보(莒父)의 장관이 되었을 때, 정치에 관하여 물었다. 공자께서 말씀하셨다.
"서두르지 말며, 작은 이익에 눈을 팔지 말라. 서두르면 성공하지 못하고, 작은 이익에 눈을 팔면 큰일을 이루지 못한다."

子夏爲莒父宰問政 子曰 無欲速 無見小利 欲速則不達 見小利則大事不成.

● **주해** 莒父(거보) 지금의 산동성 거현(莒縣). 노나라 동남의 변경에 있던 새로운 개척지.

● **평석** 젊은 자하가 거(莒) 지방의 장관이 되었을 때 공자가 말한 교훈은 참으로 적절하다고 느껴진다. 대개 청년들은 공명에 불타는 나머지, 일을 너무 서두르다가 실패하는 경향이 있기 때문이다. 정치란 농사짓는 일이나 다름없다. 충분한 시일을 두고 꾸준히 경주하지 않는다면 결실을 볼 수 없을 것이다.

18. 섭공(葉公)이 공자에게 자랑했다.

"우리 마을에 정직하기로 이름난 궁(躬)이라는 사람이 있습니다. 그 아버지가 양을 훔쳤더니, 아들이 증인이 되어 고소했습니다."

공자께서 말씀하셨다.

"우리 마을의 정직한 사람은 다릅니다. 아버지는 아들을 위해 그 죄를 숨기고, 아들은 아버지를 위해 그 죄를 숨겨 줍니다. 정직이 그 가운데 있습니다."

> 葉公語孔子曰 吾黨有直躬者 其父攘羊 而子證之 孔子曰 吾黨之直者異於是 父爲子隱 子爲父隱 直在其中矣.

● **주해** 直躬(직궁) 보통은 '몸을 곧게 한다'로 풀이하여, 곧게 행동하는 뜻으로 해석했다. 그렇게 보아도 뜻에는 큰 차이가 없겠으나, '정직한 사람인 궁(躬)'이라는 풀이를 따른다. 攘(양) 도둑질.

● **평석** 아들이 아버지가 저지른 절도죄를 고소하고, 그 행동을 정직한 사람이라고 한다면, 이것은 그 사회가 얼마나 각박한가를 말하는 것밖에 되지 않는다. 공산사회에서 밀고를 장려하고, 그것이 가족 간에 행해질 때 더욱 찬양받는 사례를 보면 알 수 있다. 춘추시대 말기의 중국에는 도둑이 횡행했으므로, 그런 밀고자가 관헌에 의해 칭찬을 받았던 것이리라.

그러나 이것을 과연 정직이라 할 수 있을까? 무릇 어떤 덕목이라도, 그 자체가 절대적·고정적인 가치를 가지는 것은 아닐 것이다. 정직이 귀중한 덕이라 해도, 언제 어느 곳에서나 통용되는 것은 아니다. 가령 죽을병에 걸린 환자에게 당신은 죽을 것이라고 말하는 것이 의사의 정직일 수 있을까? 자기 나라의 기밀을 숨기지 않는 것이 외교관의 정직일 수 있을까? 어떤 덕목을 고정불변의 것으로 보지 않고, 더 높은 차원에서 바라본 공자는 참으로 위대하다는 생각이 든다.

19. 번지(樊遲)가 인(仁)에 관하여 물었다. 공자께서 말씀하셨다. "평소에는 공손하고, 일하는 데는 신중하고, 남과 사귀는 데는 성실하라. 그런 사람이라면 비록 오랑캐가 사는 땅에 간다 해도, 버림받지 않으리라."

樊遲問仁 子曰 居處恭 執事敬 與人忠 雖之夷狄 不可棄也.

●**평석** 주자는 '거처공 집사경 여인충(居處恭 執事敬 與人忠)'을 '오랑캐 땅에 가서라도 버려서는 안 된다.'로 해석했으나 따르지 않았다. 번지는 인(仁)에 관하여 질문했다가, '사람을 사랑하라', '사람을 알라'는 등의 가르침을 공자에게서 듣고, 어리둥절한 적이 있었다.(〈안연편〉제22장) 그래서 공자는 이론을 말하지 않고 일상생활에서 해야 할 일을 말한 것이리라.

20. 자공(子貢)이 물었다.
"어떤 사람을 선비라 할 수 있습니까?"
공자께서 말씀하셨다.
"자기 행동에서 염치를 알고, 외국에 사신으로 가서 임금의 명령을 손상하지 않는다면, 선비라고 할 수 있으리라."
"감히 묻겠습니다. 그 다음가는 조건을 가르쳐 주시기 바랍니다."
"친척들로부터 효자라는 소리를 듣고, 마을 사람들로부터 공손하다는 칭찬을 듣는 일이니라."
"그 다음가는 조건을 가르쳐 주시기 바랍니다."
"말을 반드시 지키고, 행동은 반드시 관철하니, 엄격한 소인이기는 해도, 그다음에 놓을 수 있을 것이다."
"요즘의 정치가들은 어떻습니까?"
공자께서 말씀하셨다.
"아아, 보잘것없는 사람들이니, 어찌 논할 것이 있으랴?"

子貢問曰 何如斯可謂之士矣 子曰 行己有恥 使於四方 不辱
君命 可謂士矣 曰 敢問其次 曰 宗族稱孝焉 鄕黨稱弟焉 曰
敢問其次 曰 言必信 行必果 硜硜然小人哉 抑亦可以爲次矣
曰 今之從政者 何如 子曰 噫 斗筲之人 何足算也.

● **주해** 宗族(종족) 친척. 같은 조상을 받드는 여러 사람이, 큰 집을 중심
으로 모여 있는 것. 종(宗)은 종가(宗家). 硜硜然(갱갱연) 엄격한 소인의
형용. 噫(희) 아아! 한숨 쉬다. 탄식하다. 斗筲之人(두소지인) 두(斗)는
10승(升)으로, 지금의 약 1.6리터. 소(筲)는 1두 2승의 용기. 그런 두
로 헤아릴 수 있는 정도의 작은 인물. 유보남(劉寶楠)은 세금이나 받아
들이는 데 쓰이는 소인이라 했다. 算(산) 재는 것. 헤아리는 것.

● **평석** 공자의 대답을 거슬러 올라가 생각하면, 선비로서 인격을 수
양해 가는 단계가 명백해진다. 우선 한마디 말이라도 거짓 없이 힘쓰
는 데서부터 시작하여, 마침내는 염치를 알고 나라의 명예를 더럽히지
않는 데까지 이르는 것이니, 천릿길도 한 걸음부터 시작함을 알 수 있
다.

21. 공자께서 말씀하셨다.
"중용(中庸)의 덕을 갖춘 사람을 벗으로 삼을 수 없는 경우에는, 최
소한 열광적인 사람이나 결벽(潔癖)한 사람을 벗으로 삼아라. 열광
적인 사람은 적극적으로 행동하고, 결벽한 사람은 함부로 타협하
지 않는 점이 있다."

子曰 不得中行而與之 必也狂狷乎 狂者進取 狷者有所不爲
也.

● **주해** 中行(중행) 중용의 덕을 가진 사람. 狂者(광자) 뜻이 크면서, 행동

은 관습을 무시하는 사람. 狷者(견자) 지혜는 모자라면서 지조를 지키는 고집이 센 사람.

● **평석** 온건했던 공자가, 이상적인 친구가 없을 때는, 차라리 정열에 치우치는 사람이나 결벽이 대단한 고집쟁이와 벗하라는 말을 한 것은 예상 밖의 일이다. 온화한 듯이 보이는 공자에게도 이런 편벽한 사람에게 공명하는 정열이 숨겨져 있었다. 그는 단순한 상식가나 속물을 몹시나 경멸했던 것 같다. 정치의 집념을 끊고 살아간 만년에도, 공자에게는 이런 격정이 남아 있음을 알 수 있다.

22. 공자께서 말씀하셨다.
"남쪽 사람에게서, '사람으로서 이랬다저랬다 하는 사람은 무당이나 의사도 되지 못한다'라고 들었거니와, 좋은 말 아닌가.《역경(易經)》에 '이랬다저랬다 하면 수치를 받는 일이 있다.'라고 했는데, 이를 두고 한 말이다."
공자께서 말씀하셨다.
"이랬다저랬다 하는 사람으로서 점이 쳐질 이치가 없다."

　子曰 南人有言曰 人而無恒 不可以作巫醫 善夫 不恒其德
　或承之羞 子曰 不占而已矣.

● **주해** 南人(남인) 공자 시대의 노나라는 양자강 남쪽의 소주(蘇州)를 본거지로 하는 오(吳)나라와, 뒤늦게 진출한 월(越)나라와 교섭하고 있었다. 그러나 이 나라들은 동남, 오히려 동쪽의 나라라고 여겨진다. 춘추시대의 남쪽 나라는 무한(武漢) 일대의 초(楚)나라를 가리키는 것이 관례였으니, 초나라의 군비가 미약함을 '남풍불경(南風不競)'이라고 역사에 기록한 것이 그 좋은 예다.

● **평석** 공자의 말은 간단한 것 같으면서 이설(異說)이 많아 뜻을 잘

알 수 없는 데가 있다. 정현(鄭玄)의 고주(古注)는, 작(作)을 '세우다'로 보아, '사람에게 항덕(恒德)이 없으면, 이런 사람은 무당이나 의사에게 물을 수도 없다.'라고 해석했다. 이에 대해 신주(新注)에서는, '그런 사람은 무당이나 의사도 되지 못한다.'라고 해석했다. 역자는 이 것을 따랐다.

'불항기덕 혹승지수(不恒其德 或承之羞)'는《역경》항괘(恒卦)의 구절로, 공자가 주로 가르친 것은《시경》과《서경》이며, 당시에 민간신앙으로서의 역(易)이 있었다 하더라도 공자가 이것을 중요시한 증거는 없으므로《역경》을 숭상하기 시작한 전국시대 이후의 유교도들이 추가한 것일 가능성이 크다.

또 '부점이이의(不占而已矣)'는 새삼 '자왈(子曰)' 다음에 들어간 것도 의문이다. 역자는《역경》구절을 여기에 넣었으므로, 원래부터 있었던 '不占而已矣'를 '子曰' 다음에 놓아 별도의 문장으로 삼지 않을 수 없었으리라고 믿는다.

23. 공자께서 말씀하셨다.
"군자는 남과 조화는 하지만 뇌동(雷同)하지 않는다. 소인은 뇌동은 하지만 조화하지 않는다."

　　子曰 君子和而不同 小人同而不和.

● **평석** 화(和)란 어떤 주장이나 기호에 공통점이 있으므로 마음과 마음이 조화를 이룬 것을 말한다. 이에 대해 동(同)은 겉으로만의 결합이며, 기실 이해관계나 감정에 따른 뇌동(雷同)이다. 그러므로 군자는 이해관계로 친구를 배반하지도 않고, 또 옳지 않은 일인데도 친구가 하는 일이라 해서 협조도 하지 않을 것이다.

24. 자공(子貢)이 여쭈었다.
"마을 사람들이 모두 좋아하는 인물이라면 어떻습니까?"

공자께서 말씀하셨다.

"아직 부족하다."

"마을 사람들이 모두 싫어하는 인물이라면 어떻습니까?"

공자께서 말씀하셨다.

"아직 부족하다. 마을 사람 중 착한 사람은 좋아하고, 나쁜 사람은 미워하는 인물만 못하다."

　　子貢問曰 鄕人皆好之何如 子曰 未可也 鄕人皆惡之何如 子
曰 未可也 不如鄕人之善者好之 其不善者惡之.

● **평석** 사람들에게서 호감을 받는 것은 좋은 일이지만, 그것이 누구에게나 같은 대접을 받는 것이라면, 거기에는 문제가 있다. 그 사람이 팔방미인(八方美人) 노릇을 하지 않았다면 그런 결과는 오지 않았을 것이다. 그러므로 공자는 착한 사람에게서 칭찬 듣는 것과 함께, 나쁜 사람으로부터는 미움받는 편이 훌륭한 사람이라고 하였다. 이것은 또 재사요 능변이었던 자공이 빠지기 쉬운 결함에 대해 은근히 충고한 것인지도 모른다.

25. 공자께서 말씀하셨다.

"군자는 섬기기 쉽되 기쁘게 하기는 어렵다. 바른 도로써 기쁘게 하지 않으면 결코 기뻐하지 않고, 사람을 쓰는 데는 그릇처럼 주어진 용도만 완수하면 만족해하기 때문이다. 소인은 섬기기가 어려우나 기쁘게 하기는 쉽다. 옳지 않은 것을 가지고도 기쁘게 하려면 기뻐하고, 사람을 쓰는 데는 직책의 완수로 만족하지 않고, 그 사람의 완전무결한 헌신적 봉사를 요구하는 까닭이다."

　　子曰 君子易事而難說也 說之不以道 不說也 及其使人也器之
小人難事而易說也 說之雖不以道 說也 及其使人也 求備焉.

● **주해** 器之(기지) 그릇은 제각기 특정한 용도가 있다. 그처럼 아랫사람들에게 어떤 직책의 완수만 바랄 뿐, 그 이상의 것은 요구하지 않는 것.

● **평석** 대인과 소인의 차이를 명확히 드러낸 말이다. 특히 소인이 그 부하에게 직책 이상의 완전한 헌신(獻身), 무조건의 봉사를 요구한다는 말은, 참으로 예리한 안목이라 할 수 있다. 소위 과잉 충성이라는 것도 이런 데서 생길 것이다.

26. 공자께서 말씀하셨다.
"군자는 태연하지만 교만하지 않고, 소인은 교만하지만 태연하지 못하다."

　　子曰 君子泰而不驕 小人驕而不泰.

● **주해** 泰(태) 고주에는 '마음을 편하게 가진 모양'이라고 했다.

27. 공자께서 말씀하셨다.
"무욕과 과감과 질박과 눌변(訥辯)은 인에 가깝다."

　　子曰 剛毅木訥近仁.

● **평석** 여기 내용은 '교언영색 선의인(巧言令色 鮮矣仁)'이라고 한, 〈학이편〉 제3장과 〈양화편〉 제17장에서 한 말과 뜻이 통하는 것으로, 어조까지 비슷하다.

28. 자로(子路)가 여쭈었다.
"어떤 사람을 선비라 할 수 있습니까?"
공자께서 말씀하셨다.
"간절히 격려하고 화목하게 지내야 비로소 선비라 할 수 있으니, 친구에게는 간절히 격려하고, 형제와는 화목하게 지냄이다."

子路問曰 何如斯可謂之士矣 子曰 切切偲偲 怡怡如也 可謂
士矣 朋友切切偲偲 兄弟怡怡.

● **주해** 切切(절절)·偲偲(시시) 둘 다 간절히 격려하는 모양. 怡怡(이이)
화목하게 지내는 형용.

● **평석** 자로는 온화한 기상이 부족하기에 공자는 이렇게 말했을 것이
다. 같은 질문을 자공(子貢)이 했을 때의 대답과 비교하면,(본편 제
20장) 공자는 사람에 따라 다르게 대답했음을 알 수 있다.

29. 공자께서 말씀하셨다.
"선인(善人)이 백성을 7년 교화하면, 전쟁에 나가게 할 수 있다."

子曰 善人敎民七年 亦可以卽戎矣.

● **주해** 戎(융) 전쟁. 군사행동.

30. 공자께서 말씀하셨다.
"교화되지 않은 백성을 전쟁에 내보내는 것은, 백성을 버리는 일
이라 할 것이다."

子曰 以不敎民戰 是謂棄之.

● **평석** 제29장과 거의 같은 취지이다. 아무것도 모르는 백성을 전쟁
에 내보내는 혼란한 시대상에 공자의 인도주의는 격렬히 반발했다.

제14 헌문편(憲問篇)

모두 46장으로 되어있는데《논어》중 가장 장편이다. 따라서 내용도 잡다하지만, 제9·10·12~20·26장에는, 춘추시대의 유명한 정치가들의 인물론이 실려 있다. 공자가 볼 때 사상적으로 선구자에 해당하는 정(鄭)나라 자산(子産)을 비롯하여, 춘추시대 최대의 정치가인 관중(管仲)에 관한 공자의 논평은, 흥미 있는 부분이라 할 수 있다.

관중은 전국시대에 오자 법가(法家) 계열에 편입되어, 그 경제 정책이 높이 평가되기에 이르렀다. 공자는 관중의 그런 면을 완전히 무시하고, 중국을 오랑캐의 침입으로부터 방위하여, 동주(東周)의 왕조를 대신해서 중국 민족의 통일을 유지한 구국의 영웅이라 보아, 최대급의 찬사를 하고 있다. 관중의 저술이라고 전해지는《관자(管子)》같은 책은, 아직 세상에 나오지 않았을 것을 생각할 때, 이런 평가는 의외인 느낌이 없지 않다. 제나라의 정치적 영향을 많이 받은 노나라에서 태어나 제나라에도 머문 일이 있는 공자는 관중의 위대함이 한층 강하게 느껴졌을 것이다.

1. 원헌(原憲)이 어떤 것이 수치스러운 일이냐고 여쭈자 공자께서 말씀하셨다.

"정치 도의가 건전한 나라에서 벼슬함은 논할 것이 없지만, 정치 도의가 문란한 나라에서 벼슬함은 수치이다."

憲問恥 子曰 邦有道穀 邦無道穀 恥也.

● **주해** 憲(헌) 공자의 제자. 성은 원(原), 이름은 헌(憲), 자는 자사(子思).

● **평석** 나랏일을 하며 국록을 받는 것은, 나라에 그만한 공헌을 할 때 한하는 문제라는 말이다. 정의가 실현되지 않아서, 벼슬하면서 위정자의 악(惡)이나 뒷바라지한다든가, 자기의 이상 실현이 가망 없다든가 한다면, 굳이 그 자리에 있으면서 몸만 더럽힐 필요가 없지 않은가. 〈술이편〉 제10장에서, '쓰이면 도를 행하고, 쓰이지 않으면 숨는다.'라고 한 말과 같은 취지라고 생각된다. 원헌은 공자의 제자 중에서도 가난한 것으로 유명하며 매우 결벽한 사람이었다. 공자는 이 말로 그의 생활 태도를 시인하고 격려한 것인지도 모른다.

2. 누가 물었다.

"남을 이기려 하고, 자기 자랑을 하고, 남을 원망하고, 욕심 채우는 일을 하지 않으면 인이라 할 수 있습니까?"

공자께서 말씀하셨다.

"어려운 일이기는 하겠지만, 그것이 인인지 어떤지는 나는 잘 모르겠다."

克伐怨欲 不行焉 可以爲仁矣 子曰 可以爲難矣 仁則吾不知也.

● **주해** 克伐怨欲(극벌원욕) 극(克)은 승벽(勝癖), 벌(伐)은 자긍(自矜), 원(怨)은 원망(怨望), 욕(欲)은 탐욕(貪欲).

● **평석** 이 문장의 전반부는, 누군가가 공자에게 질문한 말일 것이다. 사마천은 《사기》 중니제자열전에서 이 부분을 '자사왈(子思曰)'이라 하여, 원헌(原憲)의 말로 보고 있다. 주자의 신주(新注)도 이것에 찬성했다. 그러나 한대(漢代) 이후의 《논어》 전사본(傳寫本)의 어느 책에도, '자사왈'이나 '원헌왈'이 있는 것은 없었던 것 같으므로, 아마 사마천이 상상으로 첨가한 것으로 추측된다. 그래서 역자는 누군지 모르는 인물의 질문으로 보았다.

3. 공자께서 말씀하셨다.
"선비면서 고향에 연연(戀戀)하는 사람은 선비라고 할 수 없다."

子曰 士而懷居 不足以爲士矣.

● **주해** 懷居(회거) '군자는 안락한 집에 살기를 바라지 않는다.'(〈학이편〉 제14장)를 연상하면서, 쾌락한 개인적 생활에 끌리는 것이라 보았다. 그리고 '소인은 고향을 생각한다.'(〈이인편〉 제11장)는, 고향에 집착하는 태도와 아울러서 해석했다.

● **평석** 여기서 공자가 말하는 사(士)는, 진리를 구하는 사람, 또는 그 동지라는 성격이 강하다. 우리나라에서는 이 말을 '선비'라고 풀이했는데, 사는 계급의 이름이요 무사(武士)를 뜻하는 경우가 많아 어울리지 않는 수도 있다. 여기에서는 문자 그대로 '선비'라고 보아도 무방할 것 같다. 이런 선비의 의무는 도를 배우고 그것을 실현하는 데 있다. 그렇다면 도를 찾아 어디라도 가야 하고, 그것을 실현하기 위하여는 어느 나라(중국의 여러 나라)에 나가야 할 것이니, 자기 고향의 안락한 생활에 집착하는 것은 도에 대한 정열과 성의 부족이라 생각된 것이다.

4. 공자께서 말씀하셨다.

"나라에 질서 있는 정치가 시행될 때는 정당하게 말하고 정당하게 행동할 수 있지만, 나라가 질서 없는 혼란에 빠졌을 때는 정당하게 행동하되 조심스레 말해야 한다."

子曰 邦有道危言危行 邦無道危行言孫.

● **주해** 危(위) 고주에서는 '격렬', 신주에서는 '높은 모양'으로 풀이했으나, 양백준(楊伯峻)이 왕염손(王念孫)의 설을 인용하여, '危는 正'이라고 해석한 것을 따랐다.

● **평석** 공자는 난세에 일생을 보내야 했다. 조국인 노나라의 질서는 어지러웠고, 그가 유랑한 나라들의 사정도 비슷하였다. 흠만 잡으면 그를 구렁 속에 몰아넣으려는 악의의 눈초리도 늘 주변에 있었다. 이런 가운데 자기의 신념을 지키고 살면서도 끝내 자기 몸의 안전을 유지할 수 있었던 것은, 역시 남모르는 처세의 고충을 겪었기 때문이라 생각된다. 행동에서는 악한 세력과 타협할 수 없지만, 말은 조심스레 해야 한다는 교훈은, 그러한 체험에서 나온 것이라고 여겨진다.

5. 공자께서 말씀하셨다.

"덕 있는 사람은 반드시 말도 훌륭하지만, 말을 훌륭하게 한다 해서 반드시 덕 있는 사람은 아니다. 인의 덕을 갖춘 사람은 반드시 용기가 있지만, 용기가 있다고 해서 반드시 인의 덕을 갖춘 사람은 아니다."

子曰 有德者必有言 有言者不必有德 仁者必有勇 勇者不必有仁.

● **평석** 현대 논리학의 '역(逆)은 반드시 진리가 아니다.'라는 원리에 지나지 않는다고 할지도 모른다. 그러나 이것은 공자의 오랜 체험과 깊은 지혜를 통해 나온 말이니, 그런 무색투명한 논리학의 명제와는 차이가 있다.

6. 남궁괄(南宮适)이 공자께 여쭈었다.
"예(羿)는 명궁이었고, 오(奡)는 배를 잡아끄는 장사였건만, 두 사람 모두 비명에 죽었습니다. 그러나 우(禹)나 후직(后稷)께서는 친히 농사를 지으면서도 천하를 통일하셨는데, 무슨 까닭입니까?"
공자께서는 대답하지 않으셨다. 남궁괄이 물러가자, 공자께서 말씀하셨다.
"군자로구나, 이런 사람이야말로! 덕을 숭상하는 사람이로구나, 이런 사람이야말로!"

南宮适問於孔子曰 羿善射 奡盪舟 俱不得其死 然禹稷 躬稼而有天下 夫子不答 南宮适出子曰 君子哉若人 尚德哉若人.

● **주해** 南宮适(남궁괄) 자는 자용(子容)으로, 〈공야장편〉에 나오는 남용(南容)이다. 《좌전》에는 노나라 맹희자(孟僖子)의 아들인 남궁열(南宮閱), 또는 남궁열(南宮說)을 남궁괄과 동일인으로 보는 설이 실려 있다. 이에 대해 재래의 학자들은 동조하지 않고, 별개의 인물로 보는 것이 거의 통설이었다. 그러나 본문을 보면, 그 기록 방식은 노나라 애공(哀公)이나 계강자(季康子)와 공자가 만날 때의 형식과 같이 대우하였다. 이것은 공자가 남궁괄을 노나라 귀족으로서 존경으로 대했으며, 또 제자들도 그런 스승의 태도를 계승해서 기록했기 때문이다. 노나라 귀족 중에서 남궁괄이 속하는 남궁씨는, 맹희자의 아들 남궁열 이외의 집안일 수는 없을 것이다. 그래서 종래의 통설에도 불구하고, 남궁괄을 남궁열과 동일인으로 여겨, 그를 맹손씨의 귀족으로 보기도 한다. 이 경우 남궁열의 시호가 경숙(敬叔)이므로, 남궁괄은 남궁경숙과도 동일인이 된다. 羿

(예) 전설 시대의 인물. 유궁국(有窮國)의 군주로, 무력으로 하(夏) 왕조를 빼앗았으나, 신하인 한착(寒浞) 손에 죽었다. 명궁이었다 한다. 奡(오) 한착이 예(羿)의 부인을 빼앗아 낳은 아들. 육지에서 배를 잡아끌 정도로 힘이 세었으나, 하(夏)나라 왕 소강(少康)에게 잡혀 죽었다. 禹(우) 하(夏)의 건국 시조. 원래 순(舜)의 신하로, 대홍수를 다스리고, 중국을 구주(九州)로 나누어, 농업의 기초를 만들었다. 稷(직) 후직(后稷). 주(周) 왕조의 먼 조상으로 농업을 백성들에게 가르쳤다고 한다.

● **평석** 남궁괄의 말에 공자는 대답하지 않고, 그가 물러나자 칭찬을 아끼지 않았다. 주자에 의하면, 무력으로 천하를 빼앗았다가 결국은 몰락한 예(羿)와 오(奡)를 들어, 남궁괄은 당시의 세도가들을 풍자한 것이라고 한다. 그 뜻을 알아차린 공자는, 마음으로는 공명하면서도 드러내 긍정하는 것을 피하고, 그가 돌아가자 군자라고 칭찬한 것이다. 지배계급 중에도 이런 군자도 있었구나 하는 것이, 공자의 심정이었을 것이다. 두 사람의 대화는 높은 차원에서 나눈 대화로 거의 선문답의 경지에 가깝다고 할 수 있다.

7. 공자께서 말씀하셨다.
"군자면서 인의 덕이 부족한 사람은 있으나, 소인이면서 인의 덕을 지닌 사람은 있은 적이 없다."

　子曰 君子而不仁者 有矣夫 未有小人而仁者也.

● **평석** 여기에서 말하는 군자는, 단순히 덕 있는 사람을 가리키는 것이 아니라, 지배계급인 귀족을 의미한다고 보아야 한다. 이에 대해 소인은 피지배계급에 속하며, 필연적으로 덕성(德性)이 부족한 사람들이라고 공자는 생각했던 모양이다. 이 말도, '역(逆)은 반드시 진리가 아니다.'라는 논리학의 원칙을 적용한 것으로 보인다. 이 〈헌문편〉을 비롯하여 제11편 이하의 편집 연대가 새로운 《논어》의 공자의 말이,

자주 이 논법을 쓰고 있음은, 공자의 제자나 제자의 제자들 사이에서, 점차 논리학의 체계화가 추진되어, 그런 입장에 서서 공자의 말을 정리해 간 증거인지도 모르겠다.

8. 공자께서 말씀하셨다.
"사랑한다면 고생을 시키지 않아서야 되겠느냐? 진심으로 생각한다면 가르치지 않아서 되겠느냐?"

子曰 愛之能勿勞乎 忠焉能勿誨乎.

● **주해** 勞(노) 신주에서는 '수고하도록 하는 것'. 이밖에 '격려함', '어루만짐' 등의 해석도 있다. 誨(회) 가르치다, 인도하다.

9. 공자께서 말씀하셨다.
"정(鄭)나라는 외교 문서를 작성할 때, 비심(裨諶)이 초고(草稿)를 만들면 세숙(世叔)이 검토하고, 외교관 자우(子羽)가 첨삭(添削)한 것을 동리(東里)에 사는 자산(子産)이 윤색하여 완성했다."

子曰 爲命裨諶草創之 世叔討論之 行人子羽修飾之 東里子産潤色之.

● **주해** 裨諶(비심) 정나라 대부. 世叔(세숙) 정나라 대부 유길(游吉). 세숙은 시호. 行人(행인) 외교관. 子羽(자우) 정나라 대부 공손휘(公孫揮). 자우는 자(字). 子産(자산) 정나라의 명재상. 이름은 공손교(公孫僑), 자산은 자.

● **평석** 정나라는 중원(中原)의 선진국이었으며, 자산은 공자보다 한 세대 전 인물이다. 정치와 외교에 발휘한 그의 역량에 대해, 공자는 적잖게 존경하였다. 아마 정나라의 외교가 어떻게 성공했느냐는 누군

가의 질문에, 공자가 대답한 말 같다. 외교 문서 하나에도 이만큼 성의를 다했다고 공자는 가르친 것이리라. 다음에 그 인물평이 나온다.

10. 어떤 분이 정나라 자산(子産)에 관하여 물으니 공자께서 말씀하셨다.

"인자했던 사람입니다."

초나라 자서(子西)에 관하여 물었다.

"그 사람, 그 사람 말씀입니까?"

제나라 관중(管仲)은 어떠냐고 물었다.

"대단한 인물입니다. 변읍(騈邑) 3백 호를 백씨(伯氏)로부터 뺏었습니다. 그러나 백씨는, 생활에 쪼들리면서도 죽을 때까지 원망하지 않았다고 합니다."

> 或問子産 子曰 惠人也 問子西曰 彼哉彼哉 問管仲曰 人也
> 奪伯氏騈邑三百 飯疏食 沒齒無怨言.

● **주해** 子西(자서) 춘추시대의 정치가 중 '자서'란 자(字)를 가졌던 사람은, 《좌전》에 나오는 것만도 정나라 공손하(公孫夏) · 초(楚)나라 투의신(鬪宜申) · 초나라 공자(公子) 신(申) 셋이다. 투의신은 시대가 조금 다르므로 정나라 공손하와 초나라 공자 신이 문제가 된다. 두 사람 중, 정치가로서의 명성으로 보면, 초나라 공자 신을 꼽을 수밖에 없다. 어떤 고위층이, 자산이나 관중과 함께 그 인물됨을 공자에게 물었다면, 그만큼 비중이 컸던 사람이므로, 공자 신이 거의 틀림없다고 할 수 있다. 공자 신은 형인 소왕(昭王)을 보필하여, 오(吳)나라의 침략으로부터 나라를 지킨 초나라의 영윤(令尹), 즉 재상이었다. 소왕이 망명 중인 공자를 불러들이려 했을 때, 공자 신이 이를 반대한 사건이 있었다. 그에 대해서 공자가 비평을 회피한 것은 이런 불쾌한 기억이 있으므로, 그 감정이 말에 나타날까 주저했기 때문일 것이다. 管仲(관중) 제나라의 재상. 환공(桓公)을 도와 패자(覇者)로 만든 춘추시대 최대의 대정치가. 伯氏(백씨)

백(伯)이라는 성을 가진 사람을 말하는 것이 아니고, 제후의 배신(陪臣)이 주인인 제후의 대부(大夫)를 부르는 칭호다. 그 성명이 잊혀지고, 칭호가 인명처럼 잘못 전해진 것이리라. 騈邑(변읍) 한대(漢代)의 제군(齊郡) 임구현(臨朐縣) 임구산(臨朐山)에 변읍이 있었다고 하나, 사실 여부는 알 수 없다.

11. 공자께서 말씀하셨다.
"가난하면서 원망하지 않기는 어렵고, 부자이면서 교만하지 않기는 쉽다."

子曰 貧而無怨難 富而無驕易.

● **평석** 이것을 앞 장의 계속으로 보는 견해도 있으나, 별개로 하여도 의미는 통하므로 그렇게 생각하는 것이 좋을 것 같다. 이 장은 〈학이편〉 제15장과 비슷한 데가 있다. 어쩌면 자공(子貢)과의 이 문답이 따로 전승되어 오다가, 이런 형태로 기록되었는지도 모르겠다.

12. 공자께서 말씀하셨다.
"맹공작(孟公綽)은 조씨(趙氏)와 위씨(魏氏)네 집사(執事) 정도라면 훌륭히 해낼 것이다. 그러나 등(滕)과 설(薛) 같은 작은 나라의 대부가 된다 해도 곤란할 것이다."

子曰 孟公綽爲趙魏老則優 不可以爲滕薛大夫.

● **주해** 孟公綽(맹공작) 노나라의 명문인 맹손씨(孟孫氏) 출신으로 현인(賢人) 소리를 들었다. 《좌전》에 그의 명언(名言)이 나와 있으나, 그 이외의 것은 전하지 않는다. 《사기》에는, 공자가 스승으로 받든 인물이라고 하였는데 잘못 전해진 것 같다.

● **평석** 맹공작은 노나라의 대부인데, 진(晋)나라의 세도가인 조씨와 위씨의 집사가 되면 잘할 것이라 한 것은, 종래의 해석처럼 그의 욕심 없는 인품을 인정한 것이기는 하지만, 그의 정치가로서의 무능을 비판한 것이라고 보아야 한다. 이어서 작은 나라의 대부가 되어도 무리라고 했으니 말할 것도 없다.

13. 자로가 전인(全人)에 관해 물었다. 공자께서 말씀하셨다.

"장무중(臧武仲)의 지혜와, 맹공작(孟公綽)의 욕심 없음과, 변장자(卞莊子)의 용기와, 염구(冉求)의 교양을 갖추고, 그것을 다시 예악(禮樂)으로 다듬는다면, 전인이라 할 수 있을 것이다."

또 말씀하셨다.

"그러나 요즘 세상에서는 그런 것까지는 무리이다. 이익을 눈앞에 놓고 정의를 생각하고, 위험한 때 목숨을 내놓고, 예전에 약속한 말도 잊지 않고 지킨다면 전인이라고 해도 되리라."

　　子路問成人 子曰 若臧武仲之知 公綽之不欲 卞莊子之勇 冉
　　求之藝 文之以禮樂 亦可以爲成人矣 曰 今之成人者 何必然
　　見利思義 見危授命 久要不忘平生之言 亦可以爲成人矣.

● **주해** 臧武仲(장무중) 장손흘(臧孫紇), 시호는 무(武). 계씨(季氏) 일파와 세력을 다투다가 패하여 공자가 태어난 2년 후, 제나라에 망명했다. 현인 정치가였으므로, 공자는 그 박학에 대해 상당히 경의를 표하고 있었다. 卞莊子(변장자) 변(卞)은 맹손씨(孟孫氏)의 영지(領地)였으므로, 변장자는 《좌전》에 나오는 맹장자(孟莊子), 즉 중손속(仲孫速)이라는 학설이 있다. 그는 기원전 557년, 제나라 군대가 노나라에 침입해서 성읍(郕邑)을 포위했을 때 큰 용기를 발휘했다. 이 설은 옳을 것이다. 久要(구요) 오래된 약속.

● **평석** 공자의 전인설(全人說)은 모든 덕을 갖춘 것이므로, 자로는 멍하고 말을 잃었을 것이다. 자로는 무엇이나 들으면 실행해야 직성이 풀리는 사람이므로, 그것은 너무나 높은 경지이기에 더욱 아연했을 것으로 생각된다. 그러므로 공자는 수준을 낮추어서, 그런 것쯤이면 자로도 할 수 있는 일임을 말했다. 이런 데서도 공자의 온정이 풍긴다.

14. 공자께서 공숙문자(公叔文子)에 관해 공명가(公明賈)에게 물으셨다.
"정말인가, 그 어른은 말하지도 않고, 웃지도 않고, 받지도 않는다는 말이 있는데."
공명가가 대답했다.
"선생님께 말씀드린 사람이 잘못 여쭌 것입니다. 그분은 말해야 할 때라야 비로소 말씀하십니다. 그러기에 아무도 그 말을 싫어하지 않습니다. 즐거웠을 때라야 비로소 웃으십니다. 그러기에 아무도 그 웃음을 싫어하지 않습니다. 또 의(義)에 맞을 때라야 받으십니다. 그러기에 아무도 그 받는 것을 싫어하지 않습니다."
공자께서 말씀하셨다.
"그럴 거야, 아니 그렇지 않을는지도 모르지."

> 子問公叔文子於公明賈曰 信乎夫子 不言不笑不取乎 公明賈
> 對曰 以告者過也 夫子時然後言 人不厭其言 樂然後笑 人不
> 厭其笑 義然後取 人不厭其取 子曰 其然 豈其然乎.

● **주해** 公叔文子(공숙문자) 위(衛)나라의 대신 공손발(公孫拔). 문(文)은 시호. 公明賈(공명가) 위나라 사람 같으나 전하는 것이 없다.

● **평석** 위나라 공숙문자는, 오(吳)나라 태자 계찰(季札)이 위나라에 왔을 때 그를 만나 그의 말에 탄복했다는 전설이 있을 정도로, 현명한

대부로 명성이 높았다. 기원전 504년, 이미 은퇴했으나 마차를 달려 대궐에 들어가 영공(靈公)에게 간했다는 이야기가 전해진다. 기원전 494년, 거의 죽게 될 처지의 그는 사추(史鰌)라는 현인으로부터, '대감은 너무 부자이므로, 욕심 많은 영공으로부터 시기를 받고 있습니다. 또 아들 공숙성(公叔成)은 너무 위세를 부리니, 대감이 돌아가시고 나면 위태로울 것입니다.'라는 충고를 들은 적이 있다.

기원전 497년, 공자는 위나라에 망명했으므로, 공숙문자가 대부호라는 것은 잘 알고 있었을 것이다. 그러기에 공명가의 마지막 말, '의에 맞을 때라야 받는다.'라는 말은 믿어지지 않았을 것으로 보인다. 그래서 '그럴 거야. 아니 그렇지 않을는지도 모르지.'라는 반신반의 태도를 취한 것이리라.

15. 공자께서 말씀하셨다.

"장무중(臧武仲)이 방성(防城)을 거점(據點)으로, 노나라에 자기 후계자를 세워 달라고 요구했다. 비록 군주께 강요하지는 않았다고 변명했지만 나는 믿을 수 없다."

子曰 臧武仲以<u>防</u> 求爲後於魯 雖曰不要君 吾不信也.

● **주해** 防(방) 지명. 방이라는 읍은 노나라에 세 곳이나 있었으나, 여기의 방은 산동성 비현(費縣) 동북에 있어 제나라와 국경이 가까웠으며, 예전부터 장씨(臧氏)의 영지였다.

● **평석** 장무중은 노나라 호족 맹손씨(孟孫氏)의 음모로, 계씨(季氏)와 맹씨의 공격을 받아, 마침내 이웃인 주(邾)로 망명해야 했다. 그는 망명하는 곳에서 다시 노나라로 몰래 들어가 자기 영지인 방읍을 근거지로 만약 장씨를 멸하지 않고 후계자의 상속을 허용한다면, 방읍을 노나라에 주겠으나, 그렇지 않으면 줄 수 없다고 말했다. 결국 노나라는 그의 아들 장위(臧爲)의 상속을 인정하여, 방읍은 노나라에게 주고

일은 일단락되었다.

다른 나라에 망명한 귀족의 영지는 국가에 귀속하는 것이 당시의 관례였는데, 장무중의 행위는 이를 위배한 것이므로, 공자는 격렬히 그를 비난하였다. 이 사건은 공자가 세 살 때 일어난 일로, 장무중이 큰 죄 없이 쫓겨 간 경위에 대해서는 잘 알고 있었을 것이다. 그러나 사정이야 어떻든 대의명분(大義名分)에 어긋나는 행위는, 그것대로 규탄할 수밖에 없다는 것이 공자의 심정이었다.

16. 공자께서 말씀하셨다.
"진(晉)나라 문공(文公)은 거짓이 있고 바르지 않았으며, 제(齊)나라 환공(桓公)은 바르고 거짓이 없었다."

子曰 晉文公譎而不正 齊桓公正而不譎.

● **주해** 晉文公(진문공) 이름은 중이(重耳). 다른 나라를 38년이나 방랑하다가 기원전 636년에 즉위하였다. 기원전 628년에 죽을 때까지, 남방의 강국 초(楚)나라에 대항하기 위해, 중원(中原)의 제후들을 규합하여 동맹을 조직하고 패자(覇者)가 되었다. 譎(휼) 속이다. 齊桓公(제환공) 이름은 소백(小白). 기원전 685년에서 기원전 643년까지 제나라의 군주로 있었다. 관중(管仲)의 보필로, 최초의 패자가 되었다.

● **평석** 제나라 환공과 진나라 문공은, 각기 제후들을 규합하여 그 지도자적 위치에 있던 명군(明君)으로 평가되었다. 춘추시대에는 주(周)의 왕실은 이름뿐이요, 실제로는 여러 나라가 난립하여 어지러웠는데, 이들 나라를 동맹에 가담시킴으로써 어느 정도의 소강상태를 유지하게 한 것이 이 군주들이었다. 그리고 이런 지도적 위치에 선 제후를 패자(覇者)라 불렀다. 그런데 공자는 문공을 나쁘게 보고, 환공을 높이 평가하였다. 그러나 오늘의 안목으로 볼 때 두 군주의 업적은 비슷하여, 별 차이가 있는 것 같지 않기에, 이러한 공자의 비평은 납득가

지 않는다.

그래서 청조(淸朝)의 학자들은 '휼(譎)'을 권의(權宜), 즉 임기응변(臨機應變)하는 재주라 보고, '정(正)'을 경(經)의 뜻, 즉 근본 원칙에 맞는 행동이라 봄으로써, 이 말씀을 역사적 사실과 접근시키려 노력하기도 했다. 확실히 일리 있는 견해이겠으나, 이것은 두 글자에 각기 그런 의미가 있다 하더라도, 그 글자들이 《논어》에서 그렇게 쓰인 적이 있느냐는 점, 또는 그런 뜻을 표현하는 경우 《논어》에 어떤 글자를 썼느냐는 문제, 바꾸어 말하면 용어 예가 조사되어야 할 것 같다.

또 환공에 관해 다른 장에서도 자주 나왔는데 문공에 관한 언급은 볼 수 없는 점에서도, 문공에 대한 공자의 인상은 별로 좋지 않은 것도 같다. 공자는 두 군주와 시대적으로 가까우므로 우리가 알고 있지 않은 자료를 가지고 있었는지도 알 수 없다.

17. 자로(子路)가 말했다.

"제나라 환공이 공자(公子) 규(糾)를 죽였을 때, 규를 돕던 소홀(召忽)은 따라 죽었는데, 관중(管仲)은 죽지 않고 살아남아 환공을 섬겼습니다. 관중은 인에 이르지 않은 것이 아닙니까?"

공자께서 대답하셨다.

"환공은 아홉 차례나 제후들을 모아 동맹을 맺게 하였는데 무력으로 강요하지 않고도 그렇게 할 수 있는 것은, 관중의 힘이다. 누가 그 인을 따르겠는가, 그 인을 따르겠는가."

> 子路曰 桓公殺公子糾 召忽死之 管仲不死 曰未仁乎 子曰
> 桓公九合諸侯 不以兵車 管仲之力也 如其仁 如其仁.

● **주해** 公子糾(공자규) 제나라 양공(襄公)의 아들. 환공의 형뻘. 召忽(소홀) 공자 규의 보(保), 즉 비서 격이었다. 九合(구합) 고주에서는 아홉 번 제후들을 모아 맹약한 것이라고 해석한다. 이에 대해 신주에서는, 구

(九)는 규(糾)와 통용되므로, 구합은 제후를 규합한 것이라고 본다. 아홉 번 모았다고 하는 것이 더 좋을 것 같다.

●**평석** 양공(襄公)이 내란으로 죽었을 때 공자 규와 소백은 다른 나라에서 급히 귀국하여 왕위를 계승하려 했다. 소백이 한걸음 앞서 환공(桓公)이 되어, 형 공자 규를 잡아 죽였다. 이때 공자 규의 비서 격이던 소홀은 죽었으나, 관중은 살아남아 환공을 섬겨 수상이 되었다. 단순하고 정의파였던 자로는, 이런 관중의 태도는 엄연한 변절로 생각되었던 것이리라. 그러나 공자는 그의 공로를 들어, 누가 인의 덕에 있어서 그에게 미치겠느냐며, 자로의 주장을 강경히 부정했다.

공자는 절개에 대해, 두 가지를 구분하고 있는 것 같다. 하나는 작은 의리라도 마지막까지 관철하는 태도다. 그 일이 얼마나 가치가 있는 것인지, 그런 것은 별로 생각하지 않고, 일단 세웠던 맹약은 마지막까지 지켜가는 것이다. 또 하나는, 일에 따라 어느 선까지는 의리를 지키되 한계가 있고, 정말로 대의(大義)라 할 수 있는 일에만 목숨까지도 바치는 절개가 그것이다.

공자 규와 소백은 모두 양공의 아들이므로, 두 사람 중 누군가가 군주가 되어도 안 될 것이 없다. 관중은 우연히 공자 규를 섬기고 있었기에 그 편을 일단 들었지만, 그렇다고 공자 규와 운명을 반드시 같이해야만 할 일은 아니었다. 명분에 어긋나지 않는 사람이 군주로 있으면, 그를 섬겨 나라를 융성하게 하고 국민을 잘살게 하는 편이 훨씬 중요한 문제다. 그래서 관중은 작은 절개를 버리고 큰 절개를 취했으니, 그가 인하지 않다면 누가 인한 사람이겠는가 하는 것도 공자의 그런 생각에서 나온 말 같다.

18. 자공(子貢)이 말했다.
"관중은 인의 덕을 가진 사람이 아니지 않습니까? 환공이 공자(公子) 규(糾)를 죽였을 때 죽지 않았고, 게다가 환공을 돕기까지 하였습니다."

공자께서 말씀하셨다.

"관중은 환공을 도와 패자(覇者)가 되게 하여 천하를 바로잡았으니, 백성들은 지금도 그 혜택을 받고 있다. 관중이 없었다면 우리도 지금 머리를 산발하고 옷섶을 왼쪽으로 한 옷을 입고 있을 것이다. 어찌 관중 같은 큰 인물이, 필부필부(匹夫匹婦)처럼 작은 신의를 위해 목매어, 시체가 개천에 뒹굴어도 아무도 모르는 그런 소인 같으랴."

子貢曰 管仲非仁者與 桓公殺公子糾 不能死又相之 子曰 管仲相桓公霸諸侯 一匡天下 民到于今受其賜 微管仲吾其被髮左袵矣 豈若匹夫匹婦之爲諒也 自經於溝瀆而莫之知也.

● **주해** 一匡天下(일광천하) 천하를 혁신함. 광(匡)은 바로잡는 것. 被髮左袵(피발좌임) 중화민족은 스스로 의관(衣冠)의 풍속이라 해서, 머리를 묶고 관을 쓰는 것이 문화민족으로서의 표시라고 생각하였다. 머리를 산발하고, 옷섶을 왼쪽으로 여미는 것은 북방 오랑캐의 풍습이었다. 諒(양) 정성. 진심. 經(경) 목매는 것.

● **평석** 자공도 자로와 같은 질문을 한 것을 보면, 관중이 공자 규를 위해서 죽지 않고 도리어 환공을 섬긴 일이, 지식인 사이에서 상당히 논란이 되었던 모양이다. 앞 장에도 나왔는데, 공자는 무조건의 헌신, 절대적인 충성 같은 것은 생각하지 않는 사람이었다. 임금이 바보든 폭군이든 그를 위해서 죽음도 회피하지 않는 것이 유교의 윤리처럼 후세에서는 왜곡되었지만, 공자는 간해서 임금이 받아주지 않으면 물러나라고 했지, 그런 못난 임금을 위해 죽으라고 한 적이 없다. 나라나 임금을 위해서도 죽어야 하는 경우가 있기는 하나, 충분하지 않은 명분을 위해 그렇게까지 할 의무는 없는 것이 아닐까? 이런 점을 필부필

부 예를 들어 공자는 명쾌하게 대답했다.

19. 공숙문자(公叔文子)의 가신(家臣)이던 대부 선(僎)이, 그의 추천으로 공숙문자와 어깨를 나란히 하여 조정의 신하로 승진했다. 공자께서 들으시고 말씀하셨다.
"과연 문(文)이라는 시호(諡號)를 받을 만하구나."

公叔文子之臣大夫僎 與文子同升諸公 子聞之曰 可以爲文矣.

● **주해** 公叔文子(공숙문자) 위나라 대부 공손발(公孫拔).(본편 제14장 참조) 大夫僎(대부선) 위나라 사람 같으나 전하는 것이 없다. 文(문) 공손발의 시호. 그가 개인적인 이해를 초월해서 어진 사람을 나라에 추천한 것은, 문이라는 시호에 어울린다고 보았다.

● **평석** 대부 선은 공숙문자의 천거로, 배신(陪臣)의 몸에서 일약 공신(公臣) 즉 군주 직속의 신하로 승격했다. 유능한 사람을 자기 가신(家臣)으로 삼아 세력을 펴던 당시의 풍습으로 볼 때, 이것은 매우 이례(異例)에 속하는 일이었을 것이다. 또 이제까지 자기 신하로 부리던 사람을 조정에 들여보냄으로써, 공숙문자는 그 사람과 동료가 되어야 했으니, 이것도 일반 사람들이 싫어할 일임에 틀림없다. 시법(諡法)에, '석민작위왈문(錫民爵位曰文)'이라는 것이 있다. 죽은 사람이 생전에 훌륭한 인재를 백성 중에서 천거하여 벼슬하게 할 경우 '문(文)'이라는 시호를 준다는 뜻이다. 그런 점에서 문이라는 시호를 받을 만하다고 공자는 공숙문자를 칭찬했다.

20. 공자께서 위나라 영공(靈公)의 무도함을 말씀하셨더니, 계강자(季康子)가 물었다.
"그러면서도 어떻게 군주 자리에서 쫓겨나지 않았을까?"
공자께서 대답하셨다.

"중숙어(仲叔圉)가 국빈을 접대하고, 축타(祝鮀)가 종묘의 제전을 맡고, 왕손가(王孫賈)가 군대를 지휘했습니다. 이와 같았으니, 어찌 자리에서 쫓겨나겠습니까?"

> 子言衛靈公之無道也 康子曰 夫如是 奚而不喪 孔子曰 仲叔
> 圉治賓客 祝鮀治宗廟 王孫賈治軍旅 夫如是 奚其喪.

● **주해** 仲叔圉(중숙어) 위나라의 명신(名臣). 성은 공(孔), 이름은 어(圉), 시호는 문자(文子). 공문자(孔文子)라는 이름으로 〈공야장편〉 제15장에 나온다. 祝鮀(축타) 축(祝)은 제사를 주관하는 사람. 타(鮀)는 본명. 종묘 제사의 주관자 타라는 뜻. 박학과 웅변으로 유명했다.(〈옹야편〉 제16장 참조) 王孫賈(왕손가) 위나라의 대부.(〈팔일편〉 제13장 참조).

21. 공자께서 말씀하셨다.
"호언장담을 부끄러워할 줄 모른다면 그 말을 실행하기도 어렵다."

> 子曰 其言之不怍 則爲之也難.

● **평석** 이 번역은 신주(新注)를 따랐다. 고주(古注)는 '그것을 말할 때, 창피함을 느낄 정도의 자신이 없으면, 그것을 실행하기 어렵다.'라고 해석하는데, 부자연한 점이 있어 따르지 않았다.

22. 진성자(陳成子)가 제나라 간공(簡公)을 죽였다. 공자께서는 머리를 감고 몸을 씻은 다음 입조(入朝)하여, 애공(哀公)께 상주했다.
"진항(陳恒)이 그 임금을 살해했습니다. 부디 정벌하시옵소서."
애공께서 말씀하셨다.

"삼환씨(三桓氏)와 상의하라."

공자께서는 대궐에서 나오시자 말씀하셨다.

"나도 대부의 말석(末席)에 있는 몸이라, 상주하지 않을 수 없었다. 군주께서는 '삼환씨와 상의하라' 하시더군."

삼환씨를 찾아가 말씀하셨으나 찬성을 얻지 못했다. 공자께서 말씀하셨다.

"나도 대부의 말석에 있는 몸이라, 말하지 않을 수 없었다."

陳成子弑簡公 孔子沐浴而朝 告於哀公曰 陳恒弑其君 請討之 公曰 告夫三子 孔子曰 以吾從大夫之後 不敢不告也 君曰告夫三子者 之三子告 不可 孔子曰 以吾從大夫之後 不敢不告也.

● **평석** 제나라 진성자, 즉 진항(陳恒)이 기원전 481년에 군주인 간공(簡公)을 살해했다. 이때 공자는 72세의 노인이었으나, 곧 대궐에 들어가 이 역적을 정벌하기 위해 군대를 일으킬 것을 애공에게 간했다. 이름만이 군주요, 실권이 없었던 애공은 맹손(孟孫)·숙손(叔孫)·계손(季孫)의 세 세도가와 상의하라고 말했다. 공자는 곧 그들을 찾아다녔으나 아무도 상대하지 않았다.

자기 나라도 아닌 다른 나라에서 일어난 일에, 공자는 나이든 몸으로 왜 동분서주했을까? 공자가 가장 중요시한 것은 예(禮)였는데, 예는 곧 사회 질서였다. 사회 질서가 문란해졌으므로 이것을 주공(周公) 때처럼 건전하게 하고자 한 것이, 공자의 정치적 포부의 전부였다 해도 과언이 아니다. 그런 사회 질서 중 가장 기본이 되는 것은 부자·군신·노소(老少)의 세 가지요, 만약 이것이 파괴되는 날에는 인간 생활 자체가 무너진다고 생각했을 것이다.

당시는 어느 나라나 군신의 관계가 타락해서, 권신이 국권을 좌우하였다. 그것도 차마 보고 있을 수 없는 터에, 신하가 임금을 죽이기까지

한다면, 다음에 올 사태는 무엇인가? 공자가 목욕까지 하고 이 일에 비상한 관심을 가진 것은, 얼마나 큰 충격을 받았는가를 말해 준다. 이것은 형식적인 행동이 결코 아니고, 정벌군이 파견된다면 공자 자신이 종군할 결심이 서 있었던 것으로 보인다.

23. 자로가 군주 섬기는 법을 물었다. 공자께서 말씀하셨다.
"군주를 기만해서는 안 된다. 그리고 뜻을 거스르면서까지 간해야 한다."

> 子路問事君 子曰 勿欺也 而犯之.

● **평석** 자로는 기원전 481년 연말이나 다음 해 초에, 위나라를 섬기게 되었다. 이 문답은 아마 그때 나눈 문답일 것이다. 평범한 교훈이어서 자로도 귀 아프게 듣던 이야기였을지도 모른다. 그러나 신하로서 임금을 섬기는 데 있어, 이 이상 무엇이 필요하겠는가. 이 말을 다시 한 공자의 노파심도 노파심이려니와, 자로도 감명을 가지고 들었을 것으로 생각된다.

24. 공자께서 말씀하셨다.
"군자는 고상한 일에 이르고, 소인은 천한 일에 이른다."

> 子曰 君子上達 小人下達.

● **평석** 〈이인편〉 제16장에서, '군자는 의(義)에 밝고, 소인은 이(利)에 밝다.'라고 한 말과 거의 같은 취지이다.

25. 공자께서 말씀하셨다.
"옛 학자들은 자기 수양을 위해 공부했는데, 요즘 학자들은 남에게 알려지기 위해 공부하고 있다."

子曰 古之學者爲己 今之學者爲人.

● **주해** 學者(학자) 요즘의 '학자'보다는, 배우는 사람의 뜻. 그러나 요즘의 학자 뜻으로 보아도 안 될 것은 없다.

● **평석** 명성을 얻기 위해 공부하는 것이 좋지는 않지만, 현대에 비하면 그래도 순박한 학풍이었다 해야 할 것 같다. 당시에 그런 명성을 얻기 위해서는 우선 착실히 공부해서 실력을 쌓지 않을 수 없었을 것이다. 그러나 현대는 사회에서 명성을 부여하기 위한 기준을 정해 놓고 기다리는 형편이다. 소위 학교의 졸업장과 학위 등이 그것이다. 그러므로 졸업장이나 학위가 공부의 목적이 되고, 다시 한 걸음 나아가 공부 아닌 어떤 수단으로든 그것을 취득하려는 경향이 짙다. 공자께서 살아 있다면 말할 것이다. '내 또한 무엇을 말하랴.'

26. 거백옥(蘧伯玉)이 공자에게 사자(使者)를 보냈다. 공자께서는 그 사람을 청해 자리에 앉게 한 다음 물으셨다.
"선생께서는 무엇을 하시나요?"
사자가 대답했다.
"우리 선생께서는 잘못을 줄이려 애쓰고 계시지만, 아직 충분하지 못하십니다."
사자가 물러가자 공자께서 말씀하셨다.
"훌륭한 사자로구나, 훌륭한 사자로구나."

蘧伯玉使人於孔子 孔子與之坐而問焉曰 夫子何爲 對曰 夫子欲寡其過而未能也 使者出子曰 使乎使乎.

● **주해** 蘧伯玉(거백옥) 위나라의 현인으로 유명한 대부. 이름은 원(瑗), 백옥은 자. '나이 50에 49년의 잘못을 알았다.'고 했을 정도로 자기반성이 강했다. 공자도 항상 경의를 표했다.

● **평석** 위나라에 공자가 머물 때인지, 노나라로 돌아온 다음인지 확실하지 않으나, 아마 귀국 후의 일인 듯하다. 거백옥의 영향인지 그가 보낸 사자는 매우 훌륭해서 공자를 재삼 감탄하게 하였다. 그의 말에는 주인의 명예에 대한 고려와 예절상의 겸손이 아울러 들어 있다. 그런 말을 듣고야 누가 존경의 마음이 들지 않겠는가.

27. 공자께서 말씀하셨다.
"책임 있는 자리에 있지 않은 경우, 정치를 논해서는 안 된다."

　　子曰 不在其位 不謀其政.

● **평석** 〈태백편〉 제14장과 같은 문장이다.

28. 증자(曾子)가 말했다.
"군자는 자기 직책 이외의 것을 생각하지 않는다."

　　曾子曰 君子思不出其位.

● **평석** 앞 장의 공자 말과 같은 취지다. 그러나 직무 이외의 것이라고 전혀 생각하지 않는다는 것은, 인간으로서 할 수 있는 일이 아니므로, 공자처럼 '책임 있는 자리에 있지 않은 경우, 정치를 논해서는 안 된다.'라고 하는 편이 맞을 것이다. 이 말은 《역경》 간괘(艮卦)의 상사(象辭)인데, 증자의 이 말이 《역경》에 들어간 것인지, 《역경》 내용을 증자가 인용한 것인지는 알 수 없다.

29. 공자께서 말씀하셨다.
"군자는 자기 말이, 실천보다 지나치는 것을 부끄럽게 여긴다."

　　子曰 君子恥其言之27)過其行.

●**평석** 신주(新注)에서는 '之'를 '而'로 한 통행본을 원본으로 삼아, '그 말은 지나칠까 부끄러워 겸손히 하고, 행동은 말 이상이 되도록 노력한다.'라는 뜻으로 해석했으나, '之'를 넣으면 문장이 훨씬 무난하므로 이를 따랐다.

30. 공자께서 말씀하셨다.
"군자의 도가 셋 있거니와, 나는 그 어느 것도 해내지 못한다. 어진 사람은 근심하지 않고, 지혜로운 사람은 미혹(迷惑)하지 않고, 용기 있는 사람은 두려워하지 않는다."
자공(子貢)이 말했다.
"선생님의 일을 말씀하시는군요. 못하시다니, 될 법이나 한 말입니까?"

   子曰 君子道者三 我無能焉 仁者不憂 知者不惑 勇者不懼 子
   貢曰 夫子自道也.

●**평석** 여기서 말한 군자의 세 가지 도란, 〈자한편〉 제29장과 순서가 하나 뒤바뀌었을 뿐이다. 아마 자공과 문답한 내용이, 다른 제자나 학파의 전승에서는 자공이 빠진 채, 금언으로 기억되어 온 것으로 보인다.

31. 자공은 남을 비평하는 버릇이 있었다. 공자께서 말씀하셨다.
"사(賜)야, 너는 훌륭하기도 하구나. 나는 그럴 여가가 없는데."

   子貢<u>方</u>人 子曰 賜也 賢乎哉 夫我則不暇.

---

27) '之'를 당석경(唐石經)과 통행본에서는 '而'로 하였다. 황간(皇侃)의 《의소(義疏)》를 따랐다.

● **주해** 方(방) 남을 비교하는 것. 그리고 우열을 논평하는 뜻이 물론 포함되어 있다.

● **평석** 자공에 대한 공자의 교훈은, 직접 대놓고 말씀하지 않고 비꼬는 것 같아서 인상이 좋지 않다. 이 〈헌문편〉을 비롯하여 후대의 편찬으로 추측되는 후반부 10편에서는, 강조가 지나치든가 또는 매우 비꼬든가 하는 표현이 많다. 이것은 시일이 오래 지나는 동안, 공자의 원래의 말이 왜곡된 것인지도 모르겠다.

32. 공자께서 말씀하셨다.
"남이 자기를 인정해 주지 않을까 걱정하지 말고, 자기가 능력 없음을 걱정하라."

　　子曰 不患人之不己知 患其不能也.

● **평석** 남에게 인정받지 못함을 근심하지 말고, 자기 실력을 쌓을 걱정을 하라는 말을 공자는 여러 번 했다. 〈학이편〉 제16장, 〈이인편〉 제14장, 〈위영공편〉 제19장은 모두 이 장과 같은 취지의 말이다. 출세하려고 초조하게 기회를 기다리고 있는 제자들에게 공자는 기회만 있으면 이 말을 한 것 같다.

33. 공자께서 말씀하셨다.
"속이지나 않을까 미리 걱정하지 않고, 의심이나 사지 않을까 마음 쓰지 않으며, 그러면서도 남보다 먼저 깨닫는 것, 이것이 현인(賢人)일 것이다."

　　子曰 不逆詐 不億不信 抑亦先覺者 是賢乎.

● **주해** 逆(역) 주자는 '미리 맞이함'이라 하였다. 億(억) 주자는 '미리 마

음 쓰는 것'이라 하였다.

●**평석** 신주(新注)의 해석을 따랐다. 고주(古注)는 '남의 생각을 한걸음 앞서서 깨닫는 것을 현인(賢人)이라 할 수 있는가? 그래서는 남의 원망을 살 것이다.'라고 풀이했다. 이것은 인간의 심리를 너무 지나치게 해석하고 있어서, 도리어 공자의 원뜻에서 멀어진 것 같은 느낌이 든다. 신주의 해석이 도리어 순조로워서 좋다.

34. 미생무(微生畝)가 공자에게 말하였다.
"구(丘)는 어찌 그리 분주한가? 설마 언변으로 남의 마음을 사려는 것은 아니겠지."
공자께서 말씀하셨다.
"언변으로 남의 마음을 얻는 것은 생각지도 못하는 일입니다. 고루함을 싫어하는 것뿐입니다."

　　微生畝謂孔子曰 丘何爲是栖栖者與 無乃爲佞乎 孔子曰 非
　　敢爲佞也 疾固也.

●**주해** 栖栖(서서) 편안하게 자리 잡지 못하고 분주한 모양. 佞(영) 말을 잘해 남의 마음을 얻는 것.

●**평석** 미생무는 어떤 인물인지 알 수 없다. 공자의 이름을 거리낌 없이 부르는 것을 보면, 향당(鄕黨)의 선배일 것이다. 향당의 회합에서는 나이에 따른 서열이 엄격하였는데, 이 사람은 공자의 사회적 지위나 명성 같은 것은 생각하지 하고, 잔소리한 것 같다. 그러나 공자는 조금도 불쾌하게 여기지 않고 공손하게 대답했다.

35. 공자께서 말씀하셨다.

"명마(名馬)는 그 달리는 힘을 높이 평가하는 것이 아니라, 그 품격을 높이 평가하는 것이다."

子曰 驥不稱其力 稱其德也.

● **주해** 驥(기) 하루에 천 리를 달린다는 명마. 천리마.

36. 어떤 사람이 말했다.
"덕을 가지고 원한을 갚는다면 어떻겠소?"
공자께서 대답하셨다.
"그렇게 하신다면, 덕은 무엇을 가지고 갚으시렵니까? 역시 정의를 가지고 원한을 갚고, 덕에는 덕으로 갚는 것이 좋을까 합니다."

或曰 以德報怨何如 子曰 何以報德 以直報怨 以德報德.

● **평석** 어떤 사람의 이름을 밝히지 않은 것을 보면, 고위층의 세도가일 것 같다. 이 사람은 남에게서 많은 원한을 사고 있었는지도 알 수 없고, 어떤 공자의 원한을 사고 있었는지도 모른다. 덕으로 원한을 갚는다는 것은, 요즘 말로 하면 '원수를 사랑한다'는 말이 된다. 이것은 말은 좋지만, 막상 실행하려면 인간의 한계에 이를 것이다. 속으로 원한이 남아 있으면, 그런 것쯤 잊어버렸다는 듯이 행세할 때, 그 사람은 위선의 구렁으로 빠지지 않는다고 할 수 있을까. 정의로 원한을 갚고, 덕으로 덕을 갚으라는 말은, 천고의 명언이다. 더욱 그것이 일반적인 정치가가 될 법이나 한 소린가.

37. 공자께서 말씀하셨다.
"나를 알아주는 사람이 없구나."
자공(子貢)이 여쭈었다.

"어째서 선생님을 알아주는 사람이 없겠습니까?"

공자께서 말씀하셨다.

"하늘을 원망하지도 않고, 남을 탓하지도 않으면서, 아래로는 인간 사회의 일부터 배우기 시작하여, 위로는 천명(天命)까지 통달해 가니, 나를 알아주는 것은 역시 저 하늘이리라."

> 子曰 莫我知也夫 子貢曰 何爲其莫知子也 子曰 不怨天 不
> 尤人 下學而上達 知我者 其天乎.

● **주해** 下學而上達(하학이상달) 고주(古注)의 '아래로는 인사(人事)를 배우고, 위로는 천명을 안다.'라는 해석은 매우 적절한 것 같다.

● **평석** 안연(顏淵)이 죽고 난 뒤, 자공은 공자 문하(門下)의 제일가는 수재였다. 그는 스승의 학문을 많이 이해하고 있다는 자신이 있었을 것이다. 자기를 이해하는 사람이 없다고 스승이 한탄하는 것을 보자, 무엇인가 쓸쓸한 생각이 들었을 것이다. '여기에 선생님을 이해하는 제가 있지 않습니까?' 하는 생각에서, '어째서 선생님을 알아주는 사람이 없겠습니까?'라는 질문이 생겨났을 것이다. 그러나 만년의 공자는 이해하는 사람을 인간에게서 구하는 데 대해 절망하고 있었는지 모른다. 그리하여 그의 사색은 인간사회를 떠나 영원의 세계로 달렸다. 이 문장을 그대로 읽으면 이와 같은 느낌을 받는다.

그러나, 공자가 과연 그러한 형이상학적(形而上學的)이고 종교적인 세계에 끌렸을까. 물론 공자가, 도덕의 근원으로서의 '하늘'을 전혀 도외시했다고는 볼 수 없으나, 생각했다고 하더라도 그것은 매우 막연한 것이었으며, 굳이 그것에 끌리는 것을 피했다고도 할 수 있다. 공자는 하늘에 대해 구체적으로 아무 언급이 없었던 것을 볼 때, 이 장 또한 후세에 추가된 것 같은 생각이 든다.

38. 공백료(公伯寮)가 계손(季孫)에게 자로를 고발했다. 자복경백 (子服景伯)이 공자에게 그 사실을 알리고 말했다.

"그분〔계손〕은 공백료 때문에 속고 계십니다. 제가 미력이나마 공 백료를 잡아, 저자나 조정의 광장에서 처형하겠습니다."

공자께서 말씀하셨다.

"도가 장차 행해지는 것도 운명이요, 도가 장차 쇠퇴하는 것도 운 명입니다. 공백료가 운명을 어떻게 할 수 있겠습니까?"

公伯寮愬子路於季孫 子服景伯以告曰 夫子固有惑志於公伯 寮 吾力猶能肆諸市朝 子曰 道之將行也與命也 道之將廢也 與命也 公伯寮其如命何.

● **주해** 公伯寮(공백료) 자는 자주(子周). 노나라 사람으로 공자의 제자이 기도 했다. 季孫(계손) 노나라의 실권을 쥐고 있던 계무자(季武子). 子服 景伯(자복경백) 노나라 숙손씨(叔孫氏)의 일족인 자복씨(子服氏). 이름 은 하기(何忌), 백(伯)은 자, 경(景)은 시호. 肆諸市朝(사저시조) 죄인을 처형해서, 시가지나 조정의 광장에 매다는 것.

● **평석** 이 사건은 기원전 498년, 계무자(季武子)의 신임을 받았던 공 자가, 자로를 천거하여 계씨의 본거지인 비성(費城)의 성주가 되게 한 다음, 계씨를 설득해서 비의 성벽을 철거한 일과 관련이 있다. 공자는 계씨의 본거지인 비를 비롯하여 숙손씨의 후(郈), 맹손씨의 성(郕) 세 곳 성벽을 헐어버림으로써 세도가들의 세력을 꺾어, 노나라의 군주 세 력을 강화하려 했다. 비성의 철거에 분란이 따르기는 했으나 일단 성 공을 거두었다. 그러나 다른 성은 맹손씨와 숙손씨의 반격으로 성공하 지 못하고, 결국 공자의 개혁은 실패로 돌아갔다. 이 일은 계무자가 공백료의 고발로, 비로소 세 곳 성의 철거에 숨은 공자의 의도에 대해 의심했음을 말하는 것이리라. 공자를 존경하는 자복경백은 숙손씨의

지족(支族)으로 실권을 행사하여, 공백료를 잡아 처형함으로써 파탄이 확대하는 것을 사전에 방지하려 한 것 같다.

그러나 공자는 공백료를 죽여 파국을 모면하려는 이 계획에 반대했다. 하늘이 이 개혁을 지지한다면, 공백료의 그런 행동쯤이 무슨 힘을 발휘하랴. 또 하늘의 뜻이 아니라면, 공백료가 없어도 일은 실패할 것이다. 공자는 이렇게 말했다. 그러나 이 말이 그 성공을 믿은 데서 나온 자신감의 피력인지, 실패할 것을 체념한 것인지는 알 수 없다. 어찌되었든 일은 실패로 돌아가, 공자는 제나라로 망명해야 했으니, 이 사건이야말로 공자의 생애에 큰 선을 그은 것이라 할 수 있다.

39. 공자께서 말씀하셨다.

"현명한 사람은 어지러운 세상에서 피한다. 그다음 사람은 어지러운 땅을 피하고, 그다음 사람은 군주의 안색을 보고 피하고, 그다음 사람은 군주의 말을 듣고야 피한다."

공자께서 다시 말씀하셨다.

"이것을 실행할 수 있었던 사람이 일곱 명 있었다."

子曰 賢者辟世 其次辟地 其次辟色 其次辟言 子曰 作者七人矣.

● **평석** 공자가 이런 도피주의를 드러내 지지한 것은 좀 의아하다. 그러나 어지러운 시대상에 절망하여 은둔한 사람은 공자 시대에도 상당히 있는 것 같으며, 다만 정치의 표면에 나타나지 않기에 기록에 남은 예가 적을 뿐이다. 다음 장 이하에서 이런 은사(隱士)의 예가 나온다.

일곱 사람이 누구를 가리키는지가 문제다. 이 본문은 고주(古注)를 따라 '子曰 作者七人矣'까지를 붙여서 번역했다. 고주에 의하면 일곱 명은 《논어》에 나온 일곱 명의 은사들, 장저(長沮)·걸닉(桀溺)·장인

(丈人)·신문(晨門)·하궤(荷蕢)·의(儀)의 봉인(封人)·초광(楚狂)으로 불리는 접여(接輿)라고 한다. 어쩌면 도가(道家)의 은둔주의가 유행한 다음, 그 영향을 받은 유교도가 이 일곱 사람에게 해당할 듯한 말을 써넣은 것인지도 알 수 없다.

40. 자로가 석문(石門)에서 묵었다. 문지기가 말했다.
"어디서 오시오?"
자로가 대답했다.
"공씨(孔氏) 댁에서 오는 길입니다."
"아, 안 되는 줄 알면서 애쓰는 사람 말이군요."

子路宿於石門 晨門曰 奚自 子路曰 自孔氏 曰 是知其不可而
爲之者與.

●**주해** 石門(석문) 정현(鄭玄)의 주에 의하면, 노나라 성 밖의 문. 즉 근교(近郊)에서 원교(遠郊)로 가는 경계에 있던 문으로 보인다. 晨門(신문) 문지기.

●**평석** 이 문지기는 은사(隱士)였을 것이다. '안 되는 줄 알면서 애쓰는 사람'이라는 비평은, 공자의 적극적인 정치 행동의 일면을 잘 지적하고 있다.

41. 공자께서 위나라에 머무르실 때, 하루는 경(磬)을 치고 계셨다. 삼태기를 지고 공자 댁 앞을 지나던 사람이 말했다.
"뜻이 있는 것 같은데, 이 경 소리는."
잠시 후 말했다.
"속되군. 그리고 딱딱하기는! 자기를 몰라주면 그만두면 될 텐데. '깊으면 무슨 걱정, 옷 입은 채로! 얕으면 얕은 대로 걷고 건너고.'"

공자께서 말씀하셨다.
"체념이 철저하군. 그리 어려운 일도 아니지만."

子擊磬於衛 有荷蕢而過孔氏之門者曰 有心哉 擊磬乎 旣而
曰 鄙哉 硜硜乎 莫己知也 斯已而已矣 深則厲 淺則揭 子曰
果哉 末之難矣.

● **주해** 磬(경) 딱딱한 돌을 달아 매 놓고 치는 타악기(打樂器). 蕢(궤)
삼태기. 硜硜乎(갱갱호) 돌 소리가 딱딱한 모양. 深則厲 淺則揭(심즉려 천
즉게) 《시경》 패풍(邶風) 포유고엽(匏有苦葉)의 첫 장에 나오는 구절.
시세에 따라 적당히 살면 된다는 뜻으로 인용한 것.

42. 자장(子張)이 여쭈었다.
"《서경》에 은(殷)의 고종(高宗)께서는, '상제로 있는 3년 동안 한마
디도 말씀하시지 않으셨다.'라고 했으니, 무슨 뜻입니까?"
공자께서 말씀하셨다.
"어찌 고종께서만 그러셨겠느냐? 옛사람들은 모두 그랬느니라. 임
금께서 돌아가시면, 백관(百官)은 각기 자기 직무를 모두 3년 동
안 총재(冢宰)의 명령을 들었다."

子張曰 書云 高宗諒陰三年 不言 何謂也 子曰 何必高宗 古
之人皆然 君薨百官總己 以聽於冢宰三年.

● **주해** 高宗(고종) 은(殷)을 중흥시킨 임금 무정(武丁). 고종은 그 묘호
(廟號). 諒陰三年(양음삼년) '음량(陰諒)' 또는 '양암(諒闇)'이라고도 한다.
천자가 부왕의 상을 입는 동안 거처하는 초가집. 천자는 이곳에서 3년을
지낸다. 冢宰(총재) 천자의 여섯 경(卿) 중의 수석. 요즘의 총리.

● **평석** 자장 같은 연소자들이, 《서경》과 《시경》 등을 공부하다가 의문이 있으면, 공자에게 질문하여 가르침을 받았던 학원의 모습이 눈에 선하다. 이 《서경》 구절은 지금의 책에는 없는 일문(佚文)이다. 위작(僞作)인 《고문상서(古文尙書)》 열명(說命)에는 편입되어 있다.

43. 공자께서 말씀하셨다.
"윗사람이 예(禮)를 숭상하면, 백성은 저절로 부리기 쉬워진다."

　　子曰 上好禮 則民易使也.

● **평석** 윗사람이 예를 숭상하면, 백성이 왜 명령에 잘 복종하게 될까. 그 감화를 받아 경건하게 되기 때문이라는 것이 고주(古注)의 해석이고, 예는 신분제이므로 신분의 제한을 잘 지키게 되는 것이라고 신주(新注)에서는 주장했다.

44. 자로(子路)가 군자에 관해 여쭈었다. 공자께서 말씀하셨다.
"자기 몸을 수양하여 신중하게 행동하는 일이다."
자로가 또 물었다.
"그것뿐입니까?"
"자기 몸을 수양하여 남들을 편안하게 해주는 일이다."
"그것뿐입니까?"
"자기 몸을 수양하여 백성을 편안하게 해주는 일이다. 자기 몸을 수양하여 백성을 편안하게 해주는 일은 요순(堯舜) 같은 성인께서도 다하시지 못함을 안타까워하셨다."

　　子路問君子 子曰 修己以敬 曰 如斯而已乎 曰 修己以安人
　　曰 如斯而已乎 曰 修己以安百姓 修己以安百姓 堯舜其猶病
　　諸.

● **평석** 자로는 분수에 맞는 가르침에 만족하지 않고, 더 어렵고 특별한 말이 듣고 싶었던 모양이다. 그래서 마지막 가르침에서 공자는 '요순 같은 성인께서도 다하시지 못함을 안타까워하셨다.'라고 말했다.

45. 원양(原壤)이 걸터앉아 기다리고 있었다. 공자께서 말씀하셨다.
"너는 어려선 공손하지 않았으며, 커서는 사람 구실 한 것이 없었으며, 늙어서는 죽지도 않고 살아 있구나. 너야말로 해충(害虫)이다."
그러면서, 지팡이를 들어 정강이를 때리셨다.

原壤夷俟 子曰 幼而不孫弟 長而無述焉 老而不死 是爲賊
以杖叩其脛.

● **주해** 夷俟(이사) 이(夷)는 걸터앉는 것. 사(俟)는 기다리는 것. 述(술) 일컬음. 일컬을 만한 일. 賊(적) 남을 해치는 사람. 脛(경) 정강이.

● **평석** 원양은 공자와 같은 고향 사람으로, 신통치 않은 사람이었던 것 같다. 주자는 그가 어머니가 죽었는데 노래를 부른 도가(道家)였다고 했으나, 무슨 증거가 있는 말은 아닐 것이다. 그 신통치 않은 사람이 죽지도 않고 살아 있다 해서, 공자는 지팡이를 들어 정강이를 때렸다. 좀 뜻밖이라고 할지 모르나, 공자는 신통치 않은 사람이면 때릴 수도 있었던, 인간미를 지녔던 사람이다.

46. 궐(闕) 마을의 한 소년이 손님을 접대하고 있었다. 어떤 분이 물었다.
"학문이 상당한 아이입니까?"
공자께서 대답하셨다.
"저는 향당(鄕黨)의 행사 때, 그가 어른들처럼 가운데 자리에 앉아 있는 것을 보았으며, 마을 노인들과 어깨를 나란히 하여 걷는 모습도 보았습니다. 학문의 성취를 바라는 자가 아니라, 빨리 이루기를 바라는 자입니다."

闕黨童子將命 或問之曰 益者與 子曰 吾見其居於位也 見其與先生並行也 非求益者也 欲速成者也.

● **주해** 闕黨(궐당) 공자가 태어난 궐리(闕里). 童子(동자) 성인식을 올리지 않아서, 관을 쓰지 않은 소년. 將命(장명) 손님을 안내하든가, 그 뜻을 전하든가 하는 접대 역할을 하는 것.

● **평석** 공자는 유능하고 겸손한 소년을 사랑하였지만, 건방진 소년은 싫어했던 모양이다.

제8권

제15 위영공편(衛靈公篇)

위(衛)나라 영공(靈公)이 전쟁에 관해 물은 것으로 시작하는 이 편은 그 첫 두 자를 따서 편명으로 삼았다. 모두 42장으로 〈헌문편〉 다음으로 장편이다. 공자의 짧은 말을 많이 수록했고, 내용은 〈헌문편〉보다 잡다하여 일관된 특징이 없다. 짧은 금옥(金玉) 같은 명구가 있기는 해도, 〈헌문편〉과 함께 다른 편에서 빠진 공자의 말을 이것저것 모은 것 같은 인상이 짙다.

1. 위(衛)나라 영공(靈公)이 공자에게 진법(陣法)에 관하여 물었다. 공자께서 대답하셨다.

"제사에 관한 일은 일찍이 들은 적이 있습니다. 그러나 군대에 관한 일은 아직 배우지 못했습니다."

다음날 마침내 떠나셨다.

> 衛靈公問陳於孔子 孔子對曰 俎豆之事 則嘗聞之矣 軍旅之
> 事 未之學也 明日遂行.

● **주해** 陳(진) 군대의 대열. 진(陣)과 같음. 俎豆之事(조두지사) 조(俎)는 제사 지낼 때 고기를 담는 그릇. 두(豆)는 제사 지낼 때 채소를 담는 그릇. 즉 의식이나 예(禮)에 관한 지식을 가리킨다. 軍旅之事(군려지사) 군사상의 지식. 군(軍)과 여(旅)는 군대의 단위를 표시하는 말. 군은 1만 2,500명으로 최대 단위고, 여는 5백 명으로 이루어졌다.

● **평석** 공자가 위나라의 어지러운 정국에 실망하여 그 나라를 떠난 것은, 전목(錢穆)의 연구에 의하면 영공이 죽은 직후, 후계자 문제로 내란이 일어난 기원전 493년의 일이었다고 한다. 영공이 진법을 물었으므로 떠났다는 이 기록은 그것이 역사적 사실이었는지 의심을 받는다. 공자는 진(陳)·채(蔡)·초(楚) 등을 방랑한 끝에 기원전 489년 다시 위나라로 돌아와 머물다가, 기원전 484년에 조국인 노나라의 초청에 응해 귀국했다. 《좌전》에는 이해에, 위나라의 대부 공문자(孔文子)가 대숙(大叔)을 치고자 공자에게 물었는데, 공자는 '호궤(胡簋)의 일은 일찍이 배웠거니와, 갑병(甲兵)에 관해서는 들은 바가 없다.'고 하면서, 곧 준비하여 돌아가고자 했다는 이야기가 적혀 있다.

이것을 그대로 받아들이면, 공자가 위나라를 처음 떠날 때의 동기는 영공의 질문이고, 두 번째 떠날 때의 동기는 공문자의 질문인데, 이유로는 너무 기발하고 두 번 모두 같은 내용이므로, 《좌전》과 《논어》 중어느 한쪽의 기사가 잘못되었을 것으로 여겨진다. 최술(崔述) 등은 공문자와의 대화가 원래 있었으며,《논어》는 그것을 영공과의 일로 만든 것이라고 주장했다.

그러나《좌전》은 여러 나라의 기록과 전설을 모은 책이므로 공자와 공문자의 대화가 오히려《논어》의 영향을 받았다고도 볼 수 있을 것이다. 여하간 공자가 위나라를 떠나게 된 동기는 당시의 군주나 혹은 고위층으로부터 군사적 문제에 관한 질문을 받고, 자칫하다가는 자신도 내란의 소용돌이에 휩쓸릴까 두려웠기 때문이다. 다만 군사에 관한 질문을 혹은 영공, 혹은 공문자가 하였다고 하는데 어느 쪽이 옳은지 결론을 내릴 수 없다.

2. 진(陳)나라에서 양식이 떨어지자 따르는 자들이 병들어 일어나지 못하였다. 자로가 화가 나서 말했다.

"군자도 곤궁할 때가 있습니까?"

공자께서 말씀하셨다.

"군자도 곤궁에 빠지는 수가 있다. 소인은 곤궁에 빠지면 자포자기한다."

　　在陳絶糧從者病莫能興 子路慍見曰 君子亦有窮乎 子曰 君
　　子固窮 小人窮斯濫矣.

● **주해** 陳(진) 지금의 하남성(河南省) 진주(陳州)에 있던 작은 나라. 濫(남) 자포자기하는 것. 정현(鄭玄)은 주(注)에서 도둑질하는 것이라 했다. 그것으로도 통한다.

● **평석** 공자가 위나라를 떠나 진(陳)나라에 간 것은 기원전 492년의 일이다. 기원전 489년, 진나라에 머물던 중 신흥 강국 오(吳)나라가 진나라를 공격하여, 진나라의 동맹국인 초(楚)나라는 군대를 내어 진나라를 원조하기에 이르러 진나라는 크게 혼란에 빠졌다. 공자 일행

같은 많은 무리는 이 경우, 식량 보급로가 막히는 것은 충분히 있을 수 있는 일이었다. 다행히 초나라 소왕(昭王)이 군대를 보내어 공자를 초청하여, 겨우 위기를 모면할 수 있었다.

3. 공자께서 말씀하셨다.
"사(賜)야! 너는 내가 많이 배워서 그것을 기억하는 자라고 생각하느냐?"
자공이 대답하였다.
"그렇습니다. 아닙니까?"
"아니다. 나는 하나를 가지고 꿰뚫어 왔다."

> 子曰 賜也 女以予爲多學而識之者與 對曰 然 非與 曰 非也 予一以貫之.

● **평석** 〈이인편〉 제15장에서, 공자는 '내 도는 하나를 가지고 꿰뚫어 왔다.'라고 증자(曾子)에게 가르쳤다. 이런 '일관(一貫)'의 가르침은, 송(宋)나라 이후의 학자들에 의해 유교의 근본 교의(敎義)로서 매우 중요시되었다. 이 교훈이 〈이인편〉에서 말하듯이 증자를 통해 전해졌는지, 또는 이 편의 주장처럼 자공을 통해 전해졌는지, 그 어느 쪽이 공자의 정통(正統)을 얻은 것이냐 하는 점은 매우 중요한 문제였다. 그것이 유교의 근본이 되는 가르침이라면 자공이나 증자뿐 아니라, 여러 제자에게 수시로 가르쳤을 것이 틀림없으므로, 누가 정통이냐 하는 문제는 구태여 따지지 않아도 좋을 것으로 생각한다.

4. 공자께서 말씀하셨다.
"자로(子路)야, 덕을 아는 자가 거의 없구나."

> 子曰 由 知德者鮮矣.

●**평석** 고주(古注)에 의하면, 진(陳)나라에서 굶주리게 되자 화낸 자로에게, 공자가 한 말이라 한다. 본편 제2장의 공자가 한 말에 이어지는 것이라 보는 것이다. 그렇게 보면 '세상에는 덕의 존귀함을 알지 못하는 자도 많다. 그러기에 나는 여기서 그런 사람들 때문에 박해를 받는 것이 아니냐. 할 수 없는 일이다.'라는 위로의 말로 해석된다.

5. 공자께서 말씀하셨다.

"아무것도 하지 않은 채 천하를 잘 다스릴 수 있는 것은, 순(舜)임금 정도였을까. 그분께서야 무슨 일을 하셨으랴? 오직 몸을 근엄히 하고, 임금 자리에 앉아 계셨을 뿐이다."

　子曰 無爲而治者 其舜也與 夫何爲哉 恭己正南面而已矣.

●**주해** 舜(순) 요(堯)임금의 뒤를 이어 천하를 통치한 전설상의 제왕. 南面(남면) 임금은 남쪽을 향해 앉고, 신하는 북쪽을 향해 서는 것이 중국의 관례였다. 남면은 임금 역할을 한다는 말이다.

●**평석** 이것은 공자의 말이라고는 생각되지 않는다. 요나 순을 이상적 제왕으로 떠받들게 된 것은 전국시대 이후였고, 또 무위(無爲)가 공자의 사상이라고는 믿어지지 않기 때문이다. 도교(道敎)의 영향을 받은 후대의 유교도가 삽입한 것으로 보인다.

6. 자장(子張)이 어떻게 하면 자기주장이 행해질 것인지 물었다. 공자께서 말씀하셨다.

"말이 진실하고 신의가 있으며, 행동이 후덕하고 신중하다면, 야만의 이민족(異民族) 나라에서도 그 주장이 행해지리라. 그러나 말이 진실하지 못하고 신의가 없으며, 행동이 후덕하지 못하고 신중하지 못하다면, 비록 향리(鄕里)에서인들 그 주장이 행해지겠느냐?

섰으면 곧바로 정면을 향하고 있는 것이 보이고, 마차를 타면 가로 댄 나무에 의지하고 있는 것이 보이게, 그렇게 위엄을 바로 가져야 비로소 자기주장이 행해진다."

자장은 띠 끝에 이 말씀을 적었다.

子張問行 子曰 言忠信 行篤敬 雖蠻貊之邦行矣 言不忠信 行不篤敬 雖州里 行乎哉 立則見其參於前也 在輿則見其倚 於衡也 夫然後行 子張書諸紳.

●**주해** 蠻貊(만맥) 남방 오랑캐와 북방 오랑캐. 州里(주리) 주(州)는 2천 5백 호(戶), 이(里)는 25호. 향리(鄕里)를 가리킴. 參(참) 여러 설이 있으나, 왕염손(王念孫)이 '직(直)'이라 해석한 것을 따라, 바로 정면을 보는 뜻으로 풀었다. 衡(형) 마차의 좌석 앞에 가로 댄 나무. 마차를 탄 사람이 붙들게 되어있다. 書諸紳(서저신) 신(紳)은 예복에 쓰는 넓은 띠. 그 끝이 석 자[尺]쯤 드리워져 있는데, 여기에 붓으로 쓰는 것. 저(諸)는 조자(助字).

●**평석** 자장은 공자의 훈계를 잊지 않고자, 띠 끝에 공자의 말을 써 놓았다. 옛사람들이 좋은 말 한마디를 보옥처럼 귀중히 여겼음을 알 수 있다. 현대의 우리는 책의 홍수에 살고 있다. 그러기에 이런 성의는 없어져서, 어떤 말이라도 예사롭게 넘기는 정서가 되고 말았다. 지식을 늘이는 데는 많은 서적이 필요하겠으나, 인간을 형성하는 면에서 오히려 방해가 되어서는 안 되겠다.

7. 공자께서 말씀하셨다.

"곧구나, 사어(史魚)는. 나라에 질서가 있어도 화살처럼 곧고, 나라에 질서가 없는 때에도 화살처럼 곧구나. 군자로구나, 거백옥(蘧伯玉)은. 나라에 질서가 있으면 벼슬하고, 나라에 질서가 없으면 거두어 품에 숨기는구나."

子曰 直哉 史魚 邦有道如矢 邦無道如矢 君子哉 蘧伯玉 邦
有道則仕 邦無道則可卷而懷之.

● **주해** 史魚(사어) 위나라의 대부. 사추(史鰌)라고도 한다. 如矢(여시)
《시경》소아(小雅) 대동(大東)에, '곧기가 화살 같다'라는 구절이 있다.
蘧伯玉(거백옥) 위나라의 대부. 〈헌문편〉제26장 참조.

● **평석** 사어에 대한 형용은,《시경》의 문구를 인용하였다. 거백옥의
인물을 말한 '거두어 품에 숨긴다'는 것도 어쩌면 무슨 고사가 있었는
지도 모른다. '거두어 품에 숨긴다'는 말은, 그가 가진 재주나 주장을
접고 숨기는 일이다. 여기의 표현은 그야말로 감각적이고 직감적이어
서, 인물의 성격을 멋지게 상징했다. 공자의 탁월한 예술적 재능이 발
휘되었다.

8. 공자께서 말씀하셨다.
"함께 이야기할 만한 사람인데도 함께 이야기하지 않는 것은, 사람
을 잃는 것이 된다. 함께 이야기할 만하지 못한데도 같이 이야기
하는 것은, 말을 잃는 것이 된다. 지혜 있는 사람은 사람을 잃지
않으며, 또 말도 잃지 않는다."

子曰 可與言而不與之言失人 不可與言而與之言失言 知者不
失人 亦不失言.

● **평석** 천고의 명언이다. 보통 사람들은 자기 또래의 사람들과 만나
쓸데없는 말로 하루를 보낸다. 그것이 어찌 '말을 잃는 것'에 그치랴.
사실은 말과 함께 자기도 잃는 것이라 할 수 있다. 그러한 대화에는

'책임지는 주체로서의 자아'가 결핍된 까닭이다. 그 반면 자기보다 위대한 사람이 있으면 솔직히 고개 숙여 접근하는 대신, 공연히 시기하고 두려워하고 멀리하려는 것이, 또한 보통 사람의 행동이다. 그가 바라는 것은 향상이 아니라, 작은 안일(安逸)인 까닭이다.

9. 공자께서 말씀하셨다.
"지사(志士)와 인인(仁人)은 목숨을 아껴 인을 손상하지 않고, 몸을 죽여서라도 인을 완성시킨다."

　　子曰 志士仁人 無求生以害仁 有殺身以成仁.

● **평석** 생명이 존귀한 것은, 생명을 생명답게 살아갈 때이다. 자기의 존엄성까지도 짓밟히면서 권세나 돈에 연연하면, 어찌 값진 삶이 되겠는가. 공자는 '아침에 도를 배우면 저녁에 죽어도 좋다'라고 하였고, 또 원양(原壤)이라는 신통치 않은 사람을 지팡이로 때린 일도 있는데, 모두 이런 인간관(人間觀)을 가지고 있었기 때문이라 할 수 있다.

10. 자공(子貢)이 인을 실현하는 방법에 관해 묻자, 공자께서 말씀하셨다.
"직공이 일을 잘하려면 먼저 그 도구를 바꾸니, 한 나라에 있으면 먼저 어진 대부를 가려 섬기고, 인(仁)을 지닌 사(士)와 친교를 맺어야 한다."

　　子貢問爲仁 子曰 工欲善其事 必先利其器 居是邦也 事其大
　　夫之賢者 友其士之仁者.

● **평석** 《논어》에서 제자가 인에 관해 공자에게 질문하는 경우, 대개 '인을 물었다'고 기록하는 것이 상례(常例)다. 그런데 본장(本章)에서

는 '인을 실현하는 방법을 물었다'로 되어있다. '인을 실현한다'는 것은 무엇인가? 자공은 머리가 뛰어난 사람이었으므로, 단순히 '인'이라 불리는 막연한 덕에 관해 묻는 대신, 인을 실현하는 방법을 물은 것인지도 모른다.

이 물음에 대해, 직공이 먼저 그 도구를 바꾸듯이, 인을 실현하고자 하는 사람은, 먼저 어진 사람과 사귀어야 한다는 것이 공자의 말이다. 자공처럼 자기 재주를 지나치게 믿는 사람에게는, 자칫하면 좋은 선배와 친구의 귀중함을 무시하는 경향도 있을지도 모르므로, 이것은 아주 적절한 가르침이라고 여겨진다.

11. 안연(顔淵)이 나라 통치하는 법에 관해 묻자, 공자께서 말씀하셨다.

"책력은 하(夏)의 것을 채용하며, 마차는 은(殷)의 것을 타며, 의복은 주(周)의 면(冕)을 쓰는 것이 좋다. 음악은 순(舜)임금의 소(韶)의 춤이 아름답다. 정(鄭)나라의 음곡(音曲)은 추방하고, 아첨하는 사람을 멀리해야 한다. 정나라 음곡은 음탕하고, 아첨하는 사람은 위태롭기 때문이다."

> 顔淵問爲邦 子曰 行夏之時 乘殷之輅 服周之冕 樂則韶舞
> 放鄭聲 遠佞人 鄭聲淫 佞人殆.

● **주해** 時(시) 책력. 하(夏)의 책력은 봄이 1년 초에 있어서, 농사짓는 데 편리했다. 輅(노) 큰 마차. 은(殷) 왕조 때, 두 마리 말이 끄는 마차. 때로는 두 마리의 곁말까지 딸려 네 마리가 끄는 전차(戰車)가 생겼다. 은의 유적지에서 발굴되어 지금은 그 실물을 볼 수 있게 되었다. 冕(면) 주(周)의 예식용 관. 위에 널[板] 같은 것이 있고, 앞뒤로 줄이 드리워 있다. 韶舞(소무) 순(舜)이 만들었다는 음악. 물론 무용이 따랐을 것이다.(〈팔일편〉제25장·〈술이편〉제13장 참조) 鄭聲(정성) 정(鄭)나라는

작은 나라이나, 문화적으로는 중원(中原)에서 가장 선진국이었다. 이웃인 위(衛)나라와 함께, 새로운 음악이 성행했던 까닭에 자주 유교도로부터 배척을 받았다.

● **평석** 안연은 공자 문하의 제일가는 제자였으므로, 공자는 구체적인 정책을 들어 국가 통치법을 논했다. 공자는 하(夏)·은(殷)·주(周) 어느 나라 것이든, 과거의 문화 중 우수한 것은 모두 계승해야 한다는 입장을 취했다. 새로 일어난 정나라의 저속한 음악과 아첨하는 무리만이 배격되었을 뿐이다. 이렇게 과거 문화의 장점을 취하고, 그것을 공존(共存)하는 것이 공자의 문화 정책이었다고 하면, 그것은 문화의 통합(統合)이 아니라, 혼합이다.

통합에서는 여러 요소가 한 문화에 용해하고 지양됨으로써, 완전히 하나의 통일을 이루지만, 혼합에서는 개개(個個)의 요소가 그대로 형태를 유지한 채 공존하게 된다. 그런 요소들 사이에는 어떤 조화가 있을 것이나, 의식적인 통일은 생겨나지 않는다. 아마 공자의 이러한 문화관이, 중국이나 한국, 일본의 문화 성격을 강력히 규제했는지도 모른다. 문화를 파괴할 위험물은 제거되었으나, 다른 것들은 그대로 두는 것이 공자의 문화 정책이었다.

12. 공자께서 말씀하셨다.
"사람이 먼 앞일까지 생각하지 않으면, 반드시 가까이에 근심거리가 생긴다."

　子曰 人無遠慮 必有近憂.

● **주해** 遠慮(원려) 먼 장래의 일이나, 또는 자기와 전혀 관계도 없을 듯한 일까지 생각하는 것.

13. 공자께서 말씀하셨다.

"다됐구나, 나는 덕을 좋아하기를 미인을 좋아하듯 하는 사람을 본 적이 없다."

子曰 已矣乎 吾未見好德 如好色者也.

● **평석** '이의호(已矣乎)'가 추가되었을 뿐, 〈자한편〉 제18장과 같은 문장이다. 공자는 이 비유를 즐겨 사용한 것 같다.

14. 공자께서 말씀하셨다.
"장문중(臧文仲)은 직책을 다하지 않고 녹(祿)만 도둑질한 사람이리라. 유하혜(柳下惠)가 훌륭한 인물인 줄 알면서도, 천거해 동료로 삼으려 하지 않았다."

子曰 臧文仲其竊位者與 知柳下惠之賢 而不與立也.

● **주해** 臧文仲(장문중) 노나라의 대부. 〈공야장편〉 제18장 참조. 柳下惠(유하혜) 성은 전(展), 이름은 획(獲), 자는 자금(子禽), 또 전계(展季)라고도 불린다. 노나라의 현인. 유하(柳下)는 집에 버드나무가 있었기에 사람들이 그렇게 부른 것이라고도 한다. 혜(惠)는 시호.

● **평석** 장문중의 전기는 《좌전》에 기록이 있어서 명확하나, 유하혜에 관해서는 다소의 전설이 있을 뿐 확실한 자료가 없다. 장문중이 박해하지는 않았겠지만, 적어도 천거하지 않은 것은 사실인 모양으로, 현인을 천거하지 않은 것은 관리로서 중대한 잘못이라고 공자는 본 것이리라.

15. 공자께서 말씀하셨다.
"자기 자신은 깊이 책망하고 남에게는 관대히 책망하면, 원망을 멀리할 수 있다."

子曰 躬自厚而薄責於人 則遠怨矣.

● **주해** 躬自(궁자) 자기 자신.

16. 공자께서 말씀하셨다.
"'어떻게 할까, 어떻게 할까' 하지 않는 사람은, 나도 어떻게 할
도리가 없다."

子曰 不曰如之何如之何者 吾末如之何也已矣.

● **평석** 공자는 정해진 가르침을 제자에게 주입한 것이 아니라, 스스로
문제를 가지고 애쓰는 사람을 돕는 교육을 하였다. 스스로 고민도 없
고 노력도 하지 않는 사람은 공자도 어쩔 수 없다는 말이다. 임어당
(林語堂)은 공자가 유머를 즐긴 예로 이 문장을 들었다.

17. 공자께서 말씀하셨다.
"여럿이 모여 온종일 떠들면서도 이야기가 한번도 의(義)로운 화
제에 미치지 않고, 도리어 얕은꾀만 부려서는 곤란하다."

子曰 群居終日 言不及義 好行小慧 難矣哉.

● **평석** 공자의 제자들이 모여서 신통치 않은 이야기에만 열중하는 것
을 책망한 것인지도 모른다. 그러나 보통 사람들 누구에게나 가슴 아
프게 울리는 것은, 그것이 어느 시대의 누구에게나 통하는 병폐를 건
드렸기 때문일 것이다.

18. 공자께서 말씀하셨다.
"군자는 정의로써 본질을 삼고, 예(禮)를 따라 행동하고, 겸손한 말
로 뜻을 나타내고, 신의를 지킴으로써 완성한다. 이런 사람이야말

로 군자다."

子曰 君子義以爲質 禮以行之 孫以出之 信以成之 君子哉.

● **주해** 孫以出之(손이출지) 손(孫)은 겸손의 뜻. '이를 낸다〔以出〕'는 것은, 정현(鄭玄)의 주에서 말로 나타내는 것이라고 한 것이 적절하다.

19. 공자께서 말씀하셨다.
"군자는 자기 재주가 모자람을 걱정하지만, 남이 자기를 이해해 주지 않음을 걱정하지는 않는다."

子曰 君子病無能焉 不病人之不己知也.

● **평석** 공자는 이와 비슷한 말을 늘 한 모양으로, 《논어》에 여러 번 나왔는데, 특히 〈헌문편〉 제32장과는 순서가 바뀌었을 뿐 거의 같은 문장이라 할 수 있다. 이렇게 같은 말이 중복된 것은, 각 편이 다른 학파에 의해 전승되었음을 말하는 것이리라.

20. 공자께서 말씀하셨다.
"군자는 일생이 끝날 때까지, 자기 이름이 세상에 드날리지 않을까 걱정한다."

子曰 君子疾沒世而名不稱焉.

● **평석** 얼핏 보기에 앞 장의 취지와 모순되는 말처럼 생각할지도 모른다. 그러나 이것은 명성을 위해 공부하라는 뜻은 아니다. 말할 것도 없이, 군자는 남에게 알려지기를 목표로 배우는 것은 아니다. 그러면서도 그 학문이 높은 경지에 이르고, 덕행(德行)이 뛰어나면, 원하지 않아도 사회가 몰라 줄 리 만무하다.

그러기에 죽을 때까지 남의 칭송을 듣지 못한 사람이라면, 그 사람의 노력이 그만큼 부족하다는 말이 된다. 《논어》에 수록된 문장들은, 그 때그때 구체적인 인물을 상대하여 말한 내용이기에 앞 장이 출세하고 자 초조해하는 제자들에게 반성을 촉구한 말이라면, 이것은 의기소침 해 있는 제자를 격려하기 위해 한 말일 것이다.

21. 공자께서 말씀하셨다.
"군자는 자기에게서 구하고, 소인은 남에게서 구한다."

子曰 君子求諸己 小人求諸人.

●**평석** 구하는 것은 무엇인가? 보기에 따라 여러 가지를 말할 수 있을 것이다. 그것이 명성이든 덕이든 간에, 자기 노력으로 이루려는 것이 군자라는 말이다. 이 말은 본편 제19장의 취지와 비슷한 것으로 보아도 될 것 같다.

22. 공자께서 말씀하셨다.
"군자는 엄연한 태도를 취하나 남과 다투지 않으며, 여러 사람과 사귀나 당파에는 휩쓸리지 않는다."

子曰 君子矜而不爭 群而不黨.

23. 공자께서 말씀하셨다.
"군자는 말을 잘한다 해서 남을 발탁하지 않으며, 또 사람이 시시하다고 해서 그 말까지 버리지는 않는다."

子曰 君子不以言擧人 不以人廢言.

●**평석** 말만 잘한다고 사람까지 신용하지 않는 일은, 어쩌면 노력 여

하에 따라 웬만한 사람이면 해낼 수 있을는지 모른다. 그러나 사람에 대한 선입견 때문에 그 말까지도 돌아보지 않으려는 폐단에 빠지지 않기는, 여간해서는 어려운 일이다. 만일 이것을 할 수 있다면, 길에서 뛰노는 아이나 여느 촌사람도 모두 우리의 스승이 될 것이다. 공자가 '세 사람이 가면, 반드시 내 스승이 있다.'(《술이편》 제21장)라고 말한 것도, 이런 태도를 지녔기에 가능했다.

24. 자공(子貢)이 여쭈었다.
"한마디 말로, 죽을 때까지 행해야 할 것이 있습니까?"
공자께서 말씀하셨다.
"그것은 '서(恕)'이다. 자기가 바라지 않는 일을 남에게 하여서는 안 된다."

> 子貢問曰 有一言而可以終身行之者乎 子曰 其恕乎 己所不
> 欲 勿施於人.

● **평석** 증자는 공자로부터 '내 도는 하나를 가지고 꿰뚫어 왔다'라는 말을 들었을 때, 그 '하나'는 '충서(忠恕)'를 가리키는 것이라고 부연하였다.(《이인편》 제15장) 자공도 '하나로 꿰뚫었다'라는 가르침을 받은 적이 있는데(본편 제3장), 이 일관(一貫)의 도가 '恕'의 정신임을 공자로부터 배운 것이 된다. 인(仁)을 恕라고 보는 해석은 자공과 증자가 전승한 것이 될 것이다.

25. 공자께서 말씀하셨다.
"나는 사람들에게, 누구건 흉보든가 칭찬하든가 하지 않는다. 만약 칭찬하는 일이 있다면, 시험해 보고 난 다음의 일이다. 지금의 백성들도, 하(夏)·은(殷)·주(周) 3대(代) 때와 마찬가지로 곧게 살고 있으므로, 신중하지 않을 수 없다."

子曰 吾之於人也 誰毁誰譽 如有所譽者 其有所試矣 斯民也
三代之所以直道而行也.

● **평석** 난해한 문장으로, 신주(新注)나 고주(古注)의 어느 것으로도
의미가 잘 통하지 않는다. 아마 이것은 순박한 시골 사람들에 관해 한
말 같다. 그들이라 해서 현인은 아니지만, 대체로 순박하다는 점에,
공자는 생각이 미친 것 같다. '무욕과 과감과 질박과 눌변(訥辯)은 인
에 가깝다.'(〈자로편〉 제27장)라는 말을 염두에 두고 읽으면, 무리가
없을 것 같다.

26. 공자께서 말씀하셨다.
"나는 역사에 기술(記述)이 누락된 부분은 언급하지 않으려고 한다.
말을 가진 사람은 남에게 빌려주어 타게 하였다. 지금은 그런 일
이 없다."

子曰 吾猶及史之闕文也 有馬者 借人乘之 今亡矣夫.

● **평석** 이것은 고금의 주석자들이 가장 풀이에 고심했던 문장이다. 신
주(新注)에서는, '이 장은 뜻이 의심스러우니, 굳이 해석하려 하지 말
라.'라고까지 하였다. 역자는 유(猶)가 '가(可)'라는 뜻을 지닐 수도 있
다는 점에 주목하였다. 그리고 말 이야기를 궐문(闕文)의 비유라 봄으
로써, 비교적 무리 없이 뜻을 이해하기에 이르렀다고 자부한다.

27. 공자께서 말씀하셨다.
"교묘한 언변은 덕을 해치고, 작은 일을 참지 않으면 큰 계획을 해
친다."

子曰 巧言亂德 小不忍則亂大謀.

28. 공자께서 말씀하셨다.
"여러 사람이 싫어하는 사람이라도 반드시 살펴야 하며, 여러 사람이 좋아하는 사람이라도 반드시 살펴야 한다."

　子曰 衆惡之必察焉 衆好之必察焉.

● **평석** 민주주의의 기반은, 대중의 결정이 정당하다는 점에 있다. 이것은 지금까지 인류가 발견한 최상의 통치 방법일 것이다. 그러나 언제나 반드시 그런 것도 아니어서, 우리는 그것이 자칫하다가는 중우정치(衆愚政治)에 빠질 위험을 내포하고 있음을 잊어서는 안 된다. 그리고 이런 위험을 피하는 길은 대중의 결정에 무조건 동조하는 태도를 지양하고, 자기 자신의 책임 있는 판단이 있어야 할 것이다. 이런 관점에서 읽으면, 귀중한 교훈이 될 것이다.

29. 공자께서 말씀하셨다.
"사람이 도(道)를 넓히는 것이지, 도가 사람을 넓히는 것은 아니다."

　子曰 人能弘道 非道弘人.

● **평석** 도는 사상·주의·종교 등 모든 이데올로기의 형태를 가리킨다고 해도 좋다. 사상이 독자적으로 존재하는 듯이 오해할지 모르나, 어디까지나 인간이 주체가 되어, 인간에 의해 생각되고, 인간에 의해 믿어지고, 인간에 의해 세상에 유포되면서 후세에까지 남는 것, 그것이 사상의 형태라고 공자는 생각했다. '법(진리)을 믿고, 나를 믿지 말라'라고 한 석가와는 좋은 대조를 이룬다.

30. 공자께서 말씀하셨다.
"잘못하고도 고치지 않는 것, 이것을 잘못이라고 한다."

子曰 過而不改 是謂過矣.

● **평석** '잘못하였으면, 고치는 데 거리낌이 없어야 한다.'는 말이 두 번이나 나왔다.(〈학이편〉 제8장·〈자한편〉 제25장) 사람이라면 누구나 잘못하지만, 잘못에 어떻게 대처하느냐에 따라 현우(賢愚)가 갈린다고 공자는 생각했던 것 같다. 잘못을 고치지 않는 것이야말로 잘못이라는 생각은 매우 깊은 뜻이 있다고 하겠다.

31. 공자께서 말씀하셨다.
"나는 예전에 하루 종일 먹지 않고, 밤새도록 자지 않으면서 사색에 열중한 일이 있었다. 그러나 유익함이 없었다. 배우는 것만 못하다."

子曰 吾嘗終日不食 終夜不寢以思 無益 不如學也.

● **평석** 공자는 배움과 사색이 병행해야 한다고 생각했다.(〈위정편〉제15장) 여기서는 단순히 사색만으로는 학문이 이루어질 수 없음을, 자기 체험을 통해 말했다.

32. 공자께서 말씀하셨다.
"군자는 도를 얻고자 애쓰지만, 먹을 것을 얻고자 애쓰지는 않는다. 먹을 것을 얻고자 농사를 지어도 굶주리는 수가 있으나, 도를 얻고자 학문에 힘쓰면, 저절로 벼슬하여 녹(祿)을 먹게 될 것이다. 군자는 도에 대해 걱정할망정, 가난을 걱정하지는 않는다."

子曰 君子謀道 不謀食 耕也餒在其中矣 學也祿在其中矣 君子憂道不憂貧.

33. 공자께서 말씀하셨다.

"지식으로 그 지위까지 갔으면서도 인의 덕으로 지키지 못하면, 모처럼 얻은 지위도 반드시 잃게 된다. 지식으로 그 지위를 얻고 인의 덕으로 그것을 지켜도, 엄숙하게 그 지위에 앉지 않으면, 백성은 존경하지 않는다. 지식으로 그 지위를 얻고 인의 덕으로 그것을 지키며 엄숙하게 그 지위에 앉아도, 백성을 움직이는 데 예(禮)로써 하지 않는다면, 아직 완전하다고는 할 수 없다."

子曰 知及之 仁不能守之 雖得之 必失之 知及之 仁能守之 不莊以涖之 則民不敬 知及之 仁能守之 莊以涖之 動之不以 禮 未善也.

● **주해** 莊(장) 엄격한 태도. 涖(이) 정해진 위치에 나아가는 것. 여기서는 관직에 취임하여 백성을 대하는 것.

● **평석** 여기서 지식과 인이 미치는 '之'가 무엇을 가리키는지 확실하지 않다. 그러나 엄숙한 태도로 임하는 '之'가 지위를 말하므로, 모든 '之'를 지위라고 보았다.

34. 공자께서 말씀하셨다.

"군자는 작은 일은 하지 못하지만, 큰 임무는 맡을 수 있다. 소인은 큰 임무는 맡을 수 없지만, 작은 일은 할 수 있다."

子曰 君子不可小知 而可大受也 小人不可大受 而可小知也.

● **주해** 小知(소지) 작은 일을 이해하고, 그것을 실행하는 것. 大受(대수) 큰 임무를 맡는 것.

● **평석** 사람에게는 각기 그릇의 크고 작음이 있다는 말이다. 〈위정편〉 제12장과 함께 읽으면 좋을 것이다.

35. 공자께서 말씀하셨다.
"백성이 인(仁)에 의존하는 정도는 물이나 불을 대하는 것과 비교할 것이 아니다. 그런데도 물이나 불에 뛰어들었다가 죽는 사람은 보았지만, 인을 실현하려다가 죽는 사람은 보지 못했다."

　子曰 民之於仁也 甚於水火 水火吾見蹈而死者矣 未見蹈仁而死者也.

● **평석** 물이나 불 없이는 우리는 잠시도 살 수가 없다. 그러나 인의 덕이 우리에게 필요한 정도는 그것보다도 더하다. 그런데도 물이나 불 때문에 목숨을 잃는 사람은 있어도, 인을 위해 죽는 사람은 없다는 말이다. '물불을 밟고 죽는다'라는 극단적인 비유에는, 맹자 같은 전국시대의 웅변가를 연상시키는 점이 있다. 이 〈위영공편〉의 편찬 연대가 꽤 후세였음을 말하는 것인지도 모른다.

36. 공자께서 말씀하셨다.
"인의 덕을 실천하는 데 있어서는 스승에게도 양보해서는 안 된다."

　子曰 當仁不讓於師.

● **평석** 겸손은 미덕이다. 그러나 그것이 어디에나 적용되어도 좋다는 것은 아니다. 진리 추구나 실천 같은 문제면, 스승뿐 아니라 임금이나 부모에게도 양보해서는 안 된다. 도리어 윗사람을 능가하면 할수록 좋은 일이 될 것이니, 공자는 제자들이 자기를 넘어서 더 위대해지기를 바란 것이다.

37. 공자께서 말씀하셨다.
"군자는 바르게 행동하지만 우직하지는 않다."

　　子曰　君子貞而不諒.

● **주해** 貞(정) 큰 신의. 대국적인 견지에서 나오는 정당한 행위. 諒(양) 작은 신의. 무엇이나 약속대로 하는 것.

● **평석** 고정관념을 가지고 있는 것이 보통 사람들의 생각이다. 정직해야 한다면 부모의 죄도 고발하는 것이 정직이라 생각하고, 신의를 찬양하면 어떤 약속이라도 지켜야 신의라고 생각하는 등이다. 관중(管仲)은 보기에 따라 흠이 많은 인물이었으나, 공자는 높이 평가했다.(〈헌문편〉 제17·18장 참조) 그것은 작은 지조에 결함이 있어도 큰 지조는 지켰다고 보았기 때문이다.
'미생지신(尾生之信)'이라는 말이 있다. 미생(尾生)이라는 사람이 한 여인과 다리 밑에서 만나기로 약속했는데, 그때 마침 큰비가 내렸다. 그러나 그는 약속대로 다리 밑에 가서 기다리다가 물이 불어나도 떠나지 않고 기둥을 안고 죽었다고 한다. 이러한 신의라면 무슨 가치가 있겠는가.

38. 공자께서 말씀하셨다.
"임금을 섬기는 데는, 그 일을 신중히 처리하기에 마음을 쓰고, 대우는 뒷전으로 돌려야 한다."

　　子曰　事君　敬其事而後其食.

● **주해** 食(식) 녹(祿). 당시는 봉급으로 쌀을 받았다.

● **평석** 공자의 제자들도 사람이므로, 취직할 경우 대우 문제에 신경을

쓰는 사람도 있었을 것이다. 공자는 먼저 일을 잘해서 인정을 받으면, 대우는 거기에 따르지 않겠느냐고 제자들을 타이른 것이리라.

39. 공자께서 말씀하셨다.
"인간은 교육이 문제지, 신분의 차이는 문제가 되지 않는다."

子曰 有敎無類.

● **주해** 類(유) 귀하고 천한 신분.

● **평석** 공자의 학원은 신분의 귀천에 상관없이 모든 도를 구하는 사람에게 개방되어 있다는, 신교육의 신조 같은 것이리라.

40. 공자께서 말씀하셨다.
"도가 같지 않으면, 함께 일을 도모할 수 없다."

子曰 道不同 不相爲謀.

● **평석** 공자는 자기의 이상을 실현하고자 여러 정치가와 손을 잡으려고 노력했다. 이런 노력은 조국에서만이 아니라, 다른 나라에서도 계속되었다. 그러나 거기서 무엇을 얻었던가. 만년의 공자는 주의와 주장이 자신의 생각과 같지 않아서는 손잡고 일할 수 없다는 결론에 도달했을 것이다. 그것은 슬픈 체념일지도 모르나 현명한 판단이라고 할 수 있다.

41. 공자께서 말씀하셨다.
"말은 의미가 통하기만 하면 된다."

子曰 辭達而已矣.

●**평석** 여기서 '사(辭)'는 외교 사령(辭令)을 가리킨다고, 청(淸)의 전대흔(錢大昕)은 주장했다. 당시 외교관의 대화는,《좌전》에 많이 기록되어 있다. 박학을 과시하고자 고사를 인용하고, 수식이 많은 대화를 나누었다. 이런 경향은 자칫하면 내용이 공허해져, 무의미해지기 쉬운 위험이 있다. 이런 미사여구보다는 자기 나라의 주장을 명확하게 밝혀, 상대 나라에게 이해하게 하는 것이 좋다고 공자는 생각했는지도 모른다. 이렇게 '辭'를 보지 않고, 일반적인 '말'로 해석하면 의미가 통한다. 요즘의 문학들이 표현의 지엽적인 기교에 매여 도리어 문학 정신을 상실해 가고 있음을 생각한다면, 현대인에게도 귀중한 교훈이 되는 것 같다.

42. 악사 면(冕)이 뵈러 왔다. 계단에 이르자, 공자께서 말씀하셨다.
"여기는 계단입니다."
좌석에 이르자, 공자께서는 또 말씀하셨다.
"여기가 좌석입니다."
모두 앉자, 공자께서는 악사 면에게 말씀하셨다.
"아무개는 여기에 있고, 아무개는 여기에 있습니다."
악사 면이 나가자, 자장(子張)이 물었다.
"선생님께서 하신 일은, 악사를 만날 때의 예법입니까?"
공자께서 말씀하셨다.
"그렇다. 그것이 악사를 인도하는 예법이다."

師冕見 及階子曰 階也 及席子曰 席也 皆坐子告之曰 某在斯某在斯 師冕出子張問曰 與師言之道與 子曰 然 固相師之道也.

●**주해** 師冕(사면) 면(冕)이라는 이름의 악사. 相(상) 빈객 앞에 서서 인

도하는 것.

● **평석** 당시의 궁중 악사는 모두 맹인으로, 이들은 전통적인 음악과 시의 전수자(傳受者)였다. 공자는 이들에게서 《시경》을 배웠으므로, 언제나 경의를 가지고 대했다. 단순히 맹인이라 친절을 베푼 것이 아니라, 스승의 예로 대한 것이라 할 수 있다.

제16 계씨편(季氏篇)

제1장의 계씨가 장차 전유(顓臾)를 치려 한다는 문구의 첫 두 자를 따서 편명으로 삼았다. 제1장은 《논어》에서 가장 장문(長文)이면서도, 그 역사적 현실성은 논란의 대상이 되고 있다. 〈계씨편〉에서 주목되는 것은 춘추시대의 하극상(下剋上)의 정치 풍토를 지적함으로써, 다가올 사회 양상을 암시한 제2·3장이다.

그리고, 제4~8·10장 등에는, 익자삼우(益者三友)·손자삼우(損者三友)·익자삼락(益者三樂)·손자삼락(損者三樂)·삼건(三愆)·삼계(三戒)·삼외(三畏)·구사(九思) 등의 덕목을 조문(條文)으로 열거한 것이 많다. 공자가 세상을 떠난 후, 이미 그 모습에 접할 기회가 없었던 후세 유교도들은, 공자의 말을 요약해서 암송하는 수밖에 없었을 것이다. 이런 분위기에서 편찬된, 《논어》 후기의 양상을 전형적으로 나타내고 있다 할 수 있다.

1. 계씨(季氏)가 전유(顓臾)를 치려 했다. 염유(冉有)와 자로(子路)가 공자를 찾아뵙고 말했다.

"계씨가 전유에 대해 일을 일으키려 하고 있습니다."

공자께서 말씀하셨다.

"염유야, 그것은 네 잘못이 아니냐? 전유는 선왕(先王)께서 동몽산(東蒙山)의 제주(祭主)로 정하셨고, 또 우리 노나라 영토에 있다. 그들은 우리나라의 신하임이 명백한데, 무엇 때문에 정벌하려 하느냐?"

염유가 말했다.

"그분[계강자]께서 치려는 것일 뿐, 저희 둘은 원하지 않습니다."

공자께서 말씀하셨다.

"염유야, 옛 태사(太史) 주임(周任)의 말에, '힘을 다해 직무를 보살피다가, 미치지 못할 때는 사임한다'라고 있다. 자기 주인이 위태로워도 잡아 주지 않고, 넘어져도 돕지 않는다면 어디에 가재(家宰)의 역할이 있겠느냐? 네 말은 또 잘못이다. 호랑이와 외뿔소가 우리에서 도망치고, 귀갑(龜甲)과 보옥이 궤 안에서 손상되었다면, 이것은 누구의 책임이냐?"

염유가 말했다.

"지금 전유의 거처는 요새(要塞)가 견고한 위에, 계씨의 비성(費城)과 가까운 거리에 있습니다. 지금 쳐 없애지 않으면, 뒷날 자손의 근심거리가 될 것입니다."

공자께서 말씀하셨다.

"염유야, 군자는 솔직하게 '하고 싶다'라고 하지 않고, 다른 구실을 생각해 내는 그런 사람을 싫어한다. 내가 듣기로는, '나라를 보유하고 집을 보유하고 있는 사람은, 백성이 적음을 근심하지 않고, 대우가 고르지 못함을 근심하며, 백성이 가난함을 근심하지 않고 인심이 안정되지 못함을 근심한다.'라는 말이 있으니, 공평하면 가난이 없어지고, 화합하면 적은 것도 없어지고, 안정되면 위험도 없어지는 법이다. 대개 이와 같으므로, 먼 데 있는 사람이 복종하지 않으면 문(文)의 덕을 닦아 내조(來朝)케 하고, 내조하면 안정시키는데, 지금 자로와 염유는 저 계씨를 섬겨 먼 데 사람이 복종하지 않는데도 내조하게 하지 못하고, 나라가 분열되어도 지키지도 못하고 있다. 그러면서도 국내에서 전쟁을 일으키려 책동하다니 말이 되느냐? 나는 두려워하노니, 계씨의 근심거리는 전유에 있지 않고, 그 집안 내부에 있을 것이다."

季氏將伐顓臾 冉有 · 季路見於孔子曰 季氏將有事於顓臾 孔子曰 求 無乃爾是過與 夫顓臾 昔者先王以爲東蒙主 且在邦域之中矣 是社稷之臣也 何以伐爲 冉有曰 夫子欲之 吾二臣者 皆不欲也 孔子曰 求 周任有言曰陳力就列 不能者止 危而不持 顚而不扶 則將焉用彼相矣 且爾言過矣 虎兕出於柙 龜玉毀於櫝中 是誰之過與.

冉有曰 今夫顓臾固而近於費 今不取 後世必爲子孫憂 孔子曰 求 君子疾夫舍曰欲之 而必爲之辭 丘也聞有國有家者 不患寡而患不均 不患貧而患不安 蓋均無貧 和無寡 安無傾 夫如是故遠人不服 則修文德以來之 旣來之則安之 今由與求也相夫子 遠人不服而不能來也 邦分崩離析而不能守也 而謀動干戈於邦內 吾恐季孫之憂 不在顓臾而在蕭墻之內也.

● **주해** 顓臾(전유) · 東蒙(동몽) 노나라가 곡부(曲阜)를 중심으로 건국되었을 때, 태호(大皞)의 자손으로 풍(風) 성의 원주민 씨족이 있었는데, 노나라의 속국으로 편입되었다. 전유도 그 하나로, 동몽의 산신을 모시는 제주가 되었다 한다. 동몽산 즉 몽산(蒙山)은 노나라 동쪽, 산동성(山東省) 몽음현(蒙陰縣) 남쪽에 있어서, 계씨의 본거지 비(費)와 가까웠다. 社稷之臣(사직지신) 사(社)는 토지신, 직(稷)은 곡식신. 나라마다 사

직을 모심으로써 다른 씨족들을 한 덩어리로 단결시킬 수 있었다. 이 사직은 나라의 필수조건이었으므로 춘추시대에는 나라의 상징처럼 되었다. 따라서 사직지신은 나라에 직속하는 것, 즉 속국이라는 뜻이다. 周任(주임) 주(周) 문왕(文王) 때의 태사(太史), 즉 역사 기록관이었다 한다. 虎兕出於柙(호시출어합) 합(柙)은 우리. 시(兕)는 외뿔을 가진 들소 같은 맹수. 호랑이와 외뿔소가 우리에서 도망친다는 데는, 어떤 고사나 오래된 전설이 있는지 알 수 없다. 龜玉毁於櫝中(귀옥훼어독중) 귀갑(龜甲)은 나라의 운명을 점치는 데 썼으므로, 당시에 신성한 귀중품이었으며, 옥(玉)은 이와 비슷한 보물이었다. 독(櫝)은 귀중품을 넣어두는 궤. 蕭墻(소장) 대문 안이 밖에서 들여다보이는 것을 막기 위해, 대문 안 정면에 쌓은 담. '소장지내(蕭墻之內)'는 문 안, 즉 계씨 집안을 말한다. 그곳에서 재앙이 일어난다는 것은, 계씨의 집사(執事) 양호(陽虎)가 기원전 505년에 계환자(季桓子)를 잡아, 기원전 502년까지 노나라의 국정을 좌우한 사실을 가리킨다고 하는데 이것에는 문제가 많다.

● **평석** 원주민으로 이루어진 노나라의 속국이며, 동몽산의 제사를 주관하고 있던 전유를, 계씨가 정벌하려는 일을 계씨를 섬기고 있던 염유와 자로가 알리러 왔다가, 공자로부터 몹시 꾸중을 들었다. 이 일이 언제 있었는지에 대해서는 문제가 많다. 최술(崔述)은, 자로가 계씨의 재(宰)로 취임한 것이 정공(定公) 때(기원전 489년)이고, 염유가 그 자리에 나아간 것은 애공(哀公) 때(기원전 484년) 일이므로, 이 장의 기록처럼 두 사람이 계씨를 함께 섬긴 일은 없었다고 주장했다. 이것을 근거로, 계씨가 전유를 정벌한 기사는《좌전》에도 없으므로 그 사실 자체도 의심스럽고, 그 밖의 몇몇 이유를 들어 이 장의 사건이 역사적 사실이라고는 볼 수 없음을 논했다.

자로와 염유가 동시에 계씨를 섬기지는 않았는지도 모른다. 이것은 최술의 주장을 승인해도 좋다. 그러나 나서기 좋아하는 자로가 있는 둥 마는 둥 뒷전에 물러가 희미한 존재가 된 한편, 염유가 표면에 나서서 주된 역할을 한 것은 무엇 때문일까. 자로를 염유의 동료처럼 다룬 것은 편찬자의 잘못일지도 모르나, 계씨와 인연이 있는 자로를 염유가 끌고 온 것이라고도 생각하지 못할 바는 아니다. 그리하여 자로를 무시하고 염유만을 문제 삼는다면, 그것은 역사적 사실이었는지도 알 수 없다. 전유를 정벌할 계획이었으나, 공자의 뜻을 받들어 염유가 계씨에게 간하여 중지시킴으로써, 사건이 역사의 표면에 노출되지 않았다는 설명이 가능하다.

여하간 이 공자의 대화에는, 최술이 말하는 것처럼 전국시대의 숨결이 짙게 배어 있다고 할 수 있다. 공자의 말은, 전유의 옛날 일부터 시작해서 예(禮)의 제도·훈계로 나아가, 마지막에는 계씨가 불행에 빠지리라는 예언으로 끝을 맺고 있는데,《좌전》이나《국어(國語)》에 나오는 설화와 비슷한 형식임을 부정할 수 없을 것이다. 여기에서 공자는, 정(鄭)나라 자산(子産)처럼 고사를 많이 알고 있는 박학한 군자의 모습으로 표현되어 있다. 박학한 군자로서의 공자 이야기는《국어》노어(魯語)에 기사가 많다. 노어의 그것과 이 설화는, 같은 시대 같은 환경에서 성립했을 가능성이 짙다.

다만 이 공자의 긴 대화를 역사적 사실과 결부시키려면, 많은 시대착오를 발견하게 된다. 염유와 자로를 같은 때 계씨의 재(宰)로 만든 것이 그 첫째다. 공자의 예언을 양호(陽虎)의 쿠데타와 결부시킨 것이 그 둘째다. 양호가 쿠데타를 일으킨 것은 기원전 505년이고, 염유가 계씨의 재(宰)가 된 것은 기원전 484년이므로, 20년이나 시대적으로 차이가 있다. 이 설화의 핵심이 된 공자와 염유의 이야기는 있었겠지만, 편집자는 노나라 역사를 잘 몰라 엉뚱한 시대착오를 하였다. 원래 있던 설화가 전국시대에 들어와 윤색됨으로써, 지금과 같은 형태로 된 것으로 보인다.

2. 공자께서 말씀하셨다.

"천하에 바른 질서가 있으면, 예악(禮樂)을 제정하고 정벌하는 권리는 천자가 장악하고, 천하에 바른 질서가 유지되지 않는 때면, 예악을 제정하고 정벌하는 권리는 제후가 장악한다. 제후가 이 권리를 장악할 때는, 10대(代)까지 이 권리를 잃지 않는 일은 드물며, 제후의 대부가 이 권리를 장악할 때는, 5대까지 이 권리를 잃지 않는 일은 드물며, 제후의 배신(陪臣)이 국권을 장악할 때는, 3대까지 이것을 잃지 않는 일은 드물다. 천하에 바른 질서가 있으면, 정권이 대부 손으로 넘어가지 않고, 서민이 정치에 관해 왈가왈부하지 않는다."

孔子曰 天下有道 則禮樂征伐 自天子出 天下無道 則禮樂征伐 自諸侯出 自諸侯出 蓋十世 希不失矣 自<u>大夫</u>出 五世希不失矣 <u>陪臣</u>執國命 三世希不失矣 天下有道 則政不在大夫 天下有道 則庶人不議.

● **주해** 大夫(대부) 제후의 중신(重臣). 陪臣(배신) 대부의 가신(家臣). 제후 입장에서는 신하의 신하.

● **평석** 주(周)는 봉건제를 채택하여 사회 질서를 유지해 왔으나, 춘추 시대가 되자 봉건제 자체가 흔들리기 시작하였다. 그리하여 천자의 권한은 완전히 없어져 허울 좋은 우상처럼 되고, 제후 중의 강국, 즉 패자(覇者)가 그 권한을 어느 정도 대행하게 되었다. 그러나 동요는 제후의 나라 내부에서도 일어나, 중신(重臣)이 제후를 뒤로하고 국권을 장악했으며, 다시 그 중신의 가신(家臣)이 주인을 밀어내고 정권을 잡기에 이르렀다. 노나라의 삼환씨(三桓氏)와 양호(陽虎) 같은 사례가, 어느 나라에서나 일어나고 있었다. 이런 하극상(下剋上) 현상은 가속도로 진행되어, 그 정권의 안정 기간은 10대에서 5대, 3대로 축소되어 가고 있었다.
이런 정권의 이동을 도식(圖式)으로 나타내는 동시에, 이 무질서한 상태가 언젠가는 극한에 달하여, 천하에 새로운 질서가 출현할 것을 예견하고, 또 크게 바란 것이, 여기에 나온 공자의 말이라 할 수 있다. 그러나 공자의 머릿속에서, 여기에 말한 것과 같은 도식이 명확한 형태로 형성되어 있었던 것은 아닐 것이다. 공자의 학설이 전해져 가는 중에 차차 체계화되었다.

3. 공자께서 말씀하셨다.
"녹(祿)을 주는 권리가 군주를 떠난 지 5대(代)가 되었고, 정권이 대부(大夫)에게 넘어간 지 4대가 되었다. 그러기에 삼환(三桓)의 자손들도 쇠미해지고 말았다."

孔子曰 祿之去公室五世矣 政逮於大夫四世矣 故夫三桓之子 孫微矣.

● **주해** 五世(오세) 선공(宣公)·성공(成公)·양공(襄公)·소공(昭公)·정공(定公). 四世(사세) 계무자(季武子)·계도자(季悼子)·계평자(季平子)·계환자(季桓子). 三桓(삼환) 맹손(孟孫)·숙손(叔孫)·계손(季孫)의 세 집안으로, 그들은 노나라 최고 귀족으로 실권자였다. 모두 노나라 환공(桓公)의 자손이었으므로 삼환이라 불렀다.

● **평석** 공자가 활약한 때는 정공(定公)과 애공(哀公) 때로, 정공 5년에 계손씨 즉 계씨의 가신(家臣)인 양호(陽虎)의 반역사건이 일어났다. 그는 계환자를 체포하고, 노나라의 독재자가 되었다. 그의 정권은 오래지 않아 몰락했으나, 삼환씨의 세도에는 금이 가고 말아, 원래의 권위는 회복되지 못했다. 이 하극상의 구체적 모습을 감개무량하게 술회한 공자의 이 말은 앞 장의 말과는 달리 공자 원래의 말로 보인다. 그리고 앞 장의 도식(圖式)은, 이것을 근거로 후대 사람들이 추가한 것이라고 보아도 좋을 것이다.

4. 공자께서 말씀하셨다.

"이익이 되는 세 가지 벗이 있고, 손해가 되는 세 가지 벗이 있다. 정직한 사람을 벗하고, 성실한 사람을 벗하고, 박학한 사람을 벗하면 이익이 되고, 겉치레만 하는 사람을 벗하고, 남의 비위를 잘 맞추는 사람을 벗하고, 언변만 능한 사람을 벗하면 손해가 된다."

孔子曰 益者三友 損者三友 友直 友諒 友多聞 益矣 友便辟 友善柔 友便佞 損矣.

● **주해** 諒(양) 성실한 것. 便辟(편벽) 겉으로만 위의(威儀)가 있는 것. 善柔(선유) 남의 호감을 사도록 말이나 행동하는 것. 便佞(편녕) 말만 잘 하고 실속이 없는 것.

● **평석** 이것은 친구를 선택하는 법에 관한 금언(金言)이라 할 수 있다. 금언 명구는 그 속에 어떤 도리를 담고 있으면서도, 몰개성화(沒個性化)된 것에 그 특징이 있다. 우리는 초기 것으로 보이는《논어》전반부에서, 강하게 풍기는 공자의 인간성에 접해 왔다. 그러나 이런 말에서는 공자의 숨결은 느낄 수가 없다. 이것은 공자를 직접 볼 수 없었던 후대의 유생들에 의해, 그의 사상이 정리되었음을 말하는 것이다.

5. 공자께서 말씀하셨다.

"이익이 되는 즐거움 세 가지가 있고, 손해가 되는 즐거움 세 가지가 있다. 예악(禮樂)을 절도있게 행하는 즐거움, 남의 좋은 점을 찬양하는 즐거움, 훌륭한 벗이 많이 있는 즐거움, 이런 것은 이익이 된다. 방자한 즐거움, 질탕하게 노는 즐거움, 술 마시는 즐거움, 이런 것은 손해가 된다."

孔子曰 益者三樂28) 損者三樂 樂節禮樂 樂道人之善 樂多賢
友 益矣 樂驕樂 樂佚遊 樂宴樂 損矣.

6. 공자께서 말씀하셨다.
"군자를 모시고 있을 때의 잘못이 세 가지 있다. 말할 때가 아닌
데 말하는 것, 이것을 조급하다 하고, 말할 때 말하지 않는 것, 이
것을 숨긴다 하고, 안색을 살피지 않고 말하는 것, 이것을 맹인이
라 한다."

孔子曰 侍於君子 有三愆 言未及之而言 謂之躁 言及之而不
言 謂之隱 未見顏色而言 謂之瞽.

● **주해** 愆(건) 잘못. 躁(조) 조급한 것.

● **평석** 세상에는 말 많은 사람이 있다. 공통적인 주제로 이야기하는
것이 아니라, 상대방의 반응 여하를 무시하고 혼자만 말한다. 또 말해
야 할 때 침묵으로 일관하는 사람도 있다. 이것은 고금동서에 흔히 있
는 일이다. 그러기에 공자는 대화에 있어서 주의해야 할 예법을 말하
였다. 물론 이것은 고위층과 대담할 때를 예상한 훈계이나, 어느 경우
에나 통할 것이다.

7. 공자께서 말씀하셨다.
"군자가 경계하여야 할 세 가지가 있다. 젊었을 때는 혈기(血氣)
가 안정되지 못했으므로 이성 관계를 경계해야 하고, 장년(壯年)에
는 혈기가 바야흐로 왕성하므로 싸움을 경계해야 하고, 노년에는
혈기가 쇠해지므로 욕심을 경계해야 한다."

---

28) 이 樂은 '요'라고 읽어 원하는 뜻으로 보는 것이 통례이나, 즐거움을 나
타내는 말로 풀이했다.

孔子曰 君子有三戒 少之時 血氣未定 戒之在色 及其壯也
血氣方剛 戒之在鬪 及其老也 血氣旣衰 戒之在得.

8. 공자께서 말씀하셨다.
"군자는 세 가지 두려워하는 것이 있다. 천명(天命)을 두려워하고,
대인(大人)을 두려워하고, 성인의 말씀을 두려워하는 것이다. 소인
은 천명을 이해하지 못하므로 두려워하지 않고, 대인에 대해서는
익숙해져 버릇이 없고, 성인의 말씀을 경멸하기 일쑤다."

孔子曰 君子有三畏 畏天命 畏大人 畏聖人之言 小人不知天
命而不畏也 狎大人 侮聖人之言.

● **주해** 畏(외) 보통의 두려운 감정이 아니라, 경의를 수반한 것. 외경
(畏敬)이라는 말에 가까울 것이다. 天命(천명) 인간의 의지를 초월한 질
서. 고대 중국인은 하늘이 인간에게 준 명령이라 이해하였다. 하늘에 대
한 신뢰가 인격화된 신(神)을 신앙하는 데까지 발전하지 않고, 초월적인
이성(理性)의 뜻으로 전화(轉化)되어갔다. 大人(대인) 《역경(易經)》에
가장 많이 나오는 말인데, 그 정의(定義)에는 여러 가지 설이 있어서 분
명하지 않다. 덕이 있는 선배 정도로 이해하면 될 것 같다.

● **평석** 고대 중국인은 주재(主宰)하는 '하늘'이 있음을 믿었지만, 이
것을 종교적으로 발전시켜 인격신(人格神)을 창조해 내지는 않았다.
인간사회를 배후에서 지배하는 초월적인 힘, 그것이 '하늘'이라고는 생
각했어도, 그것을 신앙의 대상으로 삼는 데까지는 이르지 않았다. 이
현실적인 민족은, 도리어 여기에서 방향을 바꾸어 '하늘'이 우리의 도
덕적 이성(理性)이라는 방향으로 나아갔다. 그러므로 천명에 대한 외
경(畏敬)은 곧 이성에 대한 외경을 뜻하는 것이라 볼 수 있다.

9. 공자께서 말씀하셨다.

"태어나면서 아는 사람은 제일 위요, 배워서 아는 사람은 그다음
이요, 애써 배우는 사람은 또 그다음이다. 애써 배우지도 않는 것
은, 백성 중에서도 최하에 속한다."

> 孔子曰 生而知之者 上也 學而知之者 次也 困而學之 又其
> 次也 困而不學 民斯爲下矣.

● **평석** 공자는 인간의 능력에 선천적 차별이 있음을 인정한 것 같다.
그러나 생이지지(生而知之)가 있다는 말은, 아무래도 후세 사람에 의
해 왜곡된 것 같다. 성인은 나면서부터 일체를 알며, 모르는 것이 없
다는 생각은 전국시대의 것이다.

10. 공자께서 말씀하셨다.

"군자에게는 아홉 가지 생각이 있다. 볼 때는 똑똑히 보려고 생각
한다. 들을 때는 명확하게 들으려 한다. 얼굴은 온화하게 하고자
생각한다. 태도는 공손히 하려고 생각한다. 말은 성실히 하려고 생
각한다. 일은 신중히 하려고 생각한다. 의심스러운 것은 물어 이
해하고자 생각한다. 화가 날 때는 나중에 어려운 일이 생길까 생
각한다. 이익을 눈앞에 두고는 그것이 의로운 일인지 어떤지를 생
각한다."

> 孔子曰 君子有九思 視思明 聽思聰 色思溫 貌思恭 言思忠
> 事思敬 疑思問 忿思難 見得思義.

● **평석** 우리나라의 '생각'이라는 말은, 매우 개념이 모호하다. 사고 ·
사색 · 추억 · 추측 · 억측 · 사모 · 추리 · 감상 · 판단 등에 모두 적용된다.
그러나 중국 고전어(古典語)에서의 사(思)는, 사색 · 반성의 뜻으로 국

한되어 사용되었다. 그러므로 여기서 '생각한다'는 것은, 행동하기에 앞서서 생각하고, 또 행동한 후에 사색·반성한다는 뜻이다.

11. 공자께서 말씀하셨다.

"'선(善)을 보면 놓치지나 않을까 쫓아가고, 불선(不善)을 보면 뜨거운 물에서 손을 빼듯이 몸을 사린다.' 나는 그것을 실행하는 사람을 보았고, 나는 그 말도 들은 바 있다. '은거해 있으면서도 이상을 추구하고, 정의를 실천해서 도에 도달한다.' 나는 그 말을 들었지만, 아직 그것을 실행하는 사람을 본 적이 없다."

> 孔子曰 見善如不及 見不善如探湯 吾見其人矣 吾聞其語矣
> 隱居以求其志 行義以達其道 吾聞其語矣 未見其人也.

● **평석** 의미가 모호해서, 별로 명석하지 못한 후세 사람에 의해 이루어진 것 같으나, 도덕적 감각이 예민한 사람은 흔해도, 구도(求道)의 뜻을 마지막까지 관철하기는 어렵다고 본 것이다.

12. 공자께서 말씀하셨다.

"'부자면 그만인가? 사람 구실을 해야지.'라는 시구(詩句)가 있다. 제(齊) 경공(景公)은 말 4천 마리를 가지고 있었으나 죽었을 때, 백성은 아무도 그 덕을 칭송하는 사람이 없었다. 그러나 백이(伯夷)와 숙제(叔齊)는 수양산 밑에서 굶어 죽었는데도, 사람들은 지금까지 칭송을 아끼지 않는다. 이 시구는, 대개 그런 것을 말함이다."

> 孔子曰 誠不以富 亦祇以異 齊景公有馬千駟 死之日 民無德
> 而稱焉 伯夷叔齊餓于首陽之下 民到于今稱之 其斯之謂與.

● **주해** 齊景公(제경공) 이름은 저구(杵臼). 재위 기원전 547~490년.

공자와 거의 동시대 인물로, 욕심 많은 군주로 유명했다.

● **평석** 주자의 설을 따라, 〈안연편〉 제10장에 있던 '孔子曰, 誠不以富, 亦祇以異' 구절을, 본장(本章) 첫머리에 놓았다. '孔子曰'에 계속되는 이 구절은,《시경》소아(小雅) 아행기야(我行其野)의 맨 끝 구절이다. 이 아행기야는 시집간 여인이 학대받는 것을 슬퍼한 시로, 이 두구(句)의 의미도 공자가 인용한 뜻과는 다르다.

이것을 '사람을 평가하는 데 재산이 무슨 소용 있느냐? 인물의 덕이 중요하다.'는 뜻으로 공자는 해석했으니, 이렇게 한두 구절을 원래 시에서 떼어내어 새로운 뜻을 부여하는 것은, 격의(格義)라 해서 공자시대에는 많이 유행하였다. 주자가 이 두 구를 여기에 놓은 것은 높은 식견이라고 생각한다.

13. 진항(陳亢)이 백어(伯魚)에게 물었다.

"당신은 아버님에게 특별한 가르침을 받은 적이 있습니까?"

백어가 대답했다.

"없습니다. 한번은 아버지께서 뜰에 서 계실 때, 제가 잔걸음으로 뛰어 뜰을 지나간 적이 있었습니다. 아버지께서는 '시(詩)를 배웠느냐?'라고 물으셨습니다. 제가 '아직 배우지 못했습니다.'라고 말하니, '시를 배우지 않으면, 말을 잘 할 수 없다.'고 말씀하셨습니다. 저는 물러 나와 시를 배우기 시작했습니다. 또 한번은, 아버지께서 서계신 뜰을 저는 잔걸음으로 뛰어 지나가려 했습니다. 아버지께서는 '예(禮)를 배웠느냐?'고 물으셨습니다. '아직 배우지 못했습니다.'라고 제가 대답하자, '예를 공부하지 않으면 사회에 나갈 수가 없다.'라고 말씀하셨습니다. 저는 물러나는 길로 예를 배우기 시작했습니다. 아버지로부터 가르침을 받은 것은, 이 두 가지뿐입니다."

진항은 돌아오자, 기뻐하며 말했다.

"오늘은 하나를 물어서 세 가지를 배웠다. 시에 대해 들었고, 예에 대해 들었고, 또 군자가 아들을 멀리하면서 가르치는 것을 들었다."

陳亢問於伯魚曰 子亦有異聞乎 對曰 未也 嘗獨立 鯉趨而過庭 曰學詩乎 對曰未也 不學詩 無以言 鯉退而學詩 他日又獨立 鯉趨而過庭 曰學禮乎 對曰未也 不學禮 無以立 鯉退而學禮 聞斯二者 陳亢退而喜曰 問一得三 聞詩聞禮 又聞君子之遠其子也.

● 주해 陳亢(진항) 진자금(陳子禽). 〈학이편〉 제10장 참조. 伯魚(백어) 공자의 아들. 이름은 이(鯉). 기원전 484년, 공자 나이 69세 때 죽었다.

● 평석 군자는 자식을 바꾸어 가르치는 것이, 당시의 예법이었다. 자식에 대한 사랑이 교육에 방해될 수 있다고 생각한 것이다. 아들을 직접 가르치지 않는다는 원칙을 지키면서, 한마디 말로 지도한 공자의 솜씨는 과연 훌륭하다. 진항이 아니라도 그런 말을 듣고는 기뻐했을 것이다.

14. 한 나라 군주의 처는, 군주가 부를 때는 '부인'이라 하고, 부인 자신이 부를 때는 '소동(小童)'이라 하고, 국민이 부를 때는 '군부인(君夫人)'이라 하고, 국민이 다른 나라를 상대해서 부를 때는 '과소군(寡小君)'이라 하고, 다른 나라 사람이 부를 때는 또한 '군부인'이라 한다.

邦君之妻 君稱之曰夫人 夫人自稱曰小童 邦人稱之曰君夫人 稱諸異邦曰寡小君 異邦人稱之 亦曰君夫人.

● 평석 너무 평범한 상식이어서, 뜻밖이라는 느낌이 없지 않다. 공자

의 학원이라 해서, 고상한 도덕만을 가르쳤을 리 만무하고, 때로는 이런 상식도 외우게 하였을 것이다. 그런 점에서는, 도리어 귀중한 자료가 될지도 모른다. 《논어》 필사(筆寫)하는 사람이 비망록 삼아 여백에 적은 것이 본문에 들어간 것이라는 설도 있다.

제9권

제17 양화편(陽貨篇)

본편의 특색은 제1장과, 공산불요(公山弗擾)가 공자를 부른 제5장, 필힐(肸肸)이 공자를 초대한 제7장 등이다. 양화는 양호(陽虎)라고도 불리며, 계씨(季氏)의 집사(執事)이고 노나라의 배신(陪臣) 신분으로, 계씨를 비롯한 삼환씨(三桓氏)를 누르고 수년간 국권을 장악했다가, 끝내 국외로 추방된 풍운아였다. 공산불요는 계씨의 본거지인 비(費)의 성주로서, 양화와 같이 독립을 기도했던 반역자였다. 필힐은 진(晉)나라의 세도가 범씨(范氏)의 개인 성(城)인 중모(中牟)의 성주였으나, 범씨가 진나라의 주도권을 잡은 조씨(趙氏)로부터 공격을 받자, 중모에 대하여 위(衛)나라의 후원을 얻어 독립한 사람이다. 요컨대 이 사람들은, 노나라와 진나라 양국의 반역자였는데, 그들이 무슨 이유로 공자를 초빙했건, 공자는 일단 응하려고 하였다. 비록 결과적으로는 실현되지 않았어도 공자의 이런 태도는, 대의명분(大義名分)에 어긋나는 일이라 하지 않을 수 없어, 어떤 학자들은 《논어》의 이런 기사가 역사적 사실이 아니라고 부정함으로써, 공자의 지조를 변호하려고까지 하였다.

그러면 공자는 왜 그런 행동을 했을까? 노나라에 채용되기 전부터 여러 나라를 방랑하던 중년의 공자는, 군권(君權)을 빼앗은 세도가들을 타도해서, 다시 군주에게 정권을 돌리는 것을 이상으로 여긴 것으로 보인다. 그러나 그런 정책을 지닌 공자를 채용하려는 사람은 어느 나라에도 없었다. 여러 나라가 모두 중신(重臣)의 손에 국권이 있었던 까닭이다. 그러므로 중신의 압력을 물리치고 군주가 채용한다면 별문제지만, 그렇지 않고는 신흥세력, 이를테면 양호나 공산불요같이 기존 귀족 세력에게 항거하는 사람밖에는 상대할 곳이 없었다고 할 수 있다.

이런 견지에서, 공자는 그런 인물들의 행동을 날카롭게 주시했을 것으로 보인다. 그들이 이전의 악을 일소하고자 하는 충군애국의 지사냐, 아니면 악을 밀치고 등장한 또 하나의 악이냐? 공자가 한때 응할 듯이 보이다가 응하지 않은 데는, 그들이 권력욕밖에 없는 단순한 반역자라고 판단되었기 때문일 것이다. 기존 질서를 옹호하는 유교도들에게는, 공자의 이러한 심경을 이해할 수 없었던 것 같다.

본편 제6·8·16장에는 덕목(德目)을 조문처럼 열거한 것이 실려 있다. 특히 제8장에서는 '앉아라, 내 너에게 일러 주리라.'는 서두 밑에, 육언육폐(六言六蔽)의 덕목을 자로에게 가르치고 있다. 이것은 공자의 학원에서, 사제 간에 교리를 어떻게 전수했는가 하는, 그 형식을 전하는 사료로서 중요하다. 그러나 스승과 제자의 자유로운 대화가 아니라, 외우기 쉽게 정리된 덕목을 이런 형식으로 전수(傳授)하는 습관은, 공자학원의 성장과 함께 고정되어 간 듯하다.

이러한 형식은 공자가 살아있을 때도 행해진 듯하나, 이러한 형식으로 고정된 것은, 공자가 죽은 후, 그 2, 3대 뒤의 제자 때로 내려간 것으로 보인다. 이 점에서 본편의 편찬 연대는, 2, 3대 뒤의 제자 시대가 될 것이다. 제1·5·7장과 같이, 신흥 정치 세력과 손을 잡으려는 공자의 행동에 대한 기록에도, 새 시대를 예언하는 《춘추(春秋)》의 편집자로서 공자를 떠받드는, 제나라 일대에 정착했던 공자학파의 영향이 크게 나타나 있다.

이런 여러 장의 대화는, 전국시대에 와서 제나라 학파 손에 의해 《논어》에 수록되었겠으나, 그 자료가 된 원래의 대화는, 공자의 제자들 사이에서 일찍부터 전해 왔을 것으로 보인다. 또 본편에는 제10~15·17장과 같이 짧으면서도 신선한 감각을 느끼게 하는 금언(金言)이 포함되어 있다. 이런 신선미는 제1〈학이편〉에서 제10〈향당편〉에 이르는, 일찍 편집된 부분에서는 볼 수 없는 것이라 할 수 있다. 그것은 후기의 《논어》 편집 때, 공자학파의 여러 유파의 전승(傳承) 중에서 재발견된 것이라고 볼 수 있다.

1. 양화(陽貨)가 공자를 만나고자 했으나, 공자는 만나시지 않았다. 양화는 돼지를 공자께 보냈다. 공자는 만나고 싶지 않으셨으므로 양화가 집을 비운 틈을 타서 답례차 갔는데, 도중에서 양화와 마주치고 말았다. 양화가 공자께 말했다.

"이리 오라. 내 그대와 이야기하리라. 몸에 보배를 지니고 있으면서도 나라를 혼미에 빠뜨린다면, 이것을 인(仁)이라 하랴?"

"인은 아니겠지요."

"국사(國事)에 동분서주하기를 좋아하면서 때를 놓친다면, 이것을 지(知)라 하랴?"

"지는 아니겠지요."

"일월은 흘러가거니, 세월이 나를 기다리랴?"

공자께서 말씀하셨다.

"알겠습니다. 나도 장차 벼슬하겠습니다."

陽貨欲見孔子 孔子不見 歸孔子豚 孔子時其亡也 而往拜之
遇諸塗 謂孔子曰 來予與爾言 曰懷其寶而迷其邦 可謂仁乎
曰 不可 好從事而亟失時 可謂知乎 曰 不可 日月逝矣 歲不
我與 孔子曰 諾 吾將仕矣.

● **주해** 陽貨(양화) 《좌전》에 나오는 양호(陽虎)와 같은 인물로 생각된다. 양호는 노나라 계손씨(季孫氏)의 집사(執事)로서, 주인을 능가하는 실력자가 되어, 마침내 기원전 505년 계환자(季桓子)를 죽이고 노나라를 독재하였다. 그러나 기원전 502년, 맹손·숙손·계손 삼환씨의 반격으로 실각하여 다른 나라로 도망했다. **歸孔子豚(귀공자돈)** 귀(歸)는 궤(饋)로, 음식을 선물하는 것. 대부로부터 선물을 받은 사(士)는, 그 집을 찾아가 답례하는 것이 당시의 풍습이었다. 만나자고 해도 만나지 않으므로, 기어코 만나기 위해 돼지를 보낸 것이다. **來予與爾言(내여여이언)** 향당(鄕黨)의 집회에서 노인은 청소년에게 옛이야기나 예법 같은 것을 들

려주었는데, 그때 '오라, 내 너와 이야기하리라', 또는 '앉아라, 내 너에게 이야기하리라'는 말로 시작하는 것이 관례였다. 공자의 학원은 향당의 이러한 모임을 본떴으므로, 역시 이 관습도 채택되었을 것이다. 양호는 용사인 동시에 비상한 재사이므로, 일부러 공자 학원의 이런 형식을 가지고 말을 걸은 것 같다.

● **평석** 계씨의 집사이던 양화가 삼환씨와 어깨를 나란히 하는 실력자가 된 것은, 기원전 515년 무렵부터였으며, 그 실력을 배경으로 기원전 505년의 쿠데타는 마침내 성공해서, 그 정권은 기원전 502년까지 계속되었다. 제나라에 망명 중이던 공자가 노나라로 돌아온 것이 기원전 510년경이므로, 공자와 양화의 만남은 기원전 510년 이후라면 성립할 가능성은 있다. 그러나, 양화가 노나라의 전권을 장악한 기원전 505년에 와서야, 정권의 안정을 도모하기 위해 차츰 명성이 커진 신진학자 공자를 휘하에 끌어들이려 했을 것이라고 보는 것이 타당하다. 본장의 기술에 의하면, 공자는 마음에 달갑지는 않았으나 반역자 양화의 압력에 굴복해서, 벼슬을 승낙하지 않을 수 없었다. 만일 이것이 사실이라면, 위대한 공자의 순결한 이미지는 더럽혀지지 않을 수 없다. 실증주의적(實證主義的) 역사가 최술(崔述)은, 양화와 양호(陽虎)가 다른 인물이라는 주장을 내세워 공자의 명예를 옹호하려 했으나, 그 설득력은 충분하지 않다. 학계에서는 대체로 '양화·양호 동일인설'이 유력하며, 역자도 그것을 지지하는 한 사람이다.

양화 즉 양호는, 공자를 휘하에 끌어들이고자 하여 만나고자 했으나, 공자는 이것을 완곡하고 교묘하게 회피해 온 것으로 보인다. 양화는 간교한 사람이었다. 그래서 생각해 낸 방법이 공자가 집에 없을 때 방문해서 예물을 놓고 오는 일이었다. 공자가 집에 있다가 양화를 맞이하면, 예물에 대해서도 그 자리에서 사의를 표하면 되지만, 없을 때 예물을 놓고 오면, 반드시 양화를 찾아와 인사하는 것이 예법이었기 때문이다.

그런 책략쯤은 공자도 빤히 알고 있었다. 그래서 양화의 수단을 그대로 이용해서, 자기도 양화가 집에 없는 틈을 타서 사례차 그의 집을 방문하려고 했다. 그러나 운이 나빴다. 도중에서 양화와 맞부딪쳤다. 음모가 대단한 양화였으므로, 그가 꾸민 그물에 공자가 걸려든 것인지도 알 수 없다. 어쨌든 이 두 사람의 만남은 처음부터 양화의 손아귀에서 공자가 헤어나지 못한 것이 되었다.

'이리 오라, 내 그대와 이야기하리라.' 공자와 길에서 만나자 양화는 이렇게 말을 걸었다. 주해에서도 설명하였지만, 스승이 제자에게 이야기를 들려줄 때 쓰던, 공자 학원의 통례적 상투어였다. 이것을 거꾸로 공자에게 사용한 것은, 양화의 기지(機智)를 말해 주는 것도 되려니와, 공자를 안중에 두지 않는 양화의 배짱을 보이는 것이라 할 수 있다. 그다음에 나온 양화의 말은, 자못 존대하고 장중한 것이어서, 공자는 완전히 압도되어, 장차 벼슬할 작정이라고 변명 비슷한 승낙을 하지 않을 수 없었다.

지금까지의 주석자들은 양화가 공문(孔門)의 문답 형식을 사용한 것에 생각이 미치지 못했거니와, 요컨대 대학자인 공자도 노련한 정치가, 특히 용기와 지략을 아울러 갖춘 양화 앞에 서자, 저항도 하지 못하고 손들고 만 모양이 되었다. 음모가 직업인 정치가에게 농락당했다고 해서, 그것이 학자인 공자의 불명예가 되는 것은 아니겠으나, 부득이한 점도 있었으므로 반드시 불명예만도 아닐 것이다. 그리고 양화가 '국사에 동분서주하면서 기회를 놓쳤다.'고 평한 것은, 공자가 계씨의 실정을 통렬히 비난하고, 계씨에게 밀려난 소공(昭公)을 따라 제나라로 망명했던 사실을 암시한 것인 듯하다.

전기(前期)의 공자는 계씨를 비롯한 삼환씨의 세력을 꺾고, 다시 옛 제도를 부활시키려는 복고적인 사상을 지니고 있었다. 공자에게는 정치적 관심이 충분히 있고, 특히 계씨의 세력을 제거하고 있는 양화의 정치 노선에 대해, 약간 공감하고 있다는 것을 양화는 눈치채고 있었던 것 같다. 이 일에 관해서는 제5장에서 다시 설명한다.

2. 공자께서 말씀하셨다.

"타고난 소질은 비슷하건만, 습관에 의해 거리가 생긴다."

　子曰 性相近也 習相遠也.

● **평석** 주자를 비롯한 성리학파에서는, '성(性)은 기(氣)와 질(質)을 겸한다'라는 등, 송학(宋學)의 이론을 적용해서 여러 가지로 논했다. 그러나 이것은 지나친 천착이므로, 원래의 뜻 그대로 순조롭게 해석하고자 하였다. '性'은 '生'에서 파생한 것이므로, 性은 타고난 소질이라고 보아야 한다. 이 경우 옛사람은 역시 하늘로부터 받은 것이라는 생각에서 벗어나지 못했을 것이다. 하늘이 인간에게 부여한 공통적인 것은 무엇인가? 그것은 결국 선(善)을 지향하는 의지, 즉 선의(善意)라고 공자는 막연히 생각했던 것 같다. '소질은 서로 비슷하다'는 말은 이것을 지적한 것이라 할 수 있다. 이 사고방식은, 프랑스의 데카르트가 '양식(良識)은 인간에게 고루 분배되어 있다'고 생각한 것과 비슷한 점이 있다. 여하간 인간의 소질에는 별 차이가 없고, 습관이나 교양에 의해 얼마든지 향상할 수 있다고, 공자는 생각하였다. 단 여기에는 예외가 있다. 다음 장은 이 장과 직접 연관이 있다.

3. 공자께서 말씀하셨다.

"다만 최상의 현인과 최하의 바보는, 관습이나 학습에 의해서도 변화하지 않는다."

　子曰 唯上知與下愚 不移.

● **평석** 앞 장에서 인간의 소질에는 큰 차이가 없고, 습관에 의해 거리가 생긴다고 주장한 공자는, 상지(上知)와 하우(下愚)는 여기에서 제외하였다. 경험주의에 입각한 공자는 원칙을 어디에나 적용하는 대신, 이론의 한계를 잊지 않고 생각한 사람이었다. 그러기에, 그 말에는 지

나친 점이 따르지 않을 수 없었다. 아마 공자는 앞 장의 말을 하고 나서 곧 그것이 지나쳤음을 느껴, 다시 말한 것이 본장(本章)일 것이다.

4. 공자께서 무성(武城)에 가셨을 때, 현악의 반주로 시를 노래하는 소리가 들렸다. 공자께서는 빙그레 웃으시면서 말씀하셨다.
"닭을 잡는데 어찌 소 잡는 칼을 쓰랴?"
무성의 성주이던 자유(子游)가 대답했다.
"예전에 저는 선생님께 들은 적이 있습니다. '군자가 도를 배우면 백성을 사랑하게 되고, 소인이 도를 배우면 부리기 쉽게 된다.' 저는 이 취지를 받들어, 예악(禮樂)을 장려해 왔습니다."
공자께서 말씀하셨다.
"얘들아, 자유의 말이 옳다. 아까 말은 농담에 지나지 않는다."

子之武城聞弦歌之聲 夫子莞爾而笑曰 割鷄焉用牛刀 子游對曰 昔者偃也 聞諸夫子 曰君子學道則愛人 小人學道則易使也 子曰 二三子 偃之言是也 前言戲之耳.

● **주해** 武城(무성) 지금의 산동성(山東省) 비현(費縣)에 해당한다. 노나라 수도 곡부(曲阜)에서 볼 때는 동남쪽 변경에 있는 성. 양자강 유역에 있던 새로 일어난 패자(霸者) 오(吳)나라와, 다시 조금 늦게 일어난 월(越)나라가 북진해 오는 길목이므로, 노나라로서는 매우 중요한 요지였다. 자유가 이 성의 재(宰), 즉 성주로 임명된 것은, 그의 재주를 높이 평가받았기 때문이다. 나중에 언급하겠지만 주석자들이 이것을 하찮은 관직이라 본 것은, 역사에 대한 무지에서 나온 큰 오해다. 弦歌(현가) 당시의 시(詩)는, 모두 음악 반주에 맞추어 노래하였다. 정식으로는 금(琴)·소(簫)·종(鐘) 등의 현악기·관악기·타악기의 합주가 따랐고, 약식으로는 금(琴)이나 슬(瑟)만으로 노래하였다. 공자의 학원에서도 이런 악기를 연주하고 시를 노래했으니, 증석(曾晳)이 슬을 튕기고 있었다는

이야기로도 추측할 수 있다.(〈선진편〉 제26장) 자유는 백성을 교화하고자, 이것을 장려하였다. 割鷄焉用牛刀(할계언용우도) 공자는 당시 유행했던 속담을 인용, 이런 지방을 다스리는 데 예약을 사용하는 것은 좀 과하지 않으냐고 풍자했다. 황간(皇侃)의《의소(義疏)》에는, 자유 같은 큰인물이 이런 작은 성(城)의 책임자로 있는 것은, 아깝다는 느낌이 함축되어 있다는 설이 실려 있다. 무성은 앞에서도 말한 바와 같이, 남방의 신흥 강국인 오(吳)·월(越)을 방비하는 관문(關門)이었다. 이 성에는 많은 병사가 있어서 엄중히 경비를 맡고 있었으니, 그 성주의 임무 또한 무거울 수밖에 없었으며, 자유는 꽤 높은 평가를 받았기에 발탁된 것이라고 보아야 한다. 황간이 인용한 설은, 역사 사실에서 유리된 상상에 불과하다. 이 긴장이 감도는 국경 도시에서 유유히 악기를 연주하며 시를 노래하는 모습은, 어딘가 좀 어울리지 않는 점이 있어서, 공자는 그런 말을 한 것이라고도 해석할 수도 있다.

● **평석** 제자가 다스리는 성에 왔다가 현가(弦歌)를 들은 공자는, 속담을 인용하여 자유에게 농담을 했다가 자유로부터 항의를 받고, 앞서 한 말을 취소했다. 공자의 이런 실패담을 그대로 싣고 있는 데에,《논어》의 재미있는 성격이 있다. 잘못이 있을 수 없는 신(神)이 아니라, 때로는 잘못도 하는 인간으로서 공자를 다룬 것은,《성서(聖書)》가 예수를 대하는 태도와는 다르다고 할 수 있다. 공자는 '잘못하였으면, 고치는 데 거리낌이 없어야 한다'(〈학이편〉 제8장)는 자신의 믿음을 실행하여 곧 자기 잘못을 인정함으로써, 도리어 성인의 성인다운 면목을 유감없이 발휘했다고도 볼 수 있다.

5. 공산불요(公山弗擾)가 비성(費城)을 근거지로 노나라에 반기를 들고, 공자를 초빙했다. 공자께서는 가려 하셨다. 자로가 못마땅히 여겨 말했다.
"가실 필요 없으십니다. 하필이면 공산씨(公山氏)의 초청에 응하십니까?"

공자께서 말씀하셨다.

"그 사람이 나를 불렀는데, 어찌 이유가 없겠는가? 만일 나를 써 주는 사람이 있으면, 나는 그 나라를 동주(東周)로 만들고 싶은 심정이다."

公山弗擾以費畔召 子欲往 子路不說曰 末之也已 何必公山氏之之也 子曰 夫召我者 而豈徒哉 如有用我者 吾其爲東周乎.

● **주해** 公山弗擾(공산불요) 성은 공산(公山). 《좌전》에는 불뉴(不狃)라 되어있다. 狃와 擾는 음이 통했던 까닭이다. 자는 자예(子洩). 末之也已 (말지야이) 고주(古注)에서는 '갈 데가 없으면 그만둔다'로 풀이했고, 신주에서는 '가지 않는 것뿐'이라고 해석했다. '야이(也已)'는 깊이 한탄하는 것을 나타내는 조자(助字)이므로, '갈 필요가 없을 것이다'라는 뜻으로 보았다. 東周(동주) 주(周)는 섬서성(陝西省) 서안(西安) 부근에 수도를 두고 있었으나, 유왕(幽王)이 견융(犬戎) 때문에 죽었으므로, 그 아들 평왕(平王)이 동으로 이사해서 낙양(洛陽)에 도읍하여, 주 왕실을 부흥했다. 유왕 이전의 주를 서주(西周)라 하고, 평왕 이후의 주를 동주라한다. 공자는 공산불요라도 자기를 써 주면, 비성을 근거로 동주처럼 주를 부흥하겠다고 한 것이다.

● **평석** 공산불요가 공자를 초빙하고, 공자가 이에 응하려 한 것이 언제인가에 관해, 많은 이설(異說)이 있다. 또 이것을 역사적 사실이 아니라고 주장함으로써, 없었던 일이라고 하는 학자도 있다. 여러 학설을 면밀하게 검토한 결과, 역자는 이것을 역사적 사실이라고 보고, 유보남(劉寶楠)의 《논어정의》와 전목(錢穆)의 《선진제자계년(先秦諸子繫年)》의 설을 따라 노나라 정공(定公) 8, 9년, 즉 기원전 502년이나 그다음 해 사건이라고 단정한다.

정공 8년, 전부터 어려웠던 계씨의 일부와 비성(費城)의 책임자인 공산불요가 양화에게 보호를 청했다. 양화는 삼환씨의 세력을 없앨 작정으로 우선 계환자(季桓子)를 죽이고, 자기가 보호하던 계오(季寤)를 후계자로 삼았다. 숙손씨 중에서는 호의를 가지고 있던 숙손첩(叔孫輒)을 세웠으며, 자기는 맹의자(孟懿子)를 대신해서 맹손씨의 뒤를 이으려 했다. 그리하여 군대를 서울 곡부에서 일으켰으나, 실패해 국외로 도망치고 말았다.《좌전》에 의하면 계씨의 근거지 비(費)의 성주이던 공산불요는, 너무 먼 데 있었으므로 곡부의 전투에서 양화를 도울 수는 없었으나, 아마 이때 계씨에게 반기를 들었던 것으로 생각한다.

또《좌전》에는 정공 12년, 공자가 계씨의 재상이 된 자로(子路)를 시켜 비성의 벽을 파괴하려 한 기록이 있다. 이때 공산불요가 군대를 끌고 곡부 성안으로 공격해 온 일이 있으므로 공산불요가 비성을 근거로 반란을 일으켰다는《논어》의 글을,《좌전》의 정공 12년과 결부시키는 주석자도 있다. 이에 대해 공산불요가 비성을 근거로 독립을 선언한 것은 이때의 일이 아니고, 정공 8년 양화가 쿠데타를 일으킨 직후에 있었던 것이라고 해석해서,《논어》의 이야기는 이때의 반란을 가리킨다는 것이 전목 등의 주장이다. 역자는 이 학설을 취한다.

공산불요가 가담한 양화 일파의 거병(擧兵) 이유는 앞에서도 말한 것처럼 계씨를 비롯한 삼환씨를 없애는 데 있었다. 삼환씨의 전제(專制)에 반감을 품고 그것을 타도하고자 꿈꾸던 공자는, 이런 사건에 꽤 마음이 끌렸을 것으로 믿어진다. 양화는 진(晉)나라로 망명하여 싸움에서 큰 공을 세운 적이 있으므로, 용사로서는 뛰어난 역량을 가지고 있었다고 볼 수 있다. 제1장에서 본 것과 같이 그의 오만함은, 공자의 반감을 사서 삼환씨 배격에는 공명하면서도 그 휘하에 드는 것은 끝내 거부하게 하였다.

최술 등의 학자는 자로의 말에서도 알 수 있듯이 공산불요는 신뢰할 수 없는 인물이며, 그 초빙에 공자가 응하려 했을 리가 만무하다고 주장했다. 그러나《좌전》에 의하면 공산불요는 도리어 완고하리만큼 신의에 두터웠던 사람으로 보인다. 정공 12년의 내란에서 패한 그는, 숙손첩과 함께 제나라로 망명했는데 애공 8년, 오나라가 노나라를 치려 했을 때, 숙손첩은 노나라의 사정을 모두 알렸으나, 공산불요는 '군자 는 망명 중이라도 조국의 내정(內情)을 적국에 누설하지 않는 것이 예 (禮)'라고 주장하면서, 숙손첩을 통렬히 비난했다. 이것을 보면, 양화 에 비하면 공산불요는 예를 이해하는 군자다운 면을 가지고 있었던 것 같다.

양화에 반발한 공자가 공산불요의 초빙에 마음이 움직인 것은, 결코 있을 수 없는 일만은 아니다. 공자가 양화와 만난 제1장의 이야기를 공자의 성덕(聖德)을 손상하는 것이라 하여, 그 역사성을 부정하려 했 던 학자들은, 공산불요에게 가려 한 본장(本章)의 기사도 같은 뜻에서 역사적 사실이 아니라고 논증하려 애썼다. 그러나 공자에게 불리할 수 있는 기사가 《논어》에 있다는 것은 무엇보다도 강하게 그 역사성을 입 증하는 것이 되지 않겠는가. 제자들의 만류로 끝내 실현되지 않았으 나, 공산불요의 초청에 공자의 마음이 한때 움직였다는 사실만은 결코 부정할 수 없다. 이것은 제7장과도 관련이 있다.

6. 자장(子張)이 인(仁)에 관해 공자께 물었다. 공자께서 말씀하 셨다.

"다섯 가지 일을 천하에 실행할 수 있으면, 인이라고 할 수 있다." 자장은 다시 그 다섯 가지 일은 무엇이냐고 물었다.

"공손·관대·신의·민첩·인자가 그것이다. 공손하면 남에게서 모 욕을 받지 않고, 관대하면 인망이 집중되고, 신의가 있으면 남이 신 뢰하고, 민첩하면 일을 많이 하게 되고, 인자하면 사람을 마음껏 부릴 수가 있다."

> 子張問仁於孔子 孔子曰 能行五者於天下 爲仁矣 請問之曰
> 恭寬信敏惠 恭則不侮 寬則得衆 信則人任焉 敏則有功 惠則
> 足以使人.

7. 필힐(佛肸)이 초청하자 공자께서 가시려 했다. 자로가 말했다. "예전에 저는 선생님께 들은 적이 있습니다. '군주 자신이 악을 행하는 나라라면, 군자는 들어가지 않는다.' 필힐은 중모(中牟)에 의거하여 반란을 일으키고 있습니다. 선생님께서 거기에 가시려는 것은 무슨 까닭입니까?"

공자께서 말씀하셨다.

"그런 말을 한 적이 있거니와, 또 이런 속담도 있다. '굳다고 아니할 수 있으랴, 갈아도 얇아지지 않으니. 희다고 아니 할 수 있으랴, 물들여도 검어지지 않으니.' 내가 어찌 쓴 오이이기야 하랴. 덩굴에 매달린 채 먹히지 않고 있겠느냐?"

> 佛肸召子欲往 子路曰 昔者由也聞諸夫子 曰親於其身 爲不
> 善者 君子不入也 佛肸以中牟畔 子之往也 如之何 子曰 然
> 有是言也 不曰堅乎 磨而不磷 不曰白乎 涅而不緇 吾豈匏瓜
> 也哉 焉能繫而不食.

● **주해** 佛肸(필힐) 《사기》에는 '佛肸'로 나온다. 그 경우에도 발음은 '필힐' 이다. 진(晉)나라 범씨(范氏)의 가신(家臣)으로 중모의 관리 책임자였다. 기원전 497년, 진나라 조간자(趙簡子)가 중모를 자기 것으로 만들고자 범씨와 중행씨(中行氏)를 공격했을 때, 이에 저항하기 위해 위(衛)나라에 귀속했다. 中牟(중모) 이 지명은 여러 곳에 있으므로, 어느 곳에 해당하는지 주석자 사이에 설이 많다. 청(淸)의 홍양길(洪亮吉)의 풀이를 따라, 하남성(河南省) 탕음현(湯陰縣) 서쪽으로 본다. 磷(인) 얇아지는 것. 涅(열) 물속의 개흙으로 만든 검은빛의 염료. 緇(치) 흑색. 吾豈匏瓜也哉(오기포과야재) 고대 중국의 오이에는 단것과 쓴것이 있었는데, 포과(匏瓜)는 쓴 오이라고 한다.

● **평석** 최술(崔述)은 공산불요의 초빙에 공자가 가려 했다는 여기 내

용은, 공자의 성스러운 덕을 손상하는 것이라 하여 역사적 사실이 아니라고 주장했다. 여기서도 그는 중모를 근거지로 조국 진(晉)나라를 배반한 필힐 같은 자의 초청에, 공자가 응했을 리가 만무하다 하여 이 것도 역사적 사실이 아님을 논증하고자 했다. 《논어》에 나오는 자로의 말에 따르면, 필힐은 진나라를 배반한 역적이 된다.

그러나 《좌전》과 《사기》에 의하면, 조간자(趙簡子)가 진공(晉公)을 자신의 손아귀에 넣고, 경쟁 상대인 호족(豪族) 범씨와 중행씨를 친 것이다. 이에 대해 범씨의 신하이던 필힐은, 자기가 지키고 있던 중모를 들어 진으로부터 독립하여 이웃인 위나라로 붙어 그 속국이 되었다. 진나라에서 보면 반역일지 모르나, 범씨의 가신(家臣)으로서 조간자의 부당한 공격에 대항하기 위한 조치였다고 할 수 있다. 원래 중모가 범씨의 영토였고, 조간자가 군주의 명령을 빙자해서 이것을 빼앗으려한 것이므로 필힐의 독립을 단순한 반역 행위라고 볼 수 없을 것이다. 당시 공자는 위나라에 망명 중으로, 그곳의 내정이 상상 이상으로 문란한 데 실망하여, 다시 다른 나라로 가서 벼슬을 찾고 있었다. 이런 공자가, 새로 위나라의 속국이 된 중모로부터 초청을 받은 것이다. 그러므로 자로의 비난은, 역사의 실정과 어긋나는 점이 있다고 보아야한다. 노나라의 개혁에 일단 실패하기는 했어도, 공자는 아직도 주공(周公)의 황금 시기를 재현하겠다는 이상을 버리지 않았으며, 자기의 정책을 받아들이기만 한다면 웬만한 일은 눈 감고 그 초청에 응하려는 심정이었을 가능성이 있다. 자로는 공자의 이런 심정이 이해되지 않았을 것이다. 아무리 설명해도 알 것 같지 않으므로, 속담을 인용해서 자기의 부득이한 입장을 변명하는 데 그쳤다.

이 장 또한, 자로의 비난을 정면으로 반박하지 못하고, 어물어물하고 있는 듯한 인상을 준다. 이 기사만으로는 그 결말을 짐작할 수 없으나, 공자는 결국 필힐의 초청에 응하지 않은 듯하다. 어쨌든 양화·공산불요·필힐은, 보통 유생들의 눈에는 난신적자(亂臣賊子)로 비쳤을 것이고, 또 그런 사람들과 교유하려 한 공자의 처신에도 확실히 비난할 여지는 있을 것이다. 그러나 이런 사실을 숨기지 않고 《논어》에 기록되어, 우리는 이상을 실현코자 혼란한 환경 속에서 애썼던 공자의 생생한 모습을 접할 수 있다.

8. 공자께서 말씀하셨다.

"자로야, 너는 여섯 가지 덕에 대한 여섯 가지 폐단을 들은 적이 있느냐?"

자로가 대답했다.

"아직 듣지 못했습니다."

"앉아라, 내 너에게 말하겠다. 인(仁)을 좋아하면서 학문을 좋아하지 않으면, 정에 흘러 어리석어지는 폐단이 생긴다. 지(知)를 좋아하면서 학문을 좋아하지 않으면, 고원한 데 치우쳐 절도가 없어지는 폐단이 생긴다. 신의를 좋아하면서 학문을 좋아하지 않으면, 사람을 다치는 폐단이 생긴다. 정직을 좋아하면서 학문을 좋아하지 않으면, 엄격한 폐단이 생긴다. 용맹을 좋아하면서 학문을 좋아하지 않으면, 난폭해지는 폐단이 생긴다. 강한 것을 좋아하면서 학문을 좋아하지 않으면, 광적(狂的)인 사람이 되는 폐단이 생긴다."

> 子曰 由也 女聞六言六蔽矣乎 對曰 未也 居 吾語女 好仁不好學 其蔽也愚 好知不好學 其蔽也蕩 好信不好學 其蔽也賊 好直不好學 其蔽也絞 好勇不好學 其蔽也亂 好剛不好學 其蔽也狂.

● **주해** 蔽(폐) 폐(弊)와 통용. 폐단, 폐해.

● **평석** 공자는 말하기에 앞서 '앉아라. 내 너에게 말하겠다.'라고 서두를 꺼냈다. 이것은 본편 제1장에서 말한 것처럼, 공자의 학원에서 스승이 제자에게 교훈이나 고사(故事)를 이야기할 때 쓰던 전형적인 형식이다. 스승에게 이야기를 청할 때 제자는 자리에서 일어선다. 스승

은 먼저 앉으라고 한 다음에 이야기를 꺼내는 것이다. 그 내용은 본장(本章)처럼 교훈의 요목을 나열한 것이 많고, 암송에 편리하도록 구형(句形)이 정리되어 있었다.

9. 공자께서 말씀하셨다.

"얘들아, 왜 《시경》을 공부하지 않느냐? 《시경》을 배우면 사물을 비유할 수 있고, 풍속을 살필 수 있고, 많은 벗과 사귈 수 있고, 정치를 비판할 수 있다. 가까이는 부모를 섬기고, 멀리는 임금을 섬기며, 새와 짐승, 초목의 이름을 외우는 데 도움이 크다."

> 子曰 小子 何莫學夫詩 詩可以興 可以觀 可以群 可以怨 邇
> 之事父 遠之事君 多識於鳥獸草木之名.

● **주해** 小子(소자) 향당(鄕黨)에서 연장자가 젊은이를 부를 때 쓰던 말. 공자의 학원에서는, 공자가 제자를 부를 때 이 말을 썼다. 興(흥) 《시경》에는 자연의 묘사로 시가 시작되어, 그것이 간접적으로 주제를 암시하는 시가 많다. 흥은 그러한 수사법을 말한다. 觀(관) 시대와 지방의 풍속이나 분위기를 관찰하는 것. 群(군) 모여 생활하면서, 많은 친구를 사귀는 것. 怨(원) 특히 정치를 풍자하는 것. 識(지) 기억함.

● **평석** 《시경》의 효능을 설명한 이 말은 후세 시경학(詩經學)의 원천이 되었다. 그러나 한대(漢代) 이후의 복잡한 학설에 구애되면, 도리어 공자의 본의를 놓칠 위험이 있으므로, 여기에서는 고주(古注)에 의하면서 자유롭게 해석했다.

10. 공자께서 백어(伯魚)에게 말씀하셨다.

"너는 《시경》의 주남(周南)과 소남(召南)을 배웠느냐? 사람이 주남과 소남을 배우지 않는 것은, 마치 담을 향해 정면으로 서 있는 것과 같다."

　　子謂伯魚曰 女爲周南召南矣乎 人而不爲周南召南 其猶正牆
　　面而立也與.

● **주해**　伯魚(백어) 공자의 아들로 이름은 이(鯉).〈계씨편〉제13장 참
조. 爲(위) 배우는 것. 周南(주남)·召南(소남)《시경》국풍(國風)의 처음
두 편의 이름. 주(周)의 주공(周公)과 소공(召公)의 감화가 미친 지방의
민요라고 한다.

● **평석**　담을 향해 서 있으면 앞이 보이지 않고, 한걸음도 나아갈 수
없으므로,《시경》의 주남과 소남을 배우지 않은 사람에게는 향상의 여
지가 없다는 말이다. 매우 직관적인 데가 있어서 재미있다.

11. 공자께서 말씀하셨다.
"예(禮)다 예다 하지만, 제사에 쓰는 옥이나 비단만이 예는 아닐
것이다. 악(樂)이다 악이다 하지만, 종이나 북만이 악은 아닐 것
이다."

　　子曰 禮云禮云 玉帛云乎哉 樂云樂云 鐘鼓云乎哉.

● **주해**　玉帛云乎哉(옥백운호재) 보통 '옥이나 비단을 말하랴'의 뜻으로
풀이했다. 그러나 고대 어법에서 '운호(云乎)'는 조자(助字)며, 별 뜻이
없다.

● **평석**　예나 악에서 형식이 중요함은 말할 것도 없으나, 그 형식에
얽매여 정신을 망각한다면, 예악 자체를 부정하는 것이 될 것이다.
젊은 제자 중에는, 그 형식의 연구에 몰두한 나머지, 자칫하면 본질
을 망각하는 경향이 있어서 그것을 충고한 것 같다.

12. 공자께서 말씀하셨다.

"표정은 엄숙하나 속마음은 유약한 것을, 소인에 비긴다면 벽이나 담에 구멍을 뚫는 좀도둑 같다고 할 수 있다."

子曰 色厲而內荏 譬諸小人 其猶穿窬之盜也與.

● **주해** 穿窬之盜(천유지도) 좀도둑. 천(穿)은 벽에 구멍을 뚫는 것. 유(窬)는 담에 구멍을 내는 것.

● **평석** 공자는 겉모양만 그럴듯하게 꾸미는 소인이 매우 싫었던 모양으로, 여기의 비유는 신랄하다.

13. 공자께서 말씀하셨다.

"사이비(似而非) 군자는 덕을 도둑질하는 자이다."

子曰 鄕原 德之賊也.

● **주해** 鄕原(향원) 고주(古注)에서는 원(原)을 '용납한다'로 풀이해, 팔방미인을 가리키는 것이라고 보았고, 신주에서는 세속에 아첨하는 자라고 해석했다. '사이비 군자'라고 하는 것이 좋다.

● **평석** 요즘에는 사이비, 즉 가짜가 많다. 가짜는 곳곳에 범람하여 진짜를 압도하고 있다. 하물며 애국·학문·예술·종교·도덕에 왜 사이비가 없겠는가. 공자의 말은 매우 통렬하여 우리를 꾸짖는 것 같다.

14. 공자께서 말씀하셨다.

"길에서 주워들은 것을 길에서 그대로 말하는 것은, 덕을 포기하는 행위다."

子曰 道聽而塗說 德之棄也.

● **주해** *塗*(도) 길, 도로.

● **평석** 배운 것은 충분히 생각하고 음미해서 자기 것으로 만들어야 하는데, 들은 것을 금방 자기 학설인 듯 남에게 써먹는다면, 그것은 자기의 향상을 포기한 것이 된다는 뜻일 것이다. 그 시대에 직업적 저널리스트가 있었던 것도 아니련만, 현대 평론가나 학자의 약점을 너무나 잘 알고 있지 않은가.

15. 공자께서 말씀하셨다.
"비열한 사람과 함께 임금을 섬길 수 있겠는가? 벼슬을 얻지 못했을 때는 어떻게 하면 이것을 얻을까 걱정하고, 얻고 나면 잃지나 않을까 걱정한다면, 무슨 일이라도 저지를 수 있다."

子曰 鄙夫 可與事君也與哉 其未得之也 患得之 旣得之 患失之 苟患失之 無所不至矣.

● **평석** 출세에만 눈이 어두운 무리의 비열한 처세술이 여지없이 폭로되었다. 출세를 위해서는 종기라도 빠는 사람들은 오늘날에도 있지 않을까.

16. 공자께서 말씀하셨다.
"옛날에는 백성에게 세 가지 병폐가 있었는데, 지금은 그것조차 없는 것 같다. 옛날의 기인(奇人)들은 큰 데가 있었으나, 지금의 기인들은 되는대로 행동한다. 옛날의 고집쟁이들은 모가 났었으나, 지금의 고집쟁이들은 성내고 다투기만 한다. 옛날의 어리석은 자들은 정직하긴 했으나, 지금의 어리석은 자는 속임수에 능하다."

子曰 古者民有三疾 今也或是之亡也 古之狂也肆 今之狂也
蕩 古之矜也廉 今之矜也忿戾 古之愚也直 今之愚也 詐而已
矣.

● **주해** 狂(광) 뜻이 지나치게 높은 것. 〈미자편〉 제5장에 나오는 접여
(接輿) 같은 사람. 肆(사) 작은 예절에 구속되지 않는 것. 蕩(탕) 절도 없
이 마음 내키는 대로 하는 것. 矜(긍) 자기를 지나치게 굳게 지키는 것.
廉(염) 행동이 모나는 것. 忿戾(분려) 함부로 성을 내 날뛰는 것.

17. 공자께서 말씀하셨다.
"말이 물 흐르듯 하고 표정이 그럴듯한 사람 중에는 어진 사람이
적다."

子曰 巧言令色 鮮矣仁.

● **평석** 〈학이편〉 제3장과 같은 문장이다.

18. 공자께서 말씀하셨다.
"간색(間色)인 자줏빛이 정색(正色)인 붉은빛을 덮는 것을 나는 미
워한다. 선정적인 정(鄭)나라 음악이 정통의 아악을 혼란하게 하는
것을 나는 미워한다. 입만 놀리는 자들이 나라를 전복시키는 것을
나는 미워한다."

子曰 惡紫之奪朱也 惡鄭聲之亂雅樂也 惡利口之覆邦家者.

● **주해** 紫(자)·朱(주) 고대 중국에서는 붉은빛 같은 소위 원색을 정색이
라 하고, 자색 같은 혼합색을 간색이라 하여, 정색을 간색보다 높였다.
그런 색채의 가치관이 점점 혼란해지는 것을 공자는 슬퍼했다. 鄭聲(정

성) 정나라 일대에는 애정을 주제로 한 신흥 가요가 많이 생겨났다.《시경》정풍(鄭風)에도 그런 노래가 많아, 유교에서는 전통적으로 이것을 음란하다 하여 배격해 왔다.

● **평석** 이것은 변천하는 시대상을 감각적으로 파악한 쓸쓸한 만가(挽歌)라고도 볼 수 있다. 공자는 새롭다는 것밖에는 취할 점이 없는 사이비 문화가, 조화의 세계인 고전적 문화를 침식해 가는 모습을 차마 볼 수 없었던 모양이다.

19. 공자께서 말씀하셨다.
"나는 이제부터 아무 말도 하지 않으련다."
자공(子貢)이 말했다.
"선생님께서 만약 말씀하시지 않는다면, 저희는 무엇을 받들어 전합니까?"
공자께서 말씀하셨다.
"하늘이 무엇을 말씀하시랴? 그래도 사시(四時)는 운행하고 만물은 생육(生育)하니, 하늘이 무엇을 말씀하시랴."

> 子曰 予欲無言 子貢曰 子如不言 則小子 何述焉 子曰 天何言哉 四時行焉 百物生焉 天何言哉.

● **평석** 공자가 망명길에서 돌아와 제자들을 교육하던 만년의 일로 보인다. 공자는 어느 날 제자들에게, '나는 이제부터 아무 말도 하지 않으련다.'라고 말하여 모두를 놀라게 했다. 공자가 아무 말도 하지 않으면 학문을 어떻게 닦을 것인지, 표준이 없어지기 때문이다. 자공이 당황해서 그 까닭을 말해 달라고 청했다. 공자는 하늘을 끌어내어, 하늘은 말이 없으나 만물이 생육하지 않느냐고, 매우 시적(詩的)으로 대답했다. 대체로 이것이 본장(本章)의 내용이다.

공자가 아무 말도 하지 않겠다고 한 것은 침묵하겠다는 뜻이 아니었을 것이다. '지금까지는 하나에서 열까지 어린아이를 가르치듯 지도해 왔지만, 지금부터는 나에게만 의존하지 말고, 각자 노력을 기울여 보라. 그런 자주적인 구도 정신만이 그대들에게 도를 얻게 할 것이다.' 대개 이런 취지였다고 생각된다. 그것을 제자들이 오해하였고, 특히 자공까지도 당황하는 것을 보고, 공자는 좀 쓸쓸했을 것이다.

그래서 나온 것이 하늘에 관한 시적인 말이다. 공자는 드러내어 하늘에 대해 말하지는 않았으나(〈공야장편〉 제13장), 속으로는 많이 생각하고 있었을 것이다. 하늘이 보여주는 무언의 질서, 거기에서 많은 것을 배웠던 것이라고 느껴진다. 언어가 개입할 수 없는 절대계(絶對界)를, 공자는 마음속에서 항상 상대하고 있었을 것이다.

20. 유비(孺悲)가 공자를 뵙겠다고 찾아왔다. 공자께서는 병이라는 이유로 면회를 거절하게 하셨다. 그 분부를 전달하는 사람이 문을 나가자, 슬(瑟)을 끌어당겨 퉁기시면서 노래하여, 병이 아님을 유비에게 알리셨다.

孺悲欲見孔子 孔子辭以疾 將命者出戶 取瑟而歌 使之聞之.

● **주해** 孺悲(유비) 자세한 것은 전하지 않는다. 將命者(장명자) 대답을 전달하는 사람.

●**평석** 유비가 찾아온 것을 병을 이유로 만나지 않았을 뿐 아니라, 악기를 연주하며 노래함으로써, 사실은 병이 아니고 만나기 싫은 까닭임을 알린 것은 무슨 까닭일까. 소개도 받지 않고 찾아왔기 때문이라는 설도 있고, 유비는 죄인이었을 것이라는 주장도 있다. 공자는 노랫소리가 들리게 함으로써 경고한 것이라고 신주(新注)에서는 말하기도 했다. 그러나 그 어느 것도 납득할 수 없다. 그것은 모두 성인의 언동이라는 전제에서 출발하여, 거기에서도 어떤 도덕적·교육적 의의를

발견하려 하므로, 매우 단순한 것이 보이지 않게 된 것이다.

《예기》 잡기(雜記) 하(下)에 유비가 애공(哀公)의 명령으로 공자에게서 상례(喪禮)를 배웠다는 기록이 있을 뿐이나, 어쨌든 그는 공자가볼 때 달갑지 않은 사람이었던 것 같다. 그렇지 않고는 그를 만나지않은 사실은 설명되어도, 일부러 병이 아님을 알린 일은 설명되지 않는다. 공자는 누구나 평등하게 사랑한다든가, 나쁜 사람까지도 자비심으로 대한다든가 하는 사람은 결코 아니었다. 싫은 것은 싫고, 괘씸한것은 괘씸하게 느낀, 옳고 그름과 좋고 싫음이 분명한 사람이었다. 그러기에 만나고 싶지 않으면 만나지 않고, 그래도 직성이 풀리지 않으면 일부러 노래하여 만나고 싶지 않다는 뜻을 상대에게 알리기도 하였다. 공자는 신통치 않은 노인을 지팡이로 그 정강이를 때린 일도 있으니(〈헌문편〉 제45장), 이런 일쯤은 능히 할 수 있는 인물이었음을알아야 한다. 공자의 인간성은 위대하면서도 매우 복잡하여, 단순히착하기만 한 사람으로 보아서는 안 될 것이다.

21. 재여(宰予)가 여쭈었다.

"삼년상(三年喪)은 1년으로 줄여도 충분할 것입니다. 군자가 3년이나 예(禮)를 행하지 않으면, 예는 필연코 무너지고 말 것이며, 3년이나 음악을 연주하지 않으면, 음악도 반드시 없어지고 말 것입니다. 지난해 곡식은 모두 없어지고 새해의 곡식이 익으며, 나무를마찰하여 불을 다시 만드는 것처럼, 1년마다 모든 것은 바뀌므로1년으로 줄여도 좋을 것입니다."

공자께서 말씀하셨다.

"부모가 돌아가신 지 3년이 지나기 전에 쌀밥을 먹고, 비단옷을 입는 것이 너는 괜찮으냐?"

"괜찮습니다."

"괜찮다면 뜻대로 하려무나. 대개 군자가 상을 입는 동안은 맛있는 음식을 먹어도 입에 달지 않고, 아름다운 음악을 들어도 즐겁지 않고, 집에 있어도 편안하지 않으므로 그런 일을 하지 않는 것이다. 그러나 너는 그렇게 하면서도 괜찮다면, 네 뜻대로 하는 것이 좋다."

재여가 물러나자, 공자께서 말씀하셨다.

"재여는 정이 없구나. 아이는 태어나 3년이 되어야 부모 품을 떠날 수 있으니, 그러기에 삼년상은 천하에 통용되는 예(禮)다. 재아도 역시 부모로부터 3년 동안 사랑을 받았으련만."

宰我問 三年之喪 期已久矣 君子三年不爲禮 禮必壞 三年不爲樂 樂必崩 舊穀旣沒 新穀旣升 鑽燧改火 期可已矣 子曰食夫稻 衣夫錦 於女安乎 曰 安 女安則爲之 夫君子之居喪食旨不甘 聞樂不樂 居處不安故 不爲也 今女安則爲之 宰我出子曰 予之不仁也 子生三年然後 免於父母之懷 夫三年之喪 天下之通喪也 予也 有三年之愛於其父母乎.

●**주해** 宰我(재아) 공자의 제자. 성은 재(宰), 이름은 여(予), 자는 자아(子我). 따라서 재아라고도 한다. 期(기) 만 1년간. 鑽燧改火(찬수개화) 수(燧)는 불을 일으키는 나무. 연초에 마른 나무를 마찰하여 불을 다시 일으키는 것. 예전에는 성냥이 없었으므로, 이때 일으킨 불을 가지고 계속 사용했을 것이다. 물론 중도에 불이 꺼지는 수도 있겠지만, 새해가 되면 의식의 하나로 새 불씨를 만든 것. 有三年之愛於其父母乎(유삼년지애어기부모호) '호(乎)'를 의문의 조자(助字)로 보면 의미가 잘 통하지 않는다. 그래서 황간(皇侃)의 《의소》의 일설처럼, '애(愛)'를 '아끼는 뜻'으로 보아, '삼년상을 그 부모에게 아끼느냐?'라는 해석도 생겼다. '乎'는 고전어(古典語)의 경우, 문장 끝에 붙는 감탄의 조자이기도 했다. 또 한석경본(漢石經本)에는 '乎'가 없음은 주목할 만하다. 어쨌든 '乎'를 조자로 본다면, 통설대로 해석해도 의미는 충분히 통한다.

●**평석** 앞서 역자는 실용주의자로서의 재여와 전통주의·도덕 지상주의자로서의 공자의 대립이 있었음을 말한 적이 있다.(《공야장편》제10장) 재아의 제안은, 일반 국민이라면 모르되, 지배자인 군자가 글자 그대로 삼년상을 지킨다면 정무(政務)가 정체되고, 예악의 문화가 황폐하지 않겠느냐는 취지였을 것이다. 특히 춘추시대 같은 어지러운 시국에서는 때에 따라 그것이 국가의 흥망을 좌우할 수도 있는 문제였다.

여기 재아의 제안은 매우 합리주의적인 생각이었는데도, 공자는 감정적으로 대응하였다. 재아는 삼년상이 국가 통치에 지장이 있다는 주장이었으나, 공자는 하루빨리 안락한 생활을 하고 싶으냐고 반문하였다. 이것은 요지를 벗어난 논쟁이라고 할 수 있다. 재아와 토론하면, '사람이 시시하다고 해서 그 말까지 버리지는 않는다.'(《위영공편》제23장)라고 주장한 공자답지 않게 금세 흥분한 것을 보면, 재아는 공자의 마음에 맞지 않는 사람이었던 것 같다.

22. 공자께서 말씀하셨다.
"종일 배불리 먹고, 아무것도 마음 쓰는 것이 없다면, 그것은 매우 곤란하다. 골패니 바둑, 장기 같은 것이 있지 않으냐? 그런 일이라도 하는 것이 하지 않는 것보다는 낫다."

　　子曰 飽食終日 無所用心 難矣哉 不有博奕者乎 爲之猶賢乎已.

●**주해** 賢(현) 나은 것. 낫다. 已(이) 그치는 것. 아무것도 하지 않는 것.

●**평석** 공자는 늘 노력하는 사람이었다. 그러기에 배불리 먹고 아무 일도 하지 않는 사람을 보면, 차라리 바둑이라도 둘 일이지, 왜 그러

고 있느냐는 말을 한 것 같다. 물론 활동에도 질의 차이가 있지만, 무슨 일을 하든 하지 않는 것보다는 낫다고 생각한 것에서 활동가로서의 공자의 면목을 느끼게 된다.

23. 자로(子路)가 여쭈었다.
"군자도 용기를 존중합니까?"
공자께서 대답하셨다.
"군자는 정의를 최고로 친다. 군자에게 용기만 있고 정의감이 부족하면 내란을 일으키고, 소인이 용기만 있고 정의감이 부족하면 도둑질을 한다."

子路曰 君子尚勇乎 子曰 君子義以爲上 君子有勇而無義 爲亂 小人有勇而無義 爲盜.

● **평석** 여기에서 말하는 군자는 지배계급인 귀족이고, 소인은 피지배계급, 즉 서민을 가리킨다. 용기가 넘치나 이성이 부족한 자로에게 한 교훈으로 보인다.

24. 자공(子貢)이 말했다.
"군자도 미워하는 일이 있습니까?"
공자께서 말씀하셨다.
"미워하는 일이 있다. 남의 잘못을 말하는 사람을 미워한다. 아랫사람으로서 윗사람을 비난하는 사람을 미워한다. 용기는 있으나 예의를 모르는 사람을 미워한다. 과감하지만 도리를 모르는 사람을 미워한다."
공자께서 물으셨다.
"자공아, 너도 미워하는 것이 있느냐?"
"남의 의견을 몰래 사용하여, 지식을 가진 듯이 뽐내는 사람을 미워합니다. 오만을 용기라고 착각하고 있는 사람을 미워합니다. 남의 비밀을 말해서, 그것을 정직인 듯이 생각하는 사람을 미워합니다."

子貢曰 君子亦有惡乎 子曰 有惡 惡稱人之惡者 惡居下流而 訕上者 惡勇而無禮者 惡果敢而窒者 曰 賜也 亦有惡乎 惡 徼以爲知者 惡不孫以爲勇者 惡訐以爲直者.

● **주해** 訕(산) 나무라는 것. 비난함. 窒(질) 막히는 것. 도리가 통하지 않는 것. 徼(요) 남의 의견을 몰래 사용하는 것. 訐(알) 남의 악을 들추어 냄.

● **평석** 앞에서 말했듯이, 공자는 증오의 감정 같은 것을 굳이 초월하려고도 하지 않았고, 숨기려고도 하지 않았다. '자공아, 너도 미워하는 것이 있느냐?'라고 한 것을 보면, 그 전의 '군자'가 실은 공자 자신임을 알 수 있다. 역시 자공은 수재였다. 공자와 대등하게 응대하여 손색이 없어 보인다. 그의 말은 모두 인간의 미묘한 약점을 지적한 것으로, 범상한 사람이 미칠 바가 아님을 느끼게 한다.

25. 공자께서 말씀하셨다.
"여자와 소인은 다루기 힘들다. 가까이하면 불손해지고, 멀리하면 원망한다."

子曰 唯女子與小人 爲難養也 近之則不孫 遠之則怨.

● **평석** 이 말은 여자를 경멸하는 뜻으로 오해하기 쉽다. 그러나 신주(新注)가 지적했듯이, 여기서 여자는 아내가 아니라 첩이나 여자 종을 말한 것으로, 소인도 가정에서 부리는 하인을 가리킨다. 당시의 중국 가정은 대가족제도에다 다처제였으므로, 첩과 남녀 하인이 귀족 집안

에는 많았다. 따라서 그들을 거느리기란 쉽지 않았을 것이다. 이 말을 근거로 공자가 공처가였다든가, 여성 경멸론자였다고 주장하는 것은 잘못이다.

26. 공자께서 말씀하셨다.
"마흔 살이 되어서도 남에게 미움을 받는다면 끝이다."

　子曰 年四十而見惡焉 <u>其終也已.</u>

●**주해** 其終也已(기종야이) 절망을 나타내는 말. 종(終)은 이(已)의 뜻과 가까우니, 끝났다는 것. 야이(也已)는 '따름'의 뜻.

●**평석** 당시는 평균 수명이 낮았으므로, 40세는 지금의 50세 이상으로 나이 든 것을 의미했으리라. 그 나이가 되어서도 행동이 신통치 않아 남에게 미움을 받는다면, 어쩔 도리가 없다는 말이다. 어느 특정 인물을 두고 한 말 같으나 누구인지는 알 수 없다.

제18 미자편(微子篇)

미자(微子)와 기자(箕子)가 망해가는 은(殷)나라를 떠나 몸을 숨기는 것으로 제1장을 삼은 본편은, 난세를 피하는 은사(隱士) 이야기가 주된 내용이다. 제5장의 공자 옆을 노래하며 지나간 초(楚)나라의 미치광이 접여(接輿), 제6장의 나루터를 묻는 자로에게 공자를 버리고 은사가 되라고 권한 장저(長沮)와 걸닉(桀溺), 제7장의 역시 자로를 상대로 공자를 비판한 장인(丈人) 이야기는 《논어》에서도 가장 흥미 있는 설화(說話)라 할 수 있다. 본편에서는 아무리 애써도 소용없는 정치 운동에 열을 올리고 있는 공자를, 고지식한 인물로서 희화화(戲畵化)하는 느낌이 없지 않다. 이것은 무위(無爲)를 최고의 덕으로 여기는 노자학파(老子學派)의 영향이라고 생각된다. 그러나 춘추시대 말기의 중국은 내란과 전쟁이 그칠 사이가 없는 데다가, 탐욕한 호족(豪族)과 그를 둘러싼 간신배에 의해 추악한 권력 투쟁이 계속되었으므로 이런 시대상에 절망하여, 정치 무대에서 물러난 은사가 많이 생겼을 가능성은 있다. 그들은 사회의 이면에서 생활했으므로 거의 역사에 나오지 않았으나, 그 편린(片鱗)은 《좌전》과 《시경》에도 나온다. 난세에서 개인의 행복을 유지하자면, 그렇게 살 수밖에 없었는지는 모른다.

노자의 무위 사상은, 민간의 은사들 사이에서 싹튼 사상을 체계화한 것에 지나지 않는다. 제5~7장은, 자연적으로 발생한 은사의 생활을 도가(道家)의 무위 사상에 의해 이상화한 것으로, 도가의 영향은 부정할 수 없다. 이런 각 장 끝에는 은둔사상에 대한 비평이 첨가되어 있다. 전국시대의 유교 교단은, 이런 설화를 채택하면서도 그것을 비판하는 것에 의해 유교의 권위를 지키고자 하였다.

1. 은(殷)나라 말기가 되자, 미자(微子)는 떠나고, 기자(箕子)는 종이 되어 몸을 숨기고, 비간(比干)은 주왕(紂王)에게 간하다가 죽었다. 공자께서 말씀하셨다.

"은나라에는 세 인자(仁者)가 있었다."

微子去之 箕子爲之奴 比干諫而死 孔子曰 殷有三仁焉.

● **주해** 微子(미자) 은나라 마지막 임금인 주왕(紂王)의 서형(庶兄)으로, 주왕의 포악한 정치에 절망한 나머지 국외로 도망하였다. 주(周)가 건국하자, 민간에 은신해 있던 미자를 찾아내어 송(宋)나라 군주로 삼아, 나라의 제사를 받들게 했다. 箕子(기자) 주왕의 숙부. 주왕에게 어지러운 정치를 간해도 듣지 않으므로, 머리를 풀어헤쳐 미친 것처럼 가장하고, 노예 무리에 들어가 종적을 감추었다는 전설이 있다. 주 무왕(武王)이 은을 멸망시킨 후 기자를 불러들여, 은 왕조에 전해 오던 교훈인 홍범(洪範)에 관해 가르침을 받았다. 기자는 그 후, 지금의 한국에 왔다는 설이 있으나, 육당(六堂) 최남선(崔南善) 이래 우리 역사가들의 의견은 부정 쪽으로 기울고 있는 듯하다. 比干(비간) 주왕의 숙부. 주왕을 격렬히 비판하여, 왕의 노여움을 사서 처형되었다.

● **평석** 본편 처음에 은나라의 세 현인(賢人) 이야기를 놓은 것은, 난세에 처해 군자의 태도를 밝히고자 한 것이다. 포학한 정치에 정면으로 맞서다가 죽은 비간, 간해도 소용없음을 알자 몸을 피한 미자와 기자. 그중 어느 것을 높고 어느 것을 낮다고 하는 것은 아니나, 모두 자기의 높은 지조를 관철한 점에서 공자로부터 인자(仁者)라는 칭송을 들었다.

2. 유하혜(柳下惠)가 노나라의 재판관이 되었다가 세 번이나 파면당했다. 어떤 사람이 말했다.

"선생님은 왜 이런 대우를 받는 나라에서 떠나시지 않습니까?"

유하혜가 말했다.

"양심을 가지고 남을 섬긴다면, 어느 나라에 가도 세 번쯤 파면되지 않겠습니까? 또 양심을 굽혀가며 섬긴다면, 어찌 부모의 나라를 떠날 필요가 있겠습니까?"

柳下惠爲士師三黜 人曰 子未可以去乎 曰 直道而事人 焉往而不三黜 枉道而事人 何必去父母之邦.

● **주해** 柳下惠(유하혜) 노나라의 현인. 성은 전(展), 이름은 획(獲).(〈위영공편〉 제14장·본편 제8장 참조) 士師(사사) 주대(周代) 재판관의 우두머리. 黜(출) 물리침을 받는 것. 지위 격하와 파면되는 것이 있다.

● **평석** 악한 정치에서도 참으면서 벼슬하는 현인의 한 전형(典型)이라 할 수 있다.

3. 제나라 경공(景公)이 공자를 대우하는 문제에 관해 말했다.

"노나라의 계씨(季氏) 정도로 대우하지는 못하겠으나, 계씨와 맹씨(孟氏)의 중간쯤 대우는 하리라."

그러나 잠시 후 말했다.

"나는 늙었다. 쓰지 못하겠다."

이 말을 들은 공자는 제나라를 떠나셨다.

齊景公待孔子曰 若季氏則吾不能 以季孟之間待之 曰 吾老矣 不能用也 孔子行.

● **주해** 季孟之間(계맹지간) 노나라의 최고 귀족은 계손(季孫)·맹손(孟孫)·숙손(叔孫)의 세 집안이었다. 이들은 모두 대신급인 경(卿)이었으나 계손씨가 상경(上卿), 맹손씨는 하경(下卿)이었다. 그러므로 그 중간

의 대우를 하겠다는 것은 굉장한 우대다.

●**평석** 제나라 경공은 장수한 군주로, 기원전 547년에서 490년에 죽을 때까지 58년이나 임금 자리에 있었다. 부친 영공(靈公)이 노나라로부터 부인을 맞이한 것이 기원전 575년으로, 그 출생은 기원전 574년이나 573년으로 추측되므로, 즉위할 때는 27세쯤이다. 공자가 노나라 소공(昭公)의 뒤를 이어 제나라로 망명한 때는 기원전 517년으로, 노나라로 돌아온 때는 다음 해나 다음 다음해, 즉 기원전 516년이나 515년이라는 설이 있다. 당시의 경공 나이는 59세나 60세일 것이다.

경공이 늙었다는 이유로 공자를 채용하지 않은 이야기는, 공자가 제나라를 떠날 때의 경공 나이와 부합된다. 유보남(劉寶楠)의《논어정의》는 이상과 같은 이유로 이것을 기원전 517년이나 516년이라 보았으나, 단정하기는 어렵다. 이 전설은 다음 장과 연관되어, 공자가 어떤 이유로 나라를 떠났는지 그 명분을 밝히고 있다. 또 본장은 신주(新注)에서 지적했듯이 경공과 공자의 직접적인 면담은 아니었을 것으로 본다.

4. 제나라가 노나라에 여성 가무단(歌舞團)을 보냈다. 계환자(季桓子)는 이것을 받고 심취한 나머지, 사흘이나 조회에 출석하지 않았다. 공자께서는 노나라를 떠나셨다.

　　齊人歸女樂 季桓子受之 三日不朝 孔子行.

●**주해** 歸(귀) 궤(饋)와 통용. 선물하는 것. 女樂(여악) 여자로 구성된 노래하고 춤추는 무용단. 季桓子(계환자) 계손사(季孫斯). 노나라의 실질적인 통치자. 앞에도 여러 번 나왔다.

●**평석** 기원전 498년 12월, 공자는 맹손·숙손·계손의 소위 삼환(三

桓)의 세력을 꺾기 위해, 그 본거지인 후(郈)·성(郕)·비(費)의 성벽
을 철거하려다가 실패하여, 그 연말 또는 다음 해 초에 위(衛)나라로
망명했다. 이 공자의 망명을 제나라에서 보내온 여악(女樂) 때문처럼
주장한 《논어》의 기사는 매우 의심스럽다. 《좌전》 같은 데는 전혀 그
런 기록이 보이지 않는다. 공자 같은 성인은 작은 일에서도 나라의 장
래를 예견해서, 나라를 떠난다고 후세의 유생들은 생각한 것 같다.

5. 초(楚)나라의 미치광이 접여(接輿)가 노래하면서 공자 옆을 지
나가며 말했다.
"봉황새야, 봉황새야. 네 덕 어이 쇠했는가? 지난 일은 묻어 두고,
앞일이나 생각하세. 그만두게, 그만두게. 오늘의 정치하는 사람은
위태롭다네."
공자께서는 마차에서 내려 그와 말하려 했으나, 잔걸음으로 피했
으므로 말을 할 수가 없었다.

> 楚狂接輿歌而過孔子曰 鳳兮鳳兮 何德之衰 往者不可諫 來
> 者猶可追 已而已而 今之從政者殆而 孔子下欲與之言 趨而
> 辟之 不得與之言.

● **주해** 狂(광) 난세에 미친 흉내를 내고 사는 은사. 鳳兮鳳兮(봉혜봉혜)
봉(鳳)은 봉황. 천하가 태평하면 나타나고 어지러워지면 숨는다는 서조
(瑞鳥)로 공자를 비유한 것. 빨리 이 세상을 체념하고 은둔하라는 내용
의 노래이다.

● **평석** 난세였으므로, 광인(狂人)이라 해도 정말 미친 것이 아니라
미친 체함으로써 자기 몸의 안전을 도모한 것이리라. 이런 유의 은사
(隱士)는 당시에 많아, 여기저기서 이런 사람들로부터 정치에서 손을
떼라는 충고를 공자는 많이 받았을 것이다. 이것은 초나라에 갔을 때,

그곳까지 유랑하여 섭공(葉公) 같은 인사들과 접촉한 기원전 489년의 일이라고 한다. 그러나 여기에 기록된 일이, 그대로 역사적 사실은 아닐 것이다. 본편을 편찬할 때쯤에 그런 전설이 생겼다고 보는 것이 좋겠다.

6. 장저(長沮)와 걸닉(桀溺)이 짝이 되어 밭을 갈고 있었다. 지나가시던 공자께서 자로에게 나루터가 어디인지 묻게 하셨다. 장저가 물었다.

"저 마차에서 고삐를 잡고 있는 것은 누구요?"

자로가 대답했다.

"공구(孔丘)이십니다."

"노나라의 공구 말인가?"

"그렇습니다."

"그 사람이라면 나루터를 알고 있을 텐데."

이번에는 걸닉에게 물었다. 걸닉이 말했다.

"당신은 누구요?"

"중유(仲由)입니다."

"노나라 공구의 제자인가?"

"그렇습니다."

"도도히 흘러서 막을 도리 없는 것은 이 강물만이 아니라, 천하가 모두 그러하거늘, 대체 누구와 더불어 이 난세를 바로잡는다는 것인가? 당신도 사람을 피하는 스승을 따르는 것보다는 차라리 세상을 버리고 사는 우리를 따르는 것이 낫지 않소?"

그러면서 뿌린 씨에 흙 덮는 일을 쉬지 않았다. 자로는 돌아와 사실대로 말했다. 공자께서는 낙담하신 듯 말씀하셨다.

"새나 짐승과 함께 살 수는 없으니, 내가 이 사람의 무리를 떠나, 누구와 함께 살 수 있으랴? 천하에 질서가 있다면, 나도 애써 바로잡고자 하지 않을 것이다."

長沮桀溺耦而耕 孔子過之 使子路問津焉 長沮曰 夫執輿者
爲誰 子路曰 爲孔丘 曰 是魯孔丘與 曰 是也 曰 是知津矣
問於桀溺 桀溺曰 子爲誰 曰 爲仲由 曰 是魯孔丘之徒與 對
曰 然 曰 滔滔者 天下皆是也 而誰以易之 且而與其從辟人
之士也 豈若從辟世之士哉 耰而不輟 子路行以告 夫子憮然
曰 鳥獸不可與同群 吾非斯人之徒與 而誰與 天下有道 丘不
與易也.

● **주해**　長沮(장저) · 桀溺(걸닉) 누군가 이름 있는 현인이 이름을 바꾼 것
같다. 耦而耕(우이경) 짝이 되어서 경작하는 것. 한 사람이 보 같은 것을
땅에 대면, 한 사람은 그것을 당기는 등의 일. 執輿(집여) 말을 몰고 있던
자로가 수레에서 내렸으므로, 공자가 마부 자리로 옮겨 대신 고삐를 잡
고 있는 것. 辟人(피인) 정치를 하겠다는 공자가, 군주나 정치가가 마음
에 들지 않는다고 하여 같이 일하려 하지 않는 것을 풍자한 것. 辟世(피
세) 특정한 사람이 나쁜 것이 아니라 세상이 나쁘므로, 그것에서 피한다
는 뜻. 耰(우) 씨를 뿌린 다음, 새가 쪼아먹지 못하도록 흙으로 덮는 것.

● **평석**　장저와 걸닉은 《장자(莊子)》에 나오는 사람들처럼, 어쩌면 가
공인물인지도 모른다. 고대의 우화에는 이런 일이 많았는데, 아마 이
두 사람을 내세워 공자를 약간 야유한 것인 듯하다. 그 증거로는 공자
도 자로도 모두 희화화(戲畵化)되어 있음을 지적할 수 있다. 물론 공
자의 평을 끝에 붙이고는 있으나, 그것도 결국 변명처럼 들려, 전체적
으로는 두 은사의 도교적 처세 철학이 되고 말았다.

7. 자로가 공자를 따라가다가 뒤처졌다. 지팡이에 대바구니를 매
달아 어깨에 걸친 노인을 만나, 자로가 물었다.
"우리 선생님을 보시지 못하셨습니까?"
노인이 대답했다.

"육체노동을 한 적도 없고, 오곡을 구분할 줄도 모르면서, 대체 누구를 선생이라 하는가?"

그리고 지팡이를 땅에 꽂고 김을 매기 시작했다. 경의를 느낀 자로는 두 손을 모은 채 서 있었다. 노인은 딱하게 여겼는지 자로를 자기 집에서 재워 주었다. 닭을 잡고 기장밥을 하여 대접하고, 두 아들을 인사시켰다. 다음날 자로가 쫓아가 자초지종을 말하자 공자께서는,

"아마 은사일 것이다."

하시며, 자로에게 되돌아가서 다시 한 번 만나고 오라고 하셨다. 자로가 그 집에 가니, 노인은 외출 중이어서 만날 수 없었다. 자로는 아들에게, 이렇게 전해 달라고 당부했다.

"노인께서는 벼슬하지 않으면 군주에 대한 의무도 없어진다고 생각하실 것입니다. 그러나 노인께서도 장유(長幼)의 질서가 없어질 수 없음은 인정하시므로, 군신(君臣)의 의리인들 어떻게 없앨 수 있겠습니까? 노인께서는 자기 한 몸을 깨끗이 하려고 인륜의 대의(大義)를 흐리고 계십니다. 군자가 임금을 섬김은 그 대의를 행하기 위해서입니다. 천하에 바른 질서가 실현될 수 없을 것이라는 일쯤은 우리 선생님께서도 이미 알고 계십니다."

子路從而後 遇丈人以杖荷蓧 子路問曰 子見夫子乎 丈人曰
四體不勤 五穀不分 孰爲夫子 植其杖而芸 子路拱而立 止子
路宿 殺鷄爲黍而食之 見其二子焉 明日子路行以告 子曰 隱
者也 使子路反見之 至 則行矣 子路曰 不仕無義 長幼之節
不可廢也 君臣之義 如之何其廢之 欲潔其身而亂大倫 君子
之仕也 行其義也 道之不行 已知之矣.

● **주해** 丈人(장인) 장(丈)은 장(杖)과 통용. 지팡이를 짚은 노인의 뜻.

나이에 따른 대우가 달랐던 당시는, 지팡이 짚는 데도 엄격한 제한이 있었다. 篠(조) 대로 만든 바구니. 四體不勤 五穀不分(사체불근 오곡불분) 이 말을, 노인 자신·자로·공자를 각기 가리킨다는 설이 있다. 어느 것을 가리킨다 해도 말은 통하나, 신주(新注)를 따라 자로를 두고 한 말이라고 해석했다. 오곡은 기장·수수·삼·보리·콩을 말한다. 삼 대신 벼를 넣는 수도 있고, 그 밖에도 여러 설이 있다.

● **평석**《사기》는 앞 장과 함께, 초(楚)나라를 공자가 여행했을 때 일이라고 하였다. 그러나 앞 장의 주인공 이름이 상징하듯 매우 우화적인데, 본장(本章)은 노인의 이름을 밝히지 않았다. 노인의 한마디에 주춤하고 서 있는 자로를 딱하게 여겨, 데리고 가 하룻밤을 재우고 성의를 다해 대접하는 등, 목가적인 생활이 소박하게 그려져서 만들어낸 흔적은 보이지 않는다. 노자(老子)가 존중한 자급자족의 농촌 공동체의 무위(無爲) 생활이 표현된 셈이지만, 이 전설을 도가(道家)의 영향으로 돌리는 것은 지나친 속단일지 모른다.

이런 난세라면 은사는 생기지 않을 수 없고, 공자가 긴 유랑에서 이들과 접촉이 없었을 리 만무하다. 하기는《좌전》같은 데에는 그런 기록이 별로 보이지 않을는지도 모른다. 그러나 그것은《좌전》이 귀족의 정치 활동에만 초점을 두었으므로 뒷전으로 밀려난 것 같다. 따라서《좌전》을 근거로 해서, 춘추시대에는 아직 은사가 나타나지 않았다는 등의 주장은 성립할 수 없다고 믿어진다. 물론 공자가 이런 은사와 만난 이야기는, 노자학파 사이에서 크게 화제가 되었을 것이다. 그리고 거기에 꼬리가 붙기도 하고, 내용의 변경도 생겨났을 것이다. 이런 이야기에 관해, 유교도의 처지에서도 반격을 가할 필요가 있었으니, 자로가 마지막에 한 말은, 유교의 그러한 반격으로 이해해야 한다.

8. 은사(隱士)에는 백이(伯夷)·숙제(叔齊)·우중(虞仲)·이일(夷逸)·주장(朱張)·유하혜(柳下惠)·소련(少連)이 있었다. 공자께서 말씀하셨다.

"그 뜻을 높이 가지고, 자기 몸을 더럽히지 않은 것은, 백이와 숙제였다."

유하혜와 소련에 대해 말씀하셨다.

"뜻도 굽히고 몸도 더럽혔으나, 말은 도리에 맞고, 행동은 사려(思慮)에 맞았다. 대체로 이런 정도였다."

우중과 이일에 대해서도 말씀하셨다.

"물러나 살면서 내키는 대로 말했으나, 몸가짐이 결백했고, 세상을 버리는 방식도 시의(時宜)에 적합했다. 나는 이들과는 다르다. 섬길 때 섬기고, 섬겨서 안 될 때는 섬기지 않는다."

逸民 伯夷叔齊 虞仲 夷逸 朱張 柳下惠 少連 子曰 不降其志 不辱其身 伯夷叔齊與 謂柳下惠·少連 降志辱身矣 言中倫 行中慮 其斯而已矣 謂虞仲·夷逸 隱居放言 身中淸 廢中權 我則異於是 無可無不可.

● **주해** 伯夷(백이)·叔齊(숙제)〈공야장편〉제23장·〈술이편〉제14장·〈계씨편〉제12장 참조. 虞仲(우중) 오(吳)나라 태백(泰伯)의 아우. 태백과 함께 군주 자리를 막내동생인 계력(季歷)에게 양보하고 강남으로 도망친 주(周)의 중옹(仲雍)이 여기에 나오는 우중과 동일인이라는 설이 있다. 우(虞)나라가 주초(周初)에는 주의 식민(植民) 도시국가였음은, 최근 장쑤성(江蘇省) 단투(丹徒)에서 발굴된 청동기에 의해 확실해졌으므로, 우중과 중옹의 동일인 설(說)도 그만큼 확실성이 커졌다.(〈태백편〉제1장 참조) 夷逸(이일)·朱張(주장)·少連(소련) 자세히 알 수 없다. 柳下惠(유하혜) 노나라의 대부 전획(展獲).(〈위영공편〉제14장·본편 제2장 참조)

● **평석** 여기에 나온 일민(逸民) 7명은, 제11장의 예에서 미루어 본다면 8명이었을 것이다. 우중 앞에 태백이 있었는데, 그는 오(吳)나라의

시조가 되므로 뺀 것인지도 모른다.

세상에 알려진 현인은 일정한 처세법이 있어서, 그것에 맞추어 살아갔다. 그러나 공자는 스스로 그때그때 판단하여, 자기의 갈 길을 판단했으니, 이러한 그의 처세가 때로는 제자들이 오해한 것으로 생각된다. '무가무불가(無可無不可)'의 절대적 자유의 입장은, 지인(至人)이 아니고는 취하지 못할 것이다.

9. 악사장(樂士長) 지(摯)는 제나라로 떠났다. 둘째 조연자(助演者) 간(干)은 초(楚)나라로 떠났다. 셋째 조연자 요(繚)는 채(蔡)나라로 떠났다. 넷째 조연자 결(缺)은 진(秦)나라로 떠났다. 북 치는 악사 방숙(方叔)은 황하 유역으로 떠났다. 소고(小鼓) 담당인 무(武)는 한수(漢水) 유역으로 떠났다. 첫째 조연자 양(陽)과, 경(磬) 담당인 양(襄)은 발해 해안으로 떠났다.

大師摯適齊 亞飯干適楚 三飯繚適蔡 四飯缺適秦 鼓方叔入
於河 播鼗武入於漢 少師陽擊磬襄入於海.

● **주해** 大師摯(태사지) 태사는 악사장, 지(摯)는 그 이름. 지는 은(殷)나라 말기의 악사장 '비(疵)'와 음이 통하며 동일인이라 한다. 그는 은이 망하자 주(周)로 망명했다. 亞飯干(아반간) 아반의 뜻은 알 수 없다. 천자가 아침 수라를 들 때, 음악을 담당하는 직책이라고 하나 확실치 않다. 간(干)은 이름. 三飯繚(삼반료) 천자의 점심 수라 때, 음악을 담당하는 직책이라 한다. 이름이 요(繚). 鼓方叔(고방숙) 북 치는 악사인 방숙. 播鼗武(파도무) 파(播)는 흔드는 것. 도(鼗)는 소고(小鼓). 무(武)는 그 이름. 擊磬襄(격경양) 격(擊)은 치다, 경(磬)은 돌로 만든 타악기의 일종. 그 담당자 이름이 양(襄).

● **평석** 고주(古注)에서는 노나라 애공(哀公) 때 나라의 형세가 기울고 예악이 무너져, 악사들이 사방으로 흩어진 기사라고 했다. 청(淸)

의 모기령(毛奇齡)에 의하면, 은나라 말기에 나라가 망해가자 악사들이 흩어진 것이라 한다.

그 고증은 확실하지 않으나, 주나라 음악은 본래 은나라 것을 계승하였으므로, 세습이었던 악사들은 그 조상에 관해 이런 전설이 전해졌을 것으로 생각된다.

10. 주공(周公)께서 아들 노공(魯公)에게 말씀하셨다.

"군자는 그 친척을 버리지 않으며, 대신 중 쓸모없는 사람이라도 원망하지 않도록 대하며, 오래된 친구는 큰 잘못이 없는 한 버리지 않으며, 한 사람에게 완전하기를 요구하지 않아야 한다."

　周公謂魯公曰 君子不施其親 不使大臣 怨乎不以 故舊無大故
　則不棄也 無求備於一人.

●**주해** 施(이) 이(弛)와 음이 통하므로, '버리는 것'이라 해석했다.

●**평석** 노나라의 시조는 백금(伯禽)으로, 주공의 아들이다. 여기 내용은 백금이 노공에 임명되어 부임할 때 주공이 훈시한 내용이라고 공자 학파 사이에 전해 오던 것이리라.

11. 주(周)에 여덟 현인이 있었다. 백달(伯達)과 백괄(伯适), 중돌(仲突)과 중홀(仲忽), 숙야(叔夜)와 숙하(叔夏), 계수(季隨)와 계왜(季騧)다.

　周有八士 伯達伯适 仲突仲忽 叔夜叔夏 季隨季騧.

●**평석** 여기 나오는 여덟 명에 관해서는 알려진 것이 없다. 백(伯)·중(仲)·숙(叔)·계(季)는 장남·차남·3남·4남을 뜻하는 말이므로,

네 번 쌍둥이를 낳은 것이라는 설도 있으나, 상상에 불과하다. 물론
이것도 전설을 그대로 기록한 것 같다.

제10권

제19 자장편(子張篇)

'자장왈(子張曰)'로 시작하여, 그것을 편명으로 삼은 본편은, 자장의 말(제1~3장), 자하(子夏)의 말(제4~13장), 자유(子游)의 말(제12·14·15장), 증자(曾子)의 말(제16~19장), 자공(子貢)의 말(제20~25장)을 수록하고 있는데, 공자의 말은 하나도 기록되어 있지 않다. 자장과 자하학파 간의 상호 비판과, 자유와 자하의 논쟁을 기술한 제3장과 제12장은, 공자 사후(死後)의 학파의 대립을 알 수 있는 유교사상사의 중요 문헌이다.

그러나 본편의 주류를 이루는 것은 자하·자공·증자 세 사람이다. 특히 자공은 제23~25장의 문답을 통해, 공자의 재세(在世) 시대부터 사후에 걸쳐, 매우 존경받고 세력이 있었음을 알 수 있다. 본편은 자공을 받드는 제나라 학파에서 전승된 것으로 보인다. 여러 제자의 말은 공자의 말을 근거로 한 것이 많아, 공자의 사상이 제나라 또 그 제자들에 의해 어떻게 발전되고 전승되어 갔는지, 그 과정을 알 수 있다.

1. 자장(子張)이 말했다.

"임금을 섬기는 사람은 위험한 일을 만나면 목숨을 던지며, 이득
(利得)을 보면 도의를 생각하며, 제사 지낼 때는 공경을 생각하며,
상을 당해서는 슬픔을 생각한다. 이 정도면 될 것이다."

子張曰 士見危致命 見得思義 祭思敬 喪思哀 其可已矣.

●**주해** 士(사) 도(道)를 구하는 사람, 학문을 배우는 사람 등의 여러 측
면이 있으나, 여기서는 임금을 섬기는 사람이라는 입장에서 사용되었다.

●**평석** 유교 교단은 공자가 죽은 후, 나라를 섬기는 데 있어 유능한
인재를 양성하는 방향으로, 교육 목표가 점차 굳어져 간 듯하다. 자장
의 이 말은 그러한 교육 이념을 밝힌 것이며, 그러므로 첫머리에 놓은
것으로 생각된다.

2. 자장이 말했다.

"덕을 지키되 굳지 않고, 도를 믿어도 두텁지 않다면, 덕이나 도가
어찌 있다고 할 수 있으며, 어찌 없다고 할 수 있겠는가?"

子張曰 執德不弘 信道不篤 焉能爲有 焉能爲亡.

●**주해** 弘(홍) '넓다'·'크다'란 뜻으로 풀이해 왔으나, 자연스럽지 않다.
장병린(章炳麟)은 弘을 지금의 강(強)에 해당한다고 했다. '덕을 지킴이
굳지 않다'로 하면, 다음의 '도를 믿음이 두텁지 않다'와 잘 어울린다. 다
음 장에서 말하겠지만 자장의 학문 경향에는 가르침을 굳게 지키는 성격
이 강했으므로, 弘을 '견고'의 뜻으로 해석하는 것은 타당하다고 생각한
다.

●**평석** 덕을 굳게 지키지 않고, 도를 두텁게 믿지 않는 사람은, 있어

도 없는 것이나 다름없다는 말은, 자못 격렬한 어조를 띠나, 풍부한 인간성이나 깊은 함축이 없으며, 교리가 고정된 교조주의(教條主義) 경향이 강하게 보인다.

3. 자하(子夏)의 제자가 남과 사귀는 문제에 관해 자장에게 물었다. 자장이 말했다.
"자하 선생은 뭐라고 하시던가?"
제자가 대답했다.
"자하 선생님께서는 좋은 사람과는 사귀되, 그렇지 못한 사람은 거절하는 것이 좋다고 하셨습니다."
자장이 말했다.
"그것은 내가 선생님에게서 배운 것과는 다르구나. 군자는 한편에선 현인을 존경하면서 한편으로는 대중을 받아들이며, 선인을 찬양하면서 또 무능한 사람도 가엾게 여긴다. 자기가 크게 훌륭한 사람이라면 누구에게나 받아들여지려니와, 자기가 변변치 못하다면 남에게서 거부되리니, 어찌 남을 거부할 수 있겠는가?"

> 子夏之門人問交於子張 子張曰 子夏云何 對曰 子夏曰可者
> 與之 其不可者拒之 子張曰 異乎吾所聞 君子尊賢而容衆 嘉
> 善而矜不能 我之大賢與 於人何所不容 我之不賢與 人將拒
> 我 如之何其拒人也.

● **평석** 자하의 교우(交友)에 관한 생각은, 공자의 '충실하고 신의 있는 사람과 가까이 지내고, 자기만 못한 사람과 사귀지 말라.'(〈자한편〉 제25장)라는 말의 취지를 따르고 있다. 그러나 자기보다 훌륭한 사람을 친구로 삼으려 할 때, 상대도 그렇게 생각할 것이므로 친구 관계는 결코 성립할 수 없다. 자기를 반성하고 남의 장점을 발견할 능력이 있는 사람이 남에게서 자기보다 나은 점을 발견하여 배우려 할 때, 비로

소 군자 간의 친구 관계가 성립할 수 있을 것이다. 자하의 '좋은 사람과는 사귀되, 그렇지 못한 사람은 거부하라.'라는 단순한 합리주의로는 친구 관계가 성립할 수 없다.

자장의 주장은 자하설(子夏說)의 이 결함을 지적한 것이지만, 우수한 재능을 가진 사람이 자기보다 못한 사람을 받아들이는 친구 관계가 성립한다고 한 것은, 공자의 설과 정면에서 충돌하는 주장이라 하지 않을 수 없다. 자하가 오직 이성(理性) 위에 친구 관계의 근거를 둔 데 대해, 자장은 자기보다 못한 사람에 대한 동정심에 근거를 두었다. 이 대화는 자장과 자하학파 간의 대립을 뚜렷이 보여주는 흥미 있는 토론이라 할 수 있다.

4. 자하(子夏)가 말했다.

"보잘것없는 작은 기술이라도 반드시 취할 점이 있지만, 대도(大道)를 성취하려는 사람에게는 장애가 된다. 그러기에 군자는 그런 것에 손을 대지 않는다."

> 子夏曰 雖小道 必有可觀者焉 致遠恐泥 是以 君子不爲也.

● **주해** 小道(소도) 도가(道家)나 법가(法家) 같은 제자백가(諸子百家), 즉 이단의 학문을 말한다고 고주(古注)에서는 해석했다. 그러나 당시는 아직 제자백가가 성립하지 않았으므로, 이것은 문제가 되지 않는다. 주자의 주석처럼, 농학·의학·복술 등의 기술을 말한다고 보는 것이 좋다. 泥(니) 거리끼거나 얽매임.

● **평석** 자하의 문인 중에는, 기술의 말단에 급급한 사람이 많았으므로 주의를 한 것이리라. '치원(致遠)'은, 그 기술을 궁극까지 배우려는 것으로 풀이해 왔으나, '소도(小道)'가 아닌 '대도(大道)', 즉 군자의 도를 끝까지 공부하는 데 지장이 된다는 뜻으로 보아야 한다.

5. 자하가 말했다.

"날로 모르던 것을 알아가고, 달로 배운 것을 잊지 않으려 힘쓴다
면, 학문을 좋아하는 태도라 할 수 있다."

　　子夏曰　日知其所亡　月無忘其所能　可謂好學也已矣.

●**평석**　항상 새것을 알고, 잊지 않으려는 태도는 자하가 제자를 가르
치는 목표였는지 모르나, 어느 시대에나 통용되는 것이다.

6. 자하가 말했다.

"널리 배워서 뜻을 굳게 하고, 절박하게 질문하여 몸 가까운 문제
에 관해 생각한다면, 인(仁)은 스스로 그중에서 생겨나리라."

　　子夏曰　博學而篤志　切問而近思　仁在其中矣.

●**주해**　博學而篤志(박학이독지) 지(志)를 '지(識)' 즉 기억하는 뜻으로 해
석하는 이가 있다. 의미는 보다 자연스러우나, 반드시 그렇게 해야만 의
미가 통하는 것도 아니어서 전통적 해석을 따랐다. 切問(절문) 절(切)은
'여절여차(如切如磋)'(〈학이편〉 제15장)의 '切'이다. 구슬을 가는 듯이 절
실한 질문을 하는 것.

7. 자하가 말했다.

"직공들은 제작하는 곳에서 그 일을 완성하고, 군자는 학문을 배움
으로써 그 도를 궁극적으로 인식한다."

　　子夏曰　百工居肆　以成其事　君子學　以致其道.

●**주해**　肆(사) 주자는 관부(官府)에 부설된 제작하는 곳이라고 했다. 致
(치) 궁극까지 이해함.

●**평석** 학문하는 군자 즉 학자를, 직공과 대조시킴으로써 신분에 따른 임무를 밝히려 했다. 공자의 2대 제자 시대쯤에 가서 지식계급, 즉 사(士)의 신분이 확립되었음을 반영한다.

8. 자하가 말했다.
"소인은 잘못을 저지르면, 반드시 꾸며대어 숨기려 한다."

子夏曰 小人之過也 必文.

●**평석** '잘못하였으면 고치는 데 거리낌이 없어야 한다.'(〈학이편〉 제8장·〈자한편〉 제25장), '잘못하고도 고치지 않는 것, 이것을 잘못이라 한다.'(〈위영공편〉 제30장)라고 공자가 말한 것에 대응한다. 군자는 잘못을 인정하고 고치지만, 소인은 잘못을 인정하지 않고 숨기려 한다.

9. 자하가 말했다.
"군자의 모습에는 세 가지 변화가 있다. 멀리서 바라보면 엄숙하고, 가까이에서 보면 온화하고, 그 말을 들으면 엄하다."

子夏曰 君子有三變 望之儼然 卽之也溫 聽其言也厲.

●**평석** 공자의 태도는 '온화하면서 엄하고, 위엄 있으면서 사납지 않고, 공손하면서 편안하였다.'(〈술이편〉 제37장)라고 하였다. 시대가 흐름에 따라 그것이 '삼변(三變)'으로 정리되어 군자의 전형으로서 교육되었음을 말한다.

10. 자하가 말했다.
"군자는 신뢰를 받은 다음에 백성을 부리니, 신뢰를 받기 전에 부리면 백성은 자기들을 괴롭히는 것으로 안다. 군자는 신임을 얻고난 다음에 임금에게 간하니, 신임을 받기 전에 간하면 임금은 자신을 비방하는 줄 안다."

子夏曰 君子信而後 勞其民 未信則以爲厲己也 信而後諫 未信則以爲謗己也.

● 주해 厲(여) 삼국시대 위(魏)나라 왕숙(王肅)은, '병(病)'이라고 주했다. 괴롭히는 것.

11. 자하가 말했다.
"큰 덕은 사소한 규칙이라도 넘는 일이 없어야 하나, 작은 덕은 범위를 약간 벗어나는 것쯤 허용된다."

子夏曰 大德不踰閑 小德出入 可也.

● 주해 閑(한) 법·규칙.

● 평석 효도와 충성 같은 것은 큰 덕이요, 인사하는 법이라든가 평소의 몸가짐 같은 사소한 예의범절은 작은 덕이다. 대의(大義)·소의(小義)라고 생각해도 좋을 것이다. 그런 큰 도덕적 규범은 철두철미 자기할 일을 다 해야 하지만, 지엽적인 문제에서는 다소의 융통성이 있을 수도 있다는 말이다. 이것도 물론 공자의 사상을 부연한 것이다.

12. 자유(子游)가 말했다.
"자하의 문인인 젊은이들은, 집 치우는 것·손님 접대·의식 동작 같은 것은 곧잘 한다. 그러나 이런 것은 지엽적인 일에 불과하여, 근본적인 일에 대해서는 아무것도 모르니 이래서 될 것인가?"
자하가 전해 듣고 말했다.

"아, 자유는 잘못 생각하고 있다. 군자의 도는 어느 것은 먼저 가르쳐야 하고, 어느 것은 뒤로 돌려 소홀히 해도 좋다는 그런 것이 아니다. 제자의 역량에 따라 적당히 가르치는 것뿐이다. 그것은 마치, 초목도 종류에 따라 기르는 법이 다른 것과 같다. 군자의 도가 역량이 모자라는 자에게 강요하여 속여 넘길 수 있는 것이랴. 처음도 있고 끝도 있는 완전무결한 것은, 성인에게나 기대할 수 있을 것이다."

子游曰 子夏之門人小子 當灑掃·應對·進退則可矣 抑末也
本之則無 如之何 子夏聞之曰 噫 言游過矣 君子之道 孰先
傳焉 孰後倦焉 譬諸草木 區以別矣 君子之道 焉可誣也 有
始有卒者 其惟聖人乎.

● **주해** 言游(언유) 언언(言偃). 자가 자유(子游)이므로 언유라고 불렀다. 倦(권) '전(傳)'과 음이 통하므로, 전하는 뜻이라는 설이 있으나 취하지 않는다.

● **평석** 자유와 자하 두 학파의 대립에서 생긴 상호 비판 내용이다. 자유는 자하의 문인들이 말초적인 예법은 알고 있지만, 본질적인 것에는 무지하다고 비난했다. 그 말은 이해하기 쉬우나, 자하의 반박은 매우 난해하여 여러 설이 있으나 정설(定說)은 없다.

13. 자하가 말했다.
"벼슬하여 여력(餘力)이 있으면 학문을 연구하고, 학문을 연구하여 여력이 있으면 벼슬한다."

子夏曰 仕而優則學 學而優則仕.

● **주해** 優(우) 여력(餘力)이 있는 것.

● **평석** 자하가 한 말의 전반은, '여유가 있거든, 비로소 글을 배워도 된다.'(〈학이편〉 제6장)라는 공자의 말에 근거를 두고 있다. 후반은, 정확히 이것과 취지가 일치하는 공자의 말은 없다. 자하는 전반의 공자 말을 뒤집어 이 말을 만든 듯하다. 공자의 말이 제자들에 의해 확장되고 부연되어 가는 과정을 알 수 있다.

14. 자유(子游)가 말했다.
"상(喪)을 당하여서는 슬픈 정을 다하면, 그것으로 된다."

　　子游曰　喪致乎哀而止.

● **평석** 고주(古注)에 의하면, 슬퍼하는 나머지 음식을 먹지 않고 마침내 자기 목숨까지도 버리는 등의 행동은 삼가라는 뜻이라 한다. 이것은 '애이지(哀而止)'의 '止'에 중점을 둔 해석이라 할 수 있다. 신주(新注)에서는 슬퍼하는 정이 중요하지 쓸데없는 예의적 수식은 필요없다는 뜻이라고 했다. 이쪽이 자연스럽다. 자유 학파도 예(禮)를 존중하는 나머지, 제자 중에는 지엽적인 예의범절에 너무 얽매이는 사람도 있었기에, 그것을 경계한 것으로 보인다. '장례는 막힘없이 행하기보다는 애도(哀悼)의 정이 나타나도록 해야 한다.'(〈팔일편〉 제4장)라는 공자의 말과 같은 취지이다.

15. 자유가 말했다.
"내 친구 자장(子張)은 하기 어려운 일을 해낸다. 그러나 아직 인은 아니다."

　　子游曰　吾友張也　爲難能也　然而未仁.

● **주해** 張(장) 자장(子張)을 가리킨다.

● **평석** 비범한 일을 한다는 것이, 바로 최고의 경지에 도달했다는 뜻은 아니라는 말이다. 도리어 비범한 것에 구애되는 점에 그 미숙함이 있을 것이다.

16. 증자(曾子)가 말했다.
"당당하도다 자장(子張)은. 그러나 같이 인을 행하기는 어렵다."

　曾子曰 堂堂乎 張也 難與並爲仁矣.

● **평석** 무엇이 '당당하다'는 것인지에 관해서는 여러 설이 있다. 자장은 풍채가 당당하여, 친구들은 함께 일하는 것을 꺼렸으며, 증자도 같이 인을 행할 수 없다고 한 것이라는 해석이 있다. 그러나 용모가 아무리 당당하다 해도, 그 때문에 인까지도 같이 행하기 싫다는 것은 말이 되지 않는다. 용모가 당당했는지는 모르나, 위의(威儀)만을 꾸미고 인의 덕이 모자랐다고 본 신주(新注)의 견해가 자연스럽다.

17. 증자가 말했다.
"나는 선생님께 들었는데, 사람이 자기 힘을 다하는 일은 여간해서는 있지 않다. 있다고 하면 부모의 상(喪)을 당했을 때일 것이다."

　曾子曰 吾聞諸夫子 人未有自致者也 必也親喪乎.

● **주해** 自致(자치) 자기 힘을 다하는 것.

● **평석** 지금까지의 자유·자하·자장의 말은, 공자의 말을 직접 인용하지 않고, 자기의 해석을 덧붙여 말한 것이다. 그런데 증자는 본장

(本章)에서 공자의 말을 직접 인용하였다. 공자가 죽고 얼마 지나자, 젊은 증자가 스승의 학원을 상속한 셈이 되었으므로, 항상 공자를 배경에 두고 말할 필요가 있었는지도 모른다.

18. 증자가 말했다.

"나는 선생님께 들었는데, 맹장자(孟莊子)의 효도와 다른 일은 흉내 낼 수가 있어도, 아버지가 남기고 간 신하와 통치 방법을 고치지 않은 사실은 흉내 내기 어려운 일이다."

> 曾子曰 吾聞諸夫子 孟莊子之孝也 其他可能也 其不改父之
> 臣與父之政 是難能也.

● **주해** 孟莊子(맹장자) 성은 맹손(孟孫), 이름은 속(速), 시호는 장(莊). 아버지 맹헌자(孟獻子)의 뒤를 이어 계승한 지 얼마 안 되어 죽었다. 기원전 554년부터 550년까지 대부로 있었다.

● **평석** 공자는 '3년을 아버지가 남긴 방식을 고치지 않아야 효도라고 할 수 있다.'(〈학이편〉 제11장·〈이인편〉 제20장)라고 말했다. 맹장자는 이것을 실행한 것이 된다. 그가 정치를 맡은 기간이 짧은 까닭도 있겠지만, 상제로 있는 동안만이 아니라 죽을 때까지 계속되었으므로, 칭찬을 들은 것인지도 알 수 없다.

19. 맹손씨(孟孫氏)가 양부(陽膚)를 사법관에 임명하고, 그에 관해 증자에게 물었다. 증자가 말했다.

"위에 있는 사람이 도의를 잃고 있으므로, 백성들이 흩어지고, 법을 범하는 일이 오래되었다. 만약 진범을 잡았을 때라도, 먼저 그들을 동정할 일이지 기뻐해서는 안 된다."

孟氏使陽膚爲士師 問於曾子 曾子曰 上失其道 民散久矣 如
得其情 則哀矜而勿喜.

● **주해** 陽膚(양부) 증자의 제자라고 하나 자세한 것은 알 수 없다. 士師
(사사) 재판관의 우두머리. 民散(민산) 백성이 흩어지는 것. 情(정) 실정.
여기는 진범(眞犯)으로 보는 것이 좋다.

20. 자공(子貢)이 말했다.
"주왕(紂王)의 악도 그렇게까지 심하지는 않았다. 후세에 와서 모
든 악이 그에게로 돌아간 것이다. 그러기에 군자는 하류에 살기를
싫어한다. 더러운 물이 그에게로 몰릴 것이기 때문이다. 그와 같
이, 한번 악으로 이름이 나면 천하의 악이 모두 그에게로 돌아올
수 있다."

子貢曰 紂之不善 不如是之甚也 是以君子惡居下流 天下之
惡皆歸焉.

● **주해** 紂(주) 은(殷)의 마지막 임금. 폭군으로 유명하여 천하의 백성을
괴롭혔으므로, 주(周) 무왕(武王)의 공격을 받아 망했다.

● **평석** 《열자(列子)》 양주편(楊朱篇)에, '천하의 선(善)은 모두 순(舜)
과 우(禹)와 주공과 공자에 모이고, 천하의 악은 모두 걸(桀)과 주
(紂)에 모인다.'라는 말이 있다. 세상은 어떤 전형(典型)을 만들어 내
기를 좋아한다. 그래서 선인에게는 선이 자꾸 추가되고, 악인에게는
악이 자꾸 추가되어, 시대가 지나면 사실과는 다른 하나의 선의 전형
과 악의 전형이 생기고 만다. 이것은 이항복(李恒福)이 해학을 좋아한
탓으로 그런 전설이 자꾸 그에게로 돌아가, 마치 장난하는 것만 아는
사람처럼 그의 인간상이 왜곡되어 간 것만 보아도 명백하다.

그것이 망한 나라의 임금인 경우, 정책적으로도 그의 악이 과장될 가능성은 크다. 자공의 이 말도 그렇게 이해해도 될 것이다. 수재며 정치가요 자본가이던 자공은, 인간의 평판이나 세론(世論)이 어떻게 형성되어 가는가를 잘 알고 있었던 것 같다.

21. 자공이 말했다.
"군자의 잘못은 일식이나 월식 같다. 잘못하면 모두 그것을 보고, 고치면 모두 우러러본다."

> 子貢曰 君子之過也 如日月之食焉 過也人皆見之 更也人皆仰之.

● **평석** 자공은 과연 수재였다. 군자의 잘못을 일식과 월식에 비긴 비유는 참으로 멋지다. 마치 시를 읽는 것과도 같다.

22. 위나라 공손조(公孫朝)가 자공에게 물었다.
"공자께서는 누구에게서 배우셨습니까?"
자공이 말했다.
"문왕(文王)과 무왕(武王)의 도는, 지상에서 완전히 사라진 것이 아니라, 아직도 사람들 사이에 남아 있습니다. 훌륭한 사람은 그 중요한 것을 기억하고, 보통 사람은 별로 중요하지 않은 일을 기억하고 있는 차이는 있으나, 천하 곳곳에 문왕과 무왕의 도가 남아 있으니, 선생님께서야 어디에서라도 배우지 않으셨으며, 또 어떤 일정한 스승이 있었겠습니까?"

> 衛公孫朝問於子貢曰 仲尼焉學 子貢曰 文武之道 未墜於地在人 賢者識其大者 不賢者識其小者 莫不有文武之道焉 夫子焉不學 而亦何常師之有.

● **주해** 衛公孫朝(위공손조) 공손조라는 이름은 《좌전》에만도 4명이나 나온다. 그렇게 흔한 이름이므로 위(衛)라는 나라 이름을 밝혔다. 그러나, 그 전기는 알려진 것이 없다. 성명에서 미루어 볼 때, 위나라 군주의 종친이었을 가능성이 있다. 仲尼(중니) 공자의 자(字). 공자의 이름은 구(丘). 자를 부르는 것은 존칭이므로, 남들은 공자를 이렇게 불렀으며, 제자들은 스승이라는 뜻에서 '자(子)', '부자(夫子)'라고 불렀다. 文武之道(문무지도) 주(周)의 문왕과 무왕이 남긴 훈계.

23. 숙손무숙(叔孫武叔)이 조정에서 동료 대부들에게 말했다.
"자공(子貢)은 공자보다도 훌륭하다."
자복경백(子服景伯)이 이 말을 자공에게 알렸다. 자공이 말했다.
"선생님과 나를 집 담에 비유컨대, 저의 집 담은 어깨높이밖에 되지 않으므로, 건물의 아름다움이 한눈에 엿보이는 것입니다. 그러나 선생님의 집 담은 몇 길이나 되므로, 대문으로 들어가지 않은 사람은, 그 종묘의 아름다움이나 백관(百官)이 늘어선 모습을 볼 수 없습니다. 선생님의 집 대문을 들어선 사람은 어쩌면 적을지도 모르므로, 그분의 말씀도 무리는 없으나 사실과는 다릅니다."

　　叔孫武叔語大夫於朝曰 子貢賢於仲尼 子服景伯以告子貢 子
　　貢曰 譬之宮牆 賜之牆也 及肩窺見室家之好 夫子之牆數仞
　　不得其門而入 不見宗廟之美 百官之富 得其門者 或寡矣 夫
　　子之云 不亦宜乎.

● **주해** 叔孫武叔(숙손무숙) 노나라의 명문 숙손씨, 이름은 주구(州仇), '무(武)'는 시호. 대부로서 일찍이 공자와 동료인 적도 있었다. 子服景伯(자복경백) 노나라의 대부. 자복(子服)은 성, 이름은 하기(何忌), 시호는 경(景), 자는 백(伯). (〈헌문편〉 제38장 참조) 數仞(수인) 인(仞)은 한 길〔길이의 단위〕. 당시의 7, 8척. 夫子(부자) 앞의 '부자'는 공자를 가리키

고, 뒤의 것은 숙손무숙을 가리킨다.

● **평석** 숙손무숙은 공자와 동료인 적도 있어 공자를 잘 아는 귀족으로, 무언가 공자에 대해 반감이 있는 것 같다. 그래서 자공이 공자보다 낮다고 말하였다. 자공의 비유는 역시 교묘해서 스승과 자신의 차이를 잘 나타냈다.

24. 숙손무숙이 공자를 비방하자 자공이 말했다.
"그런 일은 그만두십시오. 공자를 헐뜯을 수는 없습니다. 다른 현인은 언덕 같으므로, 넘으려면 넘을 수도 있습니다. 그러나 공자께서는 일월과 같으십니다. 사람으로서 넘어갈 수가 없습니다. 사람이 스스로 인연을 끊으려 한들, 일월이 무슨 지장이 있겠습니까? 도리어 분수를 모름을 나타낼 뿐입니다."

　　叔孫武叔毀仲尼 子貢曰 無以爲也 仲尼不可毀也 他人之賢
　　者 丘陵也 猶可踰也 仲尼日月也 無得而踰焉 人雖欲自絶 其
　　何傷於日月乎 多見其不知量也.

● **주해** 毀(훼) 비방함. 비난함. 多(다) '지(秖)'·'적(適)'과 같음. '도리어 … 뿐이다'.

25. 진자금(陳子禽)이 자공에게 말했다.
"선생님께서 겸손하신 것입니다. 공자가 어찌 선생님보다 낫겠습니까?"
자공이 말했다.
"군자는 한마디로 지혜로운 자라고 판단되기도 하며, 한마디로 어리석은 자라고 평가받기도 하니, 말은 삼가지 않을 수 없다. 선생님에게 미칠 수 없음은, 마치 하늘에 아무리 사다리를 놓아도 오를 수 없음과 같다. 지금 만약 선생님께서 어느 나라의 정치를 맡으신다면, '세우면 서고, 인도하면 가고, 어루만지면 모이고, 고무하면 응한다.'라는 말 그대로여서, 살아계시면 영광이 돌아오고, 돌아가시면 온 백성이 슬퍼하리니, 어찌 그렇게 미치겠는가?"

陳子禽謂子貢曰 子爲恭也 仲尼豈賢於子乎 子貢曰 君子一言以爲知 一言以爲不知 言不可不愼也 夫子之不可及也 猶天之不可階而升也 夫子之得邦家者 所謂立之斯立 道之斯行 綏之斯來 動之斯和 其生也榮 其死也哀 如之何其可及也.

● 주 해 陳子禽(진자금) 자공과의 문답이 다른 편에도 나왔으므로, 자공의 제자라 여겨진다. 진항(陳亢)과 동일인으로, 이름은 항(亢), 자는 자금이라는 설도 있다.(〈학이편〉 제10장 참조)

● 평 석 자공이 공자 이상이라는 소문이 자자했던 모양이다. 그럴 때마다 자공은 적당한 비유를 들어, 그렇지 않음을 애써 변명했다. 스승에 대한 존경도 존경이요, 그 언변은 참으로 훌륭하다 할 수 있다. 공자가 나라를 아이 기르는 것처럼 잘 지도해 갈 것이라는 비유도 재미있다. 공자가 죽자, 제자들은 그 무덤 옆에 여막(廬幕)을 짓고 3년 동안 상(喪)을 입었는데, 자공은 홀로 남아 다시 3년을 지낸 다음 떠났다. 부모에게도 어찌 이같이 하겠는가.

제20 요왈편(堯曰篇)

제1장의 '요왈(堯曰)'을 따서 편명으로 삼았다. 순(舜)이 천명(天命)을 받아 황제가 될 때의, 천명의 내용을 순의 입을 빌려 밝혔다. 그것이 다시 우(禹)에게 전하고, 또 은(殷)의 탕(湯)에게 계승되고, 마침내 주(周)의 문왕(文王)과 무왕(武王)에까지 전해졌다. 이 전해져 가는 천명 내용을 소개한 것이 본 편이다.

'천명을 알지 못하면, 군자가 될 수 없다.'는 공자의 말에 의해, 본편의 끝을 맺었다. 요컨대, 천명 계승의 역사를 서술하였지만, 중간 제2장에 자장(子張)과 공자의 문답이 들어가 맥락이 흐려졌다. 어쨌든 공자가 말하기 꺼렸던 '천명'의 전승을 설명하기 위해 쓰여졌다고 할 수 있다.

1. 요(堯)께서 말씀하셨다.

"아아, 너 순(舜)아. 하늘의 운행이 네 몸에 매였으니, 진실로 그
중(中)을 잡으라. 사해(四海)의 백성이 곤궁해지면, 하늘이 내리신
복도 길이 끝나리라."

순께서는 이 말씀을 우(禹)에게 전하셨다. 탕(湯)께서 말씀하셨다.

"나 불민한 탕은 이에 검은 황소를 제물로 드리고, 감히 거룩하신
상제(上帝)께 고하나이다. 걸(桀)이 죄가 있으니 함부로 용서하지
는 못하겠으며, 상제의 뜻을 받드는 현인은 덮어 둠 없이, 상제의
뜻을 따라 가려 쓰겠습니다. 내 몸에 죄가 있거든 만민(萬民)을
허물하지 마시고, 만민에 죄가 있거든 허물을 제 몸에 돌리십시오."

주(周)에는 하늘에서 받은 복이 있었으니, 그것은 선인(善人)이 많
다는 것이다. 무왕(武王)께서는 말씀하셨다.

"아무리 가까운 친척이 많아도, 인의 덕을 가진 이만은 못하다. 백
성에게 잘못이 있으면 책임은 내 한 몸에 있느니라. 저울과 말[斗]
을 바로잡고, 예악(禮樂) 제도를 잘 정하고, 폐지된 벼슬을 부활
시키면, 사방의 정치가 잘 되어 간다. 망한 나라를 다시 일으키
고, 끊어진 대(代)를 잇게 하고, 세상에서 숨어 사는 어진 이를
등용하면, 천하의 백성들은 마음을 돌려 따르게 된다. 중요한 것
은, 백성과 식량과 상례(喪禮)와 제사다. 너그러우면 인망을 얻
고, 신의가 있으면 백성들이 신뢰하고, 기민하면 일을 이룰 수 있
고, 공평하면 백성들이 기뻐하리라."

堯曰 咨爾舜 天之曆數在爾躬 允執其中 四海困窮 天祿永終
舜亦以命禹 曰 予小子履 敢用玄牡 敢昭告于皇皇后帝 有罪
不敢赦 帝臣不蔽 簡在帝心 朕躬有罪 無以萬方 萬方有罪
罪在朕躬 周有大賚 善人是富 雖有周親 不如仁人 百姓有過
在予一人 謹權量 審法度 修廢官 四方之政 行焉 興滅國 繼

絶世 擧逸民 天下之民 歸心焉 所重 民食喪祭 寬則得衆 信
則民任焉 敏則有功 公則說.

● **주해** 天之曆數(천지역수) 하늘의 운행을 정확히 관측하는 것은, 농업
국가에서는 매우 중요한 일이었다. 允執其中(윤집기중) 중용을 취하라는
뜻으로 보통 해석되었다. 그러나 하늘의 운행을 재기 위해, 기를 뜰 가운
데 세웠는데, 그것을 꽉 잡으라는 말이라고 해석하는 사람도 있다. 有罪
不敢赦(유죄불감사) 하(夏) 걸왕(桀王)은 천명을 어겼으므로, 함부로 용
서할 수 없다는 것. 帝臣(제신) 상제 즉 하늘의 신하. 현인은 하늘의 뜻을
행하는 사람이므로, 그 신하라고 한 것. 周親(주친) 지친(至親). 謹權量
(근권량)… 이 이하의 문장까지, 신주(新注)에서는 무왕과 결부시켜 그
사적으로 보았으나, 다른 책에 '공자왈(孔子曰)'의 단서가 붙은 인용도
있으므로, 일반적인 교훈으로 번역했다.

● **평석** 문장의 연결이 자연스럽지 못하므로 해석도 여러 가지로 엇갈
려 왔다. 대체로 신주(新注)를 따르면서, 적당히 보충해 가며 번역했
다. 훨씬 후대에 와서 천명이 무엇이며, 그것이 어떻게 전승되었는가
를 밝히기 위해, 이 글이 채택되었을 것이다. 어쩌면 여러 글을 한데
모은 것인지도 알 수 없다. 연결의 부자연성은 그것을 말해 주는 것이
아닐까 싶다.

2. 자장(子張)이 공자에게 여쭈었다.
"어떻게 하면 정치에 종사할 수 있습니까?"
공자께서 말씀하셨다.
"다섯 가지 미덕을 존중하고, 네 개의 악덕을 제거하면 정치에 종
사할 수 있다."
자장이 말했다.
"무엇을 다섯 가지 미덕이라고 합니까?"

공자께서 말씀하셨다.

"군자는 은혜는 베풀되 비용은 들이지 않으며, 일하되 원망하지 않으며, 의욕을 가지되 탐내지 않으며, 태연하되 교만하지 않으며, 위엄이 있되 사납지 않다."

자장이 말했다.

"은혜는 베풀되 비용은 들이지 않는다는 것은, 무엇입니까?"

공자께서 말씀하셨다.

"국민이 이익이라고 여기는 것을 살펴, 그것을 정치에 실현하는 것이니, 이는 국민에게 은혜를 베풀면서 비용을 들이지 않는 일이 아니냐? 일할 가치가 있는 것을 스스로 선택해서 일하므로, 또 누구를 원망하겠는가? 인을 실현하고자 하는 의욕을 가지고 노력하여 인을 실현하니, 무엇을 탐내겠는가? 군자는 상대의 많고 적음과 힘의 크고 작음과는 관계없이 누구도 경멸하는 일이 없으니, 이는 태연하면서 교만하지 않은 것이 아니겠는가? 군자는 의관을 바로하고, 그 눈 두기를 위엄 있게 하므로, 남들은 그 엄연한 모습을 바라보고 두려워한다. 이는 위엄이 있되 사납지 않음이 아니겠는가?"

자장이 말했다.

"네 개의 악덕은 무엇입니까?"

공자께서 말씀하셨다.

"국민을 교화하지 않고 사형에 처하는 것, 이것을 학(虐)이라 한다. 주의 주지 않고 성적을 조사하는 것, 이것을 포(暴)라 한다. 대단치 않은 듯 명령을 내리고 기한을 엄히 하는 것, 이것을 적(賊)이라 한다. 어차피 줄 것인데 출납에 인색한 것, 이것을 관리의 근성이라 한다."

子張問於孔子曰 何如斯可以從政矣 子曰 尊五美 屛四惡 斯
可以從政矣 子張曰 何謂五美 子曰 君子惠而不費 勞而不怨

欲而不貪 泰而不驕 威而不猛 子張曰 何謂惠而不費 子曰 因
民之所利而利之 斯不亦惠而不費乎 擇可勞而勞之 又誰怨 欲
仁而得仁 又焉貪 君子無衆寡 無小大 無敢慢 斯不亦泰而不
驕乎 君子正其衣冠 尊其瞻視 儼然人望而畏之 斯不亦威而
不猛乎 子張曰 何謂四惡 子曰 不敎而殺謂之虐 不戒視成謂
之暴 慢令致期謂之賊 猶之與人也 出納之吝謂之有司.

3. 공자께서 말씀하셨다.

"천명을 알지 못하면 군자가 될 수 없고, 예(禮)를 모르면 사회에
설 수 없고, 말을 모르면 인물을 알아보지 못한다."

子曰 不知命 無以爲君子也 不知禮 無以立也 不知言 無以
知人也.

● **평석** 《논어》의 한 텍스트인 《노론(魯論)》에는 이 장이 빠져 있다.
아마 제1장과 맞추기 위해 나중에 첨가한 것인지도 알 수 없다. 말에
도 생기가 없고 상식적이다.

✖ 공자 연보

기원전 552년(노양공魯襄公 21년 · 주영왕周靈王 20년) **1세**
노(魯)나라 서울 곡부(曲阜) 교외 창평현(昌平縣) 추읍(鄹邑)에서 출생하였다. 이름은 구(丘), 자는 중니(仲尼). 부친 숙량흘(叔梁紇)은 무력에 뛰어나 노나라를 위해서 여러 차례 전공을 세운 용사였다. 모친 안씨(顏氏)는 그의 정부인(正夫人)은 아니었다.

기원전 550년(노양공 23년 · 주영왕 22년) **3세**
노나라 호족(豪族) 장무중(臧武仲)이 계손씨(季孫氏) · 맹손씨(孟孫氏)와의 세력 다툼에 패하여 주(邾)로 망명하였다. 이 무렵 부친이 죽고, 곧이어 모친을 여의어 고아로 빈고(貧苦)의 비참한 유년 시절을 보냈다.

기원전 548년(노양공 25년 · 주영왕 24년) **5세**
여러 나라가 하극상(下剋上)으로 제(齊)나라에서는 대신 최저(崔杼)가 주군 장공(莊公)을 죽이고, 경공(景公)을 세워 정권을 휘둘렀다.

기원전 546년(노양공 27년 · 주영왕 26년) **7세**
진(晉)과 초(楚)를 맹주(盟主)로 하는 두 연맹이 송(宋)나라에서 평화회의를 열고 정전(停戰)을 체결하였다. 진(晉)의 편에 섰던 노나라도 이에 참가하였다.

기원전 543년(노양공 30년 · 주경왕周景王 2년) **10세**
공자가 계몽주의 정치가로서 존경하는 자산(子産)이 정(鄭)나라의 정경(正卿)이 되었다. 제자 중유(仲由, 자로子路) 출생.

기원전 538년(노소공魯昭公 4년 · 주경왕 7년) **15세**
가난한 무인(武人) 집안 출신이지만, 이 무렵부터 학문으로 입신(立身)할 것을 결심하였다. 초(楚)나라 영왕(靈王)이 진(晉)나라와 정전 협정을 파기하고 신(申)에서 제후(諸侯)를 만나 위력을 과시하였다.

기원전 537년(노소공 5년 · 주경왕 8년) **16세**
노나라에서는 8대 전 환공(桓公)의 계통을 이어받은 삼환씨(三桓氏), 즉 맹손(孟孫) · 숙손(叔孫) · 계손(季孫) 3가(家)의 세력이 군주를 압도하였다. 이 해에 국군(國軍)을 3분하여 3가에서 독점하였다. 제자 민손(閔損, 민자건閔子騫) 출생.

기원전 536년(노소공 6년 · 주경왕 9년) **17세**
정(鄭)나라 자산이 성문법(成文法)을 제정하여 명문(銘文)으로 구리 그릇에 부었다〔鑄〕. 이것은 귀족 중심의 부족 정치가 쇠퇴하고 법치(法治) 국가가 발생하였음을 상징하는 사건으로서 주목된다.

기원전 534년(노소공 8년 · 주경왕 11년) **19세**
송(宋)나라 출신의 견관씨(幵官氏)와 결혼하였다.

기원전 533년(노소공 9년 · 주경왕 12년) **20세**
아들 이(鯉, 백어伯魚) 출생. 이 무렵부터 생활을 위해서 잠시 계손씨 밑에서 일했는데, 창고 관리 혹은 가축 사육에 종사하였다.

기원전 529년(노소공 13년 · 주경왕 16년) **24세**
진(晉)나라는 초(楚)나라의 내란에 편승하여 평구(平丘)에서 북방의 제후(諸侯)와 회맹(會盟)하였다. 제(齊)나라도 이에 대항하여 국력 신장을 도모하였다.

기원전 525년(노소공 17년 · 주경왕 20년) **28세**
공자는 학문에 더욱 열중하였으며, 섬(剡)의 군주가 찾아왔으므로 면회를 청하여 고대 관제(官制)를 질문하였다.

기원전 523년(노소공 19년·주경왕 22년) **30세**
이 무렵에 박학(博學)의 선비임을 인정받아, 학문으로 입신출세할 자
신을 굳혔다. 제자 염구(冉求, 염유冉有) 출생.

기원전 522년(노소공 20년·주경왕 23년) **31세**
정나라 자산이 죽었다. 제자 안회(顔回, 안연顔淵) 출생.

기원전 521년(노소공 21년·주경왕 24년) **32세**
제자 단목사(端木賜, 자공子貢) 출생.

기원전 520년(노소공 22년·주경왕 25년) **33세**
주(周) 경왕(景王) 사후에 왕위 계승을 둘러싸고 분쟁이 일어났다. 처
음 도왕(悼王)이 즉위했는데, 왕자 조(朝)에게 죽임을 당하고 진(晉)
나라의 원조로 경왕(敬王)이 뒤를 이었다.

기원전 519년(노소공 23년·주경왕周敬王 원년) **34세**
이 무렵 주(周)의 도읍인 낙양(洛陽)에 가서 노자(老子)를 만나 예
(禮)를 물었다고 하는데, 이는 후에 조작된 전설에 불과하다.

기원전 518년(노소공 24년·주경왕 2년) **35세**
노나라의 맹희자(孟僖子)가 죽었다. 그의 아들 맹의자(孟懿子)가 남
궁경숙(南宮敬叔)에게 공자의 제자가 되어 예를 배울 것을 유언하였
다.

기원전 517년(노소공 25년·주경왕 3년) **36세**
소공(昭公)이 삼환씨의 전횡에 분개하여 가장 유력한 계평자(季平子)
를 잡아서 맹손·숙손의 양가를 타도하고 군권(君權)을 회복하려 하
였으나 실패하여 제나라로 망명하였다. 노나라에 군주가 없는 시대
가 시작되었다. 계평자가 팔일무(八佾舞)를 종묘에서 춤춘 것을 공
자가 격렬히 공격한 것은 이 무렵의 일이다. 소공의 방침에 공명했
던 공자는 노나라를 떠나 제나라로 망명하였다.

기원전 513년(노소공 29년·주경왕 7년) **40세**

고국을 떠난 지 5년째로, 연마를 거듭하여 이 무렵에는 독자적인 정치사상을 완성하기 시작하였다. 진(晉)나라가 형법(刑法)을 제정하여 명문(銘文)으로 구리 그릇에 주(鑄)하였다.

기원전 510년(노소공 32년·주경왕 10년) **43세**

망명 중의 소공이 제나라 국경에 가까운 건후(乾侯)에서 죽어 아우인 정공(定公)이 임금 자리를 이었다. 이 무렵 공자가 노나라에 돌아왔다. 자로, 민자건, 염유 등이 입문(入門)하여 교단(教團)이 형성되기 시작하였다.

기원전 509년(노정공魯定公 원년·주경왕 11년) **44세**

제자 유약(有若, 유자有子) 출생.

기원전 508년(노정공 2년·주경왕 12년) **45세**

제자 복상(卜商, 자하子夏) 출생.

기원전 507년(노정공 3년·주경왕 13년) **46세**

제자 언언(言偃, 자유子游) 출생.

기원전 506년(노정공 4년·주경왕 14년) **47세**

진(晉)나라의 주창으로 제후(諸侯)가 소릉(召陵)에서 회합하여, 초(楚)나라의 토벌을 의논했으나 일치된 행동이 취해지지 않았다. 오(吳)나라는 합려(闔閭)의 즉위 이후, 초나라에서 망명한 오자서(伍子胥)를 등용하여 더욱더 강대해져, 이 해에 초나라의 도읍 영(郢)을 함락하였다. 제자 증삼(曾參, 증자曾子) 출생.

기원전 505년(노정공 5년·주경왕 15년) **48세**

노나라의 실력자 계평자가 죽고, 그 가신 양호(陽虎)가 계환자(季桓子)에게 강요하여 반대파를 추방하고 스스로 나라의 실권을 장악하였다. 이때 양호는 공자에게 벼슬할 것을 권하였다.

기원전 504년(노정공 6년 · 주경왕 16년) **49세**
제자 전손사(顓孫師, 자장子張) 출생.

기원전 502년(노정공 8년 · 주경왕 18년) **51세**
양호가 계환자를 살해하려던 음모가 드러나 삼환씨의 반격을 받아 패하였다. 이 무렵 계손씨의 가신으로 비읍(費邑)의 재(宰) 공산불요(公山弗擾)가 반기를 들어, 공자를 임용하려 하였다.

기원전 501년(노정공 9년 · 주경왕 19년) **52세**
양호가 제나라로 망명하였다. 이때 처음으로 노나라의 관리로 임명되어 중도(中都)의 재(宰)가 되었다.

기원전 500년(노정공 10년 · 주경왕 20년) **53세**
이때까지 노나라가 진(晉)나라에게 지나친 접근을 했으므로 제나라와 사이가 원활하지 못하여 양국은 협곡(夾谷)에서 회맹하고 평화협정을 체결하였다. 이때 공자는 정공(定公)을 수행하여 제나라 경공(景公)의 명상(名相)인 안자(晏子) 등을 상대하여 크게 활약하여 회의를 유리하게 이끌어 여러 나라에 그 명성을 떨쳤다고 한다. 이 해 제나라의 명상 안자가 죽었다.

기원전 499년(노정공 11년 · 주경왕 21년) **54세**
사공(司空)으로 승진하여 대사구(大司寇)에 임명되어 대신으로서 국정의 중요 업무에 참여하게 되었다.

기원전 498년(노정공 12년 · 주경왕 22년) **55세**
노나라의 군주권을 강화하기 위해서는 삼환씨의 군사적 근거지인 여러 성(城)의 성벽을 철거하지 않으면 안 된다는 결론을 내렸다. 문인 자로를 추천하여 계손씨의 가재(家宰)로 삼았으며, 그 의견에 따라 비읍(費邑) 성벽을 파괴하고, 이어 숙손씨의 후읍(郈邑) 성벽을 철거하였다. 그러나 맹손씨의 성읍(郕邑)만은 이를 거절하였으므로 무력으로 함락하려 했으나 실패하였다. 50세가 넘어 나라의 요로(要

路)에서 포부를 실현하던 공자는 천명(天命)은 사람의 힘으로는 어찌할 수 없음을 깨달았다.

기원전 497년(노정공 13년·주경왕 23년) **56세**

삼환씨 타도에 실패함으로써 정계에서 실각하여 노나라를 떠나 위(衛)나라로 갔다. 14년에 이르는 망명 생활이 시작되었다. 위나라 영공(靈公)은 특히 6만 두(斗)의 봉록을 주어 우대하였다고 전해진다. 이해 겨울 혹은 다음 해 봄, 진(晉)나라 조간자(趙簡子)의 본거지인 조가(朝歌)에 가려던 때, 국경의 광읍(匡邑) 혹은 포읍(蒲邑)에서 한 무리의 폭한(暴漢) 습격으로부터 겨우 살아났다.

기원전 496년(노정공 14년·주경왕 24년) **57세**

오(吳)·월(越) 양국의 항쟁이 더욱 격화되었다. 오왕 합려(闔閭)는 월왕 윤상(允常)이 죽자 그 기회를 이용하여 월나라를 공격하였으나 도리어 윤상의 아들 구천(勾踐)에게 취리(檇李)에서 패하여 전사하였다. 위나라 태자 괴외(蒯聵)가 아버지 영공의 부인인 남자(南子)를 살해하려다 실패하고 국외로 도망하였다. 이 무렵 공자는 초청되어 남자를 만났다.

기원전 494년(노애공魯哀公 원년·주경왕 26년) **59세**

오왕 합려의 아들 부차(夫差)는 월(越)나라에 대해서 보복전을 시도하여 구천을 회계(會稽)에서 격파하였다.

기원전 493년(노애공 2년·주경왕 27년) **60세**

위나라 영공이 죽고, 부인인 남자는 국외 도망 중인 태자 괴외를 버려두고 그의 아들인 출공(出公) 첩(輒)을 임금으로 세웠다. 진(晉)나라는 괴외를 지지하여, 위나라로 보냈으므로 부자간에 왕위 쟁탈의 내란이 일어났다. 이해 공자는 위나라에서 진(陳)나라로 갔다.

기원전 492년(노애공 3년·주경왕 28년) **61세**

진(陳)나라에서 조(曹)나라를 거쳐 송(宋)나라로 가던 중, 송나라 사마환퇴(司馬桓魋)가 제자들과 큰 나무 밑에 있는 공자를 살해하려 하였으나 피난하여 목숨을 구했다. 이 무렵 손자 급(伋, 자사子思) 출생.

기원전 491년(노애공 4년 · 주경왕 29년) **62세**
노나라의 계환자가 죽고 계강자(季康子)가 뒤를 이었다.

기원전 490년(노애공 5년 · 주경왕 30년) **63세**
진(晉)나라 조간자(趙簡子)의 가신 필힐(肸肸)이 중모(中牟)에서 주인을 배반하고 공자를 초청하여 임용하려 하였다.

기원전 489년(노애공 6년 · 주경왕 31년) **64세**
진(陳)나라에서 채(蔡)나라로 갔다. 도중 국경 부근에서 식량이 떨어져 7일간 절식(絶食)의 고난을 겪었다. 오(吳)나라가 진(陳)나라를 공격했으므로, 초(楚)나라가 진나라를 구해주었으므로 국내가 혼란에 빠졌기 때문이다. 문인들이 쇠약해져서 절망하였으나 공자는 강송현가(講誦絃歌)하고 당황하지 않았으며, 초나라의 구원으로 겨우 위태로운 처지에서 벗어났다. 이어 고향인 채나라에 이르러 초나라의 현신(賢臣) 섭공(葉公) 심제량(沈諸梁)을 방문하였다. 이해에 다시 위나라로 돌아갔다.

기원전 487년(노애공 8년 · 주경왕 33년) **66세**
전년 노나라와 오나라의 동맹국인 주(邾)를 침략했으므로, 이해 오나라의 토벌을 받아 패배하여 화약(和約)을 체결하였다.

기원전 486년(노애공 9년 · 주경왕 34년) **67세**
오왕 부차는 북(北)으로 진출할 목적으로, 노나라를 압박하고 연합군을 조직하여 제나라를 침입하였다.

기원전 484년(노애공 11년 · 주경왕 36년) **69세**
노나라는 제나라의 복수군(復讎軍)의 침입을 받았으나 국도 부근에서 겨우 격퇴하였다. 이어 오나라와 연합해서 제나라 군사를 애릉(艾陵)에서 크게 격파시켰다. 송나라 환퇴가 반란을 일으켜 위나라로 도망하였다. 그의 아우이며 공자의 문인인 사마우(司馬牛)는 책임상 영지를 도로 내놓고 제나라로 망명하였다. 이 무렵 공자가 위나라에서 노나라로 돌아왔다. 제자 염구(冉求)가 계손씨의 재(宰)가 되었다. 그의 주인인 계강자가 태산(泰山)에서 여제(旅祭) 지낸 것에 분개한 공자는 엄하게 염구를 힐책하였다. 이해 아들인 공리가 50세로 죽었다. 귀국 후의 공자는 오직 문인의 교육과 《시경》《서경》 등의 정리 편집에 전념했으며 종종 애공(哀公)의 물음에 응하였다.

기원전 483년(노애공 12년·주경왕 37년) **70세**
애공이 오왕 부차와 탁고(橐皐)에서 회견했으며, 공자의 제자 자공(子貢)이 오나라 태재(太宰) 비(嚭)와의 중간 교섭에 임하였다.

기원전 482년(노애공 13년·주경왕 38년) **71세**
오왕 부차는 제나라에 크게 이긴 기세를 타고 북으로는 운하를 연장하여 진군하여 진(晉)나라 이하의 제후(諸侯)와 황지(黃池)에서 만나 패업(霸業)을 이루려 하였다. 그러나 월왕 구천의 공격을 받아 목적을 이루지 못하고 급히 귀국하였다. 제자 안연(顔淵)이 41세로 죽었다. 아들 공리의 죽음에 잇따른 불행으로 말미암아 공자는 인생의 비애를 통감하였다.

기원전 481년(노애공 14년·주경왕 39년) **72세**
애공이 서쪽으로 수렵 가서 기린을 잡았다. 공자가 이를 알고 도(道)가 쇠퇴했음을 통한하여, 스스로 편집한 노나라의 역사 《춘추(春秋)》를 이 해를 끝으로 하였다고 전해진다. 제나라 대신 진항(陳恒)이 군주인 간공(簡公)을 죽였다. 이 보고를 듣고 놀란 공자는 곧 애공을 만나 이 역적을 단호히 처치할 것을 권하였다. 제나라에 있던 사마 우는 형 환퇴가 위나라에서 도망쳐 왔으므로 제나라를 떠나 노나라로 왔다. 노나라 맹의자(孟懿子)가 죽고 맹무백(孟武伯)이 뒤를 이었다.

기원전 480년(노애공 15년·주경왕 40년) **73세**
위나라 태자 괴외가 돌아와 즉위하여 장공(莊公)이 되고, 출공(出

公)은 국외로 도망하였다. 공자의 제자 자로가 그 혼란기에 죽었다.

기원전 479년(노애공 16년·주경왕 41년) **74세**
4월 기축일(己丑日)에 노쇠해서 죽었다. 애공이 뇌(誄)를 하사하였
다. 곡부 북쪽 교외 사수(泗水) 근처에 묻히고, 문인들은 모두 삼년
상을 입었다.

孟 子

맹 자

❊ 맹자 차례

맹자 해설

1. 《맹자》는 왜 읽어야 하는가?

《맹자》는 사서(四書)의 하나라 하여 우리 조상들이 반드시 읽어야 하던 책이었고, 그 저자라 생각된 맹자 역시 아성(亞聖)으로 존경받아 긴 유교의 흐름에서 공자 다음의 권위를 유지해 왔다. 유교에 대해 전혀 무지한 사람들도 진부(陳腐)하다는 의미에서 유교를 낮추어 말할 때, 지금도 '공자왈, 맹자왈'이라는 농담을 하는 수가 많다. 이같이 맹자는 공자와 함께 유교의 상징으로 볼 수 있다. 또 우리 선인들의 맹자에 대한 존경은 대단하여, 《맹자》에 붙은 현토(懸吐)에서도 그 정도가 짐작되고도 남음이 있다.

맹자가 어느 왕과 대화할 경우, 왕이 맹자에게 하는 말에는 최대의 존칭으로 토를 달아 읽어 왔으며, 왕족이나 귀족, 선배 학자들과 대화하는 맹자의 말에는 낮춤말로 토를 달았었다. 그뿐 아니라 맹자 이름이 문장에 나오면, '가(軻)'라는 발음 대신 '모(某)'라고 읽는 것이 전통이었다. 아버지나 임금의 이름은 휘(諱)라 해서 직접 부르는 것을 피하던 중국식 풍속에 의해 성인의 경우도 마찬가지 대우를 하였다.

그러나 현대의 우리는 그런 무조건에 가까운 존경을 맹자에 대해 표할 수는 없을 것이다. 극동(極東)이라는 좁은 지역에만 제한되어 있던 시대에서 벗어나, 전 세계의 문화유산을 볼 수 있는 위치에 있다. 따라서 중국 문화, 그중에서도 유교만이 유일한 진리라는 생각을 할 수 없게 되었다. 그렇다고 해서 우리 동양의 문화적 유산을 그냥 무가치한 것이라 하여, 망각하는 행동도 결코 현명한 일은 아닐 것이다.

근대의 시작이 서양문명에 의해 열린 까닭으로 우리의 관심은 자칫하면 서구로만 쏠리기 쉬운 것도 사실이겠으나, 우리의 과거에 대해서도 다시 한 번 착실한 검토는 있어야 마땅하다고 본다. 진정 무가치한 것이라면 버리고 돌아볼 필요가 없겠으나, 2천 년의 세월을 지닌 사상이나 인물이라면 시대적 제한을 넘어 현대에도 호소하는 알 수 없는 힘을 가지고 있을 가능성이 크다.

누구나 아는 바와 같이 맹자는 전국시대의 혼란기에 산 사상가였고, 그의 이상은 봉건제도를 주(周)나라 초기와 같은 형태로 안정시키는 일이었다. 그의 학설에 봉건적인 정치의식과 도덕의식이 짙게 연결되어 있음은 쉽게 짐작되는 일이나, '시대'라는 이름의 그런 운무(雲霧)를 헤치고 맹자 자신에게 접근했을 때 거기에서 발견되는 것은 과연 무엇일까.

《맹자》를 읽은 사람이면 누구나 느낄 수 있으리라 생각되는 것은 그의 강력한 인간 신뢰다. 그가 살았던 시대를 역사에서는 전국시대라고 하는데, 그 직전의 시기는 춘추시대로, 공자가 살았던 시대는 춘추시대 말기였다. 두 시대의 구분을 언제로 하느냐에 대하여는 역사가에 따라 다소의 이견(異見)이 없지 않으나, 중앙에 있는 대국 진(晉)나라가 권신(權臣)의 손에 의해 셋으로 나뉘어 조(趙)·위(魏)·한(韓) 세 나라가 제후로서 주(周)의 천자에 의해 공인된 기원전 403년으로 하는 설이 가장 타당한 것 같다.

그것은 이 사건이 춘추시대와 다른 새로운 시대의 성격을 상징하는 듯이 보이기 때문이다. 즉 춘추시대에는 미약하기는 하나 주(周)왕실의 권위는 남아 있어서 이를 받드는 패자(覇者)에 의해 명목만이라도 왕정의 질서가 유지되어 갔다. 제(齊) 환공(桓公)이나 진

(晉) 문공(文公) 같은 제후가 패자로서 군림했을 때 그들은 형식 상이나마 주 왕실을 떠받들고 나왔다. 그러나 권신들이 한 나라를 셋으로 나누어 각기 독립한 일을 천자가 공인한다는 것은 남아 있던 권위마저 스스로 포기한 것이 된다. 시대는 급격히 변화하여 실력만이 행세하는 방향으로 옮겨가고 있었다 할 수 있다.

그러므로 비슷한 사건은 꼬리를 물고 일어났다. 기원전 386년에 산동(山東)의 대국인 제(齊)나라에서도 세도가이던 전씨(田氏)가 군주를 몰아내고 그 자리를 차지하였다. 《논어》에서 노나라를 지배하던 삼환씨(三桓氏)가 나오는데, 그들은 실권은 장악하고 있을망정 군주를 제거하고 그 자리를 찬탈할 마음은 먹지 않았다. 이것은 아직도 도의적인 구속력이 작용했음을 말한다. 이와 비교할 때 새 시대의 양상은 스스로 드러남을 느끼게 된다.

맹자가 살던 때는 이런 전국시대의 중기에 해당한다. 당시는 하극상(下剋上)의 시대였으며, 그러한 판국에 대등한 나라끼리의 전쟁은 거리낄 일 없는 것이어서 싸움은 국내와 국제간에서 끊이지 않았다. 이런 살벌한 시대, 힘만이 지배하는 시대에 사는 지식인이 갈 길은 몇 가지가 있었을 것이다. 하나는 현실을 긍정하고 그 속에 뛰어드는 방향이다. 부국강병(富國强兵)을 주장하고, 병법(兵法)을 논하는 따위의 지식인이다. 또 하나는 현실에서 등을 돌려 자기 개인의 행복을 추구하는 방향이다. 소위 운둔 사상이 그것으로, 이런 고답적 도피사상으로 도가(道家)를 들 수 있을 것이다. 그리고 마지막으로 예상되는 것은 높은 이상을 내걸고 어지러운 세상을 수습하고자 하는 길이다. 박애주의와 평화주의를 표방한 묵자(墨子)도 이 계열에 속할 것이며, 맹자 역시 이 대열에 속한다고 보아야 한다.

맹자가 사숙한 것은 공자였으며, 그는 공자의 사상을 자기의 이상으로 삼아 그것으로 천하를 구하고자 노력하였다. 《맹자》 첫머리는 양혜왕(梁惠王)과의 대화이다. 맹자는 국가를 이롭게 하는 방법에 관해 관심을 보이는 혜왕에게, '왕께서는 하필 이익을 말씀하십니까? 오직 인의(仁義)만이 있을 따름입니다.'라고 반박했다. 도의에 입각한 정치는 저절로 천하 사람들의 지지를 받게 만들어, 드디어는 왕자(王者)가 될 수 있다는 맹자의 주장은 어느 왕 앞에서나 되풀이되었거니와, 힘과 힘이 맞부딪치고 있던 당시의 정세로 볼 때 현실과 차이가 있는 것 또한 부정하지 못할 것이다.

그런데도 맹자는 이 주장을 끝까지 밀고 나갔다. 그가 관직에 있은 것은 제(齊)나라 선왕(宣王) 밑에서 경(卿)으로 대우받던 시기뿐이었고, 가는 곳마다 실망을 되씹어야 했건만 맹자는 완고하게 이 주장을 철회하지 않았다. 이것은 그의 강한 신념이겠지만 그러한 확신으로 그를 몰고 간 것은 인간이란 원래 선(善)하다는 자각, 바꾸어 말하면 인간성에 대한 신뢰였다고 보인다. 소위 성선설(性善說)에 관해서는 뒤에서 언급할 기회가 있겠으나, 이런 인간 신뢰는 어느 시대의 사람에게나 존경과 공명을 받기에 족하다고 생각된다. 어떠한 실의에도 절망하지 않고 내일을 믿는 마음, 이것이 없다면 인류는 위기를 무엇으로 극복해 가겠는가.

지금 인류는 심각한 인간 불신 속에서 살아가고 있다. 이런 처지에 있는 우리에게는 그의 이런 불굴의 신념은 큰 응원이 되지 않을 수 없다. 맹자는 사상가·정치가·철인·웅변가·문학자의 성향을 가지고 있었고, 그 어느 한 면만으로 설명할 인물이 아니지만, 다른 것은 다 접어두고, 인간 신뢰라는 한 가지 점에서만 본다 해도 영원한 인류의 귀감이 되고도 남는다 할 수 있다.

2. 그 생애의 문제점

《논어》해설에서 말한 것과 같이 성현의 전기는 후세 사람의 첨가가 많으므로 그 정확한 사실 파악은 매우 힘들다. 그러면 맹자의 경우는 어떤가? 맹자에 관한 전기 중에서 가장 오래된 것은 사마

천(司馬遷)이 쓴 《사기》에 〈맹자순경열전(孟子荀卿列傳)〉이 있는
데, 매우 간략하므로 번역하여 소개하겠다.

맹가(孟軻)는 추(鄒) 사람이다. 학업을 자사(子思)의 문인에게서
받았으며 도를 통한 다음 유력(遊歷)하여 제(齊) 선왕(宣王)을 섬
겼다. 선왕은 그를 쓰지 못했으므로 양(梁)으로 갔다. 양 혜왕(惠
王)도 맹가의 주장을 실행하지 않고 그의 주장은 우원(迂遠)하여
당시의 실정과는 거리가 있다고 생각했다. 그 당시 진(秦)은 상군
(商君)을 써서 부국강병에 주력했고, 초(楚)와 위(魏)는 오기(吳
起)를 등용하여 전쟁에 이겨 적국의 세력을 약화하였으며, 제 위
왕(威王)과 선왕은 손자(孫子)와 전기(田忌)의 무리를 써서 병력
이 강했으므로 제후들은 동쪽을 향해 제에 입조(入朝)하였다. 천
하는 합종(合從)·연횡(連衡)에 힘쓰고, 공벌(攻伐)을 현명한 일이
라고 알았다. 그런 정세에서 맹가는 당(唐)·우(虞)·삼대(三代)의
덕을 주장하였다. 그러므로 어디를 가도 용납되지 않았다. 그래서
은퇴하여 제자 만장(萬章) 등과 함께 《시경》·《서경》을 정리하고,
중니(仲尼)의 뜻을 부연해서 《맹자》 7편을 지었다.

이 전기를 읽고 누구나 느끼는 것은 후세의 명성에 비해 서술한
것이 너무나 간략하다는 점이다. 그 세계(世系)는 말할 것도 없고,
생년(生年)과 몰년(沒年)도 적혀 있지 않다. 누구나 반드시 있게 마
련인 자(字)까지도 밝히지 않았다. 활동 상황도 매우 간략하게 다
루어져, 별로 참고할 것이 없다. 요컨대 《맹자》를 읽으면 누구라
도 알 수 있는 내용뿐이다. 이것은 무슨 까닭인가.
《맹자》가 사서(四書)의 하나로 평가받은 것은 송(宋) 이후의 일이
다. 그때까지 맹자는 제자백가(諸子百家)의 하나로밖에 평가되지
않았으며, 《노자》·《장자》보다도 존중받지 못하였다. 《맹자》를 처
음으로 높이 평가한 것은, 아마도 당(唐) 유종원(柳宗元)일 것이
며, 한유(韓愈) 역시 비상한 관심을 보였다. 그러나 그것이 개인의

기호에 그치고 사회 전반을 그런 풍조로 이끌어 가지는 못했다. 송대(宋代)가 되어 왕안석(王安石)이 《맹자》를 과거(科擧) 과목에 넣었는데, 이것이 공적(公的)으로 인정받은 첫 예가 될 것이다. 그러나 왕안석의 반대파인 사마광(司馬光)은 이것을 비난하고 나섰고, 남송(南宋)에 와서 성리학(性理學)이 일어나자 그 대표격인 주자(朱子)가 이것을 사서(四書)의 하나로 다루자 처음으로 《맹자》의 성가(聲價)가 높아졌다. 따라서 한대(漢代)에 별로 존경받지 못했으므로 《사기》에서도 비교적 가볍게 다루어진 것이라고 볼 수 있다.

맹자가 산동성(山東省)에 있던 추(鄒)라는 나라에서 태어난 데 대하여는 의심할 여지가 없고, 그의 성으로 미루어 보아 이웃인 노나라의 귀족 맹손씨(孟孫氏)가 어떤 사정으로 추에 옮겨 살아 맹자의 조상이 되었을 것이다. 그러나 맹자가 태어날 때는 가문이 한미했던 모양으로, 그 가계, 특히 부친이 누구인지조차 기록이 없는 것은 그런 사정에서 나온 것으로 보인다. 물론 세상에 흔히 알려진 '맹모삼천(孟母三遷)'이나 '맹모단기(孟母斷機)' 등의 전설이 있으나, 이것은 후한(後漢) 유향(劉向)의 《고열녀전(古烈女傳)》에 근거한 것으로 믿을 만하지 않다. 그러나 그런 전설에서 느껴지는 것은 그가 결코 행복한 환경에서 자라지 않았을 것이라는 점이다. 아마도 그는 가난한 사족(士族) 신분에서 태어났을 것이다.

그러면 그의 출생 연대는 어떻게 보아야 할 것인가. 여기에서 근거로 삼을 수 있는 것은, 사마천이 《사기》 육국표(六國表)에서 맹자의 양 혜왕 방문을 혜왕 35년, 즉 기원전 335년으로 하였다는 사실이다. 육국표는 각국의 연대표로, 거기에는 문제가 있다. 진(秦)나라가 육국을 통일했을 때 각국에 전해 오던 연대기는 모두 없었으므로, 사마천이 《사기》를 쓸 때 자료가 된 것은 진나라의 연대기뿐이었다. 사마천은 이것을 기초로, 각국의 역사연대를 추측하여 대조연표를 작성한 것으로 보인다. 그러므로 진나라 이외의 나라 연대에는 상당한 오류가 있으므로 이것만을 무조건 믿을 수는 없다.

다행히도 사마천이 죽은 지 4세기 후에 《죽서기년(竹書紀年)》이 발견되었다. 이것은 양(梁) 애왕(哀王)의 능에서 발굴된 그 나라의 연대기다. 따라서 이것이 맹자 연구에 불가결한 문헌이 될 것은 자명한 일이라 할 수 있다. 이 《죽서기년》에 의하면 양 혜왕은 즉위 36년에 이르러 비로소 왕호(王號)를 쓰고, 건원(建元)하여 후원(後元) 원년(元年)이라고 했다. 원래 주(周)의 제도에서는 왕은 오직 주(周)의 천자만이 쓰는 칭호였고, 각국의 군주는 그 제후에 불과했다. 그러나 전국시대로 접어들어 주 왕실의 권위가 완전히 땅에 떨어지자 제후들도 차츰 왕호를 쓰기 시작하였으며, 양 혜왕도 이런 풍조를 따른 것으로 생각된다.

그리고 후원 원년은 기원전 334년이고, 혜왕이 죽은 것은 기원전 319년으로, 맹자가 혜왕을 방문하여 유세했으나 채택되지 않은 가운데 왕이 죽었으므로 맹자의 양나라 방문은 혜왕이 죽기 전인 기원전 320년이었을 가능성이 크다. 그렇다면 사마천의 기록에 잘못이 있는 것으로 보이는데, 과연 맹자의 생년은 어떻게 될까? 《맹자》에 보면, 혜왕은 맹자를 '수(叟)'로 불렀다. 이 '수'라는 말은 50세 이상의 사람을 존경하여 부를 때 쓰던 말이므로 혜왕을 만났을 때 맹자는 적어도 50세 이상이었다는 추측이 성립한다. 그러므로 맹자의 출생 연대는 적어도 기원전 369년 이후는 아닐 것이라는 것이 학계의 통설이 되었다.

그러나 또 이런 설도 있다. 혜왕이 맹자를 만난 후원(後元) 15년은 그가 즉위한 지 50년에 해당한다. 아주 어려서 군주가 되었다는 증거는 없으므로 가령 20세에 즉위했다고 하더라도, 혜왕의 나이는 이미 70세가 되었을 것이다. 그렇다면 70세 노왕(老王)이 '수'라고 불렀다면 맹자의 나이는 70세 전후였다고 보아야 한다는 것이다. 이것도 상당히 근거 있는 학설이라고 할 수 있다. 그렇게 보면 맹자의 출생 연대는 다시 20년을 거슬러 올라가야 할 것이다. 출생 연대가 이 정도로나마 추측하는 데 비해, 그가 언제 죽었는지 알 수 있는 근거가 없다. 다만 맹자가 장수했을 것으로 어렴풋이 짐작될 따름이다.

《사기》에 나오는 또 하나의 특징은, 그 생애의 전반부에 관해서는 언급된 것이 아무것도 없다는 사실이다. 그것은 그가 한미한 가문에 태어난 탓도 있겠고, 당시에 그다지 존경받지 못했기 때문이기도 했을 것이다. 다만 한 가지 그가 자사(子思)의 제자에게서 배웠다는 기록이 주목된다. 공자가 죽자 주요 제자들은 각국으로 흩어졌고 이에 따라 나라별로 학파가 성립했는데, 노나라에 남은 제자는 증자(曾子)였다.

증자는 공자의 도를 충서(忠恕)라고 해석한 일이 《논어》에 보이는데, 대체로 성의 있는 실천을 중시한 사람으로 보인다. 자사는 공자의 손자로 증자의 제자였고, 그의 손에 의해 《중용(中庸)》이 저술되었다는 말이 있다. 그렇다면 맹자가 유교를 받아들임에 있어서 어느 학파의 것을 배웠느냐 하는 점이 드러난다. 물론 자사의 문인에게서 배웠다는 아무 증거도 없으므로 《사기》의 기사를 의심할 수도 있으나, 그것은 그것대로 맹자의 사상적 경향을 잘 나타내고 있는 것으로 보인다.

우리가 맹자의 전기에서 알 수 있는 것은, 그가 정계에 적극적으로 관계를 맺은 뒤의 일, 즉 50세 또는 70세 이후의 일들이다. 이것은 《맹자》에 기록이 나와 있으며, 《사기》의 기사도 이것을 근거로 하였을 것은 명백한 일이다. 그가 각국을 찾아다니며 유세한 내용이나 제자에게 가르친 교훈 같은 것은 그의 사상을 논할 때 설명하기로 하고, 여기서는 그의 인간성에 관해 간단히 설명하고자 한다.

맹자가 제나라에서 경(卿)으로 대우받으면서 선왕의 정치고문 비슷한 위치에 있을 때, 제나라가 연(燕)나라를 침공한 사건이 일어났다. 연왕 자쾌(子噲)가 대신인 자지(子之)에게 나라를 양도하였는데, 이것으로 국내의 민심이 동요되어 내란이 일어났다. 그러자 제나라에서는 불의를 징계한다는 명목으로 출병하여 연나라를 점령하였다. 이 사건에 맹자가 관여했음을 알 수 있는 것은, 《맹자》〈공손추장구(公孫丑章句) 하〉제8장에 있는 기록이다.

제나라 대신이 맹자를 찾아가 연나라를 쳐도 좋으냐고 물었는데, 맹자는 한마디로 좋다고 대답했다. 제나라 군대는 막상 점령은 했으면서도 연나라 백성의 반항과 국제적 압력 때문에 곤경에 빠졌다. 그때 제자가 그 일을 추궁하자 맹자는 연나라를 쳐야 하느냐고 하기에 쳐야 한다고 했을 뿐, 누가 칠 자격이 있느냐에 대해서는 묻지 않았으므로 말한 바 없다고 자기 입장을 변호했다.

이것은 어불성설(語不成說)이다. 혹은 《맹자》를 편찬한 제자들이 스승을 높이기 위해 이렇게 써 놓은 것인지도 모른다. 같은 사건에 대해 〈양혜왕장구(梁惠王章句) 하〉제10장에는 전혀 관계하지 않은 것으로 해놓은 것도 수상쩍다. 전쟁을 일으키는 일을 맹자가 몰랐을 리 없고, 알고도 말렸다는 기록이 없는 것을 보면 어차피 책임은 면하지 못할 것이 아니겠는가. 맹자를 중상할 생각은 없으나 사실은 사실로서 아는 것이 좋겠다.

맹자는 〈진심장구(盡心章句) 하〉제34장에서 제후에게 유세하는 태도를 설명했는데, 상대를 얕보는 것이 그 요령이라고 하였다. 즉 상대가 가진 어마어마한 궁전이나 시녀나 부귀 같은 것에 현혹되어서는 안 되며, 그런 것쯤은 내가 바라는 바가 처음부터 아니었다고 생각하여 무시하라는 것이었다. 이것은 확실히 심리의 기미(機微)를 파악한 충고라 하겠으나, 그런 의식적인 것이 맹자를 늘 따라다녔음을 우리는 보게 된다.

한번은 제나라 선왕이 사람을 보내어 오늘 방문할까 했는데 감기가 들어 못 가니 와줄 수 없느냐고 제안해 온 일이 있었다. '저도 병이 있어서 못 찾아뵙니다.'라고 맹자는 그 자리에서 거부하고 다음 날은 태연히 외출했다. 그 외출 중에 왕궁에서 보낸 사람이 문병차 의사와 함께 그의 집에 나타나 제자들을 당황하게 한 일이 있었다.(〈공손추장구 하〉제2장)

맹자가 기어이 제나라를 떠나려 하자 선왕은 사람을 보내어 만종(萬鍾)의 녹(祿)을 주겠다고 제안한 일도 있고, 친히 찾아가 만류하기도 하였다. 그러나 맹자는 제나라를 떠나고야 말았다. 그러면서도 막상 떠날 때는 도중에서 공연히 지체하며 왕이 다시 불러 주기를 기다렸다.(〈공손추장구 하〉제14장)

맹자는 선왕에 대해 상당한 미련과 호감이 있으면서도 그것을 솔직히 행동으로 나타내지 못하였다. 권력자에게는 무턱대고 과시하지 않고는 못 배기고, 유별나게 고자세를 취했던 것이 맹자의 병폐였다. 이것을 더 자연스럽고 담담하게 대처하지 못한 것에 어떤 인간적인 한계 같은 것이 느껴지는 것 같다.

맹자도 이같이 약한 면도 없는 것은 아니었으나, 그 표면적인 언동은 어디까지나 당당하고 굳세어서 호걸지사(豪傑之士)라는 말이 그처럼 어울리는 인물도 드물 것 같다. 그는 선왕 앞에서 대신은 임금이 잘못을 반복하고 간언을 듣지 않으면 임금을 바꾸려고 할 수도 있다는 말을 서슴없이 하였다.(〈만장장구(萬章章句) 하〉제9장) 그리고 역시 선왕을 상대로, 신하이던 무왕이 주왕(紂王)을 죽이고 혁명을 일으킨 일을 거침없이 지지했다. '인의 덕을 해치는 자를 적(賊)이라 하는데, 한 지아비인 주(紂)를 죽였다는 말은 들었습니다만, 임금을 죽였다는 말은 듣지 못했습니다.(〈양혜왕장구 하〉제8장)

이같이 권력자 앞에서도 굽힐 줄 몰랐고, 자기의 이상이 현실에 용납되지 않음을 뼈저리게 체험하고도 같은 태도로 일관한 것은 그의 더없는 미덕이라고 생각된다. 그에게도 약점은 있었으나 강하고 집요한 이상주의자였다고 보아야겠다.

3. 《맹자》는 어떤 책인가?

《맹자》는 7편으로 되어있는데, 각 편마다 상하로 나뉘어 있다. 첫 장의 처음 글자를 따서 편명으로 삼은 것은 《논어》와 같다. 따라서 〈양혜왕장구〉나 〈진심장구〉라 해서 그 이름이 내용의 성격을 나타내는 것은 아니다.

흔히 저자를 맹자로 여기고 있는데, 맹자 자신이 썼는지는 매우 의문이다. 자신의 저서에서 자기를 '맹자(孟子)'라는 존칭으로 부르는 것은 아무리 거리낌 없는 맹자라도 있을 수 없는 일 같다. 또 자신의 저서라기에는 너무나 그 구성이 산만하다고 할 수 있으며, 편에 따라 문장에 차이가 나는 이유도 설명이 불가하다. 아마도 그가 죽은 후, 제자들에 의해 기록되고, 또 그것이 일시에 이루어진 것이 아니라 꽤 오랜 시기를 두고 추가 보충되었을 것이라고 믿어진다. 또 편에 따라 다른 편의 문장과 중복되는 것이 있음을 보면 몇 개의 그룹에 의해 만들어진 것이 어느 시기에 통합되었을 가능성도 있다.

지금까지 《맹자》에 대한 원전 비판이 거의 되지 않았으므로 단정할 수 없으나, 각 편을 볼 때 어느 정도 윤곽은 드러나는 점이 있다. 첫째로 눈에 띄는 것이 〈이루장구(離婁章句)〉와 〈진심장구〉이다. 이 두 편은 다른 편들과는 달리 뚜렷한 성격이 없는 것이 특색이다. 내용도 잡다할 뿐 아니라, 누구를 상대로 한 말인지 밝히지 않은 것이 대부분이며, 말 역시 짧은 것들이 많다. 이것은 상당한 시일이 흘러 말의 요점만이 기억에 남았고, 그런 것들로 다른 편들을 보충하기 위해 편집된 것 같다. 그러므로 《맹자》에서 가장 새로운 층에 속한다 해도 잘못은 아닐 것이라 믿는다.

이에 비해서 나머지 5편은 어느 정도 뚜렷한 성격이 있다. 〈고자장구(告子章句)〉는 주로 성(性)에 대해 논한 것으로 맹자의 철학

사상을 연구하는 데 근본자료가 된다. 다만, 다른 학설들을 공격하기에 급급한 나머지 자기 설에 대한 설명이 충분하지 못한 흠이 있다.

제자의 이름을 딴 〈만장장구〉·〈공손추장구〉는 각기 만장과 공손추가 주로 말 상대인 점에서, 그들 자신이 기록했거나 그 제자가 썼을 가능성이 있다. 모두 인의(仁義)에 의한 정치를 논한 것이면서도 〈공손추장구〉가 이론적으로 정치론을 벌인 데 대해, 〈만장장구〉는 주로 옛 성현의 전설과 사적을 통해 이것을 규명한 점에 특색이 있다. 이것은 두 제자의 학문적 성격의 차이에서 오는 것일 가능성이 있다.

나머지 두 편, 즉 〈양혜왕장구〉와 〈등문공장구(滕文公章句)〉는 편명이 어느 정도 암시하듯 주로 군왕을 상대한 유세 내용이다. 이 두 편을 통해 맹자의 유세 순서를 더듬을 수 있는데, 양(梁) → 제(齊) → 추(鄒) → 송(宋) → 설(薛) → 추(鄒) → 등(滕)이다. 그리고 이 두 편의 문장은 길고 훌륭한 것이 많아, 어느 제자의 손에 의해 의식적으로 쓰여졌을 가능성이 있다. 물론 두 편을 동일인이 썼다고는 여겨지지 않는다. 두 편 사이에는 동일 사건에 대해 평가와 해석이 다른 것도 있기 때문이다.

또 이런 해석도 있다. 〈양혜왕편〉·〈공손추편〉·〈등문공편〉과 그 이하의 4편을 구분하는 평가다. 앞의 것이 유세 내용을 다룬 데 대해, 뒤의 것은 은퇴 이후의 말이 상당히 있는 듯하다. 제자에 대한 교육이나 성(性)·운명에 관한 말이 많고, 정치에 관한 관심이 느껴지지 않는 것은 혹 그런 구분을 가능케 할 수 있을지도 모른다. 요컨대 《맹자》의 성립 과정에 대하여는 더 연구가 필요하다고 말할 수 있다.

4. 맹자의 사상

① 인의(仁義)에 의한 정치

맹자의 중심사상은 물론 공자의 가르침이다. 당시의 중국은 여러 나라가 대립하여 싸우던 시기였으나, 각국에서는 사상가들을 우대했으므로 언론자유가 보장되어, 중국 5천 년 역사에 있어서 사상적인 황금 시기를 이루었다. 그중에서 두드러진 사상가는 묵자(墨子)와 양주(楊朱)였는데, 묵자는 박애주의와 실용주의를 주장했고, 양주는 감각론적 개인주의를 부르짖었다. 이런 가운데 맹자는 공자의 도만이 진리임을 굳게 믿고, 완고하리만큼 그것을 지켜나갔다고 볼 수 있다.

다만 특이한 것이 있다면, 인(仁) 외에 의(義)를 존중하여 공자의 사상이 인으로 집약되는 데 대해, 맹자는 인의(仁義)로 대표되기에 이르렀다는 사실이다. 무엇 때문에 다시 의를 강조하기에 이르렀을까. 의는 질서라 할 수 있다. 부자간의 질서, 부부간의 질서, 군신간의 질서, 그런 것을 중국인들은 의라는 말로 표현했다. 전국시대에 오자 이런 인륜의 질서가 매우 문란해졌으므로 맹자가 특히 이것에 중점을 둔 것이라고도 생각된다.

그러나 이유는 거기에만 있는 것은 아닐 것이며, 당시 사상계의 동향과 깊은 연관이 있는 것으로 보인다. 우리는 여기에서 묵자의 박애주의에 대해 주목할 필요가 있다고 생각한다. 묵자의 박애주의는 한마디로 말하면 차별 없는 사랑이다. 이런 사랑은 대부분의 세계 종교가 역설하는 것으로 오늘의 우리 눈에는 이상하게 비칠 것도 없겠으나, 인륜(人倫)을 중시하는 맹자에게는 그렇게 보여지지 않았다.

인간관계에는 친소(親疏)가 있다. 그 친소를 그대로 인정하는 것이 유교의 근본적 입장이다. 공자가 주장한 인은 한마디로 정의하기가 어려운 개념이거니와, 그것이 외부로 작용하는 경우 사랑이 될 수도 있는데, '가까운 데서 먼 데로'라는 것이 그 원칙이다. 부모에 대한 사랑과 이웃을 대하는 사랑에는 차등(差等)이 있어야 하며, 이웃과 먼 지방 사람 사이에도 차이가 있는 것이 당연하고, 또 그것이야말로 정당하다는 사고방식이었다. 맹자가 보기에 묵자의 박애는, '아버지도 없고, 임금도 없는' 짐승의 도라고 생각되었다. 그러기에 이에 맞서기 위해 특히 의라는 덕을 강조한 것으로 여겨진다.

맹자는 만년의 대부분을 제후에 대한 유세로 보냈는데, 그가 항상 주장한 것은 이 인의에 의한 정치였다. 이것은 양 혜왕에게, '왕께서는 왜 이(利)를 말씀하십니까? 다만 인의가 있을 뿐입니다.'라고 건의한 이래, 어떤 경우에도 동요함이 없었던 근본 신조였다. 무력으로 날카롭게 대립하고 있는 나라에 군비 같은 것은 젖혀 두고 인의에 의한 정치를 하라고 하는 주장은 처음부터 비현실적인 면이 있다고 하지 않을 수 없다. 맹자의 웅변에 압도되어 그것이 옳음을 일단 인정하면서도 군주들은 막상 그 정책을 채택하려고는 하지 않았다. 이것은 반드시 군왕들 쪽에만 잘못이 있는 것이 아닐 것이다. 어진 정치라 해도 거기에는 구체적인 정책의 뒷받침이 있어야 했으나, 맹자에게는 그것이 없었다.

물론 그도 항상 내세우던 정책이 전혀 없는 것은 아니었다. 그것은 정전제(井田制)와 세제(稅制)에 관한 것이었다. 〈등문공장구 상〉 제3장에서 우리는 그 자세한 내용에 접할 수 있다. 정전은 1리 사방 땅을 '정(井)'자 모양으로 나누면 백 묘(畝)의 토지 아홉 개가 생기는데, 가운데 것이 공전(公田)이요, 나머지 여덟이 농민에게 분배되는 사전(私田)이다. 농민은 자기 농사를 짓는 한편 공전을 공동으로 경작해서 세로 바치는 것이다.

맹자에 의하면, 은(殷)나라 때부터 실시되었던 제도라고 하나 그것이 역사적 사실이었을 가능성은 매우 희박한 듯하다. 또 모든 토지가 그런 구획이 가능하게 되어있느냐 하는 것도 문제요, 토지의 차등도 문제가 아닐 수 없다. 이것은 비현실적인 정책이라고 하지 않을 수 없으나, 경자유전(耕者有田) 원칙에 의해 토지문제를 해결하려 한 그 동기나 정신만은 높이 사야 할 것이다. 세제(稅制)에 대하여는 자세히 언급하지 않는데, 요컨대 수입의 10분의 1을 세율로 하라는 말이다. 이것 역시 군비 확장에 전념하던 당시로는 채택할 수 없는 말이다. 이처럼 맹자는 당시의 모든 나라가 요구하는 부국강병책은 아무것도 내놓은 것이 없는 반면, 인의(仁義)의 원칙에서 정국을 비판 단죄한 점에서는 매우 엄격하였다.

맹자는 왕도와 패도(覇道)를 구분하였다. 왕도는 인의에 의한 정치며, 패도는 힘에 의한 정치다. 춘추시대 이후 왕도는 자취를 감추었지만, 전국시대에 오자 패도조차 없어지고 말았다. 패도는 힘에 의한 정치면서도 겉으로는 인의를 내세우며, 주(周) 왕실에 대한 명분을 지킬 줄 안다. 그러므로 오패(五覇)는 삼왕(三王)에 대하여 죄인이요, 지금의 제후들은 오패에 대하여 죄인이라고 맹자는 단정했다.(〈고자장구 하〉 제7장). 요컨대 맹자의 정치적 이상은, 주(周)의 봉건체제가 급속히 붕괴해 가던 당시로는 처음부터 빛을 볼 수 없었던 사상이라고 할 수 있다.

맹자의 정치사상에서 주목할 것은, 민중 본위의 사고방식일 것이다. 맹자는 〈진심장구 하〉 제14장에서 명확히 선언했다. '나라에서 백성이 가장 귀하고, 사직은 그다음이고, 임금은 가볍다.' 그가 보기에는 나라는 백성의 행복을 보장하기 위한 기관이며, 나라의 주인은 임금이 아닌 백성이다. 왕자(王者)가 받는 천명(天命)도 사실은 백성의 지지를 의미하는 데 불과하다. 그러므로 잘못을 반복하고 간언을 듣지 않으면 임금을 바꿀 수 있다는 것이 그의 지론이다. 맹자는 이런 주장을 다른 사람이 아닌 임금들 앞에서 말하였다. 그 말을 들은 선왕(宣王)은 안색이 달라졌다고 한다.(〈만장장구 하〉제9장). 어느 임금이라도 그러했을 것이다. 그런 말을 공공연히 말할 수 있는 용기도 용기려니와 그러고도 처벌되지 않는 사회였음을 알 수 있다.

유교에는 봉건제도에 대한 지지 이념이라는 성격이 짙고, 후세에 올수록 그것은 더해서, 아무리 폭군이라 해도 임금을 위해서 목숨을 바쳐야 한다는, 거의 노예에 가까운 충성이 강조되었거니와, 공자에게는 그것이 없었고 맹자에 이르러서는 더욱 노골적이었다고 할 수 있다. 맹자가 후대의 왕조에 의해 좀체 그 권위를 공인받지 못한 데에는 이런 반역적인 그의 학설이 크게 작용했을 것이다. 어쨌든 그의 민주적 사고방식은 현대에서도 충분히 그 호소력을 발휘할 수 있으리라고 본다.

② 성(性)에 대한 고찰

공자 시대에는 아직 추상적 사고는 발달하지 못했고, 공자 자신도 인격 수양에 치중했을 뿐 인간의 본성에 관해 구체적으로 사색한 증거는 보이지 않는다. 그러나 전국시대에 들어서자 여러 사상가가 나타나 각기 주장을 내세웠으므로 인간이란 무엇인가에 대해 차츰 사색하기에 이른 것도 자연적인 추세(趨勢)였다고 할 수 있다. 성(性)은 심(心)과 생(生)의 합자(合字)이니, 처음부터 하늘이 내린 능력이나 성질을 의미하는 말이었다. 그러므로 이것은 인간의 본질에 대한 고찰이라고 할 수 있다.

그러면 맹자의 견해는 어떠했을까? 앞에서도 말한 바와 같이 그는 인간의 본성이 선량함을 주장했다. 이른바 성선설(性善說)이다. 그러면 그러한 결론에 도달한 근거는 무엇일까?

첫째로 맹자는 인간의 본성이라 할 때 그것을 인간의 특질, 인간만이 지닌 고귀한 성질로 생각하지 않았나 하는 점이다. 그는 다른 동물과 사람을 구별하여, 인간이 인간일 수 있는 것은 인의(仁

義)가 있는 까닭이라고 했다.(〈이루장구 하〉 제19장). 즉 도덕적 존재는 사람밖에 없으므로 이것이야말로 사람의 본성이라고 생각한 것이다.

둘째로 이와 관련해서 그가 지녔던 유교적 인생관이 그것을 요청했다고도 할 수 있다. 순서로 따지자면 인간의 본성이 선함을 안 다음에 인의가 귀중함을 인식한 것은 아닐 것이다. 인의가 진리임을 공자를 통해 배운 뒤에 그 근거를 찾아 인간의 본질에까지 손을 댄 것이다. 따라서 인의의 덕이 내부에서 나왔다면 처음부터 본성을 착하다고밖에는 생각할 여지가 없을 것이다.

셋째로 사단설(四端說)을 들 수 있다. 이것은 인간성에 대한 고찰로, 처음부터 인간성에 포함된 악은 외면했다는 점에서 출발부터 성선설을 예상하고 들어간 것이라 할 수 있다. 사단은 측은지심(惻隱之心)·수오지심(羞惡之心)·사양지심(辭讓之心)·시비지심(是非之心)인데, 이것들은 각기 인의예지(仁義禮智)의 단서(端緒)라는 생각이다. 즉 누구라도 동정심을 조금이라도 가지지 않은 사람은 없거니와 그것을 확장, 성장하면 인이 된다는 것이다. 다른 세 가지 경우도 마찬가지다.

여기서 누구나 느끼는 의문은 그러면 인간이 지닌 악(惡)은 무시해도 좋은가 하는 것이다. 맹자도 그것을 인정하지 않을 수 없었다. 인간의 본성에는 악도 포함된다. 그러나 그것은 감각에 얽매이는 데서 오는 잘못이라 해서 본성에서 제외하였다. 이것은 충분한 설득력이 없는 논리임은 명백하다.

맹자의 성선설에는 이론적 결함이 적지 않으므로 이것을 비판하기는 쉬운 일이며, 나중에 나온 순자(荀子)도 이에 반대하여 성악설(性惡說)을 주장했음은 모두가 아는 사실이다. 중국 민족은 원래부터 추상적 사고 능력은 약했고, 고대에는 더욱 그런 훈련이 되지 않았으므로 우리는 맹자의 성선설을 하나의 철학으로 비판하기보다는 그런 주장을 통해 맹자가 지향하려 한 것이 무엇이었느냐는 점에 눈을 돌리는 것이 현명할 것이다. 한마디로 맹자는 성선설을 가지고 인간의 무한한 도덕적 가능성을 믿어, 어지러운 상황에서도 절망하지 않고, 위대한 도의적 사회가 출현할 것을 기대한 것이라 할 수 있다.

맹자의 수양론(修養論)도 이 성선설을 기초로 해서 전개되었다. 인간의 본성은 선한 것임에도 불구하고, 감각적 욕구가 그것을 방해하여 악을 범하게 된다. 따라서 그런 욕심을 적게 하는 것이 하나의 방법이며,(〈진심장구 하〉 제35장) 사단을 확장, 육성해 가는 것이 하나의 방법이다. 전자를 소극적 수양론이라 한다면, 후자는 적극적 수양론이 될 것이며 이 두 가지를 병행해야만 인격의 완성을 이룰 수 있는 것이라고 할 수 있다. 그리고 그의 성선설은 유교의 도덕철학으로서 송대의 성리학자에게 인정받아, 그의 위치는 확고하게 되었다고 할 수 있다.

범 례

1. 원문의 텍스트로 영인된 송판본(宋板本)을 사용하였다. 그러나 그 책에도 명백한 오기(誤記)가 있으므로, 다른 판본과 대조하여 적당히 취사(取捨)를 가하였다.
2. 번역은 평이하면서도 격조 있는 문장이 되도록 애썼으며, 해석은 어느 일파의 학설에 얽매이지 않고, 여러 설 가운데 타당하다고 생각되는 것을 선택하였다.
3. 간단한 평석(評釋)을 붙여 독자가 이해하기 쉽게 하였다.

▶ 제1권

양혜왕장구(梁惠王章句) 상

《맹자》 통행본은 7편으로 되어있는데, 이것을 다시 상하로 나누어 모두 14권으로 이루어져 있다. 대체로 첫 장(章)의 처음 글자를 따서 편명으로 삼은 것은, 《논어》와 같다. 본편은 7장으로 되어있는데, 맹자의 사상을 가장 단적으로 이해할 수 있는 중요한 부분이다. 50세에 달한 맹자가 정치에 발을 내디뎠을 때 어떤 주장을 했는지 흥미진진한 대목이다.

1. 맹자가 양(梁)나라 혜왕(惠王)을 찾아뵈었다. 왕이 말했다.

"선생이 천릿길을 멀다 하지 않고 오셨으니, 분명 우리나라를 이롭게 해주시려는 것입니까?"

맹자가 대답했다.

"왕께서는 하필 이익을 말씀하십니까? 오직 인의(仁義)만이 있을 뿐입니다. 왕께서 어떻게 우리나라를 이롭게 할까 말하시고, 대부(大夫)들은 어떻게 내 집을 이롭게 할까 말하고, 벼슬아치나 서민들은 어떻게 자기 몸을 이롭게 할까 말하여, 상하가 각기 이익만을 추구한다면 나라는 위기에 처할 것입니다.

만승(萬乘)의 나라에서 그 천자를 죽이는 자가 있다면 그것은 필시 천승(千乘)의 제후일 것이며, 천승의 나라에서 그 제후를 죽이는 자가 있다면 그것은 필시 백승(百乘)의 대부일 것입니다. 무릇 녹(祿)으로 받는 영토는 만승의 천자의 영지(領地)로부터 10분의 1을 쪼개어 그것을 천승의 제후의 영토로 하고, 천승의 제후의 영지로부터 10분의 1을 쪼개어 그것을 백승의 대부의 녹으로 삼은 것이므로 제후 이하의 녹은 결코 적은 양이라고는 할 수 없습니다. 그런데도 만일 인의를 뒤로 돌리고 자기 이익만을 먼저 추구한다면, 윗사람의 영토를 찬탈하지 않고는 아무래도 만족하지 않을 것입니다. 인(仁)을 행하면서 그 부모를 버려둔 자는 없었으며, 의(義)를 행하면서 그 임금을 뒷전으로 돌린 자도 없었습니다. 왕께서도 인의만을 말씀하시면 될 뿐, 하필 이익을 말씀하십니까?"

孟子見梁惠王 王曰 叟不遠千里而來 亦將有以利吾國乎 孟子對曰 王何必曰利 亦有仁義而已矣 王曰何以利吾國 大夫曰何以利吾家 士庶人曰何以利吾身 上下交征利 而國危矣. 萬乘之國弑其君者 必千乘之家 千乘之國弑其君者 必百乘之家 萬取千焉 千取百焉 不爲不多矣 苟爲後義而先利 不奪不

矣 未有仁而遺其親者也 未有義而後其君者也 王亦曰 仁義而
已矣 何必曰利.

● **주해** 見(견) 찾아뵙는 것. 梁惠王(양혜왕) 위(魏)나라 혜왕. 이름은 앵
(罃). 위나라는 원래 지금의 산서성(山西省) 서남 하현(夏縣)인 안읍(安
邑)에 도읍하였으나 혜왕 9년(기원전 361)에 대량(大梁)으로 불리던 하
남성(河南省) 개봉현(開封縣)으로 천도한 다음부터 양(梁)이라고도 불
렸다. 혜왕의 연대에 관해서는 《사기》의 기록에 잘못이 있어 《죽서기년
(竹書紀年)》에 의해 정정되었다. 기원전 369년에 즉위, 기원전 334년
제(齊) 위왕(威王)과 협정을 체결해서 서로 왕(王)이라 부르기로 한 다
음 후원(後元) 원년(元年)이라 일컫고, 기원전 319년에 죽을 때까지 50
년에 걸쳐 왕으로 있었다. 혜왕의 재위 연대에 관해서는 이설이 많으나
여기서는 양관(楊寬)의 《전국사(戰國史)》와 진몽가(陳蒙家)의 《육국기
년(六國紀年)》을 따랐다. 맹자가 양나라를 방문하여 혜왕과 만난 것은
혜왕의 만년인 후원 15년(기원전 320)으로 추측된다. 叟(수) 50세 이상
에 대한 경칭. '선생'도 원래 연장자에 대한 경칭이므로, 여기에서는 선생
이라 풀이하였다. 不遠千里而來(불원천리이래) 맹자의 고향 산동성 추
(鄒)에서 대량(大梁)까지는 먼 거리이므로 이렇게 말했다. 利(이) 주자
(朱子)는 부국강병(富國强兵)이라고 주를 달았다. 征(정) 취하는 것. 원래
뜻은 세금을 받아들이는 것. 弑(시) 신하가 임금을, 아들이 부모를 죽이
는 것을 뜻함.

● **평석** 맹자가 양 혜왕과 만난 것이 언제인가에 관해서는 맹자의 전
기(傳記)학자 사이에 많은 논쟁이 되어 왔다. 50세에 달한 맹자는 진
(秦)에 패해 동천(東遷)한 양(梁)이 국가를 재건하기 위해 현인을 널
리 채용하고 있다는 소문을 듣고 고향인 산동(山東)에서 멀리 대량(大
梁)까지 찾아갔다. 당시 중국 사상계는 묵자(墨子)의 학설이 주류였
다. 묵자는 '인인(仁人)의 목적은 천하의 이(利)를 일으키고 해를 제
거하는 데 있다.'고 주장했다. 혜왕이 맹자를 만나자 '우리나라를 이롭

게 해주시려는 것입니까?'라고 물은 것은, 묵자의 실용주의 입장에 선 발언이라 할 수 있다. 이에 대해 맹자는 그러한 실용주의의 모순과 폐단을 지적하고, 공자(孔子)의 가르침인 인의(仁義)를 주로 한 정치를 해야 한다고 주장했다. 이러한 맹자의 발언은 도덕 중심의 유교 정치의 이상을 처음 내세운 변론으로 획기적인 의의를 지니고 있다.《맹자》에서 이것을 제1장에 놓은 것은 이유가 있다고 할 수 있다.

2. 맹자가 양 혜왕을 뵈러 갔다. 왕은 못가에 서 있다가 놀고 있는 기러기와 사슴 떼를 돌아보면서 말했다.

"현인(賢人)에게도 역시 이런 즐거움이 있습니까?"

맹자가 대답했다.

"현인이라야 비로소 이것을 즐길 수 있습니다. 현인이 아닌 사람은 비록 이런 것을 가지고 있다 해도 즐길 수는 없을 것입니다.《시경》에서도 말했습니다. '영대(靈臺)의 역사(役事)를 일으키시어, 땅을 재고 푯말을 세우셨더니, 백성들이 제 일인 듯 발 벗고 나서, 며칠이 가기 전에 이루어졌네. 짓기 시작할 때 서두르지 말라고 하였건만, 백성은 자식처럼 몰려들었네. 왕께서 영대 동산을 거니시면, 암사슴이 엎드려 잠든 모습! 암사슴은 살이 쪄 윤이 흐르고, 백조는 깨끗하고 하얗네. 왕께서 못 가를 거니시면, 오, 가득한 고기 뛰노는 모양!'

문왕은 백성의 힘을 빌려 대(臺)를 만들고 못을 만드셨건만 백성들은 도리어 즐거워했습니다. 그리하여 그 대를 영대라 하고, 그 못을 가리켜 영소(靈沼)라 부르며 거기에 있는 고라니와 사슴, 물고기와 자라를 문왕과 함께 즐거워했습니다. 옛 현인은 이렇듯 백성과 즐거움을 같이했기에 능히 즐거워할 수 있었습니다. 탕서(湯誓)에는 '이 세상은 언제나 망할까? 나도 너와 함께 망하련다.'라고 백성들이 말했다고 합니다. 백성들이 함께 망하기를 바란다면 아무리 훌륭한 대와 못과 새와 짐승이 있다고 한들 어찌 혼자서 즐길 수 있겠습니까?"

　　孟子見梁惠王 王立於沼上 顧鴻鴈麋鹿曰 賢者亦樂此乎 孟子
對曰 賢者而後樂此 不賢者雖有此不樂也 詩云 經始靈臺 經
之營之 庶民攻之 不日成之 經始勿亟 庶民子來 王在靈囿 麀
鹿攸伏 麀鹿濯濯 白鳥鶴鶴 王在靈沼 於牣魚躍.
　　文王以民力爲臺爲沼 而民歡樂之 謂其臺曰靈臺 謂其沼曰靈
沼 樂其有麋鹿魚鼈 古之人 與民偕樂 故能樂也 誓曰 時日害
喪 予及女偕亡 民欲與之偕亡 雖有臺池鳥獸 豈能獨樂哉.

● **주해** 詩云(시운)《시경》대아(大雅) 영대(靈臺) 시의 구절. 經始(경시)
땅을 재기 시작함. 營(영) 그 자리에 푯말을 세우는 것. 攻(공) 일하는
것. 공사함. 囿(유) 짐승을 가두어 기르는 곳. 천자는 백 리, 제후는 40
리에 해당한다. 於(오) 감탄사. 牣(인) 가득함. 誓(서)《서경》탕서(湯
誓).

● **평석** 못가를 거닐던 혜왕은 맹자를 보자 현인에게도 이러한 즐거움
이 있느냐고 물었다. 이 말에는 다분히 딱딱한 도덕만을 내세우는 맹
자에게 과시하는 의도가 엿보인다. 현실적인 정치가의 눈에는 맹자가
인의(仁義)만을 내세우는 완고한 유교 도학자로만 비쳤을 것이다. 이
에 대한 맹자의 반박은 훌륭했다. 백성과 함께 즐기지 않는다면, 왕의
즐거움이 있을 수 없음을《시경》과《서경》을 인용하면서 설명했다.

3. 양 혜왕이 말했다.
"나는 나랏일에 마음을 다 쏟고 있습니다. 하내(河內)가 흉년이 들
면 그곳 백성을 하동(河東)으로 옮기고, 하동에 남아 있는 양식을
하내로 옮기며, 하동이 흉년일 때도 역시 그렇게 하였습니다. 이
웃 나라의 정치를 살피건대 나처럼 마음 쓰는 예도 없는 것 같습

니다. 그런데도 이웃 나라의 백성이 줄지도 않고, 우리나라 백성이
늘지도 않는 것은 무슨 까닭입니까?"

맹자가 대답했다.

"왕께서는 전쟁을 좋아하시니 그것을 비유로 말씀드리겠습니다. 북
이 둥둥 울리고 양군이 칼을 맞댈 정도로 접근했을 때 갑옷을 벗
어 던지고 무기를 끌면서 도망치는데, 어떤 사람은 백 보(步)쯤 도
망치다가 멈추었고, 어떤 사람은 50보쯤 도망치다가 멈추었습니다.
이때 50보 도망친 자가 백 보 도망친 자를 비웃는다면 어떻습니
까?"

"안 되지요. 백 보까지 도망가지 않았지 그 역시 도망친 것은 마
찬가지지."

"왕께서 그 이치를 아신다면 백성이 이웃 나라보다 많기를 바라지
마시옵소서. 농사짓는 시기만 어기지 않게 하신다면 곡식은 모두
먹을 수 없을 정도로 거두게 될 것입니다. 빽빽한 그물을 가지고
함부로 못에 들어가지 못하게 하신다면 물고기와 자라는 먹지 못
할 정도로 많을 것입니다. 도끼를 가지고 산에 들어가는 계절을
제한하신다면 목재는 다 쓰지 못할 만큼 확보됩니다. 곡식과 물고
기와 자라를 모두 먹을 수 없게 되고, 목재가 모두 쓰지 못할 만
큼 넉넉하면 백성이 생활하고 장사(葬事) 지내는 데 아무 유감이
없게 될 것입니다. 백성이 생활하고 장사 지내는 데 유감없게 하
는 것이 왕도(王道)의 시작입니다.

5묘(畝)의 택지에 뽕나무를 심게 하면 50세 된 사람은 비단옷을
입을 수 있습니다. 닭·돼지·개 같은 가축도 그 번식 시기만 어
기지 않도록 주의해 기르면 70세 된 노인에게 고기를 먹게 할 수
있습니다. 백 묘의 땅에 짓는 농사도 농번기에 일손만 뺏는 일이
없으면 여러 명의 가족을 굶주리게 하지 않을 수 있습니다. 학교
교육에 힘을 기울여 효제(孝悌)의 도를 널리 실행하면 백발노인이
무거운 짐을 지거나 이고 길을 왕래하는 일은 없게 될 것입니다.

70세 노인이 비단옷을 입고 고기를 먹으며, 백성이 굶주리지 않고 추위에 떨지도 않으면서, 그러면서도 왕 노릇을 하지 못한 예는 없었습니다.

개나 돼지가 사람이 먹을 것을 먹고 있는데도 단속하지 않고, 길에 굶은 시체가 뒹굴어도 창고를 열어 구하려 하지 않고, 사람이 죽으면 내 탓이 아니고 흉년 때문이라고 한다면, 이것은 사람을 칼로 찔러 죽이고 내가 죽인 것이 아니라 칼 때문이라고 하는 것과 무엇이 다르지 않겠습니까? 왕께서 흉년에 책임을 전가하지 않으신다면 천하의 백성은 모여들 것입니다."

梁惠王曰 寡人之於國也 盡心焉耳矣 河內凶 則移其民於河東 移其粟於河內 河東凶亦然 察鄰國之政 無如寡人之用心者 鄰國之民不加少 寡人之民不加多 何也.

孟子對曰 王好戰 請以戰喻 塡然鼓之 兵刃旣接 棄甲曳兵而走 或百步而後止 或五十步而後止 以五十步笑百步 則何如 曰 不可 直不百步耳 是亦走也 曰 王如知此 則無望民之多於鄰國也 不違農時 穀不可勝食也 數罟不入洿池 魚鼈不可勝食也 斧斤以時入山林 材木不可勝用也 穀與魚鼈不可勝食 材木不可勝用 是使民養生喪死無憾也 養生喪死無憾 王道之始也.

五畝之宅 樹之以桑 五十者可以衣帛矣 雞豚狗彘之畜 無失其時 七十者可以食肉矣 百畝之田 勿奪其時 數口之家 可以無飢矣 謹庠序之敎 申之以孝悌之義 頒白者不負戴於道路矣 七十者衣帛食肉 黎民不飢不寒 然而不王者 未之有也.

狗彘食人食 而不知檢 塗有餓莩 而不知發 人死則曰 非我也 歲也 是何異於刺人而殺之 曰 非我也 兵也 王無罪歲 斯天

下之民至焉.

● **주해** 寡人(과인) 임금이 자기를 낮추어 부르는 말. 덕이 적은 사람이라고 겸손하는 뜻이 있다. 河內(하내) 하남성 황하 유역, 특히 제원현(濟源縣) 일대를 가리킴. 河東(하동) 산서성(山西省) 안읍현(安邑縣) 일대. 塡然(전연) 북소리의 형용. 兵(병) 무기. 數罟(촉고) 눈을 잘게 떠서 촘촘하게 만든 그물. 어린 물고기를 잡지 못하도록 함. 洿池(오지) 큰 못. 즉 늪. 豚(돈)·彘(체) 돈은 작은 돼지, 체는 큰 돼지. 작은 돼지는 제사에만 사용하여 가축을 보호했다. 식용하는 것은 큰 돼지. 庠序(상서) 농촌의 서당. 은(殷)에서는 상(庠), 주(周)에서는 서(序)라 했다. 申(신) 중(重)과 같음. 겹치는 것. 餓莩(아표) 굶어 죽음. 또는 굶주려 죽은 시체.

● **평석** 혜왕의 조부 문후(文侯)와 부친 무후(武侯) 때의 위(魏)나라는 전국 최초의 패자(霸者)였으며, 문화적으로도 가장 선진국이었다. 혜왕 때 진(秦)나라의 동진(東進)을 막을 수가 없게 되자 서울을 동쪽 대량(大梁)으로 옮겼다. 혜왕은 운하의 토목 기술자요 또 투기적인 대상인이던 백규(白圭)를 대신으로 삼아 운하와 관개의 큰 공사를 일으켜 국토를 개발하여 국운을 만회하려고 노력하였다. 여기에 나온 흉년에 대한 대책 같은 것도 매우 획기적인 정책이었다. 그러나 인구가 늘지 않아, 혜왕은 그것이 고민이었던 모양이다. 당시는 토지는 있어도 그것을 경작할 사람이 없는 형편이었다. 그러므로 인구의 다소는 그대로 국가 경제력의 강약을 재는 저울이 되었다.
맹자는 이웃 나라에 비하면 확실히 우수한 정치이기는 하나 백성의 생활에 대한 배려가 정책에 충분히 반영되지 못함을 지적했다. 50보, 백보의 비유는 맹자다운 언변이라 하겠으나, 양의 차이를 무시하고 질만을 문제 삼은 것에 역시 웅변가에게 있기 쉬운 편벽함이 보인다.
또 하나의 특색은 '오묘지택(五畝之宅)' 이하에서 맹자가 유토피아를 그려 보였다는 점이다. 그 묘사는 매우 신선하여 확실히 사람을 끄는 힘을 가지고 있기는 하나 지나치게 공상적이며 거기에 따르는 정책이 부족한 점에 문제가 있다. 맹자는 여기에서 처음으로 유토피아를 제기했으나 점차 이것을 개념적으로 정리하여 나중에는 정전제(井田制)의 체계를 만들어 내기에 이르렀다.

4. 양 혜왕이 말했다.

"나는 더 가르침을 받고자 합니다."

맹자가 대답했다.

"사람을 죽이는 데 몽둥이로 죽이는 것과 칼로 죽이는 것이 다릅니까?"

"다르지 않지요."

"칼로 죽이는 것과 정치로 죽이는 것은 다릅니까?"

"다르지 않지요."

"왕께서 드시는 음식 조리(調理)하는 곳에는 맛있는 고기가 있고 마구간에는 살찐 말이 있건만, 백성은 굶주린 기색이고 들에는 굶은 시체가 뒹굴고 있다면, 이것은 짐승을 이끌어 사람을 먹게 하는 것과 다를 것이 없습니다. 짐승들끼리 서로 잡아먹는 것도 보는 사람들은 싫어합니다. 백성의 부모가 되어 정치하시는 왕께서 짐승을 이끌어 백성을 잡아먹게 하는 것과 다름없는 상태가 되어서야 어찌 백성의 부모라 하겠습니까? 공자께서 '무덤에 묻는 허수아비를 처음 만든 자는 자손이 끊어지리라.'라고 말씀하셨는데, 그렇게까지 싫어하신 것은 허수아비가 사람과 비슷하게 만들어졌고, 그 것을 사람들이 무덤에 묻는 까닭입니다. 허수아비조차 그러하거늘 살아 있는 백성을 굶주려 죽게 하는 일이야 말할 것이 있겠습니까?"

梁惠王曰 寡人願安承教 孟子對曰 殺人以挺與刃 有以異乎 曰 無以異也 以刃與政 有以異乎 曰 無以異也 曰 庖有肥肉

廐有肥馬 民有飢色野有餓莩 此率獸而食人也 獸相食且人惡
之 爲民父母行政 不免於率獸而食人 惡在其爲民父母也 仲
尼曰 始作俑者 其無後乎 爲其象人而用之也 如之何 其使斯
民飢 而死也.

● **주해** 願安承教(원안승교) 보통 '원하건대 마음을 안정시켜, 가르침을
받고자 한다.'는 뜻으로 풀이해 왔다. 그러나 유월(兪樾)이 안(安)과 언
(焉)은 통용되므로, 원안(願安)은 원언(願焉)과 같다고 한 것이 자연스
럽다. 庖(포) 부엌. 음식 조리하는 곳. 仲尼(중니) 공자(孔子)의 자(字).
俑(용) 진흙이나 나무로 만든 허수아비. 시체와 함께 무덤에 묻었다.

● **평석** 주자는 이 장을 앞 장에 이어지는 말이라고 보았다. 이 부분은
앞 장 마지막의 '내가 죽인 것이 아니라 칼 때문이다 …'의 뜻이 잘 이
해되지 않아 물은 것에 대한 답변이 명백하다. 칼을 쓰든지 몽둥이를
쓰든지 살인임에는 분명하다. 정치를 잘못해서 죽여도 역시 살인이다.
이 맹자의 유추(類推)는 정당하다. 맹자는 유(類)가 같지 않을 때도
유추를 남용한다고 비난도 들었으나, 이것은 삼단논법의 생략이며 논
리에 맞는다. 삼단논법은 묵자가 이미 발견했다. 맹자도 묵자에게 배
워서 이것을 물론 알고 있었겠지만, 그 단순한 논법보다는 유추법이
의표를 찌르는 효과가 있을 것 같아 이것을 사용한 것으로 보인다. 여
기에 맹자의 웅변술과 수사법의 특색이 있다.

5. 양 혜왕이 말했다.
"진(晋)나라가 천하에서 가장 강했던 것은 선생도 알고 계실 것입
니다. 그런데 내 대(代)에 오자 동쪽에서는 제(齊)에 패해 맏아들
이 전사했으며, 서쪽에서는 진(秦)에게 7백 리의 땅을 빼앗겼으며,
남쪽에서는 초(楚)에게 수모를 당하였습니다. 나는 부끄러워서 견
디지 못하겠습니다. 전사자들을 위하여 이 모욕을 씻고 싶습니다

만 어떻게 하면 좋겠습니까?"

맹자가 대답했다.

"백 리 사방의 땅에서도 훌륭히 왕 노릇을 하실 수 있습니다. 왕께서 만약 어진 정치를 백성에게 베푸시고, 형벌을 간략히 하시고, 세금을 가볍게 하시고, 농민에게 충분히 김맬 수 있게 해주신다면, 청년은 여가에 효제(孝悌)와 충신(忠信)의 덕을 닦아 집안에서는 부형을 섬기고, 나가서는 연장자를 섬기게 될 것입니다. 이렇게 되면 그때야말로 몽둥이만으로도 진(秦)이나 초(楚)의 견고한 갑옷이나 날카로운 무기를 쳐부수게 될 것입니다.

상대국 왕은 농사지을 시기에 백성을 징발해서, 밭 갈고 김매지 못하여 그 부모도 봉양할 수 없어, 부모는 추위에 얼고 굶주리며 형제와 처자는 흩어지지 않을 수 없는 형편입니다. 상대국 왕이 이같이 그 백성을 괴로움에 빠뜨리고 있을 때 왕께서 군대를 들어 치신다면 누가 왕께 저항하겠습니까? 그러므로 인자(仁者)는 적이 없습니다. 왕께서는 의심하지 마십시오."

梁惠王曰 晉國天下莫强焉 叟之所知也 及寡人之身 東敗於齊 長子死焉 西喪地於秦七百里 南辱於楚 寡人恥之 願比死者 壹洒之 如之何則可 孟子對曰 地方百里而可以王 王如施仁政於民 省刑罰 薄稅斂 深耕易耨 壯者以暇日修其孝悌忠信 入以事其父兄 出以事其長上 可使制梃以撻秦楚之堅甲利兵矣.

彼奪其民時 使不得耕耨 以養其父母 父母凍餓 兄弟妻子離散 彼陷溺其民 王往而征之 夫誰與王敵 故曰 仁者無敵 王請勿疑.

● **주해** 晉國(진국) 양(梁), 즉 위(魏)나라는 조(趙)·한(韓)과 함께 춘

추시대의 패자 진(晋)에서 나뉜 나라였으나, 진나라의 수도가 있던 산서성 서남부를 차지하고 있었으므로, 진나라를 계승한 것으로 자처하여 때로는 진(晋)으로도 불렸다. 東敗於齊(동패어제) 長子死焉(장자사언) 기원전 341년에 방연(龐涓)이 태자 신(申)과 함께 제(齊)를 치다가 손빈(孫臏)이 군사(軍師) 전기(田忌)의 군대에 의해 마릉(馬陵)에서 크게 패했다. 이때 방연이 죽고, 태자는 포로가 되었다. 西喪地於秦七百里(서상지어진칠백리) 양에서는 기원전 330년에 하서(河西) 땅을 진(秦)에게 주었고, 기원전 328년에는 상군(上郡) 15개 현을 역시 진에게 쪼개어 주었다. 南辱於楚(남욕어초) 기원전 323년, 초(楚) 소양(昭陽)이 위의 군대를 양릉(襄陵)에서 깨뜨려, 8개 읍을 빼앗았다. 比(비) 대신으로, 위해서. 壹(일) 완전히, 대번에. 易耨(이누) 열심히 김매다. 耨(김맬 누). 制(제) 손에 잡는 것, 체(掣)와 같음.

● **평석** 혜왕의 말에 나오는 진(秦)·제(齊)·초(楚) 삼국에서 받은 양(梁)의 굴욕은 주에서 밝힌 대로 기원전 341년, 330년, 328년, 323년에 있었던 역사적 일로 혜왕이 맹자와 만난 연대를 결정하는 데 있어서 중요한 자료가 된다. 《사기》 육국연표(六國年表)의 위왕(魏王) 연대에는 잘못이 있으므로 《죽서기년(竹書紀年)》으로 정정해서 그것이 기원전 332년 이후에서, 혜왕이 죽은 기원전 319년 사이로 추측할 수 있게 되었다.

6. 맹자가 양 양왕(襄王)을 뵙고 나와 사람들에게 말했다.
"양왕은 보기에 국군으로서의 위엄이 없고 가까이 가서 말했는데 두려운 데가 없었다. 갑자기 '천하는 어떻게 결판이 날까요?'라고 물어, 나는 '통일될 것입니다.'라고 대답했다. '누가 통일하나요?'라고 묻기에 '사람 죽이기를 좋아하지 않는 사람이 통일할 수 있을 것입니다.'라고 대답했다. '그 사람 편을 누가 들까요?'라고 묻기에 내가 말했다. '천하에 편들지 않는 자가 없을 것입니다. 왕께서는 곡식의 싹에 대해 아십니까? 7, 8월에 가뭄이 계속되면 싹은 시들

어 버립니다. 하늘에 뭉게뭉게 구름이 생겨 비가 쏴아 쏟아지면 싹
은 부쩍 고개를 들고 일어납니다. 이렇게 되면 아무도 그 형세를
막을 수 없습니다. 지금 천하의 백성을 통치하는 군주치고 사람 죽
이기를 좋아하지 않는 사람이 없습니다. 만약 사람 죽이기를 좋아
하지 않는 군주가 나타난다면 천하 백성들 모두 목을 길게 뽑아 그
군주를 우러러 뵐 것입니다. 진정 이같이 되면 백성이 그 군주에
게 돌아갈 것은 마치 물이 아래로 소리 내며 흐르는 것과 같으니
누가 그 형세를 막을 수 있겠습니까?'"

孟子見梁襄王 出語人曰 望之不似人君 就之而不見所畏焉 卒
然問曰 天下惡乎定 吾對曰 定於一 孰能一之 對曰 不嗜殺
人者能一之 孰能與之 對曰 天下莫不與也 王知夫苗乎 七八
月之間 旱則苗槁矣 天油然作雲 沛然下雨 則苗浡然興之矣
其如是 孰能禦之 今夫天下之人牧 未有不嗜殺人者也 如有
不嗜殺人者 則天下之民 皆引領而望之矣 誠如是也 民歸之
由水之就下 沛然孰能禦之.

● **주해** 梁襄王(양양왕) 혜왕(惠王)의 아들. 이름은 사(嗣). 재위는《사
기》가 기원전 334년~319년으로 하였는데 이는 잘못이며, 기원전 318
년이나 317년에서 296년까지로 추측된다. 여기서는 전목(錢穆)과 양관
(楊寬)의 설에 따라 기원전 318년 즉위설을 취하였다. 沛然(패연) 비나
폭포가 쏟아지는 모양이 매우 세찬 것. 浡然(발연) 일어나는 모양이 세차
고 왕성함. 人牧(인목) 군주. 가축을 기르듯 백성을 먹여 살린다는 뜻에
서 나온 말.

● **평석** 맹자는 기원전 319년, 그를 초대했던 양 혜왕이 죽자 거취를
정하지 못하고 망설였던 것으로 보인다. 다음 해 양왕이 즉위하자 곧
알현을 청하고, 만나자 위엄이라곤 조금도 없는 경박한 귀공자임을 간

파했다. '천하는 어떻게 결판이 날까요?'와 같은 질문도 천하의 귀추를
남의 일 보듯 생각하는 태도이며, 책임감도 의욕도 없음이 나타난다.
그리하여 체념할 수밖에 없었던 맹자는 양나라를 떠나 새로운 패자인
제(齊)나라 선왕(宣王)을 찾아가게 된다.

7. 제(齊)나라 선왕(宣王)이 물었다.
"패자(霸者)이던 제(齊) 환공(桓公)과 진(晉) 문공(文公)의 사적에
관해 말해 주시지 않겠소?"
맹자가 대답했다.
"공자의 문도(門徒)는 환공과 문공의 사적 같은 것은 화제로 삼지
않았으므로 후세에 전해 오는 것이 없으며 저도 들은 바가 없습니
다. 왕도(王道)에 관해 말씀드려도 괜찮겠습니까?"
"어떤 덕을 지니고 있어야 훌륭한 왕이 될 수 있습니까?"
"백성의 생활만 안정시킨다면 그가 왕자(王者)가 되는 것을 아무
도 막지 못합니다."
"나 같은 사람도 백성의 생활을 안정시킬 수 있습니까?"
"이를 것이 있겠습니까?"
"어떻게 내가 가능할 것을 아십니까?"
"저는 호흘(胡齕)에게 이런 말을 들었습니다. 왕께서 당상에 앉아
계실 때, 소를 끌고 당(堂) 아래를 지나는 사람이 있었다고 합니
다. 왕께서 보시고 '소를 끌고 어디로 가느냐?'라고 물으시니 '새 종
이 완성되었으므로 거기에 이 소의 피를 바르려는 것입니다.'라고
그 사람이 대답했습니다. '그 소를 놓아주어라. 나는 소가 두려워
서 떨며 죄도 없이 죽을 곳으로 보내는 것을 차마 못 보겠다.' '그
러하오면 새 종에 피 바르는 의식은 중지할까요?' '어찌 중지한단
말이냐? 양으로 바꾸어라.' 그러한 일이 정말 있었습니까?"
"있었소."
"그러한 마음이야말로 훌륭한 왕이 되시기에 족합니다. 백성들은 모

두 소를 아까워해서라고 생각하는 모양입니다만, 저는 왕께서 가엾게 여기는 마음이 있으시기 때문이라고 생각했습니다.”

齊宣王問曰 齊桓晉文之事 可得聞乎 孟子對曰 仲尼之徒 無道桓文之事者 是以後世無傳焉 臣未之聞也 無以則王乎 曰德何如 則可以王矣 曰 保民而王莫之能禦也 曰 若寡人者 可以保民乎哉 曰可 曰 何由知吾可也 曰 臣聞之胡齕曰 王坐於堂上 有牽牛而過堂下者 王見之曰 牛何之 對曰 將以釁鐘 王曰 舍之 吾不忍其觳觫若無罪而就死地 對曰 然則廢釁鐘與 曰何可廢也 以羊易之 不識有諸 曰 有之 曰 是心足以王矣 百姓皆以王爲愛也 臣固知王之不忍也.

●**주해** 齊宣王(제선왕) 성은 전(田), 이름은 벽강(辟疆). 제나라 위왕(威王)의 아들. 민왕(湣王)의 아버지. 《사기》에는 선왕의 즉위를 기원전 342년, 그 죽음을 기원전 324년으로 하였으나 이는 잘못이며 기원전 319년 즉위, 죽음은 기원전 299년으로 해야 한다.〔전목(錢穆)의 《선진제자계년》 참조〕 齊桓(제환)·晉文(진문) 제 환공은 이름은 소백(小白)이고, 진 문공은 이름이 중이(重耳)이다. 춘추시대 제후들을 지배한 패자(霸者)의 대표이다. 無以(무이) 이(以)는 이(已)와 같음. 胡齕(호흘) 제(齊)나라의 신하인 듯하나 행적은 전하는 것이 없다. 釁鐘(흔종) 종이 완성되면, 소나 양의 피를 그 위에 발랐다. 종에 생명을 부여하기 위한 주술적(呪術的) 행위. 觳觫若(곡속약) 곡속(觳觫)은 소가 겁을 먹고 몸을 움츠리는 모양. 약(若)을 연(然)과 같은 뜻으로 보는 것은 유월(兪樾)의 의견이다. 愛(애) 아끼는 것, 인색.

왕이 말했다.
“그렇소. 세상에서는 사실 그렇게 나를 생각하는 모양이오. 제나라가 아무리 작은 나라이기로서니 내가 어찌 한 마리 소를 아끼겠습니까? 그것은 소가 두려워 떨며 죄도 없이 죽을 곳으로 가는 것이 불쌍하게 여겨졌기 때문입니다. 그래서 양으로 바꾸라고 한 것입니다."

"왕께서는 백성들이 소를 아까워하였다고 말하는 것을 이상하게 생각하지 마십시오. 작은 것으로 큰 것을 바꾸었으므로 그들은 오직 그 사실만을 보고 그렇게 생각한 것입니다. 왕에게 '차마 보지 못하는 마음'이 있으신 것까지야 생각이 미치겠습니까? 왕께서 죄 없이 죽는 것에 대해 연민의 정을 느끼셨다면, 그것은 소나 양이나 다를 바가 없지 않은 점에 있습니다."

왕이 웃으면서 말했다.

"그런데 그때의 감정은 어떤 것이었을까요? 나는 물론 그 소가 아까워서 양으로 바꾼 것은 아닙니다. 백성들이 내가 소를 아까워했다고 말하는 것도 무리는 아니구려."

"백성들의 평판에 신경 쓰실 것은 없습니다. 그 마음이야말로 인(仁)에 도달하는 방편입니다. 왕께서는 소는 보셨으나 양은 보시지 않았습니다. 군자는 짐승을 대할 때 그 살아 있는 모습을 본 것만으로도 그 죽는 모습을 차마 볼 수 없는 마음이 생깁니다. 울음소리를 들은 것뿐이건만 그 고기를 먹고 싶지 않은 생각이 듭니다. 그러기에 군자는 푸줏간과 주방을 멀리 떼어 놓는다고 합니다."

왕은 기뻐하며 말했다.

"《시경》에 '다른 사람이 먹은 마음, 샅샅이 헤아리네.'라는 구절이 있거니와 선생을 가리키는 말이로군요. 내가 그 행동을 했으면서도 스스로 돌이켜보아 그런 마음이 생긴 원인을 찾을 때, 그때의 마음이 잘 파악되지 않았소. 선생이 밝혀 주시니 내 마음에 그때의 느낌이 되살아났습니다. 그런데 이 연민의 정이 왕자 되기에 족하다는 것은 어째서입니까?"

"왕께 이런 말을 올린 사람이 있다고 합시다. '제 힘은 백 균(鈞) 즉 3천 근(斤)을 들어 올릴 수는 있어도, 한 개의 깃털은 들지 못합니다. 제 시력은 새나 짐승의 솜털까지 분별할 수 있어도 수레에 가득 실은 나무는 볼 수 없습니다.' 왕께서는 이 말을 믿으시겠습니까?"

"믿지 못하겠소."

"지금 왕의 은혜는 새나 짐승에게도 미칠 정도입니다만, 그 은혜가 백성에게는 조금도 미치지 않는 것은 무슨 까닭이겠습니까? 무릇 한 개의 깃털을 들지 못하는 것은 그 힘을 쓰지 않기 때문입니다. 수레에 실은 나무가 보이지 않는다는 것은 그 시력을 사용하지 않기 때문입니다. 백성이 안심하고 생활할 수 있도록 보장받지 못하는 것은 왕께서 은혜를 베푸시지 않기 때문입니다. 그러므로 왕께서 훌륭한 왕자(王者)가 되지 않은 것은 되려고 하지 않으시는 것이지 되실 수 없기 때문은 아닙니다."

王曰 然 誠有百姓者 齊國雖褊小 吾何愛一牛 卽不忍其觳觫若無罪而就死地 故以羊易之也 曰 王無異於百姓之以王爲愛也 以小易大 彼惡知之 王若隱其無罪 而就死地 則牛羊何擇焉 王笑曰 是誠何心哉 我非愛其財而易之以羊也 宜乎百姓之謂我愛也.

曰 無傷也 是乃仁術也 見牛未見羊也 君子之於禽獸也 見其生 不忍見其死 聞其聲 不忍食其肉 是以君子遠庖廚也 王說曰 詩云 他人有心 予忖度之 夫子之謂也 夫我乃行之 反而求之 不得吾心 夫子言之 於我心有戚戚焉 此心之所以合於王者 何也.

曰 有復於王者曰 吾力足以擧百鈞 而不足以擧一羽 明足以察秋毫之末 而不見輿薪 則王許之乎 曰 否 今恩足以及禽獸而功不至於百姓者 獨何與 然則一羽之不擧 爲不用力焉 輿

薪之不見 爲不用明焉 百姓之不見保 爲不用恩焉 故王之不
王 不爲也 非不能也.

● **주해** 褊(편) 작다. 異(이) 수상히 여기는 것. 의심하는 것. 隱(은) 불
쌍히 여기는 것. 說(열) 悅(열)과 같음. 기뻐하다. 詩云(시운)《시경》소
아(小雅) 교언편(巧言篇)의 구절. 忖度(촌탁) 헤아리는 것. 秋毫(추호) 가
을에 새로 난 가느다란 털. 작은 것을 비유함.

왕이 말했다.
"하려 하지 않는 것과 하지 못하는 것은 어떤 점이 다릅니까?"
"태산을 끼고 북해(北海)를 건너려던 자가 남에게 '나는 할 수 없
다.'라고 말한다면, 이것은 정말 하지 못하는 것입니다. 노인의 팔
다리를 주무르라는 말을 듣고 '나는 못합니다.'라고 했다면 이것은
하지 않는 것이지 못하는 것이 아닙니다. 왕께서 왕자가 되지 않는
것은 태산을 끼고 북해를 건너려는 정도의 것은 아닙니다. 왕께서
훌륭한 왕자가 되지 않으신 것은 노인을 위해 팔다리를 주무르지
않는 정도의 것입니다.
나이든 부모를 노인으로서 존경하는 일을 다른 노인에게도 미치고,
자기 집 어린아이를 돌보는 일을 남의 집 어린아이에게까지 미치
게 하면 천하는 마치 손바닥 위의 것을 움직이는 듯 잘 다스리게
될 것입니다.《시경》에 '덕으로 후비(后妃)에게 본을 보이사, 더
한 걸음 형제에게도 미치게 하여, 이렇게 나라를 다스리셨네.'라는
구절이 있습니다만, 이것은 가까운 자에게 쏟는 마음을 다른 사람
에게까지도 미치게 한다는 것을 말하고 있는 데 불과합니다. 그러
므로 육친에 대한 은혜와 사랑의 정을 확장해 간다면 이 광대한
천하를 자기 것으로 만들 수 있습니다. 그 반면 은혜와 사랑의 정
을 확장해 가지 않는다면 처자도 보존하지 못할 것입니다. 옛 성
인군자가 보통 사람보다 월등하게 뛰어났던 것은 무슨 별다른 점

이 있는 것은 아닙니다. 이런 마음에서 나온 행위를 널리 확장해 간 것뿐입니다.

이제 왕의 은혜가 새와 짐승에게까지 미치고 있음에도 불구하고 그 혜택이 백성에게 이르지 않음은 무슨 까닭이겠습니까? 저울에 달아보아야 물건의 가볍고 무거움을 알고, 자로 재보아야 길이의 길고 짧음을 알 수 있습니다. 모든 물건이 다 그렇습니다만 반드시 재보아야 할 것은 마음입니다. 왕께서는 부디 마음을 헤아려 보시기 바랍니다. 왕께서 군대를 일으키셔서 전쟁하면 백성과 신하들을 위기에 몰아넣을 뿐 아니라, 제후로부터 원망을 사게 됩니다. 왕께서는 그렇게 하셔야 마음이 좋겠습니까?"

왕이 말했다.

"아니오. 내가 어찌 그런 일로 마음이 좋겠소. 내가 군대를 일으키려는 것은 큰 욕구가 있기 때문입니다."

曰 不爲者與不能者之形 何以異 曰 挾太山以超北海 語人曰 我不能是誠不能也 爲長者折枝 語人曰 我不能是不爲也非不能也 故王之不王非挾太山以超北海之類也 王之不王是折枝之類也.

老吾老 以及人之老 幼吾幼 以及人之幼 天下可運於掌 詩云 刑于寡妻 至于兄弟 以御于家邦 言擧斯心 加諸彼而已 故推恩 足以保四海 不推恩 無以保妻子 古之人 所以大過人者 無他焉 善推其所爲而已矣.

今恩足以及禽獸 而功不至於百姓者 獨何與 權然後知輕重 度然後知長短 物皆然 心爲甚 王請度之 抑王興甲兵 危士臣 構怨於諸侯 然後快於心與 王曰 否 吾何快於是 將以求吾所大欲也.

● **주해** 太山(태산) 태산(泰山). 오악(五岳)의 하나로 산동성에 있는 유명한 산. 北海(북해) 지금의 발해(渤海). 折枝(절지) 나뭇가지를 꺾는 뜻으로 풀이해 왔으나 지(枝)는 지(肢)와 통하므로 연장자를 위해 사지(四肢)를 구부리게 하여 안마하는 뜻이라는 모기령(毛奇齡)의 설이 가장 적절한 것 같다. 詩云(시운) 刑于寡妻(형우과처) 이하 세 구절은 《시경》 대아(大雅) 사제편(思齊篇)에서 인용한 것이다. 형(刑)은 형(型)으로, 본을 보이는 것. 과처(寡妻)는 정식 부인.

맹자가 말했다.

"왕의 그 큰 욕구를 저에게 들려주실 수 없으신지요?"

왕은 웃을 뿐 말하지 않았다.

"맛있는 음식이 왕의 입에 만족하지 않으십니까? 가볍고 따뜻한 옷이 왕의 몸에 만족하지 않으십니까? 온갖 빛깔의 장식이 왕의 눈에 차지 않으십니까? 즐거운 음악이 왕의 귀에 만족하지 않으십니까? 마음에 드는 신하가 왕의 뜻을 충분히 받들지 않으십니까? 이 정도의 것이라면 왕의 신하들이 훌륭히 만족하게 해드릴 수 있을 것 같습니다만, 왕께서는 이런 일이 만족하지 않은 것이 아니지 않습니까?"

"아니오. 내가 바라는 것은 그런 것이 아니오."

"그렇다면 왕의 큰 욕구를 잘 알겠습니다. 영토를 넓히고, 진(秦)이나 초(楚)가 조공(朝貢)하며 중국 전토를 통일하여 사방의 오랑캐들에게 위엄을 보이시려는 것일 겁니다. 그러나 지금 하시는 방식으로 그런 욕구를 채우시려는 것은 이를테면 나무에 올라가 물고기를 잡으려는 것이나 다름이 없습니다."

왕이 말했다.

"그것이 그렇게도 심한가요?"

"아마 그보다 심합니다. 나무에 올라가 물고기를 잡으려는 것은 물고기가 잡히지 않는 것뿐, 후환이 닥쳐올 근심은 없습니다. 그러나 왕 같은 방법으로 왕 같은 욕구를 추구하실 때는 그것을 위해 온갖 힘을 기울인 끝에 가서 반드시 후환이 밀어닥칠 것입니다."

"어떤 후환이 있을지 들려주시오."

"추(鄒) 사람과 초(楚) 사람이 싸운다면 왕께서는 누가 이길 것으로 생각하십니까?"

"초 사람이 이기겠지요."

"그렇습니다. 그렇다면 작은 나라는 본래부터 큰 나라를 상대할 수 없으며, 백성이 적은 나라는 백성이 많은 나라를 이길 수 없으며, 약한 나라는 강한 나라를 꺾을 수 없다는 말이 됩니다. 지금 중국에서 천 리 사방의 영토를 가진 나라는 아홉이나 됩니다. 이 제나라 땅을 전부 모은다고 해도 이 아홉 중의 하나밖에 되지 않습니다. 그 하나로 다른 여덟을 굴복시키려 하는 것이 어찌 추가 초와 싸우는 것과 다르지 않겠습니까? 제가 지금 왕께 바라는 것은 왕도의 근본으로 돌아가시라는 것입니다. 이제 왕께서 정령(政令)을 발하여 어진 정치를 하신다면 천하의 모든 관리가 모두 왕의 조정에서 벼슬하고 싶다는 생각을 지니게 되고, 농사짓는 사람은 모두 왕의 들에서 농사짓기를 생각하고, 장사하는 사람은 모두 왕의 영토 안의 시장에 상품을 내놓으려 생각하고, 여행하는 사람들은 모두 왕의 영토 안의 길로 가고자 생각하고, 자신의 임금에게 반감을 지닌 사람은 모두 왕에게 달려와 호소하고 싶다고 생각하게 될 것입니다. 이렇게 되면 왕에게로 쏠리는 천하의 대세를 누가 막을 수 있겠습니까?"

曰 王之所大欲可得聞與 王笑而不言 曰 爲肥甘不足於口與 輕煖不足於體與 抑爲采色不足視於目與 聲音不足聽於耳與 便嬖不足使令於前與 王之諸臣皆足以供之 而王豈爲是哉 曰 否吾不爲是也 曰 然則王之所大欲可知已 欲辟土地 朝秦楚

莅中國 而撫四夷也 以若所爲 求若所欲 猶緣木而求魚也.
王曰 若是其甚與 曰 殆有甚焉 緣木求魚 雖不得魚 無後災
以若所爲 求若所欲 盡心力而爲之 後必有災 曰 可得聞與 曰
鄒人與楚人戰 則王以爲孰勝 曰 楚人勝 曰 然則小固不可以
敵大 寡固不可以敵衆 弱固不可以敵強 海內之地方千里者九
齊集有其一 以一服八 何以異於鄒敵楚哉 蓋亦反其本矣 今
王發政施仁 使天下仕者皆欲立於王之朝 耕者皆欲耕於王之
野 商賈皆欲藏於王之市 行旅皆欲出於王之途 天下之欲疾其
君者 皆欲赴愬於王 其如是 孰能禦之.

● **주해** 采色(채색) 채색(彩色). 아름다운 장식. 便嬖(편폐) 임금의 마음
에 드는 가까운 신하. 莅(이) 임(臨)과 같음. 윗사람이 아랫사람을 대하
는 것. 鄒(추) 노(魯)나라에 이웃한 작은 나라. 맹자의 고향. 주(邾)라고
도 쓴다.

왕이 말했다.
"나는 어리석어서 그러한 정치를 이끌어 갈 수 없을 것 같습니다.
부디 선생께서는 나의 뜻에 보태어 잘 알아듣도록 가르쳐 주십시
오. 나는 불민하기는 하나, 선생의 말씀대로 하고자 합니다."
"일정한 생업이 없으면서도 언제까지나 착한 마음을 지속해 갈 수
있는 것은 오직 선비뿐입니다. 백성들은 일정한 생업이 없으면 당
연히 변치 않는 마음 같은 것은 없습니다. 이 변치 않는 마음이 없
으면 방자와 편벽과 부정과 사치 등 하지 않는 일이 없게 됩니다.
그들이 죄에 빠진 다음에 형벌을 내리는 것은 백성을 법의 그물에
걸려들게 하는 것입니다. 어찌 어진 이가 왕으로 있으면서 백성을
법의 그물에 걸려들게 할 수 있겠습니까?
그러므로 현명한 왕은 백성의 생업을 조정해서 반드시 위로는 부

모를 봉양하기에 충분하고, 아래로는 처자를 먹여 살리는 데 부족함이 없도록 해줍니다. 풍년이 들면 백성이 식량 걱정 없이 일생을 마치도록 해주고, 흉년에도 그 때문에 죽는 일이 없도록 해줍니다. 그렇게 하고 나서 백성을 인도하여 선(善)으로 나아가게 합니다. 그러므로 백성은 왕의 뜻을 받드는 일이 쉽게 됩니다. 지금 백성의 생업을 돌보는 상태는 위로는 부모를 봉양하기에 충분하지 않고, 아래로는 처자를 먹여 살리는 데 모자라는 형편입니다. 풍년이 들어도 괴로움 속에서 일생을 마쳐야 하고, 흉년에는 죽음을 면할 수 없는 상태입니다. 비록 일시적으로 죽음에서 면할 수 있었다 해도 닥쳐올 불행에 대해 끊임없이 걱정해야 하는데, 이래서야 백성에게 어찌 예(禮)를 닦고 인의(仁義)를 행할 여가가 있겠습니까? 왕께서 천하에 군림하고자 생각한다면 어째서 왕도의 근본으로 돌아가시지 않습니까?

5묘(畝)의 택지에 뽕나무를 심으면 50세의 사람이 비단옷을 입을 수 있습니다. 닭·돼지·개 등 가축을 기르는데 그 번식 시기만 살피면 70세의 사람에게 고기를 먹게 할 수 있습니다. 백 묘의 밭을 농사지을 때를 빼앗지 않으면 8명의 가족을 굶게 하지 않을 수 있습니다. 학교 교육을 신중히 베풀고 효제(孝悌)의 도를 백성에게 가르치면, 백발노인이 무거운 짐을 지거나 이고 길을 걷는 일은 없게 됩니다. 노인이 비단옷을 입고 고기를 먹으며, 백성이 굶고 헐벗지 않는다면, 그러면서도 왕자(王者) 노릇을 하지 못한 사람은 일찍이 없었습니다."

王曰 吾惛不能進於是矣 願夫子輔吾志 明以敎我 我雖不敏 請嘗試之 曰 無恒産而有恒心者 惟士爲能 若民則無恒産 因無恒心 苟無恒心 放辟邪侈 無不爲已 及陷於罪 然後從而刑之 是罔民也 焉有仁人在位 罔民而可爲也.

是故 明君制民之産 必使仰足以事父母 俯足以畜妻子 樂歲
終身飽 凶年免於死亡 然後驅而之善 故民之從之也輕. 今也
制民之産 仰不足以事父母 俯不足以畜妻子 樂歲終身苦 凶
年不免於死亡 此惟救死而恐不贍 奚暇治禮義哉 王欲行之 則
盍反其本矣.

五畝之宅 樹之以桑 吾十者可以衣帛矣 雞豚狗彘之畜 無失
其時 七十者可以食肉矣 百畝之田 勿奪其時 八口之家 可以
無飢矣 謹庠序之教 申之以孝悌之義 頒白者 不負戴於道路
矣 老者衣帛食肉 黎民不飢不寒 然而不王者 未之有也.

● **주해** 罔(망) 그물. 망(網)과 같음. 樂歲(낙세) 풍년이 들어 즐거운 해.
贍(섬) 족한 것. 충분함.

● **평석** 양 혜왕이 죽자, 쇠퇴의 길을 걷던 양나라의 왕위를 계승한 양
왕(襄王)은 매우 평범한 인물로 기대할 만한 인물이 아니었다. 맹자는
양나라를 떠나 새로 패자가 된 제나라 선왕을 만났다. 기원전 319년,
즉위한 지 얼마 안 된 선왕은 맹자를 만나자 제 환공과 진 문공에 관
하여 물었다. 양(梁)의 마릉(馬陵) 일전에서 격파하여 패권을 잡았던
위왕(威王)의 뒤를 이은 선왕의 야망은 서쪽 진(秦)과 남쪽의 초(楚)
같은 강국까지도 내조(來朝)하게 하여 천하의 패자가 되는 일이었다.
그러기에 제 환공과 진 문공의 사적을 맹자에게서 듣고 싶어 하였다.
맹자는 무력으로 정복하기 어려움을 말하고, 왕도정치에 의해 백성을
편하게 살게 해주면 천하의 민심이 모두 따라와서 진실한 왕자(王者)
가 될 수 있다고 역설했다.
이것은 비현실적인 말 같기도 하지만, 같은 중국이라 당시에는 이동이
비교적 자유로웠으므로 살기 좋다는 소문만 나면 그럴 가능성이 많았
다. 선왕을 만난 맹자의 변론은 미리 준비되어 있었던 모양으로 평소

의 맹자보다는 훨씬 논리 전개가 교묘하다. 우선 종의 낙성식에 끌려
가는 소를 놓아주게 한 선왕을 치켜세운 다음, 그 마음을 확대하면 왕
도가 된다고 말함으로써 왕에게 호의를 갖게 한 후에 이론을 진행하였
다.

제2권

양혜왕장구(梁惠王章句) 하

제2권은 16장으로 되어있다. 중심 내용은 선왕(宣王)과의 대화로, 제1장에서 11장까지인데, 동공이곡(同工異曲 : 솜씨나 재주는 같으나 그 취지나 내용이 다름)으로 유형적인 것이 많다. 선왕이 대중가요를 좋아한다든가, 동산 만드는 것을 좋아한다든가, 여자를 좋아한다든가 하는 데 관해, 맹자가 그것을 일단 긍정하고 나서 대중과 즐거움을 함께하려는 태도만 지니면 명군(明君)이 될 수 있다고 치켜세운 것이 많다. 이것은 논리라기보다는 웅변술에 속할 것이며, 맹자의 이러한 재능은 대단한 것이지만 조금은 경박한 인상이 든다.

맹자는 연(燕)나라에 내란이 일어나자 선왕에게 권해 연나라에 군대를 진격하게 하여 큰 성공을 거두었다. 그러나 점령 정책의 실패로 연의 민심을 잃었고, 여러 나라의 간섭으로 결국은 연나라에서 철군할 수밖에 없는 궁지에 몰리고 말았다. 그리하여 제일가는 강국인 제나라의 앞길에 어두운 그림자가 드리우게 되었고, 왕도정치를 실현하려던 맹자의 꿈도 수포가 되고 말았다.

연나라에 침입한 것은 왕도정치가 아닌 패도(覇道)의 길이었으며, 목적이야 어찌 되었든 이것을 추진했다가 실패했으므로 맹자도 의기가 꺾여 제나라를 떠나야 했다. 그리하여 등(滕)나라와 노나라를 찾아다니면서 계속하여 왕도정치를 주장하

기는 했으나 전과 같은 의기는 보이지 않는 것 같다. 제13장
이하는 당시의 언변을 모은 것이다.

〈양혜왕장구〉 상하는 대체로 맹자가 순회한 순서에 따라 편집
된 것으로 보인다. 후세 학자들이 고증에 따라 그 순서를 여
러 가지로 고쳤는데 오히려 믿음이 가지 않는다.

1. 장포(莊暴)가 맹자를 만나 말했다.

"제가 왕을 뵈었을 때 왕께서는 저에게 음악을 좋아하신다고 말씀하셨지만 저는 아무 대답도 하지 못하였습니다. 왕이 음악을 좋아하신다는 것은 어떻습니까?"

맹자가 말했다.

"왕께서 음악을 매우 좋아하신다면 제나라는 이상적인 국가에 접근한 셈이겠군요."

다른 날 맹자는 선왕을 뵙고 물었다.

"왕께서는 이전에 장포에게 음악을 좋아하신다고 하셨다는데 그런 일이 있으십니까?"

왕은 얼굴빛이 달라지며 말했다.

"내가 좋아하는 것은 선왕(先王)의 아악이 아니라 바로 요즘 유행하는 음악을 좋아하는 것뿐입니다."

"왕께서 음악을 좋아하신다면 제나라는 거의 이상적 국가에 접근한 셈이 됩니다. 지금의 음악이나 옛 음악이나 다를 바가 없습니다."

"그런가요? 설명해 주십시오."

"혼자 음악을 즐기시는 것과 백성과 함께 음악을 즐기는 것과 어느 쪽이 즐겁습니까?"

"백성들과 함께 즐기는 쪽이지요."

"적은 사람과 음악을 즐기는 경우와 많은 사람과 즐기는 경우, 어느 쪽이 즐거우십니까?"

"많은 사람과 즐기는 쪽입니다."

"제가 왕을 위해 즐기는 일에 관하여 말씀드리겠습니다. 이제 왕께서 악기를 연주하실 때 백성들이 그 종과 북과 피리 소리를 듣고 모두 머리 아파하고 얼굴을 찡그리면서 '우리 임금께서는 음악을 좋아하시는 나머지 어찌하여 우리를 이런 궁지에 몰아넣으시는 것일까? 부자간에도 서로 볼 수 없고, 형제와 처자는 흩어져서 어디에 있는지 모르겠다.'라고 서로 말했다고 합시다. 또 이제 왕께서 사냥을 나가셨을 때, 백성들이 왕의 거마(車馬) 소리를 듣고 찬란한 깃발을 보자 모두 머리 아파하고 얼굴을 찡그리면서 '우리 임금께서는 사냥을 즐기시는 나머지 어찌하여 우리를 이런 궁지에 몰아넣으실까? 부자간에도 서로 볼 수 없고, 형제와 처자는 흩어져서 어디에 있는지 모르겠다.'라고 서로 말했다고 합시다. 이것은 무슨 원인이 있어서가 아닙니다. 백성과 즐거움을 함께하지 않았기 때문입니다.

이제 왕께서 악기를 연주하실 때, 백성들이 그 종과 북과 피리 소리를 듣고 모두 빙글빙글 얼굴에 웃음을 머금으면서 '우리 임금께서는 건강하신 모양이군. 그렇지 않다면 어떻게 악기를 연주하실 수 있으랴?' 이렇게 서로 말했다고 합시다. 이제 왕께서 사냥을 나가셨을 때 백성들이 왕의 거마 소리를 듣고 찬란한 깃발을 보자, 모두 빙글빙글 얼굴에 웃음을 머금으면서 '우리 임금께서는 건강하신 모양이군. 그렇지 않다면 어떻게 사냥하실 수 있으랴?' 이렇게 서로 말했다고 합시다. 이것은 무슨 원인이 있어서가 아닙니다. 백성들과 즐거움을 함께하셨기 때문입니다. 지금 왕께서 백성들과 함께 음악을 즐기신다면 훌륭한 왕자(王者)가 되실 것입니다."

莊暴見孟子曰 暴見於王 王語暴以好樂 暴未有以對也 曰好樂何如 孟子曰 王之好樂甚 則齊國其庶幾乎.

他日見於王曰 王嘗語莊子以好樂有諸 王變乎色曰 寡人非能好先王之樂也 直好世俗之樂耳 曰 王之好樂甚 則齊其庶幾乎 今之樂由古之樂也 曰 可得聞與 曰 獨樂樂 與人樂樂 孰樂 曰 不若與人 曰 與少樂樂 與衆樂樂 孰樂 曰 不若與衆.

臣請爲王言樂 今王鼓樂於此 百姓聞王鍾鼓之聲 管籥之音 擧疾首蹙頞而相告曰 吾王之好鼓樂 夫何使我至於此極也 父子

不相見 兄弟妻子離散 今王田獵於此 百姓聞王車馬之音 見
羽旄之美 擧疾首蹙頞而相告曰 吾王之好田獵 夫何使我至於
此極也 父子不相見 兄弟妻子離散 此無他 不與民同樂也.
今王鼓樂於此 百姓聞王鍾鼓之聲 管籥之音 擧欣欣然有喜色
而相告曰 吾王庶幾無疾病與 何以能鼓樂也 今王田獵於此 百
姓聞王車馬之音 見羽旄之美 擧欣欣然有喜色 而相告曰 吾王
庶幾無疾病與 何以能田獵也 此無他 與民同樂也 今王與百
姓民同樂 則王矣.

● **주해** 莊暴(장포) 제 선왕의 신하. 庶幾(서기) 거의 가까운 것. 여기서
는 이상적 국가에 가깝다는 말. 獨樂樂(독락악) 낙악(樂樂)에서 앞의 낙
(樂)은 즐긴다는 뜻, 뒤의 것은 음악. 鼓樂(고악) 악기 연주. 고(鼓)는 여
기서는 연주한다는 뜻. 管籥(관약) 조기(趙岐)는 관(管)은 생(笙), 약
(籥)은 소(簫)라고 했다. 관은 단순한 피리인지 몰라도 약은 다수의 구
멍을 가진 악기, 즉 생·소의 종류. 蹙頞(축알) 알(頞)은 콧대, 축(蹙)은
움츠리는 것. 즉 얼굴을 찡그리는 것. 羽旄(우모) 깃털과 소꼬리. 중국의
기에는 깃털을 단 것이 많았다.

● **평석** 선왕이 음악을 좋아하는 것을 들어 백성과 함께 즐긴다면 훌
륭한 왕이 될 수 있다고 맹자는 말했다. 사람은 누구나 약간의 좋은
점을 가지고 있으므로 맹자는 선왕의 그런 점을 일단 인정하고 나서
그것을 확대하도록 유도하였다. 이것은 그의 성선설(性善說)에 입각
한 논리로 보인다. 이러한 논리는 2~5장에서도 같은 식으로 전개되
고 있다. 즉 선왕이 동산 짓기를 좋아하고, 용맹을 좋아하고, 미인을
좋아하는 데 대하여 그 마음을 백성들에게까지 확장하라고 말했다.

2. 제 선왕이 물었다.
"주나라 문왕의 동산은 사방이 70리 넓이였다고 하는데 그렇습니

까?"

맹자가 대답했다.

"전하는 바 그렇습니다."

"그렇게나 컸습니까?"

"백성들은 그래도 작다고 생각했습니다."

"과인의 동산은 사방이 40리 넓이인데도 백성들이 그것을 크다고 생각하는데 어째서입니까?"

"문왕의 동산은 사방이 70리 넓이이지만 꼴을 베고 나무하는 사람들도 들어갈 수 있으며, 또 꿩이나 토끼 잡는 사람들도 들어갈 수 있었습니다. 문왕은 동산을 백성들과 함께하였으므로 백성들이 작다고 생각한 것도 당연하지 않겠습니까? 저는 처음에 제나라 국경에 와서 나라에서 엄격하게 금하는 것이 무엇인가를 물어본 후에 감히 들어왔습니다. 제가 들으니 교외 관문 안에 사방 40리 넓이의 동산이 있는데 그곳의 크고 작은 사슴을 죽이면 살인과 같은 죄로 벌준다고 했습니다. 그것은 바로 나라 안에 사방 40리 넓이의 함정을 파놓은 것입니다. 백성들이 크다고 생각하는 것 역시 당연하지 않습니까?"

齊宣王問曰 文王之囿方七十里有諸 孟子對曰 於傳有之 曰若是其大乎 曰 民猶以爲小也 曰 寡人之囿方四十里 民猶以爲大何也 曰 文王之囿方七十里 芻蕘者往焉 雉兎者往焉 與民同之 民以爲小 不亦宜乎 臣始至於境 問國之大禁 然後敢入 臣聞郊關之內有囿 方四十里 殺其麋鹿者 如殺人之罪 則是方四十里 爲阱於國中 民以爲大 不亦宜乎.

● **주해** 芻蕘者(추요자) 꼴을 베는 사람이나 나무하는 사람. 雉兎者(치토자) 꿩이나 토끼 잡는 사람. 麋鹿(미록) 크고 작은 사슴. 麋(큰사슴 미).

阱(정) 구덩이. 나라 안에 파놓은 함정.

3. 제 선왕이 물었다.

"이웃 나라와 사귀는 좋은 도리가 있습니까?"

맹자가 대답했다.

"있습니다. 오직 인덕이 있는 왕이라야 나라가 커도 작은 나라를 잘 다룰 수 있습니다. 그러므로 은 탕왕(湯王)이 갈백(葛伯)을 잘 도왔고, 주 문왕(文王)이 오랑캐 곤이(昆夷)를 잘 다루었습니다. 또 지혜로운 군주라야 나라가 작아도 큰 나라를 잘 다룰 수 있습니다. 그러므로 주 태왕(太王)이 훈육(獯鬻)을 잘 달랬고, 월 구천(勾踐)이 오 부차(夫差)를 잘 섬겼습니다. 큰 나라의 왕이면서 작은 나라를 잘 도와주는 것은 하늘의 도리를 즐겁게 따르는 사람입니다. 작은 나라의 군주이면서 큰 나라를 잘 섬기는 것은 하늘의 도를 두려워하는 사람입니다. 천도를 즐겁게 따르고 순종하는 사람은 천하를 잘 보존할 수 있고, 천도를 두려워하는 사람은 나라를 잘 보존할 수 있습니다. 《시경》에 '하늘의 위엄을 두려워하여, 나라를 잘 간직한다.'라고 했습니다."

왕이 말했다.

"참으로 원대한 말씀입니다. 과인은 무용(武勇)을 좋아하는 병이 있습니다."

맹자가 대답했다.

"왕께서는 작은 무용을 좋아하지 마십시오. 무릇 칼을 잡고 눈을 흘기며 '저자가 감히 어디라고 나에게 덤비느냐?'라고 하는 것은 평범한 남자의 무용이며, 한 사람을 상대하는 것입니다. 왕께서는 큰 무용을 하시기 바랍니다. 《시경》에 있습니다. '문왕이 한번 화를 내시고 군사를 정비하시고, 거(莒)로 가는 것을 막고, 주(周)나라의 복과 백성의 행복을 두텁게 했노라. 이로써 천하의 소망에 보답했노라.' 이것이 문왕의 무용(武勇)입니다. 문왕이 한번 노하자 천하 만민이 편안해졌습니다. 《서경》에 있습니다. '하늘이 땅에 만민을 내려 살게 하시고 왕과 스승을 세우셨으니, 그 뜻은 바로 상제(上帝)를 도와서 하늘의 은총(恩寵)을 사방 만민에게 주고자 해서이다. 그러므로 죄를 짓느냐 짓지 않느냐는, 오직 나에게 있노라. 천하에 어느 누가 감히 참월(僭越)할 수 있겠는가?' 한 사람이라도 제멋대로 행동하는 사람이 있다면 무왕(武王)은 부끄럽게 여겼습니다. 이것이 무왕의 무용입니다. 무왕 역시 한번 노하고 천하 만민을 안락하게 했습니다. 지금 왕께서도 한번 화를 내시고 천하 만민을 안락하게 하신다면, 백성들은 오직 왕께서 무용을 좋아하지 않을까 두렵게 여길 것입니다."

齊宣王問曰 交鄰國有道乎 孟子對曰 有 惟仁者爲能以大事小 是故湯事葛 文王事昆夷 惟智者爲能以小事大 故大王事獯鬻 勾踐事吳 以大事小者 樂天者也 以小事大者 畏天者也 樂天者 保天下 畏天者 保其國 詩云 畏天之威 于時保之. 王曰 大哉言矣 寡人有疾 寡人好勇 對曰 王請無好小勇 夫撫劍疾視曰 彼惡敢當我哉 此匹夫之勇 敵一人者也 王請大之 詩云 王赫斯怒 爰整其旅 以遏徂莒 以篤周祜 以對于天下 此文王之勇也 文王一怒 而安天下之民 書曰 天降下民 作之君 作之師 惟曰 其助上帝 寵之四方 有罪無罪 惟我在天下曷敢有越厥志 一人衡行於天下 武王恥之 此武王之勇也 而武王 亦一怒而安天下之民 今王亦一怒 而安天下之民 民惟恐王之不好勇也.

●주해 以大事小(이대사소) 큰 나라이면서 작은 나라를 도와주다. 湯事葛(탕사갈) 은(殷)의 탕왕(湯王)이 갈(葛)을 도와주었다. 文王事昆夷(문왕사곤이) 주(周) 문왕이 서쪽 오랑캐 곤이(昆夷)의 침략을 무력으로 응징

하지 않고, 잘 타일러 평화적으로 수교하게 도와주었다. 大王(태왕) 태왕(太王). 문왕의 조부 고공단보(古公亶父). 勾踐事吳(구천사오) 월(越) 임금 구천은 오(吳)와 싸워 패하자, 오왕 부차(夫差)의 노예가 되고, 굴욕을 참고 견디었다. 마침내 구천은 재기하여 오나라를 치고 설욕(雪辱)했다. 樂天者(낙천자) 하늘의 도를 즐거이 따르는 사람. 畏天者(외천자) 하늘의 도를 두려워하는 사람. 詩云(시운)《시경》주송(周頌) 아장편(我將篇)의 구절. 時(시) 시(是)와 같음. 大哉言矣(대재언의) 선생의 말씀은 너무 원대하다. 小勇(소용) 혈기로 싸움하는 것. 대용(大勇)은 의리(義理)에서 나옴. 疾視(질시) 눈을 부릅뜨고 보다. 詩云(시운)《시경》대아(大雅) 황의편(皇矣篇)의 구절. 인용한 시가 원문과 약간 다르다. 赫斯(혁사) 혁(赫)은 불끈, 한바탕. 사(斯)는 어조사. 爰整其旅(원정기려) 자기의 군대를 정비하고. 원(爰)은 어조사로 '이에, 그리고'로 풀이함. 여(旅)는 무리, 군대의 뜻. 遏徂莒(알조거) 알(遏)은 가로막다, 차단하다. 조(徂)는 가다〔往〕의 뜻. 거(莒)는 지금의 산동성(山東省)에 있던 작은 나라. 祜(호) 행복, 복지. 書曰(서왈)《서경》주서(周書) 태서편(泰誓篇). 天降下民(천강하민) 하늘이 지상에 만민을 내려 살게 하다. 志(지) 하늘의 뜻. 衡行(횡행) 제멋대로 횡행(橫行)하다. 난을 일으킨다는 뜻.

4. 제 선왕이 설궁(雪宮)에서 맹자를 만났다. 왕이 말했다.
"현자도 역시 이러한 즐거움이 있습니까?"
맹자가 대답했다.
"있습니다. 백성은 즐거움을 함께 누리지 못하면 임금을 비방합니다. 임금과 함께 즐거움을 누리지 못한다고 임금을 비난하는 것은 잘못입니다. 임금께서 백성을 다스리면서 백성과 함께 즐기지 않는 것도 역시 잘못입니다. 임금이 백성의 즐거움을 즐겁게 여기면 백성 역시 임금의 즐거움을 즐겁게 여기고, 임금이 백성과 함께 걱정하면, 백성도 역시 임금이 걱정하는 것을 걱정합니다. 즐거움을 천하와 함께하고, 걱정을 천하와 함께하고도 임금이 되지 못한 예는 지금까지 없습니다.

옛날에, 제(齊) 경공(景公)이 재상 안자(晏子)에게 물었습니다. '내가 전부(轉附)와 조무(朝儛)를 보고 바다를 따라 남쪽으로 가서 낭야(琅邪)까지 가려 합니다. 어떻게 해야 옛 선왕들의 유람에 비할 수 있습니까?' 안자가 대답했습니다. '잘 물으셨습니다. 천자가 제후의 나라로 가는 것을 순수(巡狩)라고 하는데, 순수는 제후가 지키고 있는 곳을 두루 돌아본다는 뜻입니다. 제후가 입조(入朝)하여 천자에게 알현하는 것을 술직(述職)이라고 하는데, 술직은 제후가 맡은 직무에 관해서 보고한다는 뜻입니다. 순수나 술직이나 목적이 없는 것이 아닙니다. 봄에는 경작을 살피고 부족한 것을 보충해 주고, 가을에는 추수를 살피고 모자라는 것을 보조했습니다. 하(夏)의 속담에, '우리 임금께서 봄에 돌보아주시지 않으면 우리는 어떻게 안심하고 쉴 수가 있겠는가? 우리 임금께서 가을에 돌봐주시지 않으면 우리가 어떻게 도움을 받겠는가?'라고 했습니다. 봄이나 가을에 순시하는 것이 제후들에게 본보기가 되었습니다.

지금은 그렇지 않습니다. 임금의 행차에 많은 군대가 수행하고, 많은 양식을 먹으므로 굶주린 백성들이 더욱 먹지를 못하고, 백성들은 쉬지도 못합니다. 백성들은 서로 성난 눈으로 흘겨보며, 헐뜯고 욕하며, 백성들이 나쁜 마음을 품습니다. 임금이 명을 어기고 백성을 학대하고 흘러가는 강물처럼 먹고 마시고, 또 끝없이 계속해서 거칠고 무도한 짓을 함으로써 작은 나라나 지방을 다스리는 제후들의 걱정거리입니다. 물의 흐름을 따라 내려가기만 하고 돌아오지 못하는 것을 '유(流)'라 하고, 거슬러 올라가기만 하고 돌아오지 못하는 것을 '연(連)'이라 하고, 짐승을 쫓아가서 끝없이 사냥하고 물릴 줄 모르는 것을 '황(荒)'이라 하고, 술 마시고 노는 것을 끝없이 즐기는 것을 '망(亡)'이라 합니다. 옛 임금들은 '유'나 '연'의 즐김이나 '황'이나 '망' 같은 행동이 없으셨습니다. 오늘 임금께서 그런 일을 하려고 하십니까?' 안자의 말을 듣고 경공이 기뻐했으며 대대적으로 명을 내리고, 또 몸소 교외에 나가서 묵고 이에 비로소

나라의 창고를 열고 곡식을 풀어서 백성들의 부족한 것을 보충해
주었습니다. 음악을 관장하는 태사를 불러서 '나를 위해서 임금과
백성이 함께 즐길 수 있는 음악을 만들라.'고 말했습니다. 대개 '치소
(徵韶)'와 '각소(角韶)'가 그것입니다. 그 시에 '임금을 좋아하는 것
이 어찌 허물이 되나?'란 말이 있습니다. 휵군(畜君)은 임금을 좋아
한다는 뜻입니다."

齊宣王見孟子於雪宮 王曰 賢者亦有此樂乎 孟子對曰 有人
不得則非其上矣 不得而非其上者非也 爲民上而不與民同樂者
亦非也 樂民之樂者 民亦樂其樂 憂民之憂者 民亦憂其憂 樂
以天下 憂以天下 然而不王者未之有也.
昔者齊景公 問於晏子曰 吾欲觀於轉附朝儛 遵海而南 放於
琅邪 吾何脩而可以比於先王觀也 晏子對曰 善哉問也 天子
適諸侯曰巡狩 巡狩者巡所守也 諸侯朝於天子曰述職 述職者
述所職也 無非事者春省耕而補不足 秋省斂而助不給 夏諺曰
吾王不遊吾何以休 吾王不豫吾何以助 一遊一豫爲諸侯度.
今也不然 師行而糧食 飢者弗食 勞者弗息 睊睊胥讒 民乃作
慝 方命虐民 飲食若流 流連荒亡 爲諸侯憂 從流下而忘反謂
之流 從流上而忘反謂之連 從獸無厭謂之荒 樂酒無厭謂之亡
先王無流連之樂 荒亡之行 惟君所行也 景公說 大戒於國 出
舍於郊 於是始興發 補不足 召大師曰 爲我作君臣相說之樂
蓋徵招角招是也 其詩曰 畜君何尤 畜君者 好君也.

●**주해** 雪宮(설궁) 제 선왕의 호화로운 이궁(離宮). 산동성 임치현(臨淄
縣)에 있었다. 樂以天下(낙이천하) 즐거움을 천하와 함께하다. 齊景公(제
경공) 원래 제나라는 태공망(太公望)의 나라로, 선왕은 제나라를 찬탈한

전씨(田氏)의 후손이다. 晏子(안자) 제나라의 명상(名相) 안영(晏嬰). 저서에 《안자춘추(晏子春秋)》가 있다. 觀(관) 유람(遊覽), 시찰(視察), 순수(巡狩)의 뜻. 轉附(전부) 산동성 지부산(芝罘山). 朝儛(조무) 산동성 영성현(榮城縣). 바다를 내려다 볼 수 있는 명승지. 放(방) 이르다. 琅邪(낭야) 제나라 동남쪽 국경 근처에 있는 고을 이름. 何脩(하수) 어떻게 해야 하는가. 巡狩(순수) 제후가 지키는 곳을 순시(巡視)한다는 뜻. 述職(술직) 맡은 직무에 대해서 아뢴다는 뜻. 春省(춘성) 봄에는 농경을 둘러봄. 성(省)은 시찰한다는 뜻. 秋省(추성) 가을에는 추수를 살핌. 夏諺(하언) 하(夏)나라 때의 속언. 豫(예) 낙(樂)의 뜻. '안락하다'는 뜻과 아울러 '미리 도와주고 예비해 준다'는 뜻도 있다. 今也(금야) 안자(晏子) 시대를 가리킨다. 師行(사행) 군대가 수행하는 것. 사(師)는 2천5백 명의 부대. 糧(양) 볶은 쌀이나 말린 곡식 등. 睊睊(견견) 성난 눈으로 흘겨봄. 睊(흘겨볼 견). 胥讒(서참) 서로 마주 보고 헐뜯고 욕하다. 胥(서로 서), 讒(참소할 참). 民乃作慝(민내작특) 백성들이 임금에게 나쁜 마음을 품다. 원한을 품다. 方命(방명) 명을 어기다. '방(方)'을 '어기다, 거역하다'로 풀이함. 流連荒亡(유련황망) 끝없이 계속해서 거칠고 망할 짓을 하다. '황망(荒亡)'은 '황음무도(荒淫無道)'와 같은 뜻. 從獸(종수) 전렵(田獵), 즉 사냥하는 것. 荒(황) 폐(廢)하는 것. 流連之樂(유련지락) 물줄기를 타고 흘러가거나 반대로 거슬러 역행하는 일락. 戒(계) 명령. 出舍(출사) 임금이 자책하고 백성을 돌본다는 뜻. 興發(흥발) 창고를 열고 곡식을 풀어서 베풀다. 大師(태사) 악관(樂官). 음악을 관장하는 관리. 徵招角招(치소각소) 치소(徵韶)와 각소(角韶). 치(徵)와 각(角)은 오음(五音) '궁(宮)·상(商)·각(角)·치(徵)·우(羽)'의 두 곡조. 소(招)는 소(韶)로, 순(舜)임금의 음악. 畜君(휵군) 임금을 사랑함. 호군(好君)과 같은 말. 尤(우) 허물.

5. 제 선왕이 물었다.

"사람들은 모두 나에게 명당(明堂)을 헐라고 하는데 헐까요? 그대로 둘까요?"

맹자가 대답했다.

"명당은 임금의 공당(公堂)입니다. 임금께서 왕자(王者)의 정치를 원하시면, 헐지 마십시오."

왕이 말했다.

"왕자의 정치에 관하여 말씀해 주시겠습니까?"

맹자가 대답했다.

"옛날에 문왕(文王)이 기(岐)를 다스릴 때, 농민은 9분의 1을 세금으로 바쳤으며, 벼슬하면 자손에게 세습하게 했으며, 관문이나 시장에서는 부정한 일을 감독만 할 뿐, 별도로 세를 거두지 않았습니다. 늪과 못에 어량(魚梁)을 설치하고 고기 잡는 것을 금하지 않았으며, 죄인을 벌하되 처자에게 연루시키지 않았습니다. 늙고 아내 없는 사람을 홀아비라 하고, 늙고 남편 없는 사람을 과부라 하고, 늙어 자식 없는 사람을 고독한 사람이라 하고, 어린데 부모가 없는 아이를 고아라고 합니다. 이들 네 종류의 사람들이 천하의 궁민(窮民)이며 호소할 곳이 없는 사람들입니다. 문왕이 정치를 하고 인덕(仁德)을 베풀 때 반드시 이들 네 부류의 사람을 먼저 구제했습니다. 《시경》에 '부유한 사람들은 괜찮지만, 이들 의지할 데 없는 사람들이 가장 불쌍하다.'라고 했습니다."

왕이 말했다.

"참으로 좋은 말입니다."

"왕께서 좋게 여기신다면 왜 즉시 행하지 않으십니까?"

왕이 말했다.

"나는 나쁜 버릇이 있습니다. 나는 재물을 좋아합니다."

맹자가 대답했다.

"옛날에 공류(公劉)도 재물을 좋아했습니다. 《시경》에 '곡식을 들에도 쌓고 창고에도 쌓았도다. 말린 양곡과 곡식을 전대나 자루에 넣었도다. 모든 백성이 안락하고, 또 나라를 빛나게 하려고, 활과 화살을 메고 방패와 창과 크고 작은 도끼를 들고 비로소 대행진을 시작했노라.'라고 했습니다. 그러므로 남아 있는 사람에게는 들이나 창고의 곡식을 먹게 했고, 길을 가는 사람들에게는 전대나 자루에 넣은 곡식을 가지고 가서 먹게 했습니다. 그런 연후에 비로소 대이동을 시작했습니다. 왕께서도 재물이나 무력을 좋아하신다면 백성과 함께하십시오. 그렇게 하면 참다운 왕 노릇을 하는 데 무슨 문제가 있겠습니까?"

왕이 말했다.

"나에게는 나쁜 버릇이 있습니다. 나는 여자를 좋아합니다."

맹자가 대답했다.

"옛날에 태왕(太王)도 여자를 좋아하여 자기 왕비를 사랑했습니다. 《시경》에 '고공단보(古公亶父)가 아침에 말을 달려서 서쪽 물가를 따라 기산(岐山) 밑에 이르렀네. 강씨의 딸을 맞이하고 함께 와서 살았노라.'라고 했습니다. 당시는 안에는 원한을 품은 여자가 없고, 밖에도 홀아비가 없었습니다. 왕께서 여자를 좋아하시면 백성과 함께하십시오. 그러면 왕께서도 하실 수 있습니다."

齊宣王問曰 人皆謂我毁明堂 毁諸已乎 孟子對曰 夫明堂者 王者之堂也 王欲行王政則勿毁之矣 王曰 王政可得聞與 對曰 昔者文王之治岐也 耕者九一 仕者世祿 關市譏而不征 澤梁無禁 罪人不孥 老而無妻曰鰥 老而無夫曰寡 老而無子曰獨 幼而無父曰孤 此四者 天下之窮民而無告者 文王發政施仁 必先斯四者 詩云 哿矣富人 哀此煢獨.

王曰 善哉言乎 曰 王如善之 則何爲不行 王曰 寡人有疾 寡人好貨 對曰 昔者公劉好貨 詩云 乃積乃倉 乃裹餱糧 于橐于囊 思戢用光 弓矢斯張 干戈戚揚 爰方啓行 故居者有積倉 行者有裹囊也 然後可以爰方啓行 王如好貨 與百姓同之 於

王何有.

王曰 寡人有疾 寡人好色 對曰 昔者大王好色 愛厥妃 詩云
古公亶父 來朝走馬 率西水滸 至于岐下 爰及姜女 聿來胥宇
當是時也 內無怨女 外無曠夫 王如好色 與百姓同之 於王何
有.

● **주해** 已乎(이호) 그대로 둘까요, 그만둘까요. 昔者文王之治岐也(석자문
왕지치기야) 옛날 주(周) 문왕(文王)이 기(岐 : 섬서성 기산현岐山縣)를
다스릴 때. 서백(西伯)으로서 기를 다스렸다. 九一(구일) 9분의 1을 세
금으로 바치는 것. 정전법(井田法). 9백 묘(畝)의 농지를 정(井)자 모양
으로 9등분하고 8명의 농부가 공동으로 경작한다. 주변의 8백 묘는 사전
(私田)으로 각자가 소유하고, 가운데 백 묘는 공전(公田)으로 8명이 공
동으로 경작하고, 그 소출을 국가에 세금으로 바쳤다. 譏(기) '시찰하거
나 감독한다'는 뜻. 征(정) '통행세나 물품세를 거두다'의 뜻. 澤梁(택량)
택(澤)은 늪과 못, 양(梁)은 어량(魚梁)을 설치하고 고기를 잡는 것. 不
孥(불노) 처자(妻子)에게 연루시키지 않음. 노(孥)는 처자. 此四者(차사
자) 이들 네 종류의 불쌍한 사람들, 즉 '환과독고(鰥寡獨孤)'. 詩云(시운)
《시경》 소아(小雅) 정월편(正月篇)의 구절. 煢獨(경독) 경(煢)은 형제 없
는 사람, 독(獨)은 자식 없는 사람. 善哉言乎(선재언호) 참으로 좋은 말이
다. 公劉(공류) 주(周)의 시조 후직(后稷)의 증손. 민족의 영도자로 태
(邰)에서 빈(豳)으로 이동하여 농업을 진작하고 주(周)의 기틀을 공고히
했다. 詩云(시운) 《시경》 대아(大雅) 공류편(公劉篇)의 구절. 乃裹餱糧
(내과후량) 말린 곡식을 넣고 싸다. 裹(쌀 과), 餱(건량 후). 于橐于囊(우
탁우낭) 전대나 자루에. 橐(전대 탁), 囊(주머니 낭). 戢(집) 집(輯＝集).
편안하게 모여 산다는 뜻. 張(장) '마련하다, 갖추다'로 풀이함. 干戈戚揚
(간과척양) 간(干)은 방패, 과(戈)는 창, 척(戚)은 도끼[斧], 양(揚)은
큰 도끼[鉞]. 즉 모든 무기. 爰方啓行(원방계행) 이에 비로소 민족 이동의
대행진을 시작했다. 계(啓)는 시작하다. 빈(豳)으로 옮겨간다는 뜻. 何有
(하유) 어렵지 않다는 뜻. 大王(태왕) 고공단보(古公亶父). 詩云(시운)

《시경》대아(大雅) 면편(緜篇)의 구절. 古公亶父(고공단보) 공류(公劉)의
9대손이며, 문왕(文王)의 조부. 호는 고공(古公), 이름이 단보(亶父). 태
왕은 나중에 붙인 시호(諡號). 원래 빈(豳)에 살았으나, 포악한 오랑캐
가 침입하자, 무모한 싸움으로 백성들이 희생되는 것을 걱정하여 기산
(岐山) 밑으로 가서 새로 터를 잡고 주(周)라고 했다. 來(내) '왕(往)'이
나 '향(向)'으로 풀이하여도 됨. 率西水滸(솔서수호) 서쪽 물가를 따라. 즉
빈(豳) 서쪽을 흐르는 저수(沮水)나 칠수(漆水)를 따라서. 爰及姜女(원급
강녀) 원(爰)은 '이에, 거기서'의 뜻. 강녀(姜女)는 '강씨 성을 가진 여자'.
강(姜)은 서북의 유목 민족 강족(羌族)에 속한다. 태공(太公)의 비가 되
었으므로 '태강(太姜)'이라고도 한다. 聿來胥宇(율래서우) 함께 와서 같이
살았다. 율(聿)은 '함께'. 서(胥)는 '서로, 어울려'의 뜻. 우(宇)는 '살다'
의 뜻. 曠夫(광부) 광(曠)은 '공(空)'과 같음. '아내 없이 홀로 사는 사람'
의 뜻. 홀아비.

6. 맹자가 제 선왕에게 말했다.
"임금님의 신하가 다른 친구에게 자기 처자를 부탁하고 초나라로
갔다고 합시다. 돌아와 보니 자기 처자가 헐벗고 굶주렸다면 친구
를 어떻게 하시겠습니까?"
왕이 말했다.
"버려야 합니다."
"법을 다스리는 사사(士師)가 아래 관리를 단속하지 못하면 그 사
람을 어떻게 하시겠습니까?"
왕이 말했다.
"파면해야 합니다."
"나라가 잘 다스려지지 않으면 어떻게 하시겠습니까?"
왕은 좌우를 둘러보고 딴소리를 했다.

　　孟子謂齊宣王曰 王之臣有託其妻子於其友 而之楚遊者 比其

反也 則凍餒其妻子 則如之何 王曰 棄之 曰 士師不能治士
則如之何 王曰 已之 曰 四境之內不治 則如之何 王顧左右
而言他.

● **주해** 託(탁) 부탁의 뜻. 比(비) '이르러'의 뜻. 돌아와서 보니. 棄(기)
버리다. 절교(絕交)의 뜻. 士師(사사) 감옥을 관리하는 벼슬. 已之(이지)
파면하다.

7. 맹자가 제 선왕을 만나 말했다.
"이른바 전통이 오랜 나라는 사직단(社稷壇)에 높이 솟은 나무가
있음을 가리키는 것이 아니라, 몇 대를 이어온 훌륭한 신하가 있
는 나라를 말합니다. 왕께는 대대로 이어온 신하가 없습니다. 어
제 등용한 사람이 오늘은 죄를 범하여 사형에 처해질지 몰라서는
안정이 안 되는 법입니다."
왕이 말했다.
"내가 어떻게 그 사람이 재주 없음을 미리 알아서, 처음부터 쓰지
않도록 할 수 있겠습니까?"
"왕께서 어진 이를 등용할 때는 어쩔 수 없이 하는 것처럼 해야
합니다. 아랫사람을 윗사람 위에 앉히고, 관계가 먼 사람을 가까운
친척 이상으로 발탁하는 일이므로 신중하지 않을 수 있겠습니까? 왕
의 측근이 모두 그 사람이 어질다고 하는 것만으로는 부족합니다.
여러 대부가 모두 어질다고 하는 것만으로도 부족합니다. 나라 사
람들 모두 그 사람을 어질다고 하는 경우라면 잘 조사해서 과연
어질다는 판단이 서면 그 사람을 등용하십시오.
반대로 왕의 측근이 모두 안 된다고 하여도 그것을 곧이들으셔서
는 안 됩니다. 여러 대부가 모두 안 된다고 하여도 곧이들으셔서
는 안 됩니다. 나라 사람들 모두 안 된다고 하는 경우라면, 잘 조
사하여 과연 그렇다는 판단이 서면 그 사람을 면직시키십시오. 왕

의 측근이 모두 죽여야 한다고 하더라도 받아들이시면 안 됩니다. 여러 대부가 모두 죽여야 한다고 하더라도 마찬가지입니다. 나라 사람들 모두 죽여야 한다고 하는 경우라면, 잘 조사하여 과연 그만한 죄가 있다고 확신이 서면 죽이십시오. 그렇게 하신다면 왕께서 죽이신 것이 아니라, 나라 사람들이 죽인 것이 됩니다. 그렇게 하신다면 백성의 부모가 될 수 있습니다."

孟子見齊宣王曰 所謂故國者 非謂有喬木之謂也 有世臣之謂也 王無親臣矣 昔者所進 今日不知其亡也 王曰 吾何以識其不才而舍之 曰 國君進賢 如不得已 將使卑踰尊 疏踰戚 可不愼與 左右皆曰賢 未可也 諸大夫皆曰賢 未可也 國人皆曰賢 然後察之 見賢焉 然後用之 左右皆曰不可 勿聽 諸大夫皆曰不可 勿聽 國人皆曰不可 然後察之 見不可焉 然後去之 左右皆曰可殺 勿聽 諸大夫皆曰可殺 勿聽 國人皆曰可殺 然後察之 見可殺焉 然後殺之 故曰 國人殺之也 如此然後可以爲民父母.

●**주해** 故國(고국) 전통이 오래된 나라. 喬木(교목) 높은 나무. 사직단에 있는 신목(神木)을 가리킴. 世臣(세신) 조상 때부터 대대로 섬겨 온 신하.

●**평석** 제나라는 주초(周初)에 태공망(太公望)이 세운 나라가 아니라, 진(陳)으로부터 흘러온 전씨(田氏)가 선왕(宣王)의 부친 위왕(威王) 때, 즉 기원전 356년에 제나라의 왕권을 빼앗아 새로 세운 나라이다. 그러므로 이름은 제라 하였으나 선왕이 즉위한 기원전 319년까지는 건국한 지 37년밖에 되지 않은 새로운 나라였다. 전씨가 왕이 되자 여씨(呂氏)의 사직은 폐하고, 새로 사직이 세워져 거기에는 신목

(神木)이 심어졌다. 37년이므로 그 나무가 거목일 수는 없었다. 맹자가 신목이 높지 않은 것이 약점이 아니라, 대대로 섬겨 온 신하가 없는 것이 약점이라고 한 것은 참으로 날카로운 비평이다. 이런 역사적 배경을 이해할 때, 비로소 이 대화가 생기를 발할 수 있다. 지금까지 이 나무가 사직단에 심은 신목인 것을 몰랐으므로 이 대화의 묘미는 이해하지 못했다.

8. 제 선왕이 물었다.

"탕왕(湯王)이 걸왕(桀王)을 쫓아내어 천하를 취하고, 무왕(武王)은 주왕(紂王)을 쳐서 천하를 취하였다는데 그렇습니까?"

맹자가 대답했다.

"그렇게 전해옵니다."

"신하가 그 임금을 죽여도 됩니까?"

"인(仁)의 덕을 해치는 자를 적(賊)이라 하고, 의를 해치는 자를 잔(殘)이라고 합니다. 잔(殘)·적(賊)의 죄를 범한 자는 한 지아비에 지나지 않습니다. 한 지아비인 주(紂)를 죽였다는 말은 들었습니다만, 임금을 죽였다는 말은 듣지 못했습니다."

齊宣王問曰 湯放桀 武王伐紂 有諸 孟子對曰 於傳有之 曰
臣弒其君可乎 曰 賊仁者謂之賊 賊義者謂之殘 殘賊之人 謂
之一夫 聞誅一夫紂矣 未聞弒君也.

●**평석** 이 내용은 혁명의 정당성을 인정한 것이 된다. 백성의 지지를 받지 못하는 왕은 허수아비에 불과하므로 그런 왕을 죽이는 것은 죄가 아니라는 주장을, 왕 앞에서 말할 수 있음을 생각할 때 맹자의 소신도 대단함을 느끼게 한다. 선왕은 자기 아버지가 남의 나라를 빼앗음으로써 왕이 되었으므로 그 왕위의 정당성을 맹자가 인정한 것이 되기는 하겠으나 듣기에 섬뜩했을 것이다. 맹자가 앞 장에서 문벌과 관계없이

백성의 여론을 따라 인재를 등용해야 한다고 주장한 것과 아울러 생각하면 도시국가에서 영토 국가로 가는 당시에 있어, 무엇보다 백성의 여론이 소중함을 인식한 점에서 맹자는 획기적인 정치 사상가였음을 느끼게 한다.

9. 맹자가 제 선왕에게 말했다.

"큰 궁전을 지을 때는 반드시 우두머리 목수[도편수]에게 큰 재목을 구하게 합니다. 목수가 큰 재목을 얻으면 왕께서는 능히 그 일을 감당할 수 있게 되므로 좋아하실 것입니다. 밑에 있는 목수가 재목을 작게 토막 내면 왕께서는 그래서는 일을 감당하지 못하게 되므로 노하실 것입니다. 대체로 사람이 어려서 글을 배우는 목적은 장성하여 배운 대로 행동하기 위해서입니다. 왕께서 '잠시 그대가 배운 학문을 버리고 나를 따라야 한다.'라고 말씀하신다면 어떻게 되겠습니까? 지금 여기에 원석 옥이 있는데 그 값이 만 일(鎰)이나 되면, 왕께서는 반드시 그 원석을 보석공에게 쪼고 다듬게 할 것입니다. 나라를 다스리는 일에 있어서 '잠시 그대가 배운 학문을 버리고 나를 따르라.'고 말씀하시면 보석공에게 옥을 쪼고 다듬게 하는 것과 다르게 하십니까?"

孟子見齊宣王曰 爲巨室 則必使工師求大木 工師得大木 則王喜 以爲能勝其任也 匠人斲而小之 則王怒 以爲不勝其任矣 夫人幼而學之 壯而欲行之 王曰 姑舍女所學而從我 則何如 今有璞玉於此 雖萬鎰 必使玉人彫琢之 至於治國家 則曰 姑舍女所學而從我 則何以異於敎玉人彫琢玉哉.

● **주해** 巨室(거실) 큰 집. 큰 궁전. 工師(공사) 건축하는 총책임자. 우두머리 목수. 도편수. 匠人(장인) 공사(工師) 밑에 있는 여러 일꾼. 以爲(이위) '생각한다'로 풀이할 수도 있다. 姑(고) 잠시. 璞玉(박옥) 돌에 묻혀

있는 옥. 鎰(일) 황금 24량(兩). 무게 단위. 玉人(옥인) 옥을 다듬는 보석공.

10. 제나라가 연나라를 쳐서 승리하였다. 선왕이 물었다.

"나에게 연(燕)을 취하면 안 된다고 하는 사람도 있고, 혹은 취하라고 하는 사람도 있습니다. 만승(萬乘)의 나라인 제가 역시 만승의 나라인 연을 공격해서 50일 동안 정복을 끝냈으니, 사람의 힘으로는 하지 못했을 것입니다. 연을 취하지 않으면 하늘의 재앙을 받을 것 같은데, 취하는 것이 어떻겠습니까?"

맹자가 대답했다.

"연을 취하셔서 연나라 백성들이 기뻐한다면 취하십시오. 옛사람 가운데 그런 일을 한 사람이 있었으니, 무왕(武王)이 바로 그러하였습니다. 연을 취하는 것을 연나라 백성들이 기뻐하지 않으면 취하지 마십시오. 옛사람 가운데 그런 일을 한 사람이 있었으니, 문왕(文王)이 바로 그러하였습니다. 만승의 나라인 제나라가 만승의 나라인 연나라를 쳤을 때, 적국 백성들이 소쿠리에 밥을 담고 병에 장을 넣어 가지고 와서 왕의 군대를 맞이한 것은 어찌 다른 뜻이 있겠습니까? 물과 불같은 괴로움을 피하려는 것뿐입니다. 만약 연을 취함으로써 물 같은 고통이 점점 심해지고, 불같은 고통이 더욱 뜨거워진다면 그들의 지지는 옮겨갈 것입니다."

齊人伐燕勝之 宣王問曰 或謂寡人勿取 或謂寡人取之 以萬乘之國 伐萬乘之國 五旬而擧之 人力不至於此 不取 必有天殃 取之何如 孟子對曰 取之 而燕民悅 則取之 古之人 有行之者 武王是也 取之 而燕民不悅 則勿取 古之人 有行之者 文王是也 以萬乘之國 伐萬乘之國 簞食壺漿 以迎王師 豈有他哉 避水火也 如水益深 如火益熱 亦運而已矣.

● **주해** 萬乘(만승) 전차(戰車) 만 대. 천자(天子)가 만 대 정도의 전차를 가지고 있었는데, 제나라나 연나라를 만승의 나라로 표현한 것은 과장된 것 같다. 簞食(단식) 대 소쿠리에 담긴 밥. 壺漿(호장) 마실 것을 병에 담은 것.

● **평석** 기원전 316년이나 315년 무렵에 제나라 북쪽에 인접한 연나라에서 이변(異變)이 일어났다. 연왕 쾌(噲)가 대신인 자지(子之)를 신임한 나머지 태자 평(平)이 있음에도 자지에게 왕위를 넘겨주려 하였다. 이것은 요(堯)가 아들이 아닌 순(舜)에게 양위한 전설을 그대로 본뜨려 한 것이라고 볼 수 있다. 이 일은 그냥 넘어갈 문제가 아니었다. 태자 평은 귀족 불피(市被)와 결탁하여 내란을 일으켜 나라를 포위하고, 자지를 공격했다. 내란은 몇 달이나 계속되었고 태자 평과 시피는 전사했다.

기원전 314년, 제 선왕은 이러한 내란을 틈타 장군 광장(匡章)에게 명하여 대군을 이끌고 연에 침입하게 했다. 내란으로 시달리던 연의 백성들은 제나라 군대를 열렬히 환영했다. 제나라 군대는 승승장구하여 연왕 쾌를 죽이고 수도를 함락시켜 50일 만에 연의 주요 곳을 제압하였다. 이 승리가 있은 후 그대로 연나라를 점령하여 지배를 계속할 것인가, 아니면 철수해야 할 것인가 하는 양론이 대립해서 선왕은 결단을 내리지 못하고 있었다.

여기의 문답은 그러한 시기에 선왕이 맹자의 의견을 물은 데서 시작한다. 연나라 백성의 뜻에 따라 결정하라는 맹자의 답변은 그런대로 논리가 있다고 할 수 있으나, 일단 그 침략 전쟁은 승인하는 태도를 보였다.

전국시대의 외교 비화 등을 모은 《전국책(戰國策)》에 의하면 맹자는 제나라의 외국 점령 정책과 식민주의를 지지했을 뿐 아니라, 연나라에 내란이 일어났다는 소문에 접하자 '지금이야말로 연을 쳐서 문왕(文王)과 무왕(武王) 같은 통일왕조를 실현할 기회인, 이를 놓쳐서는 안된다.'고 선왕에게 건의한 것으로 되어 있다. 맹자가 전쟁 지지자였던 것은 〈공손추장구 하〉 제8장에서 '연을 쳐도 됩니까?'라는 심동(沈同)의 질문에, '쳐야 한다.'라고 대답한 것만 보아도 명백한 일이다. 맹자가 연나라를 침략하는 데 적극적이었던 것은 역사적 사실이라고 할 수 있다. 맹자의 이런 권력주의적 사고방식은 유교 학자가 일반적으로 생각하고 있는 왕도정치를 주장한 맹자의 이미지와는 사뭇 다르다.

11. 제나라가 연나라를 쳐서 점령하자, 제후(諸侯)들이 상의하여 연나라를 구하려고 했다. 선왕이 말했다.

"제후들이 나를 공격하려고 모의합니다. 어떻게 대처해야 합니까?"

맹자가 대답했다.

"저는 사방 70리밖에 안 되는 작은 나라이면서 천하를 통치하게 된 예를 알고 있습니다. 은(殷) 탕왕(湯王)이 그분이십니다. 사방 천리나 되는 나라를 가지고 있으면서 다른 나라를 두려워한다는 말은 듣지 못했습니다. 《서경》에 '탕왕은 정벌할 때, 갈(葛)나라부터 시작하셨다. 천하 사람들은 탕왕이 하는 일을 지지하여 탕왕이 동쪽을 향해 정벌을 떠나면 서쪽 오랑캐가 원망하고, 남쪽을 향해 떠나면 북쪽 오랑캐가 원망하여 어찌 우리를 뒤로 돌리시는가?'라고 했습니다. 백성이 탕왕 오기를 기다리는 것은 마치 큰 가뭄 끝에 비구름을 기다리는 것 같았습니다. 그러기에 탕왕의 군대가 정벌 중이라도 시장에 드나드는 사람은 평소와 다름없이 드나들었고, 밭을 가는 농민도 평소와 다름없이 일하였습니다. 탕왕이 무도한 군주를 죽여 그 백성을 어루만지셨으므로, 기다리고 있던 때 내리는 비와 같이 생각되어 마음으로부터 기뻐했습니다. 《서경》에 '우리 임금님께서 오시기를 기다리네. 임금님께서 오신다면 우리는 다시 살아나리라.'라고 하였습니다.

지금 연나라 왕이 그 백성을 못살게 하므로 왕께서 가셔서 정벌한 것입니다. 그러기에 연나라 백성은 자기들을 물과 불의 고통에서 구해주시리라 생각하여 밥을 소쿠리에 담고 장을 병에 넣어 가지고 와서 왕의 군대를 맞이했습니다. 만약 왕께서 그 나라 부형들을 죽이고, 그들의 자제를 잡아가고, 그들의 종묘를 헐고 그 안에 있던 중요한 기물을 옮기신다면 이것이 어찌 허용되는 일이겠습니까? 천하의 제후들은 본래부터 제나라가 강국임을 두려워하고 있습니다. 지금 그 영토는 배로 늘어났건만 왕께서는 어진 정치를 하지 않는다면 이는 천하의 군대를 움직여 제나라로 향하게 하는 결과가 됩니다. 그러므로 왕께서는 곧 명령을 내려 노인이나 어린이를 돌려보내고, 또 그들의 종묘에 있던 기물도 반환하고, 연나라 백성과 상의해서 그들의 왕을 세운 다음 철수한다면 제후들의 침입을 그치게 할 수 있을 것입니다."

齊人伐燕取之 諸侯將謀救燕 宣王曰 諸侯多謀伐寡人者 何以待之 孟子對曰 臣聞七十里 爲政於天下者 湯是也 未聞以千里畏人者也 書曰 湯一征 自葛始 天下信之 東面而征 西夷怨 南面而征 北狄怨 曰奚爲後我 民望之 若大旱之 望雲霓也 歸市者不止 耕者不變 誅其君 而弔其民 若時雨降 民大悅 書曰 徯我后 后來其蘇.

今燕虐其民 王往而征之 民以爲將拯己於水火之中也 簞食壺漿 以迎王師 若殺其父兄 係累其子弟 毀其宗廟 遷其重器 如之何其可也 天下固畏齊之强也 今又倍地 而不行仁政 是動天下之兵也 王速出令 反其旄倪 止其重器 謀於燕衆 置君而後去之 則猶可及止也.

● **주해** 書曰(서왈)《서경》상서(商書) 중훼지고(仲虺之誥)의 구절. 一征(일정) '처음에 정벌했다'의 뜻. 葛(갈) 하(夏) 시대에 하남성 동군(東郡)에 있던 작은 나라. 종묘 제사를 제대로 지내지 않다가 탕왕의 정벌을 받았다고 한다. 霓(예) 무지개. 徯(혜) 기다리다. '대(待)'와 같음. 重器(중

기) 종묘의 제사 때 사용하던 청동기. 고대에 신성한 그릇이라 하여 매우 소중히 여겼다. 倍地(배지) 연나라 땅을 점령하고 토지를 두 배로 한다는 뜻. 旄倪(모예) 모(旄)는 8, 90세의 노인으로 모(耄)와 같음. 예(倪)는 어린아이.

● **평석** 제나라의 연나라에 대한 침공은 진(秦) · 조(趙) · 한(韓) · 위(魏) 등 여러 나라의 균형을 무너뜨리는 큰 사건이었다. 그러므로 이들 나라는 함께 제나라에 출병해서 간섭하려 하였다. 제10장에서도 말한 것과 같이 맹자는 연나라에 대한 침략을 적극 추진한 사람이기도 하다. 그러나 그것이 실패로 돌아갔음을 알자, 점령 지역의 민심을 어루만지고 곧 철수할 것을 건의했다.

물론 그럴 수밖에 없는 정세이기도 했지만, 이것은 매우 결단 있는 전환이었다고 할 수 있다. 연에 대한 간섭을 주장한 것이 잘못이었다고 한다면, 이 사후 수습책은 맹자의 정치가적 양심과 역량을 보인 것이라고 할 수 있다. 또 이것으로써 선왕을 내세워 천하를 통일하여 왕도정치의 이상을 실현하고자 했던 맹자의 꿈도 사상누각처럼 무너졌다. 좌절감을 안고 맹자가 제나라를 떠난 것은 그로부터 얼마 지나지 않아 서로 보인다.

12. 추(鄒)나라가 노나라와 싸웠다. 추나라 목공(穆公)이 맹자에게 물었다.

"우리 군대의 지휘관이나 귀족들은 33명이나 죽었으나 일반 백성은 죽은 자가 한 명도 없었습니다. 그들을 잡아서 죽이려 해도 모두 죽일 수 없습니다. 죽이지 않으면 백성들이 윗사람 죽는 것을 미운 눈초리로 보기만 하고 도와주지 않는 것이니, 어떻게 하면 되겠습니까?"

맹자가 대답했다.

"흉년이 들고 굶주릴 때 임금님의 백성은, 노약자는 도랑이나 구덩이에 떨어져 굴렀으며, 젊은 사람은 뿔뿔이 흩어져 사방으로 간 사람의 수가 수천 명이나 되었습니다. 그러나 임금님의 곡물 창고에는 곡식이 가득 차 있었고, 재물 창고에는 재물이 가득 차 있었습니다. 그래도 관리들이 임금님에게 고하지 않았으니 이는 곧 윗사람이 태만하고 관리가 잔학했던 것입니다. 증자(曾子)가 말했습니다. '삼가고 또 삼가야 한다. 그대로부터 나간 것이 그대에게 되돌아온다.' 백성들은 지금 뒤늦게 갚으려 한 것입니다. 임금님께서는 탓하지 마십시오. 임금님이 어진 정치를 하시면 그 백성들이 윗사람을 친애하고, 또 윗사람을 위해서 죽기도 할 것입니다."

鄒與魯鬨 穆公問曰 吾有司死者三十三人 而民莫之死也 誅之則不可勝誅 不誅則疾視其長上之死而不救 如之何則可也 孟子對曰 凶年饑歲 君之民 老弱轉乎溝壑 壯者散而之四方者 幾千人矣 而君之倉廩實 府庫充 有司莫以告 是上慢 而殘下也 曾子曰 戒之戒之 出乎爾者 反乎爾者也 夫民今而後得反之也 君無尤焉 君行仁政 斯民親其上 死其長矣.

● **주해** 鄒(추) 산동성(山東省)에 있던 작은 나라. 본래는 주루(邾婁)가 다스렸으나, 전국(戰國) 시대에는 노(魯)나라에 속했다. 鬨(홍) 싸우다. 싸우면서 고함을 친다는 뜻. 有司(유사) 원래는 '일을 담당한 관리'의 뜻이나, 여기서는 지휘관이나 귀족들의 뜻. 溝壑(구학) 溝(도랑 구), 壑(골 학). 廩(늠) 창고. 곳집. 戒之戒之(계지계지) 삼가고 또 삼가야 한다.

13. 등(滕) 문공(文公)이 물었다.
"등(滕)은 작은 나라이며, 제나라와 초나라 사이에 끼어 있습니다. 제나라를 섬겨야 합니까, 초나라를 섬겨야 합니까?"
맹자가 대답했다.

"그러한 계략은 제가 말할 수 있는 바가 아닙니다. 부득이 말한다면 한 가지 방도가 있을 뿐입니다. 성(城) 밖에 해자(垓字)를 깊이 파고, 또 성벽을 굳게 쌓은 다음 백성과 함께 성을 지키는 데 목숨을 바쳐 백성들이 떠나지 않게 하는 것만이 가능합니다."

> 滕文公問曰 滕小國也 間於齊楚 事齊乎 事楚乎 孟子對曰 是
> 謀非吾所能及也 無已則有一焉 鑿斯池也 築斯城也 與民守
> 之 效死而民弗去 則是可爲也.

● **주해** 滕(등) 산동성(山東省) 등현(滕縣)에 있던 작은 나라. 제와 초는 모두 강대국이다. 文公(문공) 등나라의 임금으로 이름은 수(繡). 無已(무이) 부득이. 則有一焉(즉유일언) 즉 한 가지 방도가 있을 뿐이다. 效死(효사) 죽는 한이 있어도. 즉 나라에 목숨을 바치다.

14. 등 문공이 물었다.
"제나라가 장차 설(薛)에 성(城)을 쌓으려 하여 나는 매우 두렵습니다. 어떻게 하면 좋겠습니까?"
맹자가 대답했다.
"옛날에 태왕(大王)이 빈(邠)에서 살았는데 오랑캐가 침입하자, 빈을 떠나 기산(岐山) 아래로 가서 살았습니다. 그것은 택해서 취한 것이 아니고 부득이해서 간 것입니다. 적어도 착하게 다스리시면 후세의 자손 중에 반드시 훌륭한 임금이 나올 것입니다. 군자가 나라를 새로 세우고 좋은 전통을 전하게 하는 것은 나라가 계속 보존되기 위해서입니다. 그리고 성공하고 성공하지 못하고는 하늘에 달려 있습니다. 임금님께서 그들에 대해서 어떻게 하시겠습니까? 오직 힘을 다하여 착한 정치를 하십시오."

> 滕文公問曰 齊人將築薛 吾甚恐 如之何則可 孟子對曰 昔者

大王居邠 狄人侵之 去之岐山之下居焉 非擇而取之 不得已
也 苟爲善 後世子孫 必有王者矣 君子創業垂統 爲可繼也
若夫成功 則天也 君如彼何哉 彊爲善而已矣.

● **주해** 薛(설) 산동성(山東城) 등현(滕縣)에 있던 작은 도시국가로, 등
나라와 인접했다. 大王居邠(태왕거빈) 태왕은 주(周) 문왕(文王)의 조부
고공단보(古公亶父). 빈(邠)은 빈(豳)이라고도 쓴다. 狄(적) 북쪽 오랑
캐. 당시에 침입한 오랑캐는 훈육(獯鬻)이다. 創業垂統(창업수통) 창(創)
은 만든다는 뜻. 통(統)은 줄기, 즉 전통의 뜻. 나라를 새로 세워 전통을
전하는 것.

15. 등 문공이 물었다.
"등은 작은 나라입니다. 힘을 다해서 큰 나라를 섬기는데, 그들에
게서 벗어날 수 없으니, 어떻게 하면 좋겠습니까?"
맹자가 대답했다.
"옛날에 태왕(大王)이 빈(邠)에 거처할 때 북쪽 오랑캐가 침략해
왔습니다. 동물 가죽이나 비단을 주고 섬겨도 물러가지 않았고, 개
나 말 같은 동물을 주고 섬겨도 물러가지 않았고, 진주나 옥 같은
보물을 바치고 섬겨도 물러가지 않았습니다. 그래서 태왕은 노인들
을 모아놓고 말했습니다. '북쪽 오랑캐가 바라는 것은 우리의 토
지이다. 내가 들으니 군자는 백성을 양육하는 토지를 지키려고 싸
워, 백성을 해치고 죽게 하지 않는다고 한다. 여러분은 어찌 임금
이 없는 것을 걱정하오. 나는 떠나려고 하오.' 태왕이 빈을 떠났으
며 양산(梁山)을 넘어 기산(岐山) 아래에 마을을 이루고 살았습니
다. 그러자 빈 사람들이 말했습니다. '태왕은 어진 사람이니 잃으
면 안 된다.' 따라온 사람들이 시장에 몰리듯이 많았습니다. 어떤 사
람은 말했습니다. '나라는 선조로부터 대를 물려가면서 지켜오는 것
이고, 임금 혼자서 어떻게 할 수 있는 바가 아니다. 목숨을 걸고

지켜야 하며 떠나서는 안 된다.' 임금님께 청하건대 이 두 가지 중에서 하나를 택하십시오."

　滕文公問曰 滕小國也 竭力以事大國 則不得免焉 如之何則可 孟子對曰 昔者大王居邠 狄人侵之 事之以皮幣 不得免焉 事之以犬馬 不得免焉 事之以珠玉 不得免焉 乃屬其耆老而告之曰 狄人之所欲者 吾土地也 吾聞之也 君子不以其所以養人者害人 二三子何患乎無君 我將去之 去邠 踰梁山 邑于岐山之下居焉 邠人曰 仁人也不可失也 從之者如歸市 或曰 世守也 非身之所能爲也 效死勿去 君請擇於斯二者.

● **주해** 事之以皮幣(사지이피폐) 동물 가죽이나 비단을 바치고 섬기다. 屬(촉) '집합하다'는 뜻. 耆老(기로) 노인. 원로(元老). 邑(읍) '마을을 만들다'의 뜻. 歸市(귀시) 시장으로 가는 사람들이 모여드는 것.

16. 노나라 평공(平公)이 외출하려는데, 총애하는 신하 장창(臧倉)이 청하였다.
"다른 때는 임금님께서 외출하실 때는 반드시 가시는 곳을 유사(有司)에게 분부하셨습니다. 오늘은 마차를 말에 매어 출발 준비가 다 되었는데도 아직 유사는 가시는 곳을 알지 못하니, 황공하오나 부디 알려주십시오."
평공이 말했다.
"맹자를 만나러 가는 길이오."
"어찌 된 일입니까? 임금님의 체통을 가볍게 여기고 일개 필부를 그처럼 예우하는 것은 맹자를 현인이라고 생각하시는 까닭입니까? 무릇 예는 현인에게서 나온다고 들었습니다만, 맹자는 나중에 죽은 어머니 장례를 먼저 죽은 아버지의 장례보다 성대하게 하였다고 합니다. 임금님께서는 만나지 마십시오."

평공이 말했다.

"알겠다."

그 후에 악정자(樂正子)가 평공을 만나 말했다.

"임금님께서는 어째서 맹자를 만나시지 않으셨습니까?"

"어떤 사람이 나에게 '맹자는 나중에 행한 어머니 장례를 이전의 부친 장례보다도 성대히 올렸다.'고 하기에 만나러 가지 않았다."

"무슨 말씀이십니까? 임금님께서 장례를 이전보다 성대히 올렸다고 하심은. 전에는 사(士) 신분에 맞게 장례를 올렸고, 나중에는 대부(大夫)의 예를 썼다는 말씀이십니까? 전에는 솥이 세 개였는데 나중에는 다섯 개를 썼다는 말씀이십니까?"

"아니다. 관과 덧널과 수의가 전보다 좋았다고 하는구나."

"그렇다면 전보다 장례를 성대하게 올렸다고 탓할 수 없을 것입니다. 그 빈부가 같지 않았기 때문입니다."

악정자가 맹자를 만나 말했다.

"제가 임금님께 여쭈어 선생님을 찾아가 만나시기로 하셨습니다. 총애하는 신하 장창이 만류하여 임금님께서 오시지 않으셨던 것입니다."

맹자가 말했다.

"간다고 해도 가게 하는 것이 있고, 그치는 것도 그치게 하는 것이 있다. 가는 것이나 그치는 것이나, 사람 뜻대로 되는 것이 아니다. 내가 노공(魯公)을 만나지 못한 것은 하늘의 뜻일 것이다. 장창 같은 자가 어찌 나를 만나지 못하게 할 수 있겠는가?"

魯平公將出 嬖人臧倉者 請曰 他日君出 則必命有司所之 今
乘輿已駕矣 有司未知所之 敢請 公曰 將見孟子 曰 何哉 君
所爲輕身以先於匹夫者 以爲賢乎 禮義由賢者出 而孟子之後

喪踰前喪 君無見焉 公曰 諾.

樂正子入見曰 君奚爲不見孟軻也 曰 或告寡人曰 孟子之後
喪踰前喪 是以不往見也 曰 何哉 君所謂踰者 前以士 後以
大夫 前以三鼎 而後以五鼎與 曰 否 謂棺槨衣衾之美也 曰
非所謂踰也 貧富不同也.

樂正子見孟子曰 克告於君 君爲來見也 嬖人有臧倉者沮君 君
是以不果來也 曰 行或使之 止或尼之 行止非人所能也 吾之
不遇魯侯 天也 臧氏之子 焉能使予不遇哉.

● **주해** 魯平公(노평공) 재위 기원전 322~303년. 이름은 숙(叔). 嬖人
(폐인) 임금의 총애를 받는 신하. 乘輿(승여) 천자나 제후의 마차. 樂正子
(악정자) 맹자의 제자로 평공을 섬기고 있었다. 이름은 극(克). 三鼎(삼
정)·五鼎(오정) 삼정은 사(士)의 예로, 돼지고기·물고기·말린 포의 세
가지를 제물로 올리는 것이고, 오정은 대부(大夫)의 예로, 삼정에 양고
기와 썬 고기를 추가하여 제물로 올리는 것을 말한다. 槨(곽) 덧널. 시체
를 넣은 관을 다시 이중으로 싸는 관. 衾(금) 시체를 덮는 이불. 尼(일)
저지하다, 말리다.

● **평석** 맹자에게는 사치스러운 면이 있었던 것 같다. 그래서 자기가
할 수 있는 한 가장 성대하게 장례를 올렸다가 중상을 받아야 했다.
전후의 장례를 아버지와 어머니의 것으로 말하는 것이 통상적인 해석
인데, 생모와 계모의 장례로 보는 견해도 있다.

제3권

공손추장구(公孫丑章句) 상

〈공손추장구 상〉은 모두 9장으로, 왕도를 역설한 점은 다른 권과 마찬가지다. 여기서 주목할 것은 제2장이다. 도가(道家)의 자연철학적 사고방식에 대해 주의주의(主意主義)의 도덕철학을 주장한 점에서 맹자의 사상적 특징을 잘 나타내고 있다. 여기에 나오는 호연지기(浩然之氣) 개념도 원시 도가의 존재론적인 사상의 영향을 깊이 받아 그것을 주의적 · 정서적으로 발상한 것이라고 할 수 있다. 인간 중심인 유교 본래의 철학을 되찾은 셈이기는 하나, 원시 도가 사상을 충분히 소화하지 못했으므로 그 사고에는 모순이 있는 듯하다.

1. 공손추가 물었다.

"선생님께서 제(齊)나라에서 정치하게 되신다면 관중(管仲)이나 안자(晏子)의 공적을 다시 일으키시겠습니까?"

맹자가 말했다.

"그대는 정말 제나라 사람이로군. 관중과 안자밖에 모르는구나. 어떤 사람이 증서(曾西)에게 '선생과 자로(子路)는 누가 더 현명합니까?'라고 물었더니 증서는 황송한 듯한 표정으로, '그분은 우리 선친(先親)께서도 존경하던 분이었소.'라고 대답했다고 한다. '그러면 선생과 관중은 누가 더 현명합니까?'라고 묻자, 증서는 화난 얼굴로 불쾌한 듯이, '당신은 어째서 나를 관중에다 비교하오? 관중은 임금을 섬겨 그 신임을 받아 국정을 맡아 오래 재상 지위에 있었건만, 그 업적은 보잘것없었소. 당신은 어째서 나를 관중 같은 사람에게 비교하오?'라고 말했다고 한다. 이같이 관중에 비교하는 것은 증서도 원하지 않았거늘, 그대는 내가 관중처럼 되기를 원하느냐?"

"관중은 그 임금을 패자(霸者)가 되게 했고, 안자는 그 군주의 이름을 세상에 떨치게 했습니다. 그런데도 부족하다고 하시는 것입니까?"

"제나라 같은 대국의 군주라면 천하의 왕이 되는 것도 손바닥 뒤집는 것처럼 쉬운 일이다."

"그렇게 말씀하시니 저는 더욱 갈피를 잡지 못하겠습니다. 문왕(文王)이 덕으로 다스리다가 백 년 뒤에 돌아가셨는데, 그 덕은 천하에 두루 미치지는 못했습니다. 무왕(武王)과 주공(周公)이 그 덕을 계승하셔서 다스림이 크게 되었습니다. 지금 왕자(王者)가 되는 것이 그처럼 쉽다고 말씀하시는 것은 문왕도 본받기에 부족하다는 말씀입니까?"

公孫丑問曰 夫子當路於齊 <u>管仲晏子</u>之功 可復許乎 孟子曰 子誠齊人也 知管仲晏子而已矣 或問乎<u>曾西</u>曰 吾子與子路孰

賢 曾西蹙然曰 吾先子之所畏也 曰 然則吾子與管仲孰賢 曾
西艴然不悅 曰 爾何曾比予於管仲 管仲得君如彼其專也 行
乎國政如彼其久也 功烈如彼其卑也 爾何曾比予於是 曰 管
仲曾西之所不爲也 而子爲我願之乎.

曰 管仲以其君霸 晏子以其君顯 管仲晏子猶不足爲與 曰 以
齊 王由反手也 曰 若是則弟子之惑滋甚 且以文王之德 百年
而後崩 猶未洽於天下 武王周公繼之 然後大行 今言王若易
然 則文王不足法與.

● **주해** 管仲(관중) 제 환공(桓公) 때 재상으로 나라를 강국으로 만들었
다. 이름은 이오(夷吾). 晏子(안자) 제 경공(景公) 때 재상. 안영(晏嬰).
曾西(증서) 증자(曾子)의 아들이라고도 하고 손자라고도 한다. 공자의 제
자 증삼(曾參)의 손자 이름이라고도 하는 설이 있다. 蹙然(축연) 황송해
하는 모양. 艴然(불연) 발끈 성내는 모양. 由反手(유반수) 마치 손을 뒤집
는 것 같음. 아주 쉽다는 말. 유(由)는 유(猶)와 통용.

맹자가 말했다.
"문왕을 어찌 제나라 임금들과 같이 논하겠는가? 은(殷)은 탕왕(湯
王)에서 무정(武丁)에 이르기까지 성현(聖賢)의 임금이 6, 7명이
나 나와 천하가 은으로 돌아온 것이 오래되었다. 오랜 것은 고치
기가 어렵다. 무정에 이르러서는 제후를 복종하게 해서 완전히 천
하를 장악하셨으니 손바닥 위에 있는 물건을 움직이는 듯 뜻대로
할 수 있었다. 주왕(紂王)은 무정과 그다지 시대가 멀지 않았다.
그러기에 유서 있는 세신(世臣)과 전해오는 풍속, 유풍(流風)과 선
정(善政)이 지금까지 남아 있다. 또 미자(微子)·미중(微仲)·왕자
비간(比干)·기자(箕子)·교격(膠鬲) 등이 있었는데 모두 현인들이
었다. 이런 인물들이 주왕을 도왔으므로 오래 이어진 다음에야 망

했다. 한 자의 땅도 주왕의 소유가 아닌 것이 없고, 한 명의 백성도 주왕의 신하가 아닌 자가 없는 정세에서 문왕은 백 리 사방의 땅을 근거로 일어났으니 힘들었던 것도 결코 무리가 아니었다.

제나라 사람들에 이런 속담이 있다. '비록 지혜가 있어도 시운(時運)을 탄 사람만 못하고, 비록 괭이와 호미가 있어도 때를 기다림만 못하다.' 지금은 하려고만 들면 아주 쉬울 것이다. 하(夏)·은(殷)·주(周)의 국운이 왕성할 때도 천리 사방의 토지를 가진 나라는 없었는데, 제나라는 그런 넓은 영토를 가지고 있다. 닭 우는 소리와 개 짖는 소리가 서로 들려 그것이 사방의 국경까지 이를 정도로 인구가 많다. 더이상 토지를 넓힐 것도 없고 더이상 백성을 모을 필요도 없다. 어진 정치를 베푸는 임금이 된다면, 대세는 막을 수 없다.

그런데 훌륭한 왕자가 나타나지 않은 것이 지금처럼 오랜 적이 없었고, 백성이 가혹한 정치에 시달려 기력을 잃은 것이 지금처럼 심한 때는 없었다. 굶주린 자는 무엇이든 먹고, 목마른 자는 가리지 않고 마시는 법이다. 공자께서도 '덕이 퍼져가는 속도는 역(驛)을 두고 전령(傳令)을 보내는 것보다도 빠르다.'라고 말씀하셨다. 지금 제나라 같은 큰 나라가 어진 정치를 베푼다면 백성이 기뻐하는 일은 사람을 거꾸로 맨 줄을 풀어 준 것과 같을 것이다. 따라서 옛사람의 반 정도밖에 노력하지 않고도 성과는 그 배나 될 것이다. 오직 지금이 그렇다는 것이다."

曰 文王何可當也 由湯至於武丁 賢聖之君六七作 天下歸殷
久矣 久則難變也 武丁朝諸侯 有天下 猶運之掌也 紂之去武
丁未久也 其故家遺俗 流風善政 猶有存者 又有微子 微仲
王子比干 箕子 膠鬲 皆賢人也 相與輔相之 故久而後失之也
尺地莫非其有也 一民莫非其臣也 然而文王猶方百里起 是以

難也.

齊人有言曰 雖有知慧 不如乘勢 雖有鎡基 不如待時 今時則
易然也 夏后殷周之盛 地未有過千里者也 而齊有其地矣 雞
鳴狗吠相聞 而達乎四境 而齊有其民矣 地不改辟矣 民不改
聚矣 行仁政而王 莫之能禦也.

且王者之不作 未有疏於此時者也 民之憔悴於虐政 未有甚於
此時者也 飢者易爲食 渴者易爲飲 孔子曰 德之流行 速於置
郵而傳命 當今之時 萬乘之國 行仁政 民之悅之 猶解倒懸也
故事半古之人 功必倍之 惟此時爲然.

● **주해** 武丁(무정) 은(殷)나라 고종(高宗). 運之掌(운지장) 손바닥 위에
올려놓고 굴리듯이. 微子(미자) 주왕(紂王)의 형으로 이름은 계(啓). 微
仲(미중) 미자의 동생. 王子比干(왕자비간) 주왕의 숙부로, 주왕에게 간언
(諫言)하다가 죽임을 당했다. 箕子(기자) 주왕의 숙부. 공자는 미자, 기
자, 왕자 비간을 어진 세 사람〔三仁〕이라 하였다. 膠鬲(교격) 주왕 때의
현명한 신하. 鎡基(자기) 괭이와 호미. 농사짓는 도구. 疏(소) 오래됨. 郵
(우) 역(驛). 나라의 명으로 다니는 사람들이 말을 갈아타던 곳. 倒懸(도
현) 거꾸로 매달림. 즉 위험이 가까이 닥침.

● **평석** 맹자는 여기서도 왕도정치에 관하여 웅변을 토하고 있다. 그
가 제나라를 패자로 만드는 일 같은 것은 문제가 아니고, 천자로 만드
는 일도 매우 쉬운 일이라고 하자 공손추의 반격은 날카로웠다. 그렇
게 왕도의 실현이 쉽다면 문왕은 왜 당대에 실현하지 못했는가, 그는
하찮은 인물에 불과하냐고 하였다. 이것은 결정타에 가까운 것이라 할
수 있는데, 맹자는 당시와는 정세가 다르다는 이유를 내세워 얼버무릴
수 있었지만, 사실에 있어 근거는 충분하지가 않았다.

2. 공손추가 물었다.

"선생님께서 제나라 대신이 되어 정치적 이상을 마음껏 실현하실 수 있다면, 이것으로 인해서 제나라가 천하의 패자(霸者)나 왕자 (王者)가 될 것은 아무도 의심하지 않을 것입니다. 그렇게 된다면 마음이 동요하시지 않겠습니까?"

맹자가 말했다.

"아니다. 나는 40살부터 마음이 동요하는 일이 없었다."

"그렇다면 선생님께서는 맹분(孟賁)보다도 더 용감하신 셈입니다."

"그것은 어려운 일이 아니다. 고자(告子)는 나보다도 먼저 마음이 동요하지 않았다."

"마음이 동요하지 않게 하는 데는 방법이 있습니까?"

"있다. 북궁유(北宮黝)는 용기를 단련하기를, 살갗에 칼날이 꽂혀도 꿈쩍도 하지 않았고, 눈에 칼날이 들어와도 피하지 않았다. 남에게서 터럭만 한 모욕을 받아도 시장이나 조정에서 매 맞는 것같이 생각했다고 한다. 보잘것없는 옷을 입은 사람에게도 모욕받지 않고, 만승(萬乘)의 임금으로부터도 모욕받지 않았다. 만승의 임금을 칼로 찌르는 일을 보잘것없는 옷을 입은 사람을 칼로 찌르는 것과 같게 생각했다. 즉 그의 앞에서는 제후도 위엄을 유지하지 못한 것이다. 또 그에 대한 욕이 귀에 들어오면 반드시 복수하고야 말았다. 대체로 이런 사람이었다. 또 맹시사(孟施舍)는 용기를 단련하는 방식에 관하여 이렇게 말했다. '승산이 없는 경우에도 승리할 수 있다고 생각하면서 싸워야 한다. 적의 병력을 헤아려 자기네만 못할 때 비로소 진격하고, 승리할 자신이 섰을 때 비로소 싸우는 것은, 대군을 두려워하는 자가 하는 일이다. 이렇게 말하는 나라고 해서 어느 경우에나 이긴다고는 장담할 수가 없다. 그러나 어떤 적을 맞이해서도 겁을 내지 않는 것, 이것뿐이다.'

맹시사는 증자(曾子)를 닮았고, 북궁유는 자하(子夏)와 비슷한 점이 있다. 두 사람의 용기에서 어느 쪽이 나은지는 알 수 없으나 맹시사는 마음을 지켜 가는 요령은 알고 있는 것 같다. 예전에 증자는 제자인 자양(子襄)에게 이런 말을 한 적이 있다. '자네도 용기를 좋아하나? 나는 전에 공자로부터 대용(大勇)에 관하여 들은 적이 있네. 스스로 반성해서 자기가 곧지 않음을 알면 비록 상대가 보잘것없는 옷을 입은 사람이라도 내 어찌 두려워하지 않으랴? 스스로 반성해서 정당하다고 확신이 선다면, 비록 상대가 천만 명이라도 나는 나아가리라.' 이것으로 볼 때 맹시사가 마음을 지켜 가는 요령은 알고 있다 해도 역시 증자가 대용을 지키는 것만은 못할 것 같다."

公孫丑問曰 夫子加齊之卿相 得行道焉 雖由此霸王不異矣 如此則動心否乎 孟子曰 否 我四十不動心 曰 若是 則夫子過孟賁遠矣 曰 是不難 告子先我不動心.
曰 不動心 有道乎 曰 有 北宮黝之養勇也 不膚撓 不目逃 思以一毫挫於人 若撻之於市朝 不受於褐寬博 亦不受於萬乘之君 視刺萬乘之君 若刺褐夫 無嚴諸侯 惡聲至 必反之 孟施舍之所養勇也 曰 視不勝猶勝也 量敵而後進 慮勝而後會 是畏三軍者也 舍豈能爲必勝哉 能無懼而已矣.
孟施舍似曾子 北宮黝似子夏 夫二子之勇 未知其孰賢 然而孟施舍守約也 昔者曾子謂子襄曰 子好勇乎 吾嘗聞大勇於夫子矣 自反而不縮 雖褐寬博 吾不惴焉 自反而縮 雖千萬人吾往矣 孟施舍之守氣 又不如曾子之守約也.

● **주해** 孟賁(맹분) 고대의 용감한 사람으로 유명한데, 위(衛)나라 사람이라고도 하고, 제(齊)나라 사람이라고도 한다. 告子(고자) 이름은 불해(不害). 묵자의 제자로 언변에 능했으나, 행실은 좋지 않았다. 맹자보다는 나이가 많았다. 北宮黝(북궁유) 제나라의 용감한 사람이라고 하나 행적은 미상. 북궁(北宮)이 성, 유(黝)는 이름인지 자(字)인지 알 수 없다.

挫(좌) 모욕받는 것. 褐寬博(갈관박) 보잘것없는 옷. 갈(褐)은 털로 만든 옷감. 관박(寬博)은 품이 넓은 저고리. 孟施舍(맹시사) 맹(孟)이 성이라고도 하고, 맹시(孟施)가 성이라고도 한다. 용감한 사람인 듯하나 행적은 불명. 子襄(자양) 증자의 제자인 듯하다.

공손추가 말했다.

"감히 묻겠습니다. 선생님의 동요하지 않는 마음과 고자의 동요하지 않는 마음에 관하여 듣고 싶습니다."

"고자는 이런 말을 했다. '말로 이해되지 않는 것을 마음으로 이해하려 하지 말며, 마음으로 이해되지 않는 것을 기(氣)로 이해하려 하지 말라.' 마음으로 이해되지 않는 것을 기로 이해하려 하지 말라는 것은 그런대로 말이 된다. 그러나 말로 이해되지 않는 것을 마음으로 이해하려 하지 말라는 것은 잘못이다. 무릇 의지는 기(氣)의 지휘자요, 기는 육체에 충만해 있다. 그리하여 의지가 움직이면 기 또한 따라가게 마련이다. 그러므로 의지를 소중히 간직해서, 기를 손상하는 일이 없도록 해야 한다."

"선생님께서는 '의지가 움직이면 기도 따라간다.'라고 하시고 다시 '의지를 소중히 간직해서 기를 손상하는 일이 없도록 하라.'고 하셨습니다. 이것은 모순이 아닙니까?"

"의지가 한 곳으로 집중되면 기도 움직이고, 기가 한 곳으로 집중되면 의지도 움직이게 마련이다. 사람이 넘어지든가 달리든가 하는 것은 기가 그렇게 하는 것이지만, 그것으로 도리어 마음도 움직이고 있지 않은가?"

"실례입니다만, 선생님의 장점은 무엇입니까?"

"나는 남의 말을 모두 이해할 수 있다. 그리고 나는 호연지기(浩然之氣)를 기르고 있다."

"다시 여쭙겠습니다. 무엇을 호연지기라고 합니까?"

"말로 정의 내리기가 어렵다. 그 기운은 더할 수 없이 크고, 더할 수 없이 강하니 바르게 길러 방해만 하지 않으면, 천지 사이를 꽉 메운다. 또 이 기운은 의(義)와 도(道)를 떠나지 않는다. 만약 떠나면 굶주려 기운이 죽는 까닭이다. 호연지기는 의가 쌓여서 발생한 것이며, 의가 갑자기 호연지기를 만드는 것은 아니다. 사람의 행위가 의에 부합되지 않고, 마음을 만족시키지 못하면 호연지기는 굶주려 죽고 만다. 그래서 나는 고자가 의를 이해하지 못하는 것은 의를 마음 밖의 어딘가에 존재하는 것처럼 생각하기 때문이라고 하는 것이다.

호연지기를 기르기 위해 노력해야 하나, 그것에만 매여도 안 되고, 그것을 잊어서도 안 되고, 또 무리하게 조장(助長)해서도 안된다. 어리석은 송나라 사람을 본받지 않아야 한다. 송나라의 어떤 사람이 싹이 자라지 않는다고 걱정한 나머지 싹을 뽑아 주었다. 매우 지쳐서 돌아와, '오늘은 피곤하다. 나는 싹이 자라도록 도와서 늘여 주었다.'라고 가족에게 말했다. 아들이 급히 밭으로 달려가 보니 싹은 모두 시들어 있었다. 이것은 웃을 일이 아니다. 천하 사람들을 보건대, 이 송나라 사람처럼 싹을 도와준다고 잡아당겨서 늘이려고 하지 않는 사람은 드물다. 이런 일이 해가 됨을 알고 싹이 난 곡식을 버려두는 사람은 김을 매지 않는 사람이며, 이것을 돕는다고 잡아당기는 사람은 싹을 뽑는 사람이다. 다만 이익이 되지 않을 뿐 아니라 도리어 해를 주는 행동이다."

曰 敢問 夫子之不動心 與告子之不動心 可得聞與 告子曰 <u>不得於言 勿求於心 不得於心 勿求於氣</u> 不得於心 勿求於氣 可不得於言 勿求於心 不可 夫志 氣之帥也 氣 體之充也 <u>夫志至焉 氣次焉</u> 故曰 持其志 無暴其氣 旣曰 志至焉 氣次焉 又曰 持其志 無暴其氣者 何也 曰志壹則動氣 氣壹則動志也 今夫蹶者趨者 是氣也 而反動其心.

敢問 夫子惡乎長 曰 我知言 我善養吾浩然之氣 敢問 何謂
浩然之氣 曰 難言也 其爲氣也 至大至剛 以直養而無害 則
塞於天地之間 其爲氣也 配義與道 無是餒也 是集義所生者
非義襲而取之也 行有不慊於心 則餒矣 我 故曰 告子未嘗知
義 以其外之也.

必有事焉而勿正 心勿忘 勿助長也 無若宋人然 宋人有閔其
苗之不長 而揠之者 芒芒然歸 謂其人曰 今日病矣 予助苗長
矣 其子趨而往視之 苗則槁矣 天下之不助苗長者 寡矣 以爲
無益而舍之者 不耘苗者也 助之長者 揠苗者也 非徒無益 而
又害之.

● **주해** 不得於言 勿求於心 不得於心 勿求於氣(부득어언 물구어심 부득어심
물구어기) 고자(告子)의 이 말에 관하여 조기(趙岐)의 주를 비롯하여 주
자의 주석 등 이설이 분분하다. 주자의 설은 당시 여러 나라의 사상계에
서 유명했던 송견(宋銒)과 윤문(尹文) 등 원시 도가 사상에 근거를 두고
있으므로 《관자(管子)》 내업편(內業篇)에 의하면, 도는 천지에 차 있으
나 여간해서는 이해되지 않는다. 다만 마음을 편안히 하고 고요히 가져
야 그것의 이해가 가능해진다. 그것은 마음속에 있으면서 마음을 주재하
는 마음, 즉 마음속의 마음을 파악하는 것을 의미한다. 마음속의 마음은
소리가 되고 말이 되어 나타나는 것이니, 마음속의 마음을 이해하기 위
해서는 이 원초적인 언어를 파악하지 않으면 안 된다. 이것이 《관자》의
주장이다. 고자가 주장하는 '말로 이해되지 않는 것을 마음으로 이해하려
하지 말라.'에서 '말'은 이 원초적인 말을 가리킨다. 이 원초적인 말을 파
악하지 않고, 마음속의 마음이 아닌 보통 마음으로 아무리 이해하려 하
여도 소용없다. 대강 이런 뜻이다. '마음으로 이해되지 않는 것을 기(氣)
로 이해하려 하지 말라.'는 것의 근거도 《관자》 내업편에 나온다. 마음은
속에 있으나 용모에 나타남으로써, 선악(善惡)의 기가 되어 남과 접촉할
때 작용한다는 것이다. 이 감정의 표현에 해당하는 '기'가 그대로 여기에

해당한다. 속에 있는 마음을 파악하지 않고, 겉으로 나타난 감정을 아무리 추구해도 진정한 것은 이해되지 않는다는 의미다. 종래의 주석이 빗나갔던 것은 송견과 윤문의 학설을 배경으로 하여 이를 이해하려 하였기 때문이다. 夫志至焉 氣次焉(부지지언 기차언) 차(次)는 '머물다'의 뜻. 의지가 가는 곳에 기도 따라 머문다는 말. 청(淸) 모기령(毛奇齡)의 설을 따랐다. 必有事焉而勿正(필유사언이물정) 왕인지(王引之)의 설에 따라 정(正)을 정(定)의 뜻으로 풀이했다. 언제나 이 일에 종사해야 하지만, 지나치게 확실히 목표를 설정해도 안 된다는 뜻.

공손추가 말했다.
"남의 말을 알 수 있다고 하셨는데 무슨 말씀입니까?"
"편파적인 말에서는 남에게 폐를 끼치려는 의도를 알 수 있으며, 과장된 말에서는 남을 함정에 빠뜨리고자 하는 의도를 알 수 있으며, 사악한 말에서는 도리에서 벗어났음을 알 수 있으며, 변명하는 말에서는 궁지에 몰린 것을 알 수 있다. 이런 마음이 위정자에게 생겼다면 정치에도 해를 끼치며, 정치에서 발전하여 국가의 대사를 그르칠 수도 있다. 성인께서 다시 나타난다 해도, 반드시 내 말에 찬성하실 것이다."
"공자의 제자 중에 재아(宰我)와 자공(子貢)은 말을 잘했고, 염우(冉牛)·민자건(閔子騫)·안연(顔淵)은 덕행(德行)에 뛰어난 사람이었습니다. 공자께서는 이 두 가지를 겸비하고 계시면서도 '나는 말에 능하지 못하다.'라고 하셨습니다. 그렇다면 이 두 가지를 겸비하신 선생님께서는 이미 성인의 경지에 도달하신 것입니까?"
"오, 그것이 무슨 말이냐? 옛날에 자공이 '선생님께서는 성인이십니까?'라고 여쭙자, 공자께서는 '성인은 내가 미칠 바가 아니다. 나는 배우는 데 싫증 내지 않고, 가르치기에 게으르지 않은 것뿐이다.'라고 하셨다. 자공은 '배우는 데 싫증 내지 않으심은 지(智)입니다. 가르치기에 게으르지 않은 것은 인(仁)입니다. 인과 지를 갖

추셨으니 선생님은 성인이십니다.'라고 말씀드렸다. 성인이신 공자
께서도 자처하시지 않으셨거늘, 그것이 무슨 말이냐?"

"예전에 제가 들은 바로는 자하(子夏)·자유(子游)·자장(子張)은
모두 각기 공자의 일면을 계승하고 있었으나, 염우·민자건·안연
에 이르러서는 공자의 모든 점을 계승하기는 했어도 미미했다고 합
니다. 감히 묻습니다만 선생님께서는 어느 위치에 계십니까?"

"그 문제는 나중으로 미루자."

何謂知言 曰 詖辭知其所蔽 淫辭知其所陷 邪辭知其所離 遁
辭知其所窮 生於其心 害於其政 發於其政 害於其事 聖人復
起 必從吾言矣 宰我子貢善爲說辭 冉牛閔子顏淵善言德行 孔
子兼之 曰 我於辭命 則不能也 然則夫子旣聖矣乎 曰 惡 是
何言也 昔者子貢問於孔子曰 夫子聖矣乎 孔子曰 聖則吾不
能 我學不厭 而敎不倦也 子貢曰 學不厭智也 敎不倦仁也 仁
且智 夫子旣聖矣 夫聖 孔子不居 是何言也 昔者竊聞之 子夏
子游子張 皆有聖人之一體 冉牛閔子顏淵 則具體而微 敢問
所安 曰 姑舍是.

● **주해** 知言(지언) 남의 말을 듣고 판단하고 아는 것.

공손추가 말했다.

"백이(伯夷)와 이윤(伊尹)은 어떻습니까?"

"두 분은 각기 걸은 길이 달랐다. 이상적 임금이 아니면 섬기지 않
고, 의로운 백성이 아니면 부리지 않으며, 도(道)가 시행되면 나아
가 섬기고, 무도한 세상에는 물러나 숨은 것이 백이였다. 누구를
섬기면 임금이 아니며, 누구를 부린들 백성이 아니겠느냐며, 도가
시행되어도 섬기고, 무도한 세상이 되어도 섬기는 것이 이윤이었

다. 섬겨야 할 때면 섬기고, 물러가야 할 때면 물러가며, 오래 벼슬해야 할 때면 오래 벼슬하고, 빨리 그만두어야 할 때면 빨리 그만두는 것이 공자의 처세였다. 모두 옛 성인들이라서, 나는 그 어느 분의 태도도 실행할 능력이 없다. 그러나 될 수 있다면 공자의 태도를 본받고 싶은 것이 나의 심정이다."

"백이와 이윤은 공자와 같다는 말씀이십니까?"

"그렇지는 않다. 인류가 생긴 이래 아직 공자 같은 분은 계시지 않다."

"그러나 어딘가 같은 점이 있지 않겠습니까?"

"있다. 사방 백 리 땅을 얻어 임금이 되었다 해도 제후들을 복종시켜 천하를 통일하였을 것이다. 의롭지 않은 일을 하나만 하고, 무고한 사람을 한 명만 죽이면 천하를 얻을 수 있다고 하더라도 세 분 모두 하지 않았을 것이다. 이것이 같은 점이다."

"그러면 세 분의 다른 점을 말씀해 주십시오."

"재아·자공·유약(有若)의 지혜는 성인을 이해하기에 충분했고, 다소 부족한 점이 있다 해도 좋아하는 인물이라 해서 무턱대고 편들 사람들도 아니므로, 그들의 말을 들어보기로 하자. 재아는 말했다. '내가 보는 바로는 선생님께선 요순(堯舜)보다도 훨씬 뛰어나다고 생각한다.' 자공은 말했다. '그분이 정해 놓은 예(禮)를 보면 그 정치를 알 수 있고, 그분이 정해 놓은 음악을 들으면 그 덕을 알 수 있으니, 백 대 뒤에 앉아 백 대 이전의 임금을 비교해도 조금의 잘못도 생기지 않는다. 이렇게 비교하면, 인류가 생긴 이래 지금까지 선생님 같은 분은 계시지 않았다.' 유약은 말했다. '어찌 사람만이랴? 짐승에서의 기린, 새에서의 봉황, 언덕에서의 태산, 고인 빗물에서의 황하와 바다 등은 모두 유(類)에서는 같다. 일반 백성에서의 성인도 유에서는 마찬가지이다. 그 동류로부터 뛰쳐나오고, 그 무리로부터 뛰어난 점에 있어서 인류가 생긴 이래 공자보다 위대한 분은 없었다.'"

曰 伯夷伊尹何如 曰 不同道 非其君不事 非其民不使 治則
進 亂則退 伯夷也 何事非君 何使非民 治亦進 亂亦進 伊尹
也 可以仕則仕 可以止則止 可以久則久 可以速則速 孔子也
皆古聖人也 吾未能有行焉 乃所願 則學孔子也 伯夷伊尹於
孔子 若是班乎 曰 否 自有生民而來 未有孔子也 曰 然則有同
與 曰 有 得百里之地而君之 皆能以朝諸侯 有天下 行一不義
殺一不辜 而得天下 皆不爲也 是則同.

曰 敢問其所以異 曰 宰我子貢有若 智足以知聖人 汙不至阿
其所好 宰我曰 以予觀於夫子 賢於堯舜遠矣 子貢曰 見其禮
而知其政 聞其樂而知其德 由百世之後 等百世之王 莫之能違
也 自生民以來 未有夫子也 有若曰 豈惟民哉 麒麟之於走獸
鳳凰之於飛鳥 太山之於邱垤 河海之於行潦 類也 聖人之於
民 亦類也 出於其類 拔乎其萃 自生民以來 未有盛於孔子也.

● **주해** 伊尹(이윤)은(殷) 탕왕(湯王)을 섬긴 명재상. 垤(질) 흙이 수북
하게 솟아오른 곳. 개밋둑. 의봉(蟻封). 行潦(행료) 빗물이 고인 것.

● **평석** 여기의 문답은《맹자》에서 두 번째로 장편인데, 맹자가 신뢰
하는 제자의 질문에 대해 자기의 학문과 인생의 신조를 토로한 것으로
매우 중요한 의의를 지닌다. 그만큼 학자로서, 사상가로서의 맹자가
지닌 장점과 단점, 결함 등이 드러난 인상도 준다.
제나라의 대신이 되면 마음이 움직이지 않겠느냐는 질문에 대하여 '나
는 이미 그런 것쯤은 상관하지 않는다.'고 호언하는 장면은 자만과 자
신에 찬 맹자의 성격이 눈앞에 생생하게 느껴진다. 부동심(不動心)에
서 이야기는 용맹한 사람의 비교론으로 옮겨갔고, 그것이 다시 수양론
의 계기가 되었다. 전국시대의 대도시국가에는 협객(俠客) 무리가 많
았으며, 용맹을 경쟁하는 것은 그들의 일상사였을 뿐 아니라, 학자라

해도 이 시대에는 그만한 배짱이 없어서는 살아갈 수 없었다.

이야기는 '마음은 무엇인가?'라는 형이상학적 부분으로 들어갔는데, 고자(告子) 학설에 대한 맹자의 비판은 매우 주목된다. 고자는 묵자 학파에 속하는 것으로 생각되어 왔는데, 여기에 인용된 학설에 의하면 원시 도가에 속하는 송견과 윤문의 영향을 깊이 받은 듯하다. 맹자도 여러 나라를 중심으로 한 송견과 윤문 학파로부터는 꽤 영향을 받고 있다. 최고 원리로서의 도(道)는 형태가 없으나 천지 사이를 채우고 있다. 그것은 형태 있는 것들을 모두 채우는 것이지만, 특히 신체를 채우는 것, 그것이 기(氣)이다.

맹자는 원시 도가의 이러한 학설을 받아들여 천지에 충만한 호연지기(浩然之氣)를 생각해 냈다. 그러나 맹자는 속에 있으면서 기를 주재하는 의지를 중요시한 점에 있어서, 주의주의적(主意主義的) 입장을 취한 사람이었다. 송견과 윤문의 학설에서는 기는 우주에 충만한 무형의 것이어서 자연론의 입장에서 파악하고 있으나, 이것을 지배하는 인간의 의지를 중요시한 맹자의 주장은 획기적 전환이라 할 수 있다. 그러나 그 전환 과정이 학설로써 충분히 정리되고 체계화되지 못한 결함이 있다. 형이상학자로서의 맹자는 그다지 높은 경지에 이른 것은 아닌 듯싶다.

3. 맹자가 말했다.

"무력으로 인(仁)을 가장하는 것은 패자(覇者)이니, 패자는 반드시 큰 영토를 가지고 있어야 한다. 덕을 가지고 어진 정치를 하는 것은 왕자(王者)이니 왕자는 큰 나라가 아니어도 된다. 은(殷) 탕왕(湯王)은 70리, 주(周) 문왕(文王)은 백 리 사방밖에 안 되는 작은 나라를 가지고도 천하의 왕자가 되었다. 힘으로 남을 복종하게 하는 것은 심복(心服)과는 다르니, 힘이 모자라서 복종하는 것뿐이다. 이와 달리 덕으로써 남을 복종하게 하는 것은 진심으로 복종하게 하는 것이므로 70명의 제자가 공자에게 복종한 경우와 같다. 《시경》에 '서에서 동에서, 남과 북 가릴 것 없이, 고개 숙여 모두가 무릎을 꿇다.'라고 한 것은 이를 말한다."

孟子曰 以力假仁者霸 霸必有大國 以德行仁者王 王不待大
湯以七十里 文王以百里 以力服人者 非心服也 力不贍也 以
德服人者 中心悅 而誠服也 如七十子之服孔子也 詩云 自西
自東 自南自北 無思不服 此之謂也.

● **주해** 七十子(칠십자)《사기》공자세가(孔子世家)에 '육예(六藝)에 통달한 제자가 72명이다.'라고 했다. 詩云(시운)《시경》대아(大雅) 문왕유성(文王有聲)편의 구절. 無思不服(무사불복) 복종하지 않는 자가 없음. 사(思)는 뜻 없는 조자(助字).

● **평석** 패도(覇道)와 왕도(王道)는 맹자가 늘 문제 삼은 주제였으나, 그 구분을 명석하게 해 놓은 점에서 본 장을 취했다. 패자(覇者)란 제후의 우두머리라는 뜻이니 주(周) 왕권이 약해진 춘추시대에는 이 패자에 의해 질서가 그런대로 유지되었다. 맹자 시대, 즉 전국시대의 제후들에게 있어서는 이 패자가 되는 것이 하나의 꿈이었다. 그러나 맹자는 이 패자를 배격하고 진정한 왕자(王者)가 되라고 역설하고 다녔다.

인(仁)을 표방하면서도 무력으로 지배하는 것이 패자이니, 그런 패자가 되기 위해서는 큰 영토를 기반으로 하는 무력이 필수조건으로 따랐다. 그러나 왕자는 민중의 지지 위에 성립하므로, 반드시 대국이어야 하는 것은 아니라는 것이 맹자의 생각이다. 무력의 한계가 명확히 제시하였다고 할 수 있다.

4. 맹자가 말했다.

"어진 정치를 하면 나라가 번영하고, 어진 정치를 하지 못하면 나라가 치욕을 당하게 된다. 지금의 왕들은 치욕 당하기를 싫어하면서 어진 정치를 하려 하지 않으니, 이것은 마치 습기를 싫어하면서 여전히 낮은 습지에 사는 것과 같다. 만약 각국 왕들이 치욕 당하는 것을 싫어한다면 덕(德) 있는 이를 높이고 유능한 인재를 존중하는 이상으로 좋은 대책은 없다. 현인이 책임 있는 부서에 있고 유능한 인재가 직책을 받게 된다면, 나라가 잘 다스려져 태평하고 한가한 세월이 올 것이다.

이때를 놓치지 않고 그 정치와 형법을 밝게 내세워 백성이 나아갈 방향을 제시하면 비록 이웃의 큰 나라라 할지라도 반드시 두려워할 것이다. 《시경》에 '하늘이 흐려 비 오기 전, 뽕나무 뿌리를 벗겨, 창과 문을 엮으니, 이제 백성들이 감히 나를 얕보리오?'라는 시가 있으니, 공자께서는 '이 시를 지은 사람은 도(道)를 알고 있었던가?'라고 말씀하셨다. 이렇게까지 하면서 그 나라를 다스린다면 누가 그 군주를 모욕할 수 있겠는가?

지금 나라가 한가한 이때 왕은 향락에 빠져 정사를 태만하게 하고 있으니, 이것은 스스로 불행을 초래하고 있는 것이나 다름없다. 행복과 불행은 자기가 구하지 않는데도 찾아오는 법은 없다. 《시경》에 '길이길이 하늘 뜻 받들어 행해, 스스로 많은 복을 구하라.'라고 했고, 또 《서경》 태갑편(太甲篇)에도 '하늘이 내리는 재앙은 오히려 피할 수 있으나, 스스로 만든 재앙은 도망갈 수 없다.'라고 한 것은 이것을 말한 것이다."

孟子曰 仁則榮 不仁則辱 今惡辱而居不仁 是猶惡濕而居下也 如惡之 莫如貴德而尊士 賢者在位 能者在職 國家閒暇. 及是時 明其政刑 雖大國 必畏之矣 詩云 迨天之未陰雨 徹彼桑土 綢繆牖戶 今此下民 或敢侮予 孔子曰 爲此詩者 其知道乎 能治其國家 誰敢侮之.

今國家閒暇 及是時 般樂怠敖 是自求禍也 禍福 無不自己求
之者 詩云 永言配命 自求多福 太甲曰 天作孽 猶可違 自作
孽 不可活 此之謂也.

● **주해** 閒暇(한가) 내우외환(內憂外患)이 없고 태평(太平)하다는 뜻. 詩
云(시운) 《시경》 빈풍(豳風) 치효편(鴟鴞篇)의 시. 주공(周公)이 지은
시라고 한다. 迨(태) 급(及)과 같음. 徹彼桑土(철피상두) 뽕나무 뿌리의
껍질을 따다. 철(徹)은 따고 취하다. 토(土)는 두(杜)와 같음. 뿌리의 겉
껍질. 綢繆(주무) '얽어 묶고 보수한다'는 뜻. 般樂(반락) 반락(盤樂). '대
판 벌이고 놀고 향락한다'는 뜻. 詩云(시운) 《시경》 대아(大雅) 문왕편
(文王篇)의 구절. 永言配命(영언배명) 언(言)은 어조사. 주자(朱子)는 '생
각하다[念]'로 풀이함. 배(配)는 합하는 뜻. 길이 천명과 합치함. 孽(얼)
재앙, 근심. 화(禍)와 같음. 違(위) 피한다[避]는 뜻. 活(활) 도망침.

● **평석** 화와 복이 뜻대로 되지 않고, 반드시 도덕적 결과로 좌우되지
않는다는 것은 맹자도 잘 알고 있었을 것이다. 그러나 모든 화복이 모
두 스스로 초래한 것이라고 단정한 점에 맹자의 주의주의(主意主義)
적인 도덕관이 있다.

5. 맹자가 말했다.
"현인을 존중하고 능력 있는 사람을 쓰고, 뛰어난 사람을 벼슬하게
하면 곧 천하의 선비들이 모두 즐거운 마음으로 그 조정에서 일하
기를 원할 것이다. 시장에서는 점포를 내고 장사하게 하되 세금은
징수하지 않고, 법을 정해서 점포에 대한 세금을 거두지 않으면 곧
천하의 상인이 모두 즐거운 마음으로 그 나라 시장에 물건을 옮기
고 장사하기를 원할 것이다. 관문(關門)에서는 검사만 할 뿐 세금
을 받지 않으면, 천하의 나그네는 모두 좋아하고 그 나라의 길을
지나기를 원할 것이다. 농민들에게는 조(助)만 거두고 별도의 세

금을 받지 않으면, 천하의 농민들이 모두 좋아하고 그 나라 밭에서 농사짓기를 원할 것이다. 거주민에게 부포(夫布)나 이포(里布)를 거두지 않으면 천하 사람이 좋아하고, 그 나라 백성이 되기를 원할 것이다.

진실로 이 다섯 가지를 행할 수 있으면, 즉 이웃 나라 백성들도 그를 부모와 같이 우러를 것이다. 그 자제들을 이끌고, 그 부모를 공격하는 일을 한 임금은 사람이 태어난 이래, 나라를 잘 다스린 예가 없었다. 이처럼 하면, 천하에 상대할 자가 없게 된다. 천하에 상대할 자가 없는 사람은 하늘의 관리다. 그러고도 천하의 왕자(王者)가 되지 않은 예는 아직 없었다."

孟子曰 尊賢使能 俊傑在位 則天下之士 皆悅而願立於其朝矣 市廛而不征 法而不廛 則天下之商皆悅 而願藏於其市矣 關譏而不征 則天下之旅皆悅 而願出於其路矣 耕者助而不稅 則天下之農皆悅 而願耕於其野矣 廛無夫里之布 則天下之民 皆悅 而願爲之氓矣.

信能行此五者 則鄰國之民 仰之若父母矣 率其子弟 攻其父母 自生民以來 未有能濟者也 如此則無敵於天下 無敵於天下者 天吏也 然而不王者 未之有也.

● **주해** 俊傑(준걸) 재주와 덕행이 뛰어난 사람. 주자는 '재주와 덕이 일반 사람과 다른 사람'이라고 풀이했다. 出(출) '그 나라의 길로 나오다'의 뜻. 助(조) 정전법(井田法)에서 농부 8명이 한가운데 있는 공전(公田)을 공동으로 경작해서 나라에 바치는 것. 廛(전) '거주자(居住者)'의 뜻. 無夫里之布(무부리지포) 부포(夫布) 또는 이포(里布)를 부과하지 않는다. 부포는 공적(公的) 부역(賦役)을 하지 않고 대신 내는 일종의 배상금이나 세금. 이포는 농지를 경작하지 않거나 토지를 활용하지 않았을 때 부과

하는 벌금. 氓(맹) 이주해 온 사람.

6. 맹자가 말했다.
"사람들은 모두 남의 슬픔을 보아 넘기지 못하는 동정심이 있다. 옛 성왕(聖王)들은 모두 이 동정심을 지니고 있었고, 그런 마음으로 정치를 하였다. 이 동정하는 마음으로 남의 불행에 동정하는 정치를 해나간다면, 천하를 다스리는 것도 손바닥 위의 물건을 움직이는 것처럼 매우 쉬울 것이다.

사람들에게 동정심이 있다고 한 까닭은, 이제 어린아이가 우물에 빠지게 되었을 때 그것을 본 사람이라면 누구나 놀라고 두려워하는 동시에 불쌍히 여기는 마음이 일어날 것이며, 그리고 그 아이를 구하는 것은 그 아이의 부모와 친교를 맺기 위해서 그러는 것도 아닐 것이고, 이웃 친구들로부터 칭찬을 듣기 위해서 그러는 것도 아닐 것이며, 구해 주지 않았다는 비난을 듣기 싫어서 그러는 것도 아닐 것이다.

이렇게 볼 때 측은히 여기는 마음이 없는 것은 사람이 아니며, 부정을 부끄러워하고 미워하는 마음이 없는 것도 사람이 아니며, 사양하는 마음이 없는 것도 사람이 아니며, 도리의 옳고 그름을 가리는 마음이 없는 것도 사람이 아니라는 결론이 나온다. 측은히 여기는 마음은 인(仁)의 단서(端緒)이고, 부정을 부끄럽게 여기는 마음은 의(義)의 단서이며, 사양하는 마음은 예(禮)의 단서이고, 시비를 분별하는 마음은 지(智)의 단서이다.

사람들에게 이 네 가지 단서가 있음은 마치 두 개의 손과 두 개의 다리가 있는 것이나 다름없다. 이 네 가지 단서를 지니고 있으면서도 스스로 행할 수 없다고 말하는 사람은 자기를 해치는 자이며, 자기 임금은 그런 일을 행할 수 없다고 말하는 사람은 자기 임금을 망치는 자이다. 무릇 이 네 가지 도덕적 단서가 자기에게 있음을 아는 사람은 모두 그 단서를 확대하여 충실하게 만들 수 있다. 불이 처음 타기 시작하고, 샘물이 처음 흘러내리듯이, 이것을 확충해 나간다면 천하를 지배하기에 족할 것이며, 이것을 확충하지 못한다면 자기 부모도 섬기지 못할 것이다."

孟子曰 人皆有不忍人之心 先王有不忍人之心 斯有不忍人之政矣 以不忍人之心 行不忍人之政 治天下可運於掌上.
所以謂 人皆有不忍人之心者 今人乍見 孺子將入於井 皆有怵惕惻隱之心 非所以內交於孺子之父母也 非所以要譽於鄉黨朋友也 非惡其聲而然也.
由是觀之 無惻隱之心 非人也 無羞惡之心 非人也 無辭讓之心 非人也 無是非之心 非人也 惻隱之心 仁之端也 羞惡之心 義之端也 辭讓之心 禮之端也 是非之心 智之端也.
人之有是四端也 猶其有四體也 有是四端 而自謂不能者 自賊者也 謂其君不能者 賊其君者也 凡有四端於我者 知皆擴而充之矣 若火之始然 泉之始達 苟能充之 足以保四海 苟不充之 不足以事父母.

● **주해** 乍(사) 갑자기. 홀(忽)과 같음. 怵惕(출척) 놀라고 두려워하는 것. 內(납) '받아들여지다', '맺어지다'의 뜻. 납(納)과 통용. 聲(성) 명성(名聲)의 뜻. 端(단) 시발점, 단서, 근본, 뿌리 등의 뜻. 賊(적) 해치다. 然(연) 연(燃)과 통용. 타다.

● **평석** 맹자가 도덕에 관해 말한 것 중에서 상식적이기는 하나 누구에게나 호소하는 힘을 지닌 명문이라 할 수 있다. 사람이 우물에 빠지는 내용은 《논어》〈옹야편〉 제26장에도 나오는데, 이 비유는 많은 사람의 공명을 불러일으키는 점에서 훌륭한 것이라 할 수 있다. 동정심에서 인(仁)에 이르는 단서로의 적극적 의미를 부여한 점에서 공자의

인(仁)을 부연하여 민중에 접근한 공로를 인정해야 할 것 같다. 사단(四端)은 성리학(性理學)에서 매우 중요하게 생각하였다.

7. 맹자가 말했다.

"화살 만드는 사람이 어찌 갑옷을 만드는 사람보다 더 어질지 않겠는가? 화살 만드는 사람은 자기가 만든 화살이 사람을 해치지 못할까 걱정하고, 갑옷 만드는 사람은 자기가 만든 갑옷이 사람을 다치게 할까 걱정한다. 병을 고치려는 무당(巫堂)과 관(棺) 만드는 사람도 역시 그러하다. 그러므로 직업을 신중하게 택하지 않으면 안 된다.

공자께서 말씀하셨다. '인(仁)에 살아야 아름답고 좋다. 스스로 인에 처하지 않는다면, 어찌 지혜롭다 하겠느냐?' 인은 하늘이 내려준 존귀한 작위(爵位)며, 사람이 편안하고 안락하게 살 수 있는 집이다. 아무도 막지 않거늘 어질지 않으면, 참으로 지혜롭지 못하다. 어질지 않고 지혜롭지 않으며, 예(禮)도 없고 의(義)도 없으면 남에게 부림을 받게 된다. 남에게 부림을 받으면서 부림 받는 것을 창피하게 여기는 것은, 마치 활 만드는 사람이 활 만드는 것을 부끄럽게 여기고, 화살 만드는 사람이 화살 만들기를 부끄럽게 여기는 것과 같다. 그것이 부끄럽게 여겨진다면 인을 행함이 가장 좋다. 인자(仁者)의 태도는 활을 쏘는 것과 같다. 활 쏘는 사람은 먼저 자기 자세를 바르게 하고, 그다음에 활을 쏜다. 활을 쏘고 화살이 명중하지 않아도, 자기보다 더 잘 쏜 사람을 원망하지 않으며, 돌이켜 자기 화살이 빗나간 까닭을 자신에게서 찾아야 한다."

孟子曰 矢人豈不仁於函人哉 矢人惟恐不傷人 函人惟恐傷人
巫匠亦然 故術不可不愼也.

孔子曰 里仁爲美 擇不處仁 焉得智 夫仁 天之尊爵也 人之
安宅也 莫之禦 而不仁 是不智也 不仁不智 無禮無義 人役
也 人役而恥爲役 由弓人而恥爲弓 矢人而恥爲矢也 如恥之
莫如爲仁 仁者如射 射者正己而後發 發而不中 不怨勝己者
反求諸己而已矣.

● **주해** 矢人(시인) 화살 만드는 사람. 函人(함인) 갑옷 만드는 사람. 함
(函)은 갑옷. 巫匠(무장) 무당(巫堂)과 관(棺) 만드는 사람. 무당은 사람
들을 위해 기도하고 병을 낫게 하여 살게 하는 데 도움을 주고, 관 만드
는 사람은 사람의 죽음을 이(利)로 여긴다. 孔子曰(공자왈)《논어》〈이인
편(里仁篇)〉제1장의 구절. 里仁爲美(이인위미) 인에 살아야 아름답고 좋
다. 이(里)는 '… 속에 살다, 처(處)한다'의 뜻. 由(유) 유(猶)와 같다.

● **평석** 맹자는 인도주의자로서 남을 상하게 하는 무기 만드는 직업을
선택하는 것에 반대한 다음, 다시 나아가 직업과 인간의 덕성(德性)
관계를 논했다. 화살 만드는 사람이나 갑옷 만드는 사람이나, 인정을
가진 점에서는 다름없는데도 사회적으로는 비인간적인 일을 하는 셈
이다. 사람의 직업과 사람이 지닌 덕성 사이에는 상관관계가 있다. 특
히 남에게 매여 있는 하인 신분은 덕성이 저열하게 될 수도 있어 그것
을 면하기 위해서는 덕행을 연마해야 한다고 생각했다. 이것은 세습적
계급제도인 전국시대의 상황을 반영한 사고방식이다.

8. 맹자가 말했다.
"자로는 사람들이 그에게 잘못이 있음을 말해 주면 좋아했다. 우
(禹)임금은 훌륭한 말을 들으면 즉시 절하였다. 위대한 순(舜)임금
은 더 대단했으며 선(善)을 남과 같이했는데, 자기를 버리고 남을
따랐으며, 남의 선을 취해서 선한 일 하기를 즐겼다. 밭을 갈고 농
사짓고, 도자기를 만들고 물고기를 잡을 때부터, 임금이 된 뒤에

도 남에게서 취하지 않은 것이 없었다. 남에게서 선을 취하여 행하는 것은 남과 더불어 선한 일을 한 것이다. 그러므로 군자는 남과 함께 선을 행하는 깃보다 더 위대한 것이 없다."

孟子曰 子路人告之以有過 則喜 禹聞善言 則拜 大舜有大焉
善與人同 捨己從人 樂取於人以爲善 自耕稼陶漁 以至爲帝
無非取於人者 取諸人以爲善 是與人爲善者也 故君子莫大乎
與人爲善.

● **주해** 子路(자로) 공자의 제자, 자는 중유(仲由). 耕稼陶漁(경가도어)
순임금은 역산(歷山)에서 밭을 갈고, 농사짓고, 도자기를 만들고, 물고
기를 잡았다고 한다.

9. 맹자가 말했다.
"백이(伯夷)는 이상적 군주가 아니면 섬기지 않았고, 사귈 만한 사람이 아니면 사귀지 않았고, 악한 군주의 조정에서는 벼슬하지 않았고, 악인과는 말도 하지 않았다. 그는 악한 군주의 조정에서 벼슬하는 것이나 악인과 말하는 것을, 마치 관복(官服)을 입고 관모(冠帽)를 쓰고서, 진흙이나 티끌에 앉은 것과 마찬가지로 싫어했다. 백이가 악(惡)을 미워하는 마음을 미루어 보건대, 마을 사람들과 나란히 서 있을 경우 누군가의 관(冠)이 비뚤어져 있기만 하여도 그는 가만히 있지 못하고 그 자리를 떠나갔을 것이니, 자기가 더럽혀질 듯이 생각되었을 것이기 때문이다. 그러므로 제후들이, 아무리 정중한 말로 그를 초청해도 응하지 않았다. 응하지 않은 것은 평소 그 제후들의 행실이 마음에 들지 않아 만나러 가기조차 꺼린 것이다.
유하혜(柳下惠)는 부정한 임금을 섬겨도 그것을 별로 부끄럽게 생각하지 않았고, 낮은 관직에 있으면서도 창피하게 여기지 않았다.

자진해서 자기의 현명함을 숨기려 하지 않고, 언제나 자기가 옳다고 생각하는 주장을 내세웠다. 버림받아도 원망하지 않았고, 가난하여 고생해도 걱정하지 않았다. 그리고 '너는 너고, 나는 나다. 비록 내 곁에서 윗도리를 벗고 버릇없이 군다 한들, 어찌 나를 더럽힐 수 있는가.'라며 기염을 토했다. 그러기에 언제나 유연(悠然)한 자세로 악인들과 같이 있으면서도 자신을 잃지 않았다. 따라서 그를 만류하여 조정에 머물러 있게 하려고 하면, 늘 머물렀다. 머물게 하면 머문 것은 구태여 떠나는 것도 신통치 않은 일이라 여겼기 때문이다."

맹자가 말했다.

"백이는 마음이 좁고, 유하혜는 건방진 데가 있는 것 같다. 마음이 좁고 건방진 태도는 군자가 본받을 것이 아니다."

> 孟子曰 伯夷非其君不事 非其友不友 不立於惡人之朝 不與惡人言 立於惡人之朝 與惡人言 如以朝衣朝冠坐於塗炭 推惡惡之心 思與鄕人立 其冠不正 望望然去之 若將浼焉 是故 諸侯 雖有善其辭命而至者不受也 不受也者是亦不屑就已.
> 柳下惠 不羞汙君 不卑小官 進不隱賢 必以其道 遺佚而不怨 阨窮而不憫 故曰 爾爲爾 我爲我 雖袒裼裸裎於我側 爾焉能浼我哉 故由由然與之偕 而不自失焉 援而止之而止 援而止之而止者 是亦不屑去已.
> 孟子曰 伯夷隘 柳下惠不恭 隘與不恭 君子不由也.

● **주해** 伯夷(백이) 백이는 동생 숙제(叔齊)와 함께, 주(周) 무왕(武王)의 무력을 비난하고, 수양산(首陽山)에 들어가 굶어 죽었다. 望望然(망망연) 부끄러워하는 모양. 浼(매) 더러울 오(汚)와 같음. 柳下惠(유하혜) 노나라 대부 전획(展獲). 자는 자금(子禽), 계(季). 유하(柳下)에 살았으

므로 호가 되었고, 혜(惠)는 문인들이 올린 시호. 악인(惡人)으로 유명한 도척(盜跖)의 형. **袒裼裸裎**(단석라정) 옷을 벗어 둘러메는 것. 袒(웃통 벗을 단), 裼(웃통 벗을 석), 裸(벌거벗을 라), 裎(벌거숭이 정). 由由(유유) 흡족하게 여기는 모양.

● **평석** 백이와 유하혜와 이윤(伊尹)에 관한 평이 다른 장에도 많이 나온다. 이것을 종합해 보면 여기서 백이와 유하혜에 관해서 한 말은 반드시 악평이 아님을 알 수 있다. 성인으로서 그들의 가치를 인정하면서도 극단적인 데가 있는 것을 못마땅하게 여겼다. 진퇴에 있어서 중용(中庸)을 얻은 것은 공자라고 생각한 맹자였다.

제4권

공손추장구(公孫丑章句) 하

〈공손추장구 하〉에는 제나라 선왕(宣王)과 불화가 생긴 맹자가 제나라를 떠나 고국인 추(鄒)로 돌아가는 경위가 자세히 서술되어 있다. 특히 제2장은 맹자가 왕의 스승으로서의 권위를 유지하고자 왕의 부름에 응하지 않았다가, 뜻하지 않은 곤란한 사태에 직면했음을 보여준다. 이 이야기는 맹자가 자신에 넘치는 사람이어서 좀처럼 남에게 머리를 숙이지 않는 성격을 나타내고 있다. 왕의 스승답게 군주에게조차 대등하게 대하려는 태도는 맹자가 부귀에 대해 열등감이 있었기 때문인지도 모른다.

맹자의 학문 계통은 공자의 제자인 증자(曾子) 학파였으며, 맹자는 증자야말로 어떠한 권위에도 굴하지 않았던 대용(大勇)의 소유자라 해서 존경하였다. 이런 점이 맹자가 불필요하게 거만한 태도를 보여 왕과 마찰을 빚게 했을 가능성도 없지 않다. 선왕을 통해 왕업을 실현하려던 그의 이상이 이루어지지 않은 이면에는 그의 이러한 성격이 작용하고 있었을 것이다.

그러나 맹자가 실각한 큰 원인은 그가 선왕을 부추겨 연(燕)나라를 침략했다가 실패한 일에 있다. 연나라에 출병할 것을 선왕에게 권한 일은 없다고 맹자는 책임을 회피하고 있으나, 그것은 변명에 불과했다. 이런저런 일로 제나라를 떠날 때 맹자의 정치적 꿈은 없어졌다고 보아도 무리가 아닐 것이다.

1. 맹자가 말했다.

"하늘이 주는 좋은 기회도 지리상의 이점(利點)만 못하고, 지리상의 이점도 사람들의 화목만 못하다. 3리(里) 사방의 성(城)과 7리 사방의 외성(外城)을 포위하여 공격하여도 성공하지 못하는 때가 있다. 포위하여 공격하는 데는 반드시 하늘이 주는 좋은 기회를 이용하였을 것이다. 그런데도 이기지 못하는 것은 하늘이 주는 좋은 기회조차도 그 지리상의 이점이 있는 것만 못하기 때문이다. 또 성이 그다지 높지 않은 것도 아니고, 해자(垓子)가 깊지 않은 것도 아니며, 무기가 날카롭지 않은 것도 아니고, 식량이 많지 않은 것도 아니건만 지켜내지 못하여 성에서 철수하게 되는 수가 있다. 이것은 지리상의 이점도 사람들의 화목만 못하다는 증거이다. 그러므로 예부터 '백성을 거주하게 하는 데 있어서 일정한 경계를 그어 그곳에서 벗어남을 금할 필요가 없고, 나라의 방위를 견고하게 하고자 산이나 골짜기의 험준함을 이용할 필요가 없고, 천하에 위엄을 보이기 위해 예리한 무기를 사용할 필요는 없다.'라고 하였다. 올바른 도(道)에 근거하여 행동하면 돕는 사람이 많고, 무도한 행동을 하면 돕는 세력이 줄어들게 마련이다. 후자가 끝까지 가면 친척까지도 등을 돌릴 것이고, 반대로 전자가 끝까지 가면 천하의 백성이 따라오게 될 것이다. 천하의 백성을 따르게 한 사람이 친척까지도 등을 돌린 사람을 공격하게 되므로, 군자는 싸우지 않으면 모르겠거니와 싸우면 반드시 승리한다."

孟子曰 天時不如地利 地利不如人和 三里之城 七里之郭 環
而攻之 而不勝 夫環而攻之 必有得天時者矣 然而不勝者 是
天時不如地利也 城非不高也 池非不深也 兵革非不堅利也
米粟非不多也 委而去之 是地利不如人和也.
故曰 域民不以封疆之界 固國不以山谿之險 威天下不以兵革

之利 得道者多助 失道者寡助 寡助之至 親戚畔之 多助之至
天下順之 以天下之所順 攻親戚之所畔 故君子有不戰 戰必
勝矣.

● **주해** 天時(천시) 옛날에 전쟁할 때는 오행설(五行說)을 따라 유리한
날짜, 시간에 유리한 방향을 공격했다. 兵革(병혁) 병(兵)은 무기, 혁
(革)은 갑옷. 당시의 갑옷은 가죽으로 만들었다.

● **평석** 천시(天時)는 오행설에 따라 날짜와 방향을 정해서 싸우는 것
을 의미하는데, 이것을 맹자는 미신이라 하여 배척하고 그보다는 지리
적 조건이 더욱 중요하다고 주장했다. 전쟁에서 지리적 조건에 따라
전략을 세워야 하는 문제에 대해서는 《손자(孫子)》같은 병법(兵法)
책에 상세히 나온다. 손자도 인화(人和)를 중요시하기는 했으나, 중요
한 것은 지리(地利)에 있다고 해도 과언이 아니다. 이것을 인화로 중
점을 바꾼 것에 맹자의 유교적인 전쟁관이 보인다. 이것은 전쟁 전문
가로서의 손자와, 유교 정치학자로서의 맹자의 사상 차이에서 오는 것
이라 할 수 있다.

2. 맹자가 선왕(宣王)을 뵈러 가려 하였다. 왕이 사람을 보내어 말
을 전했다.
"내가 찾아가서 뵙고자 했는데 마침 감기에 걸려 바람을 쐴 수 없
습니다. 선생께서 찾아와 주시면 조정에서 뵐까 합니다. 만날 수
있으신지요?"
맹자가 대답했다.
"불행히 저도 병이 나서 뵈러 갈 수 없습니다."
다음날, 맹자는 동곽씨(東郭氏)에게 조문 가려 했다. 공손추가 말
했다.
"어제는 병이 나서 임금님 뵙기를 사양하셨는데, 오늘 조문 간다

면 지나치지 않습니까?"

"어제는 병이 났지만 오늘은 나았으니 어찌 조문을 가지 않겠는가?"
왕의 사자(使者)가 의사와 함께 병문안을 왔다. 집에 있던 맹중자
(孟仲子)가 대답했다.

"어제는 임금님의 명이 있었으나 마침 병이 나서 찾아뵈지 못했습
니다. 오늘은 병이 조금 나아 급히 조정으로 달려갔습니다. 도착했
을지 저는 모르겠습니다."

사자를 돌려보낸 맹중자는 곧 사람 몇을 보내어 조문하고 돌아오
는 도중에서 맹자를 만나, 부디 집으로 돌아오지 말고 왕을 찾아
뵐 것을 말하게 하였다. 할 수 없이 맹자는 경추씨(景丑氏)네 가서
머물렀다.

경추씨가 말했다.

"집에서는 부자 관계, 밖에서는 군신 관계가 가장 큰 인륜(人倫)입
니다. 부자간에는 은애(恩愛)를 주로 하고, 군신 간에는 존경을 주
로 한다고 들었습니다. 나는 임금께서 선생을 존경하는 것은 보았
지만, 선생께서 임금을 존경하는 모습은 보지 못했습니다."

"아, 그것은 무슨 말씀이십니까? 제나라 사람으로서 인의(仁義)를
가지고 임금께 말씀드리는 사람이 없는 것은, 어찌 인의가 불미스
러운 일이라 생각하기 때문이겠습니까? 오직 마음속에서 '인의를
말씀드린들 무슨 소용이 있을까?'라고 생각하는 까닭일 것입니다.
그렇다면 이것보다 불경스러운 일은 없을 것입니다. 나는 요순(堯
舜)의 도가 아니면 임금 앞에서 말씀드린 적이 없습니다. 그러므
로 제나라 사람으로 나처럼 임금을 존경하는 사람도 없습니다."

　　孟子將朝王 王使人來曰 寡人如就見者也 有寒疾不可以風 朝
　將視朝 不識可使寡人得見乎 對曰 不幸而有疾 不能造朝.
　　明日 出弔於東郭氏 公孫丑曰 昔者辭以病 今日弔 或者不可

乎 曰 昔者疾 今日愈 如之何不弔 王使人問疾醫來 孟仲子
對曰 昔者有王命 有采薪之憂 不能造朝 今病小愈 趨造於朝
我不識 能至否乎 使數人要於路 曰 請必無歸 而造於朝 不
得已而 之景丑氏宿焉.

景子曰 內則父子 外則君臣 人之大倫也 父子主恩 君臣主敬
丑見王之敬子也 未見所以敬王也 曰 惡 是何言也 齊人無以
仁義與王言者 豈以仁義爲不美也 其心曰 是何足與言仁義也
云爾則不敬莫大乎是 我非堯舜之道 不敢以陳於王前 故齊人
莫如我敬王也.

● **주해** 如就見者(여취견자) 여(如)는 장(將)의 뜻. 장차. 왕인지(王引之)
의 《경전석사(經典釋詞)》참조. 자(者)는 뜻이 없음. 造朝(조조) 조정에
이르다. 조(造)는 도착의 뜻. 東郭氏(동곽씨) 제나라의 대부로 원래는 동
쪽 외성(外城)에 살아서 이렇게 불린 듯하다. 孟仲子(맹중자) 맹자의 사
촌으로 제자이기도 하다. 采薪之憂(채신지우) '병'을 겸손하게 이르는 말.
'나무하는 피로'라는 뜻. 要(요) 기다리는 것. 景丑氏(경추씨) 제나라 대부
의 집안사람. 景子(경자) 경추씨.

경추씨가 말했다.
"아닙니다. 제가 말하는 불경은 그런 뜻이 아닙니다.《예기(禮記)》
에 '아버지가 부르시면 대답할 틈도 없이 달려가고, 임금이 부르
시면 마차에 말을 매기도 전에 걸어간다.'라고 했습니다. 선생은
원래 입조하시려다 왕명을 듣자 도리어 입조하시지 않으셨으니, 저
《예기》의 취지와는 다른 것 같습니다."
"내가 말하는 것이 어찌 그런 뜻이겠습니까? 증자(曾子)께서는 '진
(晋)·초(楚)의 군주가 가진 부(富)는 도저히 미치지 못한다. 그
러나 그들의 부를 자랑한다면 나는 인(仁)의 덕으로 대할 것이며,

그들이 그 작위를 자랑한다면 나는 의(義)의 덕으로 대할 것이니 내가 어찌 부끄러울 것이 있겠는가?'라고 말씀하셨습니다. 어찌 의리에 어긋난 말씀을 증자께서 하셨겠습니까? 적어도 이것이 처세의 한 도리임을 부정하지 못할 것입니다. 세상에는 가장 존귀한 것이 셋 있으니, 작위가 하나요, 나이가 하나요, 덕이 그 하나입니다. 조정에서는 작위를 높이 여기고, 향리(鄕里)에서는 나이를 높이 여기고, 임금을 도와 백성을 다스리는 데는 덕을 높이 여깁니다. 어찌 그중의 하나를 가졌다 하여 다른 두 가지를 무시할 수 있겠습니까?

그러므로 장차 큰일을 하려는 임금은 반드시 불러서 만나지 않는 신하가 있어서, 상의할 일이 있을 때는 친히 찾아가는 법입니다. 덕을 존중하고 도(道)를 즐기는 것이 이와 같지 않고는 큰일을 이루지 못할 것입니다. 그러기에 탕왕(湯王)이 이윤(伊尹)을 대한 것을 보아도 그에게 배우고 난 다음에 신하로 삼았던 것입니다. 그래서 힘도 별로 들이지 않고 천하의 왕자(王者)가 될 수 있었습니다. 또 환공(桓公)이 관중(管仲)을 대한 것을 보아도 그에게 배우고 나서 신하로 삼았습니다. 그러므로 별로 힘도 들이지 않고 패자(霸者)가 되셨습니다.

지금 천하 각국은 영토의 크기가 비슷하고 덕도 차이가 없어서 어느 나라도 다른 나라를 능가하지 못하는 것은 다른 이유가 아닙니다. 임금이 자기가 가르쳐 줄 수 있는 정도의 사람은 신하 삼기를 좋아하고, 자기가 가르침을 받아야 할 정도의 인물은 신하 삼기를 싫어하는 까닭입니다. 탕왕은 이윤에 대해, 환공은 관중에 대해 결코 불러서 만나는 일은 없었습니다. 관중조차도 불러서 만나지 않았거늘, 하물며 관중 같은 인물이 되고 싶지 않은 사람의 경우이겠습니까?"

景子曰 否 非此之謂也 禮曰 父召無諾 君命召不俟駕 固將
朝也 聞王命而遂不果 宜與夫禮若不相似然 曰 豈謂是與 曾
子曰 晉楚之富 不可及也 彼以其富 我以吾仁 彼以其爵 我
以吾義 吾何慊乎哉 夫豈不義而曾子言之 是或一道也 天下
有達尊三 爵一 齒一 德一 朝廷莫如爵 鄉黨莫如齒 輔世長
民莫如德 惡得有其一 以慢其二哉.

故將大有爲之君 必有所不召之臣 欲有謀焉 則就之 其尊德
樂道 不如是 不足與有爲也 故湯之於伊尹 學焉而後臣之 故
不勞而王 桓公之於管仲 學焉而後臣之 故不勞而霸.

今天下地醜德齊 莫能相尚 無他 好臣其所教 而不好臣其所
受教 湯之於伊尹 桓公之於管仲 則不敢召 管仲且猶不可召
而況不爲管仲者乎.

● **주해** 禮曰(예왈) 《예기》 옥조편(玉藻篇)에 표현이 다르게 나온다. 君
命召不俟駕(군명소불사가) 《논어》 〈향당편(鄕黨篇)〉 제21장에 나온다. 醜
(추) 같음. 서로 비슷함.

● **평석** 맹자와 선왕이 결별하게 된 것은 감정적인 반감이 그 원인이
었던 것 같다. 맹자는 자신이 왕의 스승이므로, 왕이 찾아와 의견을
물어야 한다고 생각하고 있었다. 맹자 스스로 왕을 찾아가려다가 왕으
로부터 병으로 오지 못한다는 통지를 받고는 자신도 병이 나서 뵈러
가지 못한다고 하는 행동은 좋게 해석하기가 힘들다. 다음 날, 맹자는
아무렇지 않게 외출했고, 왕의 사자가 병문안 온 것을 알고도 입조하
지 않은 태도는 솔직하지 못한 면이 보인다.

3. 진진(陳臻)이 물었다.
"전일에 제나라 임금이 상품(上品)의 금(金) 백 일(鎰)을 선물로

주셨을 때 선생님께서는 받지 않으셨습니다. 한편 송(宋)나라에서는 70일(鎰)의 금을 주시는 것을 받으셨고, 설(薛)나라에서 50일(鎰)의 금을 보내자 받으셨습니다. 전일에 받지 않으신 것이 옳으면, 이번에 받으신 것이 잘못이고, 이번에 받으신 것이 옳다면, 전일에 받지 않으신 것이 잘못입니다. 선생님께서는 어느 한 가지를 취하셨어야 하지 않습니까?"

맹자가 말했다.

"모두 옳다. 송나라에 있을 때 내가 장차 먼 길을 가려 했는데, 먼 길 가는 사람에게는 반드시 전별금을 주는 법이 있다. 심부름 온 사람이, '전별금을 드린다.'라고 하니 내가 어찌 받지 않을 수 있겠는가? 설(薛)나라에 있을 때, 나는 경계하는 마음이 있었다. 심부름 온 사람이, '경계하신다고 들었습니다. 무기를 마련하시라고 드립니다.'라고 하니 내가 어찌 받지 않을 수 있겠는가? 제나라의 경우는, 돈을 쓸 일이 없었다. 돈 쓸 일이 없는데 돈을 보낸 것은, 바로 재물로 매수하려는 것이다. 어찌 군자가 매수하려는 돈을 받을 수 있겠는가?"

陳臻問曰 前日於齊 王餽兼金一百而不受 於宋餽七十鎰而受 於薛餽五十鎰而受 前日之不受是 則今日之受非也 今日之受是 則前日之不受非也 夫子必居一於此矣.
孟子曰 皆是也 當在宋也 予將有遠行 行者必以贐 辭曰餽贐 予何爲不受 當在薛也 予有戒心 辭曰聞戒 故爲兵餽之 予何爲不受 若於齊 則未有處也 無處而餽之 是貨之也 焉有君子而可以貨取乎.

● **주해** 陳臻(진진) 맹자의 제자. 兼金(겸금) 상품(上品)의 좋은 금. 一百(일백) 백 일(鎰). 일은 20량(兩). 薛(설) 맹자 시대에는 제나라 전영(田

嬰)의 봉읍(封邑)으로 작은 나라. 贐(신) 전별금(餞別金). 여행 가는 사
람에게 주는 돈. 予有戒心(여유계심) 나는 경계하는 마음이 있었다. 당시
에 맹자를 해칠 거라는 소문이 있었다.

4. 맹자가 평륙(平陸)에 갔을 때 그곳을 다스리는 대부에게 말했
다.
"당신의 병사가 하루에 세 번이나 대열(隊列)에서 무단이탈한다면
그 사람을 파면하겠습니까?"
"세 번까지 기다릴 것도 없습니다."
"그런데 당신은 대열에서 무단이탈한 병사와 다름없이 대열을 이
탈하는 일이 자주 있었더군요. 흉년 때 당신이 다스리는 백성 중
에서 노인과 어린이는 굶어 죽었고, 장정들은 사방으로 흩어졌는
데, 그 숫자는 몇천 명이 된다고 들었습니다."
"그것은 공거심(孔距心)으로서 할 수 있는 일이 아닙니다."
"지금 남의 소와 양을 얻어다가 키우려는 사람이 있다고 합시다.
그 사람은 반드시 이것을 기르기 위해 목장과 풀을 찾을 텐데, 구
하여도 찾지 못하면 소와 양을 주인에게 돌려주어야 합니까? 아
니면 팔짱을 끼고 서서 굶어 죽는 것을 보고 있어야 합니까?"
"그것은 공거심의 죄입니다."
다른 날 왕을 만나 맹자가 말했다.
"임금께서 영토를 주어 다스리게 한 사람 다섯 명을 알고 있는데,
자기 책임을 알고 있는 사람은 공거심뿐이었습니다."
그리고 왕에게 공거심에 관하여 말했다. 왕이 말했다.
"그것은 내 책임입니다."

孟子之平陸 謂其大夫曰 子之持戟之士 一日而三失伍 則去
之否乎 曰 不待三 然則子之失伍也 亦多矣 凶年饑歲 子之
民 老羸轉於溝壑 壯者散 而之四方者 幾千人矣 曰 此非距

心之所得爲也 曰 今有受人之牛羊 而爲之牧之者 則必爲之
求牧與芻矣 求牧與芻而不得 則反諸其人乎 抑亦立而視其死
與 曰 此則距心之罪也.
他日 見於王曰 王之爲都者 臣知五人焉 知其罪者 惟孔距心
爲王誦之 王曰 此則寡人之罪也.

● **주해** 平陸(평륙) 제나라의 성읍(城邑). 持戟之士(지극지사) 병사(兵士)
의 뜻. 극(戟)은 끝이 두 가닥으로 갈라진 창. 사(士)는 전사(戰士). 距
心(거심) 대부의 이름. 공거심(孔距心). 芻(추) 풀을 먹여 키운다는 뜻.
爲都者(위도자) 도(都)는 왕이 봉해 준 영지(領地). 위(爲)는 통치하는 것.

● **평석** 맹자는 지방관에게 대열을 이탈한 병사 이야기를 꺼내어 그의
책임을 물었고, 선왕에게는 그 이야기를 함으로써 자기 책임이라는 말
이 나오도록 했다. 맹자의 언변의 교묘함은 전문가의 권위를 유감없이
발휘했다고 할 수 있다.

5. 맹자가 지와(蚔鼃)에게 말했다.
"당신이 영구(靈丘)의 지방관을 그만두고 사사(士師)가 되기를 자
청한 것은 훌륭한 일입니다. 임금에게 간(諫)하기 위해서일 것입
니다. 그런데 지금 몇 달이나 지났건만 아직 간할 일을 발견하지
못했습니까?"
지와는 곧 왕에게 간했으나 받아들여지지 않으므로 벼슬을 그만두
고 물러났다. 제나라 백성들이 말했다.
"맹자는 지와의 책임 추궁은 잘했다. 그러나 지와가 사직한 데 대한
자기 책임은 모르는 체하고 있다."
공도자(公都子)가 이 말을 전하자 맹자가 말했다.
"내가 듣건대 '관리로서 직책을 맡은 사람이 그 일을 다 할 수 없

을 경우는 사직하고, 임금에게 간하는 책임이 있는 사람이 간해서 임금이 듣지 않을 때는 사직해야 한다.'라고 하였다. 나는 관리로서 직책도 없고, 임금에게 간할 책임도 없으니, 어찌 유유히 여유가 없겠는가?"

孟子謂蚔鼃曰 子之辭靈丘 而請士師 似也 爲其可以言也 今 旣數月矣 未可以言與.

蚔鼃諫於王 而不用 致爲臣而去 齊人曰 所以爲蚔鼃 則善矣 所以自爲 則吾不知也.

公都子以告 曰 吾聞之也 有官守者 不得其職則去 有言責者 不得其言則去 我無官守 我無言責也 則吾進退 豈不綽綽然 有餘裕哉.

● **주해** 蚔鼃(지와) 제나라의 대부. 靈丘(영구) 제나라의 지방 이름. 士師 (사사) 재판관(裁判官), 혹은 사법관(司法官). 致爲臣(치위신) 관직을 사 직하는 것. 公都子(공도자) 맹자의 제자. 성이 공도(公都), 이름은 미상. 綽綽然(작작연) 구속이 없고 자유로운 모양.

● **평석** 맹자는 선왕의 스승으로 대우를 받았고, 맹자 역시 그것을 어 디까지나 내세웠다. 그러므로 보통 관리와 같이 정치에 대해 책임질 것 이 없다고 주장했다. 지와에게 말하여 왕에게 간하다가 물러나게 하 고, 그 일에 대하여 미안하다고조차 느끼지 않는 것은 지나치다고 하 지 않을 수 없다. 속으로는 조금 미안한 마음이 있었는지 모르지만, 남에게 비난을 받자 발끈해서 반박하였다. 만약 공자였다면 정이 넘치 는 대답을 했으련만, 맹자는 이성이 강하고, 감정이 부족한 사람이었 던 것 같다. 맹자가 실각한 원인은 이러한 그의 성격도 있지 않았을까 싶다.

6. 맹자가 제나라의 객경(客卿)이었을 때, 등(滕)나라에 조문(弔問)하러 나갔다. 왕은 갑(蓋)의 대부 왕환(王驩)에게 맹자를 돕게 했다. 왕환은 아침저녁으로 맹자를 만났으나, 제나라에서 등나라를 오가는 동안 한 번도 행사에 관해서 말하지 않았다. 공손추가 말했다.

"제나라 객경(客卿) 벼슬은 낮은 것이 아닙니다. 제나라와 등나라의 거리는 가까운 거리가 아닙니다. 그런데 오가시면서 행사에 관해서 대부와 아무 말씀도 하지 않으셨는데 무슨 까닭입니까?"

"미리 그 일을 정해 놓았을 것이니, 내가 무슨 말을 하겠는가?"

　　孟子爲卿於齊 出弔於滕 王使蓋大夫王驩爲輔行 王驩朝暮見
　　反齊滕之路 未嘗與之言行事也 公孫丑曰 齊卿之位 不爲小
　　矣 齊滕之路 不爲近矣 反之而未嘗與言行事 何也 曰 夫旣或
　　治之 予何言哉.

● **주해** 蓋(갑) 제나라의 고을 이름. 王驩(왕환) 왕이 총애하는 신하였다고 한다.

7. 맹자가 제나라에 있을 때 노나라에 가서 모친의 장례를 치르고 제나라로 돌아오는 길에 영(嬴)이라는 곳에 머물렀다. 충우(充虞)가 물었다.

"전에는 어리석은 저를 알아보지 않으시고, 저에게 관(棺)을 두껍게 만들게 하셨습니다. 엄숙한 때라 제가 감히 묻지 못했는데, 지금 송구한 마음으로 여쭈고자 합니다. 목재(木材)가 너무 두꺼운 것 아닙니까?"

"옛날에는 관이나 외곽(外槨)에 정해진 법이 없었다. 중고에 관의 두께를 7촌(寸)으로 정했으며, 외곽의 두께도 그에 맞게 했다. 천자로부터 서민에 이르기까지 그렇게 하였는데, 그것은 보기 좋게 하기 위해서만이 아니고, 그렇게 하는 것이 사람들의 마음을 다하는 것이기 때문이다. 부득이하여 그렇게 하지 않으면 마음이 즐거울 수가 없고, 재력이 부족하여 그렇게 할 수 없다면 마음이 즐거울 수가 없다. 법으로도 허락되고 재력도 허락되면, 옛사람들은 모두 그렇게 하였다. 어찌 나만 그렇게 하지 않겠는가? 또한 돌아가신 분을 위하여 흙이 시신의 살갗에 닿지 않게 하는 것이 사람의 마음에도 어찌 좋지 않겠는가? 내가 들은바 군자는 세상의 검소로써 부모의 장례를 치르지 않는다.”

孟子自齊葬於魯 反於齊 止於嬴 充虞請曰 前日不知虞之不
肖 使虞敦匠事嚴 虞不敢請 今願竊有請也 木若以美然.
曰 古者棺槨無度 中古棺七寸 槨稱之 自天子達於庶人 非直
爲觀美也 然後盡於人心 不得 不可以爲悅 無財 不可以爲悅
得之爲有財 古之人皆用之 吾何爲獨不然 且比化者 無使土
親膚 於人心獨無恔乎 吾聞之也 君子不以天下儉其親.

●**주해** 嬴(영) 제나라 남쪽의 고을 이름. 充虞(충우) 맹자의 제자로 전에 관을 만드는 일을 총괄한 사람이다. 匠事(장사) 관(棺)이나 외곽(外槨)을 만드는 일. 美(미) 크고 좋다는 뜻. 즉 관 두께가 지나치게 두꺼운 것. 度(도) 관에 쓰는 목재의 두께와 길이에 관한 법도. 中古(중고) 주자는 ‘주공(周公)이 예법을 제정했을 때’라고 하였다. 恔(교) 흐뭇하다. 만족스럽다.

8. 심동(沈同)이 이것은 사적이라면 물었다.
“연(燕)나라를 쳐도 될까요?”
맹자가 말했다.
“될 것입니다. 자쾌(子噲)가 아무리 임금이라 해도 국토를 마음대

로 남에게 줄 수는 없으며, 재상인 자지(子之)도 자쾌가 양보한다
해서 함부로 나라를 받을 수는 없습니다. 여기 벼슬하는 사람이
있는데 당신이 그를 좋아한다고 하여 임금에게 알리지도 않고 사
적으로 그에게 당신의 작록(爵祿)을 내주고, 그 사람도 임금의 명
령 없이 그것을 당신에게서 받았다면 되겠습니까? 이것과 무엇이
다르겠습니까?"

제나라는 연나라를 정벌하였다. 어떤 사람이 물었다.

"제에게 연을 치도록 하셨다는데 사실입니까?"

"아니오. 심동이 연을 쳐도 되겠냐고 하기에 나는 좋다고 대답한 것
뿐이오. 그랬는데 그는 정벌군을 일으켰소. 그가 만약 '누가 치는
것이 좋으냐?'라고 물었다면 나는 '하늘의 뜻을 받은 사람이라면
연을 칠 수 있다.'라고 대답하려 하였는데, 그는 정벌한 것이오. 지
금 여기에 살인자가 있다고 합시다. 어떤 사람이 '이 자를 죽여도
되느냐?'라고 묻는다면 나는 당연히 '좋소.'라고 할 것이오. 그 사
람이 다시 '어떤 사람이 그를 죽여야 하느냐?'라고 묻는다면 '법관
이 죽여야 하오.'라고 할 것이오. 그런데 연과 다름없는 제가 연을
정벌하는 것인데 내가 어찌 그것을 권하였겠소?"

沈同以其私問曰 燕可伐與 孟子曰 可 子噲不得與人燕 子之
不得受燕於子噲 有仕於此 而子悅之 不告於王 而私與之吾
子之祿爵 夫士也 亦無王命 而私受之於子 則可乎 何以異於
是.

齊人伐燕 或問曰 勸齊伐燕 有諸 曰 未也 沈同問燕可伐與
吾應之曰 可 彼然而伐之也 彼如曰 孰可以伐之 則將應之曰
爲天吏 則可以伐之 今有殺人者 或問之曰 人可殺與 則將應
之曰可 彼如曰 孰可以殺之 則將應之曰 爲士師則可以殺之
今以燕伐燕 何爲勸之哉.

● **주해** 沈同(심동) 제나라 선왕(宣王)의 대신. 子噲(자쾌) 연나라 왕 이름. 子之(자지) 연나라의 재상. 연왕 자쾌는 자지에게 나라를 선양하려 하였다. 자지와 자쾌의 아들 평(平)의 싸움으로 연나라는 혼란에 빠졌다. 天吏(천리) 하늘의 뜻을 받은 사람.

● **평석** 연나라에 내란이 일어난 경위와 제나라가 이를 정벌한 일은 앞에도 나왔다. 맹자가 그 전쟁에 관여한 것은 여기의 기록을 읽어도 그 심증은 굳어지는 것 같다. 한 나라의 대신이 연나라를 쳐도 좋으냐고 물은 것은 그것이 아무리 개인적인 대화라 하여도 나라의 어떤 움직임을 나타내는 질문이며, 좋다고 한 맹자의 대답은 그 전쟁에 충분히 찬성한 것이다. '누가 치는 것이 좋으냐?'라고 묻지 않았으므로 '하늘의 뜻을 받은 사람이라야 칠 수 있다.'라고 대답하지 못했다는 것은 변명으로밖에 보이지 않는다. 맹자가 제나라의 움직임을 몰랐을 리 없고, 그것이 부당하다고 생각했다면 반대했어야 했다.

9. 정벌한 연나라 사람들이 반란을 일으키자 왕이 말했다.
"나는 맹자에게 매우 부끄럽다."
진가(陳賈)가 말했다.
"임금님, 걱정하지 마십시오. 임금님 스스로 생각하시기에 주공(周公)과 비교해서 누가 더 어질고 슬기롭다고 생각하십니까?"
왕이 말했다.
"아니, 그게 무슨 말인가?"
"주공이 관숙(管叔)에게 은(殷)나라를 감독하게 했는데, 관숙이 은나라와 함께 반란을 일으켰습니다. 주공이 그렇게 할 줄 알고 관숙에게 감독하게 했다면 이는 어질지 못한 것이고, 알지 못하고 감독하게 했다면 이는 슬기롭지 못한 것입니다. 어짊과 슬기로움에 있어, 주공도 완전하지 못했습니다. 하물며 임금님이 어찌 완전하시겠습니까? 제가 맹자를 만나 해명하겠습니다."

진가가 맹자를 만나 물었다.

"주공(周公)은 어떤 분입니까?"

"옛 성인입니다."

"관숙에게 은나라를 감독하게 했는데, 관숙은 은나라와 함께 반란을 일으켰다고 하는데, 사실입니까?"

"그렇습니다."

"주공이 그가 장차 반란을 일으킬 것을 알고 감독하게 했을까요?"

"알지 못했습니다."

"그렇다면 성인도 역시 잘못하는 일이 있나요?"

"주공은 동생이고, 관숙은 형입니다. 주공의 잘못은 그럴 만도 하지 않을까요? 또 옛 임금은 잘못이 있으면 즉시 고쳤는데, 지금의 임금은 잘못이 있어도 그대로 따릅니다. 옛 임금은 그가 잘못하면 흡사 일식(日蝕)이나 월식(月蝕)이 들 듯이 백성들이 모두 보고, 임금이 잘못을 고치면 백성들이 그것을 모두 우러러봅니다. 지금의 임금은 어찌 다만 따르기만 합니까? 또 잘못한 것을 따라서 해명을 합니다".

燕人畔 王曰 吾甚慙於孟子 陳賈曰 王無患焉 王自以爲與周
公孰仁且智 王曰 惡是何言也 曰 周公使管叔監殷 管叔以殷
畔 知而使之 是不仁也 不知而使之 是不智也 仁智 周公未
之盡也 而況於王乎 賈請見而解之.

見孟子問曰 周公何人也 曰 古聖人也 曰 使管叔監殷 管叔
以殷畔也 有諸 曰 然 曰 周公知其將畔而使之與 曰 不知也
然則聖人且有過與 曰 周公弟也 管叔兄也 周公之過 不亦宜
乎 且古之君子 過則改之 今之君子 過則順之 古之君子 其
過也 如日月之食 民皆見之 及其更也 民皆仰之 今之君子 豈

徒順之 又從而爲之辭.

● **주해** 吾甚慙於孟子(오심참어맹자) 제나라 선왕(宣王)이 무력으로 연나라를 치면서 맹자에게 묻자, 맹자가 대답했다. '무력으로 치는 것을 그 나라 백성들이 기뻐하면, 치십시오. 그러나 백성들이 기뻐하지 않으면, 치지 마십시오.' 그러므로 왕은 맹자에게 부끄럽다고 하였다. 陳賈(진가) 제나라의 대부. 管叔(관숙) 이름은 선(鮮), 주(周) 무왕(武王)의 동생, 주공(周公)의 형.

10. 맹자는 제나라 섬기는 일을 그만두고 집으로 돌아왔다. 왕이 찾아와서 맹자를 만나 말했다.

"예전 이야기입니다만 선생을 뵙고 싶었으나 뵐 길이 없었습니다. 그 후 다행히 선생께서 찾아오셔서 나를 도와주셨으므로 이보다 더한 기쁨이 없었습니다. 그러나 다시 저를 버려두고 가시려 하니, 이후에도 계속 만나 뵐 수 있을지 모르겠습니다."

맹자가 대답했다.

"감히 청하지는 못하겠습니다만, 그렇게 되기를 바라는 바입니다."

다른 날, 왕은 시자(時子)에게 말했다.

"나는 나라 한가운데 집을 지어 맹자를 거처하게 하고 만종(萬鍾)의 녹을 주어 제자들을 교육하게 하고, 조정의 신하나 백성들이 모두 맹자를 존경하고 맹자가 주장하는 도덕을 따라 행동했으면 한다. 그대는 내 말을 맹자에게 전하지 않겠는가?"

시자는 진자(陳子)에게 이 말을 맹자에게 전하도록 하였다. 진자는 시자의 말을 맹자에게 말했다.

맹자가 말했다.

"그래, 저 시자는 그 정도의 일로 내가 기뻐하리라고 생각한 것일까? 내가 만일 부자가 되고 싶다고 생각한다면, 10만 종(鍾)에 해당하는 경(卿)의 녹을 사퇴하고 만종의 녹을 받은들, 이것을 부자가 되기 위함이라고 할 수 있겠는가? 계손씨(季孫氏)가 말했다. '이해할 수 없다, 자숙의(子叔疑)의 행동은! 자기가 정치를 맡았다가 건의한 것이 채택되지 않으면, 사퇴하면 될 뿐 다시 그 자제를 경(卿)이 되게 하였다.' 사람이라면 누가 부귀를 원하지 않으랴? 그는 홀로 부귀를 독점하였다.

옛날의 시장은 물물교환으로, 관리는 분쟁을 단속했을 뿐 세금은 거두는 일이 없었다. 그런데 한 번은 욕심 많은 천한 사람이 있어서 시장에 오면 언제나 높은 언덕에 올라가 사방을 둘러보아 이익을 올릴 만한 데를 찾아내어 시장의 이익을 거의 독점하였다. 그래서 관리도 보고만 있을 수 없어서 그 상인에게서 세금을 거두었으니, 상인에 대한 세금은 이 천한 상인에게서 시작되었다고 한다."

孟子致爲臣而歸 王就見孟子曰 前日願見而不可得 得侍同朝甚喜 今又棄寡人而歸 不識可以繼此而得見乎 對曰 不敢請耳 固所願也.

他日 王謂時子曰 我欲中國而授孟子室 養弟子以萬鍾 使諸大夫 國人皆有所矜式 子盍爲我言之 時子因陳子而以告孟子 陳子以時子之言告孟子.

孟子曰 然夫時子惡知其不可也 如使予欲富 辭十萬而受萬 是爲欲富乎 季孫曰 異哉子叔疑 使己爲政 不用 則亦已矣 又使其子弟爲卿 人亦孰不欲富貴 而獨於富貴之中 有私龍斷焉. 古之爲市也 以其所有 易其所無者 有司者治之耳 有賤丈夫焉 必求龍斷而登之 以左右望 而罔市利 人皆以爲賤 故從而征之 征商自此賤丈夫始矣.

● **주해** 時子(시자) 제나라의 신하. 中國(중국) 서울 한가운데. 국(國)은

서울. 陳子(진자) 맹자의 제자 진진(陳臻). 矜式(긍식) 본받는 것. 龍斷
(농단) 용(龍)은 농(壟)으로 둔덕. 단(斷)은 끊어진 곳, 즉 '언덕'의 뜻.
즉 농단은 독점하는 의미로 쓰인다. 罔(망) 망라(網羅)의 뜻.

● **평석** 맹자는 제나라에서 사직한 다음 선왕이 만종의 녹을 주겠다는
제의를 일축했다. 만약 공자였다면 지킬 것을 지키면서도 원만하고 온
건하게 대처했겠지만, 맹자는 의연한 태도를 보였다.

11. 맹자가 제나라를 떠나 주(晝)에서 묵었다. 왕을 위해서 맹자
가 떠나가는 것을 말리려는 사람이 앉아서 말했다. 맹자는 대답하
지 않고, 걸상에 기대어 누워 있었다. 그 사람은 불쾌하여 말했다.
"저는 재계하고 하룻밤을 지낸 다음에 감히 말씀드리는데, 선생님
께서는 누워서 들은 척도 않으시니 다시는 찾아뵙지 않겠습니다."
맹자가 말했다.
"앉으시오. 내가 분명히 그대에게 말하리다. 옛날 노나라 목공(繆
公)은 자사(子思) 곁에 자기 뜻을 전할 사람이 없으면, 자사를 안
심시킬 수 없었다고 했으며, 또 설류(泄柳)와 신상(申詳)은 목공
곁에서 자기 뜻을 전할 사람이 없으면 자신들의 몸도 편안할 수가
없다고 했소. 그대가 나를 위해서 걱정하지만, 자사에 미치지 못하
오. 그대가 나를 거절한 것이오? 내가 그대를 거절한 것이오?"

孟子去齊 宿於晝 有欲爲王留行者 坐而言 不應隱几而臥 客
不悅曰 弟子齊宿 而後敢言 夫子臥而不聽 請勿復敢見矣.
曰 坐我明語子 昔者魯繆公 無人乎子思之側 則不能安子思
泄柳申詳無人乎繆公之側 則不能安其身 子爲長者慮 而不及
子思 子絕長者乎 長者絕子乎.

● **주해** 晝(주) 제나라 서남쪽에 있는 고을 이름. 隱(은) 몸을 기대고. 齊

宿(재숙) 목욕재계(沐浴齋戒)하고 하룻밤을 묵는다는 뜻. 子思(자사) 공자의 손자로 이름은 급(伋). 자가 자사. 泄柳(설류) 노나라 사람. 申詳(신상) 공자의 제자 자장(子張)의 아들. 설류, 신상 두 사람 모두 현자(賢者)이다. 長者(장자) 맹자가 자신을 가리킨 말.

12. 맹자가 제나라를 떠나자 윤사(尹士)가 다른 사람에게 말했다. "임금이 탕왕(湯王)이나 무왕(武王)처럼 될 수 없음을 모르고 찾아온 것이었다면 맹자는 총명하지 못하다고 할 수밖에 없다. 만약 그것이 불가능함을 알고도 왔다면, 그것은 녹(祿)이 탐나서일 것이다. 천리를 멀다 하지 않고 임금을 뵈러 왔다가 뜻과 같지 않고 해서 떠나면서, 주(晝)에서 사흘 밤이나 묵고 갔으니 이것은 미련이 있음을 말하는 것이다. 나는 이런 태도가 싫다."
고자(高子)가 이 말을 전하자 맹자가 말했다.
"윤사가 어찌 나의 심정을 알겠는가? 천리나 먼 곳에서 임금을 만나러 온 것은 나 자신이 원해서 한 일이다. 내 뜻이 채택되지 않아 제나라를 떠난 것은 어찌 내가 바라던 바였겠는가? 할 수 없어서 그렇게 한 것이다. 내가 주에서 사흘이나 묵었다고 비난하는데, 나로서는 너무나 빠르다고 생각되었다. 그곳에 머물 때도 원하건대 임금께서 생각을 고치시기를 빌었고, 고치신다면 반드시 나를 다시 불러 주시리라 생각하였다. 그러나 주를 떠나는데도 임금은 나를 부르러 사람을 보내지 않았다. 나에게 멀리 고향으로 돌아가겠다는 뜻이 확고해진 것은 그다음이다. 그렇다고는 하나, 내가 어찌 임금을 아주 버리기야 하겠는가? 임금님은 아직 선정을 베풀 만한 능력이 있으시다.
임금께서 지금이라도 나를 쓰신다면 어찌 제나라 백성만을 편안하게 살게 하겠는가? 천하의 백성 모두 안락하게 될 수 있을 것이다. 임금이 원하건대 생각을 고치기만을 나는 매일 그것만을 빌고 있다. 내가 어찌 저 소인들처럼 행동하겠는가? 임금에게 간했다가

채택되지 않는다고 하여 성을 내고 얼굴을 붉히고 떠나면서 힘을
다해 하루 종일 가다가 잠을 자겠는가?"
윤사가 이 말을 듣고 말했다.
"나는 정말 소인이구나."

孟子去齊 尹士語人曰 不識王之不可以爲湯武 則是不明也 識
其不可 然且至 則是干澤也 千里而見王 不遇故去 三宿而後
出晝 是何濡滯也 士則玆不悅.
高子以告 曰 夫尹士 惡知予哉 千里而見王 是予所欲也 不遇
故去 豈予所欲哉 予不得已也 予三宿 而出晝 於予心 猶以
爲速 王庶幾改之 王如改諸 則必反予 夫出晝 而王不予追也
予然後 浩然有歸志 予雖然 豈舍王哉 王由足用爲善.
王如用予 則豈徒齊民安 天下之民擧安 王庶幾改之 予日望
之 予豈若是小丈夫然哉 諫於其君而不受 則怒悻悻然 見於其
面 去則窮日之力 而後宿哉 尹士聞之曰 士誠小人也.

● **주해** 尹士(윤사) 제나라 사람. 干澤(간택) 간(干)은 구(求)하다. 택
(澤)은 은택(恩澤)으로 녹(祿)을 가리킨다. 濡滯(유체) 꾸물대고 지체한
다는 뜻. 高子(고자) 제나라 사람으로 맹자의 제자. 庶幾(서기) 원하다.
由(유) 유(猶)와 같음. 오히려. 悻悻然(행행연) 화난 모양. 도량이 좁은
모습.

● **평석** 맹자가 제나라를 떠날 때의 태도는 단호하였다. 왕이 찾아갔
고 시자(時子)를 시켜 우대하겠다는 조건을 제시하기도 했지만, 부귀
를 구하고자 제나라에 왔던 것이 아니라고 말했다. 그러나 막상 떠나
게 되자 서울에서 얼마 떨어지지 않은 주(晝)에서 사흘이나 묵었으므
로 세상 사람의 비웃음을 받았다. 그는 이 문제에 관해 자신의 진정을

토로했다. 그는 강인하게 선왕과 헤어지기는 했으나, 속으로는 선왕을 잊지 못하였다. 다시 한 번 왕이 만류하는 사자(使者)를 보낸다면 돌아가리라 생각하고 있었다. 그러나 왕은 끝내 사자를 보내지 않았고, 맹자는 비애를 품고 떠나가야 했다.

겉으로는 강한 듯 보이는 맹자에게도 이런 인정이 있는 것을 알 수 있는 대목이다. 그렇다면 진작에 왕의 만류에 응했으면 좋았을 것이다. 그러나 그런 것을 하지 못하는 것이 맹자의 성격으로, 인간으로서 복잡하고도 결점이 있었다고 할 수 있다.

13. 맹자가 제나라를 떠날 때 충우(充虞)가 길에서 물었다.

"선생님께서는 유쾌하지 않은 듯이 보입니다. 전에 저는 선생님께서 '군자는 하늘을 원망하지 않고, 남을 탓하지 않는다.'라고 하신 말씀을 들었습니다."

"그때는 그때이고, 지금은 지금이다. 5백 년마다 반드시 훌륭한 임금이 나타나 천하를 흥성케 했으며, 그 사이에는 반드시 세상에 이름을 떨칠 성현(聖賢)이 나타나는 법이다. 주(周)나라로부터 지금까지, 7백여 년이 지났다. 연수가 이미 지났으니 시운(時運)을 보면 그럴 때가 되었다. 하늘이 아직 천하가 평화롭게 되기를 원하지 않는구나. 만약 천하가 평화롭기를 바란다면 지금 세상에서 나말고 누가 하겠는가? 내가 어찌 유쾌하지 않겠느냐?"

孟子去齊 充虞路問曰 夫子若有不豫色然 前日虞聞諸夫子曰
君子不怨天 不尤人 曰 彼一時 此一時也 五百年 必有王者
興 其間必有名世者 由周而來 七百有餘世矣 以其數 則過矣
以其時考之 則可矣 夫天 未欲平治天下也 如欲平治天下 當
今之世 舍我其誰也 吾何爲不豫哉.

● **주해** 充虞(충우) 맹자의 제자. 不豫(불예) 유쾌하지 않음. 예(豫)는 열

(悅)과 같음. 君子不怨天 不尤人(군자불원천 불우인)《논어》〈헌문편〉에 나
온다. 五百年(오백년) 요순(堯舜)에서 탕(湯)에 이르고, 탕에서 문왕(文
王)과 무왕(武王)에 이르기까지, 모두 5백여 년마다 성왕(聖王)이 나타
났다.

14. 맹자가 제나라를 떠나, 휴(休)에 머물렀다. 공손추가 물었다.
"벼슬을 하면서 녹(祿)을 받지 않는 것이 옛 도리입니까?"
"아니다. 숭(崇)에서 나는 임금을 뵈었는데, 물러 나와 떠나려고 생
각했다. 그 생각이 변하기를 원하지 않았으므로 녹(祿)을 받지 않
은 것이다. 곧이어 전쟁이 일어났으므로 물러나기를 청할 수 없어
서, 오랫동안 제나라에 머물렀으나, 내 뜻은 아니었다."

> 孟子去齊 居休 公孫丑問曰 仕而不受祿 古之道乎 曰 非也
> 於崇吾得見王 退而有去志 不欲變 故不受也 繼而有師命 不
> 可以請 久於齊 非我志也.

● **주해** 休(휴) 산동성(山東省) 등현(滕縣) 북쪽에 있는 고을 이름. 崇
(숭) 제나라의 지명. 맹자가 이곳에서 처음으로 선왕을 만났다. 有師命
(유사명) 군대를 동원하라는 명을 내리다. 즉 '전쟁이 일어났다'는 뜻.

제5권

등문공장구(滕文公章句) 상

대국인 제나라의 정치 고문으로 선왕(宣王)에게 후한 대우를 받던 맹자가 왕과 사이가 벌어져 제나라를 떠난 일은 중국 사상계에 충격을 준 사건이었다. 고향인 추(鄒)로 돌아온 맹자는 정치와 인연을 끊은 듯이 보였으나 등(滕) 문공(文公)의 초청에 응하여 정전제(井田制)를 실시하여 등나라를 이상적 나라로 육성하고자 나섰다. 이것도 사상계에는 큰 충격이었을 것이다. 진량(陳良) 같은 유교도와, 허행(許行) 같은 농업 전문가가 초(楚)에서 찾아와 자기 학설을 등 문공에게 실행하려고 했다. 〈등문공장구 상〉에서는 이런 학파와의 접촉을 비판한 것 같은 내용이 전개되어 주목할 만한 가치가 있다.

1. 등(滕)나라 문공(文公)이 세자였을 때 초(楚)나라에 일이 있어서 가는 길에 송(宋)나라에 들러 맹자와 만났다. 맹자는 성선설(性善說)을 주장하면서 말할 때마다 요순(堯舜)을 예로 들었다. 세자는 초에서 돌아올 때도 맹자를 만났다.

맹자가 말했다.

"세자께서는 아직도 제 말을 믿지 않으십니까? 무릇 도(道)는 오직 하나, 선을 행하는 일뿐입니다. 성간(成覵)이 제(齊) 경공(景公)을 향해 '그가 대장부라면 저도 대장부입니다. 제가 어찌 그를 두려워하겠습니까?'라고 말했으며, 안연(顔淵)은, '순은 어떤 사람이며, 나는 어떤 사람인가?'라고 말했습니다. 무언가 신념을 가지고 행동하는 사람들은 이처럼 아무도 두려워하지 않습니다. 또 공명의(公明儀)는 '문왕(文王)은 나의 스승이시니, 주공께서 어찌 나를 속이기야 하겠는가?'라고 말했다고 합니다. 지금 등나라는 국경의 삐죽 나온 곳과 움푹한 곳을 맞추어 보면, 대강 50리 사방의 넓이가 됩니다. 그만하면 좋은 나라를 만들 수 있습니다. 《서경》에 '만약 약을 먹고 눈이 어지럽지 않다면, 병이 낫지 않는다.'라고 했습니다."

　　滕文公爲世子 將之楚過宋 而見孟子 孟子道性善 言必稱堯
　　舜 世子自楚反 復見孟子.
　　孟子曰 世子疑吾言乎 夫道一而已矣 成覵謂齊景公曰 彼丈
　　夫也 我丈夫也 吾何畏彼哉 顔淵曰 舜何人也 予何人也 有
　　爲者亦若是 公明儀曰 文王我師也 周公豈欺我哉 今滕 絶長
　　補短 將五十里也 猶可以爲善國 書曰 若藥不暝眩 厥疾不
　　瘳.

● **주해** 滕(등) 지금의 산동성 등현(滕縣) 부근에 있던 작은 나라. 노나라의 속국이었다. 成覵(성간) 제나라 경공(景公)을 섬긴 용감한 신하. 公

明儀(공명의) 증자(曾子)의 제자로 노나라의 현인. 공명(公明)이 성. 書曰(서왈) 《서경》 상서(商書) 열명(說命)편에 있는 말. 瞑眩(명현) 눈이 빙글빙글 도는 것. 瘳(추) 병이 낫다.

● **평석** 성선(性善)이라는 말이 처음으로 나와 주목된다. 인간의 기본 성질은 모두 착하므로 누구라도 노력하면 성현이 될 수 있다는 주장은 인간의 존귀한 자각이라고 할 만하다. 또 맹자와 등나라 문공의 관계가 이때부터 맺어졌음을 알 수 있다.

2. 등나라 정공(定公)이 죽자, 세자가 연우(然友)에게 말했다.
"전에 맹자가 송나라에서 일찍이 나에게 말한 것을, 아직도 마음에 잊지 않고 있습니다. 지금 불행하게도 아버지의 상을 당하였습니다. 나는 그대를 사신으로 삼아 맹자에게 물어본 다음에 상례(喪禮)를 치르고자 합니다."
연우가 추(鄒)에 가서 맹자에게 물었다. 맹자가 말했다.
"참으로 잘하시는 일입니다. 부모상은 마땅히 자신의 효성(孝誠)을 다해서 치러야 합니다. 증자가 말씀하셨습니다. '살아계실 때는 예를 다해 섬기고, 돌아가시면 예를 다해 장사를 지내고, 제사를 모실 때도 예를 다해야 한다. 그래야 비로소 효라고 할 수 있다.' 제후들의 예에 대해서 나는 배우지 않았습니다. 그러나 나는 들었습니다. 삼년상하고, 베옷을 입고, 죽을 먹는 것은 천자로부터 서민에 이르기까지 하(夏)·은(殷)·주(周) 3대가 공통으로 따랐던 예입니다."
연우가 돌아와서 말하자, 삼년상을 치르기로 정했다. 그러자 일가 부형이나 여러 관리가 따르려 하지 않으며 말했다.
"우리의 종주국인 노나라의 옛 임금도 삼년상을 지내지 않았으며, 우리의 옛 임금도 역시 삼년상을 지내지 않았습니다. 지금 세자에 이르러 옛 방식과 다르게 하는 것은 불가합니다. 또 기록에 적혀 있습니다. '상례와 제례는 선조를 따라야 한다.'"

세자가 말했다.

"나는 들은 것이 있습니다."

그리고 연우에게 말했다.

"나는 전에 학문을 배우지 않고 말타기와 검술을 좋아했습니다. 그래서 지금 부형이나 여러 관리가 나를 부족하다고 여깁니다. 이러다가는 아버지상을 치르지 못할까 두려우니 그대가 나를 위해서 맹자에게 물어봐 주십시오."

연우가 다시 추(鄒)에 가서 맹자에게 물었다. 맹자가 말했다.

"그렇군요. 그래도 다른 사람의 말을 들으면 안 됩니다. 공자께서 말씀하셨습니다. '임금이 돌아가시면 총재에게 재가를 받게 한다. 세자는 죽을 먹고, 안색이 검게 되도록 자리를 지키고 곡해야 하며, 여러 관리나 유사들도 애통해하지 않는 자가 없게 되는데 이는 솔선해서 했기 때문이다. 윗사람이 좋아하면, 아랫사람은 더욱 좋아하게 된다. 군자의 덕은 바람과 같고, 소인의 덕은 풀과 같다. 풀에 바람이 불면 반드시 나부끼게 된다.' 이는 세자에게 달려 있습니다."

연우가 돌아와서 말하자, 세자가 말했다.

"그렇습니다. 이 일은 정말 나에게 달려 있습니다."

그리고 5개월 동안 여막(廬幕)에서 지내며, 정치에 관한 명령을 하지 않았다. 여러 관리와 집안사람들이 '가히 상례를 안다.'라고 말했다. 장례 때 사방에서 사람들이 장례를 보러 왔다. 세자의 안색이 초췌한 것과, 애통하게 곡하는 모습에 조문객들이 크게 감탄했다.

滕定公薨 世子謂然友曰 昔者孟子嘗與我言於宋 於心終不忘 今也不幸至於大故 吾欲使子 問於孟子 然後行事.

然友之鄒 問於孟子 孟子曰 不亦善乎 親喪固所自盡也 曾子
曰 生事之以禮 死葬之以禮 祭之以禮 可謂孝矣 諸侯之禮
吾未之學也 雖然 吾嘗聞之矣 三年之喪 齊疏之服 飦粥之食
自天子達於庶人 三代共之.

然友反命 定爲三年之喪 父兄百官皆不欲 曰 吾宗國 魯先君
莫之行 吾先君亦莫之行也 至於子之身 而反之不可 且志曰
喪祭從先祖 曰 吾有所受之也.

謂然友曰 吾他日 未嘗學問 好馳馬試劍 今也 父兄百官 不我
足也 恐其不能盡於大事 子爲我問孟子 然友復之鄒 問孟子
孟子曰 然 不可以他求者也 孔子曰 君薨 聽於冢宰 歠粥 面
深墨 卽位而哭 百官有司 莫敢不哀 先之也 上有好者 下必
有甚焉者矣 君子之德 風也 小人之德 草也 草尚之風 必偃
是在世子.

然友反命 世子曰 然 是誠在我 五月居廬 未有命戒 百官族
人 可謂曰知 及至葬 四方來觀之 顔色之戚 哭泣之哀 弔者
大悅.

3. 등 문공이 나라 다스리는 법에 관하여 물었다. 맹자가 말했다.
"백성의 생업(生業)에 소홀함이 있어서는 안 됩니다.《시경》에도
'낮에는 띠 베기, 밤이면 새끼 꼬기, 지붕도 빨리 잇세. 씨 뿌릴 때
돌아오리.'라고 했습니다. 백성이 살아가는 법은 일정한 생업을 가
진 자는 일정한 마음을 유지하지만, 일정한 생업이 없으면 일정한
마음을 유지하지 못합니다. 만약 일정한 마음을 가지고 있지 않으
면 자연히 방탕하고 편벽하고 부정과 사치에 흘러 하지 않는 일이
없게 됩니다. 이렇게 하여 죄를 범한 것을 조사해서 형벌에 처하
는 것은 백성을 법의 그물로 잡는 일이라고 할 수 있습니다. 어찌

어진 이가 군주로 있으면서 백성을 법의 그물로 잡는 일을 하면 되겠습니까? 그러므로 현명한 임금은 겸손히 몸을 지녀 자신의 신하에게 예의 바르게 응대하며, 백성에게서 거두는 세금도 정해진 한도를 넘지 않게 합니다.

양호(陽虎)가 말하기를 '돈을 모으려면 인(仁)의 덕을 지키지 못하고, 인의 덕을 지키려면 돈을 모으지 못한다.'라고 했습니다. 하(夏)에서는 50묘(畝)의 땅을 경작하게 하여 공(貢)이란 이름의 세금을 거두어들였고, 은(殷)에서는 70묘를 주어 조(助)라는 이름의 세금을 거두어들였으며, 주(周)는 백 묘의 토지에서 철(徹)이라는 이름의 세금을 거두어들였는데, 모두 수확량의 10분의 1을 거두어들인 것입니다. 철은 거두어들이는 것이고, 조는 빌린다는 것입니다. 용자(龍子)는 '농민에 대한 세법 중 최선의 것은 조(助)요, 최악의 것은 공(貢)이다.'라고 했습니다. 공은 수년간의 수확을 평균해서 과세 표준으로 삼는 세법입니다. 풍년에는 곳곳에 곡식이 남아돌아 많이 거두어들여도 가혹하지 않은데 도리어 조금 거두어들이고, 흉년에는 아무리 거름을 주어 애써도 수확량이 모자라는데도 정해진 액수를 거두어들였습니다. 백성의 부모인 임금을 백성들이 원망스러운 눈으로 보며, 1년 내내 부지런히 일한 결과가 부모조차도 충분히 봉양하지 못하고, 또 나라로부터 높은 이자의 쌀을 꿔서 먹다가 점점 빈궁에 빠져 노인과 어린아이들이 굶어 죽어 시체가 도랑이나 골짜기에 뒹굴게 된다면, 어찌 백성의 부모라 하겠습니까?

대대로 일정한 녹(祿)을 세습하는 제도는 등(滕)에서도 원래 시행하였습니다. 《시경》에도 '비 내려 공전(公田)을 축여 주시고, 우리 밭도 적셔 주소서.'라고 했습니다. 조(助)에만 공전이 있으므로 이 시를 보면 주(周)에도 조(助)를 철(徹)과 병용한 것이 됩니다. 그 다음은 상(庠)·서(序)·학(學)·교(校) 등을 만들어 백성을 교육해야 합니다. 상(庠)은 양육한다는 뜻이고, 교(校)는 예의를 가르친다는 뜻이고, 서(序)는 활 쏘는 예법을 가르친다는 뜻입니다. 하(夏)에서는 교(校)라 하고, 은(殷)에서는 서(序)라 하고, 주(周)에서는 상(庠)이라고 하였는데, 학(學)이란 점만은 3대(代)가 같았습니다. 모두 인륜을 밝히는 것으로 위정자가 인륜을 밝게 하면, 백성도 서로 화목하게 지낼 것입니다. 이 두 가지 일을 실현하는 것이 정치의 급선무입니다. 왕자(王者)가 나타난다면 반드시 찾아와 배우려고 할 것입니다. 그렇게 되면 왕자의 스승으로 추앙받을 것입니다. 《시경》에 '주(周)는 오래된 나라라 해도 받은 천명은 새로우니.'라고 한 것은 문왕이 나라를 일으킨 일을 칭송한 노래입니다. 공(公)께서 이 정책을 실현하신다면, 공의 나라는 천명을 받아 새롭게 될 것입니다."

滕文公問爲國 孟子曰 民事不可緩也 詩云 晝爾于茅 宵爾索綯 亟其乘屋 其始播百穀 民之爲道也 有恒産者 有恒心 無恒産者 無恒心 苟無恒心 放辟邪侈 無不爲已 及陷乎罪 然後從而刑之 是罔民也 焉有仁人 在位罔民 而可爲也 是故 賢君必恭儉禮下 取於民有制.

陽虎曰 爲富 不仁也 爲仁 不富矣 夏后氏 五十而貢 殷人 七十而助 周人 百畝而徹 其實 皆什一也 徹者徹也 助者藉也 龍子曰 治地 莫善於助 莫不善於貢 貢者 校數歲之中以爲常 樂歲 粒米狼戾 多取之而不爲虐 則寡取之 凶年 糞其田而不足 則必取盈焉 爲民父母 使民盻盻然 將終歲勤動 不得以養其父母 又稱貸而益之 使老稚轉乎溝壑 惡在其爲民父母也. 夫世祿 滕固行之矣 詩云 雨我公田 遂及我私 惟助爲有公田 由此觀之 雖周亦助也 設爲庠序學校 以教之 庠者養也 校者教也 序者射也 夏曰校 殷曰序 周曰庠 學則三代共之 皆所

以明人倫也 人倫明於上 小民親於下 有王者起 必來取法 是
爲王者師也 詩云 周雖舊邦 其命維新 文王之謂也 子力行之
亦以新子之國.

● **주해** 詩云(시운)《시경》빈풍(豳風) 칠월편(七月篇)의 구절. 于茅(우
모) 우(于)는 가는 것, 모(茅)는 띠를 벤다는 동사. 索綯(삭도) 새끼를 꼬
는 것. 陽虎(양호) 노나라의 대부 계손씨(季孫氏)의 가신. 노나라의 독재
자가 되었다가 쫓겨났다.〔《논어》〈양화편〉제1장 참조〕 양화(陽貨). 夏
后氏(하후씨) 우(禹)임금 때. 徹者徹也(철자철야) 일설에 의하면 이것은
같은 말의 반복이 아니라 철(徹)이라는 세법은 철이라는 글자 원뜻에 의
해 이해되어야 한다는 주장으로, 토지의 경계, 구획을 정하는 일을 말한
다. 따라서 농지를 실제로 돌아보아 실제로 측량하고 수확의 실적을 조
사하여 세를 매긴다는 뜻이 된다. 통(通)의 뜻. 즉 '공통되게 거두어들인
다'는 뜻. 藉(자) 남의 힘을 빌리는 것. 龍子(용자) 맹자보다 선배 학자 같
으나 자세한 것은 알 수 없다. 樂歲(낙세) 풍년. 狼戾(낭려) 낭자(狼藉).
여기저기 땅에 버려져 있는 모양. 稱貸(칭대) 나라에서 곡식을 높은 이자
로 빌려주는 제도. 詩云(시운)《시경》소아(小雅) 대전편(大田篇)의 시.
詩云(시운)《시경》대아(大雅) 문왕편(文王篇)의 시.

문공은 필전(畢戰)을 보내어 정전법(井田法)에 관하여 물었다. 맹
자가 말했다.
"당신의 군주께서는 어진 정치를 하려고 당신을 뽑아 나에게 보내
셨으므로 부디 내가 하는 말을 잘 듣기 바랍니다. 대개 어진 정치
는 먼저 밭의 경계를 명확히 하는 것부터 시작해야 합니다. 경계가
명확하지 않으면 아무리 정전법을 시행한다 해도 균형이 깨지며,
관리의 녹(祿)도 그것에 의해 정해지므로 불공평한 일이 생기게
됩니다. 그러기에 폭군이나 부정한 관리가 다스리는 곳에서는 반
드시 경계가 명확하지 않습니다. 밭의 경계를 확실히 하면 밭을 나

눈다든가 수확하는 양을 기초로 하여 관리의 녹을 결정하는 일 같은 것은 쉽게 정할 수 있습니다.

등나라는 땅이 좁지만 그래도 군자가 있고, 백성이 있습니다. 군자가 없으면 백성을 통치할 수 없으며, 백성이 없으면 군자를 먹여 살리지 못합니다. 청하건대 성 밖에는 9분의 1을 바치는 조(助) 세법을 쓰고, 성안에서는 10분의 1의 세금을 스스로 내게 하면 어떻겠습니까? 대신 이하의 모든 관리에게 규전(圭田)을 주되, 규전은 50묘면 족할 것입니다. 또 대가족에서 보통보다 더 많은 일꾼이 있는 경우는 25묘를 줍니다. 죽거나 이사하는 경우에 향리(鄕里)를 떠나서는 안 되며, 같은 마을의 밭에서 한 정전을 경작하는 사람은 나갈 때나 들어올 때나 서로 우애를 유지하고, 방비와 정찰의 의무를 다하며, 병이 나면 서로 돕도록 한다면 백성은 친목하게 됩니다.

정전법은 1리 사방의 밭을 정(井)자 모양으로 나누고, 한 정전의 넓이를 9백 묘로 하는데, 중앙의 백 묘는 공전(公田)입니다. 여덟 집에서 각 백 묘씩을 갖고, 공동으로 공전을 가꿉니다. 공전 일을 끝낸 다음 자신의 밭일을 합니다. 이것으로써 백성의 구별이 명확해지게 됩니다. 이것이 정전제의 대략입니다. 그 실정에 맞게 조정하는 일은 임금님과 당신에게 있습니다."

使畢戰問井地 孟子曰 子之君將行仁政 選擇而使子 子必勉之
夫仁政 必自經界始 經界不正 井地不均 穀祿不平 是故暴君
汙吏 必慢其經界 經界旣正 分田制祿 可坐而定也.
夫滕 壤地褊小 將爲君子焉 將爲野人焉 無君子 莫治野人 無
野人 莫養君子 請野九一而助 國中什一使自賦 卿以下 必有
圭田 圭田五十畝 餘夫二十五畝 死徙無出鄕 鄕田同井 出入
相友 守望相助 疾病相扶持 則百姓親睦.

方里而井 井九百畝 其中爲公田 八家皆私百畝 同養公田 公
事畢 然後 敢治私事 所以別野人也 此其大略也 若夫潤澤之
則在君與子矣.

● **주해** 畢戰(필전) 등나라 문공의 신하. 將(장) 마땅히. 圭田(규전) 제사
에 올릴 곡식을 재배하는 땅. '깨끗한 토지'라는 뜻. 우리나라의 위토(位
土)에 해당한다. 餘夫(여부) 이설이 많으나 주자에 의하면 백 묘의 땅을
한 가족이 경작할 경우 한 가족의 인구 표준이 있는데, 그 수에서 벗어난
16세 이상의 남자가 있을 때 이를 여부라 한다고 하였다. 守望相助(수망
상조) 마을이나 집을 교대로 보고 서로 돕는다.

● **평석** 제나라에서 고향으로 돌아온 맹자는 정치와 인연이 끊어진 듯
보였으나, 세자 시절부터 잘 알던 등나라 문공으로부터 초빙을 받게
된다. 맹자는 정전제 실시 등을 건의해 이상적 정치를 실현하고자 애
썼다. 등나라는 매우 작은 나라였기에 맹자는 등나라를 천하의 왕자
(王者)로 키울 뜻은 처음부터 없었으나, 이상적 국가가 되면 정치의 한
전형을 천하에 제시함으로써 왕자의 스승이 될 수는 있다고 자부했다.
맹자는 양(梁)나라와 제나라에서도 정전제에 관해 말한 적이 있는데,
전면적인 주장은 내세우지 않았었다. 그런 큰 나라는 왕을 둘러싼 귀
족이 모두 대지주였으므로, 농촌 공동체를 기본으로 하는 이런 개혁이
채택될 리 만무하다고 생각한 까닭이다.
그러나 등나라 같은 작은 나라에는 그러한 대지주가 없으므로 이런 개
혁 운동을 시도하는 데는 안성맞춤이었는지도 모른다. 어떤 사람은 이
것을 유토피아적 사회주의라고 비웃기도 했으나 맹자의 진지한 의도
만은 높이 사야 할 듯하다. 맹자의 이러한 꿈은 끝내 실현되지 않았으
나 중국 역사를 통해 농지 개혁 운동에 하나의 이상적인 제안이라 할
수 있다. 한(漢)의 한전제(限田制), 중세의 균전제(均田制) 같은 개혁
안은 모두 맹자에게 큰 영향을 받은 것으로 보인다.

4. 신농씨(神農氏)의 학설을 실천하는 허행(許行)이 초(楚)나라에서 등(滕)나라로 와서 궁문 앞에 와서 문공(文公)에게 말했다. "저희는 먼 곳 사람입니다만, 임금님께서 어진 정치를 베푸신다는 소문을 듣고 찾아왔습니다. 원하건대 몇 칸의 집을 받아 이 나라 백성이 되었으면 합니다."

문공이 그들에게 집을 주었는데, 수십 명의 그 제자와 함께 검소한 옷을 입고, 짚신을 삼고, 자리를 짜서 생활했다.

진량(陳良)의 제자 진상(陳相)이 동생 진신(陳辛)과 쟁기와 보습을 등에 메고 송(宋)나라에서 등나라에 와서 문공에게 말했다. "임금님께서 성인의 정치를 행한다고 들었습니다. 그러므로 임금님이 바로 성인이십니다. 저희는 성인의 백성이 되고 싶습니다."

진상은 허행을 만나 크게 기뻐했으며 자기가 배운 유학(儒學)을 모두 버리고, 허행의 학설을 배웠다. 진상이 맹자를 만나 허행의 주장을 전하면서 말했다.

"등나라 임금님은 참으로 현명한 임금님입니다. 그러나 아직 도(道)를 모르십니다. 현명한 임금님은 백성과 함께 농사를 지어서 먹고, 아침이나 저녁밥을 손수 지어먹으면서 백성을 다스려야 합니다. 지금 등나라에는 곡식을 저장하는 창고와 재물을 저장하는 곳집이 있으니, 이는 곧 백성에게 고통을 주고 자기만 양생(養生)하는 것입니다. 어찌 현명하다고 하겠습니까?"

맹자가 말했다.

"허자(許子)는 반드시 스스로 곡식을 심어서, 그것을 먹나요?"

"그렇습니다."

"허자는 반드시 자기가 짠 베로 옷을 지어 입나요?"

"아닙니다. 허선생께서는 거친 털옷을 입습니다."

"허자는 관을 쓰나요?"

"관을 쓰십니다."

"어떠한 관인가요?"

"흰 베로 만든 관입니다."

"손수 만든 것인가요?"

"아닙니다. 곡식과 바꾼 것입니다."

"허자는 왜 손수 베를 짜지 않나요?"

"농사짓는 데 방해가 됩니다."

"허자는 솥과 시루로 밥을 짓고, 또 쇠로 만든 농기구로 밭을 가나요?"

"그렇습니다."

"그것들은 손수 만드나요?"

"아닙니다. 곡식과 바꾼 것입니다."

"곡식으로 연장과 그릇으로 바꾸는 일은, 옹기장이와 대장장이를 괴롭히는 것이 아닙니다. 옹기장이와 대장장이 역시 자기가 만든 기물을 가지고 곡식과 바꾸는 일을 어찌 농부를 괴롭히는 일이라고 생각하겠소? 또한 허자는 옹기 굽는 일과 쇠붙이 달구는 일을 하여 기물들을 자기 집에서 만들어서 쓰지 않소? 왜 여기저기 다니면서 여러 기술자와 바꾸는 일을 하는 거요? 허자는 번거로움도 모르오?"

"여러 가지 기술은 절대로 농사지으면서 할 수 있는 일이 아닙니다."

有爲神農之言者 許行自楚之滕 踵門而告文公曰 遠方之人 聞君行仁政 願受一廛而爲氓 文公與之處 其徒數十人 皆衣褐 捆屨 織席以爲食.

陳良之徒 陳相與其弟辛 負耒耜 而自宋之滕 曰 聞君行聖人之政 是亦聖人也 願爲聖人氓.

陳相見許行 而大悅 盡棄其學 而學焉 陳相見孟子 道許行之言曰 滕君則誠賢君也 雖然未聞道也 賢者與民 並耕而食 饔

飱而治 今也滕有 倉廩府庫 則是厲民 而以自養也 惡得賢.
孟子曰 許子必種粟 而後食乎 曰 然 許子必織布 而後衣乎
曰 否 許子衣褐 許子冠乎 曰 冠 曰 奚冠 曰 冠素 曰 自織之
與 曰 否 以粟易之 曰 許子奚爲不自織 曰 害於耕 曰 許子
以釜甑爨 以鐵耕乎 曰 然 自爲之與 曰 否 以粟易之.
以粟易械器者 不爲厲陶冶 陶冶亦以其械器易粟者 豈爲厲農
夫哉 且許子何不爲陶冶 舍皆取諸其宮中而用之 何爲紛紛然
與百工交易 何許子之不憚煩 曰 百工之事 固不可耕 且爲也.

● **주해** 神農(신농) 중국 전설상의 고대 왕으로 삼황(三皇)의 한 사람. 처음으로 농사짓는 법을 만들어 냈다고 한다. 許行(허행) 신농씨를 받드는 학파의 한 사람. 踵門(종문) 문에 이르자. 氓(맹) 야인(野人), 즉 농민을 가리키는 말이지만 보통 '백성'의 의미로 많이 사용됨. 褐(갈) 좋지 않은 털이나 베로 만든 천. 捆屨(곤구) 짚신 삼는 것. 陳良(진량) 한비자(韓非子)가 유가의 일파에 진량씨가 있다고 하였는데, 그를 두고 한 말인 듯하다. 耒耜(뇌사) 쟁기와 보습. 饔飱(옹손) 밥을 짓는 것. 饔(아침밥 옹), 飱(저녁밥 손). 厲(여) 병(病)과 같음. 피해를 입히는 것. 釜甑爨(부증찬) 가마나 시루를 얹히고 불을 때서 곡물을 익히다. 釜(가마 부), 甑(시루 증), 爨(불 땔 찬). 宮中(궁중) 여기서는 허행의 집을 가리킴. 옛날에는 개인 집도 궁(宮)이라 부르기도 했다.

"그렇다면 천하를 다스리는 일만은 혼자서 농사도 짓고, 또 다스리기도 해야 한다는 건가? 대인이 할 일이 있고, 소인이 할 일이 있는 법이다. 한 사람이 살아가는 데는 온갖 기술자가 만든 갖가지 기물이 필요한데 만약 그 모두를 반드시 손수 만들어 써야 한다면 천하 사람은 지쳐서 쓰러질 것이다. 그러므로 '어떤 사람은 정신을 쓰고, 어떤 사람은 육체를 쓴다.'라는 말이 있다. 정신을 쓰는 사람은 남을 다스리고, 육체를 쓰는 사람은 남에게 다스림을 받는다. 남에게 다스림을 받는 사람은 남을 먹여 살려야 하며, 남을 다스리는 사람은 남에게서 먹을 것을 받는 것이 천하의 공통된 이치다.

요임금 때는 천하가 아직 평온하지 못하여, 홍수는 넘쳐 천하를 덮고, 초목은 무성하여 새와 짐승은 들끓었으며, 곡식은 영글지 않고, 새와 짐승이 사람을 위협하였으며, 새와 짐승의 발자국이 서울 안에까지 나 있었소. 요임금이 혼자 걱정하고 순을 등용하여 다스리게 하였소. 순임금은 익(益)에게 불을 다루게 했으며, 익은 산과 늪에 불을 놓아 태우니 새와 짐승들이 도망가 숨었소. 우는 황하(黃河)의 여러 물길을 통하게 하고, 제수(濟水)와 탑수(漯水)의 물길을 터서 바다에 흘러들게 하고, 여수(汝水)와 한수(漢水)의 막힌 물줄기를 트고, 회수(淮水)와 사수(泗水)를 터서 양자강(揚子江)으로 흘러들게 하였다. 이런 일로 겨우 중국 백성들이 농사를 지어 곡식을 거두어 먹고 살 수 있게 되었소. 당시에 우는 8년 동안이나 집을 비웠으며, 세 번이나 자기 집 문 앞을 지나면서도 들어가지 않았소. 비록 농사지으려는 마음이 있었다 한들 어찌 그럴 수 있었겠소.

후직(后稷)이 백성들에게 농사짓는 법과, 또 오곡을 심고 가꾸는 법을 가르쳐서 오곡이 잘 익어서 백성들이 배부르게 살아갈 수 있었소. 사람에게는 도리가 있는 법이니, 배부르게 먹고 따뜻하게 입고 편안하게 살되 교육하지 않으면 곧 새와 짐승에 가깝게 되는 법이오. 성인께서 걱정하고 설(契)을 사도(司徒)로 삼고 인륜(人倫)을 가르치게 했소. 아버지와 자식 사이에는 친애의 정이 있으며, 임금과 신하 사이에는 도의(道義)가 있으며, 남편과 아내 사이에는 분별이 있으며, 어른과 젊은이 사이에는 차례가 있으며, 친구 사이에는 신의가 있어야 한다는 것이었소. 요임금이 말했소. '백성들을 어루만지고 북돋아서 굽은 마음을 곧게 하고, 모자라는 것을 도와 백성의 마음에 스스로 덕이 생기도록 해주겠다. 또 곤궁한

자를 도와 혜택이 미치도록 하겠다.' 성인이 이같이 백성을 걱정
했으니, 어찌 농사지을 시간이 있었겠소? 요임금은 순 같은 어진
신하를 얻지 못하는 것을 자기의 걱정으로 여기고, 순임금은 우
(禹)나 고요(皐陶) 같은 신하를 얻지 못하는 것을 자기의 걱정으
로 여겼소. 무릇 백 묘의 땅을 가지고 농사짓기가 쉽지 않다고 걱
정하는 사람이 바로 농부요.

남에게 재물을 나누어 주는 것을 혜(惠)라 하고, 남에게 선(善)하
도록 가르치는 것을 충(忠)이라 하고, 천하를 위하여 훌륭한 인재
를 얻는 것을 인(仁)이라 하오. 그러므로 천하를 남에게 주기는 쉬
워도, 천하를 위해서 훌륭한 사람을 얻기는 어려운 일이오.

공자께서 말씀하셨소. '크시도다, 요(堯)의 임금 되심이여. 하늘처
럼 큰 것이 없거늘, 요임금께서 이를 본받으셨으니, 넓고 넓어 백
성들은 칭송할 말이 없었다. 위대하시다, 순(舜)임금이시여. 높고
높으니 천하를 다스리시면서도 조금도 얽매이지 않으셨다.' 요순
께서 천하를 다스릴 때 어찌 마음을 쓰지 않았겠소? 역시 농사짓
는 것에는 마음 쓰지 않으셨소."

然則治天下 獨可耕且爲與 有大人之事 有小人之事 且一人
之身 而百工之所爲備 如必自爲而後用之 是率天下而路也 故
曰 或勞心 或勞力 勞心者治人 勞力者治於人 治於人者食人
治人者食於人 天下之通義也.

當堯之時 天下猶未平 洪水橫流 氾濫於天下 草木暢茂 禽獸
繁殖 五穀不登 禽獸偪人 獸蹄鳥跡之道 交於中國 堯獨憂之
擧舜而敷治焉 舜使益掌火 益烈山澤而焚之 禽獸逃匿 禹疏
九河 瀹濟漯而注諸海 決汝漢 排淮泗而注之江 然後中國可
得而食也 當是時也 禹八年於外 三過其門而不入 雖欲耕 得

乎.

后稷敎民稼穡 樹藝五穀 五穀熟而民人育 人之有道也 飽食
煖衣 逸居而無敎 則近於禽獸 聖人有憂之 使契爲司徒 敎以
人倫 父子有親 君臣有義 夫婦有別 長幼有序 朋友有信 放勳
曰 勞之來之 匡之直之 輔之翼之 使自得之 又從而振德之 聖
人之憂民如此 而暇耕乎 堯以不得舜 爲己憂 舜以不得禹皐
陶 爲己憂 夫以百畝之不易 爲己憂者 農夫也.

分人以財 謂之惠 敎人以善 謂之忠 爲天下得人者 謂之仁 是
故 以天下與人易 爲天下得人難.

孔子曰 大哉 堯之爲君 惟天爲大 惟堯則之 蕩蕩乎 民無能
名焉 君哉 舜也 巍巍乎 有天下而不與焉 堯舜之治天下 豈
無所用心哉 亦不用於耕耳.

● **주해** 大人(대인) 통치자. 小人(소인) 백성. 路(노) 피로하게 하는 것.
暢茂(창무) 수목이 자라 무성함. 登(등) 곡물이 자라고 익음. 交於中國
(교어중국) 여기서 중국은 국중(國中)과 같다. 즉 서울의 한가운데. 益
(익) 순(舜)임금의 신하 이름. 疏(소) 강물을 나누어 통하게 한다는
뜻. 九河(구하) 고대에 황하의 물이 여러 개의 지류가 되어 흐르던 사
실을 가리킨다. 濟(제) 제수(濟水). 하남성 제원현(濟源縣)에서 시작하
여, 황하를 가로질러 산동성에서 발해만으로 들어갔다. 고대에는 배가
지날 수 없었던 황하 본류를 대신하여, 교통 운수로로서 중요한 역할
을 했다. 나중에 황하 하류의 진로가 바뀜에 따라 없어졌다. 漯(탑) 탑
수(漯水). 예전에 산동성 조성현(朝城縣) 경계에 있던 강이나, 이것도
황하 하류의 물흐름 변경으로 없어졌다. 決汝漢 排淮泗而注之江(결여한
배회사이주지강) 한(漢)은 한수(漢水)로, 양자강으로 들어가는 큰 강이
나, 지금의 여수(汝水)·회수(淮水)·사수(泗水)는 양자강과 합류하지
않는다. 고대에는 물길을 파서 양자강에 들어가도록 하였다고 전한다.

后稷(후직) 벼슬 이름으로 농업을 관장하는 장관. 稼穡(가색) 농사짓는 일. 稼(심을 가), 穡(거둘 색). 契(설) 순임금의 신하. 은(殷) 왕조의 시조. 司徒(사도) 백성의 교육을 맡은 장관. 放勳(방훈) 요임금의 이름. 勞(노)·來(래) 둘 다 위로하는 뜻. 래(來)는 래(勑)의 약자. 皐陶(고요) 순(舜)임금 때의 재판관 이름. 易(이) 다스리다. 孔子曰(공자왈)《논어》〈태백편(泰伯篇)〉제19장과 비슷한 내용이다. 다만《논어》에서는 끝까지 요(堯)의 덕을 찬미한 말로 되어있는데, 여기서는 마지막 부분을 순(舜)과 결부시켰다. 蕩蕩乎(탕탕호) 넓게 퍼지고 넘치다. 巍巍乎(외외호) 높고, 또 높다.

"나는 중국의 문화로써 오랑캐를 변화시킨다는 말은 들은 일이 있지만, 오랑캐의 문화로 중국을 변화시킨다는 말은 듣지 못했소. 진량(陳良)은 초나라 출생으로, 주공(周公)과 공자의 도(道)를 좋아하여, 북쪽 중국에서 공부하여 북쪽 학자도 그보다 앞서지 못하였으니, 말하자면 호걸이라 할 수 있소. 당신 형제가 진량을 스승으로 섬긴 지가 수십 년이 되었거늘, 스승이 죽자 마침내 배반하였소.

옛날에 공자께서 돌아가셨을 때 3년상이 끝나자 제자들이 짐을 꾸려 돌아가고자 들어가서 자공(子貢)에게 인사하고, 서로 마주 보고 통곡했는데, 모두 목이 쉴 정도로 한 후 돌아갔소. 자공은 되돌아와 무덤 곁에 여막(廬幕)을 짓고 혼자 3년 간 상(喪)을 입은 다음 돌아갔소. 그 후에 자하(子夏)·자장(子張)·자유(子游)가 유약(有若)의 모습이 공자를 닮았다고 하여 공자를 섬기던 예로 섬기자고 증자(曾子)에게 강요했소. 증자가 말했소. '안 되오. 공자님은 장강(長江)이나 한수(漢水)의 물에 빨고, 가을 햇볕에 말린 것처럼 희고 흰 여기에 더하는 것이 있어서는 안 되오.'

지금 남쪽 오랑캐의 새 소리 같은 말을 하는 사람이 옛 임금의 도를 헐뜯고, 그대는 그대의 스승을 배반하고 이를 배우고 있으니 증자의 태도와 다르다고 할 수 있소. 나는 새가 어두운 골짜기에서 나와 높은 나무로 옮겨 앉는다는 말은 들었어도, 높은 나무에서 내려와 깊고 어두운 골짜기로 들어간다는 말은 듣지 못했소. 《시경》 노송(魯頌)에 '서쪽 오랑캐와 북쪽 오랑캐를 무찌르시고, 남쪽 오랑캐를 징계하시네.'라고 했소. 주공도 초(楚)를 치셨는데, 그대는 그 초나라 문화를 배우는 것은 중국 문화로 오랑캐를 동화하려는 것이라고는 할 수 있습니다."

진상(陳相)이 말했다.

"허자(許子)의 학설에 의하면, 시장에서 물건값을 일정하게 통제하면, 나라에 가짜가 없어지고, 어린아이가 시장에 간다 해도 속이는 일이 없다고 합니다. 베와 비단의 길이만 같으면 값을 같게 하고, 삼베 실이나 비단실도 무게가 같으면 값을 같게 하고, 오곡도 양이 같으면 값을 같게 하고, 신발도 크기만 같으면 값을 같게 하는 것입니다."

"물건에 차이가 있는 것은 물건이 본래부터 가지고 있는 성질이오. 값이 두 배, 다섯 배 되는 것이 있고, 10배, 백 배 되는 것이 있고, 천 배, 만 배의 값이 나가는 것도 있소. 당신이 이것을 같은 값으로 만들겠다는 것은 천하를 혼란에 빠뜨리는 일이오. 보잘것없는 짚신과 정교하게 만든 짚신의 값이 같다면 누가 정교한 신을 만들겠소? 허자의 주장을 따르면 모두 서로 속이는 일을 하는 것이오. 어찌 나라를 다스릴 수 있겠소?"

吾聞用夏變夷者 未聞變於夷者也 陳良楚産也 悅周公仲尼之道 北學於中國 北方之學者 未能或之先也 彼所謂豪傑之士也 子之兄弟 事之數十年 師死而遂倍之.

昔者 孔子沒 三年之外 門人治任將歸 入揖於子貢 相嚮而哭皆失聲 然後歸 子貢反 築室於場 獨居三年 然後歸 他日 子

夏子張子游 以有若似聖人 欲以所事孔子事之 彊曾子 曾子曰 不可 江漢以濯之 秋陽以暴之 皜皜乎不可尚已.

今也 南蠻鴃舌之人 非先王之道 子倍子之師 而學之 亦異於曾子矣 吾聞 出於幽谷 遷于喬木者 未聞 下喬木而入於幽谷者 魯頌曰 戎狄是膺 荊舒是懲 周公方且膺之 子是之學 亦爲不善變矣.

從許子之道 則市賈不貳 國中無僞 雖使五尺之童適市 莫之或欺 布帛長短同 則賈相若 麻縷絲絮輕重同 則賈相若 五穀多寡同 則賈相若 屨大小同 則賈相若.

曰 夫物之不齊 物之情也 或相倍蓰 或相什百 或相千萬 子比而同之 是亂天下也 巨屨小屨同賈 人豈爲之哉 從許子之道 相率而爲僞者也 惡能治國家.

● **주해** 夏(하) 화(華)와 같음. 楚(초)·中國(중국) 당시 중국에는 이민족이 많이 살고 있어서, 한족이 사는 황하 일대를 중원(中原) 또는 중국(中國)이라 하고, 남방에 있는 초(楚) 같은 나라는 오랑캐로 여겼다. 倍(배) 배반하는 것. 배(背)와 같음. 治任(치임) 짐을 싸다. 임(任)은 짐. 入揖於子貢(입읍어자공) 안회(顔回)가 죽은 다음, 자공이 수제자격이었다. 그러므로 공자의 삼년상을 마친 제자들이 자공을 찾아가 돌아가겠다고 인사하였다. 失聲(실성) 말을 잃고. 有若(유약) 공자의 제자. 暴(폭) 햇볕을 쬐다. 皜皜(호호) 하얀 모양. 尚(상) 더하는 것. 첨가하는 것. 南蠻(남만) 남쪽 오랑캐. 鴃舌(결설) 뱁새가 우는 것 같은 말. 알아듣지 못하는 외국어를 형용한 말이다. 鴃(뱁새 결). 出於幽谷 遷于喬木者(출어유곡 천우교목자) 《시경》 소아(小雅) 녹명지십(鹿鳴之什)의 벌목(伐木)에 나오는 구절. 《시경》에는 어(於)가 자(自)로 되어있다. 魯頌曰(노송왈) 《시경》 노송 비궁편(閟宮篇)의 구절. 戎狄是膺(융적시응) 서쪽 오랑캐와 북쪽 오랑캐를 응징하다. 응(膺)은 '치다', '응징하다'. 荊舒(형서) 초나라와 서(舒)

나라. 賈(가) 값. 가(價)와 같음. 五尺之童(오척지동) 아주 작은 어린아
이. 麻縷絲絮(마루사서) 삼실이나 비단실이나 솜. 蓰(사) 다섯 배. 巨屨小
屨(거구소구) 아무렇게나 만든 짚신과 잘 만든 짚신.

● **평석** 등나라 문공이 맹자를 초빙했다는 소문은 다른 학자들에게도
충격을 주었을 것이다. 그래서 자기 학설에 자신이 있는 학자들이 모
여들기 시작했다. 신농씨의 계통임을 표방하는 허행(許行)도 그런 사
람 가운데 하나였던 것으로 보인다. 농업이 국가 산업의 기초라는 생
각은 고대 중국에서는 이상할 것도 없는 사상이었다. 사실은 유가(儒
家)도, 도가(道家)도, 또 관자(管子)를 제외한 법가(法家)의 일부조
차, 이 중농주의 사상에 입각해 있었다고 해도 과언이 아니다.
허행은 왕이나 대신이나 스스로 농사를 지어서 자기가 먹을 것은 자기
가 만들며, 여가에 정치해야 한다고 주장했던 것 같다. 자연에서 일하
는 농민의 소박한 생활로 돌아감으로써 상업주의에 물든 지도자들의
부패한 정신을 뿌리 뽑고자 한 것이라 할 수 있다. 허행의 주장에는
상업주의에 반대하고, 시장의 유통 구조에 통제를 가하여 삼베나 비단
이나 같은 종류의 상품은 같은 가격으로 판매하게 한다는 정책이 포함
되어 있다. 이것에 의해 사치품의 생산이 불가능하도록 하고, 실용적
인 상품만 생산하게 하려는 것 같다.
맹자는 문화생활에 젖어 있던 사람이므로, 허행의 소박한 생활철학에
는 동조할 수 없었을 것이다. 문화의 진보와 사회 발전에 따라 분업화
는 불가피하다는 맹자의 반박은 그것대로 근거 있는 주장이다. 그러나
부패한 도시의 문화를 소박한 농민의 문화에 의해 소생시키려는 허행
의 정신에 관해서는, 전혀 이해하지 못하는 것 같다.
이 장문의 논쟁은《맹자》에서도 중요한 의의를 지니지만 허행 자신이
아니라, 그의 영향을 받은 진상(陳相)을 상대하였기에, 허행의 학설의
장점이 충분히 대변되지 못하고, 맹자가 마음껏 자신의 생각을 말한
것 같아 유감이다. 그러나 여기에 나오는 맹자의 논리에 타당성이 있
다고 할 수 있고, 그 언변이 물 흐르듯 전개된 점은 문학적 가치 또한

《맹자》에서 뛰어난 부분이라 할 수 있다.

5. 묵자(墨子)학파의 이지(夷之)가 서벽(徐辟)을 통해서, 맹자를 만나고자 청했다. 맹자가 말했다.

"물론 나도 만나기를 바란다. 지금 나는 병중이니 병이 좋아지면 내가 가서 볼 것이니 이지를 오지 않게 해라."

다른 날, 다시 맹자를 만나고 싶다고 하자, 맹자가 말했다.

"나는 지금은 만날 수 있다. 그의 그릇된 생각을 바로잡아 주지 않으면 바른 도리를 알게 할 수 없을 것이다. 내가 바로잡아 주겠다. 내가 들으니 이자(夷子)는 묵가(墨家)라고 하는데, 묵가는 상례(喪禮) 치를 때 간소하게 하는 것을 바른 도리로 삼고 있다. 이자는 그런 생각으로 천하를 개혁하고자 생각하고 있는데, 어찌 그런 생각이 잘못이며, 귀하게 여기지 않겠는가? 그런데 이자는 자기 부모의 장례를 후하게 지냈으니, 곧 자기들이 천하게 여기는 방식으로 부모를 섬긴 것이 된다."

서벽이 맹자의 말을 이지에게 전했다. 이지가 말했다.

"유가의 도리에 '옛 성인은 백성 사랑하기를 마치 어린아이처럼 보호하였다.'라고 했으니, 이 말은 무슨 뜻입니까? 그것이 곧 사랑에는 차별이 없으며, 사랑을 베풀 때는 부모로부터 시작하라는 것입니다."

서벽이 이 말을 맹자에게 전하자, 맹자가 말했다.

"이자는 사람이 자기 형의 아들을 사랑하는 것을, 이웃집의 어린아이를 사랑하는 것과 마찬가지라고 생각하는 것인가? 그것은 그것대로 근거가 있는 것이다. 어린 아기가 기어가다가 우물에 빠지려고 하면, 그것은 어린 아기의 잘못이라고 할 수 없다. 하늘은 만물의 출생을 하나의 근거로 해서 만들었다. 그러나 이자는 두 뿌리에서 나온다고 알고 있으므로 그렇게 하는 것이다.

대개 상고시대에는 부모를 매장하지 않고, 부모가 죽으면 시체를 들어다가 골짜기에 버렸다. 후일에 지나가다 보니 여우와 너구리가 부모의 시체를 뜯어먹고, 파리와 모기가 시체를 빨아먹고 있었다. 그 사람은 이마에 식은땀을 흘리며, 똑바로 보지 못하고 고개를 돌려 곁눈으로 바라보았을 것이다. 그의 식은땀은 남을 의식해서 흘리는 것이 아니라, 마음속에서 나온 진정이 얼굴에 나타난 것이다. 그는 집으로 돌아가서 삼태기와 가래를 들고 와서 시체를 흙으로 덮었을 것이다. 시체를 흙으로 덮은 것은 참으로 잘한 일이다. 효자나 어진 사람이 부모를 매장하는 것도 반드시 도리가 있는 것이다."

서벽이 이 말을 이자에게 전했다. 이자는 넋을 잃은 듯 한참 있다가 말했다.

"좋은 가르침을 받았습니다."

墨者夷之 因徐辟而求見孟子 孟子曰 吾固願見 今吾尚病 病愈 我且往見 夷子不來 他日 又求見孟子 孟子曰 吾今則可以見矣 不直則道不見 我且直之 吾聞夷子墨者 墨之治喪也 以薄爲其道也 夷子思以易天下 豈以爲非是而不貴也 然而夷子葬其親厚 則是以所賤事親也.

徐子以告夷子 夷子曰 儒者之道 古之人 若保赤子 此言何謂也 之則以爲愛無差等 施由親始 徐子以告孟子 孟子曰 夫夷子信 以爲人之親其兄之子 爲若親其隣之赤子乎 彼有取爾也 赤子 匍匐將入井 非赤子之罪也 且天之生物也 使之一本 而夷子二本故也.

蓋上世 嘗有不葬其親者 其親死 則擧而委之於壑 他日過之 狐狸食之 蠅蚋姑嘬之 其顙有泚 睨而不視 夫泚也 非爲人泚 中心達於面目 蓋歸反虆梩而掩之 掩之誠是也 則孝子仁人之

掩其親 亦必有道矣.

徐子以告夷子 夷子<u>憮然</u>爲間曰 <u>命之矣</u>.

● **주해** 徐辟(서벽) 맹자의 제자. 直(직) 직설적으로 말해서 바로잡는다
는 뜻. 見(현) 현(現)으로, 나타나는 것. 古之人 若保赤子(고지인 약보적
자)《서경》주서(周書) 강고편(康誥篇)의 구절. 一本(일본) 일(一)은 동
사로, 근본을 하나로 하다. 蠅蚋姑嘬(승예고최) 蠅(파리 승), 蚋(모기 예),
姑(빨아먹을 고), 嘬(물 최). 泚(체) 식은땀이 나다. 睨(예) 흘겨보다. 虆梩
(나리) 虆(삼태기 라), 梩(가래 리). 憮然(무연) 망연자실하는 모양. 命
(명) 교(教)와 같다.

● **평석** 묵가(墨家)는 공자보다 조금 후배인 묵적(墨翟)에게서 시작한
학파이다. 묵가는 겸애(兼愛)라 해서 육친(肉親)과 남을 차별하지 않
는 평등애를 주장했고, 또 검소한 생활을 내세우는 것이 특색이었다.
간소한 장례식을 주장한 것도, 그런 겸애와 검소에서 나온 것이라 할
수 있다. 그러나 맹자는 혈연이 가까운 사람을 대하는 사랑과 사이가
먼 사람에 대한 사랑이 같을 수 없고, 더욱이 부모를 후한 예법으로
장사 지내려는 것은 인간의 자연스러운 정임을 내세워 반박했다. 유교
는 인륜에 기초를 둔 도덕이므로, 이것은 당연하다고 할 수 있다.
당시에 묵가의 세력은 컸던 모양으로, 맹자가 그들과 대립하여 논쟁했
던 장면이 다음 〈등문공장구 하〉와 〈진심장구 상〉 같은 데도 나온다.
그런 세력을 배제하고 유교 학설을 널리 알린 것이 맹자가 자각한 임
무였다.

제6권

등문공장구(滕文公章句) 하

〈등문공장구 하〉는 10장으로 되어있다. 전체적으로 통일이 없으나, 맹자가 여러 나라 왕을 섬겼을 때의 정신이나 자격 같은 것이 문제 된 부분이 많다. 또 장의(張儀) 같은 사람을 문제시하지 않고 대장부로서의 태도를 말한 제2장이라든가, 묵적(墨翟)과 양주(楊朱)의 이단 사상을 배격한 제9장 같은 부분은 주목을 끈다. 유교를 옹호하는 맹자의 정열이 대단함을 알 수 있다.

1. 진대(陳代)가 말했다.

"제후를 만나려 하지 않으시는 것은 아마도 생각이 좁으신 듯 생각됩니다. 지금 한번 만나시면, 크게는 참다운 임금이 되게 하시고, 작게는 패자(覇者)가 되게 하실 것입니다. 옛 기록에 '한 자를 굽혀 여덟 자를 곧게 한다.'라고 했습니다. 마땅히 그렇게 하심이 어떻습니까?"

맹자가 말했다.

"옛날 제나라 경공(景公)이 사냥할 때 정기(旌旗)를 들고 몰이꾼을 불렀으나, 그가 오지 않자 죽이려고 했다. 공자께서는, '지사(志士)는 도랑이나 골짜기에 버려질 수도 있다는 생각을 해야 한다. 용사(勇士)는 자기 목을 잃을 것을 각오해야 한다'라고 하셨다. 공자께서는 그 몰이꾼의 어느 점을 취하셨을까? 그가 임금의 부름이 정당하지 않아서 가지 않은 점을 취한 것이다. 만약 제대로 예를 갖추어 부르지도 않았는데 기다리지 않고 간다면 어찌 되겠는가? 또 한 자를 굽혀 여덟 자를 곧게 한다고 한 것은 이익을 말한 것이다. 만약 이익이 되면, 여덟 자를 굽혀 한 자를 곧게 하는 일이 되어도 역시 하는 것이 좋단 말인가?

옛날에 조간자(趙簡子)는 왕량(王良)에게 자기가 총애하는 가신(家臣) 해(奚)를 위해서 수레를 몰아 사냥하게 했는데, 하루 종일 새 한 마리도 잡지 못했다. 해는 돌아와서 보고했다. '왕량은 세상에서 가장 형편없는 수레 몰이꾼입니다.' 어떤 사람이 왕량에게 일러 주었다. 왕량이 다시 사냥하게 해달라고 청하여 가까스로 나중에 허락을 얻었네. 이번에는 아침에 열 마리의 새를 잡았는데, 돌아와 해가 보고하기를, '천하에 으뜸가는 수레 몰이꾼입니다.'라고 했다. 조간자는 '내가 그를 네 수레 몰이꾼으로 하겠다.'라고 말했다. 왕량에게 말하자, 왕량은 안 된다며 말했다. '제가 그를 위해 법도대로 수레를 몰았는데, 종일토록 새 한 마리도 잡지 못했습니다. 수레를 법도대로 하지 않고 몰았더니, 아침나절에 새를 열 마리나

잡았습니다. 《시경》에 이런 말이 있습니다. 법도대로 말을 몰고 달리면, 화살은 꿰는 듯이 바로 꽂히네. 저는 법도대로 할 때 새를 잡지 못하는 소인과 같이 수레를 타는 데 익숙하지 않으니 거절하겠습니다.'

수레 몰이꾼조차도 활 쏘는 사람에게 아첨하는 것을 부끄럽게 여겼다. 그의 비위를 맞추어 새와 짐승을 산더미같이 잡는다고 해도, 그런 일을 하지 않았다. 내가 도를 굽히고 그들을 따른다면, 어떻겠는가? 또한 그대도 잘못이다. 자기를 굽히는 자로서 남의 잘못을 바로잡은 사람은 없었다."

陳代曰 不見諸侯 宜若小然 今一見之 大則以王 小則以霸 且志曰 枉尺而直尋 宜若可爲也.

孟子曰 昔齊景公田 招虞人以旌 不至 將殺之 志士不忘在溝壑 勇士不忘喪其元 孔子奚取焉 取非其招不往也 如不待其招而往 何哉 且夫枉尺而直尋者 以利言也 如以利 則枉尋直尺而利 亦可爲與.

昔者 趙簡子使王良與嬖奚乘 終日而不獲一禽 嬖奚反命曰 天下之賤工也 或以告王良 良曰 請復之 彊而後可 一朝而獲十禽 嬖奚反命曰 天下之良工也 簡子曰 我使掌與女乘 謂王良 良不可 曰 吾爲之範我馳驅 終日不獲一 爲之詭遇 一朝而獲十 詩云 不失其馳 舍矢如破 我不貫與小人乘 請辭.

御者且羞與射者比 比而得禽獸 雖若丘陵 弗爲也 如枉道而從彼 何也 且子過矣 枉己者 未有能直人者也.

●주해 陳代(진대) 맹자의 제자. 枉尺而直尋(왕척이직심) 한 자를 굽혀 여덟 자를 곧게 한다. 왕(枉)은 '굽힌다', 심(尋)은 한 길, 8자. 虞人(우인) 원유(苑囿)나 사냥터를 지키는 사람. 우인을 군주가 부를 때는 가죽 관

을 사자에게 들려 보내는 것이 관례였는데, 경공은 정기(旌旗)를 보냈으므로, 예에 어긋난다고 생각한 우인이 가지 않은 것이다. 旌(정) 정기(旌旗). 막대 끝에 깃을 단 장군의 기. 元(원) 머리. 목. 趙簡子(조간자) 진(晉)나라의 대부 조앙(趙鞅). 간(簡)은 시호(諡號). 王良(왕량) 조간자의 어자(御者)로 유명한 수레 몰이꾼. 嬖(폐) '총애한다'는 뜻. 反命(반명) 명(命)은 말씀드리는 뜻. 돌아가서 보고하는 것. 範(범) 법도대로 하는 것. 詭遇(궤우) 법도를 어기고 아첨함. 속임수로 사냥감과 만나게 하는 것. 詩云(시운) 《시경》 소아(小雅) 거공편(車攻篇)의 구절. 貫(관) 관(慣)과 같음. 익숙함. 比(비) 아첨함.

● **평석** 맹자는 지기 싫어하는 성격이 있었으므로 좀처럼 남에게 머리 숙이지 않았고, 그러한 면이 제자들에게는 너무나 융통성 없어 답답해 보였을지도 모른다. 그래서 제후들을 찾아가 보라고 권했는데, 맹자는 옛이야기를 들어 예를 갖추어 부르지 않으면 가지 않는다고 강력하게 거절했다. 또 남에게 아첨하는 자가 어찌 그 잘못을 바로잡을 수 있겠느냐고 말했다.

2. 경춘(景春)이 말했다.
"공손연(公孫衍)과 장의(張儀)는 어찌 진정한 대장부가 아니겠습니까? 한번 화를 내면 천하의 제후들이 두려워하였고, 조용히 있으면 온 천하가 고요했습니다."
맹자가 말했다.
"그런 것을 어찌 대장부라고 말할 수 있겠소? 그대는 아직 예(禮)를 배우지 못했소? 남자가 관례(冠禮)를 올릴 때는 아버지가 훈계하고, 여자가 시집갈 때는 어머니가 훈계하는 것이오. 대문까지 전송하며 타이르기를, '시집에 가면 반드시 공경하고 삼가며, 남편의 뜻에 어긋남이 없도록 해라.'라고 하오. 이처럼 하는 것이 부녀자의 도(道)요.

천하의 넓은 집에 살고, 천하의 바른 자리에 서고, 또 천하의 대도(大道)를 행해야 하오. 뜻을 얻으면 백성들과 함께 도를 행하고, 뜻을 얻지 못하면 홀로 그 도를 행하는 것뿐이오. 부귀에도 마음을 어지럽히지 않고, 빈천에도 움직이지 않고, 위협이나 무력에도 굴하지 않는 이런 사람을 대장부라고 하오."

景春曰 公孫衍張儀 豈不誠大丈夫哉 一怒而諸侯懼 安居而天下熄.
孟子曰 是焉得爲大丈夫乎 子未學禮乎 丈夫之冠也 父命之 女子之嫁也 母命之 往送之門 戒之曰 往之女家 必敬必戒 無違夫子 以順爲正者 妾婦之道也.
居天下之廣居 立天下之正位 行天下之大道 得志 與民由之 不得志 獨行其道 富貴不能淫 貧賤不能移 威武不能屈 此之謂大丈夫.

● 주해　景春(경춘) 춘추 전국시대에는 제후들 사이를 유세(遊說)하고 다니는 웅변가가 많았다. 이런 사람들을 종횡가(縱橫家)라고 하였는데, 경춘도 그런 사람 중의 한 사람이다. 公孫衍(공손연) 위(魏)나라의 종횡가. 서수(犀首)라는 벼슬을 한 적이 있어서 '서수'라고도 불린다. 진(秦)나라에 가서 대량조(大良造) 관직을 받고, 여러 제후에게 유세하여 진나라 편이 되도록 힘썼다. 다섯 나라의 재상을 겸했다고 한다. 張儀(장의) 위(魏)나라 사람. 진(秦)나라를 섬겨 여섯 나라를 진나라에 복종하게 하려는 데 힘썼다. 소진(蘇秦)과 함께 춘추시대 종횡가의 대표자였다. 冠(관) 관례(冠禮). 남자가 20세가 되면 성인식을 올렸다. 命(명) 일러주다. 훈계하는 것. 戒(계) 훈계하다. 夫子(부자) 남편. 廣居(광거) · 正位(정위) · 大道(대도) 주자는 각각을 인(仁) · 예(禮) · 의(義)에 배당하여 해석했으나, 근거는 약하다.

● **평석** 맹자도 웅변가이기는 했으나 유교의 정통파로 자처했으므로, 언변만 능한 종횡가를 매우 싫어했다. 그런 종횡가의 상징처럼 된 공손연과 장의를 대장부라고 하는 말에 대해 맹렬하게 반박한 것이 여기 내용이다. '천하의 넓은 집에 살고…' 이하는 대장부가 어떤 사람인지를 설명한 부분으로 널리 알려진 문장이다.

3. 주소(周霄)가 물었다.

"옛 군자는 벼슬을 했습니까?"

맹자가 말했다.

"벼슬을 했소. 전하기를, '공자께서는 석 달 동안 섬길 임금이 없으면 초조해하셨다. 국경을 떠날 때는 반드시 예물을 수레에 싣고 갔다.'라고 하였소. 공명의(公明儀)는 '옛사람들은 석 달 동안 섬길 임금이 없으면 위로의 뜻을 표했다.'라고 했소."

"석 달쯤 섬길 임금이 없다고 위로했다는 것은 너무 성급하지 않습니까?"

"선비가 벼슬을 잃는 것은, 제후가 나라를 잃는 것과 같소. 예(禮)에 관한 책에, '제후가 스스로 농사지어 제사에 쓸 곡식을 마련하고, 부인은 스스로 누에를 치고 실을 뽑아서, 의복을 만든다. 희생으로 바칠 동물이 잘 자라지 않거나, 제물로 바칠 곡식이 정결하지 않거나, 의복이 갖추어지지 않으면 감히 제사를 올리지 못한다.'라고 하였소. 선비도 벼슬이 없으면 밭이 없게 되니 역시 제사를 올리지 못하오. 희생과 그릇, 의복이 제대로 갖추어지지 않으면, 감히 제사를 올리지 못하고, 따라서 잔치도 하지 못하게 되오. 그런데 위로하기에 부족하단 말이오?"

"국경을 떠날 때, 반드시 예물을 수레에 싣고 갔다는 것은 무슨 까닭입니까?"

"선비가 벼슬하는 것은 흡사 농부가 밭을 경작하는 것과 같소. 농부가 나라를 떠날 때 그 쟁기나 보습을 버리고 가겠소?"

"진(晉)나라도 역시 벼슬할 만한 나라입니다. 벼슬을 그처럼 성급하게 구한다는 말을 일찍이 듣지 못했습니다. 벼슬하는 것을 그처럼 성급하게 여기면서, 군자가 벼슬하는 것을 어렵게 여기는 것은 무슨 까닭입니까?"

"남자가 태어나면 장가가기를 원하고, 여자가 태어나면 시집가기를 원하는 것은 부모의 마음이오. 사람은 모두 이런 마음을 가지고 있소. 부모의 명을 기다리지 않거나, 중매쟁이의 말을 기다리지 않고 담에 구멍을 뚫고 서로 엿보거나, 담을 넘어가서 서로 어울린다면, 부모나 나라 사람들은 천하게 생각할 것이오. 옛 선비도 벼슬을 원하지 않은 것이 아니오. 그러나 정도(正道)를 따르지 않는 것을 싫어했소. 정도를 따르지 않고 벼슬하는 사람은 담에 구멍을 뚫고 어울리는 무리와 무엇이 다르겠소?"

周霄問曰 古之君子仕乎 孟子曰 仕 傳曰 孔子三月無君 則皇皇如也 出疆必載質 公明儀曰 古之人三月無君 則弔.
三月無君則弔 不以急乎 曰 士之失位也 猶諸侯之失國家也 禮曰 諸侯耕助以供粢盛 夫人蠶繅 以爲衣服 犧牲不成 粢盛不潔 衣服不備 不敢以祭 惟士無田 則亦不祭 牲殺器皿衣服不備 不敢以祭 則不敢以宴 亦不足弔乎.
出疆必載質 何也 曰 士之仕也 猶農夫之耕也 農夫豈爲出疆舍其耒耜哉 曰 晉國亦仕國也 未嘗聞仕如此其急 仕如此其急也 君子之難仕 何也 曰 丈夫生而願爲之有室 女子生而願爲之有家 父母之心 人皆有之 不待父母之命 媒妁之言 鑽穴隙相窺 踰牆相從 則父母國人皆賤之 古之人 未嘗不欲仕也 又惡不由其道 不由其道而往者 與鑽穴隙之類也.

● **주해** 周霄(주소) 위(魏)나라 사람인 듯함. 皇皇如(황황여) 안절부절못하는 모양. 疆(강) 영토나 국경. 質(지) 지(贄). 임금에게 바치는 예물. 公明儀(공명의) 춘추시대 노(魯)나라의 현인(賢人). 증자(曾子)의 제자. 맹자가 존경한 인물이었다. 弔(조) 위로하다. 禮曰(예왈) 예(禮)에 관해 쓴 기록. 《예기(禮記)》는 훨씬 뒤에 나왔다. 粢盛(자성) 자(粢)는 '서(黍 : 기장)', 혹은 '직(稷 : 기장)'으로 오곡(五穀)의 뜻. 성(盛)은 제기(祭器)에 고이다. 즉 자성을 제물이라고 풀이할 수 있다. 繅(소) 고치를 켜서 실을 뽑는 것. 宴(연) 제사가 끝나면 친척들을 불러 연회를 여는 것이 당시의 풍습이었다. 晉(진) 주소(周霄)가 자기 나라인 위(魏)나라를 진(晉)이라고 한 것은 위나라가 진의 후신(後身)인 까닭이다. 室(실) 아내. 家(가) 가(嫁)와 같음. 시집가다.

● **평석** 군자가 벼슬하지 않을 수 없는 이유를 맹자는 설명했다. 그것을 단순히 제사 지내는 일과 결부시킨 것은 유교 본래의 지론(持論)과는 다른 것도 같다. 세상을 구하고 백성을 다스리는 것을 전제로 한 발언이라고 보아야 할 것이다. 또 당시는 조상에 대한 제사는 사회적으로 큰 의의가 있었고, 정치와도 직결되었음을 이해해야 한다.

4. 팽경(彭更)이 물었다.
"뒤에는 몇십 대의 수레를 거느리고, 따르는 사람은 수백 명으로, 제후들을 찾아다니며 식록(食祿)을 받는 것은 조금 과분한 일이 아닙니까?"
맹자가 말했다.
"도리에 맞지 않는다면 한 소쿠리의 밥도 남에게서 받아서는 안 될 것이다. 그러나 도리에 맞는다면 순임금이 요임금으로부터 천하를 물려받은 일도 과분하다고 하지 못할 것이다. 자네는 과분하다고 생각하는가?"
"아닙니다. 선비가 하는 일 없이 대접받는 것은 안 된다는 것입니다."

"자네가 사람들이 생산한 물건을 유통하고, 남는 물품을 가지고 부족한 것을 메꾸도록 하지 않으면, 농민에게는 곡식이 남아 돌아가고, 여인에게는 베가 남아 넘칠 것이다. 자네가 이것을 유통하게 하면 목공이나 수레 만드는 사람도 모두 자네 덕에 먹고 살아갈 수 있게 될 것이다. 그런데 여기 한 사람이 있어 집에 있을 때는 효도하고, 밖에 나가서는 어른을 존경하며, 선왕의 도리를 지켜 후세에 더 좋은 학자가 나타나기를 기다리는데, 자네에게서 먹을 것을 얻지 못한다면 어찌하겠나? 자네는 어찌하여 목공이나 수레 만드는 사람은 존중하면서, 인의를 행하려는 군자를 가볍게 여기는가?"

"목공이나 수레 만드는 사람은 그 목적이 먹을 것을 구하는 것입니다. 군자가 도를 행하는 것도 역시 그 목적이 먹을 것을 구하기 위해서입니까?"

"자네는 어찌하여 목적을 따지는가? 그들이 자네를 위해 일했을 때 공이 있어 먹을 것을 줄 만하면 주는 것이네. 그런데 자네는 그들의 목적을 보고 먹을 것을 주는가? 아니면 공을 보고 먹을 것을 주는가?"

"목적을 보고 먹을 것을 줍니다."

"여기 어떤 사람이 있어, 기와를 깨뜨리거나 담을 더럽히기만 하였네. 그가 먹을 것을 구하려는 목적이라고 한다면, 자네는 먹을 것을 주겠는가?"

"주지 않습니다."

"그렇다면 자네도 목적을 보고 먹을 것을 주는 것이 아니고, 공을 보고 먹을 것을 주는 것이다."

彭更問曰 後車數十乘 從者數百人 以傳食於諸侯 不以泰乎
孟子曰 非其道 則一簞食不可受於人 如其道 則舜受堯之天

下 不以爲泰 子以爲泰乎.

曰 否 士無事而食 不可也 曰 子不通功易事 以羨補不足 則
農有餘粟 女有餘布 子如通之 則梓匠輪輿皆得食於子 於此
有人焉 入則孝 出則悌 守先王之道 以待後之學者 而不得食
於子 子何尊梓匠輪輿而輕爲仁義者哉.

曰 梓匠輪輿 其志將以求食也 君子之爲道也 其志亦將以求
食與 曰 子何以其志爲哉 其有功於子 可食而食之矣 且子食
志乎 食功乎 曰 食志 曰 有人於此 毀瓦畫墁 其志將以求食
也 則子食之乎 曰 否 曰 然則子非食志也 食功也.

● **주해** 彭更(팽경) 맹자의 제자. 乘(승) 당시의 마차는 네 필의 말이 끌
었다. 이것을 말한다. 泰(태) 과분하다, 지나치다. 通功易事(통공역사) 물
품을 서로 바꾸고 일이나 업적을 바꾸는 것. 羨(선) 남는 것. 梓匠輪輿(재
장륜여) 목공이나 수레 만드는 사람. 毀瓦畫墁(훼와획만) 기와를 깨뜨리거
나 담을 더럽히다.

● **평석** 맹자의 답변보다도 그의 호화로운 유세(遊說) 행차가 눈을 끈
다. 공자나 맹자가 이상 실현을 위해 여러 나라를 찾아다녔다고 할 때
언뜻 생각하기에는 매우 초라했을 것으로 여기기 쉽다. 사실에 있어
마차 행렬이 길게 이어지고, 제자나 하인이 몇백 명이나 따르고 있으
므로 여느 왕의 행차로 착각할 지경이었다. 이것은 학자로서 이름이
나 있어서 여러 나라 왕이 지극히 대접하였기 때문일 것이다.

5. 만장(萬章)이 물었다.

"송(宋)나라는 작은 나라입니다. 지금 어진 정치를 하려고 하지만,
제(齊)나라와 초(楚)나라가 이를 미워하여 쳐들어오면 어떻게 합
니까?"

맹자가 말했다.

"탕왕(湯王)이 박(亳)에 있을 때, 갈(葛)나라가 인접하고 있었다. 갈백은 멋대로 행동하여 제사를 지내지 않았다. 탕왕이 사람을 보내 물었다. '왜 제사를 지내지 않으십니까?' 말하기를, '제사에 쓸 짐승이 없습니다.'라고 하였다. 탕왕은 사람을 시켜 소와 양을 보내주었다. 갈백은 그것을 잡아먹고, 또 제사를 지내지 않았다. 탕왕이 다시 사람을 시켜 '왜 제사를 지내지 않으십니까?'라고 물었다. '제사에 쓸 곡물이 없습니다.'라고 말했다. 탕왕은 박의 사람들을 갈에 보내어 농사를 짓게 했다. 노인과 아이들은 농사짓는 사람들에게 음식을 갖다 주게 했다. 갈백은 백성들을 이끌고 박 사람들이 가지고 간 술이나 밥, 곡식을 빼앗고, 주지 않으려는 사람은 죽였다. 어린아이가 수수밥과 고기를 가지고 갔는데 죽이고 빼앗았다. 《서경》에 '갈백이 음식 갖다 주는 사람들을 죽이고 강탈했다.'라고 한 것이 바로 이 말이다. 아이를 죽였으므로 탕왕이 나라를 정벌하였다. 천하 사람들이 모두 말했다. '천하를 자기 것으로 만들고자 탐내신 것이 아니라, 백성들을 위해서 복수한 것이다.'

탕왕의 정벌은 갈나라부터 시작했으며, 11개 나라를 정벌하여 천하에 대적할 나라가 없게 되었다. 동쪽으로 정벌을 나가면 서쪽 오랑캐들이 원망했고, 남쪽으로 정벌을 나가면 북쪽 오랑캐들이 원망하며, '어째서 우리는 뒤로하시는가?'라고 말했다. 백성들이 탕왕 오기를 기다리는 것은 마치 큰 가뭄에 비 오기를 바라듯 했다. 그래서 시장 가는 사람도 걸음을 멈추지 않고, 김매는 사람들도 변함없이 일했다. 그들의 악한 임금을 처벌하고, 그 백성을 위로하는 것이 마치 때맞추어 내린 비와 같아서 백성들은 크게 기뻐했다. 《서경》에 '우리 임금님을 기다리나니, 임금님께서 오시면 혹독한 형벌에서 해방되리라.'라고 하였다.

《서경》에 '신하가 되지 않으려고 하는 곳이 있어 동쪽을 정벌하고, 그곳 백성들을 편하게 해주었다. 그들은 바구니에 흑색과 황색의 비단을 넣어 공물로 바치며 임금을 알현했으며, 신하가 되어 큰 나라 주(周)에 복종할 것을 맹세했다.'라고 하였다. 그곳 군자들도 바구니에 흑색과 황색의 비단을 넣어 가지고 와서 주나라의 군자들을 맞이하고, 백성들은 소쿠리에 밥을 담고 단지에 마실 것을 담아 가지고 와서, 주나라 백성들을 환영했다. 무왕이 백성들을 물과 불에서 구하고, 그 잔혹한 임금을 없앴기 때문이다.《서경》태서편(太誓篇)에 '우리 무왕의 위엄이 떨치니, 은나라 경내로 진격했노라. 그 잔혹한 임금을 없애고 죽여 위엄을 빛내셨으니, 탕왕(湯王)보다 더 컸다.'라고 하였다. 어진 정치를 하지 않으면 그뿐이거니와, 만약 어진 정치를 행하면 천하 사람들 모두가 머리를 들고 바라보면서 송나라 임금이 천하의 임금이 되기를 바랄 것이다. 제나라와 초나라가 비록 큰 나라라 해도 어찌 두렵겠는가?"

萬章問曰 宋小國也 今將行王政 齊楚惡而伐之 則如之何.

孟子曰 湯居亳 與葛爲鄰 葛伯放而不祀 湯使人問之曰 何爲不祀 曰 無以供犧牲也 湯使遺之牛羊 葛伯食之 又不以祀 湯又使人問之曰 何爲不祀 曰 無以供粢盛也 湯使亳眾往爲之耕 老弱饋食 葛伯帥其民 要其有酒食黍稻者奪之 不授者殺之 有童子以黍肉餉 殺而奪之 書曰 葛伯仇餉 此之謂也 爲其殺是童子 而征之 四海之內 皆曰 非富天下也 爲匹夫匹婦復讎也.

湯始征 自葛載 十一征 而無敵於天下 東面而征 西夷怨 南面而征 北狄怨 曰 奚爲後我 民之望之 若大旱之望雨也 歸市者弗止 芸者不變 誅其君 弔其民 如時雨降 民大悅 書曰 徯我后 后來其無罰.

有攸不爲臣東征 綏厥士女 匪厥玄黃 紹我周王見休 惟臣附

于大邑周 其君子 實玄黃于匪 以迎其君子 其小人 簞食壺漿
以迎其小人 救民於水火之中 取其殘而已矣 太誓曰 我武惟揚
侵于之疆 則取于殘 殺伐用張 于湯有光 不行王政云爾 苟行
王政 四海之內 皆擧首而望之 欲以爲君 齊楚雖大 何畏焉.

● **주해** 萬章(만장) 맹자의 고제자(高弟子). 亳(박) 지금의 하남성(河南
省) 상구현(商丘縣). 은나라 초기의 도읍(都邑). 葛伯(갈백) 갈나라의 영
주(領主). 饋食(궤식) 음식을 갖다 주다. 要(요) 기다리는 것. 書曰(서왈)
《서경》 상서(商書) 중훼지고(仲虺之誥)의 구절. 仇(구) 빼앗다. 載(재)
시작함. 書曰(서왈) 《서경》 상서(商書) 태갑편(太甲篇)의 구절. 徯(혜)
기다리는 것. 匪(비) 비(篚). 대로 만든 바구니. 太誓曰(태서왈) 《서경》
주서(周書) 태서편(太誓篇). 태서(泰誓). 于湯(우탕) 탕왕보다도. 탕왕에
비겨도.

● **평석** 덕만 있으면 큰 나라의 침략을 두려워할 필요가 없음을 말했
다. 만장은 맹자의 고제자로 역사에 특별한 흥미가 있는 듯하여,〈만
장장구〉에도 그러한 문답이 많다. 여기서 맹자의 대답이 대부분 옛이
야기를 통해 전개된 것도, 아마 만장의 그러한 성격과 관련이 있을 것
이다.

6. 맹자가 대불승(戴不勝)에게 말했다.
"당신은 당신 나라의 임금이 선하기를 바라겠지요? 내가 명백하게
말하겠소. 여기에 초(楚)나라의 대부가 있다고 치고, 그가 자기 아
들이 제나라 말을 잘하기를 바란다면, 제나라 사람을 스승으로 하
겠소? 아니면 초나라 사람을 스승으로 하겠소?"
대불승이 말했다.
"제나라 사람을 스승으로 합니다."
"한 제나라 사람이 스승이 되어 말을 가르친다고 해도 주변에 많

은 초나라 사람이 시끄럽게 떠든다면 비록 매일 그에게 매질하고 제나라 말 잘하기를 구해도 안 될 것입니다. 그를 제나라의 장(莊)이나 악(嶽) 같은 곳에 데리고 가서, 수년 동안 살게 하면 비록 매일 매질을 하고 초나라 말 잘하기를 구해도 역시 안 될 것입니다. 당신은 설거주(薛居州)가 착한 선비라 생각하고 그를 임금님 계시는 곳에 있게 했소이다. 임금님 계시는 곳에 있는 어른이나 아이, 아랫사람이나 존귀한 사람 모두가 설거주처럼 착한 사람이면, 누구와 함께 착하지 않은 일을 하겠소? 임금님 계시는 곳의 어른이나 아이, 아랫사람이나 존귀한 사람이 모두 설거주와 다른 사람이라면, 누구와 함께 착한 일을 하겠소? 한 명의 설거주가 장차 송나라 임금을 어떻게 하겠소?"

孟子謂戴不勝曰 子欲子之王之善與 我明告子 有楚大夫於此
欲其子之齊語也 則使齊人傳諸 使楚人傳諸 曰 使齊人傳之
曰 一齊人傳之 衆楚人咻之 雖日撻而求其齊也 不可得矣 引
而置之 莊嶽之間數年 雖日撻而求其楚 亦不可得矣.
子謂薛居州善士也 使之居於王所 在於王所者 長幼卑尊皆薛
居州也 王誰與爲不善 在王所者 長幼卑尊皆非薛居州也 王
誰與爲善 一薛居州 獨如宋王何.

●**주해** 戴不勝(대불승) 송(宋)나라의 중신(重臣) 같음. 咻(휴) 여러 사람이 떠드는 것. 置(치) 살게 하다. 莊嶽(장악) 제나라의 마을 이름. 薛居州(설거주) 송나라의 착한 신하. 獨(독) 장차.

●**평석** 대불승은 왕의 태도를 선하게 만들기 위해 설거주라는 착한 사람을 찾아내어 왕궁에서 벼슬하게 함으로써, 왕이 감화되기를 바랐다. 그러나 이 일은 불가능하다고 말한 맹자가 든 우화는 유명하여 회자된

다. '한 명의 설거주가 장차 송나라 임금을 어떻게 하겠소?'라는 말은 맹자에게도 해당하는 말 같다.

7. 공손추(公孫丑)가 물었다.

"선생님께서 제후를 만나지 않는 데는 무슨 뜻이 있습니까?"

맹자가 말했다.

"옛날에 신하가 아니면 제후를 찾아보지 않았다. 단간목(段干木)은 위(魏)나라 문공(文公)이 찾아오자 담을 넘어 피했고, 설류(泄柳)는 노(魯)나라 목공(繆公)이 찾아오자 문을 닫고 들이지 않았다. 이 것은 모두 너무 심했으니, 찾아오면 만나는 것도 가능하다. 양화(陽貨)가 공자를 만나고 싶어 오게 하려 했으나, 무례한 일이라 여겨 꺼리고 있었네. 대부가 사(士)에게 선물을 내리면, 사가 자기 집에서 받지 못했을 때는 대부의 문에 가서 인사하는 법이네. 양화는 공자가 집에 없는 때를 엿보았다가 공자에게 삶은 돼지를 보냈네. 공자 역시 양화가 없을 때를 엿보아서 인사를 하였네. 당시는 양화가 먼저 선물을 보냈으니, 공자도 어찌 찾아가지 않을 수 있었겠는가?

증자(曾子)가 말했다. '어깨를 추켜올리고 아첨하고 웃음 짓는 것은 여름에 밭 가는 것보다 더 힘들다.' 자로(子路)도 말했다. '생각이 같지 않으면서, 네 하는 사람의 얼굴을 보면 붉어져 있는데, 나는 그런 일은 알 수가 없다.' 이것으로 볼 때 군자가 수양할 것이 무엇인지 알 수 있다."

公孫丑問曰 不見諸侯何義 孟子曰 古者不爲臣不見 段干木
踰垣而辟之 泄柳閉門而不內 是皆已甚 迫斯可以見矣 陽貨
欲見孔子 而惡無禮 大夫有賜於士 不得受於其家 則往拜其
門 陽貨矙孔子之亡也 而饋孔子蒸豚 孔子亦矙其亡也 而往

拜之 當是時 陽貨先 豈得不見.

曾子曰 脅肩諂笑 病于夏畦 子路曰 未同而言 觀其色赧赧然
非由之所知也 由是觀之 則君子之所養 可知已矣.

● **주해** 段干木(단간목) 진(晉)나라의 현인(賢人). 성이 단간(段干), 이
름이 목(木). 辟(피) 피하다. 泄柳(설류) 노나라의 현인. 迫(박) 절실하게
만나고자 하다. 陽貨(양화) 노나라의 대부. 양호(陽虎). 瞷(감) 엿보다.
규(窺)와 같은 뜻. 脅肩諂笑(협견첨소) 어깨를 추켜올리고 아첨하는 웃음
을 짓는 것. 由(유) 자로의 이름.

8. 대영지(戴盈之)가 말했다.
"10분의 1의 세금을 채택하고, 관문(關門)이나 시장에서 받는 세
금을 폐지하는 것은 지금 당장 할 수 없습니다. 조금 가볍게 내렸
다가 내년이 되기를 기다려 폐지하면 어떻습니까?"
맹자가 말했다.
"지금 어떤 사람이 매일 이웃집의 닭을 도둑질한다고 합시다. 어
떤 사람이 그에게 '그것은 군자의 도리가 아니다.'라고 말하니, '그
러면 먼저 그 수를 줄여 매달 한 마리만 훔치고 내년이 되면 끊겠
다.'라고 한다면 어떻습니까? 만약 그것이 옳지 않다는 것을 안다
면, 즉시 그만두어야 합니다. 어찌 내년이 되기를 기다립니까?"

戴盈之曰 什一 去關市之征 今茲未能 請輕之 以待來年 然
後已 何如 孟子曰 今有人 日攘其鄰之雞者 或告之曰 是非
君子之道 曰 請損之 月攘一雞 以待來年 然後已 如知其非
義 斯速已矣 何待來年.

● **주해** 戴盈之(대영지) 송(宋)나라의 대부. 損(손) 수를 줄인다는 뜻.

●**평석** 10분의 1의 세법은 관문(關門)이나 시장에서 받는 세금의 폐지와 함께, 왕도정치의 첫걸음이라 하여 맹자가 가장 강력하게 내세운 정책이었다. 대영지는 송나라의 대부로 보이는데, 점차적 이것을 실행하겠다고 말했다가, 맹자로부터 호된 공격을 받았다. 닭 도둑의 비유는 참으로 재미있다.

9. 공도자(公都子)가 말했다.

"외부 사람들은 모두 선생님께서 말씀하시기를 좋아한다고 합니다. 죄송합니다만 무슨 까닭입니까?"

맹자가 말했다.

"내가 어찌 말하기를 좋아하랴. 부득이해서 말하는 것뿐이다. 천하가 생긴 지 오래되었거늘, 어떤 때는 태평하고 어떤 때는 어지러웠다. 요(堯)임금 때는 강물이 막히고 역류하여, 중국을 뒤덮었으므로 뱀과 용이 살게 되었다. 사람들은 정착할 곳이 없어 낮은 곳의 사람들은 나무 위에 집을 짓고 살았으며, 높은 곳의 사람들은 동굴을 파고 지냈다. 《서경》에 '홍수(洚水)가 나를 경계토록 했다.'라고 하였는데 홍수는 바로 홍수(洪水)다.

요임금이 우(禹)에게 홍수를 다스리게 하니, 우는 땅을 파서 물을 바다로 흘러들게 했고, 용과 뱀을 몰아 늪지대로 쫓았다. 그리하여 물이 강줄기를 따라 흐르게 되었으니, 장강(長江)·회수(淮水)·황하(黃河)·한수(漢水)가 그것이다. 홍수의 위험은 사라지고, 사람에게 해를 주던 새나 짐승도 없어져서, 이때부터 사람들이 비로소 평지에서 살 수 있게 되었다.

요임금과 순(舜)임금이 돌아가시자 성인의 도는 점차 쇠미해지고, 포악한 임금이 대대로 나타나, 백성의 집을 헐고 늪과 연못을 만드니, 백성들은 편히 살 수가 없었다. 밭을 없애고 원유(園囿)를 만드니 백성들은 의식(衣食)을 얻을 수가 없게 되었다. 사악한 말과 폭력이 이에 따라 일어났고, 원유나 늪과 연못, 소택지(沼澤地)가

많아지자 새와 짐승들이 모여들었다. 은(殷)나라 주왕(紂王) 때가
되자, 천하는 다시 크게 어지러워졌다.

주공(周公)이 무왕(武王)을 도와 주왕을 죽이고 엄(奄)나라를 정
벌했는데, 3년 만에 그 나라 임금을 죽였다. 또 비렴(飛廉)을 바
다 끝으로 몰고 죽였다. 50개 나라를 토벌하고, 호랑이·표범·외
뿔소·코끼리 등을 멀리 쫓아내자 천하가 크게 기뻐하였다. 《서경》
에 '크게 빛나시도다, 문왕(文王)의 계략. 크게 이으시도다, 무왕의
무위(武威). 우리 후세 사람들을 도우시고 계발하시니, 모두가 바르
고, 잘못이 없구나.'라고 하였다.

세상이 쇠미하고 도가 희미해지자, 사악한 말과 포악한 행위가 다
시 일어났다. 신하가 그 임금을 죽이고, 자식이 그 아버지를 죽이
기까지 하였다. 공자께서 두려워하시고 《춘추》를 지었다. 역사를
저술하는 일은 천자만이 할 수 있는 일이었다. 그러므로 공자께서
말씀하시기를, '나를 이해할 자가 있다면 《춘추》 때문일 것이며,
나를 책망하는 자가 있다 해도 《춘추》 때문일 것이다.'라고 하셨다.
성왕(聖王)이 나타나지 않고, 제후들은 방자하고, 일반 선비들이 망
령된 이론을 일삼게 되어, 양주(楊朱)와 묵적(墨翟)의 학설이 천하
에 넘쳤다. 천하의 이론은 양주의 설이 아니면 묵적의 설이 되고
말았다. 양주의 주장은 자기 위주여서 임금을 부정하고, 묵적은 박
애(博愛)를 표방하여 부모를 부정하였다. 부모도 없고, 임금도 없
다면 바로 새나 짐승이라 할 것이다. 공명의(公明儀)가 말했다. '주
방에는 살진 고기가 있고, 마구간에는 살찐 말들이 있건만, 백성
들 얼굴은 굶주린 기색이고, 들에는 굶은 시체가 뒹굴면, 이는 짐
승을 이끌어 사람을 잡아먹게 함이다.' 양주와 묵적의 도가 없어
지지 않으면, 공자의 도가 빛을 내지 못한다. 이것은 사악한 학설
이 백성들을 속이게 되고 인의(仁義)의 길을 가로막을 것이다. 인
의의 길이 막히면, 짐승을 끌어다가 사람을 잡아먹게 하고, 사람
이 서로를 잡아먹게 될 것이다.

나는 이를 두려워하므로 옛 성인의 도를 지키고, 양주와 묵적의 주
장을 막아, 잘못된 언론을 배격하고, 사악한 학설을 주장하는 자
가 다시 나타나지 못하도록 하려는 것이다. 이러한 사악한 학설이
마음속에 일어나면 그 일이 해를 입고, 일이 해를 입으면 그 정치
가 해를 입게 된다. 성인이 다시 나타나신다 해도 나의 이 말은 고
치려 하지 않으실 것이다.

옛날에 우(禹)가 홍수를 다스려 천하가 평안하게 되고, 주공(周公)
이 오랑캐를 물리치고 맹수들을 쫓아내어 백성들이 편안하게 살게
되었다. 공자께서 《춘추》를 지으시니 난신적자(亂臣賊子)들이 두려
워하였다. 《시경》에 '서쪽과 북쪽 오랑캐를 무찌르시고, 남쪽 오랑
캐를 징계하시니, 감히 우리를 대항하지 못하도다.'라고 하였다. 부
모도 없고, 임금도 없는 자를 주공이 응징한 것이다. 나 또한 사
람들의 마음을 바르게 잡고, 사악한 학설을 없애며, 과격한 행동
을 막고, 방종한 말을 배격하여, 세 분 성인의 도를 이으려는 것
이다. 어찌 말하기를 좋아하랴. 나는 부득이하여 말하는 것뿐이다.
양주와 묵적의 주장을 막는 것도 성인의 무리다."

公都子曰 外人皆稱夫子好辯 敢問何也 孟子曰 予豈好辯哉
予不得已也 天下之生久矣 一治一亂 當堯之時 水逆行 氾濫
於中國 蛇龍居之 民無所定 下者爲巢 上者爲營窟 書曰 洚
水警余 洚水者 洪水也.

使禹治之 禹掘地而注之海 驅蛇龍而放之菹 水由地中行 江
淮河漢是也 險阻旣遠 鳥獸之害人者消 然後人得平土而居之.
堯舜旣沒 聖人之道衰 暴君代作 壞宮室以爲汙池 民無所安
息 棄田以爲園囿 使民不得衣食 邪說暴行又作 園囿汙池沛
澤 多而禽獸至 及紂之身 天下又大亂.

周公相武王誅紂 伐奄三年討其君 驅飛廉於海隅而戮之 滅國
者五十 驅虎豹犀象而遠之 天下大悅 書曰 丕顯哉 文王謨 丕
承者 武王烈 佑啓我後人 咸以正無缺.

世衰道微 邪說暴行有作 臣弑其君者有之 子弑其父者有之 孔
子懼 作春秋 春秋天子之事也 是故 孔子曰 知我者其惟春秋
乎 罪我者其惟春秋乎.

聖王不作 諸侯放恣 處士橫議 楊朱墨翟之言 盈天下 天下之
言 不歸楊則歸墨 楊氏爲我 是無君也 墨氏兼愛 是無父也 無
父無君 是禽獸也 公明儀曰 庖有肥肉 廐有肥馬 民有飢色
野有餓莩 此率獸而食人也 楊墨之道不息 孔子之道不著 是
邪說誣民 充塞仁義也 仁義充塞 則率獸食人 人將相食.

吾爲此懼 閑先聖之道 距楊墨 放淫辭 邪說者 不得作 作於
其心 害於其事 作於其事 害於其政 聖人復起 不易吾言矣.

昔者 禹抑洪水 而天下平 周公兼夷狄 驅猛獸 而百姓寧 孔
子成春秋 而亂臣賊子懼 詩云 戎狄是膺 荊舒是懲 則莫我敢
承 無父無君 是周公所膺也 我亦欲正人心 息邪說 距詖行
放淫辭 以承三聖者 豈好辯哉 予不得已也 能言距楊墨者 聖
人之徒也.

● **주해** 公都子(공도자) 맹자의 제자. 공도가 성, 이름과 자는 알 수 없음. 書曰(서왈) 《서경》 대우모(大禹謨)의 구절. 洚水警余(홍수경여) 쏟아져 내리는 물이 우리를 놀라게 했다. '경(警)'은 '경(驚)'과 통한다. 菹(저) 풀이 우거진 소택지(沼澤地). 水由地中行(수유지중행) 지중(地中)의 뜻이 명확하지 않다. 주자 이래 이것을 물길이라고 보아왔다. 범람한 물이 물길을 통해 흐르도록 하는 것. 園囿(원유) 원(園)은 과수원, 유(囿)는 새나 짐승을 기르는 곳. 여기서는 산야를 담으로 둘러 쌓은 큰 별궁(別宮).

沛澤(패택) 반은 물에 잠기고 반은 풀이 우거진 늪. 奄(엄) 회수(淮水) 유
역에 살던 회이(淮夷) 족속. 《좌전》에 의하면 무왕의 아들 성왕(成王)이
토벌한 것으로 되어있다. 飛廉(비렴) 《사기》에는 비렴(蜚廉)으로 되어있
는데, 같은 사람이다. 그는 달리기를 잘했다고 한다. 그 아들 오래(惡來)
는 천하의 장사였는데, 이들 부자는 주왕(紂王)의 신하로 악인이었다.
오래는 무왕의 손에 죽었으나, 그 아비 비렴은 달리기를 잘해 생명을 보
존했다. 무왕이 죽였다는 맹자의 말은 잘못이다. 書曰(서왈) 《서경》 주서
(周書) 군아편(君牙篇). 春秋(춘추) 원래는 노(魯)나라의 역사를 적은 연
대기(年代記). 공자가 여기에 가필한 것이 지금의 《춘추》라고 한다. 處士
(처사) 벼슬하지 않고 야(野)에 있는 선비. 楊朱(양주) 양자(楊子)·양자
거(楊子居)·양생(楊生)으로도 불린다. 양주 일파의 학설은 《맹자》·《장
자》·《한비자》 등에 그 비평이 있을 뿐으로, 전모를 파악하기에는 부족
한 점이 많았다. 그러나 후외려(侯外廬)가 《중국사상통사》에서 《여씨춘
추(呂氏春秋)》의 본생(本生)·중기(重己)·귀생(貴生)·정욕(情欲)의 네 편
이 양주의 학설을 전하고 있음을 발견했다. 墨翟(묵적) 묵자(墨子). 노나
라 사람으로 그의 사상은 겸애(兼愛)·비공(非攻)·상검(尙儉)이다. 公
明儀(공명의) 노나라의 현인(賢人). 莩(표) '굶어 죽을 표(殍)'와 같음. 閑
(한) 막는 것. 詩云(시운) 《시경》 노송(魯頌) 비궁편(閟宮篇)의 구절. 戎狄
(융적) 중국에서 일컫던 서쪽 오랑캐와 북쪽 오랑캐. 북쪽 오랑캐를 맥적
(貉狄)이라고도 한다. 荊舒(형서) 남쪽 오랑캐. 三聖(삼성) 우(禹)·주공
(周公)·공자(孔子)의 세 성인.

● **평석** 맹자가 말하기를 좋아한다는 비난이 있었던 모양이다. 맹자는
이에 대해 그것이 부득이함을 말했다. 공자는 세태를 바로잡기 위해
《춘추》를 지어 경종을 울린 일이 있고, 개인주의를 주장하는 양주나,
실용주의에 입각한 묵적의 이단 사설을 깨뜨리고 옛 성인의 도를 지키
기 위해서는 말을 하지 않을 수 없다는 것이 맹자의 대답이다. 여기에
인용된 《서경》의 두 구절은, 일문(逸文)으로 지금의 책에는 보이지 않
는다.

10. 광장(匡章)이 말했다.

"진중자(陳仲子)야말로 참으로 청렴결백한 선비가 아닙니까? 그는 어릉(於陵)에 살면서, 사흘이나 먹지 못하여 귀도 들리지 않고, 눈도 보이지 않았습니다. 마침 우물 옆에 오얏나무가 있었는데, 벌레가 반 이상 파먹은 것이었습니다. 기어가서 열매를 먹으려고, 세 번 목에 삼키자 귀가 들리고, 눈이 보이게 되었다고 합니다."

맹자가 말했다.

"제나라 선비 중에서 나도 진중자를 반드시 거물로 생각하오. 그러나 진중자를 어찌 청렴하다고 말할 수 있겠소. 진중자와 같은 지조를 확장해 나가면 마침내 지렁이가 되어야 한다는 것이오. 원래 지렁이는 땅 위에서는 마른 흙을 먹고, 땅속에서는 샘물을 마시오. 진중자가 사는 집이 과연 백이(伯夷)가 지은 것일까요? 아니면 도척(盜跖)이 지은 것일까요? 먹는 곡식은 백이가 심은 것일까요? 아니면 도척이 심은 것일까요? 그것은 알 수 없지요."

"그것이 무슨 상관이 있습니까? 그는 손수 신을 삼고, 아내는 베를 짜서, 그것으로 바꿉니다."

"진중자는 제나라에서 대대로 세록(世祿)을 받는 집안이오. 형 진대(陳戴)는 갑읍(蓋邑)에서 녹(祿)을 만종(萬鍾)이나 받고 있소. 형의 녹을 불의의 녹이라 하여 먹지 않고, 형의 집도 불의의 집이라 하여 살지 않지요. 형을 피하고 어머니를 떠나 어릉에서 살고 있소. 어느 날 집으로 돌아갔을 때, 그 형에게 산 거위를 선물한 사람이 있었소. 진중자는 얼굴을 찡그리며, '이 꽥꽥대는 것은 어디에 쓰는 건가?'라고 말했소. 후일에 그의 어머니가 그 오리를 잡아 그에게 먹게 했소. 그의 형이 밖에서 돌아와 '그 꽥꽥대는 것의 고기다.'라고 말하자 그는 밖으로 나가서 토해버렸소. 어머니가 만든 음식은 먹지 않고, 아내가 만든 음식은 먹으며, 형의 집에는 살지 않고, 어릉에 사는 이런 생활 태도로 자기가 생각하는 종류의 청렴에 능히 이른 것이라 할 수 있겠소? 진중자와 같은 행동은, 지렁이가 되어야만 지킬 수 있는 것이오."

匡章曰 陳仲子 豈不誠廉士哉 居於陵 三日不食 耳無聞 目
無見也 井上有李 螬食實者 過半矣 匍匐往將食之 三咽 然
後 耳有聞 目有見.

孟子曰 於齊國之士 吾必以仲子爲巨擘焉 雖然 仲子惡能廉
充仲子之操 則蚓而後可者也 夫蚓 上食槁壤 下飮黃泉 仲子
所居之室 伯夷之所築與 抑亦盜跖之所築與 所食之粟 伯夷
之所樹與 抑亦盜跖之所樹與 是未可知也.

曰 是何傷哉 彼身織屨 妻辟纑 以易之也 曰 仲子齊之世家
也 兄戴蓋祿萬鍾 以兄之祿 爲不義之祿 而不食也 以兄之室
爲不義之室 而不居也 辟兄離母 處於於陵 他日歸 則有饋其
兄生鵝者 己頻顣曰 惡用是鶃鶃者爲哉 他日其母殺是鵝也 與
之食之 其兄自外至 曰 是鶃鶃之肉也 出而哇之.

以母則不食 以妻則食之 以兄之室則弗居 以於陵則居之 是
尚爲能充其類也乎 若仲子者 蚓而後充其操者也.

● **주해** 匡章(광장) 제나라 사람. 〈이루장구 하〉에도 나옴. 陳仲子(진중
자) 제나라 사람. 螬(조) 굼벵이. 將(장) 손으로 잡는다는 뜻. 巨擘(거벽)
엄지손가락, 거물급 인물. 操(조) 지조, 절조. 여기서는 '그와 같은 태도'
의 뜻. 伯夷(백이)·盜跖(도척) 청렴한 사람과 악인의 상징으로 예를 든 것.
도척은 춘추시대의 유명한 도둑. 辟纑(벽로) 베를 짜는 것. 벽(辟)은 짜는
것. 노(纑)는 '삼실을 뽑다'는 뜻. 蓋祿(갑록) 갑(蓋)은 지명. 그곳에서 받
아들이는 녹. 頻顣(빈축) 얼굴을 찡그리다. 鶃鶃(역역) 거위 울음소리. 哇
(와) 토하다. 類(유) 이상적인 상태.

● **평석** 청렴은 미덕이기는 하나, 그것이 사람의 성격을 편벽하게 만

든다면 그것은 좀 문제이다. 집안이 부유한데도 집에서 나와 살고, 굶주린다는 것은 지나친 일이라 할 수 있으며, 거위 한 마리의 선물을 배격하는 것도 그 정도가 심하다.

제7권

이루장구(離婁章句) 상

〈이루장구 상〉은 모두 28장으로 되어있다. 대화 상대를 알수 있는 것은 몇 장이고, 나머지는 모두 '맹자왈'이라는 서두가 붙었다. 지금까지의 6권은 대화 상대가 나와 있고, 대체로 역사적인 순서에 따른 배열인데, 이 이하에서는 단편적으로 제자들 머릿속에 남아 있던 것을 보충 형식으로 편찬한 것 같은 느낌이다. 특히 제3 · 8 · 9장 같은 경우 10자, 20자 정도의 짧은 말들로 《논어》와 비슷한 점이 있다.

1. 맹자가 말했다.

"이루(離婁)같이 눈이 밝고, 공수자(公輸子) 같은 기술이 있다 해도 그림쇠(컴퍼스)와 곱자를 사용하지 않는다면 정확하게 사각형과 원형을 그리지 못할 것이다. 사광(師曠)같이 귀가 밝아도 육률(六律)에 의하지 않으면 오음(五音)을 바로잡지 못한다. 이와 마찬가지로 요순(堯舜)의 도라 할지라도 실제로 어진 정치를 펴지 않으면 천하를 태평하게 다스릴 수 없다. 지금 어진 마음이 있으며, 어질다는 소문이 난 사람도 있다 해도 백성들이 실제로 그 혜택을 받지 못하고, 또 후세의 정치적 모범도 안 되는 것은 옛 성왕(聖王)의 도를 실천하지 않기 때문이다. 그러므로 착한 마음만으로는 어진 정치를 하지 못하며, 법도만으로는 어진 정치가 행해지지 않는다고 할 수 있을 것이다.

《시경》에, '어기지 않고 잊지도 않아, 선왕(先王)의 법을 따르네.'라고 했다. 선왕의 법을 따르면서 잘못하는 예는 아직 없었다. 성인께서는 그 밝은 시력을 남김없이 사용하고, 이어서 그림쇠와 곱자, 수평기나 먹줄을 사용해서 사각형이나 원형, 평평하고 곧은 물건을 만드는 등의 일은 문제가 되지 않았다. 그 뛰어난 청력을 남김없이 사용하고, 이어서 육률(六律)을 가지고 오음(五音)을 바로잡는 것쯤은 어려운 일이 아니었다. 마음과 생각을 다하고, 이어서 인자한 마음으로 정치를 하셨으므로, 인덕은 천하를 뒤덮기에 이르렀다.

그러므로 '높은 누대를 지으려면 언덕을 택하고, 넓은 못을 파려면 하천이나 못을 택해야 한다.'라는 말이 있다. 정치하는 데 선왕의 도를 따르지 않는 것을 지혜롭다고 할 수 있겠는가. 그러므로 어진 이만이 마땅히 높은 자리에 있어야 하고, 어질지 않은 사람이 높은 자리에 있으면 백성에게 악을 전파하게 된다. 윗사람이 도덕적 규범이 없으면, 아랫사람들도 법도를 지키지 않을 것이다. 조정의 백관(百官)이 도를 지키지 않으면, 아래의 직공들이 만든 물품도 정해진 규격을 지키지 않을 것이다. 군자가 의를 지키지 않고, 백성들이 법을 범하면서, 나라가 존속한다면, 그것은 요행이다. 그러므로 '성곽이 튼튼하지 못하고, 무기와 갑옷이 넉넉하지 못한 것은 나라의 걱정이 아니다. 농지가 개간되지 않고 재물이 모이지 않는 것은 나라의 걱정이 아니다.'라고 하였으니, 윗사람이 예의를 지키지 않고, 아랫사람이 배우지 못한다면 도둑들이 일어나 나라가 망할 날이 가까울 것이다.

《시경》에 '하늘도 움직이려 하는 지금, 그리도 말이 많음은 웬일인가?'라고 하였다. '설설(泄泄)'은 '답답(沓沓)'과 같다. 임금을 섬기는 데 의(義)에 맞지 않고, 진퇴(進退)에도 예(禮)가 없으면서 말만 하면 선왕의 도를 비난하는 것이 '답답'이다. 그러므로 '어진 정치를 행하도록 임금에게 요구함을 공(恭)이라 하고, 임금에게 정도(正道)를 말하고 사악한 말을 막는 것을 경(敬)이라 하고, 우리 임금님은 어진 정치를 할 수 없다고 하는 것을 적(賊)이라 한다.'라고 하였다."

孟子曰 離婁之明 公輸子之巧 不以規矩 不能成方員 師曠之聰 不以六律 不能正五音 堯舜之道 不以仁政 不能平治天下 今有仁心仁聞 而民不被其澤 不可法於後世者 不行先王之道也 故曰 徒善不足以爲政 徒法不能以自行.

詩云 不愆不忘 率由舊章 遵先王之法 而過者 未之有也 聖人旣竭目力焉 繼之以規矩準繩 以爲方員平直 不可勝用也 旣竭耳力焉 繼之以六律 正五音 不可勝用也 旣竭心思焉 繼之以不忍人之政 而仁覆天下矣.

故曰 爲高必因丘陵 爲下必因川澤 爲政 不因先王之道 可謂智乎 是以惟仁者 宜在高位 不仁而在高位 是播其惡於衆也

上無道揆也 下無法守也 朝不信道 工不信度 君子犯義 小人
犯刑 國之所存者幸也 故曰 城郭不完 兵甲不多 非國之災也
田野不辟 貨財不聚 非國之害也 上無禮 下無學 賊民興 喪
無日矣.

詩曰 天之方蹶 無然泄泄 泄泄猶沓沓也 事君無義 進退無禮
言則非先王之道者 猶沓沓也 故曰 責難於君 謂之恭 陳善閉
邪 謂之敬 吾君不能 謂之賊.

●**주해** 離婁(이루) 전설상의 인물로 황제(黃帝)의 신하. 이주(離朱)라고
도 한다. 눈이 매우 밝아서, 황제가 구슬을 잃어버렸을 때 찾아 주었다고
한다. 시력 좋은 사람의 상징으로 많이 쓰인다. 公輸子(공수자) 공수반
(公輸般〔班〕). 노나라 사람으로 노반(魯班)이라고도 한다. 공자보다는
후배이고, 묵자(墨子)보다는 나이가 많다. 대목(大木)으로 유명했으며,
초(楚)나라 혜왕(惠王)이 송나라를 공격했을 때, 운제(雲梯)를 만들었
다.《묵자》에 나온다. 規矩(규구) 컴퍼스와 곱자〔곡척(曲尺)〕. 師曠(사광)
진(晉)나라 평공(平公)을 섬긴 악사. 청각이 매우 뛰어나 음악을 잘 식
별했다. 그는 음악만이 아니라 고사(故事)에도 밝아서 평공의 정치 고문
이 되었다. 六律(육률) 음의 높낮이를 측정하는 기준으로 쓰던 여섯 가지
피리. 황종(黃鐘)·태주(太簇)·고선(姑洗)·유빈(蕤賓)·이칙(夷則)·무
역(無射). 五音(오음) 궁(宮)·상(商)·각(角)·치(徵)·우(羽)의 다섯 음
계. 詩云(시운)《시경》 대아(大雅) 가락편(假樂篇)의 구절. 準繩(준승)
준(準)은 수평을 바르게 잡는 도구, 승(繩)은 직선을 바르게 잡는 도구로
먹줄. 詩曰(시왈)《시경》 대아 판편(板篇)의 구절. 天之方蹶(천지방궐) 하
늘이 바야흐로 주(周)나라 왕실을 전복(顚覆)하려고 한다. 泄泄(설설)
《모전(毛傳)》에서 다언(多言)의 뜻으로 보아 맹자의 해석과 일치하나,
주자는 '이완(弛緩)의 뜻일 것이다.'라고 했다.

●**평석** 아무리 감각이 뛰어난 사람이라도 기구를 사용하지 않으면 정

확한 도형을 그리든가, 바른 음계를 얻든가 하지는 못한다. 그처럼 정치 또한 선왕이 남긴 어진 정치를 본받지 않으면 잘 될 수 없다는 것이 맹자의 주장이다. 주관적인 의욕만으로 정치가 훌륭하게 되는 것이 아니라, 객관적인 범례가 필요하다는 것이 맹자의 유추법(類推法)이 성공을 거둔 좋은 예가 될 것이다.

2. 맹자가 말했다.

"그림쇠(컴퍼스)와 곱자는 사각형과 원형을 만드는 기준이고, 성인은 인륜의 기준이다. 임금이 되고자 하면 임금의 의무를 다해야 하고, 신하가 되고자 하면 신하의 의무를 다해야 한다. 두 가지는 모두 요순(堯舜)을 본받으면 된다. 순(舜)이 요(堯)를 섬긴 도리로 그 임금을 섬기지 않으면 임금을 공경하지 않는 사람이며, 요(堯)가 백성을 다스리던 도리로 백성을 다스리지 않으면 백성을 해치는 사람이다. 공자께서 말씀하셨다. '도는 둘이니, 인(仁), 혹은 불인(不仁)이 있을 뿐이다.'

백성에게 포악한 정치를 하면, 심하면 몸이 죽고 나라도 망하게 된다. 심하지 않으면 몸이 위태롭고, 나라가 위태롭게 되어, 유(幽)나 여(厲) 같은 명예롭지 않은 시호로 불릴 것이다. 비록 효자와 자비로운 자손이라 해도 백세를 두고도 고칠 수가 없다. 《시경》에 '은(殷)나라의 거울이 가까운 데 있었던 것을, 하(夏)나라의 망국비쳐 볼 줄 잊었도다.'라고 하였으니, 이것을 가리킴이다."

孟子曰 規矩方員之至也 聖人人倫之至也 欲爲君 盡君道 欲
爲臣 盡臣道 二者皆法堯舜而已矣 不以舜之所以事堯 事君
不敬其君者也 不以堯之所以治民 治民 賊其民者也 孔子曰
道二 仁與不仁而已矣.

暴其民甚 則身弑國亡 不甚則身危國削 名之曰 <u>幽厲</u> 雖孝子

慈孫 百世不能改也 詩云 殷鑒不遠 在夏后之世 此之謂也.

● **주해** 幽厲(유려) 유왕(幽王)과 여왕(厲王). 악한 임금의 시호로 많이 쓰인다. 유(幽)는 어두운 것, 여(厲)는 가혹한 것. 詩云(시운) 《시경》 대아(大雅) 탕편(蕩篇)의 구절. 殷鑒不遠(은감불원) 은(殷)나라의 거울이 가까이 있다. 后(후) 임금.

● **평석** 하(夏) 걸왕(桀王)은 무도한 임금이었기에 은(殷)에 의해 나라가 바뀌게 되었다. 은 또한 그러한 정치를 한다면 정권이 바뀌게 될 것이다. '은감불원(殷鑒不遠)'은 후대에 회자되었다.

3. 맹자가 말했다.

"하(夏)·은(殷)·주(周) 세 왕조가 천하를 얻은 것은 어진 정치를 폈기 때문이고, 그들이 천하를 잃은 것은 어진 정치를 하지 않았기 때문이다. 나라가 흥망성쇠(興亡盛衰)하는 이유도 역시 그러하다. 천자가 어질지 않으면 사해를 보전하지 못하고, 제후가 어질지 않으면 사직을 보전하지 못하고, 경이나 대부가 어질지 않으면 종묘를 보전하지 못하고, 선비나 서민이 어질지 않으면 자기 몸을 보전하지 못한다. 지금 죽고 망하는 것을 싫어하면서 어질지 않은 일을 즐기는 것은, 이는 마치 술 취하는 것을 싫어하면서 억지로 술을 마시는 것과 같다."

孟子曰 三代之得天下也 以仁 其失天下也 以不仁 國之所以
廢興存亡者 亦然 天子不仁 不保四海 諸侯不仁 不保社稷
卿大夫不仁 不保宗廟 士庶人不仁 不保四體 今惡死亡 而樂
不仁 是猶惡醉 而強酒.

● **주해** 三代(삼대) 하(夏)·은(殷)·주(周) 세 왕조. 四海(사해) 바다 안

의 전 국토, 즉 천하. 社稷(사직) 나라 또는 조정을 가리키는 말. 사(社)
는 토지신(土地神), 직(稷)은 곡신(穀神).

4. 맹자가 말했다.
"남을 사랑하는데도 친해지지 않으면, 나의 어진 것에 대하여 반
성해야 한다. 남을 다스리는데 다스려지지 않으면, 나의 지혜에 대
하여 반성해야 한다. 남에게 예의를 다했는데도 나에게 보답하지
않으면, 나의 공경에 대하여 반성해야 한다. 일을 행하고 좋은 성
과가 없으면, 모든 것을 자신에게서 찾아야 한다. 자신의 몸이 바
르면, 천하가 따르게 된다. 《시경》에 '언제나 하늘의 명에 맞게 하
는 것이, 스스로 많은 복을 구함이다.'라고 하였다."

孟子曰 愛人不親 反其仁 治人不治 反其智 禮人不答 反其
敬 行有不得者 皆反求諸己 其身正 而天下歸之 詩云 永言
配命 自求多福.

● **주해** 行有不得者(행유부득자) 행(行)은 행동하다, 일을 처리하다. 유부
득자(有不得者)는 '좋은 성과를 얻지 못한다'는 뜻. 反求諸己(반구저기)
자신에게서 찾아야 한다. 詩云(시운) 《시경》 대아(大雅) 문왕편(文王篇)
의 구절. 永言配命(영언배명) 언제나 하늘의 명에 맞게 하는 것.

5. 맹자가 말했다.
"사람들이 항상 말하는 것이 있는데, 모든 사람이 천하와 나라와 집
안을 말한다. 천하의 근본은 나라에 있고, 나라의 근본은 집안에 있
고, 집안의 근본은 사람의 몸가짐에 있다."

孟子曰 人有恒言 皆曰 天下國家 天下之本在國 國之本在家
家之本在身.

6. 맹자가 말했다.

"나라 다스리기는 어렵지 않으니 대대로 벼슬을 지낸 집안에 죄를 짓지 않으면 된다. 그들 큰 집안이 경모(敬慕)하면, 온 나라가 경모하고, 온 나라가 경모하면 천하가 경모하게 된다. 그렇게 되면 교화가 널리 퍼져 사해(四海)에 넘치게 될 것이다."

> 孟子曰 爲政不難 不得罪於巨室 巨室之所慕 一國慕之 一國
> 之所慕 天下慕之 故沛然德教 溢乎四海.

● **주해** 巨室(거실) 대대로 벼슬을 지낸 집안. 沛然(패연) 세차고 넓게. 溢
(일) 차고 넘치다.

7. 맹자가 말했다.

"천하에 도가 있으면 덕이 적은 사람이 덕이 많은 사람에게 지배를 받고, 조금 어진 사람은 크게 어진 사람에게 지배를 받는다. 천하에 도가 없으면 작은 나라는 큰 나라에 지배를 받고, 약한 사람은 강한 사람에게 지배를 받는다. 이 두 가지는 하늘의 이치이니 하늘의 도를 따르는 사람은 살고, 하늘의 도를 어기는 사람은 망한다.

제나라 경공(景公)이 큰 나라인 오(吳)로부터 청혼을 받았을 때 '이미 명령할 수 없는데, 그들의 명령을 듣지 않는다면, 국교가 단절되고 말 것이다.'라고 말했다. 그리고 눈물을 흘리면서, 딸을 시집보냈다.

지금 작은 나라는 큰 나라를 받들면서 그 명령을 받는 것을 부끄러워한다. 이는 마치 제자가 선생의 명령 받는 것을 부끄러워하는 것과 같다. 만약에 이것을 부끄러워한다면 문왕(文王)을 스승으로 섬겨야 한다. 그렇게 하면 큰 나라는 5년, 작은 나라는 7년이면 반드시 천하를 지배하기에 이를 것이다.

《시경》에, '은나라의 자손은 그 수가 10만을 헤아리지만, 하늘의 명이 한 번 내려오시니 모두가 우리 주(周)에 복종했도다. 모두가 우리 주에 복종했으니 하늘의 명은 일정한 바 없음이어라. 은나라의 신하들도 입조(入朝)하여 술을 붓고 제사를 받들었도다.'라고 하였다. 또 공자께서 말씀하시기를, '인(仁)에는 사람들도 어쩔 수 없다.'라고 하셨다. 그러므로 나라를 다스리는 임금이 어진 것을 좋아하면 천하에 대적할 사람이 없게 된다.

지금 천하에 대적할 사람이 없기를 바라면서 어진 정치를 하지 않으니, 이것은 뜨거운 것을 잡고도, 손을 물에 담그지 않는 것과 같다.《시경》에, '누구라도 뜨거운 것을 잡으면, 물에 담그지 않겠는가?'라고 하였다."

孟子曰 天下有道 小德役大德 小賢役大賢 天下無道 小役大 弱役强 斯二者天也 順天者存 逆天者亡.

齊景公曰 旣不能令 又不受命 是絶物也 涕出而女於吳.

今也 小國師大國 而恥受命焉 是猶弟子 而恥受命於先師也. 如恥之 莫若師文王 師文王 大國五年 小國七年 必爲政於天下矣.

詩云 商之孫子 其麗不億 上帝旣命 侯于周服 侯服于周 天命靡常 殷士膚敏 祼將于京 孔子曰 仁不可爲衆也 夫國君好仁 天下無敵.

今也 欲無敵於天下 而不以仁 是猶執熱 而不以濯也 詩云 誰能執熱 逝不以濯.

● **주해** 絶物(절물) 물(物)은 일[事]이니, 외교 관계를 끊는 것. 女於吳 (여어오) 여(女)는 동사. 자기 딸을 오나라에 시집보냈다. 詩云(시운)《시경》대아(大雅) 문왕편(文王篇)의 구절. 商之孫子(상지손자) 은(殷)나라

의 자손들은. 은(殷)은 초기에는 '상(商)'이라 했다. 其麗不億(기려불억) 여(麗)는 수효, 억(億)은 10만(萬).《예기》 내칙소(內則疏)에 '수에 대소(大小)의 두 가지가 있다. 소수(小數)에서는 10으로 등급을 삼기에 10만을 억이라 하고, 10억을 조(兆)라 한다.'라고 하였다. 膚(부) 큰 것. 祼將(관장) 관(祼)은 종묘 제사에서 울창주(鬱鬯酒)를 땅에 뿌리고 신을 내리게 하는 의식. 장(將)은 제물을 차리는 것. 詩云(시운)《시경》 대아(大雅) 상유편(桑柔篇)의 구절.

● **평석** 무도한 시대에는 힘이 위주이므로 작은 나라는 큰 나라를 섬겨야 한다. 이것이 자연의 법칙이다. 맹자가 이렇게 주장하면 누구나 의아한 느낌이 들 것이다. 왜냐하면 패도(覇道)를 긍정하는 듯이 보이기 때문이다. 그러나 이것이 맹자의 본의는 아니었다. 그는 다시 말을 이었다. 작은 나라가 큰 나라를 섬기지 않으려 하면 망하는데도 불구하고, 지금의 제후들은 그것을 부끄럽게 생각한다. 그렇다면 문왕(文王)의 도를 배워라. 여기에서 맹자의 본색이 드러난다. 우리가 알 수 있는 것은 그가 뛰어난 언변을 가지고 있다는 것이다. 처음에는 자신의 본심을 숨긴 채 딴전을 부리다가, 차츰 상대의 마음을 자극하여 자기가 생각한 대로 유도해 간다. 재기(才氣)가 뛰어난 맹자의 면목을 알 수 있다.

8. 맹자가 말했다.
"어질지 않은 사람과 어찌 더불어 말할 수 있으랴? 그들은 위험한 것을 안전한 것인 듯 알고, 재앙이 될 일을 이익이 될 것으로 알고, 망하는 일을 즐기고 있다. 어질지 않은 사람과 말해도 된다면, 어찌 나라가 망하고 집안을 무너뜨리는 일이 있으랴?
한 아이가 노래하기를, '창랑(滄浪)의 물이 맑으면 내 갓끈을 빨고, 창랑의 물이 흐리면 내 발을 씻으리.'라고 하였다. 공자께서 말씀하셨다. '그대들은 잘 들어라. 물이 맑으면 갓끈을 빨고, 흐리

면 발을 씻는다고 했으니, 스스로가 그렇게 만든 것이다.'

무릇 사람은 스스로 업신여길 일을 했으므로, 남들이 업신여긴다. 집안도 반드시 자신이 집안을 무너뜨린 후에 남들이 집안을 무너뜨린다. 나라도 반드시 자신이 나라를 정벌하게 한 후에 남들이 나라를 정벌하게 마련이다. 《서경》태갑(太甲)편에 '하늘이 내린 재앙은 피할 수 있으나, 스스로 불러들인 재앙에서는 도망갈 수 없다.'라고 하였으니, 이것을 말한 것이다.'"

孟子曰 不仁者 <u>可與言</u>哉 安其危而利其菑 樂其所以亡者 不仁而可與言 則何亡國敗家之有.

有孺子歌曰 <u>滄浪之水</u>清兮 可以濯我纓 滄浪之水濁兮 可以濯我足 孔子曰 小子聽之 清斯濯纓 濁斯濯足矣 自取之也.

夫人必自侮 然後人侮之 家必自毀而後人毀之 國必自伐 而後人伐之 <u>太甲</u>曰 天作孽 猶可違 自作孽 不可<u>活</u> 此之謂也.

● **주해** 可與言(가여언) 말을 해서 통할 수 있는 것. 즉 충고를 받아들일 만한 것. 滄浪之水(창랑지수) … 〈초사(楚辭)〉 어부사(漁父辭)에 나오는 노래. 거기서는 고기잡이 노인이 노래한 것으로 되어있다. 太甲(태갑) 《서경》 상서(商書)의 편명(篇名). 活(활) 도망함.

● **평석** 세상을 살다 보면 불행도 겪고, 남에게 모욕받는 수가 있다. 나라로 보면 위기에 직면하기도 하고 멸망하는 수도 있다. 그러나 그 궁극적인 원인은 자기에게 있다는 것이다. 스스로 업신여길 행동을 하므로 남들도 업신여긴다는 논리는 맹자다운 발언이라 할 수 있다.

9. 맹자가 말했다.

"걸왕(桀王)이나 주왕(紂王)이 천하를 잃은 것은, 그 백성의 지지를 잃었기 때문이다. 그 백성의 지지를 잃은 것은 백성의 마음을 잃은 것이다. 천하를 얻는 데 방법이 있으니, 백성을 얻으면 천하를 얻게 된다. 백성을 얻는 데 방법이 있으니, 백성의 마음을 얻으면 백성을 얻게 된다. 백성의 마음을 얻는 데 방법이 있으니, 그들이 원하는 바를 그들을 위해 모아 주고, 싫어하는 것은 행하지 않아야 한다.

백성이 어진 정치를 따르는 것은 마치 물이 낮은 곳으로 흘러가고, 짐승이 넓은 들판으로 달려가는 것과 같다. 그러므로 물고기를 깊은 못으로 모이게 하는 것은 수달이고, 참새를 숲으로 모는 것은 새매이다. 백성을 탕왕(湯王)이나 무왕(武王)에게로 몰고 간 사람은 걸왕과 주왕이다. 지금 천하의 임금으로 어진 정치를 좋아하는 임금이 있다면 제후들이 모두 백성들을 어진 임금에게 몰아줄 것이다. 비록 임금이 되고자 하지 않아도 어쩔 수 없이 되고 말 것이다.

지금 천하를 다스리고자 하는 사람은 마치 7년 동안 병을 앓은 사람이, 3년 말린 쑥을 구해서 고치려고 하는 것과 같다. 진실로 미리 준비해 두지 않는다면, 평생토록 얻을 수 없을 것이다. 진실로 어진 정치에 뜻을 두지 않으면, 평생토록 걱정하고 치욕을 받다가, 죽음에 이를 것이다. 《시경》에 '나란들 이대로야 어떻게 되랴, 모두 환난에 빠지리라.'라고 한 것은 이것을 말한 것이다."

孟子曰 桀紂之失天下也 失其民也 失其民者 失其心也 得天下有道 得其民 斯得天下矣 得其民有道 得其心 斯得民矣 得其心有道 所欲與之聚之 所惡勿施爾也.

民之歸仁也 猶水之就下 獸之走壙也 故爲淵敺魚者獺也 爲叢敺爵者鸇也 爲湯武敺民者桀與紂也 今天下之君 有好仁者 則諸侯皆爲之敺矣 雖欲無王 不可得已.

今之欲王者 猶七年之病 求三年之艾也 苟爲不畜 終身不得

苟不志於仁 終身憂辱 以陷於死亡 詩云 其何能淑 載胥及溺
此之謂也.

●**주해** 敺魚者獺也(구어자달야) 구(敺)는 몰 구(驅)와 같다. 달(獺)은 수
달. 爵(작) 참새 작(雀)과 같다. 鸇(전) 새매. 詩云(시운)《시경》대아(大
雅) 상유편(桑柔篇)의 구절. 淑(숙) 좋은 것. 載胥及溺(재서급닉) 군신이
모두 재앙에 빠지는 것.〔정전(鄭箋)〕재(載)는 발어사. 서(胥)는 '모두,
다 함께'.

●**평석** 정치의 요체가 백성의 마음을 얻는 데 있다는 말은, 현대의 민
주주의에서도 그대로 통용되는 진리이다. 당시는 중국 전체를 통제할
강력한 정치 기구가 존재하지 않았으므로, 정치적으로 혼란한 대신 사
상적으로는 자유가 보장되어 맹자의 이러한 사상도 생겨날 수 있었을
것이다.

10. 맹자가 말했다.
"스스로 자기를 해치는 사람과는 함께 말할 수 없다. 스스로 자기
를 버리는 사람과는 함께 행할 수 없다. 예의를 비난하는 말을 하
는 것을 자기를 해치는 것이라 한다. 자신의 몸을 어진 데 처하지
않고, 또 의로움을 따르지 않는 것을 자기를 버리는 것이라 한다.
어진 것은 사람이 편하게 살 수 있는 집이고, 의로움은 사람이 따
라가야 할 바른길이다. 넓고 편안한 집에서 살지 않으며, 바른길
을 버리고 따라가지 않으니, 슬픈 일이 아닌가."

孟子曰 自暴者 不可與有言也 自棄者 不可與有爲也 言非禮
義 謂之自暴也 吾身不能居仁由義 謂之自棄也 仁人之安宅
也 義人之正路也 曠安宅而弗居 舍正路而不由 哀哉.

● **평석** 입만 열면 도덕은 가치가 없다고 말하는 것이 자포(自暴)이고, 도덕의 가치는 인정하나 불가능한 일이라고 실천을 포기하는 것이 자기(自棄)이다. '자포자기(自暴自棄)'라는 말은 맹자의 이 말에서 나왔다.

11. 맹자가 말했다.
"도(道)는 가까이 있는데, 먼 데서 구하려고 한다. 일을 바르게 하기는 쉬운데, 어렵게 구하려고 한다. 사람들이 저마다 부모를 친애하고, 연장자를 공경하면 천하가 태평하게 될 것이다."

孟子曰 道在爾 而求諸遠 事在易 而求之難 人人 親其親 長其長 而天下平.

12. 맹자가 말했다.
"신하로 있으면서 임금의 신임을 얻지 못하면, 백성을 다스릴 수 없다. 임금의 신임을 얻는 데는 방법이 있다. 먼저 친구의 신뢰를 받아야 한다. 친구의 신뢰가 없으면 임금에게 신임을 얻지 못한다. 친구에게 신뢰받는 방법이 있다. 먼저 부모가 기뻐하시도록 해드리는 일이다. 부모를 기뻐하시도록 섬기지 못하면 친구에게 신뢰를 받지 받는다. 부모를 기쁘게 해드리는 데는 방법이 있다. 먼저 성실한 마음을 지녀야 한다. 스스로 반성하여 성실하지 못하면, 부모를 기쁘게 해드리지 못한다. 자신을 성실하게 하는 데는 방법이 있다. 먼저 선(善)을 명백하게 인식해야 한다. 선을 명백히 인식하지 못하면, 자신에게 성실하지 못하다. 그러므로 성실이야말로 자연의 규범이며, 성실을 추구함이 사람의 규범이라는 결론에 도달한다. 지극한 정성으로 남을 감동하게 하지 못한 예는 아직 없었고, 성실하지 않으면서 남을 감동하게 한 예도 일찍이 없었다."

孟子曰 居下位 而不獲於上 民不可得而治也 獲於上有道 不
信於友 弗獲於上矣 信於友有道 事親弗悅 弗信於友矣 悅親
有道 反身不誠 不悅於親矣 誠身有道 不明乎善 不誠其身矣
是故 誠者 天之道也 思誠者 人之道也 至誠 而不動者 未之
有也 不誠 未有能動者也.

● **평석** 성실을 자연과 인간의 지배원리라고 생각하는 것은, 증자(曾
子)에게서 자사(子思)를 거쳐 맹자까지 전해져 온 유교의 도덕철학이
어서 《중용(中庸)》에도 거의 같은 내용이 보인다. 그것을 그대로 내세
우지 않고, 어떻게 하면 임금의 마음에 들 수 있느냐 하는, 신하라면
누구나 그 비결을 알고자 하는 현실 문제에서 끌어내는 데 맹자의 독
특한 착상이 있다.

13. 맹자가 말했다.
"백이가 은(殷) 주왕(紂王)을 피해 북해 해변에서 살았으며, 주(周)
문왕(文王)이 일어났다는 말을 듣고 말했다. '어찌 가지 않으랴? 나
는 서백(西伯)이 노인을 잘 부양한다고 들었다.' 강태공(姜太公)도
주왕을 피해 동해 해변에 살았다. 문왕이 일어났다는 말을 듣고
말했다. '어찌 가지 않으랴? 나는 서백이 노인을 잘 부양한다고 들
었다.'
두 노인, 즉 백이와 강태공은 천하에서 가장 높이는 노인이다. 그
런데 그들이 문왕을 따르니, 이는 곧 천하의 모든 부로(父老)가 따
르는 것이다. 천하의 부로가 모두 따르니 그들의 자제들은 어디로
가겠는가? 제후 중에 문왕과 같은 정치를 하는 제후가 있다면, 7
년 안에 반드시 천하를 얻어 다스리게 될 것이다."

孟子曰 伯夷辟紂 居北海之濱 聞文王作興 曰盍歸乎來 吾聞

西伯 善養老者 太公辟紂 居東海之濱 聞文王作興 曰盍歸乎
來 吾聞西伯 善養老者.

二老者 天下之大老也 而歸之 是天下之父 歸之也 天下之父
歸之 其子焉往 諸侯有行文王之政者 七年之內 必爲政於天
下矣.

● **주해** 盍歸乎來(합귀호래) 합(盍)은 하불(何不)의 첩운(疊韻)으로 '어찌
…하지 않으랴'의 뜻. 내(來)는 뜻 없는 조자(助字)로 귀거래(歸去來)의
내(來)와 같다. 西伯(서백) 문왕은 덕망이 높아 제후들이 많이 따랐으므
로, '서쪽 패자(霸者)'라 불렸다. 백(伯)은 제후들을 통솔하는 장(長). 太
公(태공) 무왕을 도와 주(周)나라가 천하의 정권을 장악하게 한 강태공
(姜太公) 여상(呂尙). 焉往(언왕) 어디로 가랴. 언(焉)은 어디.

● **평석** 요즘은 청년들이 세대교체를 말하는 세상이지만, 당시의 중국
은 가족제도를 기반으로 한 노인을 우대한 사회였으므로, 그러한 정치
는 민심을 수습하는 데 있어서 효과가 있었을 것이다.

14. 맹자가 말했다.
"염구(冉求)가 계씨(季氏)의 가신(家臣)이 되었는데, 계씨의 덕(德)
을 고치기는커녕, 곡물세를 전보다 배로 하였다. 공자께서 말씀하
셨다. '염구는 우리 학파의 문도가 아니다. 얘들아, 북을 치며 그
를 공격해도 좋다.'
이렇게 볼 때, 임금이 어진 정치를 하지 않고 자기만 부강(富强)
하게 되려는 자는 모두 공자로부터 버림받았다. 하물며 이를 위해
무리하게 전쟁을 하거나, 토지를 쟁탈하기 위해 전쟁을 하고, 들
판 가득히 사람을 죽게 하거나, 성(城)을 탈취하기 위해서 전쟁하
고, 성 가득히 사람을 죽게 하는 그런 일은 이른바 토지를 위해서
사람을 죽이고 그 살을 먹는 일이니, 그 죄는 죽어도 용서받지 못

할 것이다. 그러므로 전쟁을 좋아하는 자는 상형(上刑), 즉 사형
에 처한다. 제후를 연결해서 서로 싸우게 한 자는 다음가는 형벌
에 처한다. 풀밭이나 황무지를 개간하여 세금을 늘리는 자는 그
다음가는 형벌에 처한다."

孟子曰 求也爲季氏宰 無能改於其德 而賦粟倍他日 孔子曰
求非我徒也 小子鳴鼓而攻之可也.
由此觀之 君不行仁政而富之 皆棄於孔子者也 況於爲之强戰
爭地以戰 殺人盈野 爭城以戰 殺人盈城 此所謂率土地而食
人肉 罪不容於死 故善戰者服上刑 連諸侯者次之 辟草萊任
土地者次之.

●**주해** 求(구) 공자의 제자 염구(冉求). 季氏(계씨) 노나라 대부 계강자
(季康子). 계강자는 임금을 무시하고 전횡(專橫)하여 나라를 문란케 했
다. 여기의 내용은 《논어》〈선진편(先進篇)〉 제17장에 나온다. 萊(내)
황무지(荒蕪地).

●**평석** 어진 정치는 하지 않고 세금만 많이 거두는 것은 맹자가 보기
에 용서할 수 없는 일이었다. 하물며 나라의 부(富)만을 위하여 다른
나라를 침략하는 일은 말할 것도 없다. 그래서 맹자는 그들에 대한 궐
석재판까지 했다. 그 결과 전쟁에 능한 사람이 최고형에 처해졌다. 여
기에는 소위 병법(兵法)의 대가와 명장이 포함되었을 것이다. 그다음
은 종횡가(縱橫家)로, 이들은 언변에 능하여 제후들을 찾아다니면서
국제관계를 악화시켰다. 소진(蘇秦)과 장의(張儀)가 맹자와 같은 시
대가 아닌 것이 다행이라 할 수 있다. 그다음이 염구 같은 사람으로 혹
리(酷吏)들이다.

15. 맹자가 말했다.

"사람을 살펴볼 수 있는 것으로는 눈동자를 보는 것이 제일 좋다. 눈동자는 그 악(惡)을 감추지 못한다. 마음이 바르면 눈동자도 밝다. 마음이 바르지 않으면, 눈동자도 어둡다. 그의 말을 듣고, 또 그의 눈동자를 살펴보면 사람이 어찌 마음을 숨길 수 있겠는가?"

孟子曰 存乎人者 莫良於眸子 眸子不能掩其惡 胸中正 則眸子瞭焉 胸中不正 則眸子眊焉 聽其言也 觀其眸子 人焉廋哉.

● **주해** 存乎人(존호인) 남을 살펴볼 수 있는 것. 존(存)은 재(在)와 통하여, 재(在)에는 '살피다'는 뜻이 있다. 眸子(모자) 눈동자. 자(子)는 조자(助字). 眊(모) 흐리고 어둡다. 廋(수) 숨기다.

● **평석** 여기 내용은 공자의 '그 하는 바를 보고, 그 말미암는 바를 살피고, 그 몸 두는 바를 관찰한다면, 사람이 어찌 숨길 수 있으랴, 사람이 어찌 숨길 수 있으랴?'〔《논어》〈위정편〉제10장〕라는 말과 통한다. 공자의 말이 어디까지나 도덕의 원칙에 입각한 사람에 대한 관찰이라면, 이것은 구체적인 대신 조금은 세속적인 인상이 짙다. 전국시대에는 관상술이 유행했으므로 그 영향을 받았는지도 모른다. 그러나 이것이 효과적인 관찰법임은 사실이라 할 수 있다.

16. 맹자가 말했다.
"공손한 사람은 남을 업신여기지 않고, 검소한 사람은 남의 것을 빼앗지 않는다. 남을 업신여기고, 남의 것을 빼앗는 임금은 백성이 따르지 않을 것을 두려워한다. 어떻게 공손하고 검소함을 얻을 수 있겠는가? 공손이나 검소가 어찌 말이나 웃는 얼굴로 행할 수 있겠는가?"

孟子曰 恭者不侮人 儉者不奪人 侮奪人之君 惟恐不順焉 惡
得爲恭儉 恭儉豈可以聲音笑貌爲哉.

17. 순우곤(淳于髠)이 말했다.
"남녀가 직접 물건을 주고받지 않는 것이 예(禮)입니까?"
맹자가 대답했다.
"예입니다."
"형수가 물에 빠졌을 때는 즉시 손으로 구해야 합니까?"
"형수가 물에 빠졌는데도 구하지 않으면 승냥이나 이리라 할 수
있습니다. 남녀가 손으로 물건을 주고받지 않는 것은 예지만, 형수
가 물에 빠졌을 때, 손으로 구하는 것은 임기응변의 조치입니다."
"지금 천하가 물에 빠져 있는데, 선생님께서 구하지 않으시는 것은
어째서입니까?"
"천하가 물에 빠지면 도로써 구해주고, 형수가 물에 빠지면 손으
로 구합니다. 당신은 손으로 천하를 구하고자 합니까?"

淳于髠曰 男女授受不親 禮與 孟子曰 禮也 曰 嫂溺則援之以
手乎 曰 嫂溺不援 是豺狼也 男女授受 不親禮也 嫂溺 援之
以手者權也.
曰 今天下溺矣 夫子之不援 何也 曰 天下溺 援之以道 嫂溺
援之以手 子欲手援天下乎.

●**주해** 淳于髠(순우곤) 성이 순우(淳于), 이름이 곤(髠). 제나라 사람. 男
女授受不親(남녀수수불친) 《예기》 곡례(曲禮)에 '남녀가 직접 물건을 주고
받지 않는다(男女不親授)'라는 말이 있다. 權(권) 저울. 물건의 무게에
따라 저울은 변하므로 임기응변의 조치가 정의의 원칙에 부합되는 것을
가리키게 되었다.

●**평석** 순우곤은 제나라 사람으로, 유머가 있는 웅변가로서 이름이 있었다. 여기서는 그 현실주의적인 입장에서 타협이 부족한 맹자를 교묘히 공격하였다. 엄격한 예의로 대해야 하는 형수라도 급하면 손을 잡아 물에서 건질 수 있듯이, 세상은 원칙만 가지고 통하는 것이 아니므로, 다소는 현실에 적응하라는 것이 순우곤의 태도였다. 그러나 맹자의 견해에 따르면 정치는 정도(正道)에 의해서만 하는 것이므로, 그 권고를 받아들일 수가 없었다. 잠시 합치는 듯이 보이던 두 사람의 길은 여기서 다시 갈라졌다.

18. 공손추(公孫丑)가 물었다.

"군자가 자기 아들을 직접 가르치지 않는 것은 무엇 때문입니까?"

맹자가 말했다.

"사정이 그것을 허락하지 않는다. 가르치는 사람은 반드시 바른 도리를 가르쳐야 하는데, 가르침을 받아도 바르게 행하지 않으면 화를 내게 된다. 가르치고 나서 화를 내는 것은 도리어 부자 사이를 상하게 한다. '아버지는 나에게 바르게 하라고 가르치시면서, 아버지는 바르게 행하지 못하는구나.' 즉 부자간에 정(情)이 상하게 된다. 부자간에 정이 상하면 좋지 않다. 옛날에는 자식을 바꾸어서 가르쳤다. 부자간에는 선(善)에 관한 책망은 하지 않는다. 선을 놓고 책망하면, 부자의 정이 멀어진다. 부자의 정이 멀어지면 이보다 더 큰 불행이 없다."

公孫丑曰 君子之不敎子何也 孟子曰 勢不行也 敎者必以正 以正不行 繼之以怒 繼之以怒 則反夷矣 夫子敎我以正 夫子 未出於正也 則是父子相夷也 父子相夷 則惡矣 古者易子 而 敎之 父子之間 不責善 責善 則離 離則不祥莫大焉.

●**주해** 夷(이) 해치는 것. 夫子(부자) 아버지를 부르는 말. 不祥(불상)

불행(不幸).

●**평석** 자식을 직접 가르치지 않는 것은, 엄격한 태도를 지니지 못하는 까닭이라고 생각한다. 맹자는 이와 달리, 엄격한 태도로 대할 때 생기는 폐단을 고찰했다. 그것은 부자간의 정을 멀어지게 할 수 있다는 것이 그 결론이다. 이것도 사실일 것이다.

19. 맹자가 말했다.
"누구를 섬기는 것이 가장 중요할까? 부모를 섬기는 일이 가장 중요하다. 무엇을 지키는 것이 가장 중요할까? 자신을 바르게 지키는 것이 가장 중요하다. 자기가 지킬 도리를 잃지 않고, 부모를 잘 섬긴다는 말을 나는 들었다. 자기가 지킬 도리를 잃고서, 부모를 잘 섬긴다는 말을 나는 듣지 못했다. 어느 것인들 섬기는 일이 아니랴만 부모를 섬기는 것이 섬기는 일의 근본이며, 무엇인들 지키는 일이 아니랴만, 자기의 품위나 지조를 지키는 것이 지키는 일의 근본이다.
증자(曾子)가 아버지 증석(曾晳)을 봉양할 때, 상에는 반드시 술과 고기를 올렸다. 상을 물릴 때는 반드시 '남은 음식을 누구에게 줄까요?'라고 물었다. 부친이 '남은 것이 있느냐?'라고 물으면 반드시 '더 있습니다'라고 대답했다. 증석이 죽고 증자를 증원(曾元)이 봉양하게 되었다. 상에는 반드시 술과 고기가 올랐다. 상을 물릴 때 '남은 음식을 누구에게 줄까요?'라고 묻지 않았다. 증자가 '남은 것이 있느냐?'라고 물으면 '없습니다'라고 대답하고 나중에 다시 올렸다. 증원의 이러한 섬김은 이른바 외형적으로 봉양하는 효도이다. 증자가 아버지 증석을 봉양하는 것같이 해야 비로소 뜻을 받드는 봉양이라 할 수 있다. 부모 섬김은 증자같이 해야 한다."

孟子曰 事孰爲大 事親爲大 守孰爲大 守身爲大 不失其身 而
能事其親者 吾聞之矣 失其身 而能事其親者 吾未之聞也 孰
不爲事 事親事之本也 孰不爲守 守身守之本也.
曾子養曾晳 必有酒肉 將徹必請所與 問有餘 必曰 有 曾晳
死 曾元養曾子 必有酒肉 將徹 不請所與 問有餘 曰 亡矣 將
以復進也 此所謂養口體者也 若曾子則 可謂養志也 事親 若
曾子者 可也.

● **주해** 曾晳(증석) 증자(曾子)의 아버지.《논어》〈선진편(先進篇)〉제
26장에 나온다. 亡矣(무의) 무(亡)는 무(無).

● **평석** 효도는 겉으로만 봉양하는 데 그치는 것이 아니라, 부모의 뜻
을 잘 받드는 것이어야 한다고 주장하면서, 증자의 예를 들었다. 증자
는 원래 효자로 유명한데, 위작(僞作)인《효경(孝經)》도 그에게 가탁
(假託)되었다.

20. 맹자가 말했다.
"사람들의 잘못을 꾸짖고 나무랄 필요가 없다. 나랏일에 대해서도
비난할 필요가 없다. 오직 대인(大人)이라야 임금의 마음이 잘못
됨을 바로잡을 수 있다. 임금이 어질면 신하도 어질지 않을 수 없
고, 임금이 의로우면 신하도 의롭지 않을 수 없으며, 임금이 바르
면 신하도 바르지 않을 수 없다. 오직 임금이 바르면 나라가 안정
된다."

孟子曰 人不足與適也 政不足間也 惟大人 爲能格君心之非
君仁 莫不仁 君義 莫不義 君正 莫不正 一正君 而國定矣.

21. 맹자가 말했다.
"뜻하지 않은 칭찬을 받는 수도 있고, 가혹한 비난을 받을 때도 있다."

孟子曰 有不虞之譽 有求全之毁.

● **주해** 虞(우) 헤아리다, 예측하다.

● **평석** 세상을 살다 보면 누구나 겪는 이야기다. 짧은 말이지만, 무언가 헤아릴 수 없는 깊이가 있다.

22. 맹자가 말했다.
"사람이 그 말을 쉽게 하는 것은 책임이 없기 때문이다."

孟子曰 人之易其言也 無責耳矣.

23. 맹자가 말했다.
"사람의 병은 남의 스승이 되고 싶어 하는 것이다."

孟子曰 人之患 在好爲人師.

● **평석** 조금이라도 알고 있는 것이 있으면 곧 남에게 말하고 싶은 것은, 누구에게나 있는 일반적인 마음이다. 맹자는 그것을 '사람의 병', 즉 인간의 약점이라 하여 경고하였다.

24. 악정자(樂正子)가 자오(子敖)를 따라 제나라에 왔다. 악정자가 맹자를 찾아보자, 맹자가 말했다.
"그대 역시 나를 보러 왔는가?"

"선생님, 왜 그렇게 말씀하십니까?"

"그대가 온 지 며칠이 되었나?"

"어제 왔습니다."

"어제 왔는데, 그러면 내가 이렇게 말해도 되지 않겠나?"

"거처를 미처 정하지 못했습니다."

"거처를 정한 다음에, 어른을 찾아본다고 자네는 들었나?"

"제가 잘못했습니다."

樂正子從於子敖之齊 樂正子見孟子 孟子曰 子亦來見我乎 曰
先生何爲出此言也 曰 子來幾日矣 曰 昔者 曰 昔者則我出此
言也 不亦宜乎 曰 舍館未定 曰 子聞之也 舍館定然後 求見
長者乎 曰 克有罪.

● **주해** 樂正子(악정자) 노나라 사람으로 맹자의 제자. 성이 악정(樂正),
이름은 극(克). 〈양혜왕장구 하〉제16장에도 보인다. 子敖(자오) 왕환
(王驩)의 자(字). 제나라 선왕(宣王)의 신임이 두터웠던 우사(右師). 昔
者(석자) 어제. 자(者)는 조자(助字). 舍館(사관) 머물 집. 거처할 곳.

● **평석** 자오는 선왕의 총애를 받는 재상으로 노나라에 사신으로 간 일
이 있었다. 마침 노나라에서 벼슬하고 있던 악정자는 맹자를 뵙기 위
해 자오가 귀국할 때 동행했다. 그러나 자오를 싫어하는 맹자는 차갑
게 제자를 대했다. '그대 역시 나를 보러 왔는가?' 물론 표면적인 의미
는 늦게 찾아온 것에 대한 비난이지만, 사실은 자오 같은 인물과 동행
한 것을 못마땅하게 여기고 있다.

25. 맹자가 악정자에게 말했다.
"그대가 자오를 따라온 것은 공연히 먹고 마시기 위해 온 것 같
네. 나는 그대가 옛 도리를 배운 것으로, 먹고 마시기를 바라지 않

는다."

孟子謂樂正子曰 子之從於子敖來 徒餔啜也 我不意子學古之
道 而以餔啜也.

● **주해** 餔啜(포철) 餔(먹을 포), 啜(마실 철).

26. 맹자가 말했다.
"불효에 세 가지가 있다. 뒤를 이을 자손이 없는 것이 가장 큰 불
효다. 순(舜)이 아버지에게 말하지 않고 아내를 얻은 것은, 뒤를
이을 자손이 없을까 걱정해서이다. 후세의 군자는 이 행동을 말씀
드린 것과 같다고 생각했다."

孟子曰 不孝有三 無後爲大 舜不告而娶 爲無後也 君子以爲
猶告也.

● **평석** 이상적 임금인 순(舜)이 부모에게 승낙도 받지 않고 결혼한
것은 가족제도에 도덕적 기반을 두고 있는 중국에서는 큰 문제였을 것
이다. 맹자는 그것이 자손을 끊어지게 하는 불효를 피하기 위함이었다
고 변호했다. 그러나 이것이 구실이 될 수 있는 것이라면, 누구라도
무단 결혼을 합리화하고 말 것이다. 순은 전설상의 인물이므로, 그가
부모 모르게 결혼했다는 것도 문제 될 것이 없으나, 그에게 따라다니
는 이야기라면 무엇이나 좋게 보려고 한 맹자의 태도가 재미있다. 세
가지 불효는 부모를 악으로 끌어넣는 일, 부모를 빈궁 속에 버려두는
일, 자손이 끊어지게 하는 일이다.

27. 맹자가 말했다.
"인(仁)의 실천은 부모를 섬기는 일이다. 의(義)의 실천은 형을 따

르는 일이다. 지(智)의 실천은 이 인과 의 두 가지를 알고 벗어나
지 않는 것이다. 예(禮)의 실천은 인과 의 두 가지를 절도에 맞게
따르는 것이다. 음악의 실천은 인과 의 두 가지를 즐기는 것이다.
즐기는 마음이 생기게 되면, 어찌 생겨난 즐거움을 그만둘 수 있겠
는가. 그만둘 수 없는 마음이 들게 되면 자기도 모르게 손발을 움
직이며 춤추게 된다."

> 孟子曰 仁之實事親是也 義之實從兄是也 智之實知斯二者弗
> 去是也 禮之實節文斯二者是也 樂之實樂斯二者 樂則生矣 生
> 則惡可已也 惡可已 則不知 足之蹈之 手之舞之.

● **주해**　實(실) 실천하는 알맹이, 즉 핵심적 실천 사항. 節文(절문) 절도
있게 행하고, 또 문화적으로 아름답게 행한다는 뜻. 生則惡可已也(생즉오
가이야) 생생하게 살아나니, 어찌 그만둘 수 있겠는가. 오(惡)는 '어찌'의
뜻. 이(已)는 '그만두다'. 足之蹈之 手之舞之(족지도지 수지무지) 발을 구르
고, 손으로 춤을 추게 된다. 손발을 놀리면서 춤을 추게 된다.

28. 맹자가 말했다.
"천하 사람이 크게 기뻐하면서 자기를 따르려고 할 때, 천하가 기
뻐하면서 자기에게 따르는 것을 보고도 마치 지푸라기같이 여긴
것은 오직 순(舜)임금이 그러하였다. 부모에게 인정받지 못하면 사
람이라 할 수 없고, 부모를 따르지 않으면 자식이라 할 수 없다.
순임금은 부모를 섬기는 도리를 다하여 아버지 고수(瞽瞍)가 기뻐
하게 되었고, 고수가 기뻐하게 되자 천하가 이로써 감화되었다. 고
수가 기뻐하게 되자, 천하의 아버지와 아들 사이가 안정되었다. 이
것을 대효(大孝)라고 한다."

> 孟子曰 天下大悅而將歸己 視天下悅而歸己 猶草芥也 惟舜

爲然 不得乎親 不可以爲人 不順乎親 不可以爲子 舜盡事親
之道 而瞽瞍底豫 瞽瞍底豫而天下化 瞽瞍底豫而天下之爲父
子者定 此之謂大孝.

● **주해** 瞽瞍底豫(고수지예) 고수(瞽瞍)는 순임금의 아버지 이름. 지(底)
는 '이르다', 치(致)의 뜻. 예(豫)는 '기쁘다, 즐기다'의 뜻.

제8권

이루장구(離婁章句) 하

〈이루장구 하〉는 모두 33장으로 되어있다. 〈이루장구 상〉과 마찬가지로 대화 상대를 알 수 있는 것은 몇 장이고, 나머지는 모두 '맹자왈'이라는 서두가 붙은 말로 짧은 글이 많다. 마지막 제33장은 평범한 시민의 일상생활을 다룬 내용으로, 중국 소설사에서 중요한 의의를 지니는 문장이다.

1. 맹자가 말했다.

"순(舜)임금은 제풍에서 출생하시고, 부하에 옮겨 사셨고, 명조에서 돌아가셨으니 동쪽 오랑캐 사람이다. 문왕(文王)은 기주에서 태어나시고, 필영에서 돌아가셨으니 서쪽 오랑캐 사람이다. 그 거리가 서로 천여 리나 되며, 시대가 지난 지 천여 년이나 된다. 뜻을 이루고 중국에 행했으니 이는 흡사 부절을 맞춘 듯하다. 먼저의 성인(聖人)이나 뒤의 성인이나 그들의 법도(法度)는 하나다."

孟子曰 舜生於諸馮 遷於負夏 卒於鳴條 東夷之人也 文王生於岐周 卒於畢郢 西夷之人也 地之相去也 千有餘里 世之相後也 千有餘歲 得志行乎中國 若合符節 先聖後聖 其揆一也.

● **주해** 諸馮(제풍) · 負夏(부하) · 鳴條(명조) 모두 고대의 지명. 卒(졸) 천자의 죽음을 나타내는 말. 東夷(동이) 동쪽 오랑캐. 岐周(기주) 기산(岐山) 밑에 있는 주나라의 땅. 대략 섬서성(陝西省) 기산현(岐山縣) 동북쪽. 畢郢(필영) 섬서성 장안현(長安縣)으로 문왕의 능묘가 있다. 西夷(서이) 서쪽 오랑캐. 中國(중국) '천하의 중심이 되는 나라'라는 뜻. 符節(부절) 신표(信標). 옥(玉)이나 금속으로 만든 신표를 반으로 쪼개 한 쪽씩 가지고 맞추어 보았다고 한다. 揆一(규일) 규(揆)는 좋다고 생각하고 헤아린 법도. 일(一)은 절대선(絕對善)의 천도(天道).

2. 자산(子産)이 정(鄭)나라의 정치를 맡았을 때, 자기 수레에 사람을 태워 진수(溱水)와 유수(洧水)를 건너게 해준 일이 있었다. 맹자가 말했다.

"은혜를 베푸는 일이기는 하나 정치를 잘 모르는 일이다. 매년 11월에 작은 다리를 만들고, 12월에는 큰 다리를 만들면 백성이 강을 건너는 데 고생하지 않는다. 군자가 그 정치를 평등하게 하면,

길 가는 사람을 피하게 할 수 있을 것이다. 어찌 개개인을 강을 건너게 하겠는가? 그렇게 정치하는 사람이 매번 사람을 기쁘게 하려면 날짜 역시 부족할 것이다."

子産聽鄭國之政 以其乘輿 濟人於溱洧 孟子曰 惠而不知爲政
歲十一月徒杠成 十二月輿梁成 民未病涉也 君子平其政 行
辟人可也 焉得人人而濟之 故爲政者每人而悅之 日亦不足矣.

● **주해** 子産(자산) 정(鄭)나라의 재상(宰相) 공손교(公孫僑). 溱洧(진유) 진수(溱水)와 유수(洧水). 강 이름. 杠(강) 사람이 건널 수 있는 작은 다리. 輿梁(여량) 수레가 건널 수 있는 큰 다리. 양(梁)은 교(橋)의 뜻. 辟(벽) 벽제(辟除). 지위 높은 사람이 행차할 때 사람의 통행을 금지하는 것.

3. 맹자가 제나라 선왕(宣王)에게 말했다.
"임금이 신하 보기를 자기 손발같이 하면, 신하도 임금 보기를 자기 배나 마음같이 하며, 임금이 신하 보기를 개나 말같이 하면, 신하도 임금 보기를 남처럼 하며, 임금이 신하 보기를 흙이나 지푸라기같이 보면, 신하도 임금 보기를 원수처럼 봅니다."
왕이 물었다.
"옛 예(禮)에 신하가 옛 임금을 위해서 상복을 입는다고 했는데, 어떻게 하면 그렇게 할 수 있습니까?"
"간언(諫言)을 듣고 행해서 정치적 혜택이 백성에게 미치게 하고, 또 이유가 있어 신하가 떠나가게 되면 임금은 사람을 시켜서 인도하여 국경을 나가게 하며, 또 가고자 하는 나라에 먼저 사람을 보냅니다. 그가 떠난 지 3년이 되어도 돌아오지 않으면, 비로소 그의 토지와 집을 거두어들입니다. 이것을 '세 가지 예(禮)'를 베푼다고 합니다. 이렇게 군주가 하셨을 때 임금을 위해 상복을 입을 것입니다. 지금은 신하가 간언을 올려도 행하지 않고, 건의해도 용납되지 않으므로 정치적 혜택이 백성에게 미치지 않고, 이유가 있어서 떠나려 하면 임금이 그를 잡아놓거나, 그가 가려고 하는 나라에서 곤경에 빠지도록 만들고, 그가 나라를 떠나자마자 그의 토지나 집을 몰수합니다. 이것은 바로 원수라 할 것이니, 원수를 위해 누가 상복을 입겠습니까?"

孟子告齊宣王曰 君之視臣 如手足 則臣視君 如腹心 君之視臣 如犬馬 則臣視君 如國人 君之視臣 如土芥 則臣視君 如寇讎.

王曰 禮爲舊君有服 何如 斯可爲服矣 曰 諫行言聽 膏澤下於民 有故而去 則君使人導之出疆 又先於其所往 去三年不反 然後收其田里 此之謂三有禮焉 如此則爲之服矣 今也爲臣 諫則不行 言則不聽 膏澤不下於民 有故而去 則君搏執之 又極之於其所往 去之日 遂收其田里 此之謂寇讎 寇讎何服之有.

●**주해** 腹心(복심) 배와 가슴. 심(心)은 가슴. 즉 마음. 土芥(토개) 흙이나 지푸라기. 膏澤(고택) 정치적 혜택. 先於其所往(선어기소왕) 그 가려는 곳에 먼저 가서 편의를 도모함. 三有禮焉(삼유례언) 충신의 간언을 듣고 행하는 것, 신하가 다른 나라로 가는 경우 그를 잘 보내주고, 가려는 나라 임금에게 그를 칭찬하는 것, 3년이 지나 그에게 내렸던 토지나 집을 거두어들이는 것. 搏執之(박집지) 체포하거나 구금하는 것. 極(극) 괴롭힘.

●**평석** 일찍이 공자는 제나라 경공(景公)에게 '임금은 임금다워야 하고, 신하는 신하다워야 하고, 아비는 아비다워야 하고, 자식은 자식다워야 한다.'라고 말한 적이 있다. 공자의 말이 그렇듯이 여기의 말도

매우 함축이 있어서, 임금이 임금답지 못할 때 신하가 어떻게 해야 하는지 생각하면, 맹자가 말한 결론이 나올 수 있다. 그렇기는 해도 나쁜 임금은 신하에게 있어서 원수나 다를 바 없다고 잘라 말한 것을 보면 맹자도 대단한 사람 같다.

4. 맹자가 말했다.
"임금이 죄 없는 선비를 죽이면, 대부는 그 나라를 떠나야 한다. 임금이 죄 없는 백성을 죽이면, 선비는 다른 나라로 가는 것이 좋다."

孟子曰 無罪而殺士 則大夫可以去 無罪而戮民 則士可以徙.

● **평석** 이것을 후세의 충성 개념과 비교하면, 너무나 다른 점에 놀라게 된다. 물론 당시 중국의 각 나라는 같은 한족 국가라는 특수한 사정이 있긴 하지만, 군신 관계가 훨씬 자유로웠음을 알 수 있다. 왕이 마음에 들지 않으면 떠나라고 하고, 앞 장에서는 나쁜 왕은 신하의 원수라고 말했다. 맹자는 왕을 조건부로 인정했을 뿐, 그에게 절대적 권위를 부여해서 무조건 순종하기를 주장하지는 않았다. 이런 충성 개념이 그대로 후세에 전해졌다면 역사도 다소 달라졌을 것이다.

5. 맹자가 말했다.
"임금이 어질면 어질지 않은 사람이 없게 되며, 임금이 의로우면 의롭지 않은 사람이 없게 된다."

孟子曰 君仁 莫不仁 君義 莫不義.

6. 맹자가 말했다.
"예(禮)가 아닌 예와, 의(義)가 아닌 의를 대인은 하지 않는다."

孟子曰 非禮之禮 非義之義 大人弗爲.

7. 맹자가 말했다.

"중정(中正)의 도(道)를 터득한 사람이 도를 터득하지 못한 사람을 교육하고 기르며, 재능있는 사람이 재능 없는 사람을 교육하고 기른다. 그러므로 사람은 현명한 부형이 있음을 좋아한다. 만약 중정의 도를 터득한 사람이 도를 터득하지 못한 사람을 버리고, 재능 있는 사람이 재능 없는 사람을 버린다면, 현명한 사람과 못난 사람의 거리는 한 치도 안 될 것이다."

孟子曰 中也養不中 才也養不才 故人樂有賢父兄也 如中也
棄不中 才也棄不才 則賢不肖之相去 其間不能以寸.

8. 맹자가 말했다.

"사람은 하지 않는 바가 있은 다음에야, 비로소 하는 바가 있게 될 것이다."

孟子曰 人有不爲也 而後可以有爲.

● **평석** 스케치하는 화가는 그리지 않은 부분이 그리는 부분보다 더 많다. 어떤 것을 대상으로 삼았다고 해서 모두를 그리는 것은 아니다. 대상의 특성을 가장 잘 나타낼 수 있는 몇 개의 선만으로도 충분할 때가 있다.

인간의 행동에서도 마찬가지다. 무엇을 하지 말아야 할 것인가를 알면, 비로소 무엇을 해야 할 것인가를 알게 된다고 할 수 있다.

9. 맹자가 말했다.

"남의 잘못을 말하면, 그 후환을 어떻게 감당하겠는가?"

孟子曰 言人之不善 當如後患何.

10. 맹자가 말했다.
"공자께서는 지나치게 심한 일은 하지 않으셨다."

　　孟子曰 仲尼不爲已甚者.

● **주해** 仲尼(중니) 공자의 자. 已甚(이심) 지나치게 심한 것.

11. 맹자가 말했다.
"대인(大人)이라고 해서 말을 반드시 지키고, 행동을 반드시 관철하는 것은 아니다. 다만 도덕적 요구를 따를 뿐이다."

　　孟子曰 大人者 言不必信 行不必果 惟義所在.

● **평석** 공자는 '말을 반드시 지키고, 행동은 반드시 관철하니, 엄격한 소인이로다.'(《논어》〈자로편〉 제20장)라고 하였다. 즉 융통성과 임기응변이 없음을 말한 것이다. 맹자의 이 말도 바로 그러한 취지라고 할 수 있다. 신의나 관철하고자 하는 마음은 중요하지만, 어느 경우에나 그것이 적용되지는 않는다. 때로는 도리어 큰 도덕적 원칙을 깨뜨리는 결과도 생긴다. 더욱이 그것이 위정자[대인]인 경우 말할 것도 없어서, 작은 신의는 때로 돌보지 않는 수도 생긴다. 보다 높은 도덕적 요구에 따르기 위해서만 그 무시가 허용되는 것이다.

12. 맹자가 말했다.
"대인은 갓난아이 때 마음을 잃지 않은 사람이다."

　　孟子曰 大人者 不失其赤子之心者也.

● **평석** 앞 장의 '대인'이 위정자를 가리키는 데 대해, 여기서는 도덕적으로 뛰어난 사람을 말하는 것으로 해석해야 할 것 같다. 여기의 대인

도 위정자로 보아 그런 사람이라야 갓난아이 같은 순진한 마음으로 때로는 신의도 저버릴 수 있다고 해석하는 학자도 있으나, 억지로 갖다 붙이는 것 같다.

13. 맹자가 말했다.
"부모님이 계실 때 봉양하는 것을 마땅히 큰일로 여기는 것만으로는 부족하다. 오직 장례를 잘 모시는 것을 마땅히 큰일로 여겨야 한다."

孟子曰 養生者不足以當大事 惟送死可以當大事.

14. 맹자가 말했다.
"군자가 깊이 진리의 끝까지 이르려고 온갖 방법으로 노력하는 것은, 스스로 진리를 체득하기 위함이다. 스스로 체득하면 굳게 파악하여 동요하지 않게 되고, 동요하지 않으면 깊이 진리를 축적할 수 있게 된다. 축적하는 것이 깊으면, 좌우(左右)의 비근한 일을 가지고도 진리의 근원과 일치시킬 수 있다. 그러므로 군자는 스스로 진리를 체득하려 애쓴다."

孟子曰 君子<u>深造</u>之以道 欲其自得之也 自得之 則居之安 居之安 則<u>資</u>之深 資之深 則取之左右逢其<u>原</u> 故君子欲其自得之也.

● **주해** 深造(심조) 깊고 높은 경지에 도달한다는 뜻. 조(造)는 치(致)와 같음. 資(자) 취(取)와 같음. 도를 바탕으로 활용한다는 뜻. 原(원) 근원. 원(源)과 같음.

● **평석** 도덕적 진실을 체득하는 것이 중요함을 말했다. 이것만 얻으

면 모든 행위를 도덕적 원칙과 일치시킬 수 있다는 것이다. '좌우봉원(左右逢原)'은 무엇에나 철저하다는 뜻으로 사용되는데, 여기에서 나온 말이다.

15. 맹자가 말했다.
"널리 배우고 상세히 해설하는 것은, 지식을 장차 정리해서 도리어 간략하게 말하기 위함이다."

　　孟子曰 博學而詳說之 將以反說約也.

●**평석** 가령 어느 산중에서 석탑이 하나 발견되었고, 그것을 학자가 열심히 연구한다고 하자. 그리하여 그 탑에 관해 매우 자세한 것을 고증해 냈을 때, 문제는 여기서 끝났다고 할 수 있을까. 석탑의 연구가 중요한 것은, 그것이 한국 미술을 연구하는 데 도움이 되기 때문이며, 미술사 연구가 가치를 가지는 것은, 그것이 전체적 문화사 연구에 이바지하기 때문일 것이다. 이렇게 볼 때 개개의 지식은 전체적인 지식으로 귀납될 때 비로소 가치가 있음을 알 수 있다. 박학만을 자랑으로 아는 학자에게는 따끔한 일침이 되는 말이다.

16. 맹자가 말했다.
"착한 것만으로 사람을 따르게 하려면 능히 사람을 따르게 할 수 없다. 착한 것만으로 사람을 교육하면 비로소 천하 사람을 따르게 할 수 있다. 천하 사람이 마음으로 복종하지 않는데 임금이 된 예는 없다."

　　孟子曰 以善服人者 未有能服人者也 以善養人 然後能服天
　　下 天下不心服 而王者未之有也.

17. 맹자가 말했다.

"말에 진실성이 없는 것은 상서롭지 않다. 상서롭지 않은 말의 실제는 현명한 사람을 가리는 것이다."

孟子曰 言無實不祥 不祥之實 蔽賢者當之.

18. 서자(徐子)가 물었다.

"공자께서 자주 물을 찬탄하시고 '물이여! 물이여!' 하셨는데, 대체 물의 어떤 점을 찬탄하신 것입니까?"

맹자가 말했다.

"샘에서 콸콸 솟아난 물은 낮과 밤을 가리지 않고 흘러내려 웅덩이를 메우고 다시 흘러 마침내는 바다에 이른다. 근원이 있는 것은 이와 같아, 공자께서는 이 뜻을 인정하신 것이다. 만약 근원이 없다면, 7, 8월이 되면 빗물이 모여들어, 도랑은 모두 물로 가득 차게 되지만, 그러나 물이 마를 때는 서서 기다릴 정도로 순식간에 마르고 만다. 그러므로 실제보다 지나친 명성을 군자는 부끄러워한다."

徐子曰 仲尼亟稱於水 曰水哉水哉 何取於水也.
孟子曰 原泉混混 不舍晝夜 盈科而後進 放乎四海 有本者如
是 是之取爾 苟爲無本 七八月之間 雨集溝澮皆盈 其涸也
可立而待也 故聲聞過情 君子恥之.

● **주해** 徐子(서자) 서벽(徐辟). 맹자의 제자. 仲尼亟稱於水(중니기칭어수) 공자가 물을 말한 것은《논어》〈자한편〉제17장에 전하는데, 거기에는 '수재수재(水哉水哉)'라는 문구는 없다. 기(亟)는 자주. 混混(곤곤) 곤곤(滾滾)과 같음. 不舍晝夜(불사주야)《논어》〈자한편〉제17장에 나오는 말. 盈科(영과) 영(盈)은 채우다. 과(科)는 웅덩이. 七八月(칠팔월) 음력

5, 6월에 해당한다. 溝澮皆盈(구회개영) 溝(작은 도랑 구), 澮(큰 도랑 회), 盈(찰 영). 涸(학) 물이 마르다. 可立而待也(가립이대야) 서서 기다릴 정도로, 물이 순식간에 마른다는 뜻. 情(정) 실제, 실정.

●**평석** 공자는 물가에 서서 '가는 것은 이와 같으니, 낮과 밤을 가림이 없구나.'라고 하였는데, 이 말을 놓고 문답한 것으로 보인다. 공자의 말이 너무 짧아서, 주자의 해석처럼 천지의 생성 작용이 쉬지 않음을 찬탄한 것인지, 세월의 무상 같은 것을 느낀 것인지 알 수가 없다. 그러나 맹자는 물이 내를 이루고 강이 되어 바다에 이르는 것은 근원이 되는 샘이 있기 때문이라고 본 듯하다. 〈용비어천가(龍飛御天歌)〉에 '샘이 깊은 물은 가뭄에 아니 그치므로, 내가 이루어져 바다로 간다.'라고 한 것은 여기서 얻은 착상이라 할 수 있다.

19. 맹자가 말했다.
"사람이 짐승과 다른 점은 그 차이가 매우 미미하다. 그 미미한 특성을 서민은 상실했지만, 군자는 지니고 있다. 순(舜)임금은 만물의 도리에 통하시고, 사람의 상정(常情)을 잘 살펴서, 인의(仁義)의 덕에 의해 행동하셨으니, 인의를 수단으로 삼으신 것은 결코 아니다."

孟子曰 人之所以異於禽於獸者 幾希 庶民去之 君子存之 舜
明於庶物 察於人倫 由仁義行 非行仁義也.

●**평석** 인간과 동물의 차이가 무엇인지는 현대에도 문제가 되고 있거니와, 맹자는 인의(仁義)의 유무에 두었다. 따라서 인의가 없는 사람은 보통 사람이요, 인의가 있는 사람은 군자이다. 그러므로 군자가 사람다운 사람인 것에 대해, 보통 사람은 사람답지 않은 사람이 된다.

20. 맹자가 말했다.

"우왕(禹王)은 맛좋은 술을 싫어했으며 선한 말을 좋아했다. 탕왕(湯王)은 중정(中正)의 도(道)를 굳게 지켰으며, 또 현명한 사람을 등용하고 차별하지 않았다. 문왕(文王)은 백성 돌보기를 다친 사람 돌보듯 했다. 또 멀리 앞을 바라보면서 보지 못한 것처럼 했다. 무왕(武王)은 신하나 제후들에게도 무례하지 않았으며, 또 먼 나라의 제후들도 잊지 않았다. 주공단(周公旦)은 생각이 세 임금을 겸했다. 그리고 또 세 임금의 일 네 가지를 행했다. 자신이 한 일이 덕에 맞지 않으면 하늘을 우러러 생각하고, 낮부터 밤까지 다행히 좋은 방도를 알게 되면 앉아서 새벽이 되기를 기다렸다."

孟子曰 禹惡旨酒 而好善言 湯執中 立賢無方 文王視民如傷 望道而未之見 武王不泄邇 不忘遠 周公思兼三王 以施四事 其有不合者 仰而思之 夜以繼日 幸而得之 坐以待旦.

● **주해** 旨(지) 맛있는 것. 執中(집중) 도(道)를 지키다. 周公(주공) 주공단(周公旦). 문왕의 아들, 무왕의 동생. 三王(삼왕) 하 우왕·은 탕왕·주 문왕과 무왕. 四事(사사) 세 임금의 네 가지 일. 其有不合者(기유불합자) 덕(德)에 맞지 않으면.

21. 맹자가 말했다.

"주(周)나라의 제도가 무너지자 시교(詩敎)도 없어졌다. 시교가 없어진 뒤 공자께서 《춘추》를 저술하셨다. 진(晉)나라의 승(乘)이나, 초(楚)나라의 도올(檮杌), 노나라의 춘추는 모두 같은 역사기록이다. 내용은 제나라 환공(桓公), 진(晉)나라 문공(文公)의 패업(霸業)으로, 그 기록은 주로 사관들이 쓴 것이다. 공자께서 말씀하셨다. '역사적 사실에 관한 선악의 비판은 나 스스로가 가필하였다.'"

孟子曰 王者之迹熄 而詩亡 詩亡然後 春秋作 晉之乘 楚之
檮杌 魯之春秋 一也 其事則齊桓晉文 其文則史 孔子曰 其
義則丘竊取之矣.

● **주해** 王者之迹熄 而詩亡(왕자지적식 이시무) 주(周) 왕조의 전성기에
는, 그 지배력이 각 나라의 구석구석에까지 미쳐서, 중앙에서 파견된 사
신이 각국의 민요를 채집하여 정치의 참고자료로 사용했다. 그러나 주가
쇠해지자 이 제도도 폐지되고, 새로운 시(詩)의 창작도 없어졌다.

● **평석** 《춘추》는 여기에 기록되어 있는 것과 같이, 노나라를 중심으
로 엮은 간단한 역사책이다. 그러나 맹자에 의하면 여기에 공자의 비
판이 숨겨져 있다는 것이다. 중국에서의 《춘추》 연구는 이 맹자의 설
을 두고 공자가 말한 대의(大義)란 무엇인가, 그리고 그것이 어떻게
표현되었는가를 연구하는 것을 중심 과제로 했다. 평범한 연대기에서
어떤 철학을 찾으려는 춘추학은 맹자에서 시작되었다고 할 수 있을 것
이며, 그런 의미에서 이 장은 매우 중요한 역사적 의의를 지닌다고 할
수 있다.

22. 맹자가 말했다.
"군자의 은택(恩澤)도 5대(代)가 되면 단절된다. 소인의 은택도 5
대면 단절된다. 나는 공자의 제자가 되지 못했으나, 나는 여러 사
람을 통해서 스스로 잘 배우고 따를 수 있었다."

孟子曰 君子之澤 五世而斬 小人之澤 五世而斬 予未得爲孔
子徒也 予私淑諸人也.

● **주해** 澤(택) 은택(恩澤)이나 영향. 五世(오세) 세(世)는 세대(世代),
대(代)로 약 30년. 5세는 약 150년. 私淑(사숙) 스스로 잘 배우고 공자

의 가르침을 잘 받들고 따른다는 뜻.

23. 맹자가 말했다.
"취해도 되고, 취하지 않아도 될 때 취하면 청렴(清廉)을 손상하는
것이다. 줘도 되고, 주지 않아도 될 때 주면 자기의 은혜를 손상
하는 것이다. 죽을 수도 있고, 죽지 않을 수도 있을 때 죽는 것은
용기를 손상하는 것이다."

　　孟子曰 可以取 可以無取 取傷廉 可以與 可以無與 與傷惠
　　可以死 可以無死 死傷勇.

● **평석** 무턱대고 손을 내미는 것이 잘못임은 상식이려니와, 죽음과
주는 것은 조금 다른 것 같다. 흔히 남에게 주는 것이 미덕이고, 불의
를 보면 죽는 것이 용기라고 생각할 것이다. 그러나 주지 않아도 될
때 주는 것은 진정한 은혜가 될 수 없고, 죽지 않아도 될 때 죽는 것은
진정한 용기가 아니라고 맹자는 말하고 있다. 세상의 인정을 어느 정
도 꿰뚫어 본 말이라 할 수 있다.

24. 방몽(逢蒙)은 활 쏘는 기술을 예(羿)에게서 배웠다. 방몽은 천
하에 예만이 자기보다 나을 것이라고 생각하여 예를 죽였다. 맹자
가 말했다.
"어쩌면 예에게 죄가 있다."
공명의(公明儀)가 말했다.
"예는 죄가 없다고 단언합니다."
"죄가 크지 않을 뿐, 어찌 죄가 없을 수 있겠는가?
정(鄭)나라에서 자탁유자(子濯孺子)에게 위(衛)나라를 침공하게 했
고, 위나라는 유공지사(庾公之斯)에게 반격하고 쫓게 했다. 자탁유
자가 말했다. '오늘 나는 병이 나서 활을 잡을 수가 없다. 나는 죽

겠구나.' 마부에게 묻기를, '추격하는 위나라 장군은 누구냐?' 하니
마부가 '유공지사입니다.'라고 대답했다. '그래, 나는 살겠구나.' 마
부가 말했다. '유공지사는 위나라에서 가장 활을 잘 쏘는 무장입니
다. 장군께서 나는 살았다고 말씀하시는 것은 무슨 까닭입니까?'
'유공지사는 활 쏘는 것을 윤공지타(尹公之他)에게 배웠고, 윤공지
타는 활 쏘는 것을 나에게 배웠다. 윤공지타는 바른 인물이므로 그
가 취한 친구도 반드시 바른 사람일 것이다.'

유공지사가 와서 물었다. '장군은 왜 활을 잡지 않으십니까?' '오늘
나는 병이 나서 활을 잡지 못하오.' '나는 윤공지타에게 활 쏘는
것을 배웠으며, 윤공지타는 장군에게 배웠습니다. 나는 장군의 활
쏘는 법으로 장군을 죽일 수는 없습니다. 그러나 오늘의 싸움은 나
라의 일이므로 나는 사사로운 정으로 감히 그만둘 수 없습니다.' 그
리고 화살을 뽑아 수레에 두드려 화살촉을 뽑고, 네 개의 화살을
쏘아 날리고 돌아갔다.″

逢蒙學射於羿 盡羿之道 思天下 惟羿爲愈己 於是殺羿 孟子
曰 是亦羿有罪焉 公明儀曰 宜若無罪焉 曰 薄乎云爾 惡得無
罪.

鄭人使子濯孺子侵衛 衛使庾公之斯追之 子濯孺子曰 今日我
疾作 不可以執弓 吾死矣夫 問其僕曰 追我者誰也 其僕曰 庾
公之斯也 曰 吾生矣 其僕曰 庾公之斯衛之善射者也 夫子曰
吾生何謂也 曰 庾公之斯 學射於尹公之他 尹公之他學射於
我 夫尹公之他端人也 其取友必端矣.

庾公之斯至曰 夫子何爲不執弓 曰 今日我疾作 不可以執弓
曰 小人學射於尹公之他 尹公之他學射於夫子 我不忍以夫子
之道 反害夫子 雖然今日之事 君事也 我不敢廢 抽矢扣輪 去

其金 發乘矢而後反.

● **주해** 逢蒙(방몽) 예(羿)의 제자. 봉몽이라고도 함. 羿(예) 유궁국(有窮國)의 군주로, 궁술의 명인. 전설상의 인물. 子濯孺子(자탁유자) 정나라의 대부이자 무장(武將). '유자'는 자. 庚公之斯(유공지사) 위나라의 대부. 僕(복) 전차(戰車)를 모는 마부. 扣輪(구륜) 수레에 두드려. 金(금) 화살촉. 乘矢(승시) 네 개의 화살.

● **평석** 예(羿)가 제자 손에 죽은 것은 그 자신에게도 죄가 있는 것이라 하여, 맹자는 자탁유자와 유공지사 이야기를 길게 늘어놓았다. 그리고 원래의 화제에 관해서는 아무 언급도 하지 않았다. 제자를 고르는 눈이 없었던 것이, 예의 잘못이라는 뜻이다. 전국시대에는 《장자(莊子)》를 보아도 알 수 있듯이, 이야기에 관한 관심이 높아졌던 것 같으며, 이 이야기도 소설의 선구로써 이해해도 될 것 같다.

25. 맹자가 말했다.
"서시(西施)라도 몸에 오물을 뒤집어쓰고 나타나면, 사람들이 코를 막고 지나칠 것이다. 비록 추하게 생긴 사람이라도 목욕재계하면, 하늘에 제사 드릴 수 있다."

孟子曰 西子蒙不潔 則人皆掩鼻而過之 雖有惡人 齊戒沐浴
則可以祀上帝.

● **주해** 西子(서자) 서시(西施). 월(越)나라의 미인. 미인의 대명사로 중국 4대 미녀(서시·왕소군·초선·양귀비) 중 한 사람. 惡人(오인) 얼굴이 추하게 생긴 사람.

● **평석** 사람은 용모나 태어난 성품이 문제가 아니라, 후천적인 수양여하에 따라 인격이 달라진다는 말 같다. 예가 매우 구체적으로 공감

가는 내용이라 할 수 있다.

26. 맹자가 말했다.

"천하에서 말하는 성(性)은 옛 법을 따름이다. 옛 법은 순리를 근본으로 하고 있다. 지혜로운 사람을 미워하는 이유는 지나치게 천착하기 때문이다. 만약에 지혜로운 사람이 우(禹)가 강물을 흐르게 한 것처럼 다스렸다면, 지혜를 미워하지 않을 것이다. 우가 물을 다스린 일은 아무 일 없이 다스렸다. 그와 같이 지혜를 쓰는 사람이 아무 일 없이 행한다면 그 지혜 역시 크게 될 것이다. 하늘은 높고 별들은 멀리까지 있는데, 오로지 그 옛일을 궁구(窮究)하면, 천 년 후의 하지(夏至)나 동지(冬至)도 앉아서 알 수 있다."

孟子曰 天下之言性也 則故而已矣 故者以利爲本 所惡於智者爲其鑿也 如智者若禹之行水也 則無惡於智矣 禹之行水也 行其所無事也 如智者亦行其所無事 則智亦大矣 天之高也 星辰之遠也 苟求其故 千歲之日至 可坐而致也.

● **주해** 則故(칙고) 칙(則)은 '따르다'의 뜻. 고(故)는 '본(本)'. 行水(행수) 물을 다스리다. 치수(治水). 日至(일지) 하지(夏至)나 동지(冬至).

27. 공행자(公行子)가 아들의 상례를 지냈을 때, 우사(右師)였던 왕환(王驩)이 조문했다. 그가 대문에 들어서자 어떤 사람은 말을 걸었고, 또 어떤 사람은 그의 자리로 가서 말하는 사람도 있었는데, 맹자는 그와 한마디도 하지 않았다. 왕환이 불쾌하게 여겨 말했다.
"여러 군자가 나에게 말을 걸었는데 맹자만은 나에게 한마디도 하지 않았으니, 이는 나를 업신여기는 것이다."
맹자가 이 말을 전해 듣고 말했다.
"예법에 조정에서는 자리를 넘어서 말하지 않고, 계단을 사이에 두고는 읍(揖)하지 않게 되어있다. 나는 예법을 따르려 했거늘 자기를 업신여긴다고 하는 것은 또한 이상한 일이 아닌가?"

公行子有子之喪 右師往弔 入門 有進而與右師言者 有就右師之位 而與右師言者 孟子不與右師言 右師不悅曰 諸君子皆與驩言 孟子獨不與驩言 是簡驩也 孟子聞之曰 禮朝廷不歷位而相與言 不踰階而相揖也 我欲行禮 子敖以我爲簡 不亦異乎.

● **주해** 公行子(공행자) 제나라의 대부. 右師(우사) 재상의 하나로 우의정 (右議政) 같은 벼슬. 왕환(王驩)을 가리킴. 驩(환) 왕환(王驩). 簡(간) 업신여김. 경멸함. 歷位(역위) 자리를 넘는 것. 踰階(유계) 계단을 넘는 것. 子敖(자오) 왕환의 자(字).

● **평석** 왕환은 〈이루장구 상〉에도 나온 인물로, 그와 동행했다는 이유로 맹자는 짜증까지 낸 일이 있다. 그만큼 맹자는 그를 싫어한 것같다. 왕환과 상갓집에서 만난 맹자는 그와 한마디도 하지 않았다. 그리고는 뒷말이 들려오자, 그것이 예(禮)라고 일축했다. 예법에 있다할지라도, 맹자가 왕환과 한마디도 하지 않은 것은 불쾌했기 때문일것이다.

28. 맹자가 말했다.
"군자가 보통 사람과 다른 것은 도덕적 마음을 지닌 까닭이다. 군자의 도덕적 마음은 인(仁)이며, 또 예(禮)이다. 인자(仁者)는 사람을 사랑하고, 예가 있는 사람은 사람을 공경(恭敬)한다. 사람을 사랑하는 사람은 사람들로부터 사랑을 받고, 사람을 공경하는 사람은 사람들로부터 공경을 받는다.
여기 어떤 사람이 있는데, 그가 나에게 무도하게 대하면, 군자는 반드시 반성한다. '내가 그에게 반드시 어질지 않고, 무례(無禮)하게 했나 보다. 그렇지 않고서야 이 자가 어찌 나에게 이같이 대하랴.' 스스로 반성하고, 자기는 어질게 했으며 예를 지켰는데도, 상대가 여전히 무도한 태도를 고치지 않으면 군자는 스스로 다시 반성한다. '내가 성실하지 못했나?' 스스로 반성하고 나는 성실하게 했는데 상대가 여전히 무도한 태도를 고치지 않으면 군자는 말한다. '이 사람은 미치광이다. 이 같은 자는 짐승과 다를 바가 없다. 짐승을 비난해서 무엇하랴?'

그러므로 군자는 평생을 두고 걱정할 일은 있어도, 뜻밖의 걱정은 없다. 그 걱정해야 할 일은 이런 것이다. '순임금도 사람이고, 나도 사람이다. 순임금은 천하의 모범이 되어 후세에 명성을 전하거늘, 나는 일개 보통 사람에 불과하니 그야말로 걱정할 만하다. 이 걱정을 어떻게 해야 하나? 순을 본받는 길밖에는 없다.' 군자는 밖으로부터 걱정이 없다. 인이 아니면 하지 않으며, 예가 아니면 하지 않을 뿐이니, 만약에 뜻밖의 걱정이 생긴다 해도 군자는 걱정하지 않는다."

孟子曰 君子所以異於人者 以其存心也 君子以仁存心 以禮存心 仁者愛人 有禮者敬人 愛人者 人恒愛之 敬人者 人恒敬之.

有人於此 其待我以橫逆 則君子必自反也 我必不仁也 必無禮也 此物 奚宜至哉 其自反而仁矣 自反而有禮矣 其橫逆由是也 君子必自反也 我必不忠 自反而忠矣 其橫逆由是也 君子曰 此亦妄人也已矣 如此則與禽獸奚擇哉 於禽獸 又何難焉.

是故君子有終身之憂 無一朝之患也 乃若所憂則有之 舜人也

我亦人也 舜爲法於天下 可傳於後世 我由未免爲鄕人也 是
則可憂也 憂之如何 如舜而已矣 若夫君子所患則亡矣 非仁
無爲也 非禮無行也 如有一朝之患 則君子不患矣.

● **주해** 存心(존심) 근세 유교 학자가 수양의 문제로 중시했던 것이 바로
존심이었다. 본심을 잃지 않도록, 확고히 지니는 것이 그 본래의 뜻이다.
奚擇(해택) 무엇이 다르냐.

● **평석** 기개에 넘치는 명문이다. '순(舜)임금도 사람이고, 나도 사람
이다.'란 말은 맹자의 면목을 충분히 발휘한 것이라 할 수 있다. 공자
같으면 이러한 호언장담은 하지 않았겠지만, 전국시대에는 이렇게라
도 말하지 않으면 이목을 끌 수 없었는지도 모르겠다.

29. 우왕(禹王)과 후직(后稷)은 안정된 세상에 살면서 자기 집 대
문을 세 번이나 지나면서 들어가지 않았는데, 공자께서 현명하다고
말씀하셨다. 안자는 어지러운 세상에 살면서 누추한 마을에 살고,
대나무로 만든 도시락밥을 먹고, 표주박에 담은 물을 마셨다. 다
른 사람 같으면 그러한 고생을 감당하지 못하겠거늘, 안자는 그 즐
거움을 바꾸지 않았다. 공자께서 현명하다고 말씀하셨다.
맹자가 말했다.
"우왕이나 후직이나 안회의 도는 같다. 우왕은 천하에서 홍수에 빠
져 허덕이는 사람이 있으면 마치 자기가 물에 빠지게 한 것같이
생각했다. 후직은 천하에서 굶주리는 사람이 있으면 자기가 굶주리
게 한 것같이 생각했다. 그래서, 그와 같이 다급하게 했다. 우왕과
후직, 안자는 처지가 바뀌어도 그렇게 하였을 것이다. 지금 한집
안의 사람이 싸운다면, 싸움을 말리려고 비록 흐트러진 머리에 갓
끈을 매고 가서 말릴 수도 있을 것이다. 이웃 마을에서 싸우는데
흐트러진 머리에 갓끈을 매고 가서 싸움을 말리는 것은, 잘못된

일이다. 문을 닫고 상관하지 않아도 좋다."

禹稷當平世 三過其門而不入 孔子賢之 顔子當亂世 居於陋
巷 一簞食 一瓢飮 人不堪其憂 顔子不改其樂 孔子賢之.
孟子曰 禹稷顔回同道 禹思天下 有溺者 由己溺之也 稷思天
下 有飢者 由己飢之也 是以 如是其急也 禹稷顔子 易地 則
皆然 今有同室之人 鬪者救之 雖被髮纓冠 而救之可也 鄕鄰
有鬪者 被髮纓冠 而往救之 則惑也 雖閉戶可也.

● **주해** 禹稷(우직) 하(夏)나라의 시조 우왕(禹王)과 주(周)나라의 시조
후직(后稷). 陋巷(누항) 누추한 마을. 一簞食(일단사) 대나무로 만든 도시
락에 담은 밥. 一瓢飮(일표음) 표주박에 담은 물이나 마실 것. 救之(구지)
싸움을 말리다. 纓(영) 갓끈.

30. 공도자(公都子)가 말했다.
"광장(匡章)은 나라의 모든 사람이 모두 불효하다고 말합니다. 선생
님은 그와 사귀시고, 또 예의를 갖추어 대하시니 왜 그러시는지 감
히 묻습니다."
맹자가 말했다.
"세상에서 말하는 불효에는 다섯 가지가 있다. 손과 발을 가지고
일하는 데 게을러 부모를 봉양하지 않는 것이 첫째 불효이다. 노
름과 바둑을 하고 술 마시는 것을 좋아해서 부모를 봉양하지 않는
것이 둘째 불효이다. 재물을 좋아하고 자기 처자만을 사랑하여, 부
모를 봉양하지 않는 것이 셋째 불효이다. 귀나 눈의 욕구를 따르
느라 부모를 욕되게 하는 것이 넷째 불효이다. 용맹을 좋아하여 싸
움을 심하게 하여 부모를 위태롭게 하는 것이 다섯째 불효이다. 광
장은 어느 한 가지라도 있는가?

광장은 아버지와 지나치게 서로 선하게 하려다가 맞지 않았다. 서로 선하게 하려는 것은 친구 사이에서의 도리다. 아버지와 자식 사이에서 서로 선하게 하려는 것은 크게 은애(恩愛)를 해치게 된다. 광장이 어찌 남편과 아내, 자식과 어머니와 함께 어울려 사는 것을 바라지 않겠는가? 부친에게 죄 진 것 같아 부득이 가까이할 수가 없어서 처를 내보내고 자식을 멀리하며 평생을 봉양하지 못하였다. 그의 마음가짐이 이와 같았으니, 그것은 부친을 노엽게 한 죄가 더욱 크다고 생각했다. 이렇게 한 것이 곧 광장이다."

公都子曰 匡章通國皆稱不孝焉 夫子與之遊 又從而禮貌之 敢問何也 孟子曰 世俗所謂不孝者五 惰其四肢 不顧父母之養 一不孝也 博弈好飲酒 不顧父母之養 二不孝也 好貨財 私妻子 不顧父母之養 三不孝也 從耳目之欲 以爲父母戮 四不孝也 好勇鬪狠 以危父母 五不孝也 章子有一於是乎.

夫章子 子父責善 而不相遇也 責善朋友之道也 父子責善 賊恩之大者 夫章子 豈不欲有夫妻子母之屬哉 爲得罪於父 不得近 出妻屛子 終身不養焉 其設心 以爲不若是 是則罪之大者 是則章子已矣.

● **주해** 公都子(공도자) 맹자의 제자. 匡章(광장) 제나라의 대부. 通國(통국) 나라의 모든 사람. 戮(육) '부끄럽고 욕되게 하다'의 뜻이다.〔집주〕 狠(한) '성을 내고 마구 대든다'는 뜻이다.〔집주〕 賊(적) '해친다'는 뜻이다.〔집주〕

31. 증자(曾子)가 무성(武城)에 살 때 월(越)나라 군대의 침공이 있었다. 어떤 사람이 말했다.
"적군이 쳐들어오는데, 왜 피하지 않습니까?"

증자는 떠나면서 하인에게 말했다.

"내 집에 사람을 들어가지 못하게 하고, 풀과 나무를 훼손하지 못하게 하라."

침략군이 물러나자 곧 말했다.

"우리 집 담이나 방을 수리해라. 내가 돌아가겠다."

침략군이 퇴각하자, 증자가 돌아왔다. 주변 사람들이 말했다.

"선생님 모시기를 그렇게나 충성과 공경을 다했는데, 적이 쳐들어오자 즉시 선생께서 피하시고 사람들이 그것을 보게 하셨다. 적군이 물러나자 즉시 되돌아오셨으니 그야말로 옳지 못한 일이라 하겠다."

그러자 심유행(沈猶行)이 말했다.

"그것은 그대들이 알지 못하는 일이오. 옛날 심유가(沈猶家)에 부추(負芻)의 반란이 있었소. 선생님을 따르는 제자 70명이 있었으나, 아무도 환란에 휩쓸리지 않았소. 자사(子思)가 위나라에 있었을 때 제나라 군대가 침공해왔소. 어떤 사람이 '적이 쳐들어오는데, 왜 피하지 않습니까?'라고 말하자 자사가 말했다. '만약 내가 떠나면 임금이 누구와 나라를 지키겠는가?'"

맹자가 말했다.

"증자와 자사의 도리는 같다. 증자는 스승이자 부형의 위치였고, 자사는 신하이자 미천한 위치였다. 증자와 자사가 처지가 바뀐다면 모두 그렇게 하였을 것이다."

曾子居武城 有越寇 或曰 寇至盍去諸 曰 無寓人於我室 毀
傷其薪木 寇退則曰 修我牆屋 我將反 寇退曾子反 左右曰 待
先生 如此 其忠且敬也 寇至則先去 以爲民望 寇退則反 殆
於不可 沈猶行曰 是非汝所知也 昔沈猶有負芻之禍 從先生
者七十人 未有與焉 子思居於衛 有齊寇 或曰 寇至盍去諸 子

思曰 如伋去 君誰與守.

孟子曰 曾子子思同道 曾子師也 父兄也 子思臣也 微也 曾
子子思易地 則皆然.

● **주해** 曾子(증자) 공자의 제자. 이름은 삼(參), 노나라 무성 사람. 殆於
(태어) '아마도, 그야말로'의 뜻. 沈猶行(심유행) 증자의 제자. 성이 심유,
이름이 행. 負芻之禍(부추지화) 부추(負芻)의 화난(禍難). 부추라는 자가
반란해서 화를 입은 일이 있었다. 子思(자사) 공자의 손자로 증자에게 배
웠다. 이름은 급(伋). 위(衛)나라에서 벼슬한 일이 있었다.

32. 저자(儲子)가 말했다.
"임금님께서 사람을 시켜 선생을 몰래 엿보게 하시니, 과연 보통
사람과 다른 점이 있습니까?"
맹자가 말했다.
"무엇이 보통 사람과 다르겠습니까? 요순도 보통 사람과 같습니다."

儲子曰 王使人瞷夫子 果有以異於人乎 孟子曰 何以異於人
哉 堯舜與人同耳.

● **주해** 儲子(저자) 제나라의 대부. 선왕(宣王)과 민왕(湣王)을 섬겼다.
瞷(간) 몰래 엿보다.

33. 제나라에 아내와 첩을 데리고 사는 사람이 있었다. 남편인 그
는 나가면 반드시 술과 고기를 배불리 먹고 돌아오곤 하였다. 매
일 누구와 함께 그렇게 음식을 먹고 오느냐고 그의 아내가 물으
면, 언제나 모두 부귀를 누리는 사람들이라고 하였다. 아내가 첩
에게 말했다.
"그이는 외출하면 반드시 술과 고기를 배불리 먹고 돌아오며, 누

구와 마시고 먹었느냐고 물으면 모두 부귀를 누리는 사람들이라고
하네. 그러나 지금까지 그런 사람이 온 일이 없으니 내가 몰래 남
편 가는 곳을 살펴보겠소."

다음날 아내는 일찍 일어나 멀리서 남편을 따라갔다. 남편은 성안
거리를 두루 돌아다녔으나 누구 하나 서서 말하는 사람이 없었다.
마침내 동문 밖에 있는 무덤에서 제사 지내는 사람에게 남은 음식
을 구걸하여 먹고, 부족하면 또 사방을 둘러보고 다른 곳으로 가
서 얻어먹었다. 이것이 그가 배불리 먹은 방법이었다. 아내가 돌아
와서 첩에게 말했다.

"남편은 우러러보고 죽을 때까지 의지해야 할 사람인데 지금 알고
보니 저런 꼴이구려."

그리고 첩과 함께 남편을 욕하면서 안뜰에서 함께 울었다. 남편은
그런 줄도 모르고 의기양양하게 밖에서 들어와 아내와 첩에게 거드
름을 피웠다.

군자의 처지에서 본다면, 부귀영달을 바라고 날뛰는 사람 중에서,
그 방법을 아내나 첩이 알기만 한다면 부끄러워하지 않고, 울지 않
을 사람은 거의 없다고 해야 할 것이다.

　　齊人有一妻一妾 而處室者 其良人出 則必饜酒肉而後反 其妻
　問所與飮食者 則盡富貴也 其妻告其妾曰 良人出則必饜酒肉
　而後反 問其與飮食者 盡富貴也 而未嘗有顯者來 吾將瞷良
　人之所之也.
　　蚤起施從良人之所之 徧國中無與立談者 卒之東郭墦間之祭
　者 乞其餘 不足又顧而之他 此其爲饜足之道也 其妻歸告其
　妾曰 良人者 所仰望而終身也 今若此 與其妾訕其良人 而相
　泣於中庭 而良人未之知也 施施從外來 驕其妻妾.
　　由君子觀之 則人之所以求富貴利達者 其妻妾不羞也 而不相

泣者幾希矣.

● **주해** 良人(양인) 남편. 瞯(간) 엿보는 것. 蚤(소) 조(早)와 같음. 새벽,
이른 아침. 施從(이종) 보이지 않게 따라가는 것. 墦(번) 무덤. 訕(산) 나
무라는 것. 施施(시시) 기뻐하는 모양. 뽐내다.

● **평석** 제나라의 수도 임치(臨淄)는 당시에 중국 제일을 자랑하는 대
도시였다. 그곳에 사는 한 사람이 주인공인 이 이야기는, 그대로 하나
의 단편소설이라 할 수 있다. 과거의 역사적 인물을 다룬 이야기는 많
이 창작되었지만, 평범한 시민을 주인공으로 일상생활을 다룬 것은 매
우 희귀한 일이다. 같은 시대의 장자(莊子)가 시적 산문으로 우화를
많이 지은 것과 좋은 대조를 이룬다. 중국의 소설사에서 중요한 의의
를 지니는 문장이다. 마지막, '군자의 처지에서 본다면 …' 부분은 맹자
의 비평이라고 볼 수 있다.

제9권

만장장구(萬章章句) 상

본편은 제자인 만장과의 문답이 주요 내용이다. 옛 성왕인 요순(堯舜)의 전설에 대해 따지든가, 공자의 행장(行狀)을 문제삼든가 해서, 성인의 이상적 면목을 추구하려 한 흔적이 역력하다.

원래 요순은 전설적 인물에 불과하며, 춘추 말기에서 전국시대를 거쳐 그 이야기들이 형성된 것 같다. 아마 암담한 사회현실이 그들의 꿈을 과거에 투영케 함으로써 이런 전설이 배태, 성장해 갔을 것이다. 어찌 되어든 맹자는 그들이 중국 최초의 성인이었음을 굳게 믿고 있었다. 그리하여 그들과 관련된 전설을 정리하여 성인의 이상적 인간상을 부각하기에 애썼으며, 후세의 유교가 요순의 전설과 깊은 연관을 가지게 된 것도 그의 이런 노력에 원인이 있다고 할 수 있다. 본편은 긴 문장이 많으나, 서술이 예사롭지 않아 재미있게 읽을 수 있다.

1. 만장(萬章)이 물었다.

"순임금이 농사지을 때 밭에서 하늘을 우러러 소리 내어 울었다고 하는데, 어째서 소리 내어 울었습니까?"

맹자가 말했다.

"한편으론 부모를 원망하고, 한편으론 부모를 그리워하신 것이다."

만장이 말했다.

"부모가 사랑하면 기뻐하여 그 은혜를 잊지 않고, 부모가 미워하면 걱정하여 원망하지 않는다고 알고 있습니다. 그런데 순임금은 원망했습니까?"

"일찍이 장식(長息)이 스승 공명고(公明高)에게 '순임금이 밭에 나가신 것은 가르침을 듣고 잘 알겠습니다만, 하늘을 우러러 소리 내어 울었다는 것은 잘 알 수가 없습니다.'라고 하자 공명고는 '그것은 자네가 알 수 있는 일이 아니다.'라고 하였다. 공명고는 효자의 마음은 이렇게까지 태연해질 수는 없다고 생각한 것이리라. '나는 힘들여 농사짓고 아들의 의무를 다하면 된다. 부모님이 나를 사랑하지 않아도 나에게 무슨 상관이랴.'라는 식으로 태연할 수 없는 것이 효자의 마음일 것이다.

요임금이 아들 9명과 딸 2명에게, 또 백관(百官)과 우양(牛羊) 및 창고를 갖추고, 논밭에서 농사짓는 순을 섬기게 했다. 그러자 천하의 선비 중 순을 따르는 사람이 많았다. 이에 요임금은 천하의 대권을 넘겨주려고 했다. 그러나 순임금은 그것을 자랑으로 알기는커녕 효성이 부모에게 받아들여지지 않음을 걱정하여 마치 곤궁한 사람이 몸을 붙일 곳이 없는 것처럼 넋을 잃고 있었다.

천하 사람들에게 인기가 있는 것을 사람은 바라는데, 순은 자신의 걱정을 없애는 데 부족했다. 미인은 누구나 좋아하는데, 순은 요임금의 두 딸을 아내로 삼았으나, 그래도 걱정을 없애는 데 부족했다. 부(富)는 모든 사람이 바라지만, 순은 부에 있어 천하를 가졌어도 걱정을 없애는 데 부족했다. 존귀한 지위는 누구나 바라는 것이지만 순은 존귀한 몸이 되었으나, 걱정을 없애는 데 부족했다. 이같이 천하의 선비들이 좋아하는 미인과 부귀로는 순의 걱정을 없앨 수 없었으니, 그의 근심은 오직 부모가 사랑해주는 것만이 비로소 근심을 없앨 수 있었다.

사람은 어려서는 부모를 따르지만, 이성을 알게 될 나이가 되면 미인을 그리워한다. 장가를 들고 처자식을 갖게 되면 처자식을 사랑한다. 벼슬하면 임금을 좋아하여 그 마음에 들려 애쓰고, 임금의 총애를 받지 못하면 초조해한다. 그러나 크게 효성스러운 자식은 죽을 때까지 부모를 그리워한다. 나이 50이 되어도 부모를 잊지 못하는 효자를 나는 위대한 순임금에게서 보았다."

萬章問曰 舜往于田 號泣于旻天 何爲其號泣也 孟子曰 怨慕也 萬章曰 父母愛之 喜而不忘 父母惡之 勞而不怨 然則舜怨乎 曰 長息問於公明高曰 舜往于田 則吾旣得聞命矣 號泣于旻天于父母 則吾不知也 公明高曰 是非爾所知也 夫公明高 以孝子之心 爲不若是恝 我竭力耕田 共爲子職而已矣 父母之不我愛 於我何哉.

帝使其子九男二女 百官牛羊倉廩備 以事舜於畎畝之中 天下之士多就之者 帝將胥天下而遷之焉 爲不順於父母 如窮人無所歸.

天下之士悅之 人之所欲也 而不足以解憂 好色人之所欲 妻帝之二女 而不足以解憂 富人之所欲 富有天下 而不足以解憂 貴人之所欲 貴爲天子 而不足以解憂 人悅之好色富貴 無足以解憂者 惟順於父母 可以解憂.

人少則慕父母 知好色則慕少艾 有妻子則慕妻子 仕則慕君 不得於君則熱中 大孝終身慕父母 五十而慕者 予於大舜見之矣.

● **주해** 萬章(만장) 제나라 사람으로 맹자의 고제자.《맹자》에는 22회나 맹자와 나눈 문답이 나온다. 號泣于旻天(호읍우민천) 하늘을 우러러 소리 내어 울었다. 민천(旻天)은 원래 '가을하늘'의 뜻인데, 여기서는 하늘. 이 일은 《서경》 우서(虞書) 대우모편(大禹謨篇)에 보인다. 公明高(공명고) 증자의 제자. 공양학파(公羊學派)의 시조인 공양고(公羊高)와 동일인으로 보는 견해도 있다. 㤜(개) 태연한 모습. 근심하지 않는 모양. 帝(제) 요(堯)임금. 畎畝(견무) 밭의 도랑과 이랑. 胥(서) 모두. 遷(천) 양보하는 것. 少艾(소애) 젊은 미인. 熱中(열중) 속을 태우는 것. 지금의 용례와는 다르다.

● **평석** 전설을 지어낸 사람은 민중이며 누구도 의식하지 않는 사이에 전설이 생겨서 성장 변화해 가는 것이라면, 거기에는 민중의 뜻이 분명 반영되어 있다고 보아야 한다. 요순 같은 성인의 전설은 그런 의미에서 중국인이 지닌 통치자에 관한 이상이 응결된 것으로 보인다. 그런 성인은 으레 효자일 수밖에 없는데, 그것을 강조하다 보니 그 부모를 악인으로 만들 필요가 있었을 것이다. 순의 계모는 아버지와 순 사이를 이간하고, 갖가지 박해를 했다고 한다. 아무리 지성으로 섬겨도 부모의 마음을 움직일 수 없으므로, 밭에 나가 일하면서 하늘을 우러러 통곡했다.
그런데 효자라면 어떤 경우에도 부모를 원망하지 않아야 하지 않느냐는 것이 만장의 물음이다. 맹자는 그것이 도리어 효자의 심정이라고 누누이 설명했다. 이 인간적 해석은 공자의 학도로서 정상적인 생각이라 해도 좋을 것 같다.

2. 만장이 물었다.
"《시경》에 '아내를 취하려면 어떻게 하나? 반드시 부모에게 말해야 한다.'라고 했습니다. 이 말을 믿고 따른다면, 당연히 순같이 해서는 안 될 것입니다. 순임금이 부모에게 말하지 않고 아내를 취한 것은 어째서입니까?"

맹자가 말했다.

"말했다면 아내를 취하지 못했을 것이다. 남녀가 결혼하여 산다는 것은 인간에게 있어 중대한 윤리이다. 만약에 부모에게 말했다면, 인간의 중대한 윤리를 폐하게 되고, 부모를 원망하게 되었을 것이니, 그래서 부모에게 말하지 않은 것이다."

만장이 말했다.

"순임금이 말하지 않고 아내를 취한 것에 대해 저는 선생님의 말씀을 듣고 알게 되었습니다. 그러면 요임금이 순에게 자기 딸들을 아내로 삼게 하면서 말하지 않은 까닭은 어째서입니까?"

"요임금 역시 말하면 순이 아내로 삼지 않을 것이기 때문이다."

만장이 말했다.

"부모가 순에게 창고 지붕을 수리하게 하고, 사다리를 치우고, 고수가 창고에 불을 질렀습니다. 우물을 치우게 했는데, 순은 나왔으나, 그런 줄도 모르고 우물을 메웠습니다. 상(象)이 말했습니다. '계략을 꾸미고 우물에 뚜껑을 덮어 도군(都君)을 죽게 한 것은 모두 나의 공적이다. 소와 양은 부모가, 곡물 창고도 부모가 가지시오. 방패와 창은 내가 갖겠소. 거문고도 내가, 또 붉은 칠을 한 활도 내가, 두 형수는 내 잠자리 시중을 들게 하겠소.' 상이 순의 집에 가서 들어갔는데, 순이 침대에서 거문고를 타고 있었습니다. 상이 말했습니다. '우울하고 답답하여 형님 생각이 나서 왔습니다.' 그리고 부끄러워했습니다. 순이 말했습니다. '이곳에 있는 모든 신하를 네가 나와 함께 다스리자.' 저는 알 수가 없습니다. 순은 상이 자기를 죽이려고 한 것을 몰랐습니까?"

"왜 몰랐겠는가? 상이 걱정하면 역시 걱정했으며, 상이 즐거우면 역시 즐거워하였다."

"그렇다면, 순임금은 거짓으로 기쁜 척 했습니까?"

"아니다. 옛날 어느 사람이 정(鄭)나라의 재상 자산(子産)에게 살아 있는 물고기를 선물하자, 자산은 하인에게 연못에서 기르게 했다. 하인은 물고기를 삶아 먹었다. 그리고 돌아와서 말했다. '처음에 물고기를 풀어놓자 어리둥절하더니 조금 있다가 넘실넘실 헤엄치며 유연하게 가버렸습니다.' 자산이 말했다. '제자리를 얻었다, 제자리를 얻었다.' 하인이 나와서 말했다. '누가 자산을 지혜롭다고 했나? 내가 이미 물고기를 삶아 먹었거늘 말하기를 제자리를 얻었다, 제자리를 얻었다고 말하니.' 그러므로 군자는 도리에 맞는 방법으로 속일 수는 있으나 도리가 아닌 방법으로 속이기는 어렵다. 상이 형을 사랑한다고 말하며 왔으므로, 정말로 믿고 기뻐했다. 어찌 거짓이겠는가?"

萬章問曰 詩云 娶妻如之何 必告父母 信斯言也 宜莫如舜 舜之不告而娶何也 孟子曰 告則不得娶 男女居室 人之大倫也 如告則廢人之大倫 以懟父母 是以不告也.

萬章曰 舜之不告而娶 則吾旣得聞命矣 帝之妻舜而不告 何也 曰 帝亦知告焉 則不得妻也.

萬章曰 父母使舜 完廩捐階 瞽瞍焚廩 使浚井出 從而揜之 象曰 謨蓋都君 咸我績 牛羊父母 倉廩父母 干戈朕 琴朕 弤朕 二嫂使治朕棲 象往入舜宮 舜在牀琴 象曰 鬱陶思君爾 忸怩 舜曰 惟茲臣庶 汝其于予治 不識 舜不知象之將殺己與 曰 奚而不知也 象憂亦憂 象喜亦喜.

曰 然則舜僞喜者與 曰 否 昔者有饋生魚於鄭子産 子産使校人畜之池 校人烹之 反命曰 始舍之圉圉焉 少則洋洋焉 攸然而逝 子産曰 得其所哉 得其所哉 校人出曰 孰謂子産智 予旣烹而食之 曰得其所哉 得其所哉 故君子可欺以其方 難罔以非其道 彼以愛兄之道來 故誠信而喜之 奚僞焉.

● **주해** 詩云(시운) 《시경》 제풍(齊風) 남산편(南山篇)의 구절. 懟(대) 원망하다. 完(완) 치(治)의 뜻. 象(상) 순임금의 이복동생. 謨蓋都君(모개 도군) 계략을 꾸미고 우물에 뚜껑을 덮어 도군(都君)을 죽게 한 것은. 개 (蓋)는 우물을 덮었다는 뜻.〔집주〕 도군은 순임금을 말함. 순이 거처하 면, 3년에 도읍(都邑)이 형성되었다. 그래서 순을 도군이라 하였다. 弤 (저) 붉은 옻칠을 한 활. 忸怩(육니) 忸(부끄러워할 뉵), 怩(겸연쩍을 니). 校人(교인) 연못을 관리하는 사람. 圉圉(어어) 어리둥절하여 잘 가지 못하다. 洋洋(양양) 풀리고 넘실넘실해진다는 뜻.〔집주〕 難罔(난망) 할 수 없다는 뜻.

3. 만장이 물었다.
"상(象)은 매일 순을 죽이려고 했습니다. 순이 천자가 되자 즉시 상을 추방한 것은 어째서입니까?"
맹자가 말했다.
"상을 제후로 봉(封)하였다. 어떤 사람이 추방이라고 한 것이다."
만장이 말했다.
"순임금은 공공(共工)을 유주(幽州)에 유배하고, 환두(驩兜)를 숭산 (崇山)으로 추방하고, 삼묘(三苗)를 삼위(三危)에서 죽이고, 곤(鯀) 을 우산(羽山)에 가두었습니다. 네 가지의 죄를 벌하자 천하가 모 두 복종하였는데, 어질지 않은 자들을 죽인 것입니다. 상은 매우 어질지 않았는데 유비(有庳)에 봉했으니, 유비의 백성은 무슨 죄가 있습니까? 어진 사람은 본래 그렇게 하는 것입니까? 다른 사람의 경우는 죽이고, 동생의 경우는 봉합니까?"
"어진 사람은 동생에 대하여 노여움을 가지지 않고, 원한을 품지 도 않으며, 친하게 생각하고 사랑할 뿐이다. 친하게 생각하므로 그 가 귀하게 되기를 바라고, 사랑하므로 그가 부(富)하게 되기를 바 라는 것이다. 상을 유비에 봉한 것은, 부귀하기를 바라서다. 자신 은 천자가 되었는데 동생은 보통 사람으로 있다면 친하게 생각하고 사랑한다고 할 수 있겠는가?"

"감히 묻겠습니다. 혹 어떤 사람이 추방했다고 하는 까닭은 어째서 입니까?"

"상은 그 나라를 다스리지 못했다. 순임금은 관리에게 그 나라를 다스리게 했으며, 공물이나 세금을 받아들이게 했다. 그러므로 추방이라고 말하는 것이다. 어찌 백성들에게 포악한 짓을 하게 할 수 있겠는가? 그렇지만 순은 상을 늘 만나고자 하여 샘에서 물이 끝없이 솟아나듯 와서 만났다. '조공을 드릴 때도 아닌데 다스리는 일 때문에 유비의 영주를 접견했다.'라고 한 것은 이를 말한 것이다."

萬章問曰 象日以殺舜爲事 立爲天子 則放之 何也 孟子曰 封之也 或曰放焉.

萬章曰 舜流共工于幽州 放驩兜于崇山 殺三苗于三危 殛鯀于羽山 四罪 而天下咸服 誅不仁也 象至不仁 封之有庳 有庳之人 奚罪焉 仁人固如是乎 在他人則誅之 在弟則封之 曰 仁人之於弟也 不藏怒焉 不宿怨焉 親愛之而已矣 親之欲其貴也 愛之欲其富也 封之有庳 富貴之也 身爲天子 弟爲匹夫 可謂親愛之乎.

敢問 或曰放者 何謂也 曰 象不得有爲於其國 天子使吏治其國而納其貢稅焉 故謂之放 豈得暴彼民哉 雖然 欲常常而見之 故源源而來 不及貢以政接于有庳 此之謂也.

● **주해** 共工(공공) 신화에 나오는 악인(惡人). 三苗(삼묘) 나라 이름. 殛鯀(극곤) 곤(鯀)은 우(禹)의 아버지 이름. 극(殛)은 주살(誅殺)의 뜻. 藏怒(장노) 노여움을 감추다. 不及貢(불급공) 조공(朝貢)을 드릴 때가 되지 않았으나. 일반 제후나 영주는 5년마다 천자에게 조공을 드렸다.

4. 함구몽(咸丘蒙)이 물었다.

"옛말에 있더군요. '덕이 높은 선비는 임금도 그를 신하로 삼을 수 없고, 아버지도 자식으로 여길 수 없다. 순임금이 남쪽을 바라보는 임금이 되자, 요임금이 제후들을 거느리고 북쪽을 바라보며 뵈었으며, 고수 역시 북쪽을 바라보며 뵈었다. 순임금이 고수를 보고 송구스러운 표정을 지었다.' 공자께서 말씀하셨습니다. '그때는 천하가 위태롭고 불안하였다.' 잘 모르겠는데, 이 말은 정말 그렇습니까?"

맹자가 말했다.

"아니다. 그것은 군자가 한 말이 아니고 제나라 동쪽에 사는 시골 사람의 말이다. 요임금이 노쇠하자 순이 섭정(攝政)했다. 《서경》 요전(堯典)에 '섭정한 지 28년에 요임금이 돌아가셨다. 백성들이 부모의 상같이 여겨 3년 동안 모든 나라에서는 음악이 그치고 조용하게 지냈다.'라고 하였다. 공자께서도 말씀하셨다. '하늘에는 두 개의 해가 없고, 백성에게는 두 임금이 없다.' 순이 이미 천자가 된 다음에 천하의 제후들을 거느리고 요임금의 삼년상을 지냈으므로, 이를 '두 천자가 있다'고 한 것이다."

함구몽이 말했다.

"순임금이 요임금을 신하로 대하지 않았다는 것을 저는 선생님의 말씀을 듣고 알았습니다. 《시경》에 '넓은 하늘 아래가 임금님의 땅 아닌 것이 없고, 땅끝에 사는 모든 사람이 임금님의 신하가 아님이 없다.'라고 했습니다. 순임금이 이미 천자가 되었건만 고수를 신하가 아니라고 한 말은, 무슨 까닭입니까?"

"그 시는 그런 뜻을 말한 것이 아니다. 임금의 일에 힘을 쏟느라, 부모를 공양하지 못함을 말한 것이다. '이 모두가 임금을 위한 일이거늘, 나 혼자만 슬기와 노력을 다해야 하나.'라고 말한 것이다. 그러므로 시를 말하는 사람은 문자에 매여 어구를 해치지 않아야 하며, 어구에 매여 뜻을 해치지 말아야 하며, 뜻에 매여 시를 지은 사람의 의도에 거슬리면 안 되니, 그래야만 시의 뜻을 터득할 수 있다. 이처럼 어구에 매여 《시경》 운한(雲漢) 시의 '주나라의 살아남은 백성은 한 사람도 없었다.'라는 구절을 정말로 믿으면 주나라에는 살아남은 백성이 하나도 없어야 할 것이다.

효자의 지극함은 부모를 존경하는 것보다 더 큰 것이 없고, 부모를 존경하는 지극함은 천하를 가지고 부모를 봉양하는 것보다 더 큰 것이 없다. 순임금은 부친을 천자의 부친이 되게 했으니 존경의 지극함이다. 천하를 가지고 봉양함은 봉양의 지극함이다. 《시경》에 '영원히 효도하니, 효도는 천하의 법도이다.'라고 하였으니 이를 말한 것이다. 《서경》에 '고수를 지극히 존경하고 섬기는 태도로 모셨으며 조심하고 근엄하게 대하니, 고수 역시 부드럽게 대했다.'라고 하였다. 그러므로 아버지가 자식으로 여길 수 없음이다."

咸丘蒙問曰 語云 盛德之士 君不得而臣 父不得而子 舜南面而立 堯帥諸侯 北面而朝之 瞽瞍亦北面而朝之 舜見瞽瞍 其容有蹙 孔子曰 於斯時也 天下殆哉 岌岌乎 不識此語誠然乎哉.

孟子曰 否 此非君子之言 齊東野人之語也 堯老而舜攝也 堯典曰 二十有八載 放勳乃徂落 百姓如喪考妣三年 四海遏密八音 孔子曰 天無二日 民無二王 舜旣爲天子矣 又帥天下諸侯 以爲堯三年喪 是二天子矣.

咸丘蒙曰 舜之不臣堯 則吾旣得聞命矣 詩云 普天之下 莫非王土 率土之濱 莫非王臣 而舜旣爲天子矣 敢問瞽瞍之非臣如何.

曰 是詩也 非是之謂也 勞於王事而不得養父母也 曰此莫非王事 我獨賢勞也 故說詩者不以文害辭 不以辭害志 以意逆

志 是爲得之 如以辭而已矣 雲漢之詩曰 周餘黎民 靡有孑遺
信斯言也 是周無遺民也.

孝子之至 莫大乎尊親 尊親之至 莫大乎以天下養 爲天子父
尊之至也 以天下養 養之至也 詩曰 永言孝思 孝思維則 此
之謂也 書曰 祗載見瞽瞍 夔夔齊栗 瞽瞍亦允若 是爲父不得
而子也.

● **주해** 咸丘蒙(함구몽) 제나라 사람으로 맹자의 제자. 성이 함구(咸丘),
이름이 몽(蒙). 蹙(축) 송구스러워하다. 堯典(요전) 《서경》 우서(虞書)의
편명. 放勳乃徂落(방훈내조락) 방훈(放勳)은 요임금의 호, 혹은 이름. 조
(徂)는 승(昇), 낙(落)은 강(降). 遏密八音(알밀팔음) 알(遏)은 음악을 멈
추다, 밀(密)은 조용하다는 뜻. 팔음(八音)은 여덟 가지 악기 소리. 天無
二日 民無二王(천무이일 민무이왕) 하늘에는 두 개의 태양이 없고, 백성에
게는 두 임금이 없다. 이 구절은 《예기》 증자문편(曾子問篇)과 다른 기
록에도 보인다. 又(우) 유(有)로 풀이할 수 있다. 詩云(시운) 《시경》 소아
(小雅) 북산편(北山篇)의 구절. 率土之濱(솔토지빈) 사해지내(四海之內)
와 같은 뜻. 雲漢之詩(운한지시) 《시경》 대아(大雅) 운한편(雲漢篇)의
시. 靡有孑遺(미유혈유) 미(靡)는 없다, 혈(孑)은 홀로, 한 사람의 뜻. 詩
曰(시왈) 《시경》 대아(大雅) 하무편(下武篇)의 구절. 維(유) 그것이 곧.
書曰(서왈) 《서경》 우서(虞書) 대우모(大禹謨)의 구절. 祗載(지재) 지(祗)
는 공경하다, 재(載)는 섬기다. 夔夔齊栗(기기제율) 조심하며, 두려운 듯
공경히 대하는 것.

5. 만장이 물었다.
"요임금이 천하를 순임금에게 물려주었다고 하는데 사실입니까?"
맹자가 말했다.
"아니다. 천자라도 천하를 남에게 줄 권리는 없다."
"그러면 순임금이 천하를 얻으신 것은 누구에게서 얻은 것입니까?"

"하늘이 주셨다."

"하늘이 주셨다니 순순히 타이르면서 주셨습니까?"

"아니다. 하늘은 아무 말도 하지 않는다. 그 사람의 행동과 사적을 보고 그에게 주는 뜻을 표시할 뿐이다."

"행동과 사적에 의해 그에게 주는 뜻을 표시한다는 것은 어떻게 하는 것입니까?"

"천자는 사람을 하늘에 천거할 수는 있어도, 하늘이 천하를 그 사람에게 주게 할 수는 없다. 제후도 훌륭한 사람을 천자에게 천거할 수는 있어도, 천자가 그를 제후가 되게 할 수는 없다. 대부도 훌륭한 사람을 제후에게 천거할 수는 있어도, 제후가 그를 대부가 되게 할 수는 없다. 옛날에 요임금이 순을 하늘에 천거하셨고, 하늘은 이를 받아들이셔서 백성에게 나타나게 했으며, 백성이 그를 받아들였다. 이것을 '하늘은 말이 없지만 행동과 사적에 의해 그 뜻을 보이신다.'라고 한다."

"감히 묻겠습니다. 하늘에 천거하자 하늘이 받아들이고, 백성에게 나타나게 하자 백성들이 받아들였다는 말은 무슨 뜻입니까?"

"그에게 주관하게 하면 모든 신이 그 제사를 잘 받았다. 이것이 곧 하늘이 받아들이신 것이다. 그에게 주관하게 하면, 모든 일이 잘 다스려져 백성이 편안하게 되었으니, 이것이 곧 백성이 받아들인 것이다. 그러므로 하늘이 주고 사람이 준 것이다.

그러므로 '천자가 천하를 줄 수 없다.'라고 말한 것이다. 순임금이 요임금을 도운 지 28년이 되었으니, 이는 사람 힘으로 할 수 있는 일이 아니고 하늘의 뜻이었음이 분명하다. 요임금이 돌아가시자, 삼년상을 마친 순임금은 요임금의 아들에게 천하를 계승하게 하려고 남하(南河) 남쪽으로 가서 몸을 피했다. 그러나, 천하의 제후들로서 조현(朝見)하려는 사람은 요의 아들 단주(丹朱)에게 가지 않고 순에게 갔으며, 소송하고자 하는 사람도 요의 아들에게 가지 않고 순에게 갔다. 천자의 덕을 노래하고 칭송하는 사람도,

요의 아들을 노래하고 칭송하지 않고, 순을 노래하고 칭송했다. 그러므로 하늘의 뜻이라고 하는 것이다. 그다음에 순임금은 서울로 가서, 천자의 자리에 올랐다. 만약에 요임금의 궁전에 들어가 요임금의 아들 단주에게 왕위를 양보하게 했다면 이는 찬탈이지, 하늘이 준 것이 아니다.

《서경》 태서편(泰書篇)에 '백성의 눈은 하늘의 눈, 백성의 귀는 하늘의 귀'라고 한 것도 이것을 말함이다."

萬章曰 堯以天下與舜 有諸 孟子曰 否 天子不能以天下與人然則舜有天下也 孰與之 曰 天與之 天與之者 諄諄然命之乎曰 否 天不言 以行與事 示之而已矣.

曰 以行與事 示之者 如之何 曰 天子能薦人於天 不能使天與之天下 諸侯能薦人於天子 不能使天子與之諸侯 大夫能薦人於諸侯 不能使諸侯與之大夫 昔者堯薦舜於天而天受之 暴之於民而民受之 故曰 天不言 以行與事 示之而已矣.

曰 敢問 薦之於天而天受之 暴之於民而民受之 如何 曰 使之主祭而百神享之 是天受之 使之主事而事治百姓安之 是民受之也 天與之 人與之.

故曰 天子不能以天下與人 舜相堯二十有八載 非人之所能爲也 天也 堯崩 三年之喪畢 舜避堯之子於南河之南 天下諸侯朝覲者 不之堯之子 而之舜 訟獄者 不之堯之子 而之舜 謳歌者 不謳歌堯之子 而謳歌舜 故曰 天也 夫然後之中國 踐天子位焉 而居堯之宮 逼堯之子 是篡也 非天與也.

太誓曰 天視自我民視 天聽自我民聽 此之謂也.

● **주해** 諄諄然(순순연) 친절하게 타이르는 모양. 暴(폭) 나타냄. 현(顯)

과 같은 뜻. 中國(중국) 여기서는 '서울'의 뜻. 국도(國都).

● **평석** 요가 순에게 왕위를 물려준 것에 관해서는 《서경》에도 기록이 있다. 만장은 그 정당성의 근거가 어디에 있느냐고 물었는데, 맹자는 이것을 하늘의 뜻으로 돌렸다. 그러나 하늘을 '하느님'으로 바꾸어 말하면 인격 신으로서 신앙했던 것은 아니고, 막연히 도(道)의 근원이라는 정도의 추상적인 존재로 보고 있으므로, 하늘의 뜻인지 아닌지는 백성의 지지 여하에 달려 있다고 하였다. 매우 현대적인 정치 이념이라 할 수 있다.

6. 만장이 물었다.
"사람들이 말하기를, '우(禹)에 이르러 덕(德)이 쇠하여, 천하를 현인에게 전하지 않고 아들에게 물려주었다.'라고 합니다. 사실입니까?"
맹자가 말했다.
"아니 그렇지 않다. 하늘이 현인에게 주려 하면 주고, 하늘이 아들에게 주려 하면 주는 것이다.
옛날에 순임금은 우를 하늘에 천거했으며, 우는 17년 후에 순임금이 돌아가시자 삼년상을 마치고, 순임금의 아들에게 자리를 내주려고 양성(陽城)으로 가셨다. 천하의 모든 백성이 우를 따르기를 흡사 요임금이 죽은 다음에 요의 아들을 따르지 않고 순을 따른 것과 같다. 우임금도 익(益)을 하늘에 천거하고 7년 만에 돌아가시자 삼년상을 마친 익은 우임금의 아들인 계(啓)를 임금 자리에 계승하게 하려고 기산(箕山) 북쪽으로 가셨다. 조현(朝見)이나 소송하려는 사람들이 익에게 가지 않고, 계에게 가서 '우리 임금님의 아드님이시다.'라고 하면서 반가워했다. 또 노래하고 칭송하는 사람들도 익이 아닌 계를 칭송하고 '우리 임금님의 아드님이시다.'라며 기뻐했다.

요의 아들 단주(丹朱)나 순임금의 아들 상균(商均)은 평범한 인물이었다. 순이 요를 도와준 것이나, 우(禹)가 순을 도와준 것이나 세월이 길었고, 또 백성에게 베푼 은택(恩澤)도 오래였다. 또 계(啓)는 현명하여 아버지 우의 덕을 계승할 수 있었다. 익이 우를 보좌한 세월은 짧고, 백성에게 은혜를 베푼 햇수도 오래되지 않았다. 순과 우에 비해 익은 햇수도 적었으며 그 아들의 현명하거나 현명하지 못한 것은 모두 하늘의 뜻이었으니, 사람의 힘으로는 할 수 있는 바가 아니다. 사람의 힘으로 하지 않는데 저절로 되는 것은 하늘의 뜻이요, 사람의 힘으로 하지 않는데 저절로 되는 것을 하늘의 명(命)이라 한다. 보통 사람으로서 천하를 얻은 사람은 인덕(仁德)이 반드시 순이나 우와 같고, 천자가 그를 천거해야 한다. 그러므로 공자는 천하를 얻지 못했다.

선대(先代)를 계승하여 천하를 물려받고 다스리는 때도, 하늘의 뜻에 의해서 폐위(廢位)된 것은 바로 하(夏)의 걸왕(桀王)이나 은(殷)의 주왕(紂王) 같은 폭군이다. 그러므로 익(益), 이윤(伊尹), 주공(周公)은 천하를 얻지 못하였다.

이윤이 탕왕(湯王)을 도와서, 천하를 통일했다. 탕왕이 돌아가셨으나, 태자 태정(太丁)은 자리에 오르지 못하고 죽고, 아우 외병(外丙)은 2년을 다스렸고, 중임(仲壬)이 4년을 다스렸다. 태정의 아들 태갑(太甲)이 왕위를 이어 탕왕이 정한 법과 제도를 파괴했으므로 이윤이 태갑을 동(桐)으로 추방하였다. 3년간 태갑은 잘못을 뉘우치고 자기의 잘못을 원망하고 스스로 바르게 되었다. 인(仁)을 지키고 의(義)를 따라 개과천선(改過遷善)했다. 그런 지 3년이 되었으며 이윤의 가르침을 따랐으므로, 다시 서울 박(亳)으로 돌아오게 하여 천자로 받들었다.

주공이 천하를 얻지 못한 것은 익이나 은 왕조의 이윤과 같다. 공자께서 말씀하시기를, '요순(堯舜)은 천하를 현인에게 물려주었고, 하(夏)·은(殷)·주(周) 대대로 자손에게 전했으나 그 도리는 같다.'라고 하셨다."

萬章問曰 人有言 至於禹而德衰 不傳於賢 而傳於子 有諸
孟子曰 否 不然也 天與賢 則與賢 天與子 則與子.
昔者 舜薦禹於天 十有七年 舜崩 三年之喪畢 禹避舜之子於
陽城 天下之民從之 若堯崩之後 不從堯之子 而從舜也 禹薦
益於天 七年 禹崩 三年之喪畢 益避禹之子於箕山之陰 朝覲
訟獄者 不之益 而之啓 曰吾君之子也 謳歌者 不謳歌益 而
謳歌啓 曰吾君之子也.
丹朱之不肖 舜之子亦不肖 舜之相堯 禹之相舜也 歷年多 施
澤於民久 啓賢能敬 承繼禹之道 益之相禹也 歷年少 施澤於
民未久 舜禹益相去 久遠 其子之賢不肖 皆天也 非人之所能
爲也 莫之爲 而爲者 天也 莫之致 而至者 命也 匹夫 而有天
下者 德必若舜禹 而又有天子薦之者 故仲尼不有天下.
繼世以有天下 天之所廢 必若桀紂者也 故益伊尹周公 不有
天下.
伊尹相湯以王於天下 湯崩 太丁未立 外丙二年 仲壬四年 太
甲顚覆湯之典刑 伊尹放之於桐 三年太甲悔過 自怨自艾 於
桐 處仁遷義三年 以聽伊尹之訓己也 復歸于亳.
周公之不有天下 猶益之於夏 伊尹之於殷也 孔子曰 唐虞禪
夏后殷周繼 其義一也.

●주해 箕山之陰(기산지음) 기산 북쪽. 益(익) 우임금의 신하로, 백익(伯
益)이라고도 한다. 啓(계) 우임금의 아들. 不肖(불초) 닮지 않고, 현명하
지 못하다는 뜻. 桐(동) 동읍(桐邑). 艾(애) 닦음. 덕을 닦는 것. 唐(당)
요(堯)임금을 가리킴. 虞(우) 순(舜)임금을 가리킴. 禪(선) 선양(禪讓).

선위(禪位). 왕위를 덕 있는 사람에게 물려주는 것. 繼(계) 세습.

●**평석** 역사적으로 고증되는 것은 은(殷)까지이며, 그 이전의 상고시대에 관해서는 추측이 불가하다. 전설에 의하면 하(夏) 우왕 때부터 왕위가 세습제로 굳어졌는데, 요순(堯舜)의 선양(宣讓)이나 세습이나 모두 하늘의 뜻임을 말했다. 맹자는 이런 전설상의 지식에 관해서도 어떤 합리성을 부여해서 정리할 필요가 있었다.

7. 만장이 물었다.

"사람들이 말하는데 이윤(伊尹)이 요리 솜씨로써 탕왕에게 등용되기를 구했다고 하는데 그렇습니까?"

맹자가 말했다.

"아니 그렇지 않다. 이윤은 유신국(有莘國)의 들에서 농사지으며 요순(堯舜)의 도를 즐겼다. 의(義)가 아니고 도(道)가 아니면, 천하를 녹으로 준다고 해도 돌아보지 않았으며, 4천 마리의 말을 준다고 해도 보지도 않았다. 의가 아니고 도가 아니면, 풀 한 포기도 남에게 주지도 않고, 풀 한 포기도 남에게서 취하지 않았다. 탕왕이 사람을 시켜 예물을 가지고 초빙하자, 이윤은 담담히 말했다. '내가 탕왕의 예물 때문에 움직이겠는가? 내 어찌 논밭에서 살면서, 그대로 요순의 도를 즐기고 살지 않겠는가?' 탕왕이 세 번 사신을 보내 초빙하자 생각을 돌연 바꾸고 말했다. '내가 논밭에서 살면서 그대로 요순의 도를 즐기는 것보다, 내가 탕왕을 요순 같은 임금이 되게 하고, 내가 백성들을 요순의 백성같이 되게 하고, 내가 몸소 요순의 세상같이 되는 것을 보리라. 하늘이 이 백성을 살게 할 때는 선지자(先知者)가 후지자(後知者)를 깨닫게 하고, 또 선각자(先覺者)가 후각자(後覺者)를 깨닫게 하기 마련이다. 나는 하늘이 내신 백성 가운데 선각자이다. 나는 장차 하늘의 바른 도리로 이 백성을 깨우쳐야 한다. 내가 그들을 깨우치지 않으면 누가 하겠는가.' 이윤은 천하의 백성 생각하기를 보통의 남자나 여자가 요순의 은택(恩澤)을 받지 못하는 사람이 있으면, 마치 자기가 그들을 구덩 속에 빠뜨린 것같이 생각했다. 이윤은 천하에 대한 책임의 중대함을 이같이 스스로 지고자 했다. 그러므로 탕왕에게 가서 설득하고, 하(夏)나라를 치고 백성들을 구했다.

나는 자신을 굽히는 자가 남을 바르게 하였다는 말은 듣지 못했다. 하물며 자신을 욕되게 하는 자가 천하를 바르게 다스리겠는가? 성인의 행동은 같지 않다. 어떤 때는 조정에서 멀리 물러나기도 하고, 어떤 때는 가까이 있기도 하며, 어떤 때는 떠나기도 하고, 또 어떤 때는 떠나지 않기도 하는데, 그 몸가짐을 깨끗하게 한다는 점은 같다. 내가 듣기로 요순의 도로써 탕왕에게 등용되기를 구했지, 요리 솜씨로 구했다는 말은 듣지 못했다. 《서경》〈이훈(伊訓)〉에 있다. '하늘이 처벌하고 공격하게 한 것은, 목궁(牧宮)부터였다. 나는 박(亳)부터 시작하였다.'"

萬章問曰 人有言 伊尹以割烹要湯 有諸 孟子曰 否 不然 伊尹耕於有莘之野 而樂堯舜之道焉 非其義也 非其道也 祿之以天下 弗顧也 繫馬千駟 弗視也 非其義也 非其道也 一介不以與人 一介不以取諸人.

湯使人以幣聘之 囂囂然曰 我何以湯之聘幣爲哉 我豈若處畎畝之中 由是以樂堯舜之道哉 湯三使往聘之 旣而 幡然改曰 與我處畎畝之中 由是以樂堯舜之道 吾豈若使是君 爲堯舜之君哉 吾豈若使是民 爲堯舜之民哉 吾豈若於吾身 親見之哉 天之生此民也 使先知覺後知 使先覺覺後覺也 予天民之先覺者也 予將以斯道覺斯民也 非予覺之而誰也 思天下之民 匹夫匹婦 有不被堯舜之澤者 若己推而內之溝中 其自任以天下

之重 如此 故就湯而說之 以伐夏救民.

吾未聞 枉己而正人者也 況辱己以正天下者乎 聖人之行 不
同也 或遠或近 或去或不去 歸潔其身而已矣 吾聞其以堯舜
之道 要湯 未聞以割烹也 伊訓曰 天誅造攻 自牧宮 朕載自
亳.

● **주해** 割烹(할팽) 칼질하고 삶다, 즉 요리를 잘하는 것을 말함. 有諸(유
저) 그런 일이 있습니까. 駟(사) 말 네 필. 介(개) 개(芥)와 같은 뜻. 囂囂
(효효) 욕심 없이 자득한 모양.〔집주〕 畎畝(견무) 견(畎)은 밭도랑, 무
(畝)는 밭이랑. 幡然(번연) 번연(翻然)과 같음. 변동한다는 뜻.〔집주〕 天
民(천민) 하늘의 도리를 따라 사는 문화 민족. 伊訓曰(이훈왈)《서경》상
서(商書)의 편명. 載(재) 시작하다. 亳(박) 은나라의 수도.

8. 만장이 물었다.
"어떤 사람이 말하기를, 공자께서 위나라에 계실 때는 옹저(癰疽)
의 집에 계셨고, 제나라에서는 내시 척환(瘠環)의 집에 계셨다고
하는데 그렇습니까?"
맹자가 말했다.
"아니 그렇지 않다. 말하기 좋아하는 자가 한 말이다. 위나라에 계
실 때는 안수유(顔讎由)의 집에 머무셨다. 위나라의 총신 미자하
(彌子瑕)의 아내와 자로(子路)의 아내는 자매간이었다. 미자하가
자로에게 말하기를, '공자께서 우리 집에 머무시면 위나라의 경
(卿) 자리도 드릴 수 있다.'라고 하였다. 자로가 공자께 말하자 공
자께서 말씀하셨다. '명(命)에 따라 이루어진다.' 공자께서는 예
(禮)로써 나아가시고, 의(義)로써 물러나셨다. 벼슬을 얻고 못 얻
는 것은 명에 따라 이루어진다고 하셨다. 그러므로 옹저나 내시
척환의 집에 머무셨다면, 이는 의도 아니고 명도 아니다.

공자께서는 노나라와 위나라에서도 좋아하지 않았고, 송(宋)나라에
서는 사마(司馬) 환퇴(桓魋)가 가로막고 죽이려고 하여 허름한 옷
을 입고 송나라를 지나셨다. 당시 공자께서는 재난을 당하셨으므
로, 진(陳)나라의 사성(司城) 벼슬인 정자(貞子)의 집에 머무셨는
데, 그는 진나라 임금 주(周)의 신하였다. 내가 듣기로는 임금과
가까운 신하를 보려면 누구를 머물게 하는가를 봐야 하고, 먼 곳
에서 온 신하를 보려면 누구의 집에서 머무는지를 봐야 한다. 만
약 공자께서 옹저나 내시 척환의 집에 머물렀다면 어떻게 공자라
하겠는가?"

萬章問曰 或謂孔子 於衛主癰疽 於齊主侍人瘠環 有諸乎 孟
子曰 否 不然也 好事者爲之也 於衛主顏讐由 彌子之妻 與
子路之妻 兄弟也 彌子謂子路曰 孔子主我 衛卿可得也 子路
以告 孔子曰 有命 孔子進以禮 退以義 得之不得 曰有命 而
主癰疽與侍人瘠環 是無義無命也.
孔子不悅於魯衛 遭宋桓司馬 將要而殺之 微服而過宋 是時
孔子當阨 主司城貞子爲陳侯周臣 吾聞 觀近臣以其所爲主 觀
遠臣以其所主 若孔子主癰疽與侍人瘠環 何以爲孔子.

● **주해** 癰疽(옹저) 종기를 고치는 의사, 혹은 영공(靈公)의 환관(宦官)
옹거(雍渠)라고도 한다. 瘠環(척환) 제나라의 내시. 顏讐由(안수유) 《사
기》 공자세가(孔子世家)에 나오는 안탁추(顏濁鄒)라는 설도 있다. 彌子
(미자) 위나라 영공(靈公)이 총애하는 신하 미자하(彌子瑕). 有命(유명)
천명(天命)을 따라 이루어진다. 司馬(사마) 군사(軍事)를 다스리는 벼슬.
사마 환퇴는 《논어》 〈술이편(述而篇)〉 제22장에 나온다. 近臣(근신) 조
정에 있는 신하. 遠臣(원신) 먼 곳에서 와서 벼슬하는 사람.

9. 만장이 물었다.

"어떤 사람이 말하기를 백리해(百里奚)는 자신의 몸을 진(秦)나라 희생(犧牲)을 기르는 사람에게 다섯 마리 양가죽을 받고 팔았으며, 소를 기르다가 진나라 목공(穆公)에게 등용되기를 바랐다고 하는데, 사실입니까?"

맹자가 말했다.

"아니 그렇지 않다. 말하기 좋아하는 사람이 한 말이다. 백리해는 우(虞)나라 사람이다. 진(晉)나라 사람이 수극(垂棘)에서 나는 옥돌〔璧〕과 굴(屈)에서 나는 명마(名馬)를 우 임금에게 바치고 우의 길을 빌려 괵(虢)을 치려고 했다. 궁지기(宮之奇)는 안 된다고 간하였으나, 백리해는 간하지도 않았다.

백리해는 우공(虞公)에게 간할 수 없음을 알고 진(秦)나라로 갔는데, 나이 이미 70세였다. 이미 소를 기르면서 진 목공(穆公)에게 등용된 것을 욕으로 생각하지 않는 사람이라면 그를 지혜롭다고 하겠는가? 간할 수 없음을 알고 간하지 않았으니 지혜롭지 않다고 말할 수 있겠는가? 우공이 장차 망할 줄 알고 먼저 떠났으니 지혜롭지 않다고 말할 수 없다. 때맞추어 진나라에 등용되고 진나라 목공을 함께 일할 만하다고 알고, 그를 도왔으니 지혜롭지 않다고 말할 수 있겠는가? 진나라의 재상이 되어 자기 임금을 천하에 빛나게 하고, 후세에도 이름을 전하게 했으니 현명하지 않고서는 그렇게 할 수 있겠는가? 자신을 노예로 팔고 그 임금을 성공하게 하는 일은 시골에 살면서 자신을 아끼는 사람이라도 하지 않을 것인데, 현명한 사람이 그렇게 했겠는가?"

萬章問曰 或曰 <u>百里奚</u>自<u>鬻</u>於秦養牲者 五羊之皮 食牛 以要
秦穆公 信乎 孟子曰 否 不然 好事者爲之也 百里奚虞人也
晉人以<u>垂棘之璧</u> 與屈産之乘 假道於虞 以伐虢 宮之奇諫 百

里奚不諫.

知虞公之不可諫 而去之秦 年已七十矣 曾不知以食牛干秦穆
公之爲汚也 可謂智乎 不可諫而不諫 可謂不智乎 知虞公之
將亡 而先去之 不可謂不智也 時擧於秦 知穆公之可與有行
也 而相之 可謂不智乎 相秦而顯其君於天下 可傳於後世 不
賢而能之乎 自鬻以成其君 鄕黨自好者 不爲 而謂賢者爲之
乎.

● **주해** 百里奚(백리해) 성이 백리(百里), 이름이 해(奚). 우(虞)나라의
현인(賢人)으로 나중에 진 목공(穆公)의 재상이 되어, 진나라를 강대국
으로 만들었다. 오고대부(五羖大夫)라고도 함. 鬻(육) 팔다. 垂棘之璧(수
극지벽) 수극에서 나는 옥돌. 屈産之乘(굴산지승) 굴에서 나는 명마(名
馬).

▶ 제10권

만장장구(萬章章句) 하

〈만장장구 하〉도 상편과 비슷하게 정치적인 문제들, 즉 군신 관계나 취직 문제 같은 것이라든가, 고대 성현에 관한 비판 등이 주류를 이룬다. 제1장에서는 백이(伯夷)·이윤(伊尹)· 유하혜(柳下惠)를 공자와 비교 논평하였는데, 〈공손추장구〉 와 중복된다. 왕도 간언을 듣지 않으면 바꿀 수 있다고 논한 제9장 같은 내용은 맹자를 연구하는 데 있어서 좋은 자료가 될 것이다.

1. 맹자가 말했다.

"백이(伯夷)는 눈으로 나쁜 색을 보지 않고, 귀로 악한 소리를 듣지 않았으며, 임금다운 임금이 아니면 섬기지 않았고, 백성다운 백성이 아니면 부려 쓰지 않았다. 다스려지면 나아가지만, 어지러우면 물러났다. 포악한 정치를 하는 나라나, 포악한 백성이 사는 곳에서는 참고 살지 않았다. 시골 사람과 함께 있는 것을 흡사 관복(官服)이나 관모(冠帽) 차림으로 진흙과 숯 위에 앉은 것처럼 고통스럽게 생각했다. 주왕(紂王) 때는 북해(北海) 해변에 살면서 천하가 맑아지기를 기다렸다. 그러므로 백이의 풍격을 들은 사람은, 욕심 많고 완고한 사람도 청렴하게 되고, 나약한 사람도 굳게 뜻을 세우게 되었다.

이윤(伊尹)은 말했다. '임금다운 임금이 아니어도 어찌 섬기지 않겠는가? 백성다운 백성이 아니어도 어찌 부려 쓰지 않겠는가?' 이윤은 다스려질 때도 나아갔고, 어지러울 때도 나아가서 일했다. 그리고 말했다. '하늘이 사람을 살게 할 때는 선지자가 후지자를 깨우치게 하고, 선각자가 후각자를 깨우치게 한다. 나는 하늘이 낳은 백성 중의 선각자이다. 나는 하늘의 이 도리로 백성들을 깨우치려 한다.' 천하의 백성으로 보통 남자나 여자 가운데, 요순의 은택을 받지 못하는 사람이 있으면, 마치 자기가 그들을 구렁 속에 빠뜨린 것같이 생각했다. 이것은 그가 천하의 중대한 일을 자기가 맡은 것처럼 여긴 것이다.

유하혜(柳下惠)는 나쁜 임금 섬기는 것을 부끄럽게 여기지 않았고, 낮은 벼슬도 마다하지 않았다. 나아가면 슬기로움을 숨기지 않고, 반드시 그 도리를 다했다. 버림을 받아도 원망하지 않았고, 또 곤궁해도 고민하지 않았다. 시골 사람과 함께 있어도 느긋하게 처했고, 참지 않고 떠나지 않았다. '너는 너고, 나는 나다. 비록 내 옆의 사람이 웃통을 벗거나 알몸이라 해도 네가 어찌 나를 더럽힐 수 있겠는가?'라는 식이었다. 그러므로 유하혜의 풍격을 들은 사람은 성격이 좋지 않은 사람도 너그럽게 되고, 냉정한 사람도 정이 두텁게 되었다.

공자께서 제나라를 떠날 때, 밥하려고 물에 담갔던 쌀을 건져 서둘러 떠났다. 노나라를 떠날 때는 말씀하시기를, '나는 천천히 가겠다. 부모의 나라를 떠나는 길이기 때문이다.'라고 하셨다. 빨리 할 때는 빨리하고, 오래 있을 때는 오래 머물렀으며, 살만하면 살고, 벼슬할 만하면 벼슬한 분이 공자이시다."

맹자가 말했다.

"백이는 성인으로 맑은 분이며, 이윤은 성인으로 천하를 다스릴 임무를 맡은 분이며, 유하혜는 성인으로 조화를 이룬 분이며, 공자는 성인으로 때에 맞게 하신 분이다. 공자는 집대성한 분이라 할 수 있다. 집대성이란 종소리와 경(磬) 울리는 것을 말한다. 종소리는 음악의 조화롭게 하는 시작이고, 경 울리는 것은 음악의 조화를 마무리하는 것이다. 조화롭게 하는 시작은 지혜에 관한 일이고, 조화의 마무리는 성인의 일이다. 지혜는 비유하면 기교이고, 성인은 비유하면 힘과 같다. 활쏘기에서 백 보 밖에서 화살을 쏘아서 도달하는 것은 힘에 의한 것이고, 과녁에 명중하는 것은 힘으로만 안 되는 것이다."

孟子曰 伯夷目不視惡色 耳不聽惡聲 非其君不事 非其民不使 治則進 亂則退 橫政之所出 橫民之所止 不忍居也 思與鄉人處 如以朝衣朝冠 坐於塗炭也 當紂之時 居北海之濱 以待天下之清也 故聞伯夷之風者 頑夫廉 懦夫有立志.

伊尹曰 何事非君 何使非民 治亦進 亂亦進 曰 天之生斯民也 使先知 覺後知 使先覺 覺後覺 予天民之先覺者也 予將以此道 覺此民也 思天下之民 匹夫匹婦 有不與被堯舜之澤者 若己推而內之溝中 其自任以天下之重也.

柳下惠 不羞汙君 不辭小官 進不隱賢 必以其道 遺佚而不怨
阨窮而不憫 與鄕人處 由由然 不忍去也 爾爲爾 我爲我 雖
袒裼裸裎於我側 爾焉能浼我哉 故聞柳下惠之風者 鄙夫寬
薄夫敦.

孔子之去齊 接淅而行 去魯 曰遲遲吾行也 去父母國之道也
可以速而速 可以久而久 可以處而處 可以仕而仕 孔子也.

孟子曰 伯夷聖之淸者也 伊尹聖之任者也 柳下惠聖之和者也
孔子聖之時者也 孔子之謂集大成 集大成也者 金聲而玉振之
也 金聲也者 始條理也 玉振之也者 終條理也 始條理者 智
之事也 終條理者 聖之事也 智譬則巧也 聖譬則力也 由射於
百步之外也 其至爾力也 其中非爾力也.

● **주해** 廉(염) 청렴. 懦夫(나부) 나약하고 겁 많은 사람. 鄙(비) 좁고 누
추하다는 뜻. 敦(돈) 두텁다. 厚(후)의 뜻. 淅(석) 쌀을 물로 일다. 金聲
(금성) 종소리. 종은 음악을 시작할 때 사용함. 玉振(옥진) 경(磬)을 연주
하는 것. 경은 음악이 끝날 때 사용함.

2. 북궁기(北宮錡)가 물었다.

"주(周)나라의 신분이나 작위, 봉록(俸祿)의 등급은 어떠했습니까?"

맹자가 대답했다.

"자세한 것은 알 수 없다. 모든 나라의 제후가 자기에게 불리함을
꺼려 전적을 모두 없앴다. 그러나 나는 일찍이 그 대략은 들은 바
가 있다.

천자(天子)가 한 계급, 공작(公爵)·후작(侯爵)·백작(伯爵)이 한 계
급, 자작(子爵)과 남작(男爵)이 한 계급으로 모두 다섯 계급이 있
었다. 제후의 영토에는 군주(君主)가 한 계급, 경(卿)이 한 계급,
대부가 한 계급, 상사(上士)·중사(中士)·하사(下士)가 각기 한 계

급으로 모두 여섯 계급이었다. 천자가 다스리는 땅은 사방 천리이고, 공후(公侯)는 사방 백 리이고, 백(伯)은 사방 70리고, 자남(子男)은 사방 50리로, 모두 네 등급이다. 땅이 사방 50리 이하의 작은 나라 중 천자와 직접적인 관계없이 제후에 속한 것을 부용(附庸)이라 했다.

천자의 경(卿)이 받는 토지는 후(侯)와 대등하고, 대부(大夫)는 백(伯)과 같고, 원사(元士)가 받는 토지는 자(子)나 남(男)과 마찬가지였다. 공(公)·후(侯)의 나라는 큰 나라로 영토가 사방 백 리나 되었고, 군주(君主)의 봉록은 경(卿)의 10배, 경은 대부의 4배, 대부는 상사(上士)의 2배, 상사는 중사(中士)의 2배, 중사는 하사(下士)의 2배, 하사는 관리로 등용된 서인(庶人)과 같고, 그 봉록은 그들이 농사지으면 얻을 수 있는 수입에 해당하였다.

큰 나라 다음가는 나라, 즉 백작의 나라는 영토가 사방 70리로, 군주의 봉록은 경의 10배, 경의 봉록은 대부의 3배, 대부는 상사의 2배, 상사는 중사의 2배, 중사는 하사의 2배, 하사의 봉록은 서인 중에서 관리가 된 사람과 같으며, 그 봉록은 또 그들이 농사지으면 얻을 수 있는 수입에 해당하였다.

작은 나라, 즉 자작과 남작의 나라는 영토가 사방 50리로, 군주의 봉록은 경의 10배, 경은 대부의 2배, 대부는 상사의 2배, 상사는 중사의 2배, 중사는 하사의 2배, 하사의 봉록은 서인 중에서 관리가 된 사람과 같으며, 그 봉록은 또 그들이 농사지으면 얻을 수 있는 수입에 해당하였다.

농사지어 얻는 수확은 한 농부가 백 묘(畝)를 받아 여기에서 거둔 수확은 상농(上農)은 9명의 식구를 먹일 만했다. 상농 다음가는 농부는 8명을 먹이고, 중농(中農)은 7명, 그다음은 6명, 하농(下農)은 5명을 먹일 수 있었다. 서인으로 관리가 된 사람의 봉록은 이것에 준해서 차이가 있다."

北宮錡問曰 周室班爵祿也 如之何 孟子曰 其詳不可得聞也
諸侯惡其害己也 而皆去其籍 然而軻也 嘗聞其略也.

天子一位 公一位 侯一位 伯一位 子男同一位 凡五等也 君
一位 卿一位 大夫一位 上士一位 中士一位 下士一位 凡六
等 天子之制 地方千里 公侯皆方百里 伯七十里 子男五十里
凡四等 不能五十里 不達於天子 附於諸侯 曰附庸.

天子之卿 受地視侯 大夫受地視伯 元士受地視子男 大國地
方百里 君十卿祿 卿祿四大夫 大夫倍上士 上士倍中士 中士
倍下士 下士與庶人在官者 同祿 祿足以代其耕也.

次國地方七十里 君十卿祿 卿祿三大夫 大夫倍上士 上士倍
中士 中士倍下士 下士與庶人在官者 同祿 祿足以代其耕也.

小國 地方五十里 君十卿祿 卿祿二大夫 大夫倍上士 上士倍
中士 中士倍下士 下士與庶人在官者 同祿 祿足以代其耕也.

耕者之所獲 一夫百畝 百畝之糞 上農夫食九人 上次食八人
中食七人 中次食六人 下食五人 庶人在官者 其祿以是爲差.

● **주해** 北宮錡(북궁기) 위(衛)나라 사람이라고 하나 자세한 것은 알 수
없다. 맹자의 제자는 아닌 듯하다. 班爵祿(반작록) 관작과 녹(祿)을 나눔.
반(班)은 나누는 것. 軻(가) 맹가(孟軻). 즉 맹자.

● **평석** 맹자는 주(周) 왕조의 제도에 관해 논했다. 여기에는 관작과
봉록(俸祿)에 관한 것이 설명되었는데, 확실한 근거에 입각한 것이 아
니라, '그 대략'이었다. 따라서 맹자의 생각도 어느 정도 가미되었을
가능성도 없지 않다. 당시 중국을 연구하는 데 있어서 매우 귀중한 자
료라 할 수 있는데, 차이는 있으나 같은 문제에 관한 기록이 《예기》나
《주례》에도 나온다.

3. 만장이 물었다.

"친구와 교제하는 일에 관해서 감히 묻겠습니다."

맹자가 말했다.

"나이 많은 것을 생각하지 않고, 신분이 높은 것을 생각하지 않고, 형제의 부귀를 생각해서는 안 된다. 친구는 그 사람의 덕을 존중하는 데서 이루어지는 것이니, 다른 것을 생각해서는 안 된다. 노나라의 대부 맹헌자(孟獻子)는 백승(百乘)의 귀족이었으나, 다섯 명의 벗, 악정구(樂正裘)와 목중(牧仲), 세 사람의 친구는 나는 그 이름을 잊었다. 맹헌자는 이 다섯 명과 사귈 때, 자기 집안을 생각하지 않았다. 다섯 명의 친구도 맹헌자가 자신의 집안을 내세웠다면, 친구로서의 교제는 이루어지지 않았을 것이다.

비단 백승의 가문에서만 그런 것이 아니다. 작은 나라의 군주도 역시 그런 예가 있다. 비(費)의 혜공(惠公)이 말했다. '나는 자사(子思)를 스승으로 모시고, 안반(顔般)을 벗으로 대한다. 왕순(王順)과 장식(長息)은 나를 섬기는 자일 뿐이다.' 비단 작은 나라의 군주만 그렇게 한 것이 아니다. 큰 나라의 임금으로 그런 예가 있다. 진(晉)나라 평공(平公)이 해당(亥唐)을 사귈 때, 해당이 들어오라고 하면 들어가고, 앉으라고 하면 앉고, 먹으라고 하면 먹었다. 현미밥과 채소로 만든 국이라도 해당이 권하면 배불리 먹었다. 허기는 감히 배부르게 먹지 않을 수가 없었다. 그리고 여기에 그쳤을 뿐이었다. 평공은 해당에게 벼슬을 주지 않았고, 나라를 함께 다스리지 않았고, 봉록을 나누려고 하지 않았다. 이것은 선비가 현인을 존경하는 태도는 될지언정, 현인을 존경하는 왕공(王公)의 태도는 아니었다.

순(舜)이 요(堯)를 알현할 때, 요는 사위인 순을 궁중의 전각에 머물게 하고, 순을 융숭히 대접하였다. 때로는 순도 요를 맞이하여 대접하니, 서로 손님과 주인이 되어 사귄 것이다. 이는 천자로서 일반 서인을 벗하신 예다. 아랫사람이 윗사람을 공경할 때 귀

인을 존경한다고 말하고, 윗사람이 아랫사람을 공경할 때 현인을
존경한다고 말한다. 윗사람을 존경하는 것과 현인을 존경하는 것은
그 이치가 같다."

萬章問曰 敢問友 孟子曰 不挾長不挾貴 不挾兄弟而友 友也
者友其德也 不可以有挾也 孟獻子百乘之家也 有友五人焉 樂
正裘 牧仲 其三人則予忘之矣 獻子之與此五人者友也 無獻
子之家者也 此五人者 亦有獻子之家 則不與之友矣.
非惟百乘之家爲然也 雖小國之君 亦有之 費惠公曰 吾於子思
則師之矣 吾於顏般 則友之矣 王順長息 則事我者也 非惟小
國之君 爲然也 雖大國之君 亦有之 晉平公之於亥唐也 入云
則入 坐云則坐 食云則食 雖疏食菜羹 未嘗不飽 蓋不敢不飽
也 然終於此而已矣 弗與共天位也 弗與治天職也 弗與食天
祿也 士之尊賢者也 非王公之尊賢也.
舜尚見帝 帝館甥于貳室 亦饗舜 迭爲賓主 是天子而友匹夫
也 用下敬上 謂之貴貴 用上敬下 謂之尊賢 貴貴尊賢 其義
一也.

●주해 挾(협) 시(恃). 믿는 것. 孟獻子(맹헌자) 노나라의 재상. 그의 정
치적 활약에 관해서는《좌전》에 기록이 있다. 공자보다 선배로, 어진 사
람이었다. 樂正裘(악정구)·牧仲(목중) 두 사람 모두 노나라 사람. 費(비)
처음에는 노나라의 속국이었는데, 나중에는 합병되어 계씨(季氏)의 영토
가 되었다. 亥唐(해당) 민간에 숨어 지내던 현인 같으나 자세한 것은 알
수 없다. 館(관) 유숙하게 함. 甥(생) 사위. 貳室(이실) 궁중에서 임금이
사용하지 않는 다른 채의 건물. 貴貴(귀귀) 귀인(貴人)을 존귀하게 대접
한다는 뜻. 尊賢(존현) 현인(賢人)을 존귀하게 대접한다는 뜻.

●**평석** 《논어》에서도 마찬가지지만 우정에 대해 강조한 것이 많은 것은 무슨 까닭일까? 역자는 그것이 새로운 현상 때문이라고 생각한다. 흔히 태고부터 친구 관계가 있은 듯이 생각하나, 씨족사회에서는 그런 것이 있을 리가 없다. 그러다가 도시국가의 출현으로, 몇 개의 씨족이 함께 살게 되면서, 씨족 이외의 사람과 교제하게 되어 여기에서 우정이라는 새로운 덕목이 생겨난 것으로 보인다. 그리스에서 키케로가 《우정에 대하여》라는 책을 내고, 공자가 '벗이 있어 먼 곳으로부터 오니, 또한 즐겁지 않은가?'라고 한 것도 그런 상황에서 나온 말임이 확실하다.

맹자는 우정을 빈부귀천을 초월한 것에서 구했다. 그리고 덕과 덕의 결합이 우정이라고 규정했다. 사람에게는 사회적 질서와 함께 도덕적 질서가 있다. 사회적으로 높은 지위에 있는 사람을 존경하는 것은, 사회 질서를 따르는 것이기에 물론 필요한 일이다. 그러나 도덕적으로 뛰어난 현인을 존경하는 것도 도덕적 질서를 따르는 의미에서 역시 필요하다. 이 내면적·도덕적 질서에 우정의 근거를 둔 점에, 맹자의 우정론의 특색이 있다.

4. 만장이 물었다.

"감히 묻겠습니다. 사람과 사귈 때는 어떤 마음을 가져야 합니까?"

맹자가 말했다.

"공경하는 마음을 가져야 한다."

"물리쳐야 할 때 물리치는 것을 공경스럽지 않다고 하면 어떻게 합니까?"

"귀한 사람이 주었는데 이 물건을 취한 경로가 옳았는가 옳지 않았는가를 묻고 나서 받으면 공경스럽지 못하므로 물리치지 말고 받아야 한다."

"말로 물리치지 않고, 마음속으로만 물리치며, 이 물건들은 백성들로부터 불의하게 취한 것이므로 다른 말을 하고 받지 않으면 안 될까요?"

"그 교제가 도에 맞고, 그 태도가 예에 맞으면, 공자께서도 받으셨다."

만장이 말했다.

"지금 나라의 문밖에 강도가 있는데, 그 교제가 도에 맞고, 그 물건 보냄이 예에 맞으면 강도질한 것도 받아야 합니까?"

"안 된다. 《서경》 강고편(康誥篇)에 있다. '사람을 죽이고 재물을 강탈하고 죽음을 겁내지 않는 뻔뻔한 자를 모든 사람이 미워한다.' 이런 사람은 임금의 명을 기다리지 않고 처벌해야 한다. 은(殷)나라는 하나로부터 물려받고, 주(周)나라는 은나라로부터 물려받았으니 말할 것이 없다. 지금까지 명백한 법이거늘, 어떻게 받겠는가?"

"지금의 제후들이 백성에게 취하는 것은 마치 강도와 같습니다. 그런데도 예를 갖추고 사귀고자 하면 군자는 받아들이는데, 감히 묻겠는데 왜 그렇습니까?"

"그대는 왕도로써 다스리는 임금이 나타나면, 장차 지금의 제후들을 모두 죽여야 한다고 생각하는가? 가르쳤는데도 고치지 않으면, 그 후에 죽여야 한다고 생각하는가? 자기 소유가 아닌데 취하는 사람을 도둑이라고 하는 것은 비슷한 것을 극단적인 정의(定義)에 몰아붙이는 일이네. 공자께서 노나라에서 벼슬하실 때 노나라 사람들이 엽교(獵較)를 했으며, 공자 역시 엽교를 하셨네. 엽교도 하셨으니, 하물며 받을 수 있지 않겠는가?"

"그렇다면 공자께서 벼슬하신 것은 도를 실현하기 위한 것이 아니었습니까?"

"도를 실현하기 위해서다."

"도를 실현하기 위한다면서, 어째서 엽교를 하셨습니까?"

"공자께서는 먼저 장부를 만들고, 제기(祭器)를 바르게 하고, 사방의 음식으로 장부에 정해진 대로 바르게 하려 하셨다."

"어째서 떠나지 않으셨습니까?"

"덕치의 단서 때문이다. 덕치의 단서가 충분하여 행할 수 있는데도 행하지 않으면, 그다음에 떠나셨다. 그러므로 3년이 지날 때까지 그대로 머물러 계시지 않으셨다. 공자는 도를 행할 수 있다고 보았을 때 벼슬하였고, 교제할 만하면 벼슬하였고, 임금이 잘 대우하면 벼슬하였다. 계환자(季桓子)의 경우는 도를 행할 수 있다고 생각해서 벼슬하였고, 위(衛) 영공(靈公)의 경우는 교제할 만하다고 생각해서 벼슬하였으며, 위 효공(孝公)의 경우는 잘 대우했으므로 벼슬하였다."

萬章問曰 敢問交際何心也 孟子曰 恭也 曰 卻之卻之爲不恭 何哉 曰 尊者賜之 曰其所取之者 義乎不義乎 而後受之 以是爲不恭 故弗卻也 曰 請無以辭卻之 以心卻之 曰其取諸民之 不義也 而以他辭無受不可乎 曰 其交也以道 其接也以禮 斯 孔子受之矣.

萬章曰 今有禦人於國門之外者 其交也以道 其餽也以禮 斯可 受禦與 曰 不可 康誥曰 殺越人于貨 閔不畏死 凡民罔不譈 是不待敎而誅者也 殷受夏 周受殷 所不辭也 於今爲烈 如之 何其受之.

曰 今之諸侯取之於民也 猶禦也 苟善其禮際矣 斯君子受之 敢問何說也 曰 子以爲有王者作 將比今之諸侯而誅之乎 其敎 之不改而後 誅之乎 夫謂非其有而取之者 盜也 充類至義之 盡也 孔子之仕於魯也 魯人獵較 孔子亦獵較 獵較猶可 而況 受其賜乎.

曰 然則孔子之仕也 非事道與 曰 事道也 事道奚獵較也 曰 孔子先簿正祭器 不以四方之食 供簿正 曰 奚不去也 曰 爲之 兆也 兆足以行矣 而不行而後去 是以未嘗有所終三年淹也 孔

子有見行可之仕 有際可之仕 有公養之仕 於季桓子 見行可
之仕也 於衛靈公 際可之仕也 於衛孝公 公養之仕也.

● **주해** 卻(각) 받지 않고 돌려보낸다는 뜻.〔집주〕禦人(어인) 길을 막고
사람을 죽이고 재물을 강탈하는 강도. 康誥(강고)《서경》주서(周書)의
편명. 閔(민) 민(暋 : 굳세다)과 같음. 譈(대) 원망하다. 將(장) 장차. 比
(비) 모두. 獵較(엽교) 사냥한 다음, 많이 잡은 사람이 적게 잡은 사람의
것을 가지고 제사에 바쳤다. 季桓子(계환자) 노나라의 경(卿) 계손사(季
孫斯).

5. 맹자가 말했다.
"벼슬하는 것은 가난 때문에 하는 것은 아니지만 때로는 가난 때
문에 하는 것도 있다. 남자가 아내를 얻는 것은 부모를 봉양하기
위함이 아니지만 때로는 부모를 봉양하기 위해서 아내를 얻는 수
도 있다. 가난 때문에 벼슬하는 사람은 높은 벼슬을 사양하고 낮은
벼슬을 해야 하며, 후한 녹을 사양하고 적은 녹을 받아야 한다.
높은 벼슬을 사양하고 낮은 벼슬을 살고, 많은 녹을 사양하고 적
은 녹을 받는 데는 어떤 지위가 좋은가 하면 문지기나 야경꾼이
좋다. 공자께서 일찍이 창고의 관리가 되신 적이 있는데, '회계는
정확하면 된다.'라고 말씀하셨다. 또 목장의 관리가 되자, '소나
양을 잘 사육하면 된다.'라고 말씀하셨다. 낮은 벼슬에 있으면서
국가 대사를 논하는 것은 죄다. 높은 벼슬을 하면서 도를 행하지
않는 것은 수치스러운 일이다."

孟子曰 仕非爲貧也 而有時乎爲貧 娶妻非爲養也 而有時乎
爲養 爲貧者 辭尊居卑 辭富居貧 辭尊居卑 辭富居貧 惡乎
宜乎 抱關擊柝 孔子嘗爲委吏矣 曰會計當而已矣 嘗爲乘田
矣 曰牛羊茁壯長而已矣 位卑而言高 罪也 立乎人之本朝 而

道不行恥也.

● **주해** 抱關(포관) 성문의 빗장을 안고 있는 사람, 즉 문지기. 擊柝(격탁) 딱딱이를 치고 다니는 사람, 즉 야경꾼. 委吏(위리) 창고를 지키는 관리. 乘田(승전) 목장을 관리하는 벼슬. 茁(촬) 본래는 풀싹이 나는 모양. 여기서는 가축이 잘 자라 살찌는 형용.

● **평석** 관리로 취직하는 것은 생활의 해결을 위함일 수는 없다. 그것은 자기의 정치적 이상을 실현하는 것이 목적이어야 한다. 그러나 포부를 펼 만한 지위를 얻지 못하고 생활만을 위해 취직하는 수도 있다. 이 경우에는 낮은 관직에 만족해야 하고, 정치에 관해 논하는 것은 잘못이다. 그러나 고관으로서 정무를 담당하게 된 경우는 자기의 포부를 실현해야 하며, 그렇게 하지 못하는 것은 수치스러운 일이라고 맹자는 말했다. 이 논지는 현대에도 통용될 것 같다.

6. 만장이 물었다.
"선비가 제후에게 의탁하지 않는 것은 어째서입니까?"
맹자가 말했다.
"감히 그렇게 할 수 없다. 제후가 나라를 잃은 후에, 다른 제후에게 의탁하는 것은 예이다. 선비가 제후에게 의탁하는 것은 예가 아니다."
만장이 말했다.
"임금이 주는 곡식을 받아도 됩니까?"
"받아야 한다."
"받아야 한다는 말은 무슨 뜻입니까?"
"임금은 백성을 두루 구제해야 하기 때문이다."
"구제하기 위해 주는 것은 받고, 하사하는 것은 받지 않는 것은 어째서입니까?"

"감히 받을 수 없기 때문이다."

"감히 묻겠습니다만, 감히 받을 수 없다는 말은 무슨 뜻입니까?"

"문지기나 야경꾼은 일정한 직업을 가졌으니, 위로부터 녹을 받는다. 그러나 일정한 직업이 없는데 윗사람이 하사하는 것을 받는 것은 공경스럽지 않다고 생각하기 때문이다."

"임금이 곡식을 주면 받아야 한다고 하셨습니다. 늘 계속해서 받아도 좋은지 모르겠습니다."

"노나라 목공(繆公)이 자사(子思)에게 자주 문안하고, 또 자주 삶은 고기를 보냈다. 자사는 좋아하지 않아, 마침내 사신을 손짓하여 대문 밖에 나가게 하고, 북쪽을 향해 머리를 조아리고 두 번 절하고 받지 않았다. 자사는 말했다. '이제야 임금님이 나를 개나 말 키우듯이 대함을 알았다.' 그때부터 사령이 음식을 가지고 오지 않게 되었다. 현인(賢人)을 좋아하기만 하고 등용하지 못하고, 또 대우하지 못한다면 현인을 좋아한다고 하겠는가?"

"감히 묻겠습니다. 임금이 군자를 대우할 때, 어떻게 해야 대우한다고 할 수 있습니까?"

"임금의 명으로 예물을 보내주면 재배하고 머리를 조아리고 받는다. 그다음부터는 창고지기가 곡물을 계속해서 보내고, 푸주 관리인이 계속해서 고기를 보내고, 다시는 임금의 명으로 보내지 않는다. 자사는 삶은 고기를 보내준 것은 자기에게 번거롭게 자주 절하게 하는 것이라 생각했으니, 그것은 군자를 대우하는 도리가 아니다.

요임금이 순임금에게 하기를, 자기 아들 9명에게 순을 섬기게 했고, 또 두 딸을 순의 아내로 주었다. 또 백관(百官)과 소와 양, 창고를 갖추어, 논밭에서 농사짓는 순을 대우했다. 그런 다음 등용해서 높은 자리에서 나라를 다스리게 했다. 그러므로 말하기를 '임금이 현인을 높이는 태도이다.'라고 한다"

萬章曰 士之不託諸侯何也 孟子曰 不敢也 諸侯失國 而後託
於諸侯禮也 士之託於諸侯 非禮也.

萬章曰 君餽之粟 則受之乎 曰 受之 受之 何義也 曰 君之於
氓也 固周之 曰 周之則受 賜之則不受 何也 曰 不敢也 曰 敢
問其不敢 何也 曰 抱關擊柝者 皆有常職 以食於上 無常職
而賜於上者 以爲<u>不恭</u>也.

曰 君餽之則受之 不識 可常繼乎 曰 <u>繆公</u>之於子思也 <u>亟</u>問
<u>亟</u>餽鼎肉 子思不悅 於卒也 <u>摽</u>使者 出諸大門之外 北面稽首
再拜 而不受 曰今而後 知君之犬馬畜<u>伋</u> 蓋自是 <u>臺</u>無餽也
悅賢不能擧 又不能養也 可謂悅賢乎.

曰 敢問 國君欲養君子 如何 斯可謂養矣 曰 以君命將之 再
拜稽首而受 其後廩人繼粟 庖人繼肉 不以君命將之 子思以爲
鼎肉 使己<u>僕僕</u>爾亟拜也 非養君子之道也.

堯之於舜也 使其子九男事之 二女女焉 百官牛羊倉廩備 以
養舜於畎畝之中 後擧而加諸上位 故曰 王公之尊賢者也.

● **주해** 不恭(불공) '예나 도리에 어긋나다'는 뜻. 繆公(목공) 노나라 임
금. 목공(穆公)이라고도 함. 亟(기) 자주, 여러 번. 摽(표) 손짓하다. 伋
(급) 자사의 이름. 臺(대) 대관(臺官). 사령(使令)을 주관하는 낮은 관
리. 僕僕(복복) 겁먹은 태도를 짓는다는 뜻.〔집주〕

7. 만장이 말했다.
"감히 묻겠습니다만, 선생님께서 제후를 만나지 않으시는 데는 무
슨 뜻이 있습니까?"
맹자가 말했다.
"군자나 현인이 도성 안에 있으면 시정(市井)의 신하라 하고, 농

촌에 있으면 초망(草莽)의 신하라고 하는데 모두 서인이다. 서인은 예물을 바치고 신하가 되지 않고서는, 감히 제후를 만나지 않는 것이 예(禮)다."

만장이 말했다.

"서인은 불러서 일하게 하면 가서 일합니다. 임금이 보고자 하여 불러도 가서 만나지 않는 것은 어째서입니까?"

"가서 일하는 것은 의무이나, 가서 보는 것은 의무가 아니다. 또 임금이 보고자 하는 것은 어째서일까?"

"보고 들은 것이 많고, 현명하시기 때문이겠지요."

"보고 들은 것이 많다면 천자(天子)도 스승을 오라고 부르지 않거늘, 하물며 제후가 부를 수 있겠는가? 현명하기 때문이라면 나는 아직 현인을 만나고 싶다고 불렀다는 말을 듣지 못했다. 노나라 목공(繆公)이 자주 자사(子思)를 만났는데, 그에게 말했다. '옛날 천승(千乘)의 나라 임금은 선비를 벗으로 삼는데, 어떻게 하였소?' 자사는 불쾌한 듯이 말했다. '옛사람의 말에 현인을 잘 섬겨야 한다고 했거늘, 어찌 벗으로 삼았다고 말씀하십니까?' 자사가 불쾌하게 여긴 것은 지위로 말하면 그대는 임금이고 나는 신하다. 어찌 감히 임금과 벗하겠는가. 덕(德)으로 말하면, 그대가 나를 섬겨야 하거늘 어찌 나와 벗할 수가 있겠는가 하는 생각이었을 것이다. 천승의 나라 임금도 벗으로 하려 해도 할 수 없거늘, 하물며 오라고 할 수 있겠는가?

제나라 경공(景公)이 사냥할 때 정기(旌旗)를 흔들어 사냥터 관리인을 오라고 불렀으나 오지 않자, 그를 죽이려고 했다. '지사(志士)는 의(義)를 위해 죽어 도랑에 떨어질 각오가 되어있고, 용사는 자기 목을 잃을 각오가 되어있어야 한다.'라고 공자께서 말씀하셨는데, 어떤 점을 취하셨을까? 정당한 방법으로 부르지 않았으므로 가지 않은 점을 취한 것이다."

"감히 묻겠습니다만 사냥터 관리인은 어떻게 불러야 합니까?"

"피관(皮冠)을 흔들어야 한다. 서인(庶人)은 전(旃)을 흔들고, 사(士)는 기(旂)를 흔들고, 대부(大夫)는 정(旌)을 흔들어야 한다. 대부를 부르는 격식으로 사냥터 관리인을 불렀으므로 사냥터 관리인은 죽음을 각오하고 감히 가지 않은 것이다. 사를 부르는 격식으로 서인을 부르면, 서인이 감히 가겠는가? 하물며 현명하지 않은 사람을 부르는 방법으로 현인을 부를 수 있겠는가?

현인을 만나고자 하면서 바른 도리를 갖추지 않는 것은 마치 사람이 들어오기를 바라면서 문을 닫는 것과 같다. 무릇 의(義)는 길이고, 예(禮)는 문이다. 군자는 오직 바른길을 따르고 그 문으로만 출입한다. 《시경》에 있다. '주(周)나라의 도는 숫돌같이 평탄하고, 곧기가 화살 같다. 군자가 따르고, 소인은 보고 따르네.'"

만장이 말했다.

"공자께서는 임금이 명하여 부르시면, 수레에 말을 맬 틈을 기다리지 않고 즉시 가셨습니다. 그렇다면 공자께서는 잘못하신 것입니까?"

"공자께서는 당시 벼슬을 하여 관직에 계셨으므로, 임금도 그 관직으로써 부르신 것이다."

萬章曰 敢問 不見諸侯 何義也 孟子曰 在國曰 市井之臣 在野曰 草莽之臣 皆謂庶人 庶人不傳質爲臣 不敢見於諸侯禮也 萬章曰 庶人召之役 則往役 君欲見之 召之 則不往見之 何也 曰 往役義也 往見不義也 且君之欲見之也 何爲也哉. 曰 爲其多聞也 爲其賢也 曰 爲其多聞也 則天子不召師 而況諸侯乎 爲其賢也 則吾未聞欲見賢 而召之也 繆公亟見於子思 曰古千乘之國 以友士 何如 子思不悅曰 古之人 有言曰 事之云乎 豈曰 友之云乎 子思之不悅也 豈不曰 以位則子君也 我臣也 何敢與君友也 以德則子事我者也 奚可以與

我友 千乘之君 求與之友 而不可得也 而況可召與.

齊景公田 招虞人以旌 不至將殺之 志士不忘在溝壑 勇士不忘喪其元 孔子奚取焉 取非其招不往也 曰 敢問 招虞人何以曰 以皮冠 庶人以旃 士以旂 大夫以旌 以大夫之招 招虞人虞人死不敢往 以士之招 招庶人 庶人豈敢往哉 況乎以不賢人之招 招賢人乎.

欲見賢人 而不以其道 猶欲其入 而閉之門也 夫義路也 禮門也 惟君子能由是路 出入是門也 詩云 周道如底 其直如矢君子所履 小人所視.

萬章曰 孔子君命召 不俟駕而行 然則孔子非與 曰 孔子當仕有官職 而以其官召之也.

● **주해** 草莽之臣(초망지신) 농촌에 묻혀 사는 신하. 質(지) '지(贄)'로 폐백이나 예물의 뜻. 虞人(우인) 사냥터를 관리하는 사람. 旌(정) 새털이 달린 기. 元(원) 목, 머리〔首〕. 皮冠(피관) 사냥 때 쓰는 가죽 모자. 旃(전) 자루가 굽은 기. 旂(기) 용을 그린 붉은 기. 詩云(시운) 《시경》 소아(小雅) 대동편(大東篇)의 구절. 底(지) 숫돌. 지(砥)와 통용.

8. 맹자가 만장에게 말했다.
"한 고을의 착한 선비라야 그 고을의 착한 선비들과 벗할 수 있다. 한 나라의 착한 선비라야 그 나라의 착한 선비들과 벗할 수 있다. 천하의 착한 선비라야 천하의 착한 선비들과 벗할 수 있다. 천하의 착한 선비만을 사귀는 것만으로 아직 부족하다면, 또 옛 성현(聖賢)을 높이고 공부해야 한다. 그 시를 읊고 그 글을 읽고도 성현을 몰라서야 되겠는가? 그러므로 성현이 살았던 세상을 공부하여야 하는데, 이것이 성현을 벗으로 따르는 태도이다."

孟子謂萬章曰 一鄉之善士 斯友一鄉之善士 一國之善士 斯
友一國之善士 天下之善士 斯友天下之善士 以友天下之善士
爲未足 又尙論古之人 頌其詩 讀其書 不知其人 可乎 是以
論其世也 是尙友也.

● **주해** 斯(사) 그때, 그래야, 비로소. 尙(상) 주자는 '상(上)'으로 풀었
다. 尙友(상우) 성현을 벗으로 따르는 태도.

9. 제나라 선왕(宣王)이 경(卿)에 관해서 물었다. 맹자가 말했다.
"임금님께서는 어떤 경을 물으십니까?"
왕이 말했다.
"경은 다 같지 않소?"
"같지 않습니다. 종친(宗親)의 경도 있고, 이성(異姓)의 경도 있습
니다."
왕이 말했다.
"우선 종친의 경에 관해서 묻고 싶소."
"임금에게 큰 잘못이 있으면 간언을 올립니다. 잘못을 반복하고 간
언을 듣지 않으면, 임금을 바꾸려고 할 것입니다."
왕이 갑자기 안색이 달라졌다. 맹자가 말했다.
"임금님, 달리 생각하지 마십시오. 임금님께서 물으셔서 저는 감히
바르게 대답하지 않을 수 없었습니다."
왕이 안색이 정상으로 되자 물었다.
"이성의 경은 어떻게 합니까?"
"임금님이 잘못하시면 즉시 간언합니다. 잘못을 반복하고 간언을 듣
지 않으면, 즉시 나라를 떠납니다."

齊宣王問卿 孟子曰 王何卿之問也 王曰 卿不同乎 曰 不同

有貴戚之卿 有異姓之卿 王曰 請問貴戚之卿 曰 君有大過則
諫 反覆之而不聽 則易位.

王勃然變乎色 曰 王勿異也 王問臣 臣不敢不以正對 王色定
然後 請問異姓之卿 曰 君有過則諫 反覆之而不聽 則去.

● **주해** 勃然(발연) 발끈 화를 내다. 勿異(물이) 달리 생각하지 말라.

● **평석** 명(明)나라 태조(太祖)는 맹자를 싫어하여 그를 문묘(文廟)
배향에서 제외하려고까지 한 일이 있었다. 위정자들에게 있어서 맹자
는 결코 달가운 인물은 아니었던 것 같다. 맹자는 종친의 경(卿)과 이
성(異姓)의 경을 구분하여, 후자의 경우는 왕이 간하는 말을 듣지 않
으면 그 나라를 떠나면 되어도, 종친인 경은 왕을 추방하고 다른 사람
을 왕으로 세워야 한다고 주장했다.

선왕이 아닌 어떤 다른 왕이라도 이런 말을 들으면 얼굴빛이 변할 것
이다. 이것은 군주의 지위는 절대적으로 보장된 것이 아니라, 덕에 의
해서만 유지된다는 맹자의 지론이 나타난 것이다. 무왕이 주(紂)를 정
벌한 문제에 관해서 맹자는 덕을 잃은 왕이란 일개 필부에 지나지 않
으므로, 그것은 조금도 군신의 의(義)에서 벗어나는 일이 아니라고 주
장한 일도 있는데 비슷한 생각이라 할 수 있다. 맹자에게 있어서 군신
관계는 어디까지나 상대적이며, 후세의 절대적 충성 같은 것은 생각하
지 않는 사고방식이라 할 수 있다.

제11권

고자장구(告子章句) 상

고자(告子)는 양주(楊朱)학파에 속하는 감각론자로 이 편은 그와의 논쟁이 중심 내용이다. 감각론에 의해 인간의 본성은 선도 아니요 악도 아니라고 내세우는 고자의 학설에 대해, 맹자는 인간의 본성은 본래 선한 것으로 이 소질을 키워가면 누구라도 성인이 될 수 있다는 성선설(性善說)의 입장을 취했다. 이것은 맹자의 사상을 피력한 가장 중요한 부분이다.

1. 고자(告子)가 말했다.

"사람의 본성은 갯버들과 같습니다. 의(義)는 갯버들을 구부려서 만든 술잔이나 그릇과 같습니다. 그러므로 사람의 본성을 인의라고 하는 것은 마치 갯버들을 술잔이나 그릇이라고 말하는 것과 같습니다."

맹자가 말했다.

"그대는 갯버들의 본성을 따라서 술잔이나 그릇을 만드는가? 아니면 갯버들의 본성을 해쳐서 술잔이나 그릇을 만드는가? 만약 갯버들의 본성을 해쳐야 술잔이나 그릇을 만든다면, 사람도 본성을 해쳐야 인의를 행하게 된다고 할 수 있을 것이다. 천하 사람을 이끌고 인의를 해치는 것은 반드시 그대의 말이리라."

> 告子曰 性猶杞柳也 義猶桮棬也 以人性爲仁義 猶以杞柳爲
> 桮棬 孟子曰 子能順杞柳之性 而以爲桮棬乎 將戕賊杞柳而
> 後 以爲桮棬也 如將戕賊杞柳 而以爲桮棬 則亦將戕賊人 以
> 爲仁義與 率天下之人 而禍仁義者 必子之言夫.

● **주해** 告子(고자) 성이 고(告), 이름은 불해(不害). 묵자(墨子)의 제자. 맹자보다 약간 선배였던 것 같다. 〈공손추장구 상〉 제2장 참조. 杞柳(기류) 갯버들. 桮棬(배권) 나무를 깎아서 만든 술잔이나 그릇. 將(장) 혹은. 戕賊(장적) 상함. 해롭게 함.

● **평석** 고자는 묵자학파에 속해 있었다고 하나, 어느 점에서는 도가(道家) 계통에 속한다고 해야 할 것 같다. 그는 인간의 본성을 선도 아니고 악도 아닌, 도덕 이전의 것이라고 보았다. 즉 하나의 자연이라 하여, 도덕적 소박주의 입장에 섰다. 따라서 본성을 그대로 유지하는 것이 상책이며, 구태여 도덕을 세워 인의를 논하는 것은, 후천적인 작위(作爲), 즉 자연스러운 인간성을 왜곡하는 일이라 생각했다.

《노자(老子)》18장에는 '대도(大道)가 쇠퇴했기에 인의(仁義)가 나타났다.'라는 말이 있다. 또 19장에는 '성인이나 지혜 있는 사람이 없어지면 백성은 백 배나 더 행복해질 것이다. 인이나 의가 없어지면, 백성은 효자나 자부(慈父) 상태로 돌아갈 것이다. 기교를 희롱하고, 이익을 추구하는 일이 없어지면, 도둑도 없어질 것이다.'라는 말이 있다. 이것을 고자의 주장과 비교하면, 완전히 양자가 일치함을 느끼게 된다.

그러므로 고자는 유교도가 못마땅하였을 것이다. 그들은 자꾸 사회 제도를 주공 때로 돌리고, 인의에 의한 정치를 해야 한다고 주장하지만, 이것은 사회를 한층 더 혼란으로 몰아넣는 것밖에는 되지 않으며, 될 수 있는 한 인위적인 것을 제거하고 자연 상태로 돌아가도록 해야 한다는 것이 그들의 주장이다.

이에 대해 맹자는 골수과 유교도요, 도덕 지상주의자였다. 도덕적인 세련을 거치지 않은 자연 그대로의 인간이란 맹자가 보기에는 동물과 다름이 없었다. 인간이 동물과 다른 점은 바로 인의가 있는 데 있다.〔〈이루장구 하〉 제19장〕도덕은 후천적인 첨가물이 아니라, 인간의 본성 즉 타고난 특유의 능력이다. 갯버들을 구부려 그릇을 만드는 것을 고자는 비꼬았으나, 갯버들과 그것으로 만든 그릇은 별개의 것이 아니다. 그런 그릇이 될 수 있는 성질을 처음부터 갯버들은 지니고 있었던 것이며, 만일 그러한 성질이 없었다면 어떠한 노력으로도 그릇은 만들지 못할 것이다.

인의도 사람의 본성에 그 소질이 깃들어 있으므로 실현이 가능한 것이다. 그것을 마치 갯버들과 그것으로 만든 그릇과 전혀 관계없는 듯이 생각하여, 인간성과 도덕을 별개의 것으로 보는 고자의 입장은 사실 인간에 관해서 모른다고 해야 한다. 대체로 맹자는 그런 논점에 섰던 것 같다.

2. 고자가 말했다.

"사람의 본성은 소용돌이치는 물과 같습니다. 동쪽을 터주면 동쪽으로 흐르고, 서쪽을 터주면 서쪽으로 흐릅니다. 사람의 본성에 선(善)과 불선(不善)의 분별이 없는 것은 물에 동서(東西)의 구분이 없는 것과 같습니다."

맹자가 말했다.

"물에 동서의 구분이 없다고는 하겠으나, 그렇다고 상하(上下)의 구분도 없겠는가? 사람의 본성이 선한 것은 물이 아래로 흐르는 것과 같고, 사람의 본성이 선하지 않음이 없는 것은 물이 아래로 흐르지 않는 것이 없는 것과 같다. 지금 만약 물을 손으로 쳐서 튀게 하면, 이마를 뛰어넘을 수 있고, 물을 막았다가 거꾸로 흐르게 하면 산으로도 흐르게 할 수 있다. 그러나 그것이 어찌 물의 본성이겠는가? 그 형세가 그렇게 되게 하는 것이다. 사람도 선하지 않게 할 수 있는 것도, 그 본성이 역시 그처럼 하게 만드는 것이다."

告子曰 性猶湍水也 決諸東方 則東流 決諸西方 則西流 人性之無分於善不善也 猶水之無分於東西也.
孟子曰 水信無分於東西 無分於上下乎 人性之善也 猶水之就下也 人無有不善 水無有不下 今夫水 搏而躍之 可使過顙 激而行之 可使在山 是豈水之性哉 其勢則然也 人之可使爲不善 其性亦猶是也.

● **주해** 湍(단) 여울을 가리키는 수도 있으나, 여기서는 소용돌이치며 고여 있는 물을 말한다. 決(결) 터주는 것. 顙(상) 이마.

● **평석** 연못의 소용돌이치는 물에는 일정한 방향이 없으며, 물길을 터주는 데 따라 흘러간다. 사람의 본성도 그와 같아서 선악 이전의 것이라고 고자는 주장했다. 맹자는 그 비유를 그대로 이용하여, 그러나

물에는 낮은 데로 흐르는 본성이 있다고 말했다. 하기는 물도 높은 데로 흐르는 경우가 있을 것이다. 그러나 그것은 외부의 힘이 작용하여 억지로 그렇게 된 것이며, 물의 본성이라고는 할 수 없다. 사람이 때로 악을 범하는 것도 그와 마찬가지로 어떤 외부 원인 때문에 그렇게 되는 것일 뿐, 그것이 인간의 본성은 아니라고 맹자는 주장했다.

그러나 이것으로 맹자의 성선설은 충분히 논증되었다고 할 수 있을까? 대개 비유는 추상적인 관념을 구체화한 점에서 이해에 많은 도움이 되는 수가 있지만, 그러면서도 비유는 어디까지나 비유에 그치는 것이며, 그것이 자칫 적용 범위를 벗어나는 때는 엉뚱한 결과를 가져올 우려가 없다고는 하지 못할 것이다.

물길을 터주는 데 따라 물의 방향이 결정되는 것에서도 알 수 있듯이, 물 자체에는 어떤 방향도 없다고 한 고자의 주장에 대해, 맹자는 그것을 일단 시인하고 나서, 물에는 낮은 데로 흐르는 본성이 있지 않으냐고 반박했다. 그러나 물이 어떤 방향으로 흐른다는 것은 물이 낮은 데로 흐른다는 것과 무엇이 다른가. 물은 제방을 터주는 데 따라 동으로도 서로도 흐른다고 고자가 말했는데, 그 말에는 처음부터 물은 낮은 데로 흐른다는 원칙이 내포되어 있다고 보아야 한다. 고자는 그것을 밝히지 않았을 뿐이다.

또 맹자는 물이 낮은 곳으로 흐르는 것처럼 인간의 본성은 선하다고 하고, 외부의 힘이 가해지는 경우에만 물이 높은 데로도 흐를 수 있다고 하여, 인간의 악도 그런 외부적인 원인 때문이라고 했다. 그러나 외부적인 조건이 개입하지 않은 물의 성질이, 처음부터 어디에 존재했을까? 물이 낮은 곳으로 흐른다고 할 때 '낮은 곳'은 외부적 조건이 아니고 무엇인가? 물은 어떤 조건 위에 놓인 물로만 존재하는 것이며, 그런 조건이 없는 물은 추상적인 관념의 물밖에는 되지 않는다.

또 외부적인 힘이 가해질 때 물은 높은 데로도 오를 수 있다고 했는데, 그것은 물이 지닌 본래의 성질이 아니라 할 수 있는가. 일정한 힘을 가하면 물방울이 머리 위로 튕겨 오르기도 하고, 산 위로 올라가기도 하는 것은, 그러한 성질이 물에 없었다면, 아무리 외부의 힘이 작용하기로서니 어떻게 가능한가? 어떤 외부의 힘으로도 물로 집을 지을 수 없으며, 못도 만들지 못할 것이다. 이것으로 알 수 있는 것은 물에는 산에도 오를 수 있는 성질이 처음부터 있는 것이라 보아야 한다. 그렇다면 인간이 악해지는 것은, 우리의 본성과 관련이 없다고는 하지 못할 것이다.

이상에서 본 바와 같이, 맹자의 성선설은 이론적으로는 충분히 정비되지 못한 불완전한 학설이었던 것으로 보인다. 다만 그것이 하나의 신념이 됨으로써, 맹자의 도덕적 의욕을 뒷받침해 준 것이라 보인다.

3. 고자가 말했다.

"사는 것을 본성(本性)이라고 합니다."

맹자가 말했다.

"사는 것을 본성이라고 하면 흰 것은 희다고 하는 것과 같은가?"

"그렇습니다."

"흰 깃의 흰 것은 흰 눈의 흰 것과 같고, 또 흰 눈의 흰 것은 흰 구슬의 흰 것과 같다는 말인가?"

"그렇습니다."

"그렇다면 곧 개의 본성이 소의 본성과 같고, 소의 본성이 사람의 본성과 같다는 말인가?"

告子曰 生之謂性 孟子曰 生之謂性也 猶白之謂白與 曰 然 白羽之白也 猶白雪之白 白雪之白 猶白玉之白與 曰 然 然 則犬之性 猶牛之性 牛之性 猶人之性與.

● **평석** '사는 것을 본성이라 한다.'는 것은 생(生)과 성(性)의 발음이 같은 것을 이용하여, 생명 자체가 우리의 본성이라고 본 것이다. 즉 그것은 가장 근원적인 생명 자체를 가리키는 것이어서, 선이니 악이니 하는 도덕적 판단이 개입할 수 없는 상태라고 고자는 보았다. 그러나

도덕적 입장의 맹자는, 이 고자의 말은 도저히 용납할 수 없는 것이었다. 고자가 보기에는 생물학적인 생명이 문제였으며, 동물이나 사람의 속성에 의해 성(性)의 의미에 차이가 생길 수 없는 일이나, 맹자는 소의 본성과 사람의 본성이 같다는 등의 주장은 도저히 있을 수 없는 생각이었다.

맹자가 문제 삼은 성은, 다른 동물과 구분되는 사람으로서의 특성, 도덕의 목표에 맞는 합목적(合目的)인 성이었다. 두 사람 사이에는 처음부터 '성'이라는 말의 개념에 관해 이러한 거리가 있었으므로, 아무리 대화를 하여도 공통된 결론에는 도달할 수 없었을 것이다.

4. 고자가 말했다.

"식욕과 색욕은 사람이 타고난 본성입니다. 인(仁)은 내적인 것이지 외적인 것이 아닙니다. 의(義)는 외적인 것이지 내적인 것이 아닙니다."

맹자가 말했다.

"어째서 인은 내적이고, 의는 외적이라고 하는가?"

"어떤 사람이 연장자인 경우, 나는 그를 연장자로 공경하는데, 그것은 내 마음에 공경하려는 마음이 있는 것이 아닙니다. 흡사 어떤 물건이 흰빛이어서 내가 희다고 하는 것은 곧 외적으로 희기 때문에 희다고 하는 것과 같습니다. 그러므로 외적이라고 하는 것입니다."

"다르다. 백마(白馬)의 흰빛은 사람 얼굴의 흰빛과 희다는 점에서는 같다. 그대는 알지도 못하고 늙은 말을 늙었다고 생각하는 것과 연장자를 공경하는 것을 다름이 없다고 보는가? 또 연장자를 의라고 생각하는가? 연장자를 공경하는 것을 의라고 생각하는가?"

"내 동생은 사랑하지만, 진(秦)나라 사람의 동생은 사랑하지 않는 것은 내 마음의 즐거움 여하에 있습니다. 그러므로 인(仁)을 내적이라고 합니다. 초(楚)나라의 연장자도 공경하고, 또 자기 나라의 연장자도 공경하는 것은 바로 공경을 기쁘게 여기기 때문입니다. 그러므로 의(義)를 외적이라고 합니다."

"진나라 사람이 불고기를 좋아하는 것이나, 내가 불고기를 좋아하는 것이나 다름이 없다. 사물은 그와 같다. 그렇다면 불고기를 좋아하는 것은 외적이라고 하는가?"

告子曰 食色性也 仁內也 非外也 義外也 非內也 孟子曰 何
以謂仁內義外也 曰 彼長而我長之 非有長於我也 猶彼白而
我白之 從其白於外也 故謂之外也 曰 異於 白馬之白也 無
以異於白人之白也 不識 長馬之長也 無以異於長人之長與
且謂長者義乎 長之者義乎.

曰 吾弟則愛之 秦人之弟則不愛也 是以我爲悅者也 故謂之內
<u>長楚人之長</u> 亦長吾之長 是以長爲悅者也 故謂之外也 曰 <u>耆
秦人之炙無以異於耆吾炙</u> 夫物則亦有然者也 然則耆炙亦有
外與.

● **주해** 長楚人之長(장초인지장) 초나라의 노인도 공경한다. 앞의 장(長)은 '공경한다'는 뜻. 뒤의 장(長)은 '노인'의 뜻. 耆(기) 嗜(즐길 기)와 같은 뜻. 炙(자) 불고기. 불에 고기를 굽다.

● **평석** 이 장은 앞 장의 계속이다. 고자는 '사는 것을 본성이라 한다.' 라는 자기의 주장을 맹자가 바로 이해하지 못하는 것 같아서 다시 설명을 가한 것이다.

고자가 말하는 성(性)은 식욕과 색욕을 말한다. 즉 인간의 본능이 본성이라는 것이다. 맹자는 인의를 본성이라고 하나, 인(仁)은 사랑하는 마음이므로 색욕에 포함하여 성(性) 안에 있는 것이라고 할 수 있지만, 의(義)는 사회적 신분과 관계되므로 성 밖에 존재하는 것이라고 보았다. 이렇게 보면 고자의 입장은 양주(楊朱) 등의 학설과 같은 감각론적인 이기주의에 있었던 것처럼 생각된다.

이에 대한 맹자의 반박은, 이 시대의 논리학자가 곧잘 문제 삼은 '백마는 말이 아니다.'라는 등의 논리에서 힌트를 얻어 백마의 흰 것을 예로 들었다. 백마의 흰빛은 객관적이며, 사람의 피부가 흰 것이나 마찬가지이므로 밖에 있다고도 하겠으나, 사람이 늙었다는 것과 말이 늙었다는 것은 처음부터 문제가 다르다. 사람이 나이를 먹었다는 객관적 사실에 의미가 있느냐, 나이가 들었다고 하여 공경하는 행위에 의미가 있느냐고 반박했다. 만약 연장자를 존경하는 것이 의(義)라고 한다면 의는 밖에 있는 것이 아니라, 안에 있다고 해야 한다는 것이 맹자의 생각이다.

이에 대해 고자는 자기 동생은 사랑스럽지만, 남의 동생까지 사랑할 수 없는 것은, 애정이 마음속에서 일어나고 일어나지 않는 데에 원인이 있으므로 사랑, 즉 인(仁)은 인간의 본성 안에 있는 것이라 인정된다. 그러나 연장자의 경우는 이와 다르다. 자기 집 노인이나 남의 집 노인이나 똑같이 존경할 수 있다. 그런 존경의 표준이 되는 것은 사회적인 신분이므로 의(義)는 밖에 있다고 말했다.

여기까지의 논쟁에서는 두 사람은 팽팽히 맞서고 있어서, 그 우열을 가리기가 어렵다. 그러나 마지막에 가서 맹자는 엉뚱한 말을 하였다. 진나라 사람이 불고기를 좋아하는 것이나, 자기가 불고기를 좋아하는 것이나 같다는 것으로, 이것은 식욕을 본성이라고 보는 고자의 전제조건을 인정한 것이 된다. 고자는 그것이 본래부터 본성으로 우리 내부에 있다고 주장하였으므로, 이런 맹자의 반박은 무의미한 것이 되었다.

고자는 일단 인(仁)이 내재함을 인정했으므로, 맹자는 의(義)도 그러함을 더 강조하여 고자에게 그것을 인정하도록 만들어야 했다. 그러나 본래 의(義)란 안과 밖, 주관적인 것과 객관적인 양면을 모두 가지고 있고, 또 그런 기반에서만 성립되므로 그 어느 한쪽만을 고집하면 이 논쟁은 결론이 나지 못할 것이다.

5. 맹계자(孟季子)가 공도자(公都子)에게 물었다.

"어째서 의(義)를 내적(內的)이라고 합니까?"

공도자가 대답했다.

"공경하는 마음은 내 마음속에서 나옵니다. 그러므로 내적이라고 합니다."

"마을 사람 중에 당신의 큰형보다 한 살 더 많은 사람이 있다면, 누구를 더 공경합니까?"

"형을 공경합니다."

"형과 마을 사람과 함께 술을 마실 때는, 누구에게 먼저 술을 따르나요?"

"나이 많은 마을 사람에게 먼저 잔을 올립니다."

"마음에서 공경하는 사람은 형이지만, 술을 따르는 것은 마을 사람이니, 결국 의는 외적인 것이고, 내적인 것이 아니지 않습니까?"

공도자가 대답하지 못하고 이 일을 맹자에게 말했다. 맹자가 말했다.

"맹계자에게 '숙부를 공경하느냐, 동생을 공경하느냐?'라고 말해라. 그는 '숙부를 공경한다.'라고 대답할 것이다. 그러면 '만약에 동생을 제사 때 시동(尸童)으로 삼으면, 누구를 공경하느냐?'라고 물어라. 그는 '동생을 공경한다.'라고 대답할 것이다. 그대는 말하라. '아까는 숙부를 공경한다고 하지 않았느냐?' 그가 말할 것이다. '그것은 자리 때문이다.' 그대 역시 말하라. '마을 어른에게 먼저 잔을 올린 것도 자리 때문이다. 평소에는 형을 공경하지만, 잠시 마을 어른을 공경한 것이다.'"

맹계자가 듣고 말했다.

"숙부를 공경할 때는 숙부를 공경하고, 동생을 공경할 때는 동생을 공경하면, 결국 의는 밖에 있는 것이지 안에서 나오는 것이 아니다."

공도자가 말했다.

"겨울에는 끓인 물을 마시고, 여름에는 찬물을 마신다고 하여, 음식에 관한 욕구도 밖에 있다고 하겠습니까?"

> 孟季子問公都子曰 何以謂義內也 曰 行吾敬 故謂之內也 鄉
> 人長於伯兄一歲 則誰敬 曰 敬兄 酌則誰先 曰 先酌鄉人 所
> 敬在此 所長在彼 果在外 非由內也.
> 公都子不能答 以告孟子 孟子曰 敬叔父乎 敬弟乎 彼將曰 敬
> 叔父 曰弟爲尸 則誰敬 彼將曰 敬弟 子曰 惡在其敬叔父也 彼
> 將曰 在位故也 子亦曰 在位故也 庸敬在兄 斯須之敬在鄉人.
> 季子聞之曰 敬叔父則敬 敬弟則敬 果在外也 非由內也 公都子
> 曰 冬日則飲湯 夏日則飲水 然則飲食 亦在外也.

● **주해** 公都子(공도자) 맹자의 제자로 제나라 사람. 尸(시) 고대 중국에서는 제사 지낼 때, 신주를 모시는 대신 어린아이를 앉히고 제사 지냈다. 이것을 시(尸)라 한다. 조상 대신으로 제사를 받으므로, 그날만은 조상처럼 대접받는다. 이런 풍습은 《시경》에도 나온다. 庸(용) 상(常)과 같음. 항상. 평소.

● **평석** 의(義)를 외재적인 덕이라고 보는 고자의 주장은, 꽤 유력했던 것 같다. '자기 내심에서 나오는 경(敬)을 행하는 것이므로 의는 안에 있다.'라는 공도자의 말은, 명백히 앞 장에서 한 맹자의 말을 그대로 인용한 것이지만, 맹계자는 다시 어려운 질문을 하였다.
남보다는 자기 형을 존경하는 것이 사람의 상정(常情)이지만, 향음주례(鄉飲酒禮)라고 하여, 마을 사람들이 나이에 따라 자리 순서를 정하고 술을 마실 때는 자기 형보다 한 살이라도 나이가 많은 사람이 있다면, 물론 그에게 먼저 술을 권해야 한다. 그렇다면, '어른을 어른으로 존경하는' 의(義)는, 실제로 존경하는 속마음과는 관계없이 외부적인 것에 의해 성립함을 알 수 있다는 것이다. 공도자는 대답하지 못하고 스승인 맹자의 도움을 청했다.

맹자는 시동(尸童)의 예를 들어, 일시적인 존경과 항구적인 존경을 구분함으로써 이 문제를 해결하려 하였다. 즉 평소에는 숙부를 존경하지만, 동생이 시동으로 있을 때는 동생을 더 존경할 수밖에 없는 것과 같다는 것이다.

그러나 이것으로도 맹계자는 굴하지 않았다. 숙부를 존경할 때면 숙부를 존경하고, 동생을 존경할 때면 동생을 존경하는 것은 역시 의(義)가 외부적인 대상에 의해 일어남을 말하는 것이 아니냐고 하였다. 날카로운 역습이었다. 공도자는 그러면 식욕도 밖에서 오는 것이냐고 반박하여, 문답은 끝났으나 양쪽 모두 상대방을 굴복시킬 만한 이론은 펴지 못하였다.

6. 공도자가 말했다.

"고자는 '사람의 본성은 선(善)도 아니요, 악(惡)도 아니다.'라고 말했고, 어떤 사람은, '성(性)은 선하게도 되고 악하게도 된다. 그러므로 문왕이나 무왕이 위에 있으면 백성은 감화되어 선을 좋아하게 되고, 여왕(厲王)이나 유왕(幽王) 같은 폭군이 위에 있으면 백성은 포학한 일을 좋아하게 된다.'라고 말했습니다. 또 어떤 사람은, '사람의 본성이 선한 사람도 있고, 악한 사람도 있다. 그러므로 요(堯) 같은 성인이 군왕으로 있어도 상(象) 같은 사람도 있고, 고수(瞽瞍) 같은 악한 아버지에게서 순(舜) 같은 아들이 있으며, 주왕(紂王) 같은 폭군을 조카로 임금으로 있으면서도, 미자계(微子啓)나 왕자 비간(比干) 같은 착한 사람도 있다.'라고 말했습니다. 지금 말씀하시기를 '성은 선하다.'고 하시니 그러면 세 사람의 주장은 모두 잘못입니까?"

맹자가 말했다.

"대개 천성(天性)의 자질을 따르기만 하면 누구라도 선(善)할 수 있다. 이것이 내가 말하는 소위 '본성은 선하다.'라고 하는 것이다.

만약 악을 저지르는 자가 있어도, 그것은 그의 자질 탓은 아니다. 동정심은 누구나 지니고 있고, 수치심도 누구나 지니고 있고, 공경심도 누구나 지니고 있고, 시비(是非)의 분별심도 누구나 지니고 있다. 동정심은 인(仁)에 속하고, 수치심은 의(義)에 속하고, 공경심은 예(禮)에 속하고, 시비를 분별하는 마음은 지(智)에 속한다. 이 인의예지(仁義禮智)는 밖으로부터 나에게 주어진 것이 아니라, 원래 내가 가지고 있는 것이 분명하다. 다만 그것을 생각하여 구하지 않았을 뿐이다. 그러므로, 스스로 생각하고 구하면 얻을 수 있으나, 버려두면 잃을 수밖에 없다고 말할 수 있다. 선과 악의 거리가 두 배, 다섯 배가 되어, 마침내는 크게 차이 나는 것은 천성의 자질을 충분히 발휘하지 못한 까닭이다.

《시경》에 '하늘이 모든 사람 낳으셨으며, 만물에는 하늘이 준 도리 있으니, 그러기에 백성의 타고난 마음 아름다운 그 덕을 사모하는 것.'이라 했고, 공자께서도 '이 시를 지은 사람은 사물의 이치를 잘 알고 있는 것 같다.'라고 말씀하셨다. 그러므로 모든 사물에는 반드시 법칙이 있고, 또 모든 사람은 하늘의 변치 않는 도를 따르고 지키며, 착하고 아름다운 덕을 좋아하는 것이다."

公都子曰 告子曰 性無善無不善也 或曰 性可以爲善 可以爲不善 是故 文武興 則民好善 幽厲興 則民好暴 或曰 有性善 有性不善 是故以堯爲君而有象 以瞽瞍爲父而有舜 以紂爲兄之子 且以爲君 而有微子啓 王子比干 今曰 性善 然則彼皆非與.

孟子曰 乃若其情 則可以爲善矣 乃所謂善也 若夫爲不善 非才之罪也 惻隱之心人皆有之 羞惡之心人皆有之 恭敬之心人皆有之 是非之心人皆有之 惻隱之心仁也 羞惡之心義也 恭敬之心禮也 是非之心智也 仁義禮智 非由外鑠我也 我固有

之也 弗思耳矣 故曰 求則得之 舍則失之 或相倍蓰而無算者
不能盡其才者也.

詩曰 天生蒸民 有物有則 民之秉夷 好是懿德 孔子曰 爲此
詩者 其知道乎 故有物必有則 民之秉夷也 故好是懿德.

● **주해** 幽厲(유려) 유왕(幽王)과 여왕(厲王). 중국의 대표적인 폭군. 象
(상) 순(舜)의 이복동생. 성질이 모질어서 순을 괴롭히고, 죽이려고까지
하였다. 微子啓(미자계)·王子比干(왕자비간) 미자(微子)는 주왕(紂王)의
서형(庶兄)이고, 비간(比干)은 주왕의 숙부(叔父). 鑠(삭) 도금(鍍金)하
는 것이 원뜻으로, 겉만 꾸미는 것. 蓰(사) 다섯 배. 才(재) 재질(才質)
및 재능(才能). 詩曰(시왈)《시경》대아(大雅) 증민편(蒸民篇)의 구절. 蒸
(증) 중(衆)과 같은 뜻. 秉夷(병이) 병(秉)은 잡고 지킨다. 이(夷)는 이
(彝)로, 영원히 변치 않는 천도(天道)의 뜻. 懿(의) 훌륭하다는 뜻.

● **평석** 공도자의 말에서 알 수 있는 것은, 당시는 많은 본성론(本性
論)이 사상가들 사이에서 전개되었다는 사실이다. 그것은 하나의 유
행이었던 것 같다. 고자의 성무기설(性無記說), 환경에 의해 선으로도
악으로도 옮겨 갈 수 있다는 환경설, 그리고 사람은 선악의 어느 한쪽
을 타고난다는 성결정설(性決定說)이 있었던 것으로 보인다.
이에 대해 맹자는 성선설을 내세우면서, 그것을 소위 사단설(四端說)
로 뒷받침하였다. 동정심·수치심·공경심·분별심은 누구에게나 있는
것이며, 이것이 인의예지(仁義禮智)로 발전하는 것이라는 것이 그의
주장이다. 이것은 상당히 유력한 이론 같고, 맹자의 성선설에 관한 설
가운데 후세 성리학에 가장 큰 영향을 끼친 것도 당연하다고 할 수 있
다.

7. 맹자가 말했다.
"풍년에는 게으름 피우는 젊은이들이 많으나, 흉년에는 포악한 젊

은이들이 늘어난다. 이것은 하늘이 내려준 소질에 차이가 있어서가 아니라, 그들의 마음을 타락시키는 환경의 영향에 차이가 있기 때문이다. 이를테면 보리 씨를 뿌리고 흙을 덮어 준다고 하자. 같은 땅에 심는 시기도 같다면, 무럭무럭 자라 하지(夏至)가 되면 익을 것이다. 만약 그것이 같지 않다면 땅의 비옥하고 박한 차이가 있고, 비나 이슬의 많음과 적음, 사람의 보살핌이 같지 않기 때문이다. 이처럼 같은 종류의 사물들은 서로 비슷하게 마련이다.

어찌 사람만이 그렇지 않다고 의심할 수 있으랴? 성인도 우리와 같은 인간이 아닌가. 그러므로 용자(龍子)가, '발 크기를 모르고 짚신을 만들어도, 결코 삼태기는 되지 않으리라.'라고 말했다. 짚신의 생김새가 비슷한 것은 천하 사람의 발이 같은 모양을 하고 있기 때문이다.

입은 미각에 대해 같은 기호를 가지고 있다. 요리의 명인 역아(易牙)는 이 기호를 남보다 한걸음 앞서 발견한 데 지나지 않는다. 가령 사람의 입에 따라 기호가 제각기 달라서 마치 개나 말과 사람 사이처럼 차이가 있다면, 천하 사람의 기호가 역아가 만든 맛에 일치하는 일은 없을 것이다. 일단 음식 맛에 있어서, 천하 사람이 모두 역아를 배우려 하는 것은 천하 사람의 미각이 일치한다는 증거다.

사람의 귀도 그러하다. 소리에 있어서 천하 사람이 모두 사광(師曠)을 최고로 하는 것은, 천하 사람의 청각이 비슷하기 때문이다. 눈도 역시 그러하다. 자도(子都)에 있어서, 천하 사람이 그 아름다움을 인정하지 않는 사람이 없었다. 자도의 아름다움을 인정하지 않는 사람은 맹인임에 틀림없다. 그러므로 사람은 누구라도 입은 미각에 대해 같은 기호를 가지고 있고, 귀는 소리에 대해 같은 감상하는 힘을 가지고 있고, 눈은 용모에 대해 심미안을 가지고 있다고 말할 수 있다. 그렇다면 마음만이 어떻게 같지 않다고 할 수 있겠는가? 마음에서 같은 것은 무엇인가? 그것은 이(理)요, 의

(義)다. 성인은 우리들의 마음속에 다 같이 가지고 있는 이와 의를 우리보다 먼저 체득한 것뿐이다. 그러므로 이와 의가 우리의 마음을 기쁘게 하는 것은, 고기가 우리의 입을 즐겁게 하는 것과 같다."

孟子曰 富歲子弟多賴 凶歲子弟多暴 非天之降才爾殊也 其所以陷溺其心者然也 今夫麰麥 播種而耰之 其地同 樹之時又同 浡然而生 至於日至之時 皆熟矣 雖有不同 則地有肥磽 雨露之養 人事之不齊也 故凡同類者 擧相似也.

何獨至於人而疑之 聖人與我同類者 故龍子曰 不知足而爲屨 我知其不爲蕢也 屨之相似 天下之足同也.

口之於味 有同耆也 易牙先得我口之所耆者也 如使口之於味也 其性與人殊 若犬馬之與我不同類也 則天下何耆 皆從易牙之於味也 至於味天下期於易牙 是天下之口相似也.

惟耳亦然 至於聲 天下期於師曠 是天下之耳相似也 惟目亦然 至於子都 天下莫不知其姣也 不知子都之姣者 無目者也 故曰 口之於味也有同耆焉 耳之於聲也有同聽焉 目之於色也有同美焉 至於心獨無所同然乎 心之所同然者何也 謂理也義也 聖人先得我心之所同然耳 故理義之悅我心 猶芻豢之悅我口.

● **주해** 賴(뇌) 게으름. 麰麥(모맥) 보리. 耰(우) 씨를 뿌린 다음에 흙을 덮는 것. 浡然(발연) 쑥쑥 자라는 모습. 浡(일어날 발). 日至(일지) 하지(夏至). 磽(교) 자갈땅. 메마른 땅. 龍子(용자) 옛날의 현인. 屨(구) 신발. 蕢(궤) 삼태기. 易牙(역아) 제나라 환공(桓公)의 요리사. 師曠(사광) 진(晉)나라 평공(平公) 때의 사람으로 소리를 잘 아는 것으로 유명함. 子都

(자도) 정(鄭)나라 장공(莊公)의 총애를 받던 미남자. 姣(교) 예쁘다. 芻
豢(추환) 초식하는 짐승인 소나 양이 추(芻), 곡식을 먹는 짐승인 개나
돼지가 환(豢).

● **평석** 인간의 마음에는 일치하는 점이 있어서, 이(理)와 의(義)에 의
해 참과 거짓, 선악에 대해 같은 판단을 내린다. 그것을 맹자는 미각
과 청각, 심미안에 있어서 사람들의 의견이 일치하는 사실에서 유추하
였다. 성선설에서 한 걸음 더 나아가, 인간의 진리와 정의에 관한 판
단이 일치함을 주장한 맹자의 이 말은 칸트 철학에서 말한다면, 선험
적(先驗的)인 것에 해당할 것이다. 이 점에서 맹자의 변증은 현대에도
통용되는 진리라고 할 수 있다.

8. 맹자가 말했다.
"우산(牛山)에는 일찍이 나무가 아름답게 무성하였으나, 제나라 서
울 교외에 있었으므로 사람들이 도끼로 모두 베었다. 그러니 어찌
예전 같은 아름다움이 유지되겠는가? 그리고 밤낮으로 자라나 비
나 이슬에 젖어서 새싹이 돋아났으나 소나 양들이 와서 뜯어먹어
마침내 이처럼 벌거숭이산이 되고 말았다. 사람들은 저 벌거숭이
산을 보고 예전부터 수목이 없었던 것처럼 생각하지만, 어찌 그것
이 산의 본래 모습이겠는가?
사람에게 어떻게 인의의 마음이 없겠는가? 사람들이 양심을 상실하
는 것은 도끼와 나무 관계 같으니 매일 나무를 벤다면 어찌 아름
다운 무성한 숲이 될 수 있겠는가? 마음도 밤낮으로 착한 마음이
생기고, 동트기 전의 청명한 기운을 받으면 일반적으로 사람들이
지니고 있던 호오(好惡)의 정은 거의 없어지고 순수한 양심이 싹
트게 마련이다. 그러나 낮이 되면 이 양심이 없어지고 만다. 되풀
이하여 없어지다 보면, 저 밤기운을 받아 생겼던 양심도 자취를
감추게 되고, 그리하여 양심이 흔적도 없이 없어지게 되면 그때 짐

승과 가까운 존재로 전락하게 되는 것이다. 사람들은 짐승과 가까운 그런 사람을 보고, 그에게는 선한 소질이 처음부터 없었던 것으로 생각하기 일쑤다. 그러나 어찌 이것이 사람의 본성이겠는가? 그러므로 어떤 사물이라도 적당한 영양이 공급되면 자라지 않음이 없고, 영양이 공급되지 못하면 없어진다고 할 수 있다. 공자께서도, '잡고 있으면 있고, 놓으면 없어진다. 출입에 일정한 때가 없고, 어디로 가는지 모른다.'라고 하신 것은 사람의 마음에 대해 말씀하신 것이다."

孟子曰 牛山之木嘗美矣 以其郊於大國也 斧斤伐之 可以爲
美乎 是其日夜之所息 雨露之所潤 非無萌蘖之生焉 牛羊又
從而牧之 是以若彼濯濯也 人見其濯濯也 以爲未嘗有材焉 此
豈山之性也哉.
雖存乎人者 豈無仁義之心哉 其所以放其良心者 亦猶斧斤之
於木也 旦旦而伐之 可以爲美乎 其日夜之所息 平旦之氣 其
好惡與人相近也者 幾希 則其旦晝之所爲 有梏亡之矣 梏之
反覆 則其夜氣不足以存 夜氣不足以存 則其違禽獸不遠矣 人
見其禽獸也 而以爲未嘗有才焉者 是豈人之情也哉.
故苟得其養 無物不長 苟失其養 無物不消 孔子曰 操則存
舍則亡 出入無時 莫知其鄕 惟心之謂與.

●**주해** 牛山(우산) 제나라 수도인 임치(臨淄) 남쪽 교외에 있는 산. 郊於大國(교어대국) 대국(大國)은 큰 서울. 교(郊)는 가깝다는 뜻의 동사. 息(식) 양(養)과 같은 뜻. 萌蘖(맹얼) 萌(싹 맹), 蘖(그루터기 얼). 濯濯(탁탁) 나무 하나 없어서 빤빤한 모양. 벌거숭이산이 된 모양. 旦旦(단단) 매일매일. 일일(日日)과 같음. 梏(곡) 어지럽힘. 鄕(향) 향(向)의 뜻. 거(居)의 뜻으로 풀이하는 예도 있다.

● **평석** 여기의 우산(牛山) 비유는 유명하여 널리 알려졌다. 우산은 옛날에는 수목이 울창하였는데, 도시에서 가까워 사람들이 마구 벤 까닭에 벌거숭이산이 되었다. 사람도 이와 마찬가지로, 본성이 선함을 교묘히 말해 나갔다. 아마 예수의 〈산상수훈(山上垂訓)〉에 비겨도 손색이 없을 것 같다.

9. 맹자가 말했다.

"임금이 총명하지 못함을 이상하게 여길 것은 없다. 아무리 잘 자라는 식물일지라도, 하루만 햇빛을 받게 하고, 열흘을 차게 한다면 결코 자랄 수 없다. 내가 임금을 만나는 기회는 적은데, 내가 물러나기만 하면 여러 소인이 달려들어 임금의 어진 정치에 대한 의욕을 차게 만들고 만다. 이래서는 임금에게 바른 의욕이 싹텄다 해도, 내가 어떻게 할 수 있겠는가?

대개 바둑은 보잘것없는 기술이지만, 마음을 다해 노력하지 않으면 이기지 못할 것이다. 혁추(奕秋)는 나라에 알려진 바둑의 명수다. 그가 두 사람에게 바둑을 가르쳤다 하자. 한 사람은 열심히 혁추의 가르침을 듣고, 다른 한 사람은 그의 가르침을 듣기는 하면서도 마음 한구석으로는 '기러기가 날아올 때로구나, 주살로 쏘아 잡아야지.'라고 생각하고 있다면 비록 같이 배운다고 해도 도저히 전자를 따르지 못할 것이다. 이것은 본인의 지혜가 전자만 못하기 때문일까? 그렇지 않다고 말할 수 있다."

孟子曰 無或乎 王之不智也 雖有天下易生之物也 一日暴之 十日寒之 未有能生者也 吾見亦罕矣 吾退而寒之者至矣 吾如 有萌焉何哉.
今夫奕之爲數 小數也 不專心致志 則不得也 奕秋通國之善 奕者也 使奕秋 誨二人奕 其一人專心致志 惟奕秋之爲聽 一

人雖聽之 一心以爲有鴻鵠將至 思援弓繳而射之 雖與之俱學 弗若之矣 爲是其智弗若與 曰非然也.

● **주해** 或(혹) 의심함. 王(왕) 제나라 선왕(宣王)이라고 해석되어 온다. 暴(폭) 햇빛을 받게 하는 것. 如有萌焉何哉(여유맹언하재) '여하(如何)'나 '내하(奈何)' 사이에 그 목적어를 넣는 특수한 어법이 있는데, 여기서는 '유맹언(有萌焉)'이 목적어다. 싹 트는 것이 있은들 어찌 하랴. 小數(소수) 보잘것없는 기술. 수(數)는 기술. 弈秋(혁추) 바둑의 명수. 鴻鵠(홍혹) 큰기러기와 고니. 혹(鵠)은 곡으로도 발음. 弓繳(궁격) 주살.

● **평석** 여기에 나오는 왕은 제나라 선왕(宣王)이라고 하나, 맹자가 보필하면서도 나아진 것이 없는 점에 대하여 변명한 것으로 보인다. 여전히 비유는 교묘하여 맹자의 문학자적 기질을 잘 드러냈다.

10. 맹자가 말했다.
"물고기도 나는 좋아하고, 곰 발바닥 요리도 나는 좋아한다. 만약 이 둘을 모두 얻을 수 없다면 물고기를 버리고, 곰 발바닥 요리를 취하겠다. 사는 것도 내가 바라는 바이고, 의(義)도 내가 바라는 바다. 만약 이 둘 모두를 가질 수 없다면 살기를 버리고 의를 취하겠다.
사는 것도 내가 바라는 것이나 원하는 것은, 사는 것보다 더한층 요구되는 것이 의(義)다. 그러므로 구차하게 살고자 하지 않는다. 죽음은 내가 싫어하는 것이다. 그러나 더 싫어하는 것은 불의다. 그러므로 환난이 있어도 이를 피하지 않는다. 만약 사람이 바라는 것이 생명보다 나은 것이 없다면, 생명을 보존하는 방법이라면 무슨 일인들 하지 않겠는가? 만약 사람이 싫어하는 것이 죽음보다 더한 것이 없다면, 곧 죽음의 환난을 면할 수 있는 법이라면 무슨 일인들 하지 않겠는가? 그러나 이렇게 하면 산다고 해도, 그렇게 하지 않는 경우도 있다. 또 이렇게 하면 환난과 죽음을 피할 수 있다고 해도, 그렇게 하지 않는 경우도 있다. 이처럼 바라는 것이 사는 것보다 더 소중한 것이 있고, 죽음보다 더 싫어하는 것이 있다. 오직 현인(賢人)만이 그런 마음을 지니고 있는 것이 아니다. 사람마다 가지고 있는데, 현인은 그 마음을 잘 유지하여 잃지 않는다. 한 도시락의 밥과 한 그릇의 국이 있으면 살고, 없으면 죽는 순간에도 고함을 치면서 주면 길 가던 사람도 받지 않으려 할 것이다. 발로 차는 듯이 주면 걸인도 좋아하지 않을 것이다. 그런데 세상 사람은 만종(萬鍾)의 녹이라면 예의를 따지지 않고 받거니와, 만종의 녹이 나에게 무슨 도움이 되겠는가? 그것으로 집을 화려하게 꾸미고, 아내나 첩의 시중을 받고, 가난한 친지가 나에게 도움을 받고 감격하게 만들려고 함인가? 전에는 죽어도 받지 않겠다던 사람이 지금은 집을 화려하게 꾸미기 위해 재물을 받으며, 전에는 죽어도 받지 않겠다던 사람이 지금은 아내나 첩의 시중을 받기 위해 재물을 받으며, 전에는 죽어도 받지 않겠다던 사람이 지금은 가난한 친지에게 은혜를 베풀기 위해 재물을 받으니, 이런 일은 그만둘 수 없는 일인가? 이를 가리켜 '본심을 상실했다.'라고 하는 것이다."

孟子曰 魚我所欲也 熊掌亦我所欲也 二者不可得兼 舍魚而取熊掌者也 生亦我所欲也 義亦我所欲也 二者不可得兼 舍生而取義者也.
生亦我所欲 所欲有甚於生者 故不爲苟得也 死亦我所惡 所惡有甚於死者 故患有所不辟也 如使人之所欲 莫甚於生 則凡可以得生者 何不用也 使人之所惡 莫甚於死者 則凡可以辟患者 何不爲也 由是則生而有不用也 由是則可以辟患而有不爲也 是故 所欲有甚於生者 所惡有甚於死者 非獨賢者 有

是心也 人皆有之 賢者能勿喪耳.

一簞食 一豆羹 得之則生 弗得則死 嘑爾而與之 行道之人弗受 蹴爾而與之 乞人不屑也 萬鍾則不辨禮義而受之 萬鍾於我何加焉 爲宮室之美 妻妾之奉 所識窮乏者得我與 鄕爲身死而不受 今爲宮室之美爲之 鄕爲身死而不受 今爲妻妾之奉爲之 鄕爲身死而不受 今爲所識窮乏者得我而爲之 是亦不可以已乎 此之謂失其本心.

● **주해** 舍(사) 버린다는 뜻. 嘑爾(호이) 고함 지르는 모양. 蹴爾(축이) 걷어차는 모양. 不屑(불설) 달가워하지 않음. 萬鍾(만종) 많은 봉록. 종(鍾)은 6곡(斛) 4두(斗). 辨(변) 따지다, 구별하다. 변(辯)과 같음. 鄕(향) 저번. 전에.

● **평석** 단순히 사는 것만을 인간의 전부로 본다면 모르겠지만, 도덕이야말로 사람이 동물과 구분되는 존귀함이 있다고 생각하는 맹자는 생명만이 무엇보다도 귀중하다고는 할 수 없었다. 생명이 귀중하다면 도덕을 실천할 때 그 귀중함이 인정되며, 만일 도덕을 지키지 않으면서까지 산다는 것은 수치 이외의 아무것도 아니었다. 따라서 오래 사는 것과 부귀 같은 것도 때로는 버려야 한다고 맹자는 주장했다.
맹자가 무조건 죽음이나 가난을 찬양한 것은 결코 아니다. 그런 것은 누구나 싫어하지만, 그보다도 더 싫은 불의를 감수하느니 죽음이나 가난을 택하는 편이 좋다는 것뿐이다. 그리고 맹자는 이런 마음이 특별한 사람에게만 있는 것이 아니라, 누구에게나 있다고 보았다. 다만 의를 위해 죽지 못하는 것은, 그 사람이 자기의 본심을 잃었기 때문이라고 생각하였다. 이 한 장은 문장으로도 매우 문학적 가치가 있는 명문이라 할 수 있다.

11. 맹자가 말했다.

"인(仁)은 사람의 마음이고, 의(義)는 사람의 길이다. 그 길을 버리고 가지 않고, 그 본심을 잃고 찾을 줄 모르니, 슬픈 일이다. 누구라도 닭이나 개가 도망쳤다면 찾아 나설 것이다. 그런데 마음을 잃어도 되찾으려 하지 않는다. 학문의 길은 다름이 아니다. 잃은 마음을 되찾는 것뿐이다."

> 孟子曰 仁人心也 義人路也 舍其路 而弗由 放其心 而不知
> 求 哀哉 人有雞犬放 則知求之 有放心而不知求 學問之道 無
> 他 求其放心而已矣.

● **평석** 자기 본심을 잃은 것을 가축을 잃은 것에 비유한 것은 재미있다. 불교 특히 선종(禪宗)에서는 이것을 소로 비유한 바 있다. 한용운(韓龍雲)은 자신의 집을 '심우장(尋牛莊)'이라고 불렀다.

12. 맹자가 말했다.

"지금 여기에 넷째 손가락이 구부러진 채, 곧게 펴지지 않는 사람이 있다고 하자. 아프지도 않고, 일하는 데 지장이 있지는 않지만 만약에 능히 펼 수 있게 하는 사람이 있다면, 진(秦)이나 초(楚)같이 먼길이라도, 멀다 하지 않고 갈 것이다. 손가락이 남과 같지 않기 때문이다. 손가락이 남과 같지 않은 것은 싫어하면서, 마음이 남과 같지 않은 것은 싫어할 줄 모르니 이것을 일의 경중(輕重)을 모른다고 한다."

> 孟子曰 今有無名之指 屈而不信 非疾痛害事也 如有能信之
> 者 則不遠秦楚之路 爲指之不若人也 指不若人 則知惡之 心
> 不若人 則不知惡 此之謂不知類也.

● **주해** 信(신) 펴는 것. 신(伸)과 같음. 類(유) 사물의 종류, 즉 그 경중 (輕重).

● **평석** 장자(莊子) 같으면 손의 장애를 예로 드는 경우, 이런 작은 장애가 있는 사람도 전쟁에 나가지 않아 화를 면하는데, 덕을 장애처럼 보는 사람이야 말할 것이 있겠느냐고 기염을 토했을 것이다. 그러나 맹자는 그런 말은 하지 않았다. 어디까지나 상식선에서 이것을 이용하여 마음이 남만 못함을 부끄러워할 줄 알아야 한다고 일침을 가했다. 인심의 기미(機微)를 찌른 신랄한 말이다.

13. 맹자가 말했다.
"한아름이나 혹은 한 손으로 잡을 만한 오동나무나 가래나무는 사람이 그것을 키우고자 마음먹으면 누구나 기르는 법을 알 수 있다. 그러나 자기 몸에 관해서는 어떻게 해야 할지를 모른다. 어찌 자신을 사랑함이 오동나무나 가래나무만 못하겠는가? 이런 것은 생각의 모자람이 심하다고 해야 할 것이다."

　孟子曰 拱把之桐梓 人苟欲生之 皆知所以養之者 至於身 而 不知所以養之者 豈愛身 不若桐梓哉 弗思甚也.

● **주해** 拱把(공파) 공(拱)은 한아름. 두 팔로 껴안을 수 있는 넓이. 파 (把)는 한줌. 梓(재) 가래나무.

14. 맹자가 말했다.
"사람은 자기 몸 전체를 다 같이 사랑한다. 다 같이 사랑하므로 몸 전체를 돌본다. 어느 한구석의 피부도 사랑하지 않는 곳이 없으므로 온몸의 피부를 돌보지 않는 곳이 없다. 이처럼 몸을 돌보는 데 있어 잘하느냐, 못하느냐를 볼 때는 어찌 다른 데 있겠는가? 나 자신을 가지고 보아야 한다.

몸에는 귀하게 생각해야 할 곳과 천하게 생각해야 할 곳이 있고, 작은 곳과 큰 곳이 있다. 작은 곳 때문에 큰 곳을 해치면 안 되며, 천한 곳 때문에 귀한 곳을 해치면 안 된다. 작은 곳을 키우는 사람은 소인(小人)이 되고, 큰 곳을 키우는 사람은 대인(大人)이 된다. 지금 정원사가 오동나무나 가래나무를 버리고 대추나무나 가시나무를 기른다면, 그는 천한 정원사라고 여길 것이다. 손가락 하나만을 돌보고 어깨나 등을 돌볼 줄 모르면 이리같이 뒤돌아볼 줄 모르는 사람이라고 한다. 먹고 마시기만 하는 사람을 사람들이 천하게 여긴다. 그것은 작은 곳만 양육하고 큰 곳을 잃기 때문이다. 먹고 마시기만 하는 사람이라도 큰 곳을 잃지 않는다면, 즉 입과 배가 어찌 한 치의 피부만을 돌보겠는가?"

孟子曰 人之於身也兼所愛 兼所愛則兼所養也 無尺寸之膚不愛焉 則無尺寸之膚不養也 所以考其善不善者 豈有他哉 於己取之而已矣.

體有貴賤 有小大 無以小害大 無以賤害貴 養其小者爲小人養其大者爲大人 今有場師 舍其梧檟 養其樲棘 則爲賤場師焉 養其一指 而失其肩背 而不知也 則爲狼疾人也 飮食之人則人賤之矣 爲其養小以失大也 飮食之人 無有失也 則口腹豈適爲尺寸之膚哉.

● **주해** 兼所愛(겸소애) 다 같이 아끼고 사랑한다. 場師(장사) 정원사. 梧檟(오가) 梧(벽오동나무 오), 檟(개오동나무 가)＝楸(가래나무 추). 樲棘(이극) 樲(대추나무 이), 棘(가시나무 극). 狼疾(낭질) 매우 고약한 성질. 원뜻은 '이리 같은 성질'이나 '승냥이 같은 성질'이란 뜻으로 쓰이는 말. 飮食之人(음식지인) 먹고 마시는 것만을 아는 사람.

15. 공도자(公都子)가 물었다.

"다 같은 사람인데, 어떤 사람은 대인이 되고 어떤 사람은 소인이 되는 것은 무슨 까닭입니까?"

맹자가 말했다.

"큰 몸〔마음〕을 따르면 대인이 되고, 작은 몸〔말초적인 부분〕을 따르면 소인이 된다."

"다 같은 사람인데 어떤 사람은 큰 몸을 따르고, 어떤 사람은 작은 몸을 따른다는 것은 무슨 뜻입니까?"

"귀와 눈 같은 감각기관은 생각할 능력이 없고, 외부 사물에 의해 지배를 받는다. 외부의 사물이 서로 섞이면 귀나 눈에 작용하는 데 지나지 않는다. 마음은 생각하는 힘이 있다. 생각하면 외부의 사물을 바르게 파악하지만, 생각하지 못하면 파악하지 못한다. 이처럼 하늘이 우리 모든 사람에게 내려준 큰 것, 즉 마음이 확고히 먼저 서면 작은 것, 즉 귀나 눈은 마음을 방해하지 못한다. 이런 사람을 대인이라 한다."

公都子問曰 鈞是人也 或爲大人 或爲小人 何也 孟子曰 從
其大體爲大人 從其小體爲小人 曰 鈞是人也 或從其大體 或
從其小體何也 曰 耳目之官 不思而蔽於物 物交物 則引之而
已矣 心之官則思 思則得之 不思則不得也 此天之所與我者
先立乎其大者 則其小者不能奪也 此爲大人而已矣.

● **주해** 鈞(균) 均(균)과 같은 뜻. 大體(대체) 본연의 착한 마음, 인의(仁義)의 도덕(道德). 小體(소체) 육체적 감각기관.

● **평석** 맹자는 감각에 끌리면 소인이 되고, 이성의 판단으로 행동하면 대인이 된다고 주장했다. 양주(楊朱) 등의 감각론에 대하여, 이성

주의(理性主義)의 기치를 내세운 것이라 할 수 있다.

16. 맹자가 말했다.

"관작(官爵)에는 천작(天爵)과 인작(人爵)이 있다. 인의충신(仁義忠信)을 갖추어 선행(善行)을 즐기고 싫증 내지 않는 것이 천작이다. 공경대부(公卿大夫)의 지위는 인작이다. 옛사람은 천작을 얻고자 수양하였으며, 인작은 그것을 따라왔다. 요즘 사람들은 천작을 닦는 것이 곧 인작을 위해서다. 그리고 인작을 얻으면 천작을 버리니, 이것은 얼마나 어리석은 일인지는 불문가지다. 결국에는 인작도 잃고 말 것이다."

> 孟子曰 有天爵者 有人爵者 仁義忠信 樂善不倦 此天爵也
> 公卿大夫 此人爵也 古之人 修其天爵 而人爵從之 今之人 修
> 其天爵 以要人爵 旣得人爵 而棄其天爵 則惑之甚者也 終亦
> 必亡而已矣.

●**평석** 인작(人爵)은 세속적인 작위다. 그러나 그것과는 달리 도덕적 세계의 질서를 나타내는 천작이 있는데, 그것이야말로 중요한 것이다. 옛사람들은 이 점에 관한 자각이 있었으나 지금 사람들은 세속적인 작위에만 눈이 어두워 있다고 맹자는 비난했다.
아마 맹자의 제자 중에도 벼슬하기 위해 학문을 닦는 사람이 많았을 것이며, 심한 경우, '인작을 얻고는 그 천작을 버리는' 사람도 있었을 것이다. 그런 사람들은 결국 그 인작까지도 잃게 된다는 것이 맹자의 경고였다.

17. 맹자가 말했다.

"귀한 지위에 오르려는 것은 모든 사람의 공통된 마음이다. 사람마다 자신에게 귀한 것을 가지고 있다는 것을 생각하지 않을 뿐이다. 남이 자기에게 주는 귀한 지위는 진정으로 귀한 것이 아니다. 조맹(趙孟)이 주는 귀한 지위는, 조맹이 천한 자리로 만들 수도 있다. 《시경》에 '술에 이미 취했고, 덕에 이미 배불렀다.'라고 한 것은 인의(仁義)의 덕이 풍성함을 말한 것이다. 그렇게 되면 남의 기름지고 맛있는 것을 원하지 않으며, 널리 자신의 명성이 퍼져 있으므로, 남의 수놓은 비단옷을 원하지 않을 것이다."

孟子曰 欲貴者人之同心也 人人有貴於己者弗思耳 人之所貴者 非良貴也 趙孟之所貴 趙孟能賤之 詩云 旣醉以酒 旣飽以德 言飽乎仁義也 所以不願人之膏粱之味也 令聞廣譽施於身 所以不願人之文繡也.

● **주해** 趙孟(조맹) 진(晉)나라의 높은 벼슬아치였다고 한다. 이름은 순(盾), 맹(孟)은 자. 詩云(시운) 《시경》 대아(大雅) 기취(旣醉)의 구절. 文繡(문수) 아름다운 수를 놓은 비단옷.

● **평석** 앞 장에 이어 여기서도 외부적인 지위보다는 내면적인 덕성이 귀하다는 것을 강조했다. '조맹이 주는 귀한 지위는 조맹이 천한 자리로 만들 수도 있다.'라는 말은, 참으로 날카로운 지적이라 할 수 있다.

18. 맹자가 말했다.
"인(仁)이 불인(不仁)을 이길 수 있기는, 물이 불을 이기는 것과 같다. 지금 인을 행하는 사람은 마치 한 잔의 물로 한 수레의 나무에 붙은 불을 끄려는 것과 같다. 불을 끄지 못하면, 물은 불을 끌 수 없다고 말한다. 그것은 불인한 사람의 편을 크게 드는 사람이다. 그래서는 그가 지니고 있던 사소한 인도, 끝내는 없어지고 말 것이다."

孟子曰 仁之勝不仁也 猶水勝火 今之爲仁者 猶以一杯水 救
一車薪之火也 不熄則謂之 水不勝火 此又與於不仁之甚者也
亦終必亡而已矣.

19. 맹자가 말했다.
"오곡은 종자 중에서 좋은 것이다. 그러나 여물지 않으면, 비름이
나 피만도 못하다. 인(仁)도 여물어야만 한다."

孟子曰 五穀者 種之美者也 苟爲不熟 不如荑稗 夫仁 亦在
乎熟之而已矣.

● **주해** 五穀(오곡) 벼·수수·기장·보리·콩의 다섯 가지 곡식. 荑稗(이
패) 荑(어린싹 이), 稗(피 패).

20. 맹자가 말했다.
"예(羿)가 활쏘기를 사람에게 가르칠 때는 반드시 활을 힘껏 당기
고, 화살을 쏘는 순간 뜻을 집중하라고 했다. 배우는 사람도 반드
시 활쏘기 할 때처럼 전력을 기울여야 한다. 큰 목수는 사람에게
목공을 가르칠 때 반드시 규구(規矩)를 사용한다. 배우는 사람도
반드시 규구에 맞게 해야 한다."

孟子曰 羿之敎人射 必志於彀 學者亦必志於彀 大匠誨人 必
以規矩 學者亦必以規矩.

● **주해** 羿(예) 후예(后羿), 활의 명수. 〈이루장구 하〉 제24장에 나온
다. 彀(구) 당기다. 大匠誨人(대장회인) 큰 목수가 사람에게 가르칠 때.
規矩(규구) 목수가 사용하는 컴퍼스, 곱자, 수준기, 다림줄을 통틀어 이
르는 말. 규격이나 법도의 뜻.

제12권

고자장구(告子章句) 하

본편은 내용이 뒤섞여 있어서, 통일된 성격은 찾기 어려운 것 같다. 그러나 거침없는 맹자의 언변은 변함이 없어, 흥미 있게 읽을 수 있다.

1. 임(任)나라 사람이 옥려자(屋廬子)에게 물었다.

"예(禮)와 식(食)은 어느 것이 더 중요합니까?"

옥려자가 말했다.

"예가 중요합니다."

"아내를 얻는 것과 예는 어느 것이 더 중요합니까?"

"예가 중요합니다."

"만약 예를 따라 먹을 것을 구하다가는 굶어 죽고, 예를 지키지 않고 먹을 것을 구하면 먹을 수 있는 때도 반드시 예를 지켜야 합니까? 친영(親迎)의 예를 올리려면 사정이 있어서 아내를 맞이할 수 없고, 친영의 예를 지키지 않으면 아내를 얻을 수 있는 경우에 반드시 예를 고집해야 합니까?"

옥려자가 대답하지 못하고 다음 날 추(鄒)나라에 가서 맹자에게 이 이야기를 하자 맹자가 말했다.

"그런 말에 대답하는 것이 무슨 어려움이 있는가? 그 밑동을 헤아리지 않고 끝만을 비교한다면, 한 치의 나무도 높이 솟은 산보다 높다고 할 수 있다. 쇠가 새털보다 무겁다고 하는 것은, 어찌 한 갈고리와 한 수레의 새털을 비교해서 하는 말이겠는가? 음식의 중요한 뜻과 예절의 지엽적인 면을 비교한다면, 물론 음식이 중요하며, 아내를 얻는 중요한 뜻과 예의 지엽적인 면을 비교한다면, 아내를 얻는 문제가 더 중요하다.

가서 말하라. '형의 팔을 비틀고 음식을 빼앗아야만 먹을 수 있고, 비틀지 않으면 먹을 수 없는 경우에, 그대는 형의 팔을 비틀겠는가? 동쪽 이웃집 담을 뛰어넘어, 그 집 처녀를 끌어오면 아내를 얻게 되지만, 끌어오지 않으면 아내로 삼을 수 없다면, 그대는 강제로 끌어오겠는가?'"

任人有問屋廬子曰 禮與食孰重 曰 禮重 色與禮 孰重 曰 禮
重 曰 以禮食則飢而死 不以禮食則得食 必以禮乎 親迎則不

得妻 不親迎則得妻 必親迎乎 屋廬子不能對 明日之鄒 以告
孟子.

孟子曰 於答是也何有 不揣其本 而齊其末 <u>方寸</u>之木 可使高
於<u>岑樓</u> 金重於羽者 豈謂一鉤金 與一輿羽之謂哉 取食之重者
與禮之輕者而比之 奚翅食重 取色之重者 與禮之輕者而比之
奚翅色重.

往應之曰 <u>紾</u>兄之臂 而奪之食 則得食 不紾 則不得食 則將
紾之乎 踰東家牆 而<u>摟</u>其處子 則得妻 不摟 則不得妻 則將
摟之乎.

● **주해** 屋廬子(옥려자) 맹자의 제자로 성이 옥려(屋廬), 이름은 연(連).
親迎(친영) 혼례 절차의 하나로 신랑이 신붓집에 가서 신부를 맞이하는
것. 혼례 절차에는 납채(納采) · 문명(問名) · 납길(納吉) · 납징(納徵) ·
고기(告期) · 친영의 육례(六禮)가 있다. 揣(췌) 재는 것. 方寸(방촌) 한
치 크기. 岑樓(잠루) 높이 솟은 산. 누(樓)는 봉우리. 鉤(구) 갈고랑이.
낚싯바늘. 翅(시) 다만, 뿐. 지(只)와 통용. 紾(진) 비트는 것. 摟(누) 품
는 것. 껴안는 것.

● **평석** 식욕과 성욕은 인간의 본능이지만 때로는 예의보다도 더 중요
한 때가 있다. 사소한 예의 때문에 굶어 죽을 수는 없다. 맹자는 식욕
이나 성욕의 중요한 부분과 말단적인 부분을 비교하는 것을 잘못이라
하여, 옥려자가 대답하지 못한 어려운 문제를 멋지게 풀었다. 역시 언
변에 능했을 뿐 아니라, 두뇌가 명석했음이 느껴진다.

2. 조교(曹交)가 물었다.
"사람은 누구나 요순 같은 성인이 될 수 있다는데, 그렇습니까?"
맹자가 말했다.

"그렇습니다."

"제가 듣기에는 문왕(文王)의 키가 10척이고, 탕왕(湯王)의 키는 9척이라고 했습니다. 지금 저 교(交)는 키가 9척 4촌이지만 밥만 먹고 있을 뿐이니, 어떻게 하면 좋습니까?"

"어려운 문제가 아닙니다. 다만 실행하는 데 있을 뿐입니다. 여기 한 사람이 있어서 한 마리의 병아리조차 들지 못하면, 힘이 없는 사람이라고 하겠지만, 이제 백 균(鈞)을 든다면 힘이 있는 사람입니다. 그렇다면 오획(烏獲)이 들어 올린 만큼을 들어 올린다면, 그도 역시 오획 같은 장사입니다. 어찌 사람이 힘이 미치지 못한다고 걱정합니까? 다만 하지 않을 뿐입니다.

천천히 연장자의 뒤를 따라가는 것을 공손하다 하고, 빠른 걸음으로 연장자를 앞질러 가는 것을 공손하지 않다고 합니다. 그런데 천천히 걷는 것은 누군들 못하겠습니까? 다만 할 수 있는 일을 하지 않는 것뿐입니다. '요순(堯舜)의 도'는 효제(孝悌)의 덕입니다. 그대가 요(堯)와 같은 옷을 입고, 요의 말을 하고, 요와 같이 행하면, 그대는 바로 요와 같이 될 것입니다. 그대가 걸(桀)과 같은 옷을 입고, 걸과 같은 말을 하고, 걸과 같이 행하면, 그대는 바로 걸처럼 될 것입니다."

"저는 추(鄒)나라 임금을 만날 수 있으면 집을 얻어 그곳에 머물면서 선생님의 가르침을 받고 싶습니다."

"요순의 도는 큰길과 같습니다. 어찌 알기 어렵겠습니까? 사람들이 그것을 하지 않는 것이 병일 뿐입니다. 그대도 돌아가서 구하면 얼마든지 스승은 있을 것입니다."

曹交問曰 人皆可以爲堯舜 有諸 孟子曰 然 交聞 文王十尺
湯九尺 今交九尺四寸以長 食粟而已 如何則可 曰 奚有於是
亦爲之而已矣 有人於此 力不能勝一匹雛 則爲無力人矣 今

曰擧百鈞 則爲有力人矣 然則擧烏獲之任 是亦爲烏獲而已矣
夫人 豈以不勝爲患哉 弗爲耳.

徐行後長者 謂之弟 疾行先長者 謂之不弟 夫徐行者 豈人所
不能哉 所不爲也 堯舜之道 孝弟而已矣 子服堯之服 誦堯之
言 行堯之行 是堯而已矣 子服桀之服 誦桀之言 行桀之行
是桀而已矣.

曰 交得見於鄒君 可以假館 願留而受業於門 曰 夫道 若大路
然 豈難知哉 人病不求耳 子歸而求之 有餘師.

● **주해** 曹交(조교) 조(曹)나라 임금의 동생. 이름이 교(交). 奚有於是(해
유어시) 이 일에 있어서 무슨 어려움이 있으랴. 鈞(균) 지금의 30근(斤)
에 해당한다고 하나 확실하지 않다. 烏獲(오획) 전설상의 장사 이름. 弟
(제) 공경하다. 제(悌)와 같음. 餘師(여사) 다른 스승.

● **평석** 성선설에 입각한 맹자는 누구라도 성인이 될 수 있음을 굳게
믿고 있었다. 성인이라면 우리는 도저히 쳐다볼 수도 없는 어마어마한
존재처럼 생각하기 쉽다. 그러나 그들의 도(道)는 과연 그렇게 어려운
것일까? 그것은 결국 효제(孝悌)에 불과하다는 것이 맹자의 견해다.
이런 기초적인 덕목을 행하지 못하는 것은, 사람이 하지 않는 것뿐이
지 불가능한 것은 아니라고 맹자는 생각했다.

3. 공손추가 물었다.
"고자(高子)가 말하기를 《시경》 소변(小弁) 시는 소인의 시라고 합
니다."
맹자가 말했다.
"무슨 까닭으로 그렇게 말했을까?"
"원한의 정이 있기 때문이라고 합니다."

"편벽하구나, 고자의 시에 관한 견해는. 여기에 한 사람이 있다고 하자. 월(越)나라 사람이 활을 당겨 그를 쏘려 한다면, 그는 웃으면서 말하기를 그러지 말라고 할 것이다. 그 까닭은 다름이 아니라 그와 월나라 사람 사이가 소원하기 때문이다. 그러나 자기 형이 활을 당겨 그를 쏘려 한다면, 그는 울면서 그러지 말라고 애원할 것이다. 그 까닭은 형은 가까운 사람이기 때문이다. 소변 시의 원한의 정도 가까운 사람을 사랑하는 마음에서 나온 것이다. 가까운 사람을 사랑하는 것이 인(仁)이다. 편벽하구나, 고자의 시에 관한 견해는."

"개풍(凱風) 시에는 어째서 원한의 정이 없습니까?"

"개풍 시는 부모의 잘못이 작지만, 소변 시는 부모의 잘못이 아주 크다. 부모의 잘못이 큰데도 원망하지 않는 것은 부모를 더욱 소원하게 여기고 있음이다. 부모의 잘못이 작은데도 원망하면 부모에게 완곡하게 간한 줄 모르는 사람이다. 부모를 더욱 소원하게 하는 것도 불효지만, 완곡하게 간할 줄 모르는 것도 불효이다. 공자께서는, '순(舜)은 지극한 효자이시다. 50살이 되어서도 부모를 사모하셨다.'라고 말씀하셨다."

公孫丑問曰 高子曰 小弁小人之詩也 孟子曰 何以言之 曰 怨
曰 固哉 高叟之爲詩也 有人於此 越人關弓而射之 則己談笑
而道之 無他 疏之也 其兄關弓而射之 則己垂涕泣而道之 無
他 戚之也 小弁之怨 親親也 親親仁也 固矣夫 高叟之爲詩
也.

曰 凱風何以不怨 曰 凱風親之過小者也 小弁親之過大者也
親之過大而不怨 是愈疏也 親之過小而怨 是不可磯也 愈疏
不孝也 不可磯亦不孝也 孔子曰 舜其至孝矣 五十而慕.

● **주해** 高子(고자) 제나라 사람. 맹자와 동년배의 제자였다고 한다. 그러나 본 장의 문맥으로 볼 때 제자는 아닌 것 같다. 小弁(소변) 《시경》 소아(小雅)의 편명. 道(도) 말하다. 疏(소) 소원함. 소(疎)와 통용. 凱風(개풍) 《시경》 패풍(邶風)의 편명. 磯(기) 기(譏)와 같음. 나무라는 뜻이나, 여기서는 완곡하게 간하는 의미이다. 五十而慕(오십이모) 모(慕)에는 원망하는 뜻이 포함되어 있다. 〈만장장구 상〉 제1장 참조.

● **평석** 이것은 《시경》의 시에 대한 문답이므로 당시의 유학자들이 《시경》을 어떻게 해석했느냐 하는 점을 이해하는 데 귀중한 자료가 될 것이다. 《시경》의 소변(小弁) 시와 개풍(凱風) 시는 현대의 안목으로 볼 때 그런 전제조건 없이 읽는 편이 좋을 것 같으나 번거로우므로 생략했다.

4. 송경(宋牼)이 초(楚)나라로 가는 길에 맹자를 석구(石丘)에서 만났다. 맹자가 말했다.
"선생은 어디로 가십니까?"
송경이 말했다.
"나는 진(秦)나라와 초(楚)나라가 전쟁을 시작했다기에 초왕을 뵙고 전쟁을 그만두게 말할 작정입니다. 만약 초왕이 듣지 않는다면, 진왕을 찾아가 뵙고 전쟁을 그만두게 말하겠습니다. 어쨌든 두 임금을 나는 만나고자 합니다."
"저는 자세한 것을 묻고 싶지 않습니다만, 어떤 취지의 말을 하시려는지 그 대강을 듣고 싶습니다. 어떻게 말씀하시렵니까?"
"저는 전쟁이 이롭지 않음을 말하려고 합니다."
"선생의 뜻은 좋지만, 선생의 명목은 적절하지 않습니다. 선생께서 이해관계를 들어 진나라와 초나라의 임금에게 말씀하시면, 두 나라 임금은 이익됨을 기뻐하고 군사행동을 멈추게 할 것입니다. 그렇게 되면 병사들도 전쟁이 중지된 것을 좋아하고, 자기들에게 이익이 된다고 기뻐할 것입니다. 신하가 이익만을 생각하면서 임금을 섬기며, 자식이 이익만을 생각하면서 부모를 섬기고, 동생도 이익만을 생각하면서 형을 섬긴다면, 군신(君臣)과 부자(父子), 형제도 인의(仁義)를 떠나 이익만을 생각하고 서로 대할 것입니다. 그러고도 망하지 않은 예는 일찍이 없었습니다.

선생께서 인의(仁義)로써 진나라와 초나라 임금을 설득하면, 두 나라 임금이 인의의 덕을 기뻐해서 군사행동을 멈추게 한다면, 군사들도 전쟁의 중지를 즐겁게 여기고 인의를 좋아하게 될 것입니다. 신하가 인의의 마음을 생각하면서 임금을 섬기고, 자식이 인의를 생각하면서 부모를 섬기고, 동생도 인의를 생각하면서 형을 섬긴다면 군신과 부자, 형제는 이익을 버리고 인의의 마음으로 서로 대할 것입니다. 이렇게 되고도 참다운 임금이 되지 않은 예는 일찍이 없었습니다. 하필 이익을 말씀하십니까?"

宋牼將之楚 孟子遇於石丘 曰 先生將何之 曰 吾聞秦楚構兵 我將見楚王 說而罷之 楚王不悅 我將見秦王 說而罷之 二王 我將有所遇焉 曰 軻也 請無問其詳 願聞其指 說之將何如 曰 我將言其不利也 曰 先生之志則大矣 先生之號則不可. 先生以利說秦楚之王 秦楚之王 悅於利 以罷三軍之師 是三軍之士樂罷 而悅於利也 爲人臣者 懷利以事其君 爲人子者 懷利以事其父 爲人弟者 懷利以事其兄 是君臣父子兄弟 終去仁義 懷利以相接 然而不亡者 未之有也. 先生以仁義 說秦楚之王 秦楚之王 悅於仁義 而罷三軍之師 是三軍之士樂罷 而悅於仁義也 爲人臣者 懷仁義以事其君 爲人子者 懷仁義以事其父 爲人弟者 懷仁義以事其兄 是君臣父子兄弟 去利 懷仁義以相接也 然而不王者 未之有也 何必

曰利.

● **주해** 宋牼(송경) 다른 책에 나오는 송견(宋鈃), 송영자(宋榮子)와 같은 인물이라고 한다. 당시에 흔하던 유세가의 한 사람으로, '금공침병(禁攻侵兵)' 즉 일종의 평화주의를 주장하던 사람이다. 構(구) 교(交)의 뜻. 將有所遇焉(장유소우언) 장차 만나려고 한다. 이것은 결국 진나라나 초나라의 임금 중 한 임금은 자기를 이해해 줄 것이라는 말이다. 軻(가) 맹자의 이름. 指(지) 취지. 대의. 지(旨)와 통용. 號(호) 명목. 三軍之師(삼군지사) 큰 나라의 군대나 군사.

● **평석** 송경은 평화주의자로 전쟁을 그만두게 말하는 데 있어, 그것이 이익임을 내세우려 했다. 그러나 그것은 맹자의 뜻에는 맞지 않았다. 이익이 된다고 중지된 싸움은 같은 이유로 언제든지 다시 할 수 있다. 또 그런 이익 위주의 풍조가 사회 전반에 퍼지면, 국가나 가정이나 모두 파괴되고 말 것이다. 그러므로 인의(仁義)만이 전쟁을 그만두는 이유가 되어야 한다고 맹자는 역설했다. 공리주의를 배격하는 그의 태도는 어떤 문제에 있어서나 의연하였다.

5. 맹자가 추(鄒)에 있을 때, 계임(季任)이 임(任)나라의 유수(留守)로서 예물을 보내고 사귀고자 했는데, 맹자는 예물은 받았으나 답례는 하지 않았다. 맹자가 평륙(平陸)에 있을 때, 저자(儲子)가 재상으로 있으면서 예물을 보내고 사귀고자 했는데, 맹자는 예물은 받았으나 답례하지 않았다.
후일 맹자는 추에서 임으로 가서, 계임을 만났다. 평륙에서 제나라에 갔을 때는 저자를 만나지 않았다. 옥려자(屋廬子)가 기쁜 듯이 '나는 이제 기회를 얻었다.'라며 물었다.
"선생님께서 임나라에 가셔서 계임은 만나셨으나, 제나라에 가셔서는 저자를 안 만나셨으니, 그가 재상이었기 때문입니까?"

맹자가 말했다.

"아니다.《서경》에 '예물을 보낼 때는 예의를 잘 갖추어야 한다. 예의가 예물에 미치지 못하면 예물을 보내지 않음과 같다. 그것은 정성을 기울여 예물을 보내지 않은 것이기 때문이다.'라고 하였다. 그것은 예물을 올리지 않은 것과 같다."

옥려자는 좋아했으며, 어떤 사람이 묻자 옥려자가 말했다.

"계임은 추까지 올 수 없었으나, 저자는 평륙으로 올 수 있었다."

> 孟子居鄒 季任爲任處守 以幣交 受之而不報 處於平陸 儲子
> 爲相 以幣交 受之而不報.
> 他日 由鄒之任 見季子 由平陸之齊 不見儲子 屋廬子喜曰 連
> 得間矣 問曰 夫子之任見季子 之齊不見儲子 爲其爲相與 曰
> 非也 書曰 享多儀 儀不及物 曰不享 惟不役志于享 爲其不
> 成享也 屋廬子悅 或問之 屋廬子曰 季子不得之鄒 儲子得之
> 平陸.

● **주해** 季任(계임) 임(任)나라 임금의 동생. 儲子(저자) 제나라의 재상. 季子(계자) 계임. 屋廬子(옥려자) 맹자의 제자. 連(연) 옥려자의 이름. 書曰(서왈)《서경》주서(周書) 낙고편(洛誥篇)의 글. 享(향) 예물을 올리다. 役志(역지) 마음과 정성을 기울이다.

6. 순우곤(淳于髡)이 말했다.

"명예와 공적을 중시하는 것은 백성을 구제하고자 함이고, 명예와 공적을 경시하는 것은 자신을 깨끗하게 하고자 하는 까닭입니다. 선생은 삼경(三卿)의 자리에 있으면서, 명예나 공적을 위에도 아래에도 세우지 않고, 이 나라를 떠나려고 합니다. 인자(仁者)는 원래 그렇습니까?"

맹자가 말했다.

"낮은 자리에 있으면서 현명함을 굽혀, 어리석은 임금을 섬기지 않은 사람이 백이(伯夷)였고, 다섯 번이나 탕왕(湯王)의 부름에 응하고, 다섯 번 탕왕을 모시고 다섯 번 걸왕(桀王)을 모신 사람이 이윤(伊尹)이었고, 우매한 임금도 싫어하지 않고, 낮은 관직도 사양하지 않은 사람은 유하혜(柳下惠)였습니다. 세 사람의 태도는 같지 않으나 그 방향은 하나였으니 하나란 무엇인가 하면 그것은 인(仁)입니다. 군자는 오직 인을 따를 뿐입니다. 그 태도가 모두 같을 필요가 없습니다."

"노나라 목공(繆公) 때는 공의자(公儀子)가 나랏일을 맡아서 하고, 자류(子柳)와 자사(子思)가 신하로 있었습니다. 노나라의 국토가 많이 빼앗겼으니, 현인이 나라에 무익함이 본래 이런 것입니까?"

"우(虞)나라는 백리해(百里奚)를 등용하지 않아서 망했고, 진(秦)나라 목공(穆公)은 그를 등용해서 패자(覇者)가 되었습니다. 현인을 쓰지 않으면 나라가 망하니, 어찌 땅이 깎이는 것으로 그치겠습니까?"

"옛날에 왕표(王豹)가 기수(淇水) 가에 살았으므로, 하서(河西) 사람들은 모두 노래를 잘 불렀고, 면구(綿駒)가 고당(高唐)에 살았으므로, 제나라 서쪽 사람들 모두 노래를 잘 불렀다고 합니다. 또 화주(華周)와 기량(杞梁)의 아내는 그 남편이 죽자, 애처롭게 곡했으므로, 나라의 풍속을 변하게 했다고 합니다. 이처럼 무언가 속에 차 있으면, 반드시 밖으로 나타나는 법입니다. 그만한 일을 했는데, 그만한 효과가 나타나지 않은 예를 나는 보지 못했습니다. 그러므로 지금은 현인이 없음이 분명합니다. 있다면 내가 반드시 알 것입니다."

"공자께서 노나라의 사구(司寇)가 되셨으나 신임받지 못하셨고, 군주를 따라 제사 지냈을 때는 임금이 번육(燔肉)을 보내오지 않자 관(冠)을 벗을 틈도 없이 바삐 노나라를 떠나셨습니다. 공자의 사람됨을 모르는 사람은 번욕 때문이라 생각했고, 아는 사람은 나라에 예가 없기 때문이라고 생각했습니다. 그러나 공자께서는 스스로 작은 잘못을 핑계 삼고 떠나려 하셨으며, 경솔히 떠남으로써 군주의 잘못을 드러내기를 바라지 않으셨던 것입니다. 군자의 행동은 보통 사람들은 이해할 수 없는 것입니다."

淳于髡曰 先名實者爲人也 後名實者自爲也 夫子在三卿之中 名實未加於上下 而去之 仁者固如此乎 孟子曰 居下位 不以賢事不肖者 伯夷也 五就湯 五就桀者 伊尹也 不惡汚君不辭小官者 柳下惠也 三子者不同道 其趨一也 一者何也 曰 仁也 君子亦仁而已矣 何必同.

曰 魯繆公之時 公儀子爲政 子柳子思爲臣 魯之削也滋甚 若是乎賢者之無益於國也 曰 虞不用百里奚而亡 秦穆公用之而霸 不用賢則亡 削何可得與.

曰 昔者王豹處於淇 而河西善謳 綿駒處於高唐 而齊右善歌 華周杞梁之妻善哭其夫 而變國俗 有諸內 必形諸外 爲其事而無其功者 髡未嘗睹之也 是故無賢者也 有則髡必識之.

曰 孔子爲魯司寇 不用 從而祭燔肉不至 不稅冕而行 不知者以爲爲肉也 其知者以爲爲無禮也 乃孔子則欲以微罪行 不欲爲苟去 君子之所爲 衆人固不識也.

● **주해** 淳于髡(순우곤) 제나라의 현인으로 순우(淳于)가 성, 곤(髡)이 이름. 유머를 통해 왕에게 간했던 현실주의자였다. 그의 사적은 《사기(史記)》 골계열전(滑稽列傳)에 나온다. 名實(명실) 명예와 실제의 공적. 三卿(삼경) 임금 다음가는 높은 자리로, 교육을 담당하는 사도(司徒), 군사를 담당하는 사마(司馬), 외교를 담당하는 사공(司空). 법을 다스리는 사구(司寇)를 넣기도 한다. 趨(추) 방향. 목표로 하는 것. 魯繆公(노목공)

무(繆)는 목으로 읽는다. 公儀子(공의자) 노나라의 박사(博士)로 목공 때의 재상. 성이 공의(公儀), 이름은 휴(休). 子柳(자류) 설류(泄柳). 자가 자류. 子思(자사) 공자의 손자. 이름은 급(伋). 王豹(왕표) 위(衛)나라 사람. 노래를 잘했다. 淇(기) 하남성(河南省)에 있는 기수(淇水). 綿駒(면구) 제나라 사람. 노래를 잘했다. 高唐(고당) 제나라의 읍(邑) 이름. 華周(화주)·杞梁(기량) 두 사람 모두 제나라 대부로 충신. 睹(도) 보다. 司寇(사구) 형벌(刑罰)을 맡은 관리. 燔肉(번육) 구운 고기. 제사에 바친 고기. 不至(부지) 내려주지 않다. 稅(탈) 벗다. 탈(脫)과 같음.

● **평석** 맹자가 경(卿)으로 대우받으면서도 아무 일도 한 것 없이 나라를 떠나려는 것을 순우곤이 공격한 데 대해 맹자는 여러 현인의 예를 들어 간접적으로 자기의 심경을 토로했다. 특히 마지막으로 든 공자의 예는 주목된다. 공자가 노나라를 떠난 원인은 군주의 신임을 얻지 못했기 때문이다. 이것이 근본 원인이기는 하나 공자는 그것을 내세워 사직하지는 않았으니, 그렇게 하면 군주의 부덕함을 천하에 알리는 결과가 되기 때문이다. 공자는 자기가 책임질 만한 구실을 기다리고 있었는데, 종묘의 제사 후에 일어난 사건으로 나타났다.
제사가 끝나면 제사에 바친 고기를 대부들에게 나누어 주는 것이 예(禮)였는데, 공자에게는 고기를 주지 않았다. 이것은 제사가 유종의 미를 거두는 것이 되지 않으며, 그 제사를 도운 공자 자신의 잘못도 된다. 공자는 이 잘못을 책임지고 노나라를 떠났다. 이것이 맹자의 생각이다. 과연 공자의 당시 마음이 그러했는지는 알 수 없으나, 맹자가 제나라를 떠난 동기는 어느 정도 이해할 수 있을 것이다.

7. 맹자가 말했다.
"오패(五覇)는 삼왕(三王)에 대하여 죄인이고, 지금의 제후들은 오패에 대하여 죄인이고, 지금의 대부들은 지금의 제후에 대하여 죄인이다.
천자가 제후의 나라에 거동하는 것을 순수(巡狩)라 하고, 제후가 천자에게 와서 알현하는 것을 술직(述職)이라 한다. 봄에는 밭 갈고 씨 뿌리는 상황을 살펴서 모자라는 것을 보충해 주고, 가을에는 추수하는 모양을 시찰하여 부족한 분을 보조해 준다. 어떤 제후의 나라에 갔을 때, 토지가 잘 개간되고, 논밭이 잘 활용되어 있고, 노인을 봉양하고, 현인을 존경하며, 훌륭한 사람이 벼슬하고 있으면, 그 제후를 표창하는 의미에서 땅을 더 늘려 주었다. 어떤 제후의 나라에 갔을 때, 토지는 황폐한 채 버려져 있고, 노인을 봉양하지 않고, 현인을 등용하지 않으며, 가혹한 관리가 벼슬하고 있으면, 엄하게 꾸짖고 벌을 내렸다. 제후의 술직에서 한 번 입조(入朝)하지 않으면 그 작위를 강등하고, 두 번 입조하지 않으면 영토를 깎고, 세 번 입조하지 않으면 군대를 동원하였다. 그러므로 천자는 무력을 써서 토벌하라는 명령만 내릴 뿐, 자신이 토벌하지 않으며, 제후는 천자의 명으로 토벌할 뿐, 자신이 남을 토벌하지 않았다. 그런데 오패(五覇)는 일부 제후를 이끌고 다른 제후를 정벌했다. 그러므로 오패는 삼왕의 죄인이라고 하지 않을 수 없다.

오패 중에서는 제 환공의 업적이 가장 빛났다. 규구(葵丘)에서 제후들과 회합했을 때, 제후들은 소를 묶어 희생으로 바친 다음, 서약서를 그 위에 놓았으나, 희생의 피를 마시는 일은 하지 않았다. 그 서약 내용은 다음과 같다. 첫째, 불효한 자는 죽이고, 일단 세운 세자는 바꾸지 않으며, 첩을 정부인의 지위로 끌어올려서는 안 된다. 둘째, 현인을 존경하고, 인재를 육성하고, 덕 있는 사람을 표창한다. 셋째, 노인을 공경하고, 어린아이를 사랑하며, 손님과 나그네를 후하게 대접한다. 넷째, 사(士)는 관직을 세습하지 않으며, 관청의 일은 겸임할 수 없다. 사를 채용하는 데는 반드시 적절한 인재를 등용하며, 대부(大夫)는 죄가 있어도 군주 독단으로는 죽이지 못한다. 다섯째, 곳곳에 제방을 쌓아 수리(水利)를 독점하지 않고, 이웃 나라가 수입하는 쌀을 막지 않으며, 신하에게 토지를 내렸을 때는 맹주(盟主)에게 반드시 보고해야 한다. 그리고 마지

막으로 이미 서약한 다음에는 어디까지나 우호(友好) 관계를 지속
해야 한다고 하였다. 지금의 제후들은 이 다섯 가지 조항을 누구
나 어기고 있으므로, 지금의 제후는 오패에 대하여 죄인이라 하지
않을 수 없다.

군주의 잘못을 돕는 것은 그 죄가 작으나, 군주를 이끌어 악을 행
하도록 하는 것은, 그 죄가 크다. 지금의 대부는 모두 제후를 이
끌어 악을 행하게 한다. 그러므로 지금의 대부는 지금의 제후에 대
하여 죄인이라고 하는 것이다."

孟子曰 五霸者 三王之罪人也 今之諸侯 五霸之罪人也 今之
大夫 今之諸侯之罪人也.

天子適諸侯 曰巡狩 諸侯朝於天子 曰述職 春省耕而補不足
秋省斂而助不給 入其疆 土地辟 田野治 養老尊賢 俊傑在位
則有慶 慶以地 入其疆 土地荒蕪 遺老失賢 掊克在位 則有
讓 一不朝則貶其爵 再不朝則削其地 三不朝則六師移之 是
故天子討而不伐 諸侯伐而不討 五霸者 摟諸侯 以伐諸侯者也
故曰 五霸者 三王之罪人也.

五霸 桓公爲盛 葵丘之會 諸侯束牲載書 而不歃血 初命曰 誅
不孝 無易樹子 無以妾爲妻 再命曰 尊賢育才 以彰有德 三
命曰 敬老慈幼 無忘賓旅 四命曰 士無世官 官事無攝 取士
必得 無專殺大夫 五命曰 無曲防 無遏糴 無有封而不告 曰
凡我同盟之人 旣盟之後 言歸于好 今之諸侯 皆犯此五禁 故
曰 今之諸侯 五霸之罪人也.

長君之惡 其罪小 逢君之惡 其罪大 今之大夫 皆逢君之惡 故
曰 今之大夫 今之諸侯之罪人也.

● **주해** 五霸(오패) 맹자가 말한 오패가 누구인가에 관해서는 여러 설이 있다. 맹자는 진(秦)나라 목공(繆公)을 패자로 한 예가 있으므로 제 환공(齊桓公)·진 문공(晉文公)·진 목공(秦繆公) 외에 초 장왕(楚莊王)·오 합려(吳闔閭)를 든 것인지, 합려 대신 송 양공(宋襄公)을 든 것인지는 확실하지 않다. 三王(삼왕) 하(夏) 우왕(禹王)·은(殷) 탕왕(湯王)·주(周) 문왕(文王)과 무왕(武王). 辟(벽) 벽(闢)과 같음. 慶(경) 상을 주는 것. 掊克(부극) 가혹하게 세금을 징수하는 것. 여기서는 그런 관리. 讓(양) 책망하는 것. 책(責)과 같은 뜻. 六師(육사) 천자의 군대. 천자는 육군(六軍), 제후는 삼군(三軍)이다. 摟(누) 끌어모으다. 葵丘之會(규구지회) 규구(葵丘)는 하남성 고성현(考城縣) 동쪽의 지명. 기원전 651년, 제 환공은 제후들을 이곳에 소집하여 동맹을 맺고, 그 맹주가 되었다. 束牲(속생) 본래는 소를 잡아 신에게 제사해야 했으나, 그 희생에 사용하는 소를 묶어서 바치기만 하고 죽이지는 않았다. 載書(재서) 동맹하는 문서를 가리킴. 不歃血(불삽혈) 맹세할 때 희생의 피를 같이 마시는 것이 관례인데, 그것을 생략한 것. 曲防(곡방) 국경을 따라 제방을 쌓는 것이 곡(曲)이다. 황하처럼 여러 나라를 지나는 큰 강은 거꾸로 흐르기도 하고 넘치기도 해서, 다른 나라를 곤경에 빠뜨릴 위험이 있어서 제방을 쌓아 방지한다. 長(장) 자라게 하다. 逢(봉) 아첨하고 영합하다.

● **평석** 공자가 지었다고 하는 《춘추》에 대한 해석을 목적으로 한 학파 가운데, 공양학파(公羊學派)가 제나라에서 유행하였다. 맹자도 이 학파의 영향을 받아, 춘추학에 흥미를 가지고 독자적인 역사관을 형성했던 것 같다. 맹자의 이 말은 《춘추》에 관한 깊은 지식을 나타낸다.

8. 노나라에서는 제나라와 싸우기 위해 신자(愼子)를 장군으로 삼으려 했다. 맹자가 말했다.

"백성을 교화하지 않은 채 전쟁에 나가게 하는 것은 백성을 해치는 일이라 할 수 있다. 백성을 해치는 사람은 요순의 세상에서는 배척되었다. 비록 한 번의 싸움으로 제나라를 이겨 남양(南陽)을 빼앗을 수 있다 해도 역시 해서는 안 된다."

신자가 발끈하여 불쾌한 빛을 보이며 말했다.

"그 말씀은 나는 이해할 수 없소."

"내가 분명히 그대에게 말하겠소. 천자의 직할지는 사방 천 리였는데, 그 정도가 되지 않으면 제후를 접대할 수 없었기 때문이다. 제후의 영토는 사방 백 리였으니, 그 정도가 되지 않으면 전해오는 여러 나라의 의식을 지킬 수 없기 때문이다. 주공(周公)께서 노나라의 제후로 임명될 때 그 영토는 사방 백 리에 지나지 않았다. 토지가 부족했던 것은 아니었으나, 백 리로 만족한 것이다. 태공(太公)이 제나라의 제후로 임명되었을 때도 그 영토는 사방 백 리였다. 토지가 모자란 것은 아니었으나, 역시 백 리로 만족한 것이다.

지금 노나라 영토는 사방 5백 리나 된다. 이는 주변의 작은 나라를 합병한 결과로, 만약 진정한 임금이 새로 나타나 질서를 바로잡는다면 노나라의 영토는 줄어들 것인가, 늘게 될 것인가? 그대는 어떻게 생각하는가? 전쟁에 호소하지 않은 채, 한 나라에서 빼앗아 다른 나라에 주는 일조차 어진 사람이라면 하지 않을 것이다. 하물며 사람을 죽이고 토지를 얻고자 하겠는가? 군자가 임금 섬기는 법은 오로지 임금을 인도하여 바른 도(道)를 행하게 하고, 인(仁)을 따르게 하는 데 있을 따름이다."

魯欲使愼子爲將軍 孟子曰 不敎民而用之 謂之殃民 殃民者
不容於堯舜之世 一戰勝齊 遂有南陽 然且不可 愼子勃然不
悅曰 此則滑釐所不識也.
曰 吾明告子 天子之地 方千里 不千里 不足以待諸侯 諸侯
之地 方百里 不百里 不足以守宗廟之典籍 周公之封於魯 爲
方百里也 地非不足 而儉於百里 太公之封於齊也 亦爲方百

里也 地非不足也 而儉於百里.

今魯方百里者五 子以爲有王者作 則魯在所損乎在所益乎 徒
取諸彼 以與此 然且仁者不爲 況於殺人以求之乎 君子之事
君也 務引其君以當道 志於仁而已.

● **주해** 愼子(신자) 노나라의 장군, 이름이 골리(滑釐). 南陽(남양) 당시
는 제나라 땅인데 원래는 노나라 땅이었다. 勃然(발연) 안색을 변하고 발
끈하는 것. 滑釐(골리) 신자의 이름. 宗廟之典籍(종묘지전적) 제사나 다른
국가적인 의식에 관한 서적으로, 종묘에 보관하고 있는 것. 太公(태공)
강태공(姜太公), 여상(呂尙). 徒(도) 맨손.

● **평석** 전쟁을 일으켜 영토를 확장하는 것을 정치의 이상으로 아는
견해에 관해, 도덕적인 사회의 건설이야말로 이상적 정치임을 맹자는
강조했다. 이런 정치적 통념은 현대도 변함없는 것을 볼 때, 맹자의
의견이 당시의 집권자에 의해 받아들여지지 않음은 당연함을 알 수 있
다.

9. 맹자가 말했다.
"지금 임금을 섬기는 사람들은, '나야말로 임금을 위해 토지를 개
척하여, 국고(國庫)를 충실하게 할 수 있다.'라고 장담하기 일쑤다.
또 세상에서는 이러한 사람을 훌륭한 신하라고 부르는 모양이지
만, 사실은 옛날의 이른바 백성의 도적이다. 군주가 도(道)를 따
르지 않고, 어진 정치를 하고자 하지 않는데도, 도리어 이런 임금
을 더욱 부자가 되게 하려는 것은 바로 걸왕(桀王)을 부자가 되게
하는 일이다. 또 '나야말로 임금을 위해 다른 나라와 동맹을 맺고,
적국을 반드시 격파할 수 있다.'라고 말하는 사람이 있다. 이들도
세상에서는 훌륭한 신하라고 하지만, 사실은 옛날의 이른바 백성
의 도적에 해당한다. 임금이 도를 따르지 않고, 어진 정치를 하려

하지 않는데도, 도리어 임금을 위해 무리하게 싸우려 하는 것은 걸왕을 돕는 일이다. 지금 도를 따르지 않고 풍속을 고치지 않는 다면 비록 이런 임금에게 천하를 준다 해도, 하루도 그 자리에 있지 못할 것이다."

孟子曰 今之事君者曰 我能爲君 辟土地 充府庫 今之所謂良 臣 古之所謂民賊也 君不鄕道 不志於仁 而求富之 是富桀也 我能爲君 約與國 戰必克 今之所謂良臣 古之所謂民賊也 君 不鄕道 不志於仁 而求爲之强戰 是輔桀也 由今之道 無變今 之俗 雖與之天下 不能一朝居也.

● **주해** 鄕(향) 向(향)과 통용. 與國(여국) 서로 우호 관계에 있는 나라.

● **평석** 당시의 사회상을 알 수 있는 내용이다. 토지를 개간하여 국고를 늘리는 일, 국제적인 지위를 만든 다음 다른 나라를 침략하는 일, 이러한 일을 하는 것을 훌륭한 신하라고 생각하는 것이 당시의 통념이 었다. 이것을 맹자는 백성의 도적이라 하여 강하게 배격했다.

10. 백규(白圭)가 말했다.
"저는 세금을 20분의 1로 하기를 원합니다. 어떻습니까?"
맹자가 말했다.
"그대의 방법은 북쪽 오랑캐의 제도요. 1만 호(戶)밖에 없는 나라에서 한 사람만이 질그릇을 만든다면 되겠소?"
"안 됩니다. 그릇이 쓰는 데 부족합니다."
"저 북쪽 오랑캐 나라에서는 오곡(五穀)이 자라지 않고, 오직 기장만 자라며, 또 성곽이나 가옥, 종묘나 제사에 예가 없고, 제후들의 선물 주고받음과 향연도 없고, 각종 관청이나 관리도 없소. 그러므로 20분의 1의 세금으로도 부족함이 없소. 지금 중국에서 인륜의 예가 없어지고, 군자가 없다면 어떻게 나라를 다스리겠소? 질그릇이 모자라도 나라를 다스릴 수 없는데, 하물며 군자가 없다면 어떻겠소? 요순(堯舜)의 법보다 가볍게 하려는 것은 크고 작은 오랑캐 나라의 법이오. 요순의 법보다 무겁게 하려는 것은 크고 작은 걸왕일 것이오."

白圭曰 吾欲二十而取一何如 孟子曰 子之道貉道也 萬室之國 一人陶則可乎 曰 不可 器不足用也 曰 夫貉五穀不生 惟黍生之 無城郭宮室宗廟祭祀之禮 無諸侯幣帛饔飱 無百官有司 故二十取一而足也 今居中國 去人倫無君子 如之何其可也 陶以寡 且不可以爲國 況無君子乎 欲輕之於堯舜之道者 大貉小貉也 欲重之於堯舜之道者 大桀小桀也.

● **주해** 白圭(백규) 검소한 정치를 주장한 사상가라 한다. 幣帛(폐백) 선물. 饔飱(옹손) 饔(아침밥 옹), 飱 = 飧(저녁밥 손).

● **평석** 맹자는 백성의 부담을 덜기 위해 10분의 1의 세를 주장하였다.〔〈등문공장구 상〉제3장〕그러나 백규가 20분의 1로 할 것을 주장하자 단호히 반대했다. 세금은 나라를 통치하기 위함이요, 나아가서는 백성의 행복을 도모하기 위함이다. 그렇다면 과중한 세금이 잘못인 것처럼, 지나치게 적은 세금도 그 취지에서 벗어난다고 보아야 한다. 그런 적은 세수입으로는 나랏일을 다할 수 없을 것이다.

11. 백규가 말했다.
"저는 강물 다스리는 데 있어 우(禹)임금보다도 낫습니다."
맹자가 말했다.
"그대는 잘못되었소. 우임금의 강물 다스리는 법은 물길을 따라 순리대로 한 것이오. 그러므로 우임금은 사해(四海)를 골짜기로 삼고, 물을 바다로 흘러들게 했소. 지금 그대는 이웃 나라를 골짜기로 삼고 있소. 물을 거꾸로 흐르게 하는 것을 홍수(洚水)라고 하오. 홍수는 큰물이오. 어진 사람은 좋아하지 않는 일로, 그대는 잘못한 것이오.”

> 白圭曰 丹之治水也 愈於禹 孟子曰 子過矣 禹之治水 水之
> 道也 是故 禹以四海爲壑 今吾子以鄰國爲壑 水逆行謂之洚
> 水 洚水者 洪水也 仁人之所惡也 吾子過矣.

● **주해** 丹(단) 백규의 이름. 壑(학) 물을 받아들이는 곳.〔집주〕

12. 맹자가 말했다.
“군자가 신의를 지키지 않으면, 무엇을 하겠는가?”

> 孟子曰 君子不亮 惡乎執.

● **주해** 亮(양) 신(信)으로, 양(諒)과 같다.〔집주〕

13. 노나라에서 악정자에게 나랏일을 맡기려 했다. 맹자가 말했다.
“나는 그 소식을 듣고, 기뻐서 잠을 못 잤다.”
공손추가 물었다.
“악정자는 과단성이 있습니까?”
“아니다.”
“총명하고 생각이 깊습니까?”
“아니다.”
“견문이 넓고 아는 것이 많습니까?”
“아니다.”

"그러면 무엇이 기쁘셔서 주무시지 못하셨습니까?"

"그 사람됨이 선(善)을 좋아하기 때문이다."

"선을 좋아하는 것만으로 나라를 다스리기에 충분합니까?"

"선을 좋아하면 천하를 다스리고도 남을 것이다. 하물며 노나라쯤 다스리는 것이 어찌 문제가 되랴? 만약 통치자가 선을 좋아하면, 천하 사람이 모두 천릿길도 멀다 하지 않고 찾아와 그에게 선한 말을 하게 될 것이다. 그러나 선을 좋아하지 않으면 사람들은, '아무개는 잘난 체하여 자기는 이미 알고 있다고 하면서, 선한 말을 받아들이지 않는다.'라고 말하고 외면할 것이다. 아는 체하는 태도나 말이 사람을 천 리 밖으로 떼어 놓는 결과가 된다. 선비가 천 리 밖에 머물게 되면, 헐뜯고 비위를 맞추며 눈앞에서 아첨하는 사람만이 모여들 것이다. 헐뜯고 비위를 맞추며 눈앞에서 아첨하는 사람들과 지낸다면, 나라를 다스리고자 한들 가능하겠는가?"

魯欲使樂正子爲政 孟子曰 吾聞之喜而不寐 公孫丑曰 樂正子強乎 曰 否 有知慮乎 曰 否 多聞識乎 曰 否 然則奚爲喜而不寐 曰 其爲人也好善 好善足乎 曰 好善 優於天下 而況魯國乎 夫苟好善 則四海之內 皆將輕千里而來 告之以善 夫苟不好善 則人將曰 訑訑予旣已知之矣 訑訑之聲音顔色 距人於千里之外 士止於千里之外 則讒諂面諛之人至矣 與讒諂面諛之人居 國欲治可得乎.

● **주해** 樂正子(악정자) 맹자의 제자. 성이 악정(樂正), 이름은 극(克). 優(우) 넉넉함. 여유가 있음. 訑訑(이이) 자랑하는 모양. 訑(으쓱거릴 이). 讒諂面諛(참첨면유) 讒(참소할 참), 諂(아첨할 첨), 諛(아첨할 유).

● **평석** 악정자는 앞에서도 여러 번 나왔는데, 맹자가 사랑하는 제자

였다. 그가 노나라의 대신으로 취임하게 되자, 맹자는 잠을 못 잘 정도로 기뻐했다. 그러나 맹자가 보기에 악정자는 과단성이 있는 사람도 아니고, 사려와 견문이 남다른 것도 아니었다. 그의 장점은 선을 좋아한다는 한 가지뿐으로, 맹자가 보기에 통치자의 자격은 이것으로 충분하였다. 통치자가 선을 좋아하면 사람들이 그를 스승으로 여긴다고 하는 것이 맹자의 생각이다. 악정자에 관한 인물평은 〈이루장구 상〉 제24장, 〈진심장구 하〉 제25장 등에 나온다.

14. 진자(陳子)가 말했다.

"옛 군자는 어떻게 벼슬을 했습니까?"

맹자가 말했다.

"나아가서 벼슬하는 경우가 셋 있고, 물러나는 경우가 셋 있다. 임금이 공경을 다하고 예를 갖추어 맞이하고, 그의 의견을 받아들이고 행하면 나아간다. 그러나 예의는 시들지 않아도 군자의 의견을 받아들이지 않으면 곧 물러난다. 다음은 그의 의견을 행하지는 않아도 공경을 다하고 예를 갖추어 맞이하면 나아가서 벼슬한다. 그러나 예의가 시들면 곧 물러난다. 그다음 마지막으로 군자가 아침도 먹지 못하고, 저녁도 먹지 못하고, 굶주림에 시달려 문밖에 나가지 못하게 되면, 임금이 그 사정을 듣고 '비록 내가 크게 그 도를 행할 수 없고, 또 그의 말을 따를 수 없으나, 내 나라에서 굶주리게 하는 것은 창피하다.'라고 말하고, 그를 구제한다면 역시 나아가서 벼슬을 받는다. 그때는 죽음을 면할 정도의 벼슬을 받아야 한다."

陳子曰 古之君子何如則仕 孟子曰 所就三 所去三 迎之致敬
以有禮 言將行其言也 則就之 禮貌未衰 言弗行也 則去之 其
次 雖未行其言也 迎之致敬以有禮 則就之 禮貌衰 則去之

其下 朝不食 夕不食 飢餓不能出門戶 君聞之曰 吾大者不能
行其道 又不能從其言也 使飢餓於我土地 吾恥之 <u>周之</u> 亦可
受也 免死而已矣.

● **주해** 陳子(진자) 맹자의 제자. 이름은 진(臻). 周之(주지) 구제하다.
賙(진휼할 주)와 같음.

15. 맹자가 말했다.
"순임금은 논밭에서 일하다가 발탁되었고, 부열(傅說)은 담을 쌓다가
등용되었으며, 교격(膠鬲)은 생선과 소금 장사를 하다가 등용되었
으며, 관중(管仲)은 선비로 옥에 갇혀 있다가 등용되었으며, 손숙
오(孫叔敖)는 바닷가에 있다가 등용되었으며, 백리해(百里奚)는 시
장에서 등용되었다.
그러므로 하늘이 사람에게 큰 임무를 내리려고 하면, 반드시 먼저
그 마음과 뜻을 괴롭히고, 그 몸을 수고롭게 하고, 그 몸을 굶주
리게 하고, 그 몸에 지닌 것을 없애고, 그 하는 일을 어긋나게 한
다. 마음을 흔들고 인내심을 키워서 전에 하지 못했던 일을 할 수
있게 하기 위해서이다. 사람은 항상 잘못한 다음에 고칠 수 있다.
마음이 막히고, 생각이 많은 다음에 할 수가 있게 된다. 얼굴에 나
타나고 소리로 말한 다음에 비로소 알 수가 있다. 나라에 법도(法
道)를 지키는 사람과 도와주는 선비가 없고, 나라 밖으로는 적국
이나 외환이 없으면, 그 나라는 망하게 마련이다. 그러므로 걱정과
어려움이 있어야 살고, 안락(安樂)함에는 죽음이 있다."

孟子曰 舜發於畎畝之中 傅說擧於版築之間 膠鬲擧於魚鹽之
中 <u>管夷吾</u>擧於士 孫叔敖擧於海 <u>百里奚</u>擧於市.
故天將降大任於是人也 必先苦其心志 勞其筋骨 餓其體膚 空

乏其身 行拂亂其所爲 所以動心忍性 曾益其所不能 人恒過
然後能改 困於心 衡於慮 而後作 徵於色 發於聲 而後喻 入
則無法家拂士 出則無敵國外患者 國恒亡 然後知 生於憂患
而死於安樂也.

● **주해** 版築(판축) 흙이나 돌로 담이나 성벽을 쌓는 일. 膠鬲(교격) 은
(殷)나라의 현인. 管夷吾(관이오) 제나라의 관중. 桓公(환공)의 재상이
되어 환공을 패자로 만들었다. 孫叔敖(손숙오) 초(楚)나라의 대부. 장왕
(莊王)에게 등용되어 장왕을 패자로 만들었다. 百里奚(백리해) 진(秦)나
라 목공(繆公)에게 등용되어 재상이 되었다. 衡(횡) 橫(횡)과 같음.

16. 맹자가 말했다.
"가르치는 방법 역시 많다. 내가 가르치기를 좋게 여기지 않는 것
도 역시 가르치는 방법이다."

　　孟子曰 敎亦多術矣 予不屑之敎誨也者 是亦敎誨之而已矣.

● **주해** 屑(설) 좋게 여기지 않음.

제13권

진심장구(盡心章句) 상

본편에는 짧은 말이 많다. 긴 문장이나 문답 중에는 다른 데서 여기에 뒤섞인 듯한 인상을 주는 것도 있다. 또 다른 편과 중복되는 내용도 있어, 일반적으로 통일된 성격이 없다. 그러나 내용으로 볼 때 사람의 마음과 본성이라든가, 천명(天命)에 관한 깊은 생각이 나타나 있으므로, 매우 중요한 대목이라 할 수 있다.

1. 맹자가 말했다.

"마음을 다하는 사람은 본성을 이해하게 되며, 본성을 이해하게 되면 하늘의 명을 깨달을 수 있다. 이처럼 그 마음을 보존하고 본성을 기르는 일은 하늘을 섬기는 것이다. 수명의 짧고 긴 것은 둘이 아니니, 몸을 닦아 하늘의 명을 기다리는 것이 하늘의 명을 받드는 것이다."

孟子曰 盡其心者 知其性也 知其性 則知天矣 存其心 養其性 所以事天也 殀壽不貳 修身以俟之 所以立命也.

●**평석** 여기서 말하는 마음은, 누구나 가지고 있는 인간적인 마음, 즉 사단(四端)을 가리킨다. 동정심·수치심·공경심·분별심 등은 누구나 가지고 있는데, 이것을 발전시키면, 인간의 본성을 이해하게 되며, 이것이 결국은 하늘을 섬기는 길이라고 맹자는 강조했다. 기독교 같은 데서는 인격 신을 설정하고, 그를 따르고 믿음으로써 비로소 사람은 구제된다고 하였는데, 본성의 선(善)으로 돌아가는 것이 하늘을 섬기는 방법이라고 맹자는 말하고 있다.

2. 맹자가 말했다.

"하늘의 명이 아닌 것이 없다. 바르게 살아서 순조롭게 명을 받아야 한다. 그러므로 하늘의 명을 아는 사람은 무너져 가는 담 밑 같은 데는 서지 않는다. 마음을 다해 도를 행하다가 죽는 사람은 바르게 하늘의 명을 따른 것이고, 형벌로 죽는 사람은 바르게 하늘의 명을 따르지 않은 것이다."

孟子曰 莫非命也 順受其正 是故 知命者 不立乎巖墻之下 盡其道 而死者 正命也 桎梏死者 非正命也.

● **주해** 桎梏(질곡) 차꼬와 수갑. 형벌에 사용하는 도구.

● **평석** '하늘의 명이 아닌 것이 없다.'라는 말은 부정의 부정이어서 결국은 긍정이 된다. 그러나 고대 중국의 어법에서는 부정의 부정이 반드시 전면적인 긍정이 되지 않고, 다소의 예외를 포함한 긍정인 수도 있다. 이 글도 그런 예외에 속한다. 모든 것을 하늘의 명이라고 단정하면, 사람의 노력이 개입할 여지가 없어지고 만다.
그러나 맹자는 그런 운명론자가 될 수는 없었다. 그는 정명(正命)과 비정명(非正命)으로 운명을 나누었다. 정명은 바르게 살아서 주어진 여건[운명]을 충분히 살리는 일이다. 사람의 생명은 한정되어 있지만, 이 유한한 생명 가운데 어떻게 무한한 가치가 있는 일을 할 수 있는가가 문제라는 말이 된다. 이와 반대로 아무렇게나 살아가든가, 죄를 범하든가 하여 죽는 것은 정명이라고는 할 수 없다.
이를테면 충분한 준비운동도 하지 않은 채 수영하다가 죽었다면 그것도 운명이라고 할지 모르나, 얼마든지 피하려면 피할 수 있는 일이었음이 확실하다. 이런 일 없이 자기의 생명을 십분 살리는 것, 그것이 정명이다. 그러므로 맹자는 운명을 어떻게 헤쳐나가느냐 하는 점에 중점을 둔 것이지, 모든 일을 운명으로 돌리는 미신에 빠진 것은 결코 아니다.

3. 맹자가 말했다.
"구하면 얻을 수 있고, 버리면 잃는다. 구하는 것은 얻는 데 유익하니, 구하는 것이 나에게 있기 때문이다. 구하는 데는 도(道)가 있고, 얻는 데는 명(命)이 있다. 구하는 것이 얻는 데 유익하지 않은 것은, 구하는 것이 밖에 있기 때문이다."

　　孟子曰 求則得之 舍則失之 是求有益於得也 求在我者也 求之有道 得之有命 是求無益於得也 求在外者也.

● **평석** 구하면 반드시 얻을 수 있는 것이 있고, 구해도 얻을 수 없는 것이 있다. 자기 마음을 수양하는 일은 하는 만큼의 결과가 반드시 얻어진다. 이에 비해 부귀를 구하는 등의 일은 구한다고 얻어지는 것은 아니다. 그런데 확실한 것을 구하지 않고, 불확실한 것을 구하는 것은 무슨 까닭일까? 맹자의 예지가 번뜩이는 말이다.

4. 맹자가 말했다.
"만물의 도리는 모두 나에게 갖추어져 있다. 내 몸을 돌아보아 정성을 다한다면, 즐거움이 비할 데 없이 클 것이다. 힘써 생각하여 행동하면 인덕을 구하는 가까운 길이 될 것이다."

> 孟子曰 萬物皆備於我矣 反身而誠 樂莫大焉 强恕而行 求仁
> 莫近焉.

● **평석** '만물의 도리는 모두 내게 갖추어져 있다.'는 말에 대해서는 해석이 구구하다. 주자는 '만물의 도리가 구비되어 있다.'는 말이라고 해석했으나, 그것은 지나치다는 의견도 많다. 그러나 그렇게 풀이하지 않는다면, 의미가 성립되지 않는다. '만물의 도리가 나에게 갖추어졌다.'고만 해서는 무슨 뜻이라고 해야 할까? 주자의 해석을 따르는 것이 좋을 것 같다.

5. 맹자가 말했다.
"행동하면서도 그것이 무엇인지를 밝게 알지 못하고, 그 일에 익숙하면서도 살피지 못하고, 죽을 때까지 그것을 따르면서도 그 도리를 모르는 것이 보통 사람들이다."

> 孟子曰 行之而不著焉 習矣而不察焉 終身由之 而不知其道
> 者 衆也.

● **주해** 著(저) 밝게 안다는 뜻이다.〔집주〕 察(찰) 정밀하게 식별한다는 뜻이다.〔집주〕

● **평석** 사람은 누구나 사단(四端)의 마음을 가지고 있다. 우물에 빠지려는 어린아이를 보면 놀라 달려갈 것이며, 거짓말을 할 때는 얼굴이 자기도 모르게 붉어진다. 이것은 그의 본성이 선함을 나타내는 것이다. 그러나 그것을 자각하여 발전시키지 못하는 사람을 보통 사람들이라고 맹자는 생각했다.

6. 맹자가 말했다.
"사람은 부끄러움이 없어서는 안 된다. 부끄러움을 부끄럽게 생각하면, 부끄러움이 없다."

　　孟子曰 人不可以無恥 無恥之恥 無恥矣.

7. 맹자가 말했다.
"부끄러움을 아는 것은 사람에게 중대한 일이다. 임기응변(臨機應變)으로 간교하게 꾸미는 자는 부끄러움을 쓸 데가 없다. 사람으로서 부끄러움을 모른다면, 어떻게 사람 같다고 하겠는가."

　　孟子曰 恥之於人 大矣 爲機變之巧者 無所用恥焉 不恥不若
　　人 何若人有.

8. 맹자가 말했다.
"옛날의 현명한 임금은 선(善)을 좋아하고 권세를 생각하지 않았다. 옛날의 현명한 선비도 어찌 그렇지 않았겠는가? 도(道)를 즐기고, 사람의 권세를 생각하지 않았다. 그러므로 왕공(王公)은 존경과 예를 다하지 않으면, 자주 만나볼 수도 없었다. 만나보는 것조차 자주 할 수 없었으니, 하물며 신하로 삼을 수 있었겠는가?"

孟子曰 古之賢王 好善而忘勢 古之賢士 何獨不然 樂其道而
忘人之勢 故王公不致敬盡禮 則不得亟見之 見且猶不得亟
而況得而臣之乎.

● **주해** 亟(기) 자주, 빈번하게.

9. 맹자가 송구천(宋句踐)에게 말했다.
"그대는 유세하기를 좋아하오? 내가 그대에게 유세하는 법을 일러
주겠네. 남이 알아듣더라도 태연자약하게 말하고, 남이 알아듣지
못해도 태연자약하게 말하게."
송구천이 말했다.
"어떻게 하면, 그처럼 태연자약하게 말할 수 있습니까?"
"덕(德)을 높이고, 의(義)를 즐긴다면 그처럼 태연자약하게 말할 수
있다. 그러므로 선비는 곤궁해도 의를 잃지 않고, 뜻을 이루어도
도에서 떠나지 않는다. 곤궁해도 의를 잃지 않으므로 선비가 자신
을 바르게 지킬 수 있었다. 뜻을 이루어도 도에서 떠나지 않으므
로 백성들이 희망을 잃지 않았다. 옛사람은 뜻을 이루면 백성들에
게 은택(恩澤)을 주었고, 뜻을 이루지 못하면 몸을 닦아 세상에
자신을 드러냈다. 궁하면 홀로 자신을 잘 수양하고, 뜻을 이루면
천하를 좋게 하였다."

孟子謂宋句踐曰 子好遊乎 吾語子遊 人知之亦囂囂 人不知
亦囂囂 曰 何如 斯可以囂囂矣 曰 尊德樂義 則可以囂囂矣
故士窮不失義 達不離道 窮不失義 故士得己焉 達不離道 故
民不失望焉 古之人 得志 澤加於民 不得志 脩身見於世 窮

則獨善其身 達則兼善天下.

● **주해** 宋句踐(송구천) 성이 송(宋), 이름은 구천(句踐). 도덕을 내세우며 여러 나라에 유세(遊說)하였다고 한다. 遊(유) 유세. 囂囂(효효) 떠든다는 뜻.〔집주〕兼善(겸선) 천하를 좋게 하다.

10. 맹자가 말했다.
"문왕의 교화를 받은 후에 분발하는 것은 보통 사람이다. 뛰어난 호걸지사는 비록 문왕의 교화가 없어도, 분발하고 일어선다."

　孟子曰 待文王而後興者 凡民也 若夫豪傑之士 雖無文王 猶興.

11. 맹자가 말했다.
"한씨(韓氏)나 위씨(魏氏) 집의 권세를 붙여 주어도 스스로 담담하게 여긴다면 보통 이상으로 훨씬 뛰어난 사람이라 할 수 있다."

　孟子曰 附之以韓魏之家 如其自視欿然 則過人遠矣.

● **주해** 韓魏之家(한위지가) 진(晉)나라 경(卿)으로 있던 세도가 한씨(韓氏)나 위씨(魏氏) 집안. 欿然(감연) 부족하게 생각하다. 欿(시름겨울 감)은 감(坎)과 같음.

12. 맹자가 말했다.
"안락하게 해주는 도로써 백성을 부리면, 비록 힘들어도 원망하지 않는다. 잘살게 해주는 도로써 백성을 죽게 한다면, 비록 죽어도 죽게 한 사람을 원망하지 않는다."

　孟子曰 以佚道使民 雖勞不怨 以生道殺民 雖死不怨殺者.

● **주해** 佚(일) 안일(安逸), 안락.

13. 맹자가 말했다.

"무력으로 다스림을 받는 백성은 기쁜 기색을 하고 있다. 올바른 도로 다스림을 받는 백성은 밝은 표정을 하고 있다. 죽인다고 해도 원망하지 않고, 생활을 풍족하게 해주어도 그것이 왕의 덕택인지를 모른다. 백성들은 나날이 착해져 가지만, 누가 그렇게 만드는지를 알지 못한다. 무릇 군자가 지나간 곳의 백성들은 감화되고, 머물러 있는 곳의 백성들은 존경한다. 위로는 하늘의 덕을, 아래로는 땅의 덕과 일치하니, 어찌 작은 덕이라 하겠는가?"

孟子曰 霸者之民 驩虞如也 王者之民 皥皥如也 殺之而不怨
利之而不庸 民日遷善而 不知爲之者 夫君子 所過者化 所存
者神 上下與天地同流 豈曰小補之哉.

● **주해** 驩虞(환우) 기뻐하는 모양. 驩(기뻐할 환), 虞(헤아릴 우). 皥皥
(호호) 밝은 표정의 형용. 마음을 턱 놓고 있는 상태. 庸(용) 공이나 덕
택. 小補(소보) 조그마한 것을 보충하는 것. 작은 공로.

● **평석** 난세가 되어야 충신이 나타나는 것처럼 어지러운 세상에서 약간의 혜택을 주면, 백성들은 통치자를 찬미할 것이다. 이것은 패자(霸者)의 정치다. 그러나 왕도(王道)는 그 덕화(德化)가 천지와 같아서 백성을 감싸고, 그들이 편안한 가운데 착하게 살도록 해주지만, 백성은 그것을 의식하지 못한다. 맹자의 이런 생각은 중국인의 정치적 이상이 되어 전해져 왔다.

14. 맹자가 말했다.

"어진 말은 어질다는 칭송보다 사람의 마음속 깊이 들어가지 않는

다. 좋은 정치는 좋은 교화로 백성을 따르게 하는 것만 못하다. 좋은 정치는 백성이 두려워하지만, 좋은 교화는 백성이 좋아한다. 좋은 정치는 백성에게 재물을 얻게 하고, 좋은 교화는 백성의 마음을 얻는다."

孟子曰 仁言 不如仁聲之入人深也 善政 不如善敎之得民也 善政民畏之 善敎民愛之 善政得民財 善敎得民心.

● **주해** 仁言(인언) '인을 베풀겠다'는 어진 말. 仁聲(인성) 임금이 '인덕(仁德)을 잘 베푼다'는 소리.

15. 맹자가 말했다.

"사람은 배우지 않고도 할 수 있는 능력이 있는데, 이것은 양능(良能)에 의해 그렇게 되는 것이다. 깊이 생각하지 않고도 아는 능력이 있는데, 이것은 양지(良知)에 의해 그렇게 되는 것이다. 어린아이는 모두 그 부모를 사랑하지 않는 아이는 없고, 조금 자라면 그 형을 존경하지 않는 아이는 없다. 부모를 사랑함은 인(仁)이고, 윗사람을 존경함은 의(義)다. 다른 데 있는 것이 아니라, 이것을 천하에 확장하는 데 있다."

孟子曰 人之所不學而能者 其良能也 所不慮而知者 其良知也 孩提之童 無不知愛其親也 及其長也 無不知敬其兄也 親親仁也 敬長義也 無他 達之天下也.

● **주해** 孩提之童(해제지동) 두서너 살 된 어린아이. 해(孩)는 해(咳)로, 갓난아기가 방긋방긋 웃는 것. 제(提)는 안아 준다는 뜻. 孩(어린아이해), 提(손으로 끌 제).

●**평석** 양명학(陽明學)에서 양지(良知)와 양능(良能)을 크게 문제 삼음으로써 유명해진 내용이다. 맹자의 성선설도 이 양지와 양능을 발전시킨 것이라 할 수 있다. 성선설 자체는 학설로 볼 때 이론적 결함이 없지 않으나, 그 뿌리가 된 이 직관은 참으로 귀중하다 할 것이다.

16. 맹자가 말했다.
"순(舜)이 깊은 산속에 있을 때는 나무와 돌과 함께 살고, 사슴이나 산돼지와 함께 놀아 산골에 사는 남자와 구별되는 점은 거의 없었다. 그러나 착한 말 한마디를 듣고, 착한 행동 하나를 보면, 마치 큰 강의 제방을 무너뜨려 물을 흐르게 한 것 같아서, 그 세찬 결의는 무엇으로도 막지 못했다."

孟子曰 舜之居 深山之中 與木石居 與鹿豕遊 其所以異 於深山之野人者<u>幾希</u> 及其聞一善言 見一善行 若決<u>江河</u> 沛然莫之能禦也.

●**주해** 幾希(기희) 거의 없다. 江河(강하) 양자강과 황하.

●**평석** 성인도 보통 사람과 다른 점은 없다. 다만 착한 말이나 행동을 듣고 보았을 때 그것을 곧 실행에 옮기는 것만이 차이 날 뿐이다. 따라서 옳다고 생각하는 일을 실천만 하면 누구라도 성인이 될 수 있다는 취지일 것이다. '요순은 누구며, 나는 누구인가?'라는 말과 같은 뜻에서 나온 말이다.

17. 맹자가 말했다.
"하지 않아야 할 것은 하지 않고, 원하지 않아야 할 것은 원하지 않는다. 이처럼 하면 된다."

孟子曰 無爲其所不爲 無欲其所不欲 如此而已矣.

18. 맹자가 말했다.

"사람이 도덕과 지혜와 기술과 지식을 지닌 것은 항상 어려운 가운데 있기 때문이다. 특히 임금에게 버림받은 신하나 서자(庶子)는 그 마음가짐이 위태롭고, 그 근심 걱정이 깊으므로 통달하게 된다."

孟子曰 人之有德慧術知者 恒存乎疢疾 獨孤臣孽子 其操心也危 其慮患也深 故達.

● **주해** 疢疾(진질) 疢(열병 진), 疾(병 질). 獨(독) 특히. 孤臣(고신) 임금에게 버림받은 신하. 孽子(얼자) 서자(庶子).

19. 맹자가 말했다.

"임금을 섬기기만 하는 사람이 있는데, 이는 임금을 섬기는 데 있어서 임금을 기쁘게 하는 사람이다. 나라를 안정시키는 신하가 있는데, 나라의 안정을 기쁨으로 여기는 사람이다. 하늘 백성이 있는데, 천하에 하늘의 뜻이 이루어진 다음에 자신의 뜻을 행하는 사람이다. 대인(大人)이 있는데, 자기를 바르게 하여 그 감화로 사물까지도 바르게 하는 사람이다."

孟子曰 有事君人者 事是君 則爲容悅者也 有安社稷臣者 以安社稷爲悅者也 有天民者 達可行於天下 而後行之者也 有大人者 正己而物正者也.

● **평석** 맹자는 지식층의 인품을 네 등급으로 나누었다. 임금을 섬기는 자에서 대인(大人)까지 그 단계가 하나씩 높아갔다고 보인다. 천하

에 도(道)를 펴는 것으로 족할 것 같은데, 맹자는 그 위에 대인이라는 단계를 정했다. '자기를 바르게 하여, 사물까지도 바르게 한다.'는 것은 무슨 뜻일까? 아마 덕을 완전히 닦으면, 그 감화가 자연계에도 미친다고 생각한 것 같다. 《중용(中庸)》에도 '중(中)과 화(和)에 도달하면, 천지도 바른 질서를 유지하게 되고 만물도 건전하게 생육한다.'라는 말이 나온다. 천인상관(天人相關)의 사상이라 볼 수 있다.

20. 맹자가 말했다.
"군자에게는 세 가지 즐거움이 있다. 왕으로서 천하에 군림하는 일은 들지 않는다. 부모가 함께 계시고, 형제가 탈 없는 것, 이것이 첫째 즐거움이다. 우러러 하늘에 부끄럽지 않고, 굽어보아도 사람들에게 부끄럽지 않은 것, 이것이 둘째 즐거움이다. 천하의 영재를 모아 교육하는 것, 이것이 셋째 즐거움이다. 군자에게는 세 가지 즐거움이 있다. 왕으로서 천하에 군림하는 일은 들지 않는다."

孟子曰 君子有三樂 而王天下不與存焉 父母俱存 兄弟無故 一樂也 仰不愧於天 俯不怍於人 二樂也 得天下英才 而教育之 三樂也 君子有三樂 而王天下不與存焉.

● **주해** 愧(괴) 부끄러워하다. 怍(작) 부끄러워하다.

● **평석** 가족의 탈 없음과 양심적 생활, 수재에 대한 교육을 군자의 세 가지 즐거움으로 들었다. 그러나 왕으로서 천하에 군림하는 일은 들지 않음을 되풀이한 것을 보면, 맹자의 반골적(叛骨的) 정신이 엿볼 수 있다.

21. 맹자가 말했다.
"나라의 영토가 넓어지고 백성이 많아지는 것을 군자도 바라지만,

그런 즐거움은 있지 않다. 천하의 중심으로서, 천하의 백성을 안정시키는 것을 군자는 즐거워하지만 그런 본성은 있지 않다. 군자의 본성은 비록 큰일을 한다 해도 더 가해지는 것이 아니고, 비록 곤궁한 처지에 놓였다 해도 줄지 않는 것으로, 분수가 정해져 있기 때문이다. 군자의 본성은 인의예지(仁義禮智)로, 그의 마음에 뿌리박혀 있다. 그 본성이 형색으로 드러나면 맑고 밝은 빛이 얼굴에 나타나고, 등에도 넘치고, 또 팔다리에도 퍼진다. 팔다리는 말하지 않아도 그와 같이 된다."

　　孟子曰 廣土衆民 君子欲之 所樂不存焉 中天下而立 定四海之民 君子樂之 所性不存焉 君子所性 雖大行 不加焉 雖窮居 不損焉 分定故也 君子所性 仁義禮智根於心 其生色也 睟然見於面 盎於背 施於四體 四體不言而喩.

● 주해 大行(대행) 뜻을 달성하고 천하를 다스린다는 뜻. 睟然(수연) 청명(淸明)하고 빛나는 모양. 盎(앙) 가득하다. 喩(유) 깨우치다.

22. 맹자가 말했다.
"백이가 주왕(紂王)을 피하여 북쪽 바닷가에 가서 살았는데, 문왕(文王)이 어진 정치를 편다는 말을 듣고 말했다. '왜 문왕에게 돌아가지 않겠는가? 내가 들으니 서백(西伯)은 노인을 잘 돌본다고 하더라.' 태공망(太公望)도 주왕을 피하여 동쪽 바닷가에 살았는데, 문왕이 어진 정치를 편다는 말을 듣고 말했다. '왜 문왕에게 돌아가지 않겠는가? 내가 들으니 서백은 노인을 잘 돌본다고 하더라.' 천하의 노인을 잘 돌본다면 곧 어진 사람들은 자기가 돌아가야 한다고 생각하는 법이다.
다섯 이랑 넓이의 집 담 밑에 뽕나무를 심고, 부녀자가 누에를 치면, 노인들이 부족함 없이 비단옷을 입을 수 있다. 다섯 마리 암

닭과 두 마리 암퇘지를 키우고, 때를 놓치지 않고 키우면 노인들이 부족함 없이 고기를 먹지 못하는 일이 없게 된다. 백 이랑 넓이의 밭을 한 남자가 경작하면, 여덟 식구가 굶지 않고 부족함이 없게 된다.

이른바 서백이 노인을 잘 돌본다고 한 것은 밭과 농촌의 제도, 뽕나무 심는 일과 가축 기르는 것을 가르치고, 처자식을 이끌어 그 노인들을 돌보게 한 것이다. 50세가 되면 비단옷이 아니면 따뜻하지 않고, 70세가 되면 고기반찬이 아니면 배부르지 않은 법이다. 따뜻하지 않고, 배부르지 않은 것을 헐벗고 굶주린다고 한다. 문왕의 백성 가운데 헐벗고 굶주리는 노인이 없었다는 것은 이를 말한 것이다."

孟子曰 伯夷辟紂 居北海之濱 聞文王作興 曰盍歸乎來 吾聞
西伯 善養老者 太公辟紂 居東海之濱 聞文王作興 曰盍歸乎
來 吾聞西伯 善養老者 天下有善養老 則仁人以爲己歸矣.
五畝之宅 樹墻下以桑 匹婦蠶之 則老者足以衣帛矣 五母雞
二母彘 無失其時 老者足以無失肉矣 百畝之田 匹夫耕之 八
口之家足以無饑矣.
所謂西伯 善養老者 制其田里 敎之樹畜 導其妻子 使養其老
五十非帛不煖 七十非肉不飽 不煖不飽 謂之凍餒 文王之民
無凍餒之老者 此之謂也.

● **주해** 辟(피) 피하다. 濱(빈) 바닷가. 西伯(서백) 문왕. 太公(태공) 강태
공(姜太公) 여상(呂尙). 匹婦蠶之(필부잠지) 필부는 평범한 여자. 잠지는
양잠하고 비단을 짠다는 뜻. 彘(체) 암퇘지. 畜(훅) 가축을 기르는 것. 凍
餒(동뇌) 凍(얼 동), 餒(주릴 뇌).

23. 맹자가 말했다.

"논밭을 잘 경작하고, 세금 거두는 것을 가볍게 하면 백성들을 부자가 되게 할 수 있다. 때맞춰 먹게 하며, 예에 맞게 쓰게 하면, 재물이 다 쓸 수 없게 된다. 사람들은 물과 불이 아니면 살지 못하는데, 어두워져서 남의 집 문을 두드려서, 물과 불을 달라고 해도 주지 않는 사람이 없음은 매우 충분하기 때문이다. 성인(聖人)이 천하를 다스리면 콩이나 조를 물과 불같이 있게 한다. 콩과 조가 물과 불같이 있다면 백성 가운데 어찌 어질지 않은 사람이 있겠는가?"

孟子曰 易其田疇 薄其稅斂 民可使富也 食之以時 用之以禮
財不可勝用也 民非水火 不生活 昏暮叩人之門戶 求水火 無
弗與者 至足矣 聖人治天下 使有菽粟如水火 菽粟如水火 而
民焉有不仁者乎.

● **주해** 易其田疇(이기전주) 논밭을 잘 다스리다. 이(易)는 '치(治)'의 뜻. 疇(밭두둑 주). 禮(예) 여기서는 절도에 맞게 절약한다는 뜻. 菽粟(숙속) 곡식. 菽(콩 숙), 粟(조 속).

24. 맹자가 말했다.

"공자께서 동산(東山)에 올라가 노나라를 작다 하시고, 태산(泰山)에 올라가 천하를 작다고 말씀하셨다. 그러므로 바다를 본 사람은 강물은 마음에 안 끌리고, 성인의 문하에서 배운 사람은 다른 사람의 말에 흥미를 느끼지 못한다. 물의 크고 작음을 살피는 데는 방법이 있으니, 반드시 그 물결을 볼 것이며, 해와 달의 밝은 빛은 작은 틈까지 비친다. 흐르는 물의 성질은 웅덩이를 채우지 않고는 더 흘러가지 않으니, 군자가 도(道)를 지향하는 경우 한 단계 한 단계씩 이루지 않고는 달성하지 못할 것이다."

孟子曰 孔子登<u>東山</u> 而小魯 登<u>太山</u> 而小天下 故觀於海者難爲水 遊於聖人之門者難爲言 觀水有術 必觀其<u>瀾</u> 日月有明 容光必照焉 流水之爲物也 不盈<u>科</u>不行 君子之志於道也 不成<u>章</u> 不達.

● **주해** 東山(동산) 산동성 곡부(曲阜) 동쪽에 있는 몽산(蒙山). 太山(태산) 태산(泰山). 瀾(난) 물결. 科(과) 웅덩이. 章(장) 과정. 단계.

● **평석** 공자가 동산에 올라 노나라를 작다고 하고, 태산에 올라가 천하를 작다고 했다는 말은 유명하여 송강(松江) 정철(鄭澈)의 〈관동별곡(關東別曲)〉에도 인용될 정도이다. 이 문장은 연결이 부자연스러운 데가 있는데, 처음에 성인의 도(道)의 우월함을 강조하고, 다음에 그 도가 미세한 부분에까지 미치고 있음을 말하여, 군자의 수양이 그런 비근한 일에서부터 한 걸음 한 걸음 나아가는 데 있음을 표현하려 한 것 같다.

25. 맹자가 말했다.
"닭이 울면 일어나서 부지런히 착한 일을 하는 사람은 순임금의 무리이다. 닭이 울면 일어나서 부지런히 이익만을 채우는 자는 도척의 무리이다. 순임금과 도척의 분별을 아는 것은 다름이 아니라, 이익과 착한 일의 차이다."

孟子曰 雞鳴而起 <u>孶孶</u>爲善者 舜之徒也 雞鳴而起 孶孶爲利者 <u>蹠</u>之徒也 欲知 舜與蹠之分 無他 利與善之間也.

● **주해** 孶孶(자자) 근면(勤勉)의 뜻.〔집주〕孶(부지런할 자). 蹠(척) 도척(盜跖). 도척은 춘추시대의 강도. 跖(척)과 같음.

26. 맹자가 말했다.

"양자(楊子)는 이기주의를 주장하여, 자기 털 하나를 뽑는 것으로 천하를 이롭게 할 수 있다 하여도 결코 그 일을 하지 않았다. 묵자(墨子)는 널리 사랑할 것을 주장하여, 머리가 닳아서 발뒤꿈치까지 이르는 한이 있어도 천하의 이익이 되는 일이라면 무엇이건 했다. 자막(子莫)은 중도(中道)를 주장했다. 중도를 주장한 것은 도에 가깝다고 할 수 있으나 중도에 집착해서 융통성이 없으면, 하나를 고집하는 것과 같다고 할 것이다. 하나를 고집하는 것을 싫어하는 것은 그것이 도(道)에 해가 되기 때문이다. 하나의 도리에 얽매여 다른 모든 도를 돌보지 않게 된다."

> 孟子曰 楊子取爲我 拔一毛而利天下 不爲也 墨子兼愛 摩頂放踵 利天下爲之 子莫執中 執中爲近之 執中無權 猶執一也 所惡執一者 爲其賊道也 擧一而廢百也.

● **주해** 楊子(양자) 이름은 주(朱). 극단적 이기주의를 주장하였다. 兼愛(겸애) 널리 사랑하는 것. 放(방) 이르다. 踵(종) 발뒤꿈치. 子莫(자막) 노나라의 현인. 權(권) 권도(權道). 원칙에서 크게 벗어나지 않는 융통성.

● **평석** 당시의 유력한 학파인 양주(楊朱)와 묵적(墨翟), 자막(子莫)의 학설을 비평했다. 양주의 이기주의와 묵적의 박애주의는 극단으로 흐른 면이 있다. 그래서 자막은 그 중간의 입장을 취했다. 중도(中道)가 진리에 가까운 것은 맹자도 인정했으나, 거기에는 융통성이 없었다. 중도라는 주장에 집착한다면, 그것도 하나의 극단이 되지 않겠는가? 양주와 묵적에 대한 비판은 〈등문공장구〉에도 나왔다.

27. 맹자가 말했다.

"굶주린 사람은 달게 먹고, 목마른 사람은 달게 마신다. 그것은 음식의 바른 맛을 아는 것이 아니라, 굶주림과 목마름이 입맛을 해쳤기 때문이다. 어찌 입과 배만이 굶주림과 목마름의 해를 받겠는가? 사람의 마음도 역시 모두 해가 있다. 사람이 능히 굶주리고 목마름의 해 때문에, 마음에 해를 입히지 않을 수 있다면, 남에게 미치지 못해도 걱정하지 않을 것이다."

孟子曰 饑者甘食 渴者甘飮 是未得飮食之正也 饑渴害之也
豈惟口腹有饑渴之害 人心亦皆有害 人能無以饑渴之害 爲心
害 則不及人 不爲憂矣.

28. 맹자가 말했다.
"유하혜(柳下惠)는 삼공(三公)의 자리에 올라도, 그의 절개를 바꾸지 않았다."

孟子曰 柳下惠不以三公易其介.

● **주해** 柳下惠(유하혜) 노나라의 현인. 〈만장장구 하〉 제1장에 나옴. 三公(삼공) 태사(太師)·태부(太傅)·태보(太保)로 최고의 벼슬.

29. 맹자가 말했다.
"도를 행하고자 하는 것을 우물 파는 사람에 비유하겠다. 우물을 아홉 길까지 팠어도, 물줄기에 이르지 못하면 마치 우물을 포기하는 것과 같다."

孟子曰 有爲者 辟若掘井 掘井九軔 而不及泉 猶爲棄井也.

● **주해** 辟(비) 비유함. 비(譬)와 같음. 軔(인) 인(仞)과 같음. 8척(尺)이 1인(仞).

30. 맹자가 말했다.

"요임금이나 순임금은 본성대로 어진 정치를 폈으며, 탕왕이나 무왕은 몸소 어진 정치를 폈고, 오패(五覇)는 어진 정치를 하는 것처럼 했다. 오래 하는 것처럼 하고 본성대로 돌아가지 않았으니, 어찌 본성이 있음을 알 수 있겠는가?"

孟子曰 堯舜性之也 湯武身之也 五霸假之也 久假而不歸 惡知其非有也.

31. 공손추가 말했다.

"이윤(伊尹)이 말하기를, '나는 도리를 따르지 않는 것을 보고 있을 수만은 없다.' 하고 태갑(太甲)을 동(桐)으로 내보내자 백성들은 매우 기뻐했습니다. 태갑이 현명해져 다시 돌아오게 하자, 백성들이 매우 기뻐했습니다. 현명한 사람이 신하가 되어 그 임금이 현명하지 않다고, 굳이 내보낼 수 있습니까?"

맹자가 말했다.

"이윤과 같은 뜻이 있으면 그럴 수도 있으나, 이윤과 같은 뜻이 없으면 임금 자리를 빼앗는 것이다."

公孫丑曰 伊尹曰 予不狎于不順 放太甲于桐 民大悅 太甲賢又反之 民大悅 賢者之爲人臣也 其君不賢 則固可放與 孟子曰 有伊尹之志則可 無伊尹之志則篡也.

● **주해** 予不狎于不順(여불압우불순) 《서경》 태갑편(太甲篇)에 나오는 구절. 狎(익숙할 압). 篡(찬) 찬탈. 임금 자리를 빼앗는 것.

32. 공손추가 말했다.

"《시경》에 '공 없이 녹을 먹지 않는다.'라고 했습니다. 군자는 농사짓지 않으면서 녹을 먹는데 어째서입니까?"

맹자가 말했다.

"군자가 나라에 있으면, 그 임금이 등용하면 곧 나라가 안정되고 부유해지고, 임금은 존귀하고 번영을 누리게 된다. 그 자제들이 군자를 따르게 되면 효제(孝弟)와 충신(忠信)을 배우게 된다. 공 없이 녹을 먹지 않는 것이, 이보다 더 큰 공이 있겠는가?"

公孫丑曰 詩曰 不素餐兮 君子之不耕而食何也 孟子曰 君子居是國也 其君用之 則安富尊榮 其子弟從之 則孝弟忠信 不素餐兮 孰大於是.

● **주해** 詩曰(시왈)《시경》위풍(魏風) 벌단편(伐檀篇)의 구절. 素餐(소찬) 소(素)는 '아무 공적 없이'. 찬(餐)은 '녹을 먹는다'는 뜻.

33. 왕자 점(墊)이 물었다.

"선비는 무슨 일을 합니까?"

맹자가 말했다.

"뜻을 높입니다."

"무엇을 뜻을 높인다고 합니까?"

"인의(仁義)의 실현입니다. 죄 없는 사람을 한 사람이라도 죽이면 인(仁)이 아닙니다. 내 것이 아닌 것을 취하는 것은 의(義)가 아닙니다. 어느 곳에 사느냐 하면, 바로 인입니다. 어느 길을 가느냐 하면, 바로 의입니다. 인에 살고 의를 따르면, 대인의 자격을 갖춘 것입니다."

王子墊問曰 士何事 孟子曰 尚志 曰 何謂尚志 曰 仁義而已矣 殺一無罪非仁也 非其有而取之非義也 居惡在 仁是也 路

惡在 義是也 居仁由義 大人之事備矣.

● **주해** 墊(점) 제나라 임금의 아들 이름. 尙(상) 높이다.

34. 맹자가 말했다.
"진중자(陳仲子)는 의(義)에 맞지 않으면 제나라를 준다 해도 받지 않을 것이라고, 사람들은 모두 믿었다. 그것은 한 도시락의 밥과 한 그릇의 국을 물리친 정도의 의다. 사람에게는 친척과 군신, 위아래의 인륜을 잃는 것보다 더 큰 것이 없다. 그 작은 의로써 그 큰 의를 믿는 것이 어찌 가능하겠는가?"

孟子曰 仲子不義 與之齊國而弗受 人皆信之 是舍簞食豆羹
之義也 人莫大焉 亡親戚君臣上下 以其小者 信其大者 奚可
哉.

● **주해** 仲子(중자) 제나라 사람, 진중자(陳仲子). 舍(사) 물리치다. 사(捨)와 같음. 豆羹(두갱) 나무 주발에 담은 한 그릇의 국.

35. 도응(桃應)이 물었다.
"순(舜)이 천자가 되고, 고요(皐陶)가 법관이었을 때, 고수(瞽瞍)가 살인을 했다면 어떻게 했을까요?"
맹자가 말했다.
"체포했을 것이다."
"그러면 순께서는 말리지 않으신단 말씀입니까?"
"순께선들 어떻게 말리겠는가? 체포하는 것이 전해오는 법이다."
"그러면 순께서는 어떻게 하셨을까요?"
"순께서는 천하를 버리는 것을 마치 해진 짚신을 버리는 정도로밖에는 여기시지 않았다. 몰래 아버지를 업고 도망하여, 어느 바닷가에 살면서, 죽을 때까지 기뻐하며 천하의 일을 잊고 즐거워하셨을 것이다."

　　桃應問曰 舜爲天子 皐陶爲士 瞽瞍殺人 則如之何 孟子曰 執
之而已矣 然則舜不禁與 曰 夫舜惡得而禁之 夫有所受之也
然則舜如之何 曰 舜視棄天下 猶棄敝蹝也 竊負而逃 遵海濱
而處 終身訢然樂而忘天下.

● **주해** 桃應(도응) 맹자의 제자. 皐陶(고요) 순임금 때의 현명한 신하.
士(사) 사사(士師). 재판 관계의 장관. 敝蹝(폐사) 敝(해질 폐), 蹝(짚신
사). 遵(준) 따르다. 순(循)과 같음. 訢然(흔연) 기뻐하는 모양.

● **평석** 순(舜)은 성인이고, 고요(皐陶)는 유명한 재판관으로, 순의 부
친 고수(瞽瞍)가 살인을 저질렀다면 어떻게 하겠는가? 이것은 물론
하나의 가정이지만, 아무리 순이 천자요 효자라 할지라도 죄인을 살릴
길은 없으므로, 천자의 지위를 버린 채 아버지를 몰래 업고 도망쳐 이
름을 숨기고 살았을 것이라고 맹자는 생각했다. 효도는 천하보다도 더
소중하다는 뜻일 것이다.

36. 맹자가 범읍(范邑)에서 제나라 서울에 갔을 때, 제나라 왕자
를 멀리서 바라보고 탄식하면서 말했다.
"환경이 기질을 바꾸고 식생활이 체질을 바꾼다더니, 대단하구나 환
경이. 모두 사람의 아들이 아닌가."
맹자가 또 말했다.
"왕자의 궁이나 거마(車馬), 의복은 대개 다른 사람들과 같은데, 그
래도 왕자가 저렇게 훌륭하게 보이는 것은 그의 환경이 그렇게 만
든 것이다. 하물며 천하를 자기의 거처로 삼는 인인(仁人)이야 어
떻겠는가? 노나라 임금이 송(宋)나라에 갔을 때 질택(垤澤)의 문

에서 문을 열라고 소리쳤는데, 문지기가 말했다. '우리 임금님이 아닌데 그 목소리는 어찌도 그리 우리 임금님과 닮았을까?' 이것은 다름이 아니라, 환경이 비슷하기 때문이다."

孟子自范之齊 望見齊王之子 喟然嘆曰 居移氣養移體 大哉居乎 夫非盡人之子與 <孟子曰> 王子宮室車馬衣服 多與人同 而王子若彼者 其居使之然也 況居天下之廣居者乎 魯君之宋 呼於垤澤之門 守者曰 此非吾君也 何其聲之似我君也 此無他 居相似也.

● **주해** 范(범) 제나라의 성읍(城邑).〔집주〕孟子曰(맹자왈) 연문(衍文). 天下之廣居(천하지광거) 만인에 부끄러움 없는 정정당당한 경지. 垤澤之門(질택지문) 송나라의 성문 이름.

● **평석** 환경의 중요성을 말한 내용으로, 용례(用例)가 적절하여 이해하기가 어렵지 않다.

37. 맹자가 말했다.
"먹이기만 하고 사랑하지 않는 것은 돼지를 대하는 태도이고, 사랑하되 공경하지 않는 것은 짐승을 기르는 태도라 할 수 있다. 공경하는 마음은 예물을 보내기 전부터 지녀야 한다. 공경하는 마음에 진실이 없으면, 군자를 형식적으로 머무르게 할 수 없다."

孟子曰 食而弗愛 豕交之也 愛而不敬 獸畜之也 恭敬者 幣之未將者也 恭敬而無實 君子不可虛拘.

● **주해** 食(사) 사(飼)와 같음. 사육하다. 交(교) 대하다, 취급하다. 拘(구) 머물다.

38. 맹자가 말했다.

"형상(形象)이나 기색(氣色)은 하늘이 내려준 것이다. 오직 성인이 된 다음에야 내려준 것을 쓸 수 있다."

　　孟子曰 形色天性也 惟聖人然後 可以踐形.

39. 제 선왕(宣王)이 상(喪)의 기한을 줄이고자 하였는데, 공손추가 말했다.

"1년상으로 하는 것이 하지 않는 것보다 좋겠습니다."

맹자가 말했다.

"그것은 마치 어떤 사람이 그 형의 팔을 비트는 것을 보고 그대가 '살살 비틀라.'고 말하는 것과 같다. 역시 효제(孝悌)를 가르쳐 주어야만 할 것이다."

왕자가 자기 어머니가 죽자 왕자의 스승이 몇 달간의 상을 치르게 해달라고 청했다. 공손추가 물었다.

"이 같은 일은 어떻게 해야 합니까?"

"그것은 삼년상을 지내려 해도 할 수 없어서 그렇게 한 것이다. 비록 하루를 더 해도 그만두는 것보다는 좋다. 선왕은 남이 막는 것도 아닌데 하지 않으려고 한 것이다."

　　齊宣王欲短喪 公孫丑曰 爲朞之喪 猶愈於已乎 孟子曰 是猶或紾其兄之臂 子謂之姑徐徐云爾 亦敎之孝弟而已矣 王子有其母死者 其傅爲之請數月之喪 公孫丑曰 若此者何如也 曰是欲終之而不可得也 雖加一日 愈於已 謂夫莫之禁而弗爲者也.

● **주해** 朞(기) 1년. 紾(진) 비틀다.

40. 맹자가 말했다.

"군자가 가르치는 데 다섯 가지 방법이 있다. 때맞추어 내리는 비가 초목을 잘 자라게 하는 듯한 방법이 있고, 덕을 이루게 하는 방법이 있고, 재능을 이루게 하는 방법이 있고, 물음에 답해서 알게 하는 방법도 있고, 스스로 따르고 배워서 수양하는 방법도 있다. 이 다섯 가지로써 군자가 가르치는 것이다."

　　孟子曰 君子之所以敎者五 有如時雨化之者 有成德者 有達
　　財者 有答問者 有私淑艾者 此五者 君子之所以敎也.

● **주해** 時雨(시우) 때맞추어 내리는 비. 艾(애) 나쁜 것을 버리고, 착하게 된다는 뜻.

41. 공손추가 말했다.

"도(道)는 높고 아름답습니다. 마치 하늘에 오르는 것과 같아, 미치기 어려운 것과 같습니다. 어떻게 우리가 가까이하고, 매일 노력하게 해주실 수 없으십니까?"

맹자가 말했다.

"큰 목수는 서툰 목수를 위해서 먹줄을 고치거나 없애지 않으며, 명궁 예(羿)는 활을 잘 쏘지 못하는 사람을 위해서 활 당기는 법을 바꾸지 않는다. 군자는 활을 당기기는 하나 날리지 않아도 자세는 같다. 바른 도에 서 있다면 능히 따를 수 있다."

　　公孫丑曰 道則高矣美矣 宜若登天然 似不可及也 何不使彼
　　爲可幾及而日孶孶也 孟子曰 大匠不爲拙工 改廢繩墨 羿不
　　爲拙射 變其彀率 君子引而不發 躍如也 中道而立 能者從之.

● **주해** 羿(예) 활의 명수 후예(后羿). 彀率(구율) 활을 당기는 요령이나

법도. 毂(당길 구).

42. 맹자가 말했다.

"천하에 도가 행해질 때는, 도로써 자신을 따르고 행한다. 천하에 도가 행해지지 않으면 자신이 도를 따르고 행한다. 도로써 다른 사람을 따른다는 말을 듣지 못했다."

孟子曰 天下有道 以道殉身 天下無道 以身殉道 未聞以道殉
乎人者也.

43. 공도자(公都子)가 물었다.

"등경(滕更)은 우리 문하에 있으므로 예(禮)로써 대해야 할 것 같은데, 대답하지 않으시니 어째서입니까?"

맹자가 말했다.

"귀한 척하고 묻거나, 현명한 척하고 묻거나, 연장자인 척하고 묻거나, 공훈이 있는 척하고 묻거나, 연고를 내세우면서 물으면 모두 대답하지 않는다. 등경은 두 가지나 있다."

公都子曰 滕更之在門也 若在所禮 而不答何也 孟子曰 挾貴
而問 挾賢而問 挾長而問 挾有勳勞而問 挾故而問 皆所不答
也 滕更有二焉.

● **주해** 公都子(공도자) 맹자의 제자. 滕更(등경) 등(滕)나라 문공(文公)의 동생. 在門(재문) 문하에서 배우고 있다는 뜻.

44. 맹자가 말했다.

"그만둘 수 없는 일을 그만두는 사람은 그만두지 않는 일이 없을 것이다. 후하게 해야 할 일을 박하게 하는 사람은 박하게 하지 않을 일이 없을 것이다. 나아감이 재빠른 사람은 물러남도 빠르다."

孟子曰 於不可已 而已者 無所不已 於所厚者薄 無所不薄也
其進銳者 其退速.

45. 맹자가 말했다.
"군자는 만물을 대함에 있어 사랑하되 어질지는 않고, 사람에게는
어질되 친하게 대하지는 않는다. 친척을 친하게 대하면 사람을 어
질게 대하고, 사람을 어질게 대하면 만물을 사랑하게 된다."

孟子曰 君子之於物也 愛之而弗仁 於民也 仁之而弗親 親親
而仁民 仁民而愛物.

46. 맹자가 말했다.
"지혜로운 사람은 모르는 것이 없으나 당장 할 일을 급하게 한다.
어진 사람은 사랑하지 않는 것이 없으나 현명한 사람과 친하게 지
낼 것을 힘쓴다. 요순(堯舜)의 지혜로 두루 다스리지 못한 것은
먼저 할 일을 급하게 했기 때문이다. 요순의 인(仁)으로 두루 사
람을 사랑하지 못한 것은 현명한 사람과 친하게 지낼 것을 급하게
했기 때문이다. 삼년상을 지키지 못하면서, 시마(緦麻)나 소공(小
功)을 살피고 따지거나, 밥을 입에 넣고 국을 흘려 넘기면서, 마
른고기를 이로 잘라 먹지 않느냐고 묻는 것은 바로 힘쓸 바를 모
른다고 하는 것이다."

孟子曰 知者無不知也 當務之爲急 仁者無不愛也 急親賢之
爲務 堯舜之知 而不徧物 急先務也 堯舜之仁 不徧愛人 急
親賢也 不能三年之喪 而緦小功之察 放飯流歠 而問無齒決
是之謂不知務.

● **주해** 緦小功(시소공) 시마(緦麻)나 소공(小功). 시마는 3개월의 복(服)이고, 소공은 5개월의 복으로 가벼운 상복(喪服). 放飯流歠(방반류철) 방반(放飯)은 밥을 입에 넣는 것, 유철(流歠)은 국 같은 것을 입에 흘려 넣는 것. 예에 어긋나는 식사법이라 한다. 齒決(치결) 마른고기를 이로 자르는 것.

제14권

진심장구(盡心章句) 하

본편도 역시 짧은 말을 주로 한 38장으로 이루어졌다. 상편과 비교할 때 내용이 약한 것도 같으나, 성(性)과 명(命)의 관계를 논한 것이 있어, 성선설을 이해하는 데 있어 중요한 부분이라 할 수 있다.

1. 맹자가 말했다.

"어질지 않구나, 양 혜왕은! 어진 사람은 그 사랑하는 사람에게 베푸는 일을 사랑하지 않는 사람에게도 미치게 하고, 어질지 않은 사람은 사랑하지 않는 사람에게 하는 일을 사랑하는 사람에게 한다."

공손추가 물었다.

"무슨 말씀이십니까?"

"양 혜왕은 영토 때문에 그 백성을 무참하게 죽이면서 전쟁하고, 크게 패했다. 복수하려고 다시 싸우려다가 이기지 못할까 두려워했다. 그리하여 자기가 사랑하는 아들을 전쟁터로 나가게 하여 죽게 했다. 이를 곧 사랑하지 않는 사람에게 하는 일을 사랑하는 사람에게 한다고 하는 것이다."

　　孟子曰 不仁哉 梁惠王也 仁者以其所愛 及其所不愛 不仁者
　　以其所不愛 及其所愛 公孫丑曰 何謂也 梁惠王以土地之故
　　麋爛其民而戰之大敗 將復之恐不能勝 故驅其所愛子弟 以殉
　　之 是之謂以其所不愛 及其所愛也.

● **주해**　麋爛(미란) 문드러지게 하다. 子弟(자제) 양 혜왕의 아들 태자 신(申).

2. 맹자가 말했다.

"《춘추》에는 의로운 전쟁이 없었다. 다만 어느 나라가 다른 나라보다 비교적 정당했다는 경우는 있다. 정벌은 천자가 죄 있는 제후를 징계한다는 뜻이니, 대등한 제후 사이에서는 서로 정벌할 수는 없다."

　　孟子曰 春秋無義戰 彼善於此 則有之矣 征者 上伐下也 敵

<u>國</u>不相征也.

● **주해**　敵國(적국) 대등한 나라.

● **평석**　《춘추》에는 의로운 전쟁이 없었다.'라는 말은 참으로 명언이라고 생각된다. 국제 전쟁에서 한 편이 절대적 정의요, 다른 한 편이절대적 불의라는 경우는 거의 없다고 해도 과언이 아닐 것이다. 맹자가 말하는 것처럼 어느 쪽이 비교적 정당하다는 경우는 없지 않다. 그러나 어느 전쟁에서나 당사국들은 정의를 내세웠다. 그 말을 그대로받아들인다면 세계 평화를 지금껏 깨뜨린 것은 정의라는 결론에 도달하게 된다. 진정한 의로운 전쟁은 대등한 국가 관계를 초월한 어떤 권위, 고대 중국에서는 천자의 경우에만 있을 수 있다고 맹자는 생각했다. 요즘 같으면 하느님이 군대를 끌고 나타나야 할 것 같다. 어쨌든학자로서의 맹자의 안목은 역사의 밑바닥까지 투시하고 있음을 느끼게 한다.

3. 맹자가 말했다.
"《서경》에 기록되어 있는 것을 모두 믿을 바에는 차라리 《서경》이없는 것이 낫다. 나는 무성편(武成篇)에서는 2, 3면(面)을 취할 뿐이다. 어진 사람에게는 천하에 적이 없는 법인데, 지극히 어진 사람이 지극히 어질지 못한 사람을 정벌하는데, 어찌 '피가 흘러 절굿공이가 뜰 정도였다.'라는 일이 있을 수 있겠는가?"

孟子曰　盡信<u>書</u>　則不如無書　吾於<u>武成</u>　取二三策而已矣　仁人無敵於天下　以至仁伐至不仁　而何其血之流<u>杵</u>也.

● **주해**　書(서)《서경》. 武成(무성)《서경》의 편명. 지금의 무성편은 후세의 위작(僞作)이지만, 맹자 시대에는 그 원문이 있었을 것이다. 거기에

는 무왕이 주왕을 정벌한 전투의 모양이 기록되어 있었던 것 같다. 策
(책) 당시에는 종이가 없었으므로 죽간(竹簡)에 글을 썼는데, 그 한 조
각. 杵(저) 절굿공이.

● **평석** 이것은 《서경》에 관한 말이지만, 일반적인 책에 적용해도 좋
은 교훈이다. 맹자가 《서경》의 기록을 믿지 않은 것은 이를테면 무성
편의 경우 '어진 사람에게는 적이 없는 법'임에도, 무왕과 주왕 사이에
격전이 벌어져 전사자의 피가 절굿공이가 뜰 정도였다고 적혀 있으므
로, 그것은 있을 수 없는 일이라는 것이다. 이것은 맹자의 역사 철학
에 의해 역사기록을 비판한 것이므로, 우리가 납득할 필요는 없다. 그
러나 역사기록이 어디까지가 진실인지 비판적으로 읽어야 한다는 그
태도는 맞다고 해야 할 것이다.

4. 맹자가 말했다.
"어떤 사람이 '나는 진을 잘 치고, 나는 전쟁도 잘한다.'고 말한다
면 큰 죄이다. 임금이 어진 것을 좋아하면 천하에 적이 없다. 남쪽
을 정벌하면 북쪽 오랑캐가 원망하고, 동쪽을 정벌하면, 서쪽 오
랑캐가 원망하며 말하기를, '왜 우리를 나중으로 하시나?'라고 한
다. 무왕이 은나라를 정벌할 때, 전차가 3백 대, 용맹한 병사가 3
천 명이었다. 무왕이 말했다. '두려워 말라. 편안하게 해주려고 한
다. 백성을 적으로 삼지 않을 것이다.' 백성들은 산이 무너져내리
듯 머리를 땅에 대고 절했다. 정벌이란 말은 바로잡는다는 것이
다. 저마다 자기를 바로잡아 주기를 바랐으니 어찌 전쟁할 수 있
겠는가?"

孟子曰 有人曰 我善爲陳 我善爲戰 大罪也 國君好仁 天下
無敵焉 南面而征 北狄怨 東面而征 西夷怨 曰奚爲後我 武
王之伐殷也 革車三百兩 虎賁三千人 王曰 無畏寧爾也 非敵

百姓也 若崩厥角稽首 征之爲言正也 各欲正己也 焉用戰.

● **주해** 兩(양) 양(輛)으로 수레의 수를 말한다. 수레 한 대에 바퀴가 두 개 있다.〔집주〕虎賁(호분) 용맹한 병사. 분(賁)은 분(奔)과 같은 뜻. 厥角稽首(궐각계수) 이마가 땅에 닿도록 경례함. 궐각(厥角).

5. 맹자가 말했다.
"목수나 수레를 만드는 기술자는 남에게 기준이나 법도는 가르쳐 줄 수 있지만, 남에게 기술을 터득하게 할 수는 없다."

孟子曰 梓匠輪輿 能與人規矩 不能使人巧.

● **주해** 梓匠(재장) 작은 기물을 만드는 목수. 장(匠)은 큰 집을 짓는 대목(大木). 재(梓)는 자로도 읽는다. 輪輿(윤여) 윤(輪)은 수레바퀴를 만드는 기술자. 여(輿)는 차대(車臺)를 만드는 기술자. 規矩(규구) 법도나 기준. 規(그림쇠 규), 矩(곱자 구).

6. 맹자가 말했다.
"순(舜)임금이 말린 곡식과 들에 난 풀을 먹을 때는, 평생을 그렇게 마칠 것처럼 보였다. 그러나 천자가 되자 아름다운 무늬가 있는 옷을 입고 거문고를 뜯으며, 두 여인이 모시게 되자, 원래부터 그런 것 같았다."

孟子曰 舜之飯糗茹草也 若將終身焉 及其爲天子也 被袗衣 鼓琴 二女果 若固有之.

● **주해** 糗(구) 볶은 쌀. 茹(여) 먹는 것. 袗衣(진의) 무늬가 있는 고운 옷. 二女果(이녀과) 이녀(二女)는 요임금의 두 딸 아황(娥皇)과 여영(女英). 과(果)는 모시는 것.

● **평석** 순(舜)은 전설상의 인물이므로, 이것도 역사 사실이라 할 수는 없지만, 맹자가 어떤 사람을 이상으로 여겼는지는 알 수 있다. 환경에 적응하여 부자연스럽지 않은 사람이라면 확실히 위대한 것이 틀림없을 것이다.

7. 맹자가 말했다.
"나는 이제 비로소 남의 집 부모 형제를 죽이는 것이 중한지를 알았다. 남의 아버지를 죽이면, 그 역시 그 아버지를 죽일 것이고, 남의 형을 죽이면, 그 역시 그 형을 죽일 것이다. 그러므로 나 스스로 죽이지 않아도 조금의 차이도 없다."

孟子曰 吾今而後 知殺人親之重也 殺人之父 人亦殺其父 殺人之兄 人亦殺其兄 然則非自殺之也 一間耳.

8. 맹자가 말했다.
"옛날에 관문을 만들어 포악한 자의 침입을 막고자 했는데, 지금은 관문을 만들어 포악한 짓을 하고 있다."

孟子曰 古之爲關也 將以禦暴 今之爲關也 將以爲暴.

9. 맹자가 말했다.
"자신이 도(道)를 행하지 않으면, 처자도 행하지 않게 된다. 사람을 부릴 때 도로써 하지 않는다면, 처자도 따르게 할 수 없다."

孟子曰 身不行道 不行於妻子 使人不以道 不能行於妻子.

● **주해** 不行(불행) 도가 행해지지 않는다는 뜻.〔집주〕 不能行(불능행) 처자에게 도를 따르라고 명령할 수 없게 된다.〔집주〕

10. 맹자가 말했다.

"이익을 축적하면 흉년도 그를 죽게 하지 못하고, 덕을 쌓으면 악한 세상도 그를 어지럽게 하지 못한다."

孟子曰 周于利者 凶年不能殺 周于德者 邪世不能亂.

● **주해** 周(주) 족(足)하다는 뜻.〔집주〕

11. 맹자가 말했다.

"명성을 좋아하는 사람은 전차 천 대의 나라를 사양할 수도 있으나, 진실로 그러한 사람이 아니면 한 그릇의 밥이나 한 그릇의 국에도 욕심이 나타날 것이다."

孟子曰 好名之人 能讓千乘之國 苟非其人 簞食豆羹 見於色.

12. 맹자가 말했다.

"어질고 현명한 사람을 믿지 않으면 나라가 공허해지고 만다. 나라에 예의가 없으면 위아래가 문란해지고 만다. 나랏일을 바르게 하지 않으면 쓸 재물이 부족해지고 만다."

孟子曰 不信仁賢 則國空虛 無禮義 則上下亂 無政事 則財用不足.

13. 맹자가 말했다.

"어질지 않으면서 나라를 얻은 사람은 있으나, 어질지 않으면서 천하를 얻은 사람은 없다."

孟子曰 不仁而得國者 有之矣 不仁而得天下 未之有也.

14. 맹자가 말했다.

"나라에서 백성이 가장 귀하고, 사직은 그다음이고, 임금은 가볍다. 그러므로 백성에게서 마음을 얻으면 천자가 되고, 천자에게서 마음을 얻으면 제후가 되고, 제후에게서 마음을 얻으면 대부가 된다. 제후가 사직을 위험하게 하면 바꾼다. 제사에 쓸 짐승을 미리 마련하고, 제물은 미리 깨끗이 준비하고, 제사를 제때 올리는데도 가뭄이나 물이 넘친다면 사직을 바꾼다."

孟子曰 民爲貴 社稷次之 君爲輕 是故得乎丘民而爲天子 得
乎天子爲諸侯 得乎諸侯爲大夫 諸侯危社稷 則變置 犧牲旣
成 粢盛旣潔 祭祀以時 然而旱乾水溢 則變置社稷.

● **주해** 社稷(사직) 사(社)는 토지신(土地神), 직(稷)은 곡신(穀神). 고대 중국에서는 제단에 사직을 모시고, 군주가 봄가을에 제사를 지냈다. 이것은 농업 국가의 상징이었으므로 '사직'은 나라를 의미하게 되었다. 丘民(구민) 여러 백성. 犧牲(희생) 신에게 바칠 소나 양 같은 짐승. 粢盛(자성) 제사에 바치는 기장밥.

● **평석** 왕보다도 사직보다도 백성을 높게 평가한 점에서 획기적인 발언이라 해야 할 것이다. 그러나, '백성이 가장 귀하고, 임금은 가볍다.'라는 말은, 전제 왕권 정치에서는 큰 물의를 일으켰다. 맹자의 민주적인 면이 엿보이는 내용이다.

15. 맹자가 말했다.

"성인은 백 대 후에도 본받을 스승이니, 백이(伯夷)나 유하혜(柳下惠) 같은 사람이다. 그러므로 백이의 풍격을 들으면 완고한 사람도 청렴해지고, 나약한 사람도 뜻을 세웠다. 유하혜의 풍격을 들으면 각박한 사람도 후하게 되고, 편협한 사람도 너그럽게 되었다.

백 대 전에 일게 한 덕이 백 대 후에 듣고 모두가 분발했다. 성인
이 아니고는 그렇게 할 수 있겠는가? 하물며 친히 배운 사람은 어
떻겠는가?"

孟子曰 聖人百世之師也 伯夷柳下惠是也 故聞伯夷之風者
頑夫廉 懦夫有立志 聞柳下惠之風者 薄夫敦 鄙夫寬 奮乎百
世之上 百世之下 聞者莫不興起也 非聖人而能若是乎 而況
於<u>親炙</u>之者乎.

● 주해 親炙(친자) 스승에게서 직접 가르침을 받음.

16. 맹자가 말했다.
"어질다는 것은 사람다운 것이다. 합쳐 말하면 도(道)이다."

孟子曰 仁也者人也 合而言之 道也.

17. 맹자가 말했다.
"공자께서 노나라를 떠나실 때 '나는 천천히 가겠다.'라고 말씀하셨
으니, 부모의 나라를 떠나는 길이었기 때문이다. 제나라를 떠나실
때는 물에 담근 쌀을 건질 틈도 없이 떠나셨으니, 그것은 남의 나
라를 떠나는 길이었기 때문이다."

孟子曰 孔子之去魯 曰遲遲吾行也 去父母國之道也 去齊<u>接
淅</u>而行 去他國之道也.

● 주해 接淅(접석) 석(淅)은 물에 담근 쌀. 접(接)은 손으로 건지다. 이
내용은 〈만장장구 하〉 제1장에 나온다.

18. 맹자가 말했다.

"공자가 진(陳)나라와 채(蔡)나라 사이에서 곤경에 빠졌던 것은, 두 나라 임금이나 신하와 교제가 없었기 때문이다."

孟子曰 君子之戹 於陳蔡之間 無上下之交也.

● **주해** 君子之戹 於陳蔡之間(군자지액 어진채지간) 군자는 공자(孔子).〔집주〕액(戹)은 액(厄)과 같다.〔집주〕이 내용은 《논어》〈위영공편〉에 나온다. 《사기》공자세가(孔子世家)에 이에 관한 설명이 있다.

19. 학계(貉稽)가 말했다.

"저는 사람들이 몹시 나쁘게 말하고 있습니다."

맹자가 말했다.

"걱정하지 말라. 선비는 많은 사람이 욕하고 미워한다. 《시경》에 있다. '근심스러운 마음에 맥이 풀렸노라. 많은 소인에게 미움을 받았노라.' 이것은 공자의 경우다. '비록 그들의 원한과 노여움을 해소하지 못할망정, 나 자신의 명성을 떨어뜨릴 수가 없다.' 이것은 문왕의 경우다."

貉稽曰 稽大不理於口 孟子曰 無傷也 士憎茲多口 詩云 憂心悄悄 慍于群小 孔子也 肆不殄厥慍 亦不隕厥問 文王也.

● **주해** 貉稽(학계) 성이 학(貉), 이름이 계(稽). 학(貉)을 맥으로 읽기도 한다. 於口(어구) 입에 오르다. 詩云(시운) 《시경》패풍(邶風) 백주(柏舟) 및 대아(大雅) 면지(緜之)의 구절. 悄悄(초초) 근심스러운 마음. 慍于群小(온우군소) 이 시는 위(衛)나라의 어진 이를 노래한 것이다. 殄(진) 절(絶)의 뜻. 慍(온) 노여움.

20. 맹자가 말했다.

"현명한 제후는 그 밝은 도리로 백성을 밝게 했다. 지금의 제후는 어두우면서 백성들만을 밝게 하고자 한다."

　　孟子曰 賢者以其<u>昭昭</u> 使人昭昭 今以其<u>昏昏</u> 使人昭昭.

● **주해**　昭昭(소소) 밝은 도리. 昏昏(혼혼) 어두운 것.

21. 맹자가 고자(高子)에게 말했다.

"산길도 자주 밟고 다니면 길이 될 수 있지만, 잠시라도 다니지 않으면 잡초가 길을 막을 것이오. 지금 잡초가 그대의 마음을 막고 있구려."

　　孟子謂高子曰 山<u>徑之蹊</u>間 介然用之而成路 爲<u>間</u>不用 則<u>茅塞</u>之矣 今茅塞子之心矣.

● **주해**　徑之蹊(경지혜) 徑(지름길 경), 蹊(지름길 혜). 間(간) 잠시. 茅塞 (모색) 잡초로 막히다.

● **평석**　고자는 맹자의 제자였다는 설도 있으나 그런 것 같지는 않고, 나이가 많았던 것 같다. 맹자는 그의 시에 대한 견해를 비평한 적도 있는데,〔〈고자장구 하〉 제3장〕 여기서는 잡초가 그의 마음을 막고 있다고 한 것을 보면 고자를 매우 좋지 않게 본 것 같다.

22. 고자(高子)가 말했다.

"우임금의 음악이 문왕의 음악보다 더 좋습니다."

맹자가 말했다.

"어째서 그렇게 말하는가?"

"종의 고리 끈이 헐고 닳았기 때문입니다."
"그것만으로 어찌 그렇다고 할 수 있으랴? 성문에 수레바퀴 자국
이 깊이 파진 것이 어찌 두 말이 끄는 수레의 힘 때문이겠는가?"

高子曰 禹之聲 尚文王之聲 孟子曰 何以言之 曰 以追蠡 曰
是奚足哉 城門之軌 兩馬之力與.

●**주해** 尚(상) 좋다, 격이 높다. 追蠡(추려) 추(追)는 종을 매다는 고리
의 끈. 여(蠡)는 벌레가 파먹은 것처럼 헐었다는 뜻.

23. 제나라에 기근이 들자, 진진(陳臻)이 말했다.
"나라 사람들 모두 선생님께서 다시 한번 당읍(棠邑) 창고에 있는
곡식을 풀어 구제해 주기를 바라고 있습니다. 다시 그렇게 하실
수는 없습니까?"
맹자가 말했다.
"그렇게 한다면 풍부(馮婦)가 되고 만다. 진(晉)나라 사람으로 풍부
가 있었는데, 맨손으로 호랑이를 잘 때려잡았다. 나중에 착한 선비
가 되었다. 그가 들에 나갔는데, 사람들이 호랑이를 쫓다가, 호랑
이가 산모퉁이를 등지고 서자 감히 접근하지 못했다. 그리고 풍부
를 보고 달려와 맞이했네. 풍부가 팔을 휘두르며 수레에서 내리자
사람들이 좋아했네. 그러나 선비는 그를 비웃었네."

齊饑 陳臻曰 國人皆以夫子 將復爲發棠 殆不可復 孟子曰
是爲馮婦也 晉人有馮婦者 善搏虎 卒爲善士 則之野 有衆逐
虎 虎負嵎 莫之敢攖 望見馮婦 趨而迎之 馮婦攘臂下車 衆
皆悅之 其爲士者笑之.

●**주해** 饑(기) 기근(饑饉). 陳臻(진진) 맹자의 제자. 嵎(우) 산모퉁이. 攖

(영) 다가서다.

24. 맹자가 말했다.

"입이 맛있는 것을 먹으려 하고, 눈이 아름다운 것을 보려 하고, 귀가 아름다운 소리를 들으려 하고, 코가 향기로운 냄새를 맡으려 하고, 손발이 편안하기를 바라는 것은 모두 천성(天性)이기는 하지만, 운명에 속한다. 그러므로 군자는 천성이라고 하지 않는다. 인(仁)은 부자간에서, 의(義)는 군신 간에, 예(禮)는 손님과 주인 사이에서, 지혜는 현명한 사람에 대해서, 성인은 천도(天道)에 대해서, 그것을 실현할 수 있을지는 운명에 달려 있다고 할 수 있으나 천성이 있으니, 군자는 그것을 운명이라 하지 않는다."

　　孟子曰 口之於味也 目之於色也 耳之於聲也 鼻之於臭也 四肢之於安佚也 性也 有命焉 君子不謂性也 仁之於父子也 義之於君臣也 禮之於賓主也 智之於賢者也 聖人之於天道也 命也有性焉 君子不謂命也.

● **평석** 타고난 마음을 천성이니 본성이라고 할 때 감각적인 욕망도 여기에 포함해야 한다. 그러나 그런 감각적 욕망의 충족 여부는 어느 정도 운명적인 것으로 뜻대로 된다고 할 수 없다. 그러기에 군자는 그런 것은 천성에서 제외함으로써 추구하려 해서는 안 된다.

그러면 도덕적 욕구는 어떤가. 이것의 실현 여부도 운명적인 데가 없지 않지만, 그것은 우리의 본성에 뿌리 박고 있고, 또 그것이 우리를 인간답게 만든다. 그러므로 도덕적 욕구는 운명으로 말하지 않고 본성으로 보아 끝없이 추구해야 한다. 즉 맹자는 두 가지 모두 인간성에서 나왔음을 인정하면서도 전자를 버리고 후자만을 본성으로 인정했다. 맹자가 주장한 성선(性善)은 이렇게 선택된 본성에 대해 한 말이다. 도덕적 욕구만을 본성으로 인정할 때, 그것이 선이라 규정된 것은 당연할 것 같다.

25. 호생불해(浩生不害)가 물었다.

"악정자(樂正子)는 어떤 사람입니까?"

맹자가 말했다.

"착한 사람이며, 믿을 만한 사람이다."

"어떻게 하는 것을 착하다, 믿을 만하다고 합니까?"

"그렇게 되기를 바라는 것을 착하다고 하고, 그러한 것을 가지고 있는 것을 믿을 만하다고 한다. 충실한 사람을 아름답다고 하고, 충실하여 밝게 빛나는 사람을 크다 하고, 크게 사람을 감화하는 것을 성스럽다 하고, 성스러우면서 알 수 없는 것을 신(神)이라 한다. 악정자는 이 중 두 가지는 맞지만, 나머지 네 가지에는 미치지 못한다."

浩生不害問曰 樂正子何人也 孟子曰 善人也 信人也 何謂善 何謂信 曰 可欲之謂善 有諸己之謂信 充實之謂美 充實而有 光輝之謂大 大而化之 之謂聖 聖而不可知之 之謂神 樂正子 二之中 四之下也.

● **주해** 浩生不害(호생불해) 성이 호생(浩生), 이름이 불해(不害). 맹자의 제자 같다. 樂正子(악정자) 성이 악정(樂正), 이름은 극(克). 노나라 대부로 맹자의 제자. 〈이루장구 상〉제24장, 〈고자장구 하〉제13장 등에 나온다. 四之(사지) 미(美)·대(大)·성(聖)·신(神)의 네 가지.

26. 맹자가 말했다.

"묵자(墨子) 학파를 떠난 사람은 반드시 양주(楊朱) 학파로 가고, 양주 학파를 떠난 사람은 반드시 유가(儒家)를 찾아온다. 찾아오면 받아들일 뿐이다. 지금 양주나 묵자 학파와 논쟁하는 사람은 도망

치는 돼지를 쫓는 것 같아서, 이미 우리에 몰아넣고도 다시 묶어
놓으려 한다."

　　孟子曰 逃墨必歸於楊 逃楊必歸於儒 歸斯受之而已矣 今之
　　與楊墨辯者 如追放豚 旣入其苙 又從而招之.

● **주해** 苙(입) 짐승을 가두어 기르는 곳. 우리. 招(초) 묶다, 얽어매다.

● **평석** 양주와 묵자의 사상이 약화한 것을 믿고 있는 맹자는 유교야
말로 새 시대의 지도 이념이 될 수 있음을 확신하였다. 그러므로 그런
이단(異端) 사상가들도 결국 돌아올 곳은 유교밖에 없으므로, 찾아오
면 받아들일 뿐 남을 궁지로 몰아서는 안 된다고 경계하였다.

27. 맹자가 말했다.
"세금으로 베와 비단을 받는 것, 곡물을 받는 것, 일을 시키는 것이
있다. 군자는 한 가지만을 부과하고 두 가지는 늦춘다. 두 가지를
부과하게 되면 백성 중에 굶어 죽는 자가 생기고, 세 가지를 부과
하면 아버지와 아들이 흩어지게 된다."

　　孟子曰 有布縷之征 粟米之征 力役之征 君子用其一 緩其二
　　用其二 而民有殍 用其三 而父子離.

● **주해** 縷(누) 명주. 殍(표) 굶어 죽다.

28. 맹자가 말했다.
"제후의 보배는 셋으로, 토지와 인민과 정사이다. 재물이나 주옥
(珠玉)을 보배로 여기면 반드시 재앙이 몸에 미친다."

孟子曰 諸侯之寶三 土地人民政事 寶珠玉者 殃必及身.

29. 분성괄(盆成括)이 제나라에서 벼슬하게 되자, 맹자가 말했다.
"죽겠구나, 분성괄은."
과연 분성괄이 살해되고 말았다. 제자가 물었다.
"선생님은 어떻게 그가 살해될 것을 아셨습니까?"
"그는 사람됨이 작은 재주가 있을 뿐, 군자의 대도를 알지 못했다.
그러므로 자기 몸을 죽게 하기에 충분했다."

盆成括仕於齊 孟子曰 死矣 盆成括 盆成括見殺 門人問曰 夫
子何以知其將見殺 曰 其爲人也 小有才 未聞君子之大道也
則足以殺其軀而已矣.

● **주해** 盆成括(분성괄) 성이 분성(盆成), 이름이 괄(括). 맹자에게 배웠
으나 도중에 그만두었다.

30. 맹자가 등(滕)나라에 가서, 별궁(別宮)에 머물렀다. 창문 위에
완성하지 못한 신발이 있었는데 별궁지기가 찾았으나 찾지 못했다.
어떤 사람이 물었다.
"이럴 수가 있나요? 선생님을 따르는 사람이 숨긴 것 아닐까요?"
맹자가 말했다.
"그대는 나를 따르는 사람이 신발을 훔치고자 왔다고 생각하시오?"
"그렇지는 않겠지요. 선생님께서 글을 가르치실 때, 가는 사람을 뒤
쫓지 않고, 오는 사람을 거절하지 않는다고 하셨습니다. 적어도 그
런 마음을 가지고 와도 받아주었을 것이란 말입니다."

孟子之滕 館於上宮 有業屨於牖上 館人求之弗得 或問之曰

若是乎 從者之廋也 曰 子以是爲竊屨來與 曰 殆非也 夫子
之設科也 往者不追 來者不拒 苟以是心至 斯受之而已矣.

● **주해** 業屨(업구) 만들고 있는 신. 牖(유) 창문. 廋(수) 숨기다. 殆非也
(태비야) 아마 아니겠지요. 往者不追 來者不拒(왕자불추 내자불거) 가는 사
람을 뒤쫓지 않고, 오는 사람을 거절하지 않는다.

31. 맹자가 말했다.
"사람에게는 모두 참지 못하는 마음이 있는데, 그러한 마음을 보아
넘기던 일에까지 확장하면 인(仁)이 된다. 사람에게는 모두 할 수
없는 일이 있는데, 그러한 일을 해오던 일에까지 확장하면 의(義)
가 된다. 사람이 남을 해하면 안 된다는 마음을 확장하면, 인의
효용은 다함이 없을 것이며, 사람이 남의 집 벽을 뚫고 담을 넘어
도둑질해서는 안 된다는 마음을 확장하면 의의 효용은 다함이 없
을 것이다. 사람이 남에게 경멸받지 않을 언행을 실제로 확장하
면, 어디를 가든 의를 하지 않음이 없을 것이다. 선비가 말하지 않
아야 할 때 말하면, 이것은 말을 함으로써 남의 비위를 맞추려는
것이다. 말해야 할 때 말하지 않으면, 이것은 말하지 않음으로써
남의 비위를 맞추려는 것이다. 이것은 모두 남의 집 벽을 뚫고 담
을 넘는 도둑과 같다."

孟子曰 人皆有所不忍 達之於其所忍仁也 人皆有所不爲 達
之於其所爲義也 人能充無欲害人之心 而仁不可勝用也 人能
充無穿踰之心 而義不可勝用也 人能充無受爾汝之實 無所往
而不爲義也 士未可以言而言 是以言餂之也 可以言而不言 是
以不言餂之也 是皆穿踰之類也.

● **주해** 充(충) 크게 함. 확장해 나가는 것. 穿踰(천유) 남의 집 담을 뚫고, 담을 뛰어넘는 것. 즉 도둑질. 爾汝(이여) '너'라고 불리는 것. 즉 경멸받는 일. 餂(첨) 긁어모으는 것.

32. 맹자가 말했다.

"말은 가까우나, 가리키는 것은 원대한 것이 좋은 말이다. 지키는 것은 간략하나 넓게 베푸는 것이 좋은 도리다. 군자의 말은 가깝지만 좋은 도리는 그 속에 있다. 군자가 지키는 것은 자신을 수양하여 천하를 평화롭게 하는 것이다. 사람들의 병은 자기 밭은 버려두고 남의 밭을 김매는 것이다. 남에게 요구하는 것은 중하게 하고, 자신의 책임은 가볍게 한다."

孟子曰 言近而指遠者善言也 守約而施博者善道也 君子之言也 不下帶而道存焉 君子之守 修其身而天下平 人病 舍其田而芸人之田 所求於人者重 而所以自任者輕.

33. 맹자가 말했다.

"요임금과 순임금은 본성대로 하고, 탕왕이나 무왕은 본성으로 되돌렸다. 용모나 행동이 두루 원만하고 예에 맞는 것이 지극한 성덕이다. 죽은 사람을 위하여 통곡하고 슬퍼하는 것은 산 사람을 위해서가 아니다. 항상 덕을 바르게 하고 잘못하지 않는 것은 벼슬을 구하고자 해서가 아니다. 말함에 있어 반드시 신의가 있는 것은 행동이 바르다는 것을 보이기 위해서가 아니다. 군자는 법을 행하고, 하늘의 명을 기다릴 뿐이다."

孟子曰 堯舜性者也 湯武反之也 動容周旋 中禮者 盛德之至也 哭死而哀 非爲生者也 經德不回 非以干祿也 言語必信非以正行也 君子行法 以俟命而已矣.

● **주해** 中禮(중례) 예에 맞다. 經德不回(경덕불회) 경(經)은 '항상 바르게 행한다'는 뜻. 회(回)는 '사악하고 잘못된 일'. 俟命(사명) 하늘의 명을 기다리다.

34. 맹자가 말했다.

"제후에게 유세할 때는 상대를 얕보아야 하니, 그 위세에 넋을 잃지 말아야 한다. 몇 길이나 되는 전각과 굵기 몇 척 되는 서까래, 이것은 내가 뜻을 얻는다고 해도 할 일은 아니다. 음식이 1장(丈) 사방으로 늘어져 있고, 몇백의 시녀, 이것은 내가 뜻을 얻는다고 해도 할 일이 아니다. 즐기며 술을 마시고, 사냥하러 말을 몰 때 따르는 수레가 천 대, 이것은 내가 뜻을 얻는다고 해도 할 일이 아니다. 요컨대 그에게 있는 것은 모두 내가 바라지 않는 것이요, 나에게 있는 것은 옛 성현이 끼친 문물제도이니 내가 어찌 그를 두려워하랴."

> 孟子曰 說大人 則藐之 勿視其巍巍然 堂高數仞 榱題數尺 我
> 得志 弗爲也 食前方丈 侍妾數百人 我得志 弗爲也 般樂飮
> 酒 驅騁田獵 後車千乘 我得志 弗爲也 在彼者 皆我所不爲
> 也 在我者 皆古之制也 吾何畏彼哉.

● **주해** 大人(대인) 여기서는 제후로 보는 것이 좋다. 藐(막) 얕보는 것. 무시할 막. 巍(외) 높다. 仞(인) 길다. 榱題(최제) 서까래의 자른 부분. 榱(서까래 최), 題(앞머리 제). 食前方丈(식전방장) 음식을 앞에 늘어놓은 것이 1장(丈) 사방이나 된다는 말. 般樂(반락) 크게 잔치를 벌여 즐긴다는 뜻. 驅騁(구빙) 말을 몰아 달리는 것. 驅(몰 구), 騁(달릴 빙).

● **평석** 제후 앞에서 유세할 때의 마음가짐이 설명되어 있다. 열등감이 있어서는 말이 제대로 나오지 않을 것이므로, 상대가 가진 것은 자

기에게는 무용지물이요, 자기가 가진 것은 성인의 가르침이라는 점에 긍지를 가지고 대하라는 말이다. 맹자도 군왕을 상대하는 데는 많이 애썼던 것 같다.

35. 맹자가 말했다.
"마음을 수양하는 데는 욕심을 적게 하는 것이 좋은 방법이다. 그 사람됨이 욕심이 적으면 비록 본심을 잃는다 해도 많지는 않을 것이다. 그 사람됨이 욕심이 많다면 비록 본심이 있다 해도 많지는 않을 것이다."

> 孟子曰　養心莫善於寡欲　其爲人也寡欲　雖有不存焉者寡矣
> 其爲人也多欲　雖有存焉者寡矣.

● **평석** 맹자는 욕심 자체를 무조건 악하다고 배척하지는 않았으나, 그것이 과하면 역시 도(道)를 성취하는 데 있어 방해된다고 생각한 것 같다. 천 년 후 주자학에서는 이런 사고방식을 더욱 발전시켜 일체의 욕심을 죄악시하는 윤리가 생겨났다.

36. 증석(曾晳)은 생전에 대추를 좋아했는데, 아들인 증자(曾子)는 대추를 입에 대지 않았다는 이야기가 있다. 공손추가 물었다.
"회나 불고기, 대추는 어느 것이 맛있습니까?"
맹자가 말했다.
"회나 불고기겠지."
공손추가 말했다.
"그러면 증자는 왜 회나 불고기는 먹으면서 대추는 먹지 않습니까?"
"회나 불고기는 모두 좋아하는 음식이지만, 대추는 아버지 혼자 좋아하였다. 부모의 이름은 꺼려서 부르지 않지만, 성(姓)은 꺼리지 않는 것과 같다. 이름은 개인적이기 때문이다."

曾晳嗜羊棗 而曾子不忍食羊棗 公孫丑問曰 膾炙與羊棗孰美
孟子曰 膾炙哉 公孫丑曰 然則曾子何爲食膾炙 而不食羊棗
曰 膾炙所同也 羊棗所獨也 諱名不諱姓 姓所同也 名所獨也.

● **주해** 曾晳(증석) 공자의 제자로 증자(曾子)의 아버지. 羊棗(양조) 대추
의 다른 이름. 膾炙(회자) 膾(회 회), 炙(불고기 자, 적). 諱(휘) 꺼릴 휘.
중국에서는 아버지 이름은 꺼려 부르지 않았다. 우리나라도 마찬가지다.

● **평석** 돌아가신 자기 아버지만이 특별히 좋아했던 음식을 보면 누구
나 아버지 생각이 날 것이다. 증자는 이름난 효자로, 선친이 좋아하던
대추는 평생 입에 대지 않았다고 한다. 이런 증자의 마음을 맹자는 성
과 이름의 예로 설명했다. 중국에서는 이름 외에 자(字)가 있어, 경의
를 표할 때는 자를 부르고 이름 부르기를 피했다. 특히 부모의 경우에
는 말할 것도 없었다. 그러나 성은 어느 특정인에 한한 것이 아니라,
공통적이므로 부르기를 피할 필요가 없다.
회나 불고기도 먹었겠지만 그것은 증석만이 좋아한 음식은 아니다. 그
러나 대추를 좋아하는 것은 증석만의 기호였으므로 증자는 차마 그것
을 먹지 못한 것이라고 맹자는 설명했다.

37. 만장(萬章)이 물었다.
"공자께서 진나라에 계실 때 말씀하셨습니다. '어찌 돌아가지 않겠
는가? 우리 향당(鄕黨)의 선비들은 기개가 있고 진취적이며 처음
에 마음먹은 것을 잊지 않는다.' 공자께서 진나라에 계시면서 노
나라의 기개 높은 선비들을 왜 생각하셨을까요?"
맹자가 말했다.
"공자께서는 도에 맞게 행하는 사람과 함께할 수 없다면 반드시 고
집 센 사람과 함께하려고 했다. 과격한 사람은 진취적이고, 고집
센 사람은 하지 않는 일이 있다. 공자께서 어찌 도에 맞게 행하는

사람을 원하지 않았겠는가? 얻을 수가 없으므로 그 다음가는 사람을 생각한 것이다."

"감히 묻겠습니다만 어떤 것을 과격하다고 합니까?"

"금장(琴張)·증석(曾晳)·목피(牧皮) 같은 사람이 공자께서 말씀하시는 과격한 것이다."

"어째서 과격하다고 합니까?"

"그들은 뜻은 지나치게 과장되어 말하기를, '옛 성인이여! 옛 성인이여!' 하였다. 그들이 하는 행동을 살펴보면 뜻에 어울리지 않았다. 과격한 사람과도 함께하지 못한다면 더러운 짓을 하지 않는 사람이라도 함께하려 할 것이다. 이런 것이 고집 센 사람으로 그 다음가는 사람이다. 공자께서 말씀하셨다. '내 집 문을 지나면서, 내 방에 들어오지 않아도 유감으로 여기지 않는 사람은 오직 향원(鄕原)이다. 향원은 덕(德)을 해치는 사람이다.'"

"어떻게 하는 사람을 가히 향원이라고 할 수 있습니까?"

"왜 저렇게 뜻만 높고 큰소리만 치느냐? 말은 행동에 맞지 않고, 행동은 말에 맞지 않는다. 그러면서 말하기를 '옛 성인이여! 옛 성인이여!' 한다. 왜 홀로 차갑게 어울리지 않고 행동하느냐? 이 세상에 태어났으니, 이 세상 사람을 위해 일하고, 선하게 사는 것이 좋을 것이다. 그러면서 숨기고 세상에 아첨하는 자가 바로 향원이다."

만장이 말했다.

"한 마을에서 모든 사람이 바른 사람이라고 하면 어디에 가도 바른 사람이 아닐 수 없습니다. 공자께서 덕을 해치는 자라고 하셨으니 어째서입니까?"

"비난하려고 해도 드러낼 것이 없고, 공격하려고 해도 공격할 것이 없다. 세상의 습관과 같이 행동하고, 더러운 세상과 맞게 행동하여 충신(忠信)에 처한 것 같고, 행동은 청렴하고 깨끗한 것처럼 하여 사람들은 모두 좋아하고, 자신도 그와 같다고 생각한다. 그러나 요순(堯舜)의 도에는 함께 들어갈 수 없으니, 그러므로 덕을 해치는 자라고 말한 것이다.

공자께서 말씀하셨다. '비슷하면서 진짜가 아닌 것을 싫어한다. 강아지풀을 싫어하는 것은 그것이 곡식의 싹과 어지럽게 있는 것이 두려워서다. 간사한 사람을 미워하는 것은 의(義)를 어지럽힐까 두려워서다. 말을 잘하는 사람을 미워하는 것은 신(信)을 어지럽힐까 두려워서다. 정(鄭)나라의 음악을 싫어하는 것은 정도(正道)의 음악을 어지럽힐까 두려워서다. 자주색을 싫어하는 것은 붉은색을 어지럽힐까 두려워서다. 향원(鄕原)을 미워하는 것은 덕(德)을 어지럽힐까 두려워서다.' 군자는 바른 도리에 돌아올 뿐이다. 바른 도리는 여러 사람을 일어나게 하고, 여러 사람이 일어나게 되면, 사특한 일을 하지 않게 된다."

萬章問曰 孔子在陳曰 盍歸乎來 吾黨之士狂簡進取 不忘其初 孔子在陳 何思魯之狂士 孟子曰 孔子不得中道 而與之 必也狂獧乎 狂者進取 獧者有所不爲也 孔子豈不欲中道哉 不可必得 故思其次也.

敢問何如 斯可謂狂矣 曰 如琴張曾晳牧皮者 孔子之所謂狂矣 何以謂之狂也 曰 其志嘐嘐然 曰 古之人 古之人 夷考其行而不掩焉者也 狂者 又不可得 欲得不屑不潔之士而與之 是獧也 是又其次也 孔子曰 過我門而不入我室 我不憾焉者 其惟鄕原乎 鄕原德之賊也.

曰 何如 斯可謂之鄕原矣 曰 何以是嘐嘐也 言不顧行 行不顧言 則曰 古之人 古之人 行何爲踽踽涼涼 生斯世也 爲斯世也 善斯可矣 閹然媚於世也者 是鄕原也.

萬章曰 一鄕皆稱原人焉 無所往而不爲原人 孔子以爲德之賊

何哉 曰 非之無擧也 刺之無刺也 同乎流俗 合乎汙世 居之
似忠信 行之似廉潔 衆皆悅之 自以爲是而不可與入堯舜之道
故曰 德之賊也.

孔子曰 惡似而非者 惡莠恐其亂苗也 惡佞恐其亂義也 惡利
口恐其亂信也 惡鄭聲恐其亂樂也 惡紫恐其亂朱也 惡鄕原恐
其亂德也 君子反經而已矣 經正則庶民興 庶民興 斯無邪慝
矣.

● **주해** 黨(당) 향당(鄕黨). 마을. 狂簡(광간) 광(狂)은 '기개(氣槪)가 높
고 큰 것.' 간(簡)은 '단순하고 신중하지 못한 것.' 初(초) 근본이나 초지
(初志). 中道(중도) 도에 맞게 하다. 琴張曾晳牧皮(금장증석목피) 금장은
공자의 제자. 자장(子張)이라고도 한다. 증석은 증자의 아버지. 목피는
자세히 알 수 없다. 嘐(효) 큰소리. 夷(이) 평소. 掩(엄) 복(覆)과 같다. 행
동이 말을 덮어 가리지 못함. 不屑(불설) 좋게 여기지 않는다. 不潔(불결)
결백하지 않은 것. 原(원) 원(愿)과 같다.〔집주〕踽踽(우우) 홀로 행동하
고 앞으로 나아가지 않는 태도다.〔집주〕涼涼(양량) 남과 어울리지 않는
것. 閹然(엄연) 내시가 임금에게 아첨하듯. 莠(유) 강아지풀. 鄭聲(정성)
정(鄭)나라의 음악. 朱(주) 원색인 붉은색. 反經(반경) 반(反)은 '되돌아
온다'는 뜻. 경(經)은 '불변의 바른 도리'.

38. 맹자가 말했다.
"요순(堯舜)에서 은(殷) 탕왕(湯王)까지 5백여 년이다. 우(禹)나 고
요(皐陶) 같은 사람은 요순의 위대한 모습을 직접 보고 알았으나
탕왕에 이르러서는 전해 듣고 알았을 것이다. 탕왕에서 주(周) 문
왕(文王)까지 역시 5백여 년이다. 이윤(伊尹)이나 내주(萊朱) 같은
사람은 직접 보고 알았으나, 문왕에 이르러서는 전해 듣고 알았을
것이다. 문왕에서 공자에 이르기까지도 5백여 년 되는데, 태공망
(太公望)이나 산의생(散宜生)은 직접 보고 알았으나, 공자에 이르

러서는 전해 오는 말을 듣고 알았을 것이다. 공자로부터 지금까지는 백여 년이 지났을 뿐이다. 성인이 살던 시대로부터 그리 많이 지난 것은 아닌 셈이다. 거기다가 성인이 사시던 곳으로부터는 이처럼 가깝다. 그러면서도 이 도(道)를 계승하지 못한다면 아무도 계승할 사람이 없을 것이다."

孟子曰 由堯舜至於湯 五百有餘歲 若禹皐陶則見而知之 若湯則聞而知之 由湯至於文王 五百有餘歲 若伊尹萊朱則見而知之 若文王則聞而知之 由文王至於孔子 五百有餘歲 若太公望散宜生則見而知之 若孔子則聞而知之 由孔子而來 至於今百有餘歲 去聖人之世 若此其未遠也 近聖人之居 若此其甚也 然而無有乎爾 則亦無有乎爾.

● **주해** 伊尹萊朱(이윤래주) 이윤은 우상(右相), 내주는 좌상(左相)이었다. 내주 역시 탕왕을 도운 현신(賢臣)으로 중훼(仲虺)라고도 한다. 太公望散宜生(태공망산의생) 태공망은 강태공(姜太公) 여상(呂尙), 산의생은 문왕의 현신(賢臣).

● **평석** '5백 년마다 반드시 훌륭한 임금이 나타난다.'라고 맹자는 〈공손추장구 하〉 제13장에서 말했는데, 여기에서는 그 신념을 한층 명백히 밝혀, 그 위대한 도(道)의 전통에서 차지하는 위치를 장중히 선언한 것이라 볼 수 있다. 요순은 전설상의 성천자(聖天子)다. 공자는 도의 연원(淵源)을 주공(周公)에게서 구했으며, 그보다 더 거슬러 올라가는 일은 없었다. 하론(下論)에는 그들에 대한 찬양이 보이지만, 이것은 후세의 추가로 여겨진다. 그러나 춘추 말기에서 전국시대에 걸쳐 요순의 전설은 점차 그 형태를 갖추어 온갖 미덕이 모두 그들에게 첨가되었다. 이것은 통치자에 대한 민중의 기대가 과거를 향해 투영(投影)된 것이라고 볼 수 있다.

따라서 이것은 중국인이 만들어 낸 이상적 인간상이라고 할 수 있으며, 그것이 거꾸로 현실을 향해 어떤 영향을 미치는 한, 귀중한 것이라고 해야 할 것이다. 맹자는 도를 처음으로 수립한 것은 요순이라 믿었고, 그것이 탕왕과 문왕과 공자의 순서로 계승되었다고 생각하였다. 요순과 탕왕, 탕왕과 문왕 사이에는 5백 년의 간격이 있고, 문왕과 공자와의 간격도 마찬가지다. 그러나 맹자와 공자의 간격은 백 년밖에는 안 된다. 그러므로 맹자는 이 도의 전통을 계승하여 드러내는 임무를 지고 있는 것이라고, 굳게 믿은 것 같다.

모든 편의 맺는말로, 이 말은 의식적으로 배열한 것 같다. 이것은 과분한 자부였는지도 모르나, 이런 신념이 있었기에 맹자는 그토록 의연하게, 때에 따라서는 오만하게까지도 자기주장을 굽히지 않고 살았던 것이라고 볼 수 있다.

※ 맹자 연보

맹자의 생몰년을 정함에 있어서 지금까지 결정적인 자료가 없어
추정 범위를 벗어나지 못한다. 태어난 해는 기원전 370년경이라
는 설과 기원전 390년경이라는 두 설이 유력한데, 기원전 370년
경이라는 설에 의해 나이를 표준 삼았다.

기원전 370년(주열왕周烈王 6년) 1세
이 무렵 노나라 남쪽 인근 추(鄒)라는 작은 나라에서 출생하였다.
이름은 가(軻). 노나라 맹손씨(孟孫氏)의 분가(分家)이므로 맹씨(孟
氏)라고도 칭했으나, 가정적으로 불우했는지 부모 이름도 알 수 없다.

기원전 369년(주열왕 7년 · 위혜왕 전魏惠王 前 원년) 2세
조(趙) · 한(韓) · 위(魏) 3국 중에서 위나라가 가장 세력이 있어서 영
토 확장이 한창이었다. 이해, 위나라의 왕위 계승 분쟁을 틈타 조 · 한
두 나라는 위나라에 침공했으나 격퇴되었다.

기원전 367년(주현왕周顯王 2년) 4세
주(周)에 내란이 일어났으므로 조(趙) · 한(韓) 두 나라는 출병하여
주를 분열시켜 본가인 서주(西周)에 대한 분가로서 동주(東周)를 세
웠다.

기원전 364년(주현왕 5년 · 진헌공秦獻公 21년) 7세
진(秦)나라는 헌공의 즉위 이래 사회 · 경제 개혁으로 점차 국력을 키
웠으며, 이해 위(魏)나라를 석문(石門)에서 쳐서 크게 이겼다. 조(趙)
나라의 원병(援兵)이 와서 퇴각했으나 이는 진나라의 동방 여러 나
라에 대한 최초의 승리였다.

기원전 361년(주현왕 8년 · 위혜왕魏惠王 9년)　**10세**

위(魏)나라는 진(秦)나라의 동진(東進) 세력에 대항할 수 없었고, 또 조(趙) · 한(韓) 두 나라를 상대할 필요도 있어서 고도(故都) 안읍(安邑)을 떠나 대량(大梁)으로 천도(遷都)하였다. 이후 위나라는 양(梁)이라 칭하였다.

기원전 356년(주현왕 13년 · 진효공秦孝公 6년)　**15세**

양(梁) 혜왕(惠王)은 천도 이래 나라의 경제 개발을 위하여 패업(霸業) 수립에 힘을 기울였으며, 한(韓) · 송(宋) · 노(魯) · 위(衛)의 여러 나라에 압력을 가해 그 군주들을 내조(來朝)하게 하였다. 진 효공은 위앙(衛鞅)을 임용해서 본격적인 변법을 시작하였다.

기원전 354년(주현왕 15년 · 조성후趙成侯 21년)　**17세**

조(趙)나라의 세력이 점점 강해져서, 양(梁)나라의 동맹국인 위(衛)나라를 공격했으므로 양나라는 조나라 수도 한단(邯鄲)을 포위하였다. 조나라는 제(齊)나라에 구원을 요청하여 공동으로 양나라에 대항했으나 굴복시키지 못했다.

기원전 351년(주현왕 18년 · 제위왕齊威王 6년)　**20세**

이 무렵 맹자는 노나라에 유학했던 것으로 여겨진다. 어려서 모친의 엄격한 교육을 받았다는 이야기는 너무나 유명한데, 성년이 되면서 공자(孔子)에 대한 동경이 컸으므로 노나라에 가서 공자의 손자인 자사(子思)의 문인이 되어 수학하였다.

기원전 344년(주현왕 25년 · 양혜왕梁惠王 26년)　**27세**

양(梁)나라의 세력은 이 무렵 절정에 달하였다. 혜왕은 한(韓) · 송(宋) · 위(衛) · 노(魯) 등 여러 나라 군주를 봉택(逢澤)에 소집하여, 진(秦)나라 대표들도 끌어들여 주(周)의 천자에게 조현(朝見)하였다. 혜왕이 스스로 왕이라고 칭한 것은 이때부터다.

기원전 341년(주현왕 28년·양혜왕 29년) **30세**
전년에 양(梁)나라가 한(韓)나라를 공격했으므로 한나라가 구원을 제나라에 청하여 양·제(齊) 두 나라 사이에 전쟁이 일어났다. 이해, 양나라는 마릉(馬陵) 싸움에서 제나라 손빈(孫臏)의 계략에 걸려 크게 패하고, 장군 방연(龐涓)은 전사하고 태자 신(申)은 포로가 되었다. 양 혜왕의 패업(霸業)은 쇠퇴하기 시작하였다.

기원전 338년(주현왕 31년·양혜왕 32년) **33세**
진(秦) 효공(孝公)이 죽고 상앙(商鞅)이 거열형(車裂刑)에 처해졌다. 진나라는 양(梁)나라의 안문(岸門)을 공격하여 크게 이기고 양나라의 장군 위착(魏錯)을 잡았다.

기원전 335년(주현왕 34년·제위왕齊威王 22년) **36세**
이 무렵 맹자는 제나라 수도 임치(臨淄)에 갔던 것 같다. 제나라 위왕은 학문을 즐겨, 천하의 학자를 모아 임치의 서문(西門)인 직문(稷門) 밖에 저택을 주어 살게 하였는데, 그들은 직하(稷下)의 학사(學士)라고 불렸다. 젊은 맹자는 학사에 속하지는 못했지만 순우곤(淳于髡)에게 웅변술을 배웠으며, 공명고(公明高)에게 《춘추》의 해석학을 배움으로써 송견(宋鈃)이나 윤문(尹文) 등의 원시 도가(道家) 학자들과 교제한 것으로 생각된다.

기원전 334년(주현왕 35년·양혜왕 후梁惠王 後 원년) **37세**
진(秦)·제(齊) 양국으로부터 협공(挾攻)을 받게 된 양 혜왕은 재상 혜시(惠施)의 방침을 채용하여 제나라 서주(徐州)로 가서 위왕(威王)과 회견하고 서로 왕이라고 칭할 것을 협정함으로써 평화 관계를 맺었다.

기원전 330년(주현왕 39년·양혜왕 후 5년) **41세**
양(梁)나라는 진군(秦軍)에게 조음(雕陰)에서 크게 패하고, 황하 서쪽의 영토를 진나라에게 바쳤다.

기원전 328년(주현왕 41년·양혜왕 후 7년) **43세**
진(秦)나라는 장의(張儀)를 대신으로 임명하였다. 양(梁)나라는 상군(上郡)의 15현을 진나라에 넘겨주었다.

기원전 325년(주현왕 44년·진혜문왕秦惠文王 13년) **46세**
진(秦) 혜문군(惠文君)이 왕이라 스스로 일컬었다. 이해에 조(趙)나라 무령왕(武靈王)이 즉위하였다.

기원전 323년(주현왕 46년·양혜왕梁惠王 후 12년) **48세**
양 혜왕은 동맹국의 단결을 강화하기 위해서, 공손연(公孫衍)의 의견을 받아들여, 한(韓)·조(趙)·연(燕)·중산(中山)의 4국의 군주에게 주창하여 모두 양나라와 함께 왕이라 칭하기로 하였다. 이에 대해서 진(秦)나라의 공세는 더욱더 격렬해지고, 초(楚)나라는 소양(昭陽)을 보내어 양군(梁軍)을 양릉(襄陵)에서 파하고, 8개 읍을 탈취하였다.

기원전 322년(주현왕 47년·양혜왕 후 13년) **49세**
양 혜왕은 장의(張儀)를 대신으로 삼아 연횡공책(連橫攻策)을 취하여 혜시(惠施)를 해임하였다. 그러나 합종파(合縱派)는 동방 여러 나라의 지지를 얻어 이에 반대했으므로 양나라의 국론은 이분되었다.

기원전 320년(주신정왕周愼靚王 원년·양혜왕 후 15년) **51세**
이 무렵 맹자가 양나라에 와서 혜왕을 만나, 나라의 형편을 갈피 잡지 못하는 왕에게 인의(仁義)의 도를 역설하였다. 이것이 맹자의 첫 정계 진출로 전반생이 불명했던 그의 사적이 명확해진 것은 이때부터다. 연왕(燕王) 쾌(噲)가 즉위하였다.

기원전 319년(주신정왕 2년·제선왕齊宣王 원년) **52세**
양(梁)나라의 합종파 공손연이 제(齊)·초(楚)·연(燕)·조(趙)·한(韓) 5국의 지지를 얻어 양나라의 대신이 되고, 장의는 해임되었다. 양 혜왕이 노령으로 죽었다.

기원전 318년(주신정왕 3년 · 제선왕 2년) **53세**

양(梁)나라 양왕(襄王)이 뒤를 이었다. 맹자는 양왕을 만나 그 인물에 대해서 실망하여 양나라를 떠나 제나라로 가서 선왕(宣王)의 신임을 받아 국정의 최고고문이 되었다. 송군(宋君) 언(偃)이 왕이라 스스로 칭하였다. 양(梁) · 조(趙) · 한(韓) · 연(燕) · 초(楚) 5국이 합종해서 진(秦)나라를 공격했으나 함곡관(函谷關)에서 크게 패하였다.

기원전 316년(주신정왕 5년 · 제선왕 4년) **55세**

연왕(燕王) 쾌(噲)가 당시 유행하던 선양(禪讓) 사상으로, 명망 높은 대신 자지(子之)에게 왕위를 넘겼다. 이에 불만을 가진 귀족들은 태자 평(平)을 내세워 내란을 일으켰다.

기원전 315년(주신정왕 6년 · 제선왕 5년) **56세**

이 무렵 맹자의 모친이 사망하여 제나라에서 노나라로 돌아와 정성껏 장례를 지냈다.

기원전 314년(주난왕周赧王 원년 · 제선왕 6년) **57세**

연(燕)나라 태자 평과 장군 불피(市被)는 수개월에 걸쳐 자지를 공격했으나 크게 패하여 살해당하였다. 제 선왕은 양(梁)나라가 약화한 후에 다시 진(秦)과 겨룰 만한 대국이 된 것에 용기를 얻어 연나라로 출병해서 간섭하려 하였다. 왕도국가 실현의 꿈을 선왕에게 바랐던 맹자는 이를 적극적으로 권했다고 한다. 광장(匡章)이 인솔한 제군(齊軍)은 불과 50일 동안에 연나라 전토를 정복하고 쾌와 자지를 사로잡아서 죽였다. 그러나 제나라는 점령 정책의 실정으로 연나라 백성의 신용을 잃었으며 이에 편승한 조(趙)나라는 연나라 공자(公子) 직(職)을 왕위[소왕昭王]에 오르게 하였다.

기원전 312년(주난왕 3년 · 제선왕 8년) **59세**

제나라의 연나라 점령으로 세력 균형이 깨질 것을 두려워한 양(梁) · 한(韓) · 진(秦)은 조(趙)와 함께 제나라를 압박하려 하였다. 곤란해진 제 선왕은 맹자의 의견을 구했으나 맹자는 점령 정책이 실패했으면 군을 철수하는 것이 당연한 상책이라고 주장하였다. 이 때문에 맹자는 선왕과 불화를 일으켜 본의는 아니었으나 제나라를 떠났다. 당시 국제관계는 진과 양·한·조의 4국 동맹과 제·초 동맹의 두 진영으로 갈라져 있었다.

기원전 311년(주난왕 4년·제선왕 9년) **60세**
제나라에서 고향인 추(鄒)로 돌아오는 도중에 송(宋)나라에 머물렀다. 이때 등(滕)나라 태자〔나중의 문공文公〕는 초(楚)나라로 심부름 가는 길에 맹자를 방문하여 성선설(性善說) 등의 말을 들었다.

기원전 310년(주난왕 5년·양양왕梁襄王 9년) **61세**
장의(張儀)가 다시 양(梁)나라의 대신이 되었다.

기원전 308년(주난왕 7년·제선왕 12년) **63세**
맹자는 설(薛)에 들렀다가 추(鄒)로 돌아왔다. 설은 당시, 제나라의 영토로 영주는 맹상군(孟嘗君) 전문(田文)이었을 것이라고 한다. 추에서는 군주인 목공(穆公)으로부터 노나라와의 전쟁에서 국민의 협력을 얻지 못한 것을 듣고 그 책임은 위정자에게 인심(仁心)이 없었기 때문이라고 설명하였다.

기원전 307년(주난왕 8년·진무왕秦武王 4년) **64세**
등(滕)나라 정공(定公)이 죽었으므로 태자는 신하인 연우(然友)를 추로 보내 맹자에게 상제(喪制)에 관해서 묻게 하고, 그 의견에 따라 삼년상을 입었다. 얼마 후 맹자는 등 문공(文公)에게 초빙되어 등나라의 정치고문이 되어 작은 나라를 이상적인 국가의 본보기로 이룩하려는 의욕으로 정전제(井田制) 등을 실행하려 하였다. 이 소문은 여러 나라에 퍼져 농가파(農家派)의 허행(許行) 등도 자신의 학설을 전하려고 멀리 초(楚)나라에서 찾아왔다. 이해에 진(秦)나라는 한(韓)나라의 요지였던 선양(宣陽)을 빼앗아 이를 발판으로 중원 침략에 적극적으로 나섰다.

기원전 306년(주난왕 9년·초회왕楚懷王 23년) **65세**
초(楚)나라가 월(越)나라의 내란에 편승해서 월나라를 멸망시켰다.

기원전 305년(주난왕 10년·초회왕 24년) **66세**
맹자는 등나라의 고문을 사임하고 노나라로 가서 문인으로 집정(執
政)이었던 악정자(樂正子)의 소개로 평공(平公)을 만나려 했으나, 사
람들의 중상으로 이루어지지 못하였다. 이를 천명(天命)으로 여기고
단념한 맹자는 고향인 추로 돌아가서 은퇴 생활을 하였다. 이때부터
죽을 때까지 1, 2년에 불과한 듯한데, 공손추나 만장 등의 애제자들
과 문답을 나누면서 교육에 전념하였다.

논어 · 맹자

초판 인쇄 – 2023년 11월 24일
초판 발행 – 2023년 11월 30일

책임편집 – 김경탁

해설 · 역 – 이원섭

발행인 – 金 東 求

발행처 – 명 문 당(창립 1923년 10월 1일)
　　　　서울시 종로구 윤보선길 61(안국동)
　　　　우체국 010579-01-000682
　　　　전 화 (02) 733-3039, 734-4798
　　　　FAX (02) 734-9209
　　　　Homepage　www.myungmundang.net
　　　　E-mail　mmdbook1@hanmail.net
　　　　등록 1977.11.19. 제1-148호

■

* 낙장 및 파본은 교환해 드립니다.
* 불허 복제
* 정가 35,000원

ISBN　979-11-91757-97-2　03820